中国历史文化名人传

唐之诗祖
陈子昂传

吴因易 著

作家出版社

中国历史文化名人传

组委会名单

主任：李　冰
委员：何建明　葛笑政

编委会名单

主任：何建明
委员：郑欣淼　李炳银　何西来　张　陵　张水舟　黄宾堂

文史组专家成员（按姓氏笔划为序）

王春瑜　王家新　王曾瑜　孙　郁　刘彦君　李　浩　何西来
郑欣淼　陶文鹏　党圣元　袁行霈　郭启宏　黄留珠　董乃斌

文学组专家成员（按姓氏笔划为序）

王必胜　白　烨　田珍颖　刘　茵　张　陵　张水舟　李炳银
贺绍俊　黄宾堂　程步涛

出版说明

中华民族五千年文明史中，涌现了一大批杰出的文化巨匠，他们如璀璨的群星，闪耀着思想和智慧的光芒。系统和本正地记录他们的人生轨迹与文化成就，无疑是一件十分有必要的事。为此，中国作家协会于2012年初作出决定，用五年左右时间，集中文学界和文化界的精兵强将，创作出版《中国历史文化名人传》大型丛书。这是一项重大的国家文化出版工程，它对形象化地诠释和反映中华民族文化的基本精神，继承发扬传统文化的精髓，对公民的历史文化普及和建设社会主义文化强国都具有重要而深远的意义。

这项原创的纪实体文学工程，预计出版120部左右。编委会与各方专家反复会商，遴选出在中国文化发展史上产生过重大影响的120余位历史文化名人。在作者选择上，我们采取专家推荐、主动约请及社会选拔的方式，选择有文史功底、有创作实绩并有较大社会影响，能胜任繁重的实地采访、文献查阅及长篇创作任务，擅长传记文学创作的作家。创作的总体要求是，必须在尊重史实基础上进行文学艺术创作，力求生动传神，追求本质的真实，塑造出饱满的人物形象，具有引人入胜的故事性和可读性；反对戏说、颠覆和凭空捏造，严禁抄袭；作家对传主要有客观的价值判断和对人物精神概括与提升的独到心得，要有新颖的艺术表现形式；新传水平应当高于已有同一人物的传记作品。

为了保证丛书的高品质，我们聘请了学有专长、卓有成就的史学和文学专家，对书稿的文史真伪、价值取向、人物刻画和文学表现等方面总体把关，并建立了严格的论证机制，从传主的选择、作者的认定、写作大纲论证、书稿专项审定直至编辑、出版等，层层论证把关，力图使丛书经得起时间的检验，从而达到传承中华文明和弘扬杰出文化人物精神之目的。丛书的封面设计，以中国历史长河为概念，取层层历史文化积淀与源远流长的宏大意象，采用各个历史时期最具代表性的文化符号与雅致温润的色条进行表达，意蕴深厚，庄重大气。内文的版式设计也尽可能做到精致、别具美感。

中华民族文化博大精深，这百位文化名人就是杰出代表。他们的灿烂人生就是中华文明历史的缩影；他们的思想智慧、精神气脉深深融入我们民族的血液中，成为代代相袭的中华魂魄。在实现"中国梦"的历史进程中，必定成为我们再出发的精神动力。

感谢关心、支持我们工作的中央有关部门和各级领导及专家们，更要感谢作者们呕心沥血的创作。由于该丛书工程浩大，人数众多，时间绵延较长，疏漏在所难免，期待各界有识之士提出宝贵的建设性意见，我们会努力做得更好。

《中国历史文化名人传》丛书编委会

2013 年 11 月

陈子昂

目录

第一章

仪凤骄凰

大唐高宗李治仪凤元年，是公元六七六年。

这年，高宗听从文武百官奏请，正紧锣密鼓，准备封禅中岳嵩山。但万不料吐蕃兴兵侵犯鄯、廓、河、芳诸州，盛怒的李治敕令停止封禅中岳，命洛州牧、周王李显为洮州道行军元帅，率工部尚书刘审礼等十二总管以讨吐蕃，并敕益州大都督府组织剑南、山南两道的兵力，支援西征。益州大都督府长史李孝逸遵照李治的敕令，向剑南和山南两道所属的州县发布征募勇士的号令。朝廷之所以命益州大都督支援西征，是因为益州大都督府所辖的剑南道和山南西道与吐蕃毗邻接壤。以距离最近的两道为后援，就可达到神速援兵的目的。

但是，剑南道所属的梓州通泉县，在调集兵力之际，却发生了一件匪夷所思的大怪事：府兵发放的饷银竟是非法私铸的铜钱！

唐朝实行府兵制。该制起源于北魏时期，要点是兵农合一。府兵平时为耕种土地的农民，农闲时训练操演，战时从军出战。府兵的武器和马匹自备，全国在各地设折冲府，负责选拔训练。这种体制发展到唐朝，在高宗父亲太宗李世民的贞观之世，达到了极其健全的程度。

军情十万火急，通泉县召集府兵的事却进展得很糟糕！原因是从去夏至今春，该县旱涝相继成灾，丁壮虽然大多未外出逃荒，但自备武器和马匹，却全无着落。在这样的情况下，通泉县贴出了发放军饷的文告，凡应征府兵即可在报名时领取三千缗铸钱军饷！这一来，不仅通泉府兵踊跃应征，连邻近射洪县境的青壮，也想方设法，改变户口所在地，前去应征。而最早发现假钱的地方正好是射洪县城——金华镇。

这个应征者领得三千缗军饷后，不仅购置了武器、马匹，还立即去为年老的寡母购米购油购盐。恰好这米、油、盐铺，都是同属金华镇上"陈记"一家所开的店铺，这三家店伙计同时发觉，把那人拿下，就要送往射洪县衙问罪。

铸假钱，依大唐刑律，轻者杀头，重者灭族。

但就在店伙计把那青壮扭送县衙途中，却被街旁正在斗鸡酣战的一位中等身材、略显疲弱的公子哥看到，而那人一见这公子哥，却像见了大救星般立即跪地求告："陈公子救我！"这公子哥低头一看，急忙扶起，劝慰说："不急，不急，怎么回事呵？"

那青壮只是发急、啼哭，回不出话来，粮店的伙计急忙回答："公子！这是个胆大包天的恶徒呢！"

那青壮更急了，把头摇得拨浪鼓似的，但却无话辩驳。

陈公子笑了："他是个老实人，绝不是什么恶徒。"

盐店伙计说："公子！他这是装可怜呢！这家伙！敢弄假钱来买东西！"

原本关注斗鸡胜负的围观人群，一听出了这种事，忙着围了上来，七嘴八舌："你真吃了豹子胆了！"

"敢弄假钱来骗'陈记'店铺的东西！"

"对这号公然使用假钱的狂徒，先打个半死，再送官惩办！"

围观人丛里那些无风也要搅起三尺浪来的后生，早奋拳出足，就要动手，那青壮吓得往陈公子身后躲去，哭求着："陈公子！你知道的！我老娘孤苦伶仃，抚育我不容易！……"

"把你抚育成一个使假钱的骗子，那也不是个好货！提来一起送官！"

"对！提来一起送官！"

在人们吆喝声中，后生们拳足已到，这公子哥急忙张开双臂护着那人，对众人说："列位息怒！这位大哥我认得，平日为人忠厚，绝不是欺诈行骗之人！家里寡母年岁已高，身体也实在虚弱得很！只怕今天这事，也是出于无奈……"

和陈公子斗鸡赌胜的后生又气又笑："伯玉！你个烂好人！一听见人诉苦告哀，你那心肠就软了！怎么就不可怜我那铁爪元帅，被你的凤头疯鸡啄得毛飞血溅啊！"

斗鸡赌胜，在唐代既是一种游戏，也是一种赌博。不仅民间盛行，在宫廷也是帝后们时常用以消闲的一个项目。这位公子哥从小就喜欢各种赌博游戏。而斗鸡是他最热衷的一种，今天参战的这只公鸡，只算是他十只斗鸡中的倒数第三名。就这倒数第三名斗鸡，其身价也不菲：眼前这位后生曾出价万缗要他出让，可他却不肯割爱。倒不是原本家资富有不屑于区区万缗之数，只因要培训出一只能征惯战的斗鸡，实在不容易。

被人唤为"伯玉"的公子哥摇头对那后生耐心解释："好兄弟！你不知道，这位大哥不是个爱向人告哀怜的人，所以今天这事绝对不是他起意干的……"

那后生打断他："不是他起意，难道是你支使他干的？"

"陈记"店伙计急忙阻止："用假钱是罪过不小的事体！这位公子不要开玩笑！"

"公子！这事可不能私了，你斗你的鸡吧，我们势必扭他去见官！"粮店的伙计劝告着陈伯玉，作为"陈记"伙计，他们深知自家公子疏财仗义，怕他担上袒护铸造、使用私钱的罪名。

斗鸡后生也叫陈公子："伯玉，你家伙计说的是，让他们扭这犯人见官去吧，我们还是开始第二局！"

围观人众也催促："陈公子！开局吧！"

"莫耽搁了斗鸡大事！"

陈公子忙扶起青壮："大哥！买点粮油盐的假钱也不多，你先去见官，斗完这局，我就去县衙帮你说说情！"

斗鸡后生又笑了："大伙儿看这烂好人啊！"

粮店伙计却神情严肃地对陈公子说："公子，他用的假钱可不少，在我们三人店中，就用了近一千缗假钱。"

众人，包括陈伯玉在内，都惊讶地呼叫出声："呀！"

青壮急了："陈公子，这钱是我在通泉县衙领的军饷呵！"

这一回，众人大张着嘴，瞪着眼，却发不出声来了。

与此同时，通泉县令头都大了。就在三天前，益州大都督府长史李孝逸向通泉县令颁发了嘉奖令。赞扬通泉县在本次招集府兵一事中，走在了剑南、山南两道的前面。李孝逸派出的颁令官吏告诉县令，长史大人为县令作了特优等级的考绩，已向吏部申报备案了。

李孝逸虽只是大都督府的长史，但却是淮安王李神通的儿子。由皇亲国戚向朝廷举荐，在边远小县通泉任上滞留已久的县令，未来就会步入十分光明的宦途！

谁知，就在颁令官离开通泉的第二天，县衙大堂便有被商贾扭送来报官的"使用假钱"的罪犯，而这些罪犯都是应召出征的青壮府兵。而他们使用的假钱都来自于县衙！

其实，从李渊、李世民父子推翻隋朝，开创李唐王朝至今五十八年以来，在李世民人格魅力影响下，凡遇大型征战，国家征募勇士，不论官民，都是积极应征，并依制自带粮草、马匹从军。但当今皇帝李治继位以来，由于身体多病，治理上难与其父李世民相比，亏得靠皇后武氏辅助，才使李世民贞观之治得以延续。这是李唐王朝之幸，但却是奉儒家法统治国的臣僚们的大不幸。所以，从李治的舅父长孙无忌起，就高度警惕武皇后不遵妇道，干预朝政的萌态，但他的结局却是自取灭亡。此后褚遂良、上官仪又前仆后继，结局仍然是自取灭亡。尤其是十二年前的麟德元年（664），上官仪终于谏说李治废黜武氏，并为李治亲自草拟好诏书，却被武氏发觉，质问李治，李治失措，竟告诉武氏是受上官仪挑唆，于是上官仪全家下狱，除儿子上官庭芝的妻子郑氏因有孕在身，留下性命外，上官仪满门被斩。从此，武皇后和李治并肩立朝，被中外尊为天皇天后，"比肩二圣"。从那以后，开启了每年春正月中外使臣在光顺门下朝拜天后的新朝仪。

于是，在李家皇室大多数成员和为数不少的文武大臣敢怒不敢言的氛围中，在"男尊女卑"的儒家思想对中华民众的浸淫中，人们仍愿保家卫国，但国体的上层构架却被人们垢病；加之近年水旱蝗灾频发，一遇征战募招勇士，民众并不踊跃，如前文提及的青壮，安置寡母也大成问题。通泉县衙发出有饷征召的布告后，远近青壮既能保家卫国，又能解决安家糊口的难题，而出现积极应征入伍的罕见势态。

但是，通泉县衙贴出的带饷征募勇士的布告，却并不出自县令之手。

属于剑南道梓州的通泉县，和陈伯玉的故乡射洪县，都建于涪江西岸，相距仅百里之遥，而且都属偏僻贫困之县。县衙连维系日常开支都不容易，更不要说开出三千缗军饷费用的天价来招募青壮入伍出征了。但通泉的布告又确实是县衙出的布告，并且还真的兑现了三千缗军饷的许诺，原因就在于县令听信了县尉郭震的建议。

郭震，字元振，魏州贵乡（今河北大名县）人，生于殷实之家。六七三年，即唐高宗李治咸亨四年，应试得中进士，由朝廷任命为通泉县尉，来到了通泉任职。唐代的县尉是县令的属吏之一。职责是亲理庶务，分别众曹，割断追征，收率课调。品流呢，因为通泉属于下等县，所以是"正九品下"的官职。因为要得到这个职务，必须是经国家考试及第中进士后才可以。有此台阶，若朝中有人提携，几经迁转可以入朝任郎官、特点御史，再出外做州刺史，若干得好，升回朝廷做丞、郎，或在外做藩、帅。所以从史料上查知，唐代不少文武大臣，都是从这个台阶上艰辛拼搏上去的。

但来到通泉任县尉的郭震，比县令还早任职半年。从二十岁到任至眼下二十二岁，儿子郭晟已经两岁了，却还滞留在通泉。主要原因是朝内无人提携。朝内无人，就要靠自己寻找晋升的机遇。好不容易有了这次展示政绩的机会，他自然要和县令一道，从招募勇士西征上争取重大突破，以得到朝廷的赏识。须知，平息吐蕃的征战，已成了当今皇帝的心病，西边一日不平，朝廷就一日不宁！能为西征做出重大贡献，升迁是指日可待的。思虑之后，郭震提出发饷征兵的建议。

明眼人都知道这一着效益匪浅。但县令却苦笑："发饷发饷，请问饷在何方？"

郭震把胸膛一拍："在卑职！"

县令两眼明亮起来。对这位身高七尺、美髯飘飘如关公的县尉，确切地说是这位县尉的家底，县令是十分清楚的；对他疏财仗义的秉性，县令更是早有所闻。

早在县令来通泉上任时，他已听说过"穷通泉，富县尉"的流行口号。郭震暴富，不在今时，早在他读太学时，家里一次给他运来四十万缗钱供其使用，恰在这时一个同学浑身戴孝向他哭告，父亲死去五年，灵柩还停在家里不能下葬，原因是家贫无钱！郭震二话不说，立即让这位同学把这刚运到的四十万缗钱拿走，给死者举行葬礼！太学师生闻讯前来，正看见他笑着，当着那位哀告的同学的面，把同学递来的借据撕掉！凭他的家境，凭他这豪爽的个性，县令有把握执行带饷征兵的举措，所以发布了那道"露布"。

但县令万万想不到的是，主持带饷征兵的郭震，居然发放的是"假币"！

据县丞禀报，所征青壮，已达六百人之多，那么发出的假币，也已超过一百八十万缗之巨！

"这么多假钱，从何而来？"县令在二堂内，绝不敢在大堂内，浑身发抖询问郭震。

郭震镇定而简洁地道："铸的！"

县令差点瘫倒在地："谁……谁铸的？"

郭震又一拍胸膛："我。"

县令头昏脑涨，县丞急忙扶住，好不容易站稳足跟的县令焦急提醒郭震："郭县尉！这是灭族大罪呵！"

郭震长叹一声："明府不必骇怕，天塌下来，元振一人承担！"

唐人称县令为"明府"。郭震向二堂内惊呆了的属吏们望去，对主管刑法的司法佐点点头："请司刑！"

说着，他取下无旒、黑缨的紬质冠帽，脱下青衣缥裳，准备戴枷上铐。到此刻，他还珍惜地用手抹理着五绺美髯。

被呼唤的司法佐，却仍呆立在二堂中，根本回不过神来。

陈伯玉一骑快马从射洪赶到通泉县城时，不过当日申时。

初春蜀地，申时依旧阳光耀眼。但由典狱长引入县牢的巷道中，直到吟咏声音传来，他才驻足定睛，循声搜索而去。

那是面壁跌坐的郭震，正以叹息韵调咏哦着："愁杀离家未达人，一声声到枕前闻。苦吟莫向朱门里，满耳笙歌不听君。"

典狱长向陈伯玉苦笑着，却朝牢房里通报："郭县尉，射洪友人前来探望！"

郭震一下转过身来，也是一脸苦笑："人世几番更面目，仙山依旧锁烟霞！伯玉别来无恙乎？"

陈伯玉却对典狱长："我要进去！"

郭震由衷笑了："你百无禁忌呵！"

典狱长："陈公子，晦气！"

陈伯玉急迫地道："快放我进去吧！"

典狱长想了想："陈公子，牢中阴气太重，我把郭县尉领出牢来，在典狱堂见面吧！"

二人一进供着狱神的典狱堂，陈伯玉就迫不急待地道："元振哥！你怎会做了这等蠢事来？"

郭震长叹一声："是该死的蝗虫逼的！"

陈伯玉一头雾水："蝗虫？"

郭震："当然首先怪我急功近利。我派家奴回贵乡取运钱财时，因道途遥远，这一来一去，没有两个月的时辰，绝难运达，等到钱来才招募青壮，只怕西边的仗都打完了！所以我才想到私铸钱币，把人员招募到手，再告诉真相，用家里的钱换回假钱，哪知事情这么快就现了底呵！"

"那和蝗虫何干？"

"唉！谁知家奴空手而回，原来是家乡前年蝗灾，去年又是蝗灾！两年颗粒无收！父母又可怜乡邻……说到底，还怪你那父亲大人！"

陈伯玉一怔："怎么又怪我父亲？"

"我到任不久，就听通泉百姓说，当年洪水大发，射洪、通泉的庄稼被洪水冲走，房屋倒塌，正当百姓求天天不应，告地地无门时，你陈家大院开仓放出万钟粟米，还散钱救灾，惠及射洪、通泉两县百姓。我在回家探亲时，告诉我父母双亲，当时我父母对陈伯父的慷慨之举，深为钦佩。这次蝗灾来袭，我家也学陈伯父的榜样，散发家产救民，所以家里除了蝗虫啃不动的大批田地房廊，库中钱粮，是全然没有了！不怪蝗虫和你父亲大人，怪谁？"

陈伯玉忙问："你到底私铸了多少假币？"

"本拟招募千人入伍西征……"

陈伯玉呵呀一声，再无话说。

郭震摇头："仅召征得六百人，才发放一百八十万缗饷银！"

陈伯玉："那快把那四百人募齐！"

郭震豪气干云地："对！一百八十万缗是死，三百万缗也是一个死！早日平定西陲让百姓安居乐业，我大唐早日走向盛世，死就死吧！只是，伯玉！"

"嗯？"

"可怜我那晟儿才满两岁！我伏法后，请你务必把他母子送回我河北老家，郭震感恩不尽了！"

郭震正要揖手，陈伯玉一手按住："元振哥，你还有很多大事未完成，怎么死得成？你我弟兄，就此别过！"

陈伯玉就要出堂，郭震忙拦住他："伯玉，你到哪里去？"

"回武东山！"

武东山下就是陈家宅院。

"回家？"

陈伯玉："我去求爹爹拿出一百八十万缗钱来，换回你私铸的假币呵！然后再凑一百二十万缗钱，助你征召足千人大军！"

"哎！伯玉……"

郭震还未说完，陈伯玉已如离弦之箭，离开了典狱堂。

两天后，重新戴着无旒黑缨帽，穿着青衣纁裳，足蹬赤舄的郭元振和通泉县令一起，来到射洪县城不远处的武东山下陈家宅院，面谢陈伯玉父子救命之恩。

通泉县令因系初访陈宅，所以待茶后，陈伯玉之父陈元敬应县令之请，带往丹堂观看炼丹；常来造访的郭震和陈伯玉却骑马来到宅院旁一处空旷地坝，当地称为"跑马地"，陈伯玉请和郭震在马上比剑。原来唐朝因袭隋制，对骑马者身份限制极严，商贾平民出行是不准乘马的。到了高宗武后一朝，武皇提倡普及骑射以防备入侵之敌，奏请李治解了马禁，此事深得关心国家防务的陈元敬拥戴，于是在自己庄院附近开辟了一片供青壮学习骑射场所，乡邻称为"跑马地"。

原本也喜欢和陈伯玉在马上比剑，但今天郭震却有话要对陈伯玉说："伯玉！我想上金华山！"

陈伯玉乐意道："好呵！金华后山的松柏树林地形险要，正是马上斗剑的好场所！"

郭震却说："射洪县学也在金华山上？"

陈伯玉不以为意："是呵！"

应着，他扬起马鞭，坐下的黄骠马，早昂头跃蹄，向山道飞驰而去。

略约八里远近的金华山，两人一前一后，转瞬间到了山脚下。二人翻身下马，牵着马缰，过了廊桥，顺着百级石梯，向金华山顶上去。

这射洪县城就建在金华山下。其早原名射江县，于西魏时建置，北周时改名为射洪县。县名的渊源是因境内有梓潼水，与南下而来的涪江合流，造成水势急湍如箭，射向涪江口，蜀人把江水口称为"洪"，所以取县名为"射洪"。

金华山山势并不高危，但壁立涪江岸东，且拔地而起，显得崔巍险峻，气韵壮丽，山顶有道观一座，依山而名"金华观"，从观北侧再拾级而上，便是金华山最高顶，郭震要去的县学，就建在此处。

这是一座四合院落的县学学府。粉墙外的山坡上，生长着青翠欲滴，却又干挺枝虬的苍松翠柏。这是陈伯玉十分中意的纵马论剑之地。

陈伯玉早翻身上马，从腰间鞘中拔出剑来，捧在怀侧，向郭震一揖："元振哥哥，请！"

郭震却并不上马，只依马侧耳，作聆听状。

陈伯玉也屏息聆听有顷，对郭震道："江涛声、松涛声，少时混入剑锋声，好不爽快！"

郭震却仍凝神聆听。

陈伯玉诧异道："元振哥哥，你听见了什么了？"

郭震神情少有的凝重："天籁之音！"

陈伯玉一脸迷茫："天……天……"

郭震指向县学大院："你听！"

陈伯玉定睛凝神听去。

随风传来，是一派读书声。

丹房和陈家主宅大院之间，隔着一座花园。

丹房后壁紧依武东山。从丹房飘出的丹香，弥漫在花园和武东山的林木花丛之中。

县令为丹香倾倒："文林公！你这丹室，就是神仙府第呵！"

陈元敬诚挚地回道："明府过奖了！"

陈元敬二十二岁时，乡贡明经擢第，官拜文林郎，不久因父丧依制丁艰辞官返乡，后潜心黄老学说，以炼丹研易为乐，不再复职，但官民相见时，仍尊称为"文林公"。

陈元敬感叹颇深："不是元敬过谦，从而立求道，到现在四十开外，人说四十不惑，但每对于《道德五千言》，却仍无悟感！纵真在神仙府第，也是凡夫俗子罢了！"

县令反而对他更加敬重："文林公！下官初到通泉，就听郭县尉讲说文林公当年豪散万钟粟粮救济百姓之事！这次更以三百万缗的巨资，不仅打救下元振九族性命，更为征讨入侵之敌召集到千人大军！与慈航普济的观音大士，又有何异！"

陈元敬合掌急切地道："明府以大士比元敬，是折煞元敬了！不敢当！不敢当！"

县令却转了话题："文林公！下官有一事不明，贸然询问，文林公不会见怪吧？"

陈元敬笑应："怎么会呢？明府请赐教！"

县令沉吟斟酌有顷："文林公，据郭县尉相告，贵族第十二代祖是汉末时名声显赫的蜀国侍中、守尚书令，事见三国蜀志卷九。被朝廷谥为'忠侯'。虽然三国归晋之后，贵先祖不愿意仕晋为官，选择到这武东山下隐居。但时过境迁，当今天子继承太宗贞观之治，大唐盛世可期，而文林公本已入仕，却仅以丁忧守制而辞官隐居，而令郎子昂，今已一十八岁，恕下官直言！听说还……"

"嗯？"

"听说还不知书呵？"

"不知书"，自然是不读书！陈元敬平静地肯定："明府听说不假。子昂，确实还不知书！"

第二章

震荡鸿蒙

丹炉旁边，听陈元敬亲口承认陈子昂十八岁还"不知书"的通泉县令，还是显出愕然神情。陈元敬淡淡一笑："明府所听传言，确实不虚。"

县令再次打量着面前这位出生于唐高祖李渊武德八年——即公元六二五年——的武东隐士，怎么看也看不出这是一位长隐山林、志趣平淡的长者！看外表，他生得魁伟雄壮；论气质，眉宇间自然流露出豪迈之概；而射洪老幼皆知的一件事，也是使射洪县衙十分尴尬的事，就是境内凡涉讼诉的案件，当事人径直来到这武东山下，陈家院宅，请他断决，根本不去县衙报案！而凡经他断决的案子，当事人全然心服口服！更不要说远近皆知的，一举散发库藏万钟粟米救灾的举动，是何等热切关注国计民生的壮举了！

但就是这样已应试及第，并受任文林郎，前途无比远大的一位长者，却偏偏借父丧丁忧而辞官归隐！并且！独子年已十八，还"不知书"！……好奇心驱使县令要寻根刨底了！

"文林公！"

"明府大人？"

"恕下官斗胆请教了！"

"请大人赐教！"

县令再次斟酌掂量之后，问说："文林公淡泊于山林，令郎子昂不教其知书，是否和……"

陈元敬见县令欲言又忍，淡笑反诘："和什么？"

县令："和……？"

陈元敬："但说无妨！"

县令放开忌讳："是否和'牝鸡司晨'有关？"

陈元敬的回答却更使县令惊愕："明府大人！道家对'乾坤阴阳'视为一体。尤其敬天法地，讲究道法自然！如公鸡无力司晨，牝鸡司晨，又有何不可？"

县令一听，更觉错愕。

金华山顶，县学院墙外。陈子昂困惑地对郭震说："全是风声、涛声呵！"

郭震却朗咏起来："子曰：'朝闻道，夕死可矣！'"

陈子昂莫名其妙地问："元振大哥！你在说什么？"

郭震望向陈子昂，诡谲地一笑："伯玉！附近人们都知道你是斗鸡高手，是自己琢磨而会的呢，还是有名师传授呢？"

陈子昂兴致高涨起来："有名师教我呵！"

郭震："是口传手教吗？"

陈子昂："那当然！难道还有其他办法传授吗？"

郭震正色道："当然呵！人说斗鸡场如战场，好的斗鸡不仅有勇，而且还有谋……"

陈子昂鼓起掌来："元振大哥！对于斗鸡你也是个大大的内行呢！"

"是吗？"

"当然！"陈子昂眉飞色舞道，"比如我斗鸡中的第一名，我爹就把我给它取的'铁霸王'改成了'孙武子'！"

"好个孙武子！你知道孙武子是谁吗？"

陈子昂得意说："我爹说过，是个很厉害的兵法人！"

郭震摇头："怎么说话呀？应该说他是个很厉害的探求兵法的高人！"

陈子昂连连点头："对！我爹说他写过一本兵书，叫，叫，叫……"

"《孙子兵法》！"

"对对，就是这个名字。"他急忙介绍他的宝贝斗鸡，"这孙武子厉害！常跟我斗鸡赌胜的金华镇上那个愣小子，有一天居然搞到一只嘴像鹰钩，爪如钢耙的绝顶斗鸡，朝我叫阵，而且指名要我的'孙武子'，那时还叫'铁霸王'的斗鸡出阵。说实话，我从来交战没怯火过谁，那天一到斗鸡场看那小子的斗鸡，我心里就乱跳，心想我那'铁霸王'的死期到了！我的一世美名也完了！果不其然，对阵鼓三通响过，我把'铁霸王'往围子里一放，敌方的斗鸡就两翅一扇，气势汹汹地腾向半空，朝我的'铁霸王'直直地当头伸出一双钢耙般的爪子，我的'铁霸王'竟仰面朝天，看上去是吓瘫倒在地上了！"

郭震静静地听着，分明已知道了结局。

"当时敌方那小子和他的仆从是一片喝彩声，我方主仆是脸青鼻黑，只眼睁睁地等着看那可怜的铁霸王，一会儿被敌方的钢耙抓成一堆烂肉污血！"

郭震仍静听无语。

"说时迟，那时快！"陈子昂突然换了腔调，"只见从半空扑下的敌方斗鸡双爪，刚恶狠狠伸向我那仰面朝天、瘫在地上等死的'铁霸王'那敞露的腹部，却听惨叫一声——元振哥哥！不是地上的，而是半空扑下来的那一只斗鸡！——它惨叫一声！原来就在它凶猛俯冲下地时，我的'铁霸王'突然双爪合拢，然后以迅雷不及掩耳之势，伸出尖喙，啄瞎了敌方斗鸡的眼睛！刹那间，敌方主仆惊呼起来，我方主仆大声喝彩！……我爹听说后，就给它改名'孙武子'。元振哥你不知道，现在有人愿意出很高的价钱来买我的'孙武子'呢！"

陈子昂正等着郭震赞叹、佩服，谁知郭震叹息道："唉！"

陈子昂一愣："元振哥你哪里不舒服？呻唤什么？"

郭震又是一声叹息后说："岂有堂堂大丈夫，而不如斗鸡乎？"

陈子昂："哪个大丈夫不如斗鸡呵？"

"你！"

陈子昂脸色大变："郭震！我敬你是条好汉，你却这般侮辱我，是不是大丈夫，上马，请剑来评判！"

他翻身上马，从鞘中拔出剑来，怒眼直瞪着郭震。

丹堂里的通泉县令，被陈元敬的回应，再次弄得困惑起来。

所谓"牝鸡司晨"就是"母鸡叫明"。这是朝中文武对武皇后干政的一种隐喻说法。起初，反对后宫干政的文武中，如长孙无忌，如上官仪，用身家甚至九族的生命去和武皇后作了奋争；眼下，不少文武采取出世归隐的举动和武皇后消极抗争。县令以为陈元敬的归隐，和对儿子的教育态度，如十八"不知书"，也属于这种消极抗争。但听陈元敬回应，分明又不以为武皇后的举止为大逆不道，反而阐明应"顺其自然"，那么，陈元敬归隐不仕和爱子"不知书"，到底是为了什么？

"文林公！"县令口吻惶恐，"下官是造次了吧？"

陈元敬走向丹炉炉门前，掌火童儿忙往旁让了让，然后打开炉门，陈元敬凝眸观察着火势，顺手关上炉门，站起身来笑着回应县令："明府大人！从体形看，你觉得我父子有差异吗？"

县令回忆有顷："令郎的体魄，似乎不如文林公健朗！"

陈元敬捻须颔首："明府大人好眼力！子昂是他母亲患病时所怀，在他出生不到七天，他母亲就去世了！"

县令更加惶恐："文林公！下官实实造次，冒犯了………"

陈元敬微笑摇头："生死在命，学道参禅的人，当不介意谈生论死——好在他的继母对他视如己出，全心抚育，子昂才有今日的体质。但因先天不足，我父子体魄间的差异，十分明显呵！"

县令这才坦然："文林公不愧是林泉高人，果然度量恢弘！说实话吧，令郎虽也喜好骑射，但一眼可知，他的体质绝不可和文林公的魁伟雄壮相比呵！"

陈元敬一叹："和他母亲一样，常要药物相辅！"他指向丹炉："我陈氏虽然遵祖训，辍干禄之学，修养生之道，所以建此丹炉，饵云母以怡神魄，也要用后天之力，弥补他先天的缺陷！"

县令理解地点头。

陈元敬坦率地告诉县令，当今之世，得贞观之治之力，国家正走向兴盛；但于法统，也是朝政的多事之秋。而陈门从汉末以来，其列祖列宗，从原籍颖川，几经沉浮，才在这蜀中的涪江岸边，武东山下，保住这一脉。所以，子昂十八不知书，就不知书吧！让他跟着叔祖学道，照样可以明白人生道理。

县令却深为陈子昂遗憾。认为陈门为传宗保族，对他有这样的安排，用心也极为良苦了！但县令觉得陈子昂虽然体质薄弱，可那一腔豪气，仍透着陈门的巍巍家风！若能知书，可以肯定将成为大唐的庙廊大器。

陈元敬微笑致谢："多谢明府公的赞许，一切还是听其自然吧！至于知不知书……"

陈元敬走向东壁处的博古架上，捧起几册书来，递向县令："《大学》《中庸》《论语》《孟子》是书，但这《易经》也名列五经之中啊！子昂的叔祖，在他牙牙学语之时，就开始教他学这《易经》了。"

县令接过，正是几册雕版印制的精美的《易经》。

县令惊叹道："呵！那令叔眼下？"

陈元敬欣悦道："他叔祖是隋大业三年降世的。"

县令已经算出："今年已接近古稀高寿了！

陈元敬笑了："虽是年近古稀，但上这武东山，还常把五六十岁的乡邻抛在身后！"

县令敬佩得欲去拜望老叔，陈元敬却抱歉地告诉县令，叔父正在闭关修道中，不能见客。

县令大为遗憾。陈元敬笑着宽慰他："后会有期！"

陈门老仆在丹房门口躬身禀告："老爷！有人来拜见公子！"

陈元敬："告诉客人，子昂和郭县尉上金华山顶比剑去了！"

老仆匆匆转身："是！"

金华山顶的松柏林中，郭震却神闲气定："有剑无魂，如何评判？"

陈子昂冷笑："啰嗦半晌干甚？不敢比试就说不敢！"

郭震仍口吻从容："匹夫之勇，更无须计较了！"

"你才是个匹夫！"

郭震捻着五绺美髯："常言说得好，'嫠不恤其纬，而忧宗周之陨'！你枉自长到一十八岁，连这典故也不知道，你怎么能比得上我这识字的匹夫？"

原本怒火冲顶的陈子昂，不禁一愣。

从他知事起，叔祖陈嗣就教他《易经》和《道德经》，一生二，二生三，三生万物的道理他懂了；太极生两仪，道法自然的道理他也慢慢懂了；什么是玄图，什么是天象，陈嗣和父亲也手把手、图对图地教过了；而人伦孝悌、仁义礼智信也都不仅能理解，而且还深植于心，力践于行，比如用三百万缗能救朋友九族的命，他会毫不迟疑地恳请父亲开库取钱。但郭震这时说的这句"典故"，他确实不知道！原本气愤的陈子昂，极有"愿赌服输"气概，立刻翻身下马，向郭震很恭敬地揖手请教："元振哥！怎么讲？"

交往已久的郭震，望向这位小自己三岁的好朋友，捻须欣然大笑："哈哈哈哈！孺子可教也！"

郭震上前携起陈子昂的手，走向建在山顶危崖之上，面对涪江的一座六柱亭中，在亭栏座上坐下来，向他讲解这典故的出处和意义。

当西斜余晖涂满亭台时，郭震的讲述让陈子昂初步明白了那典故的意义：是说远在春秋战国时一个寡妇，并不忧虑无纱线纺布，而担心国家的败亡！但他十八年来所受的黄老之说的教育，还不能被这"典故"取代。只能说，清静无为是应该信奉的人生真谛；而寡妇的忧虑，却是为国兴亡而忧！

但是，家族教育为什么不对自己传授这类学说？

他困惑发问，郭震也只能以困惑的神情回应。

这时，陈汀领着来客拭着汗水出现在亭栏外，不待老仆禀告，来访的母子二人已不约而同地向亭中的陈子昂呼唤出声："陈公子！"

陈子昂和郭震闻声回头望去，认出这母子二人，正是那前去通泉报名入伍的后生和他的寡母，一齐站起身来，出亭相迎；那后生也认出了郭震，已跪下："拜见县尉大人！"

郭震把后生扶起："免礼！起来吧！"

寡母也要下拜，郭震早双手搀着："老人家！我现在才知道你膝下只有这么一个儿子，他应募西征，虽有安家费用，但眼前却没人照看你！要不，你儿子还是留在家里照看你老人家吧？"

"已领饷银不要退了！"陈子昂忙补充说。

寡母感激不尽："多谢大人和陈公子对老妇人的关照！我儿应募确也因为通泉有千缗饷银安家，但是，也因为国仇家恨啊！"

从寡母口中，居然重现了那典故中寡妇的胸襟！陈子昂对原本熟悉的乡邻不觉刮目相看了。

郭震已询问出声："老人家提到了国仇家恨，难道……"

青年后生愤恨道："县尉大人，我父亲几年前战死在大非川！那年我刚满十岁！"

郭震紧皱双眉："我那时还在东都洛阳的太学就读，听说大非川一战，我军全军覆没，也曾慷慨请战。想不到你的父亲，也在大非川阵亡。"

六年前，高宗咸亨元年，即公元六七〇年四月，吐蕃发兵进扰，连陷西域一十八州，朝廷以薛仁贵为逻娑道大总管，大将阿史那，将军郭待封为副总管，率大军西征，谁知郭待封不听薛仁贵的部署，轻敌冒进，被吐蕃相论钦陵以四十万大军围堵于大非川，最终唐军全军覆灭，仅薛仁贵、郭待封等主将数骑突围脱身。

"所以，杀父之仇不共戴天！小子特和娘亲，前来感谢陈公子助饷杀敌报仇的大恩！"青年后生早又向陈子昂跪拜下去。

陈子昂急忙扶起："你用性命报效国家，为父报仇，我稍助军饷，不足挂齿呵！你放心出征西去！老娘处，我定帮你尽孝！"

青年后生母子二人感激涕零，青年后生哽咽着，但辞气刚强："多谢陈公子了！三千缗军饷，足可供养我老母三年，小子一定奋勇杀敌，报效国家！"

在平日，这话陈子昂听在耳中，十分平常；但这时听在耳中，使他不由自主地和郭震讲述的典故联系起来。于是，他打心底升起一股对眼前母子的崇敬之情。

当半轮明月从武东山徐徐升起时，陈家院宅已透出点点烛光。靠近丹房左侧院内厢房中，陈子昂和郭震趺坐在食榻两端毡垫上，都已带着醉意。

陈子昂端起面前的淡蓝色的夜光杯，轻轻摇晃着杯中的酒液，对郭震提示着："元振哥！初春天气，白天红日当顶时，温暖如同初夏；此刻却又凉如寒冬！可你看杯中春酒，仍绿茵茵的！这种酒质，只怕北边绝对没有呵！"

郭震却陷在深思里，没有应声。

唐时之酒，多以"春"字冠名，如赫赫有名的"剑南烧春"。而射洪所产"射洪春"酒，就是陈子昂此刻提示郭震的佳酿。须知当时的酒类，尚不是今天常见的白酒，属米酒之类，如过滤清澈，温暖时节，注入杯中，自然清冽返绿，但寒冬时节，自然冻结浑浊。但射洪春酒酿造精良，所以在天寒地冻时，仍旧晶莹剔透，绿波盈盈。

陈子昂踉跄着走向郭震近前，一手摇着郭震的肩头，一手仍摇晃着夜光杯里的酒液："元振大哥！你还没看出我射洪春酒那过人之处么？"

郭震却长叹出声。

陈子昂诧异道："元振哥哥！今天的你，可不像平常呵！"

平常的郭震，说话声如洪钟，笑声直震屋瓦，大有泰山当面崩塌而面不改色的气概！今天却语重心长地对陈子昂讲述男儿当报国的道理，还几次三番地长叹不已！陈子昂怎不诧异呢？

郭震这才回过神来，突然道："伯玉，我又送了一千个死鬼西征！"

陈子昂大惊失色："你怎这么说话呵？"

郭震推开面前案上的杯筷，两掌放在两膝，心情沉重地说："刘审礼等人怎能和薛仁贵、郭待封的军事才干相比？薛仁贵、郭待封面对吐蕃强敌论钦陵，还弄得个全军覆没，眼下的论钦陵比几年前更加强悍，而皇子只挂元帅虚名，刘审礼等十二总管没有一个具有薛仁贵、郭待封的能耐，怎能够突围脱身？"

陈子昂反问："刘审礼是谁？你怎么知道他们不行？"

郭震站起身来，望着窗外武东山顶的月轮，忧心忡忡："刘审礼作为工部尚书，毫无实战经验，他们此去，好有一比！"

陈子昂："好比什么？"

郭震叹息："鸡蛋碰石头，一碰就烂！"

陈子昂对这些人事一概听不懂，只再问一句："皇上既然命他领兵西征，或许知道他有西征的本事呵？"

郭震满脸苦笑："皇上自然是无所不知无所不晓呵！"

"那不就是了？"

郭震又是一声长叹："打一仗下来就知道了！"

"这个审什么礼……"

"刘审礼。"

"他知道自己不行吗？"

"他倒有自知之明！"

陈子昂焦急道："那他奏请皇上不去呵！"

郭震摇头："你呀，知道'君无戏言'吗？"

陈子昂头摇得更凶："不知道！"

郭震耐心道："就是说，皇上，也就是'君王'，说出来的每句话都是极为重要的，不是儿戏！君王说了你行，你就行，不行也行！说了你不行，你就不行！行也不行！所以刘审礼这些人只有硬着头皮上了！"

陈子昂跺起足来："我虽然没见过两军对垒，但两鸡相斗是常亲临观战的！没本事的那只鸡，一战下来，就只有放进砂锅去煲汤了！可这是活生生的人呵！交到没本事的刘什么礼手中，准定是凶多吉少！"

"不！"郭震断然道，"准定是有死无生！"

陈子昂激动起来："你知道了这些……"

郭震再次打断他："不是我能知道的！是在京中做官的一个好朋友悄悄来信告诉我才知道的！"

陈子昂忙问："你这好朋友既在京中当官，又知道这些事，他应该向皇上奏告啊！"

"他一个小京官，有说话余地吗？"

"小京官？"

郭震点头："小得很的一个京官，姓乔，名知之。"又补充一句："但乔知之的父亲乔师望却是太宗座下的文武全才。他这个儿子乔知之虽然官卑职小，但诗名很大。"

"什么什么？"

郭震才记起是对一个不知书的人在说话，于是放缓口吻："他很会写诗。写诗的名气很大。"

陈子昂也叹气了："唉！两军阵前，会写诗歌，名气再大，又有什么用啊？"

郭震神情凝重了："伯玉！你错了！"

陈子昂拗劲大发："我怎么错了？我是半点错也没有！"

第三章

请违祖制

　　陈子昂执拗的说话声顺风传到邻舍。和陈子昂比邻的厢房，正是陈元敬夫妇的起居厅室。陈夫人推推身旁的丈夫："大郎，你听子昂！"

　　唐时亲近者、好友等，习惯用排行相呼。陈元敬系本房长子，所以妻子这么称呼。排行后加"郎"，也是唐人对夫婿的一种称谓。

　　陈元敬依道家生活规律，戌时即要入睡，而子时要坐禅"培阳"，当夫人呼唤时，他已在蒙眬境态之中，陈夫人又推推他："你去子昂那里看看，好像在争吵什么？"

　　陈元敬这才稍稍醒过来，却笑着安慰夫人："年轻后生们在一起，哪有安分的道理！由他们去吧！"

　　陈元敬瞑目调息，又要入眠。

　　陈夫人却从被中坐起身来，伸手在床栏上取过夹袄，披在肩上，陈元敬睁眼看见，劝阻说："子昂和郭震是狗咬亲家母，隔不了半下午！你操什么心呢？"

　　陈夫人却紧皱着双眉："大郎！这对'亲家母'，必须给他们拆开！"

　　夫人嫁入陈家，正好是陈子昂呱呱落地后不久，至今也有十七年了，但却并无生育。原本名门闺秀的她，秉性也十分善良贤惠，视子昂为己出，甚至达到娇纵的程度，但凡陈子昂喜欢的人、物，她都乐观其成。但明知陈子昂和郭震非常要好，却突然罕见地要"拆开"二人，陈元敬顿时感到近几天发生的事情让夫人大大上心了！

"夫人！"陈元敬也坐起身来，夫人忙着从床栏上取过夹袄给他披上。陈元敬安慰她："事情都过了！"

"这么无法无天的人，子昂孩儿决不可以和他再结交下去！"

陈元敬笑道："夫人言重了。"

"大郎！"夫人忧心忡忡，"胆敢铸造假钱！如果不是发觉得早，他郭家满门一个也活不成！我们子昂孩儿决不能和他再有往来！"她加重了语气提醒丈夫："我们陈家这一脉里头，就只有子昂这根独苗苗呵！"

陈元敬沉吟着："其实我也奇怪，郭震出身太学，并且担当通泉县尉已近三年，虽说报国心切，他也不该这么……冒失呵！"

陈夫人摇头："他比子昂孩儿大了五岁，今年二十三岁了！几天前和他娘子带他的孩儿来与子昂去真谛寺上香，拜会晖上人，那孩儿都两岁了！当父亲的人了！这不是冒失，真的是无法无天！"

陈元敬沉默有顷，却轻声吟诵道："'开花空道胜于草，结实何曾济得民。却笑野田禾与黍，不闻弦管过青春。'"

夫人焦急道："大郎！你还有闲心吟诗！"

陈元敬笑而不答。这是郭震上次去真谛寺拜会住持晖上人时咏赠晖上人的诗文，晖上人向他转吟时预言说："今日野田禾黍，明朝庙廊大器！"这位名满蜀地的高僧大德，仅从郭震吟咏的诗句中，便预判出他终究不同凡响。而历史证明，他在长期滞留通泉后，终于被武皇后拔识重用，到玄宗一朝时，已是执掌兵部的紫袍大员。夫人贤惠、慈仁，但她不会懂得一个青年才俊的胸襟。

"大郎！"夫人以为夫君走了神，呼唤着，又推推他。

"嗯？"

"我想把子昂孩儿支出武东山！"

陈元敬笑着："你真要拆散他们？"

"是断绝！"

"夫人……"

"大郎！越早断绝越好！子昂孩儿也一直想去西京和东都游玩，不如就安排他去亲家家里住些日子吧！"

陈元敬又笑了："我随口说了一句口头禅，你就想起了亲家！"

夫人认真道："大郎！这事越快越好！越早越好！子昂孩儿初次出远门，你还要亲自护送才是。"这心情，这用意，这安排，就是亲生母亲举措，也不过如此。

但是，陈元敬心里却说：夫人一心呵护子昂孩儿，她哪里知道，眼下去东都安排子昂住入亲家家中，大为不便。

为什么不便？因为时局敏感。怎说时局敏感？因为亲家姓高！姓高何以牵涉到敏感的时局中？因为这家高姓，不是寻常百姓家的高，而是渤海蓨县的这一脉高氏，是大唐王朝中的皇亲国戚。

如此显赫的门楣，有何敏感而导致不便造访？这是因为当今皇上李治的舅父长孙无忌，为守护外甥李治的皇权，和李治的皇后武媚娘展开殊死斗争，后果是长孙无忌在显庆四年，即公元六五九年被缢杀于流放地黔州，此前此后，终于尽灭满门。不仅如此，凡和长孙有点瓜葛的亲属，也在被武氏清洗之列，渤海蓨县高家，正在其中。

但陈元敬不愿向夫人透说底蕴，仍以模糊的口吻回答："告白他叔祖后定吧！"

他已有了搁置夫人动议的退路。

山月当顶，已是子时时分。

陈子昂的厢房内，郭震反问一脸执拗之气的陈子昂："你以为先皇太宗如何？"

陈子昂一时未回过神来："什么如何？"

郭震再次记得好友不知书，斟酌有顷，才回答他："比如，太宗皇帝的武功？"

陈子昂想了想，再次反问："他是使刀枪，还是剑戟？"

郭震这才明白和一个不知书的人谈论这类话题何等困难！他俯首思量了一会儿，才说："我说的武功，和文治并列，是问一位君王在指挥将士开创国家这个方面能耐如何。"

陈子昂终于明白了："我爹说大唐天下就是高祖和太宗领兵打下的江山，那还用问能耐吗？"

郭震暗自呼出一口气来：终于可以对话了！

"你知道太宗是从谁手里夺下的江山吗？"

陈子昂又摇头。

郭震已习惯了，耐心道："大唐朝的前一个朝代是隋。"

"谁？"

"不是谁人的谁，而是这个字。"郭震用手指从杯中蘸点酒汁，在食案面上写了一个"隋"字。

陈子昂点头："呵！这个字念隋！"

郭震："太宗皇帝是旷代明君，他在贞观年间的治理，举世公认是极其出色的，到了本朝永徽三年，距灭掉隋朝已经四十四年了，大唐的户口达到三百八十万户，但隋朝灭亡前的户口是多少呢？"

陈子昂摇头。

郭震原也不是询问，而是有意停顿，以之引起陈子昂的注意："隋灭亡前的户口是八百七十万户！"

"呵！差点多出……"

"一倍多。"郭震说，"但隋朝从开皇元年起计算，到大业十四年止，不过三十七年的时间！从这个数据可以揣知，隋朝两代君王，文帝杨坚和炀帝杨广，无论文治，还是武功，都是当世绝无仅有的俊杰！因为，我大唐立国到今天五十八年了，无论户口还是国力，都还不及前朝！"

"元振哥，你好记性！"陈子昂由衷钦佩。

"但是，太宗皇帝却取代杨氏父子，开创了中外瞩目的大唐王朝！"郭震转回话题，"在开创大唐王朝的大战中，在两军对垒中，唐军不仅有步军和马军，还有一支歌舞大军！"

陈子昂一愣："歌舞大军？"

"对，这支大军手中不是挥剑扬刀，而是抱着琵琶，捧着筝，横着长笛，拨动着筚篥，敲击着鞻鼓，高唱着《秦王破阵乐》，引导着将士，杀向敌阵中！"

陈子昂瞠目结舌，一派匪夷所思的神情，既惊讶而又好奇地望向郭震。

郭震已用手取过放在食案上的箸子，在案檐敲击节拍，激昂地讴歌起来："受律辞元首，相将讨叛臣。咸歌《破阵乐》，共赏太平人！"

"元振大哥……"

"四海皇风被，千年德水清；戎衣更不着，今日告功成。"

郭震放开箸子，陡地立起身来："伯玉！你知道吗？这支歌舞大军，有两千之众！听！'主圣开昌历，臣忠奉大猷；君看偃革后，便是太平秋！'"

郭震还沉浸在自己的余韵中，陈子昂也鼓起掌来："真神奇！两军大战，前队是两千大军的歌舞将士！"

"对呵！这就是太宗皇帝所带大唐军队临战的军歌大队。被这军歌鼓舞激励的大唐三军，终于推翻了隋朝，开创了大唐王朝。可你却说，诗歌对国家无用！还说你半点错也没有呢！"郭震几乎手指陈子昂鼻尖予以斥责。

陈子昂是很自尊的人，但同时也是知错能，不，即改的人，对郭震的举止口吻，他不仅不以为忤，反而很快立起身来，躬身揖手："元振哥，子昂多谢你指教！"

郭震却大有恨铁不成钢的意味："伯玉！在这人世间，不爱钱财爱道义的人，太少太少了。至少，以我看到的，不过陈伯父、郭元振、陈伯玉而已！"他毫不客气地把自己列入。

陈子昂唯唯。

郭震却伸手摇晃着他："可你怎么在金华山顶，就只听得见风声、水声、松涛声，听不见琅琅读书声呢？"

陈子昂反而不解："从那些摇头晃脑的娃儿口里窜出的咿里哇啦？"

"那是'四书五经'！其中有你也研读过的《易经》！"

陈子昂："那我会。叔祖爷爷从我才会说话时就教我了。他老人家说这是一部道家祖传的秘籍。"

郭震："也是。但更是一部阐述宇宙哲理，帮助人们在文治武功中避邪趋利的书！"

陈子昂顺口诵道："乾，元贞，利贞。"

郭震却切断他："师卦第七！"

陈子昂面有难色："这个么……"

郭震："这些年的交往中，我知你是极其聪慧、善于记忆的，不会连这一卦都记不得吧？"

陈子昂摇头："当然记得！可元振哥，按家教，读经是'用心'，不可如县学里的书生那样咿里哇啦、摇头晃脑的。"

郭震："那就按你的家教吧。"

陈子昂瞑目默诵，并不出声。

郭震笑了："好！我替你读出声来！"

陈子昂却睁眼念出："师：贞，丈人吉，无咎。"

"会讲吗？"

陈子昂点头应出："对于领军出征的将帅而言，如果筮得此卦，那么非常吉利，绝无凶险。"

郭震满意道："对！"同时赞道："谁说的伯玉不知书！十八年来，你也算知《易经》呵！也因叔祖传授《易经》，识得不少文字了。因之，只须稍加引导，就是一个极有前途的'知书者'。"

见陈子昂摇头，郭震道："你谦虚什么？我不是面谀朋友的人，我说的是真话。"

陈子昂急忙解释："元振哥你也知道，陈门祖训，崇尚黄老大道，不染红尘。"

郭震叹息："可你有这罕有胸襟，却不售予国家，可惜呵！"

"什么不售予……国家？"

"人才！"郭震强调，"有这等忧国忧民心胸的人才！"

"是说我吗？"

郭震有意四顾:"这厅堂中还有他人吗?"

同时,郭震掩口,对陈子昂指向后窗。月光下,陈元敬正拄杖开门,步着月光,沿着山路登向武东山。

陈子昂两肩一耸:"今天是初七,子时要登山步斗呵!元振哥,你自饮吧!"陈子昂说着已匆匆出房,追赶父亲去了。

郭震借月光看着陈子昂匆匆而去的背影。看身形,陈子昂在父亲魁伟壮实的身躯映衬下,显得更加瘦小柔弱。郭震的叹息再次冲口而出:"可惜!"

因要带领府兵们去梓州集结,陈子昂上山步斗采气不久,郭震就离开陈家院宅,上马急返通泉县。而陈夫人提议送陈子昂去东都洛阳探亲之事,被闭关修炼的陈嗣否决。陈子昂仍在炼丹、修道之余,跑马练剑,或去金华镇,或就在院宅旁跑马坪上,斗鸡、拔河、射壶。好在西战一开,郭震被调入剑南道参与粮草、甲胄、战车等后勤补充军务,也不能去武东和子昂见面,陈夫人的担心稍为减轻。

高宗上元三年,即公元六七六年秋八月,西征军不仅没有平定吐蕃,反而被吐蕃攻占了叠州!射洪县令亲到武东山访望陈元敬,请问陈元敬藏书中可有《秦王破阵乐》的笛谱?因为朝廷要恢复作为大唐军歌的舞乐,而曾做过文林郎的陈元敬,不仅献出了笛谱,还献出了由太宗李世民当年亲制的《秦王破阵舞乐图》的临摹本。陈子昂不仅大感兴趣,更是大开了眼界。

"初春时听元振哥哥提起参舞者达两千将士之多,看这图本,好大气派呀!"

陈元敬这才知道儿子已从郭震处知道了这部舞乐,就更加详细地讲给儿子道:"那是武德三年,刘武周叛变,动摇初建的大唐王朝,太宗皇帝奉高祖敕令出征平叛,召魏征等对大唐军歌的歌词作了增加,又命乐师吕才再度协律度曲,形成两千马步壮士组成的军乐战队。河东一战,平定刘武周,大唐军歌由朝廷定名为《秦王破阵乐》,因为当时太宗皇帝就被高祖封为秦王。"

陈子昂这才知道了这部乐曲的渊源,却又生疑问:"既然是大唐军歌，怎么会曲谱不全了呢？"

"当今皇上是个至孝至仁的君王。"陈元敬说，"自当今皇上继位以来，凡触及太宗的往事、物件，今上都会睹物思亲，心如刀绞，所以原本依制表演这部乐舞的时节，今上都不忍观听，后来干脆停止了这部舞乐的表演。这一来，原本的舞乐乐工，各自安排到了另外的宫廷舞乐之中，而原本属于这部舞乐的笛工去世后，笛谱也随之埋入了坟茔中。这才有了敕令在各地寻访笛谱的事。"

"不是都停止演奏这部舞乐了吗？"

"刚才县令不是说了吗，这次西征战事一起，太常少卿韦万石奏请今上，为壮军威，也为了不让这部舞乐失传，应该恢复《秦王破阵乐》，今上允准了恢复的谏议。"

陈子昂自言自语："看来，诗歌真能激励将士奋勇作战！"

陈元敬严肃地说："当然！但凡我中华正音，都能励人上进；而靡靡之音，则会摧人意志，败破家国！"

陈子昂深为震动："什么什么……音，这么大的坏处？"

陈元敬解释说："靡靡之音，就是使人意志消沉，甚至丧失高尚品格的乐曲呵！"

"那么，"陈子昂悟及，"诗歌也有正邪之分……"

陈元敬任由他思索下去，并不再去解说。

但不久即有伙伴来约斗鸡，他兴冲冲地让仆童提着他的十员"爱将"，纵马急驰金华镇，对于《秦王破阵乐》引发的对诗歌的思考，也就告一段落。

转瞬间，是上元三年（676）的重阳日——九月九日。从子时起，武东山下陈家院宅的主仆、婢女都起了个绝早，陈夫人把陈子昂叫到厅事里，亲自为他佩戴茱萸。

陈元敬笑着提醒夫人："他十八岁了！"

陈夫人也哑然失笑，然后对陈子昂道："子昂，你满周岁的那个重阳，谁打了你的掌心？"

陈子昂茫然："谁？"

"为娘呵！"

"孩儿不信！你才舍不得呢！"

陈元敬笑着："这可是真的。"

"你把盛茱萸的绛囊抓破，再戴一个又抓破！你娘急了，拿过小手来，照掌心就是一巴掌！你还在笑，你娘就哭了！"

陈子昂愧疚地说："娘！"

陈元敬说："茱萸绛囊是避邪护体之物，你老抓破，你娘感到不吉利，所以教训你！"

陈子昂忙对继母道："娘！孩儿不会了！"

陈夫人还在为他佩牢着绛囊："再过两年，娘想给你佩戴，也不成啦！"

"我还是要娘给我佩戴！"

陈夫人安慰地一笑，心里却悄悄溢出酸楚。

两年后，陈子昂二十岁。按唐律，男子满二十就可以成婚了。虽然女方年纪还小，但这一天迟早会来到。自己没有生育，视子昂为己出的陈夫人，听说韦姓亲家母，身子骨也很弱，虽才三十啷当岁，生下女儿后，就多在病榻上过光阴。高家是名门望族，皇亲国戚，如果舍不得女儿远嫁，也会要求女婿上门。想到武东山下这偌大的院宅只剩下自己和丈夫相处，听不到孩儿的呼爹唤娘声，陈夫人两眼红了。

夫人的神情被细心的陈元敬察觉，正要询问，守门老仆匆匆入堂禀告："老爷！夫人！公子！通泉郭县尉……"

一听郭震的名字，夫人急了："这重阳呵！是家人团聚登高赏菊的日子，外人……"

"娘！元振哥不是外人呵！"陈子昂原本就思念郭震了，急忙对老仆道，"请！请！"

老仆忙应："郭县尉没来，只给公子带来了封急信，叫县役快马送来的。"

陈夫人这才吁出一口长气。但急忙拆信观看的陈子昂却惊呼起来："爹！娘！"

"嗯？"

陈夫人一边劝慰着："不急，慢慢说吧！"同时又惊问："不会又铸假钱了吧？"

陈子昂摇头："他说对了，刘审礼这些人真的不能带兵打仗！"

陈夫人听不懂："什么什么？"

陈元敬急忙从陈子昂手中拿过信来，一看，也大惊失色："我军西征在青海一战中大败，剑南应募将士，全部阵亡！"

陈子昂立即想到了那位邻居后生和他孤苦的寡母。

"郭县尉请你尽快代他向射洪县应召的勇士家眷先行抚恤！"

陈子昂小跑着出堂上马而去。

但是迟了！寡母一天前已得到儿子阵亡的噩耗，竟跳入涪江！

陈子昂想到他们母子登上金华山向他致谢和辞行时寡母孤儿那种报国恨家仇的慷慨激昂。他亲去金华镇上的阴阳店铺购了香烛纸钱，登上了金华山顶。在临江亭前，他向西插上点着的香烛，并长跪于地，启理着纸钱，凝神焚化。

焚化的纸钱顺着河风起舞、飞腾，极似一只只在旷野上、花草中舞动的蝴蝶；而盛开的野菊金晖烂漫，映衬得满山松柏，更加苍翠。

武东山赏菊气氛十分沉闷，陈嗣对陈元敬催促道："你们夫妇快去看看子昂吧！"

老仆引着夫妇二人来到金华山下。马童在山脚下拴了马；老仆和侍婢跟随陈元敬夫妇几乎一口气爬上百级石阶，在县学大门外石阶下也没喘息一下，就径直上了山顶，看见陈子昂仍长跪在临江亭边，望西祭奠。

陈夫人上前心疼地要扶起儿子："起来！你这瘦弱的身子骨呵……"

可是陈子昂只转过身来，朝父母叩伏下去。

陈夫人忙去扶他:"唉!他母子知道你的一片心意了,孩儿!"

"爹爹,孩儿有个请求!"

"你说呵!"夫人急了,"起身来说!"

陈子昂仍长跪着:"儿请违背祖训!"

陈夫人大惊:"子昂,这不可以!"

但陈元敬却对陈子昂鼓励地点点头:"你说下去!"

第四章

文坛宿命

儒学以"孝"为核心，而"孝"的核心内容之一就是做子孙者绝不能违背先人训条，所以出身名门的陈夫人听见儿子提出这种请求，可说是大为震惊。

而陈元敬从儿子听到西征大败，通泉募兵千人随剑南一部赴战而全部阵亡的消息，到此刻提出要请"违背祖训"的举动，已经猜到八九分儿子请求的内容，所以不以为忤，反而允许他说下去。

"大郎！"陈夫人仍然急阻。

陈元敬温语安慰："夫人，不会有大碍的，你让儿子把心里想说的话说出来吧！"

"你也十八岁了，当说才说！"到底是母亲，不愿因儿子的冲动鲁莽而使儿子受到诟病和伤害。

陈子昂口吻急迫："儿子要进县学，要学《孙子兵法》，要领兵杀敌！"

"你呀！"陈夫人一听，更惊更急，也更为疼惜，"你生下来的时候，六斤还差三两七钱。每天你叔祖给你喂的药汤，比奶还多，现在还三天两头伤风头痛的。你！带兵打仗？胡思乱想呵！"

陈夫人要把他扶起来："走，下山回家！"

陈子昂不肯起身。

"当岩河河风大，只怕已着凉了呵！"母亲对身边仆婢说，"扶公子起来，上马下山！"

"爹娘不答应孩儿，孩儿就不下山回家！"

陈夫人急了："娘和你爹怎么回答你呢？小祖宗！"

陈元敬忙携着夫人："不急不急，我回答他。"

陈夫人："大郎！你颍川陈门是有家教的，可不要顺口打哇哇。""顺口打哇哇"，是蜀地俗语，"满口胡说八道"的意思。陈元敬笑了："你就放心吧！"他俯下身去："你这没有违背祖训呵。"

陈子昂和母亲同时感到意外。

陈子昂问："孩儿没有违背祖训？"

"你要研读兵法，领兵杀敌，护境安民，作为我陈门之后，正是遵循祖训行事呵！"

陈夫人回过神来，急了："大郎！你到底还是顺口打哇哇了！我家子昂这体质，能带兵上战场吗？"

陈元敬正要回答，却见一伙后生或提着鸡笼，或打着口哨，爬上山顶来了。那为首的后生正是常和陈子昂在金华镇的十字街口闹市斗鸡的对手，他看见子昂跪在香烛面前，显出诧异："陈伯玉，你弄对头没有呵？今天是九月九，不是七月半。你对着河滩烧什么香，点什么蜡呵？"

同时众人也看到了陈元敬夫妇，立即收敛了嬉皮笑脸，站端身子，朝二人躬身揖拜："拜见陈伯父！陈伯母！"

陈元敬领首，微笑："免礼，免礼！"接着，他回头对陈子昂意味深长地说："子昂，还可以挑灯大战呢！"

陈夫人也急忙催促："好呵子昂！快去吧！"

陈子昂却陷入沉思中，而且双眉紧皱。

老对头早一趟跑来，拉起陈子昂："走！大战三百回合！明人不做暗事，我爹才从梓州城花大价给我请了一位常胜大元帅回来，你今天要小心了。不然一世美名，到今天就没啦！"

陈夫人暗自吁出一口气来。

"陈汀！"陈子昂对身边的家童道，"把鸡笼提上山来！"

"提上山来？"对方眨巴着眼，"在这里斗？"

观战的后生们却高兴地鼓掌喝彩："对！在山顶大战一场！"

"好！鸡元帅大战金华山！"

陈夫人忙催促陈汀："那就快去提上山来！"

陈汀飞身离开临江亭畔，大约一炷香时刻，和四个家仆每人提着两只鸡笼，气喘吁吁地回到了金华山顶，放在临江亭畔。

对方从鸡童手中提过鸡笼来，既是对陈子昂，也是对众人炫耀道："大家伙儿来看！来看！头是头，尾是尾，眼睛在喷火，钢爪要抓天！今天的胜负，不斗也分清了。"接着他对陈子昂道："伯玉！开笼放鸡！"

陈元敬冷眼旁观着陈子昂，陈夫人悄声地道："大郎！还是我们陈家的祖训好，'清静无为'。你不要再顺口打哇哇了！"

陈子昂终于松开了双眉，躬身从家童手边提过装着"孙武子"斗鸡的鸡笼，打开笼门，双手捧出了"孙武子"。

对方也双手从笼里捧出了新购回的"常胜大元帅"。

依斗鸡程序，双方主持斗鸡的鸡童要立于场中，伸出右手，随口比画："一、二、三！开战！"

斗鸡主人同时放开捧着的斗鸡，然后是双方观战者大声为已开始恶斗的斗鸡助战。富家子弟还有助战鼓队，多则十人，少则一人，击鼓助战。

这时，两家鸡童已商量好场地，先请各家观战人退出斗场之外，然后二人走向场中，伸出右手，大声地喊："一、二、三！开战！"

对方后生兴冲冲地把斗鸡往天空一抛，斗鸡顺势张开双翅，向斗场俯冲下来。

休说对方的助战者，就是陈家仆人、侍婢，也情不自禁地为这只攻势凌厉的常胜大元帅喝起彩来。

但关注战情的对方后生，立即发现素来反应敏捷的陈子昂并未放出手中的"孙武子"，反而抱得更紧。他正诧异欲催，却见陈子昂疾步走向崖边，把手中的斗鸡，向崖下丢弃而去！

"嗨！"对方后生失声惊吼。

"嗨！……"接着，更多人惊呼起来。

只见陈子昂把自己其余九只斗鸡，一一放笼开门，从崖边向下丢弃！

等对方后生反应过来，要去抢救时，十只著名斗鸡，都已下了百丈悬崖了！对方后生惊骇痛惜不已地推着陈子昂："你糊涂了！糊涂了！"

陈子昂大有一身轻盈的感觉："长到十八岁，我才第一回清醒了！"

母亲在发呆，因惊而起。只有父亲暗自点头。

等助教把博士请到金华山顶县学夫子堂落座时，从金华山顶向下望去，水陆码头的金华镇县城，已经万家灯火了。

唐朝建立学校以育才，实在堪评堪点。早在高祖李渊初进长安，天下还没有一统、安定，朝廷就下诏设立学校，随着太宗继位，为贞观之治的目标计，办学体制更加完善，举凡从中央朝廷以至州、县，便有国子学、太学、四门学、州学、县学、乡学；还有专科式的律学、书学、算学等，统由朝廷专设国子监管理，其长官称祭酒，品秩很高：从三品。到县级，协助县令管理学校的高级佐吏称博士，从九品下，而陈子昂父亲得中进士后实授官职文林郎，也仅从九品上而已。

按说陈子昂请求入学的事，不用博士大人亲自接见处理，但因为陈元敬身份特殊，虽然只是文散官二十九个等级倒数第二阶，但因为是京官，所以地方官吏要依例恭敬、尊重；再则陈元敬在本县，甚至附近州、县，都因处事公正、爱民恤民而很受官民敬重，所以作为博士的下属佐员助教，还不能对等接待；更重要的是县学名额已满，陈子昂要求入学，没有办法处置，所以助教只好把陈子昂父子先安顿在县学夫子堂中，再请博士上山和陈氏父子商量。

双方也是熟人，此前县学维修等事，陈府曾慷慨解囊，所以寒暄后就转入正题。

"也险呀！"博士是显庆年间的进士，早已过了知天命之年，浅青的袍服，更衬得须髯如银。他听见陈元敬介绍陈子昂生辰后，感叹："再过三个月，令郎就没有入学资格了！"

"为什么？"陈子昂忙问。

"入学年龄限定十四岁到十九岁。"陈元敬告诉儿子，"过了十九岁就不能入学了。"

陈子昂一伸舌头："真险！"

助教吞吐道："可县学已有生员三十五人了！"

大凡上县的学校，可以收到六十名生员。

这射洪虽和通泉毗邻，但因金华码头有县建制以来形成了水陆码头，加之距县城二十里之遥的太和码头地势平敞，水位深泓，比之金华码头的繁荣有过之而无不及，使射洪一县，成为剑南牵动南北发展的枢纽，所以射洪和通泉在等级上高了一级，是为中县。

下县县学限定人数为二十五个学生，中县三十五人，现在县学已有生员三十五人了。

"来的路上我已经想过了，"博士笑着说，"文林公为西征慷慨助战三百万缗，以此为由，令郎应能额外入学。"

陈子昂急忙确定："博士大人，我可以读《孙子兵法》了吗？"

博士笑了："陈公子……"

"大人不可倒置尊卑！"陈元敬微笑着阻止，但口吻严肃。

博士体谅陈元敬的用意，也收敛了笑容，正色道："子昂，可以入学了，但依照朝廷制度，县学只设经学科。兵法类么，只有在太学里才有了，至少要先通二经。"

陈子昂急迫道："没有《孙子兵法》呀？那我怎么能领兵杀敌报国呵？"

陈元敬："子昂，博士大人已讲过了，你若志在报国求学，那么就要依朝廷安排的课程，至少先通二经。"

博士耐心地说："子昂，依你家学渊源，我想通五经也不是难事！"

陈元敬忙否认："大人，子昂十八岁方来县学求知书……"

"文林公！"博士诚挚地说，"子昂牙牙学语，文林公和他叔祖就教他研习黄老之学，庄墨之道，五行秘书，有此渊源，何愁不通五经？

只是……"

"请大人直言!"

博士长叹一声:"大、中经固然是立身安命的根本,但我朝科举应试中的'公卷'一制,才是子昂首先要下大功夫研习的功课呵!"

"什么'公'?"陈子昂急迫地询问。

"公卷制,"父亲不无苦笑,"就是要在正经考试的课目外下功夫。"

"一时间子昂也不能理解,慢慢来吧!"博士笑着,从腰带上悬挂的布袋中取出一卷雕版印制的文稿,交到陈子昂手中。同时告诉陈元敬:"这是我特意送给令郎的见面礼——游韶公诗文精选卷子。"

不待陈元敬说了什么,他放低声音告诉陈元敬:"天翻地覆了!"

"呵?"

"卷后附有游韶公孙女上官婉儿近作,文林公在炼丹研经之余,也可一读。"

"好,好!"

> 势如连璧友,
> 心似臭兰人。

武东山下,陈氏院宅南厢书房中,陈元敬读到从县学博士赠送儿子的诗卷里上官婉儿这一联句,不觉拍案称奇。

上官婉儿的祖父上官仪,字游韶,在十二年前因动议废黜当今皇后武氏获罪,祸及九族,唯有儿媳郑氏身怀有孕而没籍入宫为宫奴,这母女才得以幸免。上官仪生前历经太宗、高宗两朝,官至左相,自是巍巍大员,而且文采斐然,成为影响初唐诗风的"上官体"。欲入仕做官的士子们,首先学得上官文体,才有可能获得"公卷制"认可,也才能进入官场。但自十二年前上官获罪灭家后,士子们忌避武皇后威势,不敢公然步上官体韵律吟诗作赋,"上官体"一词也不再招摇过市。谁知十二年后,县学博士却告诉他,上官体又"天翻地覆",卷土重来!而且在陪同他父子下山时,更告诉他:"上官婉儿已深得天后眷顾了!"

那么，"上官体"势必又会成为今后科考中"公卷制"的要害了！

什么是"公卷制"？原来早在汉朝时，取士中就有一种入仕得中的"门道"，叫"誉望风气"，直译之，就是主考官在定取中试者的时候，并不主要看你试卷上对答的合格与否，更要考虑你的"知名度"。如果你为世间和权贵层广泛称扬，哪怕你临场失准，鬼画桃符，也会被录取，还可能名列前茅。这就是"公卷制"。

简而言之，这是由所谓社会公众给仕子打"声誉名望"分的答案。

而要取得这张"公卷"，应考士子就必须很早赴京，请客吃饭自不待说，陪舞陪歌也是题中之义，但更重要的是要展示你文采风骚，大大提高你的知名度。

展示文采风骚，从唐初以来，逐渐形成了展示诗词歌赋的风气。诗词歌赋虽然说"无达诂"，但也会有个标准。这个标准从贞观后期以来就是上官体。

参加科考并高中进士的陈元敬自然是研究过上官体的，所以对上官体的"绮错婉媚"是深有体味。此时临窗秉烛先读文卷后所附上官婉儿联句，正有"久年遇故知"的感受，不禁拍案称奇。

陈元敬离案起身，负手伫立于南窗，眺望着武东山麓上空的半轮月亮："斗鸡走狗博弈的子昂，能通达绮错婉媚的'上官体'吗？"

几点萤光，在山林中格外醒目地飘浮。

十二岁的上官婉儿，是这年夏初在东都洛阳东都苑中凝碧池畔，和太平公主偶然相遇的。而这偶遇造成了上官家庭的复兴，也使她和太平公主之间结成了三十二年之久的政治、文学乃至生活的联盟。

但凝碧池畔的上官婉儿和母亲郑氏，之前却被管理东都苑的女官及其随从厉声训斥，并且正要被施以笞挞。

原因是太平公主府长史，前一天通知东都苑管理女官，太平公主今天一早将游苑赏荷。管理女官不敢稍有懈怠，亲自带着随从来苑安排。来到凝碧池畔，只见初夏时节，小荷才露尖尖角，但池中浮萍极茂，大有喧宾夺主之况，于是在做总体涤荡的安排中，特别命安置在东都苑的罪妇郑氏和上官婉儿摆舟池中，仔细清理浮萍。

可是一早女官赶到池畔准备接候太平公主时，却见池中还有大半水面的小荷被浮萍所掩，女官大怒训斥，上官婉儿申告母亲重病，不能劳作，婉儿一人除萍，兼侍母亲，所以迟迟不能清除干净。掌苑女官哪听她申告，怒气冲冲命宫娥把母女二人绑在宫槐树旁，鞭笞惩处。直到太平公主仪仗前队来到池前，女官才叫人把母女解下树来。

但纵马入苑时太平公主已经看见，勒马笑说："受刑人连哭声都没有发出，怎么就停刑了？打呵！"

抱狗侍女急忙放下怀中的拂林狗，那狗儿由侍女引着，向行刑宫娥碎步跑去。宫娥早吓得花容失色，重新把母女二人绑在宫槐上，扬起鞭来。恰在这时，紧随太平公主马旁，也坐在桃花马上的一个高耸云髻、身穿绣着五品命妇服饰的贵妇，却朝苑中女官招呼："停刑！"

女官认得这是太平公主的乳母、五品命妇张夫人。于是急忙对行刑宫娥："遵命！"

拂林狗未得主子命令，见行刑宫娥停下鞭来，就朝宫娥狂吠扑去，行刑宫娥吓得跪伏在地惊叫："公主饶命！"

太平公主掀开帏帽前的轻纱，喝止了宠物的攻击，并对张夫人："姆姆！你动了菩萨心肠？"

公主仍用学语时学得的第一个称呼，笑唤乳母。

张夫人恭敬地撩开自己帏帽垂纱面罩，回答公主："宫槐上绑的，好像是上官仪的儿媳，罪妇郑氏！"

掌苑女官忙禀报公主："张夫人好眼力！宫槐上绑着的，正是罪妇郑氏和她女儿上官婉儿！"

太平公主有印象："就是那个怂恿我父皇，要把我母后打入冷宫的上官仪的媳妇和孙女儿？"

张夫人谦卑地笑着："上官仪，也是那时朝野仿效的上官体的倡导者！臣妾以为，或许她们对公主最近要参加的盛会，有点用处呢？"

太平公主一下子也明白了乳母用意："那就饶了她母女二人吧，把二人带到亭子里来见我！"她指向池畔两座亭子中的一座下令道。

女官顺手看去，忙对行刑宫娥："把罪妇带到芳树亭内见驾！"

另一座亭子，和芳树亭遥遥相对，亭名"金谷"。

小荷才露尖尖角，像极了上官婉儿此刻的光景。

原来皇帝皇后传敕，要和太子、皇子、公主们近日游览东都苑，并要在凝碧池前联吟咏荷。

太平公主是当今皇上、皇后最小的女儿，但比她长的公主降生不久就去世了，所以，她的头上是李弘、李贤、李显、李旦四个哥哥。公主原名李令月。八岁那年为逝世的外婆、武皇后的母亲荣国夫人杨氏祈福，在太平道观出家成了女道士，后来就据此封为太平公主。小女儿长得近似母后，史称像武后一样"丰硕，方额广颐"。也就是体态丰满，方额头宽下巴。而秉性不像优柔寡断的父皇，倒像母后处处逞强，所以她奉旨后就想到先来东都苑采风，要在正式联吟时压倒皇兄们，甚至父皇母后。想不到意外碰上了上官体家的未亡人。公主在芳树亭命郑氏咏荷，谁知上官婉儿应声咏出，大有乃祖的旨趣，而且根本不像临时应对，反像很早就经过反复推敲吟出的一样！

数天后在池前的联吟盛会上，太平公主的诗夺得头筹。亲手灭了上官满门的武皇后，在贞观年间充太宗宫中才人时，就想要在文采上争取得到太宗进一步宠幸，所以对上官诗体深知个中三昧。爱女居然咏出可和上官体毫不逊色的佳句，母后当然会追问。太平公主敢欺骗天下人，但唯一不敢欺骗的人只有母亲！太平公主虽不愿意，但还是老实禀奏了真相。武皇后仔细一想，作为家学底蕴不薄的郑氏——其弟是太常少卿郑休远——又入上官家——虽被没籍宫中，但她可以承担起培养女儿成为上官体继承者的良师；只有十二岁的上官婉儿文采就堪比乃祖，而且文思如此敏捷！爱才和好奇，使武皇后立即宣上官母女到池畔探试。池中小荷虽露尖尖角，但苑中牡丹已开并蒂花。武皇后以并蒂牡丹为题，命上官婉儿联句。上官婉儿凝视着面前牡丹，躬身吟出：

势如连璧友，
心似臭兰人。

在场皇子、命妇不敢造次评点；皇帝李治心中早已赞许，但碍于当年和上官仪共谋废后的公案，他不便出声。同时，武皇后也久久没有发出声音。

郑氏原本在病中。自从十二年前的灭门惨祸发生后，郑氏每一听到，甚至念及一个"武"字，她都会浑身发颤！这时池畔的寂静，使她生出雷霆万钧即将当头劈下的恐怖，她已要瘫倒在地了！

就在此时，武皇后向身边皇帝奏请："大家！臣奏请大家，令上官婉儿在上阳宫随值臣妾！"

唐时官民称皇上为"大家"。李治一时反应不过来。须知十二年前，皇后坚决奏请他要把上官一家斩尽杀绝！十二年后的今天，却要他敕令，让上官孙女居身重要宫室，随侍左右！

"大家！"皇后悄声催促。

皇帝的回复也正延续了十二年的惯例。史称，在十二年前处斩上官全家后，自是每视事，武后垂帘于后，黜陟、杀生，决于其口，天子拱手而已，中外谓之"二圣"。

"大家"拱手而已。

"大家"这一拱手，上官婉儿不仅脱去囚裙，还得到了随侍皇后的恩宠，而且母亲郑氏也脱去囚裙，在宫城附近坊市中赐了宅邸。但有一个人却大不放心，劝说皇后仍应把这母女禁在冷宫中，不可掉以轻心。

这个人，就是皇后侄儿武三思。

第五章

丛林百鸟

　　武皇后曾在武三思提醒后，对上官婉儿有过另外的处置打算，虽不说仍因于冷宫，但至少不会留在身边。

　　太平公主却几乎在武三思进言的同时，就在母后近前极力夸赞婉儿的才华和清纯，绝不是乃祖那样不识时务的人。在爱女坚持下，武皇后终于放弃了对婉儿的猜忌，反而日渐倚重，以至成为正史上称赞的"称量天下"的、无名而有实的女宰臣。这其中，与武三思从最初对婉儿的排斥，到最后拜倒在她的石榴裙下，也有着极大的关联。

　　东都苑内池亭一见，太平公主为什么对原系母后死敌的上官眷属竟如此推崇，原来，这和太平公主如愿以偿地招得山东薛姓大族驸马有关。

　　就在池亭联句后不久，太平公主府女官张氏向皇上皇后奏请，太平公主要去上阳宫向父母献舞。而格外钟爱这个宝贝幺女儿的李治和武媚娘自然允准。但当皇帝和皇后在便殿赏舞时，宝贝女儿却头戴金饰加玉的平巾帻，身穿白练裙、襦，腰扎梁带，下穿大口绔，足蹬乌皮靴，手挥双股剑，在激烈鼙鼓声中，激昂起舞。

　　首先是父皇掀须大笑着，看完女儿阳刚之舞，起座走向殿庭中的女儿："女儿呵！你又做不了武官，为何要这样装扮，献这样的舞蹈让朕和你母后看呢？"

母后心性迥别常人，自不会有这样感触和问题；只把一双眸子，注视着从外表到内心都极肖自己的女儿。

女儿答复很另类，或者可以说是答非所问："父皇！那把女儿的服饰，赐给驸马好吗？"

这回答连思绪敏捷的母后也为之一怔，接着，和皇帝不约而同地大笑起来。大笑之后，皇帝这才如初次见面一样打量着女儿，有顷，对并肩而立的皇后大发感慨道："媚娘，我们的小女儿也不小了！"

于是不久朝廷颁旨，择定山东大族之后薛绍，为太平公主的驸马，并敕太常博士为成婚择吉。

有唐一代的思想是开放的。社会风气是大包容状态。但是即便是这样，皇室的公主、郡主，主动请嫁还是一桩会引发物议的举动。但太平公主请嫁是如此含蓄，大得兵家声东击西的旨趣。武皇后在赞叹之余，私下询问女儿："是乳母教的？"

乳母就是太平公主府女官张氏。但话刚问出口，武皇后就笑着摇头否决了自己。用一对饱满乳房奶大了自己宝贝女儿的张氏，和皇后母女在体态上颇为一致，这就是面目姣丽，身躯丰满而轻盈，正如临风玉树，自有万种风情。这是她在上万待选乳母中脱颖而出的原因。但可惜的是，天下外表娇丽的女性是罕见的，而心思和外表娇丽可珠联璧合者，又更为罕见！张氏是只具其表的美人。

女儿倒并不掠人之美："是婉儿教女儿的！"

武皇后自然对上官婉儿再度刮目相看。能把这么尴尬的事处理得如此艺术，这么不着痕迹，这正是日理万机的大唐皇后身边需要的人才。虽然皇后也曾想到，真正的出谋者，或是婉儿之母郑氏？

武三思进言的事，在上官婉儿和母亲郑氏前往太平公主府祝贺时，由太平公主在不经意中告诉了婉儿母女："我表哥虽是母后的亲侄儿，但怎能和本宫比呢！父皇、母后对本宫，是言听计从！"在告诉婉儿母女时，太平公主面有得色："婉儿，放心侍候本宫的母后！有本宫护着你，这大唐朝别说我表哥，就是我太子哥厌恶你，也奈何不了你！"

太平公主的太子哥是当今太子李贤。

说到这里，太平以炫耀、得意的口吻说："我表哥贺兰敏之不仅是我母后的亲侄儿，还是我外婆的心肝宝贝，他不知天高地厚冒犯本宫，结果呢？用马缰缢杀！"

用马缰缢杀，听在人的耳中，都会不禁产生一股恐惧之感。但此刻说在太平公主口中，却如一片枯叶，在茂林中飘弃般平淡无奇。

对上官母女而言，内心是以极大的震动和焦灼，返回到郑氏宅中的。

临近宫城的教义坊的这座小院，甚至还有一泓池水，一片园林，但和当年西台侍郎，也就是大唐左相建在西京崇贤坊的府邸，远不可同日而语。十二年前的上官府宅早已没入官家，眼下已非上官氏。可近在咫尺的囚禁生涯却历历在目。被人驱若鸡犬，见惯无惊，但命悬人手，随时有性命之忧的恐惧，依然时时盘踞在心中，沉重而坚固。好不容易脱去囚衣，女儿得近日边，母亲能住入这玲珑小院，想得到的是灾难，不会就远离上官家，风波仍潜存着；想不到的是灾难和风波来得这么快，而肇事者是皇后倚为臂膀的亲侄儿武三思！这，促使刚出牢笼的上官母女，要尽快作出应对，绝不敢因太平公主的一席话而掉以轻心。

太平公主话里，对武三思和她本人在帝后心目中的分量对比，有合理成分。

武三思和武承嗣为堂兄弟。是武皇后同父异母的两个哥哥的儿子。原本，这堂兄弟在姑母武氏册封为皇后的六五五年，即唐高宗永徽六年，就应和其父辈一道受到朝廷的重用，穿紫袍，捧玉笏，列班朝堂。但是，武三思和武承嗣的父辈却早在亲母逝世，父亲武士彟娶继室杨氏入门后，对继母极不恭敬，这使前娘后母的子女间的亲情受到了伤害；在武氏册为皇后之后，皇帝爱屋及乌，追赠后父士彟为司徒，赐爵周国公，按制武元爽作为武门长子，应袭用国公爵位，但武元爽和兄弟武元庆二人，在亲友恭贺时不以为荣，反而说父亲是跟随太宗开创大唐的元老，自该受到封赐，但现在却因裙带而封赐，并非值得庆贺的事情。风声传入武皇后的耳中，武皇后以抑制族属的堂皇理由，奏请皇帝把原本生厌的异母兄弟，贬出朝堂，去外州担任刺史。与此同时，反而把皇后姐姐所生的儿子贺兰敏之赐姓为"武",让武敏之承袭了老国丈的周国公爵位。

已渐成人的武承嗣和武三思与乃父的心性迥异。他们眼看着姑母成了堂堂国母,而原本该自己父亲沿袭,日后也将落到自己头上的国公服的三梁冠,所束的黑巾帻,居然天上掉馅饼,掉在了一个假武小子的头上!自己和父亲却在远离京师、山穷水恶的州治过着百无聊赖的日子!越是随着长大成人,两人都越是绞尽心思地想着如何获得姑母的欢心,尤其是在各自的父亲进一步得罪姑母,武承嗣之父武元爽被发配振州,即今的海南三亚忧病致死,武三思之父武元庆被贬往龙州即今日的四川平武忧病致死后,两兄弟惶惶不可终日。

但在公元六七一年,即高宗咸亨二年,武敏之突然被夺去武姓及袭承权,并流放雷州,但仅行到韶州时,就被押解者用马缰勒死。

同时,武承嗣和武三思被朝廷,其实就是姑母,从外州召还京师,依秩由武承嗣承袭了祖父武士彟的周国公爵位,拜尚衣奉御;不久又迁宗正卿。武三思也调回朝阁,擢升为右卫将军。

终于拨云见天的兄弟二人,对姑母一片忠忱,借一切机会进言,邀功固宠,讨姑母的欢心。

上官婉儿在关好后堂堂门后,向既是母亲,也是业师的郑氏求教。

原本有良好家教素养的郑氏,在经历家族大难之后,尤其是在长达十二年的囚禁生涯里,求生存已成了生活目标。在听到太平公主话后,她的第一反应就是怎样才能使武三思放下对自己母女的屠刀。但她敏捷地想到了一招,应该是自古以来屡试不爽的妙招、高招。可是兵家讲求知己知彼。这妙招是否奏效?她还要做些了解,才能决定。所以她要女儿眼下用尽心思揣摸天后好恶,同时她还要配合女儿进一步讨得太平公主宠信,待她"知彼"后,再向女儿交出她的高妙之招。上官婉儿牢记在心,这才急急返回上阳宫侍驾。

处理好通泉阵亡将士抚恤事务后,通泉县尉郭震急急来到武东山下陈氏院宅中。

郭震在途中就听陈汀讲说陈子昂放鸡求学的事了，心里十分欣慰；但在马鞍上看着自家身上依旧的青衣缥裳，足上的白袜赤舄，神情却不由自主地黯淡下来。一千名青壮从他手中送往梓州，青壮们的爹娘妻子奔走相送，而今又是他亲手把阵亡将士们的遗骸，更多的是血迹斑斑的甲胄、残枪断刃送向那些爹娘妻子面前，郭震那美髯飘然的面庞上，又显出激动慷慨的神情。

当陈元敬闻报来到宅门相迎，并告诉郭震，陈子昂已住在金华山顶县学学舍，郭震的神情更为欣慰了。

县学三十六个生员中虽不乏大龄学员，但让陈子昂自己也深感惭愧的是，在发蒙级别的近二十人中，年龄几乎都在十四岁。而在选送到州、京师的生员里，才有超过十四、接近十九岁的同学。坐在发蒙室中受教，陈子昂有种"鹤立鸡群"——只是高矮意义上的——感觉。

陈子昂正捧着自己最为熟悉的《易经》诵读，看到郭震到来，腼腆地问："元振哥，你在春天时不和我在这院外松柏林里比剑，而要喊我听院内读书声，其实已经有意提示我该知书了吧？"

"用你们蜀人土语，我满以为是'响鼓不用重槌'！"郭震笑说。

"结果让你失望了！"

郭震摇头："你才十八岁，为时也不算最晚，向先生行过束脩礼了吧？"

陈子昂还在新鲜好奇的氛围中："行了！助教先生特别看照我，十天后的'旬考'，是考《易经》上经的乾卦第一到震卦第五间的经文。"

郭震又笑了："你从学语起就读《易经》了，这不是放大水筏子吗？"

这也是句蜀地俗语。木筏或竹筏，水越大越深放航技巧就越简单，喻有意创造宽松环境，让人过关。

陈子昂也承认："一句《易经》这么几卦卦文、卦意，确实也是放大水筏子，但是，元振哥哥！"陈子昂从书箱里取出博士官送给他的上官仪的诗文雕版书卷，双手送到郭震手中。"要学懂这些诗文，只有请元振大哥哥多多指教了！"

郭震接过，只看了一眼，就长叹出声："唉！"

"怎么了，元振哥？"陈子昂关切地问，"呵，是了！一路行来，准是陈汀这个狗头，没有好好招待大哥，只顾赶路了？那我去和助教先生告个假，和你一道下山去边吃边说？"

郭震自然不是因为饿了才叹息，但这个县学舍，还真不是说话的地方，于是点点头："好呵！"

陈汀遵陈子昂吩咐，率先下了百级石梯，在临涪江一个酒肆里安排了酒菜。因为郭震今天反常地对环境的僻静作了要求，所以店主特地在吊脚楼上安排了食榻，铺了坐毡，只此一榻，绝无纷扰。

重阳时节还含着暑气余温。郭震上楼落座后，就把头上的无旒、黑缨、角簪导的无紬冠摘去，放在坐毡余角上，陈子昂也要摘去头上平顶小样的幞头，被郭震劝阻了："河风不小，你身体太弱，不要摘。"

陈子昂就戴着幞头和郭震在食榻的坐毡上相对坐下来，店伙计已把一托盘下酒菜和酒器，端上吊脚楼来。

大约和郭震久别重逢，还有离开学舍后心思又转回常态，食榻上的陶壶刚被店伙计提起来，往客人面前陶杯中注酒，河风卷着酒气和刚出锅油炸的船钉子——一种喜欢附在船底的两寸来长小鱼——的香味就扑面而来，胃口素来不健的陈子昂居然猛咽着口水，急迫地端起陶杯向郭震致敬："元振哥，请！"

二人同时一饮而尽。

接下来，两人如寻常相聚般自斟自饮，并大筷吃着油炸船钉子、菊花糕，还有射洪特有的豌豆搅成的"窝子凉粉"。

还是陈子昂食欲先减，指着放在榻边的上官仪的诗文卷子，对郭震说："元振哥，听学里先生私下告诉我爹爹，说曾被诛灭九族的上官仪，他的诗文，又红火了起来……"

郭震也放下手中竹筷，但说的不是上官仪，而是一个太学生。

"伯玉，我在梓州听说了一个宋州宋城人魏元忠，向今上上书言事的事，令我震动。"

陈子昂困惑道："我在请教上官仪诗文呵！"

郭震看了一眼食榻上的诗文卷子，仍说原话："这个太学生向今上上书，说的是如何平定吐蕃的军国大事，令人佩服呵！"

听说与平定吐蕃有关，陈子昂对魏元忠感兴趣了："连元振哥都这样赞赏他，那么他上书的见识，一定不凡呵！"

郭震思索着，一字一句念出："理国之要，在文与武。今言文者则以辞华为首而不及经纶，言武者则以骑射为先而不及方略，是皆何益于理乱哉！"

因为斗鸡而对人间实战有一定心得，陈子昂竟十分理解魏元忠上书的见识。他不禁击榻赞出声来："若让这个太学生领兵去平定吐蕃，断不会像刘审礼那班将帅无能！"说着，他显得有些急不可待地想返回县学，攻读五经去了。

郭震看出了他心意，嘲笑他："说是为我接风洗尘，结果自己吃饱就想一走了之？"又补一句："老实告诉你，陈伯玉，今天元振哥哥是既没有真钱，也没有铸假钱呵！"

陈伯玉尴尬地笑了，却不否认急于返回县学的心情。

郭震淡淡一笑："难道就不听元振哥哥诌几句'上官体'了？"

陈子昂神情又有了几分企盼。郭震将着美鬓，顺口吟道："启重帏，重帏照文杏。翡翠藻轻花，流苏媚浮影……"

看郭震有几分陶醉模样，陈子昂却有种莫名的反感。一千多故乡烈士亡魂。魏元忠痛切沉重上书。这个什么重帏、文杏、翡翠藻轻花、流苏媚浮影……

他不无突兀地对郭震："元振哥哥！你再给我详细解说一下太学生的上书文字好吗？"

郭震一怔后："伯玉呵！可是你最先要我给你述说什么是'上官体'的呵！"

"眼下么，小弟觉得谈论太学的上书，更要紧。"

郭震似乎懂，却又仍有几分困惑地对他继续讲说太学生的上书。

在母亲郑氏外室里，上官母女密议约一月之后，郑氏将住宅迁到东都苑靠近端门前的尚善坊口一座带有楼阁的小院中。当端门右阙上的钟声响起，右卫将军武三思依照常规，在本府近侍护卫下，交割完当值事宜，出端门返回将军府。

虽然马鞍上的武三思只戴着表明五品以上身份二梁冠，又称进贤冠，穿着深绯色袍服，但道途官民都知道这些品级绝不代表武三思真实的权势，回避唯恐不及。当近侍护卫着他出端门，进入尚善坊口时，一缕笛音伴着清丽柔媚的歌声传入这队人的耳中：

> 叶下洞庭初，思君万里余。
> 露浓香被冷，月落锦屏虚。
> 欲奏江南曲，贪封蓟北书。
> 书中无别意，惟怅久离居。

笛音不高，反而更让人深感其贯透心扉的乐力；歌声柔婉，直叫人神魂被摄。锦鞍上武三思循声望去，却见尚善坊口一座小院的楼阁阁栏前，一个被白云蓝天剪出的娇美身影正弄笛而舞。武三思陡地被那阁栏前的身影凝定了双眸。

笛住歌歇之际，武三思回过神来，却蓦然发现阁栏依旧，人笛两无！但他却更加急迫地张望那阁楼，企盼的焦渴显而易见。

这一切，都落入隐在阁楼帷幔里往下眺望的郑氏眼中，她难禁自己飞眉舞色，像是告诉身畔手执长笛的上官婉儿，也似自语："这一招还真管用呵！"

与此同时，和东都相距数千里之遥的陈子昂已听完郭震对魏元忠谏疏的讲解，急迫地问："今上认同吗？"

郭震告诉他："今上读了他进言后，立即在上阳宫召见了他，令在中书省值班，銮仗内供奉。"

想到陈子昂根本弄不懂什么中书省、銮仗内值班、供奉的意思，郭震又稍作解释："总之今上很赞同他的进言，虽还没有明确任用，但已让他进入决定朝廷重大方略的中书省当值，并且在天子近旁供奉、备询了。"

陈子昂大为感叹："听元振哥讲来，这个魏元忠对为什么朝廷和吐蕃交锋屡战屡败的原因，都归结在文武不力的病根上，我想很有道理。一个太学生就能在中书省值班，参与处理军国大事，这个年轻后生真是遇到了知心朋友呵！"

郭震笑了："应该说是'知遇之恩'。"

陈子昂耿直坦率地说："不懂！"

郭震体谅地说："凭你的资质，很快就懂了。"

"元振哥，太学生那后生……"

郭震忙阻止他："不是后生，伯玉，人家早都过了不惑之年了，已经四十出头了。"

原来魏元忠可以做自己的父辈了。陈子昂心中更增加了一分敬意，同时似有所悟地说："元振哥！"

"说吧，伯玉！"

陈子昂斟酌着："我想他'公卷'一定不怎么好。"

"说下去！"

"如果公卷作得好，凭他见识，早就能拜将挂帅，亲领大军，平定吐蕃了。"

"陈伯玉就是陈伯玉！"郭震朝陈子昂竖起了大指拇，"还真叫你说对了一点。"

"怎么叫对了一点？"

"他若真把心思用在作公卷上，也就是流行的什么诗歌文体上，怎么会作不好？但他并不以为一个有志报国的人，把精力耗在应对公卷制度上是应该的，直率地说，他压根瞧不起无病呻吟和那些吟花咏月的诗文，而年轻时就跟随现任左史江融……"

"左史是什么官职？"陈子昂忙问。

"官卑职小，"郭震补充说，"但江左史所著《九州设险图》，详细记载了从远古到本朝用兵成败的史实。魏元忠从不到二十岁进入太学，就不齿公卷引荐去做官做史，反而拜江左史为师，一心研究兵家成败根源。这次因刘审礼西征大败，举国上下都震惊又引发反省，魏元忠自然把二十多年所学用于反思，才得到今上青睐呵。"

陈子昂听着，把目光放向了食榻上的上官仪诗文卷，紧皱眉头："我最想的是研读兵法书，然后上阵杀敌，报效国家，也为我上千阵亡将士报仇。可是博士先生却说县学只能读经学，并无兵法；又叫我要读、背上官仪的诗文，才能通过公卷关。这诗歌一类，如《秦王破阵乐》一类，确可鼓舞士气，冲锋杀敌；但我也读过上官诗文了，却深感和我报国为民的抱负，不沾边呵！"

郭震仰头又尽了一杯，却神情严肃地道："伯玉，你听！"

陈子昂一怔："听什么？"

郭震竟从壁上悬挂的剑鞘中，拔出剑来，临楼对江，舞剑而歌："对酒当歌，人生几何？譬如朝露，去日苦多。慨当以慷，忧思难忘。何以解忧？唯有杜康！青青子衿，悠悠我心！但为君故，沉吟至今……"

陈子昂完全不懂歌意，更不知这是魏武帝曹操的《短歌行》。但郭震贯注深沉情感的亦舞亦歌，却有着很强的感染力，他突然联想到了《秦王破阵乐》，感到郭震此时之举是再次纠正他对诗歌于国无用的偏颇。不知不觉中，他已用手中竹筷敲击榻沿作为拍节，为郭震歌舞给力。

郑氏估计很准确。她出招很简单：美人计。武三思的回应正好印证了古语所云："英雄难过美人关。"何况，武三思自始至终都不是一个英雄，而是得天独厚地因有一个确实伟大的姑母而权倾三朝的幸运儿。这个幸运儿自不能和英雄相比。他不是难过美人关，却是朝着美人关奋不顾身地沉陷下去。

凭他手下在这方面——探美访宝——的特长，武三思在当晚就知道那临阁弄笛天仙，正是他曾向姑母邀功请赏的内容——武家政敌上官仪的孙女，上官婉儿！

而且，就在第二天进端门前，他就从手下处获得了上官婉儿伴笛讴歌的歌词《彩书怨》。

原本为了邀功而恨不得把这个女子赶出上阳宫，并把母女二人重新囚入冷宫后尽早处决的武三思，从第二天起，就为寻找到上官婉儿而煞费苦心！

她是大罪灭家的上官家嫡孙。

但眼下却是上阳宫内、姑母身边、陪王伴驾联句奉制的女官！不是他将军府可以随唤随到，可任意蹂躏践踏的歌姬舞伎！

但他眼前，心中，脑海里，却都是上官婉儿凭阁弄笛、飘然若仙的身影，充满耳中的，全是勾魂摄魄的《彩书怨》歌声："……书中无别意，惟怅久离——居！"

第六章

首赴咸京

当然，对于幸运儿武三思而言，解决苦恋的办法十分简单：向姑父姑母请求把上官赐嫁给自己，不就成了！

可对于无耻的幸运儿来说，虽然有厚黑学支持其人生立场，但自己才向姑母进言要高度警惕地提防这个女人，而今却又向姑母请求赐给自己作同衾共枕之人，在姑母心中，会视自己为何物？

可一日不见，如三秋兮！

忍耐不住辗转反侧的武三思，想到了堂兄武承嗣，于是求计于武承嗣。

生于太宗贞观二十三年，即公元六四九年的武承嗣，当年才二十七岁。但自二十一岁从流放地召还京师，一步登天承袭了祖父武士彟周国公爵位以后，深知一荣俱荣，一损俱损的道理，所以致力于用一切手段巩固姑母，也就是武氏，在朝廷的地位。当他听完武三思请求后，沉下脸来问他："你是要普天下的美人，还是只要那么一个犯了大逆灭门罪行的遗孤？"

幸运儿是绝顶聪明的。是呵，巩固了武氏在本朝的绝对权威，普天下美人唾手可得！小小一个上官婉儿还能逃出自己掌心？

"上官仪是个笨家伙！"堂哥也有着武氏遗传的招牌宽额头，但因父亲的固执，带给他的伤害是明显的：他原本也该丰润的两颊却陷了下去，太医们用尽了宫廷秘方为之疗补，一是二十多年苦难造成的缺陷实难补足，而且，责备武三思的堂哥也"寡人有疾"，"疾"在"色"。所以边补边泄，自然功效全无。"他明火执仗地要废黜姑母！自然是找死！""但你看看，你数数！"他伸出骨节突暴的手指数着，"李唐家还有多少亲王、郡王，连带哪些公主、郡主？这些凶险狡诈的家伙，可是在暗中咬牙切齿，磨刀拔剑，要把我武氏灭门呢！"

武三思双肩一耸动，这是来自内心的惊恐。

"多在这方面用些心思吧！"周国公结束了对堂弟的训教。武三思也暂时收起了对上官婉儿的念头，包括祸害上官家的念头。

但常言道得好来：妻不如妾，妾不如婢，婢不如偷，偷不如偷不着。

偷不着的东西会让盗窃者更为遗憾和纠结。

于上官家而言，却一天天清楚感到，来自最可怕对手的威胁，渐至阙如。

秋九月金华山下临江吊脚楼堂内，郭震在舞剑高歌之余，用魏武帝曹操的《短歌行》，对陈子昂作了魏晋风骨的生动启蒙。当郭震讲到"周公吐哺，天下归心"一句时，陈子昂击节称绝，拍案叫好。

"人不是蠢笨畜生，哪会只以吃饱睡足为满足呢？"郭震大为感叹地说，"魏武帝即使恶战在即，还横槊赋诗……"

"太宗也有《秦王破阵乐》。"陈子昂兴冲冲地接过话头，并以手击案唱起来，"'主圣开昌历，臣忠奉大猷；君看偃革后，便是太平秋！'……和'周公吐哺，天下归心！'正是异曲同工！"

"你说奇怪不！我郭震原本对'上官体'还是颇为尊崇的！可是今天怎么被你这毫不知诗文的射洪小子一感染，竟也觉得'上官体'对振兴大唐国运而言，是太不合时宜了！"郭震醉眼望着窗外江波中的夕阳倒影，又生感慨，"我还看到了王无竞从京师带来的信了，他说，眼下太学里，确又掀起了仿效上官体的热潮。"

"是那位赵州栾城县尉吗？元振哥你常提到他的。"

"年初已从栾城调回京师，任秘书省正字了。"郭震口吻里，再次透出久滞难迁的失落，"虽说上官体确于振兴大唐国威无益，但眼下又成了'公卷制'必经之道，你全然不行研习，也难遂你报国之志呵！"

陈子昂品味有顷，苦笑了："元振哥，说来也怪。一开始我读着上官体诗文就昏昏欲睡，只听你吟诵曹操诗歌和读到《秦王破阵乐》，就兴奋不已。我实实不懂，为什么仕途科考非要和上官体搭上关系，才能过'公卷制'这道关。"说到后来，他已有些愤愤然。

"仔细想来，这就是言之有物的诗文，和一味雕琢、堆砌的诗文间最大的区别。"郭震回答陈子昂，但同时说，"上官体虽然袭承了齐梁绮丽柔媚的风气，但上官仪在推进诗歌韵律格式上，也功不可没。要作好诗文，确也要认真探究它的格律。"

"我更喜欢魏武的诗体。"陈子昂大赞特赞，"觉得不仅易懂，上口，还有一股雄豪气概，更有关怀天下的志向。"

郭震对陈子昂的评述大加肯定，同时感到这样的胸襟、气度，只可顺势鼓励而不可阻挠。"博士说得对，你要通五经也容易，你家学渊薮在那里了。我要连夜赶回通泉，看来，我应尽快为你选送一批书籍来。"

第二天晚上郭震亲自送上金华山县学的书籍，全是诸子百家华夏坟典。郭震为其简约讲述孔孟诸子的学说，已深深吸引了陈子昂。当郭震离开金华山后，陈子昂向助教虚心请教，助教虽然以经学见长，但因是太学出身，所以对《周礼》《仪礼》《礼记》《毛诗》《春秋五传》以及《尚书》《论语》等，也能为陈子昂解困释惑。而家学基础让陈子昂在接受这些"书"义时，有着更高的悟性。愈是省悟，也就对人生的意义从家学的虚无观而转入积极的进取观。史载：从高宗仪凤元年，即公元六七六年立志知书起，在这金华山顶县学中，陈子昂竟闭门谢客，一头沉入中华诸子百家和坟典的浩瀚汪洋中。

陈子昂闭门谢客，但凡郭震前来探访，他都会高兴地亲迎到百级石梯之下，迎入学舍中。

但郭震这次出现在陈子昂面前，两目赤红浮肿，而且一身素服。陈子昂经过入学，已知人世间有许多忌讳，不敢造次相问，结果在边上石梯时，郭震告诉他："王勃去世了！他是去儋州省亲探父，渡海溺水而死的。"郭震哽咽道："天妒英才呵！"

在郭震送来的书籍中，也有古今名家诗文，包括唐初誉为"文坛四杰"的王勃、杨炯、卢照邻、骆宾王的诗文，这些抒发个人情志，并敢于抨击时弊，诗风清新秀丽的诗文，也是陈子昂十分喜爱的佳构。

"哀哉！"陈子昂不仅跺足叹息，"就在大上前天，我在读了他《送杜少府之任蜀州》诗后，还去青堤乡畔慧普寺，拜读了他写的寺碑。"

这番应答让哀容满面的郭震刮目相看：谈吐已不是斗鸡赌徒口吻了。孺子真可教也！

"海内存知己，天涯若比邻。"陈子昂已背诵出声，并赞叹不已，"是多么精美的五言律诗！"

郭震故意道："那是一首五言绝句！"

陈子昂顺口回应，坦率无忌："错矣！这是五言律诗，而非绝句。"

郭震冲口而出："伯玉，士隔三日，当刮目相看矣。好，好！"

陈子昂这才明白郭震的用意，腼腆地笑揖道："关公门前耍大刀。"

郭震摇头："伯玉，当今之世，在格律诗体方面，还没有横刀居高的关公呢。或者，伯玉，会有横刀居高，引领诗坛风骚的这一天？"

"别！别！元振兄！"

但郭震绝不是溢美之辞。在他的心中，"诗言志"古训牢牢铭记。也因此，他认可的好诗，就是胸怀大志骚人们的明志之作。陈子昂不能作诗，眼下吧。但从他接受的诗类和凭直感评论的言辞，已是心有志向者的表现了。至少，他对陈子昂的未来，在这一方面，颇有期待。

"其实，伯玉！"二人气喘吁吁在学舍里席地坐下时，郭震有意提起诗文倡导与扬弃话题，"自上次别后，我查寻本朝文风脉络，才发现早在太宗贞观初年，对齐梁文体侵蚀，就已有警觉。"

在郭震特意注明的齐梁文体诗文卷中，陈子昂已粗略知道了这种文体的功过是非，所以他点头赞道："太宗不愧是当代明君。"

郭震一笑："但是，在贞观后期，他也不自觉地在群臣的联吟中，领头吟哦起齐梁体诗句。"

"其实，这种文风从齐梁传入隋朝，我看炀帝的诗作都充溢着这种流风。贞观之际，与前朝相去不远，要从这种文风中脱颖而出，太不容易呵！"

"是呵。但当时朝堂上有识之士，比如魏征、虞世南等，都立即谏阻太宗停止这种联句，并犯颜拒吟来抗争。"

陈子昂大为倾倒，却想到了一个问题："但在贞观末年，上官仪正是以其文体，深受太宗的赏识呵。"

郭震想了想："当然，太宗赏识上官仪，不仅是他的上官体，而是他对朝廷一片忠忱。但这也说明：积重难返。"

"细读四杰诗文，其实都想突破齐梁浮丽文体的桎梏，可惜，王勃竟然英年早逝。"

"天妒英才呵！"郭震长叹后，又拍陈子昂背心一掌，"开创新风待后昆。伯玉，努力呵！"

陈子昂却凝眉摇头："元振兄，诗文到底是雕虫小技。伯玉还是希望多从兄处学到安邦定国之策。"

郭震神情更加严肃："伯玉，开什么玩笑！我一个通泉末流的小小县尉，胸中有什么安邦定国之策？"

陈子昂摇头："元振兄，是谁对我说，要为国家君主竭忠效命？"

郭震正要辩解，陈子昂阻挡着他："为招募西征将士，你一个小小县尉，居然敢私铸钱币，冒着灭门的极大危险报效国家。你不是为了安邦定国，又是为了什么？"

郭震苦笑："不足为训，不足为训。"

陈子昂一拍额头："呵！"

这习惯的举动，郭震也很习惯了，接下来该说："元振哥该还饿着肚子哩！走！"

但是这习惯性动作之后，陈子昂却是从身后书橱中取出《公羊传》来，双手恭敬地递向郭震。郭震接过一看，雕版书卷内的字里行间，尽是朱笔记录的问题。"已向助教请教过了，但是仍有这许多困惑，要请兄指点。"

这天匆匆从通泉赶到射洪来的郭震还真饿了。而且日色过午，显然子昂自己是吃过午饭了，却已忘记关照来客饥渴。这对慷慨仗义的陈子昂而言，是在习惯上的一种偶然不习惯，但也看出这个立志知书的年轻人，在自身习惯里，已多了对学业钻研的首要性，而少了人际交接中的寒暄和客套。

而更让郭震惊异的，是朱批字迹大有变化。

和叔祖教经伊始，文林郎的父亲已开笔教其写字。正如蜀地俗语中常说的"鬼画桃符"，父亲教的是行草。往昔偶作书信，自然也是行草。出乎他豪放的秉性，到后来，已近乎狂草。今天看这字里行间的朱笔，大有隶书形态了！

隶书，是进士学子们必修书法。

几乎每来一次他都会发现这些学业长进的痕迹。郭震突然觉得不饥不渴了，他翻开了《公羊传》，按陈子昂朱笔提示的疑问，尽其所知，向陈子昂讲来。

十八岁才立志知书的陈子昂却成了射洪县学的骄傲：从上元三年（676）秋九月入学，不仅旬考成绩高于在校攻读多年的学子，而且当年岁考，到次年，仪凤二年，即六七七年的岁考又名列前茅！单说经科还不足以体现陈子昂的成绩。可以说，近两年闭门苦读，用于读经时间极少，更多时间是自学了诸子百家。而带着思辩的研读，使陈子昂在问策上体现出了不同寻常的治国安邦才华。

县学岁考对有志进入仕途的陈子昂而言，并无实际意义。因为按照朝廷科举制度，唯有参加"省试"，也就是中央级别的考试得中，又称及第，才算"入仕"初步入门。而当年冬天，诏命刘仁轨镇领洮河军；十二月，又下诏征发大军，西征讨伐已进犯到扶州临河镇的吐蕃。陈子昂慨然要投笔从戎，郭震劝阻说："你已显示出定国安邦才干，应该继续攻读，争取'制举'及第，才能更好地为国效力。"

所谓"制举",是唐代科举考试的另一类。就是在常规考试之外，皇帝根据国家需要，下制开设的考试取士。比如为平定吐蕃的西侵，皇帝或许会下诏开设"西征问策"类科目考试，应试及第者就不是白衣从军，而是得授一定职务从军出征。

谁知到了仪凤三年，即公元六七八年秋，西征再次惨败，以致刘审礼被生擒活捉，最后死在敌军手中，朝廷也没有开设制科。翻年即满二十一岁的陈子昂，再在县学攻读已丝毫没有意义，县学博士建议陈元敬，考虑送陈子昂去国子监深造，一旦成为国子监所属的生员，就有机会参加"省试"了。

报国心切的陈子昂，在两年多闭门苦读之后，也有急于走出乡井，游历京师，开扩眼界的愿望。所以他请郭震一道，向父亲进言，请求去国子监所属学校学习。

面对西征败绩，陈元敬也心潮难平，作为原本就有着报国恤民家庭传统的陈氏后人，他非常支持儿子的想法。

夫人却请出了叔父陈嗣出面加以阻拦。不料要以祖训约束族孙的陈嗣，却被族孙慷慨陈辞所动，反而叫侄媳为陈子昂准备好书籍行李箱，"西赴咸京，游太学"。

明白继母一片慈爱之意的陈子昂，在得到叔祖允准后，立即去父母房中，向暗自落泪的母亲劝慰着："娘！孩儿已经二十岁了，会照料自己了。你不要担心孩儿。"

继母听着陈子昂的劝慰话，下意识地用泪眼看着儿子。戴着幞头的孩儿恍然间又戴着虎面造型婴儿帽，在褓褓里啼哭着，但因先天不足，啼哭声也显得那么缺乏底气。年轻继母虽无育儿经验，但有颗慈母爱心。就是这颗爱心，把褓褓中的瘦弱婴儿抚育成人。虽然成人了，可在她眼中，还是个弱不禁风的，需要呵护的大娃娃。怎么说走就走了，而且是去往数千里外的京师长安！并且，去长安的目的是要奔赴疆场，参加战斗！

战场的惨烈虽未目睹，但一千通泉青壮年全部阵亡的噩耗，仿佛刚才才传到耳畔！更有甚者，连三品大员工部尚书刘审礼都落入敌手，死在敌人手中。"孩儿呵！"继母哽咽着，"炼丹修道才是咱们的家教呵！你怎么总想往凶多吉少的战场冲闯呢？"

陈子昂笑着呼唤母亲："孩儿是去京师读书，你多次来金华山顶看过孩儿读书的，那不是凶多吉少的战场呵。"

"你骗娘干啥呢？我分明听见你是为了什么西征，才请求去京师的！"

陈元敬从邻壁的书房里掀帘入室，右手还握着一管羊毫笔，他走上前扶着妻子肩头，用寻常温和和平静的口吻对妻子说："夫人，送孩儿上京师，确实也为了西边战事……"

夫人哽咽出声："大郎，我们就这样一个孩儿呵！"

陈元敬两眼也潮湿了："是呵！谁不想家人平安，过太平日子？可是敌军不让呵！西边西边，西边的敌人离射洪太近了。夫人，洮河镇军大败后，若不举国之力防备，那么，这武东山也会遍地狼烟。我们乡邻的父、母、子三人都死于西边战事，后生父亲应征时对我说过，他曾在雅州替人赶过马帮，知道吐蕃和我们剑南道，只隔着一条金川，如不守住西边边境，吐蕃铁骑大军，攻到武东山，是转瞬间的事。"

"可我们孩儿这身子骨，怎么能上阵杀敌？"夫人更担心了。

"娘！"陈子昂却豪气干云，"违此乡山别，长谣去国愁！"

夫人一怔："你在说话，还是在……吟诗？"

陈元敬震惊道："是吟诗呵！是自己吟成的吗？"

陈子昂却腼腆起来："心有所感，顺口吟出！"

陈元敬："还记得吗？"

陈子昂点头复诵："违此乡山别，长谣去国愁。"

陈元敬握着陈子昂的手，目光灼灼："心有所感，便能顺口吟出这样的诗句。夫人，让孩儿去吧！我们孩儿会为天下百姓干出一番事业来。"

夫人唯有更为难舍的呜咽。

从邻壁书房内，看着父亲写给京师未来亲家书信的内容，陈子昂不觉一怔："入太学，还要高家引荐？"

"你父亲只是个从九品的文林郎呵。"陈元敬坐在胡床——即现在所说的木交椅，又称太师椅——上，告诉陈子昂，"国子监所辖太学，生员限定五百人，只有五品以上官阶官员子孙，才能申请入学。"

所以，陈元敬想到了未来的亲家。高氏族中的高履行，是东阳公主驸马门第。只有请这样的门第引荐，陈子昂才能如愿，进入太学学习，今后也才能以太学生身份，参加科举考试。

实际所学扎实，县学岁考优异，都不足以进太学就学，而要未来妻子门第来引荐，才能进入太学，这和科考得中与否，并不靠答得优劣，而要先做"公卷"，打造名声才能获得"朱衣点头"一样，使兴致盎然的陈子昂在刹那间，有种吞下苍蝇般恶心的感觉。

与此同时，在他胸臆间又响起洪钟般的声音：这样的弊端对报国人才是何等不公，是多么大的危害！而炼丹修道、独善其身也是对人生的虚度。"有志者横扫颓波！"梓州射洪青年学子陈子昂，在这样心声中，打消了"留中不发"的念头，积极筹备着赴京游学事宜。

在行李准备和学养准备完事后，由族祖陈嗣亲自择吉，指定健仆陈汀随行，郭震亲自把主仆二人送到遂州码头，稍事休息。陈汀订好船只，把书箱等行李放上船去，郭震已在码头上的酒家订好饯行酒席，就摆在前舱，为陈子昂送行。

早春气候，乍暖还寒。从跳板上进入前舱后，二人在食榻两端相对落座。江风拂来，帆船虽有粗大麻绳系在江畔的巨石上，船体仍随风摇晃，好在陈子昂、郭震长期生活在此江——涪江——上游。二人也曾时常驾着小舟，放鹰捕鱼，所以对船体的颠摇毫不在意。两人都戴着平头小样型幞头，穿着圆领袍衫，脚蹬乌皮六合靴。这在有唐一代，算是大众化"常服"，包括不听朝的皇帝，寻常间也是这身打扮。

陈汀把手伸向高颈陶酒壶，郭震却笑着打开他的手："你去安顿你家公子的卧具吧。然后也去饱餐一顿。今天顺风，应该黄昏时分，就能在青石码头歇宿。"

舵手是个年过花甲的老者，长年的江波奔忙，炼得肌腱如铁。他听郭震的估计，称赞道："客官定是个常走江湖的，对这条水路上的码头，这么熟悉。正如客官所说，这条客船，今晚就是在青石码头下锚。"

"一看老伯也是个弄潮好手。我这兄弟这次上京游学，算是有了一帆风顺的保驾人了。"

"客官你放一万个心！"正在船尾麻袋中取出粟米的青年后生说，"我爷爷年年都要送几趟进京赶考的学子，贩卖土货的商贾或北上京师，或南下江淮，从来没有……"

"从来没有翻过船？"陈汀笑着搭话，招来船家一阵猛吐口水。这在蜀地是驱除不祥的举动，陈子昂急忙呼唤："陈汀！"

"呸呸呸！"没想到陈子昂的呼唤也引来船家大吐口水，老舵手还神情严肃地对错愕的陈子昂大摆其手："公子！不要乱喊！"

陈子昂也急于说明："他是我家书童，是叫……"

郭震忙伸手堵住陈子昂的嘴："伯玉！江湖各行，有各自忌口，只怕你不能再喊——"

老驾长笑了："还是这位客官晓事！客人上了船，不能再说不吉利的话了。比如你的书童公子要呼喊他，他的姓不能照旧喊出，只能唤作'耳东'！"

因为，陈和"沉"同音。

"哦，对，不能……"陈子昂又差点喊出姓来。

"耳东！"郭震提醒着。

"那么，如果要说那句话呢？"

"哪句？"

"……耳东说的那句？"

老驾长说："鳌鱼仰面！"

陈子昂一听，和郭震、陈汀大笑起来。

第七章

舟船诗谊

郭震擦拭着笑出来的泪珠，举起箸来，向陈子昂盘中夹去一箸用辣油和醋凉拌的"贼耳根"——学名鱼腥草——说道："伯玉，走出剑南地界，你想吃到'贼耳根'，就只有回味了！"

这鱼腥草生长在田边地角和沟渠畔的泥草中，春时发出叶芽，外形颇似小化了的猪鼻孔，气息有淡淡腥味，故又名"猪鼻孔"，蜀中之人不论贫富趁着踏青，大都会用小铁锹或小手锄将其连根刨出，洗净用调料一拌，就是一道美食。

陈子昂谢过，一箸喂入口中，嚼出清脆响声，而渗着酸辣的鱼腥气息也立即从口中散发出来，郭震用衫袖拂散着迎面飘来的气息。

陈子昂笑了："元振兄，你在蜀中也有五年之久了，还吃不来蜀中仙草？"

"还仙草！"郭震皱起粗长的双眉，"草如其名——贼耳朵根儿。我还听通泉农夫叫它是'猪鼻孔'。贼的耳朵和猪的鼻孔，还是蜀中仙草？不是知道你好这一口，我自家食谱上就从来没有这玩意儿。"

"元振兄呀元振兄！"陈子昂边笑边摇头，"这可是经神农尝试过的百草之一，它有很好的消炎去肿疗创功效！同时又可佐餐助食。几年来你因它腥气而不用其长，可惜可惜！"

"这玩意儿真能消炎疗伤？"郭震夹起一箸来，审视着。

老驾长笑着证实说："客官！耳东公子说得对，你看！"他指向自己膝盖处，郭震伸头望去，见膝盖上扎着一小块布条。老驾长用手揭开一隙，让郭震细看，郭震这才看到布条里，膝盖上是一抹青黑浆糊状的东西，他立即想到了："这就是贼耳根。"

"对，捣烂如泥后敷在磕破了的膝盖上。"老驾长点头回应，"到了青石码头抛下锚后我就解开布条，洗去这贼耳根浆绒，你会看到伤口不红不肿，结了疤了。"然后他笑着道："你可不要嫌它气息不好闻呢。"

郭震感叹一声后，笑了。

"元振兄，后悔了吧？"陈子昂又向郭震盘中送去一箸贼耳根，笑问。

郭震两眼笑意深沉："世间事物，大抵如此吧？"

陈子昂："元振兄又想到了什么？"

"想到了韦司农免官一事。"

"韦思农？"

"就是司农卿韦弘机。"

"他免官和盘中物有何牵涉？"

郭震又笑了："他就是栽在鱼腥草的手里。"

陈子昂诧异道："真的？"

"这位司农卿大人，也算是我们大唐朝的第一位造作大匠了。"郭震先不解释，却直告韦弘机免官的事由，"所以，朝廷在扩大洛阳宫时，诏令由他设计、施工。这扩建的宫城，上阳宫你应该听说过了。"

陈子昂点头，静待下文。

"到去冬，宫城里宿羽、高山等宫殿也全部落成，所以，皇上在今年正月己酉，就和皇后率领文武百官临幸东都。听随驾官员说，扩建后的东都皇宫，真是无比恢宏壮丽呵！只说依托洛水兴建的上阳宫吧，先是临水长廊，就长达一里，而且雕梁画柱，极其金碧辉煌。"

陈子昂和在船头上编织纤绳的老驾长，都不约而同地"哦"出声来。

"今上是龙心大悦呀！"郭震说，"巡幸完毕，今上就要对韦弘机论功封赏。"此刻郭震话锋一转："谁知就在这时，'鱼腥草'捧笏上殿了。"

老驾长惊讶道："仙草成精啦？"

陈子昂摇头："老伯！郭县尉说的是个人。"

"可他分明说的鱼腥草呵！"

"这'鱼腥草'，板着面孔，气势凌人地对今上说，韦弘机作为大臣，引导人君肆意奢华，是大罪无功！今上老半天回不过神来……"

老驾长却担心起来："这鱼腥……人，吃了老虎胆呵！"

陈子昂却记着郭震的话头："结果，韦弘机被皇上免官了？"

郭震捻须微笑："所以世间物事，气势凌人的，或许正是起死回生的仙丹妙药。"

陈子昂大有所感地点头："元振兄，这位敢于犯颜直谏的官员是谁？"

"侍御史狄仁杰！"

"狄仁杰……"

在陈子昂喃喃默记中，郭震胸中似有万千块垒，须得借酒浇释，于是径自提起壶来，仰面一饮而尽。

"好酒量呀！"老驾长赞出声来。

郭震又提起另一酒壶来，给陈子昂斟满三杯，陈子昂会意，举起杯来，一一领饮。正当陈子昂提壶回敬时，已有三分醉意的郭震望向滚滚江波，慨然吟出，发出一声长啸。

两年多闭门苦读，尤其是去年决定东入咸京、游历太学以来，陈子昂都按应举进士要求对诗赋作了研习。因为进士科三场考试中，须试诗、赋一篇，而试诗试赋时，对试的题目和用韵限制很严，大多为五言六韵或八韵排律，并且以古人诗句或成语为题，冠以"赋得"二字，并限韵脚，这称为试帖诗或"赋得体"。虽然难度高，但于子昂而言，还是视为弹指之间倚马可待的雕虫小技。相对于诗赋，他更欣慰于自己在问策上的长进。潜意识里，他仍然认为自己可以毫不惭愧地售予帝王家的，还是他熟积心中，以及述诸笔端的煌煌奏章。而终陈子昂一生，确实是诗文兼善。

柳宗元曾说，唐兴以来，能兼著述、比兴二道"而不作者，梓潼陈拾遗"。陈子昂以其具有革新风貌的文章，为唐代古文运动的开展作了准备。同为文友的唐代著名诗人卢藏用，在《陈氏别传》中，赞誉他"尤善属文，雅有子云、相如之风骨"。也是卢藏用，在提到那后来所写的《谏灵驾入京书》时，说"洛中传写其书，市肆间巷吟讽相属，乃至转相货鬻，飞驰远迩"。而《新唐书》中的《陈子昂传》更认为"子昂所论著，当世以为法"。在其存世一百一十余篇文章中，涉及书、表、序、碑文、墓志、吊文、颂等多种文体，又以其中论事书疏表，凡二十余篇，最值得注意。这些文章内容丰富，大都针对现实问题而发出的陈述政见之作。它们重在言事，辨析情理，讲究实际效用，因而其写法也有较为严格的要求，既要叙事清楚，条理缜密，又要说理透辟，驳诘有力，其《为乔补阙论突厥表》就是这方面文章的代表。全文运用生动事例，详实考察，缜密推理，反复论证自己提出"制敌应变"的策略，极具说服力。而本书后文将出现的《谏雅州讨生羌书》《申宗人冤狱书》等也长于说理，更晓之以义，动之以情，详细分析，论议结合，极尽言之成理，以理服人之妙……

但郭震望江长啸，也激发出陈子昂的一缕诗兴。可是狄仁杰刚直不阿的举止，却更强烈地搅起他忠君报国的豪情，听！"导上为奢泰！"五个字如五个霹雳，当顶劈下，声震庙廊，却牢固国基！换作陈子昂，有这凌慑天听的气息吗？

他更急于想做的，不是为获"公卷"通过的诗文，而是想打开书籍，取出自己数十近百问策篇章，即行反省，从严评估。

果然，黄昏时分，客船抵达青石码头，老驾长一边掌舵靠近码头，一边朝立在船尾向江天眺望的陈子昂说："耳东公子，青石县虽比不上遂州闹热，但是公子既然初次出门，何不也去城里游玩？"

在遂州码头送走郭震之后，客船启锚前行。回到中舱的陈子昂迫不及待地打开书籍，取出问策文稿自审起来，其间，不时把榻上存放或正在览读的文稿默默地、毅然地撕碎，抛入江中，直到老驾长告诉他船近青石码头，他才走出中舱，登上船尾，临江眺望。对老驾长的提议，他只是反问："老伯，青石驿站离码头近吗？"

驾长摇头："不远，就在河伯庙附近！公子想去驿馆？"

陈子昂已向中舱走去："要带封家书回去！"

"真是初出远门，才几十里水路，公子就想家了。"驾长笑着说，"写吧，让大娃交到驿馆去！"

陈汀说："我也去吧，好向官家驿差介绍明白投寄地点。"

陈子昂点头，陈汀早已从书箱里取出纸笔墨砚，放到舱中长案上，接着用长柄竹匙在船舷旁的江中舀起一匙江水，倒入砚里，拿起松烟墨锭，研起墨来。

陈汀试好笔后，把羊毫送到陈子昂手中。陈子昂坐下，展开素笺，在抬头处写道："初入峡苦风寄故乡亲友。"

接下来写道：

> 故乡今日友，欢会坐应同。
> 宁知巴峡路，辛苦石尤风。

写毕，放开羊毫，摆好素笺，放入信封内，这才写下通泉县衙地址和郭震的名字，陈汀缄封了，对老驾长道："老伯，公子修好了书信。"

老驾长朝岸畔上搭跳板的小子一指："小哥，跟他去吧。"

偌大一艘客船，能识字的只有陈子昂一人，如果陈汀识字，只怕要动问陈子昂，连稍大的风也没有，哪来的石尤风？但陈汀知道公子也是今天和自己一道从老驾长处听说过"石尤风"这个名词。但老驾长是说航海时在海上遇见过卷云摧浪的暴风，傍海人称那种风为"石尤风"。客船上的人们都没遭遇过石尤风，但陈子昂心中却遭遇了自省的石尤风。

在和郭震临别前，陈子昂仍念念不忘地向他询问狄仁杰。郭震又告诉他：在他十八岁那年，狄仁杰被委为大理丞，但就是在这个任上，他首次犯颜直谏，那犯颜程度，可以引发龙颜震怒，让他死无葬身之地。

那年九月，大理寺卿据报奏告皇帝：左威卫大将军权善才、右监门中郎将范怀义，在巡防昭陵时，一时失手，刀斫陵中柏树，依律应当除名。但皇帝一听这两人竟敢损伤父亲太宗李世民的陵园柏树，大怒难遏，下诏处斩。大理众官接诏，面面相觑，但龙颜震怒，谁也不敢出班谏奏。就在行刑刽子手要把二人推出午门处斩时，狄仁杰出班朗声奏报："二人罪不当死！"

皇帝既惊且怒："他们胆敢斫损陵柏，我不杀他们就是不孝！"

"律条是国家大法，已经明定犯此罪者罪不至死。"狄仁杰仍强项阻挡行刑，殿上文武百官大多心怀惊惧，皇帝更是鼻青面黑，喝令狄仁杰离开殿堂。

"犯颜直谏，自古以来，臣民都知道既为难也危险。"狄仁杰仍捧着笏板，不肯离殿，还高声继续说出更加难听的话来，"但臣以为如果遇到桀、纣那样的暴君才是这样，而遇到尧、舜这样的明君就毫不可怕和为难！现在法律明白规定不该死的犯罪者，陛下一定要处死他们，只向臣民表示法不可依，亦不可信，那么谁还敢还愿依法守法？汉朝文帝的父皇陵园也发生过这样的事，文帝也要杀人，但张释之谏阻说：'今后如有人盗取了高祖长陵里一抔土，陛下又将如何处分？'臣今之所以冒死谏阻，是怕陛下因之陷于无道；臣自己作为大理寺官员，也怕死后在地下无脸见到张释之！"

结果，皇帝只好含怒把二人流放岭南，而几天后，狄仁杰从大理丞改授为御史台三院中的侍御史。有知情者说，召还狄仁杰，是皇后之意。由此。陈子昂再次感到父亲对所谓"牝鸡司晨"的不屑，是何等符合道家"乾坤一体"，绝无尊卑之别的道义！

这，就是陈子昂在自省问策文稿时，毫不迟疑地把凝聚自己不少心血的文稿，毁弃江中的原因。

是的，江上未遇石尤风。但在这个二十一岁东入咸京游学，预备应试，报效君国的年轻学子的胸臆间，却热血沸腾，风力堪胜"石尤风"。

长江春波，一泻千里。一路行来，陈子昂不能忘怀的是东入咸京的初衷，而险绝秀绝的巴峡，更令初出故庐的陈子昂欣然悦然，目不暇接。

当客船抵近万州码头时，江岸已经渔火点点了。

　　近十天行程，越向东去，春的温暖已令陈子昂有夏季的感觉。客船正在靠岸之际，陈子昂已叫陈汀点亮灯笼，准备去万州城夜览了。在准备东入咸京游学时，他对沿路水旱两道乡土民俗也略作过一些了解。这座在贞观八年（634）才置为州城的万州，叔祖告诉他是因"万商云集，属于川江十码头之一，值得一览"。但就在陈汀提着灯笼、照引陈子昂迈上船和岸之间跳板时，却陡听邻船上有人发出"嘘"声，陈子昂一怔，循声望去，却见一条中型客船上，有两人并肩而立，正是两人中那位体形稍丰盈者，发出了"嘘"声。

　　陈汀大感不快，已然皱起眉头要向邻船发"嘘"者质问，陈子昂却早顺目和邻船的人聚集望向崖壁，也不禁惊喜地"呀"出声来，同时阻挡陈汀不要造次。

　　"嘘！"这一次，是邻船略瘦高者向陈子昂更为直接地发出了"嘘"声。

　　是心有灵犀一点通。这时是陈子昂也对正要开口的陈汀发出了一声："嘘！"

　　原来在崖壁上，如绿云满缀。同时在因暮色而显得墨绿的浮云中，爆出团团大红、玉白的花丛来，使这万仞壁上，显出令人炫目而痴迷的五彩奇观。

　　那二人分明是驾舟赏壁的游客。若无响动，物我两对，那一分心境，非文字可以表达呵！

　　陈汀只好走近陈子昂，悄声地："公子，还进万州城吗？"

　　陈子昂还未回过神来，邻船上最先"嘘"陈汀、丰盈体魄者却显出急切的神情，口吻也代陈子昂焦灼："瑶池花壁，胜过万州俗尘多多，进城去干甚？"

　　陈汀白了那人一眼："我在问我家公子，又没有问你！"

　　陈子昂回过头要责备陈汀，可那人并不以为忤，却仍旧又为陈汀惋惜："难道你心目中，除了你家公子，就没有这壁上的奇景了？"

　　陈子昂被邻船游人的举止口吻，终于引发大笑："哈哈哈哈！"

　　这出自心底的笑声，终于把痴迷花壁的二人也引得大笑起来。

老驾长也笑着走到船头，对陈子昂说："耳东公子，临近万州那段水路狭窄湍急，浪底暗礁不少，所以忘了告诉你，你好运气！这季节正是万州蜀茶花盛开时候，万州绅民，稍有闲暇的，无不黎明时刻，或者黄昏时分，驾舟观赏这江崖壁上怒放的蜀茶花。而且都要借着朝霞或晚霞的自然光线，静悄悄地临岸观赏，才觉得有趣呢！"

"对呀！对呀！"陈子昂连连点头。

陈汀这才朝崖壁望去，正好一群江鸥展着双翅，在江面、崖壁盘旋起伏，使这花崖平添了无尽的意趣，不觉放下灯笼，鼓起掌来："好漂亮呀！"

"你呀！还不快向两位公子道歉，不是他们以'嘘'声相阻，我们真是俗人入俗市，俗不可耐也。哪能在这夕晖里亲睹瑶池仙葩。"

陈汀愧疚地笑着，朝邻船二人一揖到地："多谢两位公子！"

邻船一人摇摇头："这天赐神物，放在这天汉之下，江涛之上，原本就是供人悦目赏心的，不必客气。"

那高瘦者朝陈子昂揖手："看来，兄台这是初到万州？"

陈子昂忙还揖："承问了，在下从剑南梓州射洪来，是初次出门，万州也是初到。"

"呵！远客呀。"高瘦者热情地道，"我和我这三郎刘兄弟倒是因游峨眉，去过宝地了，只是没有去过贵乡。"接着自我介绍说："姓萧，行四！"

陈子昂联想道："此地距白帝城不远，三郎兄或是先帝桃秩？"

刘三大摇其手："不沾边不沾边！或以嗜酒，自认可作刘伶之后。"

船上新交的朋友都笑起来了。陈子昂忙说："三郎兄有此爱好，小弟船上正好载有家乡所产的'射洪柳浪春'，何不请来同舟一聚？"陈子昂盛情相邀，并介绍自己："在下……"

驾长忙拉："耳东！耳东！"

萧四和刘伶立即明白了："好！耳东兄。"

陈子昂这才继续说："名子昂，字伯玉。"然后补充，"今岁蠢长二十有一。"

"是显庆四年，己未生人。"萧四笑了，"青俊英才呵！我和三郎弟分别大你六岁、四岁。"

那么萧四二十有七，刘三二十有五了。陈子昂又一揖："小弟子昂，拜见四兄、三兄！"

二人还着礼，萧四透出真诚的遗憾："本应应邀过舟，和伯玉贤弟一聚，既有神曲佳酿，还当饱醉赏花，但因此前和众友已约定今晚在青龙瀑布相聚，夜赏春瀑之乐。倒不如，伯玉贤弟和我们一道去共赏春瀑？"

老驾长却插白进来："两位公子，小老儿这艘客船，已经定了一月后在灞桥码头迎接返蜀船客，明天一早就要启锚行舟，如果去了青龙瀑布，一天后才能返回万州码头，来不及呵。"

驾长儿子也高声插话："两位公子！耳东公子！你们既然成了朋友，你这次若在京高中，当上状元，衣锦还乡时还可在万州访友，再去青龙瀑布吧。"

萧四笑问："伯玉贤弟，你这是上京应考？"

陈子昂摇头摆手："笑话了，四兄三兄。伯玉至蠢，知书不久，奉父命东入咸京，准备去太学求学。甚么应考、状元，全是笑话呵。"

刘三遗憾道："那不可耽误伯玉贤弟的大事。来日方长，后会有期！"接着对船尾的仆人吩咐道："盆中物可以供食了吗？"

家仆忙说："预备晚聚食用的，蘑菇是干货发开下入铁釜，只怕还差几分火候。"

刘三忙对老驾长说："那就烦老伯叫人再加三分火力，帮我们款待远客吧！"同时向家仆招手示意，家仆在后舱端出一个冒着白烟的铁釜来，下了自己船，上了客船，老驾长伸手要接，陈子昂欲阻，老驾长说："四海之内皆兄弟也！耳东公子不要客气。小老儿已闻到这是万州山珍蘑菇和山羊肉合炖的香气了。这不是寻常主人能端得出来待客的美味呵！"

萧四笑劝："伯玉贤弟，老伯的话过誉了，但也可聊充荒腹。老伯！再加三分火。"

"公子放心吧！"

萧四、刘三站在已然缓缓解缆离岸的船头，向陈子昂揖手告别了。

陈子昂望着缓移的船舟，心里油然生起不忍离别的情愫，还是陈汀急着提醒："公子，酒！"

射洪柳浪春！

但邻船已隐没在夜色里。

当摇曳的江波被点点渔火投射到花壁时，原本就凸现出魔幻般景观的蜀茶花壁，又生出别样风流。就着邻船新友赠送的美味，推窗欣赏融入云空夜色的花壁，饮着故乡佳酿，陈子昂骤然感到家国山河的壮阔和秀美。江风入耳，有那么一阵子，陈子昂似乎听到吴蜀战船往来交错，兵戎相向之声音。醉眼里，花壁深红化作熊熊烈火，分明是蜀军营帐在燃烧，丧魂失魄的将士被东吴胜兵所驱赶；两鬓苍然的先帝刘备被近卫护拥于白帝城中，未能一统汉室、解民倒悬的先帝那满是血泪的双眼，凝视着诸葛孔明，作着令人摧肝裂胆的托孤准备……

……何以解忧？唯有杜康！

……周公吐哺，天下归心！

是呵！郭震和父亲，还有家乡真谛寺晖上人，说得多好呵！有志人，作言志诗。这不是雕虫小技，和安帮定国良策一样，都是催人奋进，让世界步入满园春色的助力推手……

思绪似乎紊乱，似乎又很清晰。陈子昂在这样境况中，依案合衣，卧在船舱，不知东方之既白。

客船应该是在寅时左右起锚开航的。因江风迅疾而在波涛上颠摇的客船，并未使沉睡的陈子昂醒来。是从江风传来的呼唤声，使他翻身而起。

"伯玉贤弟！"

开初，他觉得是郭震在呼唤，当他睁眼看着渐渐后退的花壁，和在壁上、岩间、坡顶显出的用粗木作柱，临江悬空而建的屋房廊时，他记起了这是"江城"——万州。

"是萧三和刘四两位公子。"陈汀说。

"他们这是专程赶回来为公子送行的。"老驾长在船尾看得更清楚，"回船要走一整夜呢，情长义深呵！"

一股充溢亲情的感触在胸臆间滚荡，陈子昂并不站起来，却急忙地："研墨！拿笔铺笺！"

驾长已缓转船舵，虽因水势而不能返回，但客船也在原地相待。

当研了墨，铺好笺，陈子昂饱蘸浓墨，几乎是一气呵成：

　　昨夜沧江别，言乖天汉游。宁期此相遇，尚接武陵洲。结绶还逢育，衔杯且对刘。波潭一弥弥，临望几悠悠。山水丹青杂，烟云紫翠浮。终愧神仙友，来接野人舟。

（《江上暂别萧四刘三旋欣接遇》）

放开羊毫，思索间，驾长已递过一张堵漏的油纸，陈子昂揖手谢过，把笺纸稿包入油纸中，驾长伸手："给我！"

陈子昂递给驾长，这才站向船尾，向萧四、刘三激动地揖起双手，但却说不出话来。

客船之头和本船之尾正在颠摇中缓缓靠近。

萧四、刘三凸显出无限遗憾神情，异口同声道："伯玉，前途珍重。"

陈子昂仍无语回应，只双眼沁出泪来。老驾长已把油纸包着的诗稿，垫着一个河石，向来船船尾精准掷赠而去。

第八章

乔子智荐

　　乔知之是从郭震来信中知道他这蜀中好友陈子昂的。对他十八岁时因西征失败而弃鸡求学的举动极其赞许。但两年以前才开始知书，郭震说他"因谢绝门客，专精坟典。数年之间，经史百家，罔不该览"的说法，却实难相信。"数年之间"？不就两年吗？"经史百家，罔不该览"！那他不是凡人，而是神仙！

　　且不说中华坟典，浩如烟海，就要通读百家中的一家，并有所心得，也绝非易事。郭震是自己挚友，更是文字之交，他豪气千丈，目光远大，令乔知之倾心敬重。但不必讳言，豪爽任侠中掺杂的轻率也是事实。他自己又举证铸私钱招募西征勇士的事就是不争的佐证，所以对蜀中好友评价的轻率，甚至偏颇，也由来信字句可知了。

　　祖籍同州冯翊的乔知之，家学素养不浅，加之天资聪慧，很早就有文名；后来，和兄弟乔侃、乔备被世人称为"乔氏三杰"，而乔知之本人诗文的"典丽雅正"则为骚坛所称赞、公认。

　　此刻，他正坐在长安启夏门东曲池坊宅中书斋里，对着面前长案上诗稿，心中却暗自遥向通泉郭震致歉；在对陈子昂评价上，郭元震并不轻率。子昂诗稿是：

日落沧江晚，停桡问土风。

城临巴子国，台没汉王宫。

荒服仍周甸，深山尚禹功。

岩悬青壁断，地险碧流通。

古木生云际，归帆出雾中。

川途去无限，客思坐何穷！

（《白帝城怀古》）

　　喜欢默诵诗文的乔知之，到后来，居然吟哦出声。这首五言排律，后来元代方回评曰："置之老杜集中，亦恐难别，乃唐人律诗之祖。"（《瀛奎律髓》）明代周珽赞："模写的是实境，虽画亦不能尽其妙。"（《唐诗选脉会通评林》）

　　对乔知之生活起居，体味到纤毫的窈娘，托盘到书斋时，竟被乔知之的反常举动，惊到蛾眉褶皱，美眸凝定！窈娘，从名分而言，仅是乔知之的侍婢。

　　乔知之从吟哦中抬起头来，迫不及待地招呼她："快来！先睹为快。"那神情绝似得着宝贝的童子，急于和小伙伴分享。窈娘更加诧异了。

　　在她心目中，乔知之对人接物是真诚而谦和的。这真诚可以评价为真诚到无以复加的程度。但在衡文论事上，却有着十分强硬的底线，哪怕对自己的所作所为，他的评判也相当严厉，严厉到苛刻地步。这样的人会对面前诗文生发巨大热情，让窈娘也迫不及待地放下托盘，长跪到乔知之身旁，向诗稿看去，而乔知之早已伸出右手揽其腰，左手点向诗稿，激动道："咏白帝诗文很多呵！可是你看他，不过伫立船头，傍城而过，就有这么妥帖、自然、流畅的十二句好诗，且不说章法井然，对仗精严，就是阅尽当朝诗人的律诗，也不可与之伯仲！称为律诗鼻祖，也不为过。"接着，他又指点着文稿对窈娘："你读！你读！"

　　窈娘是在西市歌馆学习歌舞时，开始识字读书的。待到长成，歌舞之名已动长安，乔知之一见倾倒，聘为侍妾。但窈娘自入乔宅后，乔知之竟不谈婚嫁。所以，至今仍无妻室。乔侃、乔备多次劝说，窈娘更啼哭相求，乔知之反而更加表明了非窈娘不娶的决心，全因家族的反对，他才不能明媒正娶窈娘，但对窈娘却爱入心底，相敬如宾。自那以来，在下朝回宅时，乔知之不仅和窈娘偕肩赏景，还时常为宠妾讲解诗义，评说韵律。二人在耳鬓厮磨之际，也时常谈古论今，联句吟哦。乔知之要她"读"，是让她体味陈诗中韵律的精美。

中国诗歌应该早于文字，而文字的诗歌最早的总集就是《诗经》。《诗经》最早只叫《诗》，共有三百零五首，因此又称"诗三百"。是周朝到春秋时期长达五百余年的诗歌精华。到汉朝时儒家奉为经典，才改名为《诗经》。

《诗经》分《风》《雅》《颂》三部分。《风》有十五国风，所收各地民歌。这一部分文学成就最高，既有对爱情、美好事物的吟唱，也有对故土的怀念，思征人及反压迫、反欺凌的怨叹和愤怒。《雅》分《大雅》《小雅》，多为贵族祭祀的诗歌，祈丰年，颂祖宗。《小雅》中也有部分民歌。《颂》则为宗庙祭祀诗歌。

《诗经》所选，为中国诗歌最早的高峰。但四言诗在唐以前已经衰落、僵化；在六朝时期，一种新诗，即所谓的近体诗，在骚客文人的思考中诞生、成长。到齐永明以后，诗人们开始讲究声律，被人称为诗的"新体"。到梁、陈两朝，创研到更加细密程度。唐初，或者说到了乔知之、宋之问笔下，探究五律和七律极尽其力，以至引发骚坛的群体性研讨、实践。而这样一个在当今诗坛举旗的人物却把陈子昂这首诗推崇到"律诗"鼻祖地位，还一再向爱妾吟而判之，窈娘心中的诧异自然升温。

"乔郎，你过分推崇了吧？"窈娘心中，乔知之不仅有知遇之恩，而且文采风流，本也占有崇高地位，"冯翊乔郎，绝非浪得虚名者。'哀弦调已绝，艳曲不须长''且歌新夜曲，莫弄楚明光'都是你感时、感事、感情之作，格律韵调，更发自乔郎胸臆，其余众人，大多依虞文懿《北堂书钞》所供掌故、蓝本而作。乔郎怎么就妄自菲薄，称他人为律师鼻祖！"

乔知之却仍指着案上的诗稿对窈娘劝说着："窈娘！不是我妄自菲薄，这个剑南道梓州射洪人陈子昂，本是郭震在蜀中的朋友。此人家资富有，和郭震家境在伯仲之间，但十八岁之前，浑浑然全不知书……"

"那他现在多大了？"

"郭震来信说，他今二十有一，特东来咸京，准备进太学求学，以备来年科举应试。"

窈娘笑了："乔郎，我以为十岁不知书，经过十年苦读，或许也能作出合格的新体诗来。可是你又说他今年才二十一岁，就算他发奋攻书，夜以继日，不睡觉，也只能有四年光阴！知书两年就可作新体诗的鼻祖？那么，这绝不是他本人所作！"

乔知之摇头："窈娘，你待人接物，一片纯情，万不可以小人之心，度君子之腹。"

窈娘故作委屈道："人家是你乔家侍婢，自然是'小人'呵！"

"嘿！"乔知之急了，一把把窈娘抱入怀中，"我语病！"

窈娘看他急得厉害，忙从右襟处取下罗帕，为他拭着头上的汗珠："乔郎，人家故意的，你当什么真呵！"

乔知之仍固执道："其实也没有语病，我的话原本就赞你一片纯情待人接物，绝非小人。"

窈娘心中的感动无法言喻，她从乔知之怀中撑起上身，把两臂张开，搂着乔知之的颈脖，同时仰上自己芙蓉般美艳脸庞，把吐气如兰的朱色嘴唇吻向还要解释下去的乔知之的嘴唇。乔知之不再解释，和窈娘深深地吻在了一起。

当窈娘在热吻之余睁开双眸时，却见乔知之还在瞠目出神，她娇嗔："哎！"

乔知之回过神来，仍紧搂着窈娘，说："你读后不会失望。我不仅佩服他文采，更佩服他的操守！"

"呵？"

"论他家世，父亲只是从九品的文林郎，根本进不了太学大门。"

"他为此才来找你吗？"

乔知之摇头："人家自有巍巍门楣可依，但他昨天抵京，并未去求这门姻亲，却急于和我相见，要畅谈诗文。"乔知之再次拿起手中诗稿对窈娘解说："一月多行程，触动他诗情者，不过初入三峡、白帝、荆门、乐乡、岘山等处，成诗六首而已。区区十二言，虽然用典不少，格律精严，但从文字间都可品出他真情实感，绝非求人代笔之作。何况皇亲国戚姻亲他都不屑上门请托。这样的人，怎会请人代笔求名？"

窈娘这才转面看向诗稿，不觉间，她讴歌出声："古木……生云际呵，归帆出呀……雾中……呵！"她率真天性即现："太美了！乔郎，快帮他。"

乔知之点头："我就知道我的窈娘妹，绝不忍美玉埋土中呵！"

"可是呵，乔郎，你和他非亲非故，又不是'公卷'时节，你怎么帮他？"

乔知之已然心中有数。他拿起陈子昂的诗稿："我求太平公主去！"

窈娘又高兴地一拍手："好咧！可……"

"嗯？"

"你不是说，公主近段时间，很不高兴吗？"

乔知之"哦"了一声："过了！"

"天后陛下没有再说把公主送去当道士了？"

乔知之："其实天后也舍不得呵！都因为吐蕃。"

窈娘一怔："太平公主要被送去当道士，和吐蕃有什么关系？"

乔知之想了想，又以他一贯论事的公允态度说："有关系，不过呢，成也萧何，败也萧何。"

不待宠妾再问，乔知之详细向她讲说事情的来龙去脉。

自从吐蕃去年再次大败唐军以后，按照常情，将会再向前进犯，但是就在吐蕃准备乘胜挺进时，其赞普死去。赞普死去时留下两个小儿子，一个八岁的器弩悉弄，由其舅父辅佐，一个六岁儿子在大将和宰相论钦陵军中。国人惧畏论钦陵，共议扶六岁的儿子登位，但论钦陵严守立嗣以长制度，和国舅一起扶立器弩悉弄，论钦陵心无私欲的高风亮节，深受吐蕃臣民称颂。

对吐蕃侵扰耿耿于怀，急于寻找征服之计的大唐皇帝李治，曾准备借吐蕃国丧时政局不稳发难，但裴行俭力阻："钦陵主政，大臣们团结一心，未可图也。"李治这才打消了反攻念头。

出于对吐蕃与唐睦和谐处的初衷，奉太宗旨意和亲吐蕃的文成公主派大臣论塞调傍来到大唐报丧，同时提出和亲请求，并指定请天皇天后选派太平公主来吐蕃和亲。

作为心肝肉的幺女儿，李治和武氏都不愿把太平公主派往吐蕃和亲，因为和亲就意味着永别：依据常仪，和亲公主除非所在藩国灭亡，是不能返还故国的。那么，可以依据已为太平公主择选了薛绍为驸马而加以拒绝。对这门婚事，皇帝是经过了深思熟虑的，认为所选得人；但皇后却很不乐意，所以并不愿用这个理由拒绝吐蕃，而准备送太平公主去做女道士，来回绝吐蕃。

在李令月戎装求婿之后，李治选择薛绍的原则是什么？依当时国情，当然是选名门望族。薛绍就是山东薛姓，是大唐时期地位崇高、门楣荣耀的大族，作为已成皇室贵胄的李姓，反而在此前不在此列，尽管李渊、李世民以皇权来尊崇李姓，甚至抬高老子地位来包装李姓，也仍难服众。民俗、民风就是不予承认，没奈何，只好采取联姻方式来提高皇族地位。所以，唐初皇族无论择婿还是择妻，都是以薛绍这样的门第作考虑基础。

那么武皇后为什么又不满意呢？也是因为家族门第，当然不是薛家，而是薛绍兄弟的妻子出身不是贵族，"我女岂可使与田舍女为妯娌邪！"——所以武皇后是要否定这门亲事，而让爱女像当年为外婆祈福一样，去当女道士，待风声过后，再另择他门嫁人。

十五岁的太平公主却不肯，最后由乳母张氏私下提醒皇后，对十五岁爱女的婚事必须正视，皇后省悟过来，这才勉强同意皇帝向吐蕃来使展示名花有主的诏书，回绝了和亲之请。

早在上官婉儿被太平公主发现前，乔知之和王勃、苏味道、杜审言等京师闻名文士，是常被公主召入府中，或唱和助兴，或代作诗文，也算公主的文学侍臣，所以对皇室这类隐情，也还是比外间略有所知。同时，向太平公主请求助陈子昂一臂之力，收入太学攻读，也有一定把握。窃娘听完乔知之的讲述，同时对陈子昂的才华因自己体验也大大认同，于是也觉得该帮他。乔知之兴冲冲地离开曲池坊，乘马赶往太平公主府而去。

修建在醴泉坊内的太平公主府，原本就建制宏丽，近来又征用坊中大批民宅，甚至在毗邻的布政、金城二坊，也迁出了大批民居，由专管宫室营造的将作监，亲自规划、设计、施工，对公主府进行大规模的扩建。能够公开的理由是让吐蕃来使看到，待嫁的太平公主，朝廷正在为她扩建府第，准备着成婚大礼。而实际上是欢欣鼓舞的公主早就要扩建府第，要把它建造得可和近在咫尺的皇城内的宫殿相比也绝不逊色，不，还要有过之而无不及！而父皇母后对爱女，真是有求必应，达到不顾国力的地步。比如：正史记载，太平在尚无权势时，就已经"崇饰邸第"，"外州供狗马玩好滋味，不可纪极"。她的实封，达到一万户。仅按当时其属下的封户每丁每年交二匹绢计，她一年仅绢就要收入十四万匹，少则七八万匹。她一人的收入，接近全国收入的百分之二十！五分之一！所以面对爱女的终身大事，也是举国之所有，讨爱女欢心。

当乔知之求见时，太平公主正在富丽堂皇的牡丹阁中，口授本府长史，要奏请父皇封乳母为"县主"，从五品女官到三品县主。乳母的感激已近涕零，而乳母身边恭立的一个胡僧——碧眼金髯的洋和尚——法名惠范的，也合十叩谢，大唱"阿弥陀佛"！太平公主问明乔知之所请，简捷地道："告诉婉儿去！"

这就成了。

上官婉儿，从去年起已不再仅仅是皇后身边的侍婢，而已正式成为辅佐皇后处理军政要务主掌文诰的女官！由她告诉国子监，一个生员要读太学，国子监长官们更有何说？

乔知之匆匆走出醴泉坊公主府时，长史也已草好奏章，太平公主接过，要亲自进宫奏呈！

张氏和惠范，俨然叩拜慈航普度的观音菩萨，双双跪在公主足尖前，一叩首，二叩首，三叩首，直到太平公主脆声笑着，让身边婢女扶起他们，二人才停止了叩拜。

望着太平公主在近卫随侍下离开牡丹阁，阁内原本侍立的仆婢都似有约定般悄然退出阁中，离去前还不忘记放下珠帘，放下锦帏。惠范望着眉青青、眸如秋水的张氏，一时碧眼凝定，差点死聚在了张氏的身上。

十五被召入宫中，乳养太平公主的张氏，今年正好三十。岁月的流逝并未带走这个妇人的韶华，反而添注了无尽的妩媚。那梳成的堕马髻，侧垂左边面庞的发髻，她有意扩大了它的蓬松，让这乌云般发髻衬得原本白嫩脸庞更加晶莹剔透；而这时才看见她今日所穿的服装，是从未睹过的新装；上身分明未穿窄袖短襦这种常服，也没有穿其他内衣，只把裙腰加高，微遮双乳，两臂仅用轻纱蔽体，而腰下轻纱罩下曳出的红罗绣裙，衬得云头履分外翘然摄神。

"傻了！"张氏伸出两指，刮着惠范不能旋动的双眸，随指带去一股波斯贡香气息，惠范早已不能自持，猛然闪到张氏身后，连胸带乳，把张氏抱在怀中。张氏转瞬间美眸蒙眬，娇喘吁吁地瘫软在惠范怀中，口里却说："大和尚，也该犒赏你！"

张氏这是指惠范教她进宫说服皇后同意选择薛绍为太平驸马之事。

原本已经选好驸马，而且太平公主也在曲江池畔见过未来的夫婿，英俊而魁伟。一直依着自己性情的母后却突然要变卦，让自己再去当道士。虽说是为蒙混吐蕃使臣，但年龄渐长的太平公主从吐蕃西侵不止，本国西征军又频频败绩的势态上，深感吐蕃不会轻易被蒙混，如果战事不绝，自己的假道士道冠只怕很难摘去。十五岁的大唐太平公主，哪有耐心受人掣肘？更不要说还是自己的终身大事。

但母后对女儿婚事还有更精致的盘算，一时间并不顾女儿诉求中的隐情。大为怨怨的太平公主发了公主脾气，真是见物砸物，不管它是狮子国、吐火国所贡的国宝！见狗杀狗，哪怕是她最宠爱的拂林贡狗。再下去，杀几个宫娥彩女，也不足为怪！

张氏自然想到了惠范，让他尽快入府"灭火"。但和尚这次却没有独入太平公主寝室，为她"作法"消气，而是教张氏进宫见驾，向皇后奏请"收回成命"。

"皇后这次不同往常，公主本人哭求都没有半点效应，我去？"

"你去，向皇后重提贺兰敏之那事。"

"你疯了！谁去捅马蜂窝呵？"

"不是马蜂窝。"洋和尚笑着，"说透！"

"怎么透？"张氏一怔。

洋和尚贴近她的耳畔，教说。但张氏反而恐惧："敢这么说？"

"皇后是过来人，懂的！"

张氏硬着头皮进宫奏请，果然笑逐颜开回府！所以她说"该犒赏和尚"。

"为什么你肯定皇后会'收回成命'？"

洋和尚荡笑着道来。

七年前，是太平公主，把贺兰敏之，当时已赐姓武，并继承武士彟周国公爵位的武敏之，送入了地狱。

平心而论，是贺兰敏之最先重伤太平公主，才招来这场横死，即依国法，也是咎由自取。

可是刨根寻底，又是当今皇帝种下的祸根。

从事实看，武皇后对姨侄的疼爱，远深于对堂侄武承嗣、武三思的疼爱，原本不姓武而赐姓武，还把自己经历生死激斗为父亲争来的周国公爵位，让他承袭。

与此同时，对武家女儿有着特别恋情的皇帝，不仅"临幸"——占有皇后的大姐、那个嫁给贺兰家的武氏女人；继而又"临幸"了贺兰氏的女儿贺兰敏月——贺兰敏之的妹妹，这对母女，都封了国夫人。

令人惊愕的是，这母女俩，一个骤死在宫中，一个骤死在东封泰山的封禅台下。

谁下的毒手？武敏之认定，是皇后！

卧榻之侧，岂容他人酣睡！

武敏之用报复手段无声地还击了这位姨母。

他风流偶傥，形如临风玉树，无论西京长安还是东都洛阳，只要一见周国公华丽的驷马高车，都会引来大批女性围观、追捧。他是彼时彼地被女生们大掷香果的"潘安"。

他居然使皇后之母，自己的外婆迷失了本性，让他登堂入室，和他鱼水合欢。

接着，探望外祖母的太平公主，在一天出府上马返邸时，张氏发现她裙裾下显出血迹，身体上透出唯有张氏才辨认得出的精液之味！而且她坐卧不宁，泪流满面！

张氏责任在肩，大惊询问下，才知道是周国公的手笔！张氏急忙把惠范叫入太平公主府，二人合检，确定太平公主被人强暴了。惠范急忙用"胡药"为太平疗伤。张氏急奏皇后。皇后盛怒难息，立即奏请皇帝夺爵，处以发配，实则驱向边远之地缢杀。

贺兰敏之罪有应得。

但有此经历的太平公主，在成长中，总带着英俊表兄和自己肌肤相亲的烙印，使生活在花团锦簇、锦衣玉食中的少女公主，对男女间的情欲，有着特别憧憬和向往。

她生理初潮在两年前到来，但到来前却极其暴躁不宁。张氏求惠范诊治，惠范已断出端倪，于是提出为公主调理"阴阳"，果然初潮顺利而来，从此公主更常令惠范"调理"。

正因为如此种种，洋和尚才敢让张氏进宫，让皇后明白自己女儿经历贺兰敏之的"人事"后已经一十五岁，"女大不中留"，同时也要应对如何拒绝吐蕃和亲之请，武皇后只得最后允同了薛绍之选。

乔知之万万没有想到，和司马承祯在终南山论道的陈子昂，在听到乔知之的"报喜"后，虽然深深感谢，但却断然拒绝乔知之的安排，决不向上官婉儿请托！

第九章

文宗预言

司马承祯听着陈子昂的回答，似在意料之中，却又显露出一种不以为然的神情。

终南道观是座茅庐式寺观。远不能和司马承祯的师尊潘师正建在嵩山连天峰上的天台岳观相比。探访司马承祯是父亲的嘱咐，陈子昂万没有想到乔知之向他提到在终南山隐居的卢藏用时，顺口说出卢藏用近来正和西来云游的司马承祯"以文会友"，不用到嵩山就可以会见司马承祯。陈子昂就急急赶到这司马承祯临时下榻的道观来相见。颍川陈氏虽然远在巴蜀一隅，但道门中人却早互有传闻，二人在观中的上清殿一见如故。谈到上清经法、符及符箓、导引、服饵等，二人大有相见恨晚之憾。

"所谓道不同，不相为谋。"陈子昂还未答出，司马承祯就捻着飘飘青须，微笑着回答乔知之，乔知之立即明白过来，所以对陈子昂提示说："应该说，只是诗文之道吧？"

"表面看去是那样，"陈子昂以他一贯的直接回答一心为他张罗的乔知之，"但我很赞同虞世南抗旨不作宫廷浮艳联句时对太宗的谏奏：'如果让这种文体在天下风靡，终会以文乱政，宗庙社稷也会如前朝那样，须臾倾覆！'"自从金华山下和郭震论及"上官体"和魏元忠的上书之时起，陈子昂曾下大功夫对"齐梁体"和"上官体"诗词作了较为详细的了解和研究。这一来，这个原本以安邦定国为志向的青年学子，不仅更加深刻地感到那种颓风断不可长，与此同时，他更加喜欢魏晋风骨，运用到了自己的吟咏之中。并且暗暗萌生了欲强盛国，必须大大弘扬魏晋风骨的意识。

乔知之听着陈子昂的回答更加佩服，同时对他那固执也更存忧虑，只好把目光投向司马承祯，希望这位上清文友能劝说陈子昂。

司马承祯真想说的话，是希望陈子昂重遵祖训，回到清静无为的道门中来，而不是照乔知之意愿，劝他审时度势，借婉儿这一把天梯，上升青云。

青髯飘飘，手执拂尘，头戴道冠，身穿淡蓝色道袍，足蹬芒鞋，长着国字脸、卧蚕眉的司马承祯，实则是帝胄之后。他先祖乃晋宣帝司马懿之弟。他姓司马，字子徵，名承祯，法号道隐，又号白云子。

煌煌帝胄，却成了闲云野鹤。祖上的建功立业，千秋一统，于他却化为清静无为，"修我虚气""遂我自然""坐忘收心""有静去欲"。从和陈子昂仅只半天交谈，他深切地感到这个比自己小了整整一轮——十二岁——的小友，对道门经学及吐纳的理解，超越了其年龄。能和这样同道者共修道义、寻探真谛，那是何等惬意之事。

但从他记事起，自己这一支司马氏续脉已是河内温县，也即今河南温县人了。可是在他初知人事时，父辈讲述司马家史，其实就是《晋纪》，而开篇就讲晋泰始元年，即二六五年，距此时，六七九年即已四百一十四年。晋武帝受禅登极的当年冬，就设置谏官，而首任谏官，是散骑常侍傅玄。傅玄的首次谏言，就是针对曹魏朝廷后期泛滥的浮夸虚无风气的抨击，但终其一百五十年的西晋和东晋的统治，流风所蔽至五胡十六国的齐梁，其间国建国破，战乱不止，近三百年的史册上满是烽烟和碧血！而其间潜藏的诱机，仍是傅玄在谏言中的主旨！这，使这原本帝胄后人，惮于烽烟和碧血，彻底转入出世的虚无，想得到吗？出世虚无中的"玄欲"，却嬗变为具有积极入世思想的"反浮夸"和"存虚无"。这，成为司马道长诗文创作矛盾共存体。不要那多烽烟，不要那多碧血，他敬佩陈子昂不向上官"谋"的操守；但上官体的风靡暗诱着烽火和碧血，又会动摇四百年方一遇的贞观之世！自当有陈子昂这种觉悟者与之抗争！于是，司马承祯又极愿助乔知之一臂之力。

他朝神情坚强的陈子昂语调平和地启发着："欲非我始，听其自然。"

陈子昂的神情分明有了转变。

司马承祯用手中拂尘指向窗外天空："苍狗乎？白云乎？"

陈子昂和乔知之也望向了天空。

"与君何干？"司马承祯却以四字否定，再肯定，"青海白骨，君其收之！"

千名乡邻青壮，尤其是投下涪江的寡妪，陡然浮上陈子昂的双眼。

"多谢知之兄了！"陈子昂揖向乔知之，又揖向司马承祯，司马承祯稽首回礼。

乔知之大松一口气来。

夜来由乔知之在曲池坊府宅内举行宴聚，众人情绪很高，而窈娘在赵瑟、秦筝伴奏下的歌舞把宴聚推向了高潮。当陈汀用乔府的马车把陈子昂送回京西客栈时，谯楼已敲响三更了。

五更天明，陈子昂仍在梦中。但乔府送来乔知之一封简函，促使陈汀必须叫起公子："乔大人说，请公子去太学报名！"

上官婉儿真是炙手可热呀！这是陈子昂心中的感慨。不求高家，但最后还是向上官作了请托。做人有操守难，坚守操守更难，在京师坚守操守难上加难。陈子昂自嘲。

在自嘲和残余的蒙眬睡意中，陈子昂在司马承祯和乔知之对自己的开导里的一缕诗情，凝为一首《感遇》：

吾爱鬼谷子，青溪无垢氛。

囊括经世道，遗身在白云。

七雄方龙斗，天下乱无君。

浮荣不足贵，遵养晦时文。

舒可弥宇宙，卷之不盈分。

岂徒山木寿，空与麋鹿群！

太学学舍中，对陈子昂入学一事，也漾起了一圈涟漪。

太学生员定额是五百人，条件是五品以上官员子弟。陈子昂执意不报自己是高家未来婿郎的身份，只填父亲文林郎实况，这就招致了学友们的普遍反感。

来自幽州的学子王适恰好就是陈子昂所分班级的学长，他从助教处听说是因上官婉儿打的招呼，据此，他在舍中对学友们几乎是愤愤然地指责："什么上官、下官！这国子监生员收录，是高祖皇帝初定，太宗皇帝又复审下敕确定的。五百生员，都来自五品以上品级家庭。一个从九品未入流文林郎的儿子，凭什么也可混进这太学来？"

"王适仁兄，你打狗得看主人面呵！"有那好心而又胆小的学友，战战兢兢地提醒他。

"是了，各自打扫门前雪，休管他人瓦上霜。"

"王兄说得也是。"更多是愤然附和，"如任是一个人都可以来读太学，那么高祖和太宗的勒令还作数吗！"

中庸点的则说："其实，四门学也属国子监所辖官学，生员将近这太学三倍，特别允许确可培育成材的百姓庶民子弟八百人入学，他尽可去四门报录呵。"

"谁管他读四门，读五门的！"王适不屑地说，"我就要去见博士大人，决不准坏了太学规矩。"

学友们自然希望有人出头，保持太学生员的尊严。

王适气哼哼迈入夫子堂时，却听堂内发出一片喝彩之声："妙！"

王适见本学的六位博士教官都聚在夫子堂中，正点评着长案上几页诗稿。他恭立门外，摄手禀告："太学生王适，有事禀告博士大人。"

但博士们的心思，分明全在案上的诗稿上。

"众公请看！"鬓发苍然的博士对其余五位同僚指着案上诗稿，"巴国山川尽，荆门烟雾开。这是何等……"

"这一联尤绝。"他近旁那位博士官，在六人中应是最为年轻的，但眼力却特别弱，他已捧起诗稿，几乎贴着笺纸念道，"'城分苍野外，树断白云隈'，平淡简远，唯此为上！"他大有爱不释手的意味，又念《白帝城怀古》："'城临巴子国，台没汉王宫！'章法井然，对仗精严！很难让人相信，这是只在县学读过两年经学生徒的诗作。"

立在门口的王适听着这首白帝怀古的诗，也不觉一怔。王适和之前的学长王无竞，被学友称为"太学诗律二王"。他花在对仗、格律上的探索，不是两年，而是六年了。要写出这样的诗来，也还颇费心神呵！

"上官不愧是上官体传人！"老博士慷慨道，"难怪大家宴游联句，必要她从旁评点。她所荐这个梓州射洪学子，绝不属于裙带请托之类庸才呵！"

"那是当然！"

"她愿出面推荐，自是认真看过这陈子昂诗文的！"

"这样看来，大家以她衡文称量，也确是因她具备非凡目光！"

博士们这番言论，却把才对陈诗萌生好感的王适激出新的反感来："一批酸儒，纯是马屁精！"

他放高声音："太学生王适，有要事禀告！"他是如鲠在喉，不可稍待了。

博士们这才发现王适揖手堂门前，近视眼博士早拿起案上诗稿，走向堂门，对王适吩咐道："来得正好！王适，这是你们舍新来学友陈子昂的诗文，大可作为范文传阅。去，快给众学友传阅去！"

"博士大人！可……"王适虽接过诗稿，仍欲说出自己的请求。

"去吧！去吧！"老博士也催促他，"人曰：'听君一席话，胜读十年书！'老夫说呵，'学他一首诗，少读十年书！'快传阅去吧！"

原本仍要坚持抗议的王适，目睹耳闻这些大唐朝饱读诗书的大人先生们对陈子昂如此推崇，心里一边犯嘀咕，一边觉得应认真看看，是否如他们所说那样可钦可敬？于是也就躬身一揖后，拿着诗稿转身离去。

回学舍途中，王适忍不住就要看看手中诗稿，结果看见稿首就是陈子昂那首《感遇》诗，读到第二句"囊括经世道，遗身在白云"时他不动步了，立定足跟吟诵起来；而当他吟诵到收尾二句"岂徒山木寿，空与麋鹿群"时，他自己发出了可能会受他人垢病的预言："陈子昂注定是我大唐文宗！"

发乎内心，绝无半点妒嫉。他要尽快把陈子昂的诗文向学友们传诵。而且，他急于要去看看陈子昂的起居安顿好没有，并要请求和他交上朋友。

但为陈子昂准备太学起居室的学役告诉王适：陈子昂在助教那里录过名了，但因有位"王正字"赶来拜会，陈子昂主仆和"王正字"离开了太学。

"有这么高？留着五绺青须？两道浓眉，胖乎乎的？"王适一听，急忙比画着向学役问道。

学役笑着："公子说得一点儿不错。"

这正是前年应试，登"下笔成章科"，既是学友又是文学同道的王无竞呵！

这位好友原籍琅琊，后来先祖迁居掖县，不仅出身官宦世家，而且和陈子昂、郭震的家庭一样，"家足于财"。自幼即受到良好的家庭教育，少年时便很有诗名。登科后授赵州栾城县尉，去年才改授秘书省正字，回到朝阁。原本，王适和他差着班次，且入太学时年纪也比王无竞小好几岁！王无竞是高宗永徽三年，即公元六五二年的人呢！眼下已经二十有七！但一首在太学广为传诵的《铜雀妓》，引起正在创研新体诗的年轻太学生王适极大共鸣，于是以一首《铜雀妓》为桥梁，和王无竞结为莫逆之交。

什么是物以类聚，人以群分？这就是。也正如他才预言且尚未谋面的"大唐文宗"陈子昂，他急切地要盼之为友的原因是一样的，在陈子昂的诗歌里，他读出了自己煞费苦心要追求的韵律、格式，更重要的是那种铮铮风骨。

王适进入芳林门旁修道坊王宅时，不用王家老仆通报，就轻车熟路地走到了书房外。一蓬铁茎海棠迎春怒放，好似团团赤焰，把安静的书斋衬得春意盎然。

"听说你开初很不愿意知之请托上官婉儿？"刚步上绿苔点点的石阶，王适就听见熟悉的王无竞那颇有磁性的话语声在笑问陈子昂。王适一怔，但立即暗自点头："诗有如此风骨，人当风骨如诗！"

"确实。"北人听蜀语，倒还大体可辨，"但小弟对上官大人，有大困惑处！"

王无竞立即道："彼此彼此！"

只听陈子昂特别问道："弟这蜀地蛮音，促烈兄尚能听懂吗？"

促烈是王无竞的字。只听王无竞笑答："慢些能懂。"

于是陈子昂放缓了语速："作为儒者，上官老大人既敢冒灭门大险进谏，为什么就不能像虞世南大人那样，抵制祸害国民的文体？"

原本可以入斋门了，但王适却担心打乱二人谈兴，于是干脆撩起褐衫下摆，在净无点尘的石阶上悄悄坐下来，听着王无竞回答："其实，上官体确实可算是齐梁浮艳文体的余绪，但是它又到底不是用齐梁文体可概括的！"

"可是可是……"

"不急不急！"

"'缄书待还使，泪尽白云天！'他老人家也能写出这种韵律与心声紧相交织的诗句！"

"可是可是……"

"不急不急！伯玉！不急！"

斋外王适急忙掩口，差点笑出声来，这时他才感到，读着陈子昂的诗文，有种喘不过气来的感触，原来就如此时听他论诗，口吻那么急不可待呵！

"可是……可……是……更多的是……'芳晨丽日桃花浦，珠帘翠帐凤凰楼！'"

王无竞却显得宽容："伯玉，你看！芳晨丽日，珠帘，翠帐；桃花浦，凤凰楼，一气呵成，何等清新流畅，何等……"

"良马既闲，丽服有晖。左揽繁弱，右接忘归。风驰电逝，蹑景追飞。凌厉中原，顾眄生姿！"陈子昂随口吟出。

王适搜寻于脑海，暂无记录，王无竞也问："这应是魏晋时的四言诗……"

陈子昂回答："嵇康的《赠秀才入军》。"

王适再也坐不下去了，立起身来，迈入书斋，对和陈子昂相对席地而坐的王无竞兴奋道："促烈兄！此子必为大唐文宗无疑了。"

王无竞大有同感地点着头，然后对已然立起身来的陈子昂介绍说："伯玉，幽人王适，你的学长。"

陈子昂急忙躬身揖礼，王适已躬身还揖。在对揖中，王适这才看见说话声音洪亮、语节急促的陈子昂，中人身材，稍显瘦削。极具个性特色的一双剑眉，向额上挑去。正如其人，凌厉而刚强。

当王适注视陈子昂时，王无竞已向外呼唤家仆，速烹菜肴，摆开酒杯，备好烛台，三位文友，是要彻夜对酒长谈了。

酒菜很快由仆婢送入斋中，王无竞笑对王适："北方佬！今天只为新客，菜肴中可没有关照你了。"

鲁地王无竞和蜀中陈子昂，都无辣味难佐食。而幽州王适往昔造访王无竞，王无竞都格外嘱咐厨下不用辣味入菜。王适笑着对陈子昂："伯玉，你们蜀地和鲁地相比，谁更吃得辣些？"

陈子昂看着食榻上的菜肴，摇着头："小弟初次出蜀，还未吃过鲁地饭菜，想来圣人故乡，菜肴自然不同寻常。"

"伯玉过奖了。"王无竞谦逊道，"我听元振说，蜀地因水系纵横，所以较为潮湿。故蜀人多以辣味除潮去湿，他在通泉这些年，已是无辣不成席了。"王无竞一笑道："但他说，辣尚可佐餐助饭，但对你们的花椒，他至今还是不能享用。"

王适问："花椒？"

"哎呀呀！"王无竞学着郭元振的口吻，挤眉咂舌，"那是一种麻味。一旦入口，顿时口舌全都发麻，麻到自己咬咬舌头，都不知道痛呢。"

"八成，"王适联想到华佗，"华佗的'麻沸散'就是用这东西熬成的！"

陈子昂摇头："不知。"

王适对这也很赞赏，不知就是不知。王适无以表述心中那股热忱，举起箸来，夹起一夹腊羊肉，送往陈子昂盘中："蜀地山坡连绵，牛羊之类自当不少吧？也尝尝关中腊羊肉，滋味如何？"

陈子昂注目致谢后，举箸送入口中，几口嚼了，便吞入腹内。

王适望向王无竞，无言而笑。

陈子昂却想起了万州码头结识的萧四、刘三，想到他们馈赠的蘑菇山羊汤来，评价说："若说蜀中羊肉，万州山羊似可和关中腊羊媲美。"

"结绶还逢育，衔杯且对刘！"王适早随口吟出，并赞道："句美，情真！"

陈子昂似又陷入沉思中："若不发乎情，用尽心血雕琢而得的美句，于人于世，又有什么好处？"

王无竞和王适不约而同地拍案称是。

"不愧是'竹林七贤'的第一位贤人呵！"陈子昂跳跃的思维，把自己和朋友都引入了早先王、陈二人的话题中，"嵇康用一种假设场景、假设人事，对祸国殃民的战乱予以辛辣地反讽。而他平日超然物外的表象，从诗句中却透露出对渴望生存的百姓的同情，对暴政的憎恶。我以为，太宗设科，倡导诗赋，正是倡导的这种诗赋。可是当我来京时，县学博士却郑重告诫要用上官体来博取功名。我为什么要功名？"

王适也激动起来："但你若以魏晋风骨应试，主持考试的大人们却大多奉上官体为金科玉律，结果就是——不第！"

"为了及第，士子又全去研创符合上官体，实则是齐梁浮艳韵味的诗章。及第士子们，在吏部选任后终于立班庙廊，或乡县牧民。二位王兄，如此则合朝之中，将弥漫着这浮艳风气，谁来关注社稷兴亡、民心背向？"

"大唐文宗！"王适再次呼喊，并双手捧盏，"请受幽州王适借酒相敬。"

陈子昂焦急回避："王适兄，子昂，蜀中野人耳。"

"更难得。"王适由衷道，"心怀天下，心系百姓的蜀中野人，请尽此一杯！"他加重语气道："从今之后，我等同调可一致发声，在你这大唐文宗的带领下，弘扬我中华正气！"

王无竞很赞成王适这句赞语，也捧起杯来，对陈子昂："大儒大贤，力主'诗言志'，你因报国之志而求入仕，又以入仕当报国而力倡新体诗，于当今之世，尤其难得！我附王适之议，也敬一怀！"

陈子昂却忙说："从谈论中都已共识新诗体的重要和必要，子昂愿和两位王兄共勉！什么文宗，愧煞子昂了！"

以酒佐谈。其实王适多次夹着撒有厚厚辣味粉末的腊羊肉入口，他已不知其辣了。

上阳宫便殿内，看似皇帝李治在召对裴行俭，但实质上近来头风频发，李治把军国大政的决定权，几乎完全托付给了眼下被中外奉为"天后"的武氏手中。而今天的召对特别重要，自刘审礼全军覆没并被俘，接着又死于吐蕃拘押处后，加剧了各邦各部对大唐疆域的窥视。而最近西突厥十姓可汗阿史那都支同他的别帅李遮匐，急切和吐蕃联合，侵逼安西。西边战事惨败，安西又临危急。天皇虽然坐卧艰难，但仍坚持召见在对吐蕃战事上颇有见识的吏部侍郎裴行俭，便殿问计，裴行俭不负比肩二圣的期待，提出智取西突厥方略。

裴行俭认为，在西边战事大不利朝廷的局势下，又向西突厥用兵是很不明智的举措。但西突厥如不予遏制，引发万邦百国效法，那么大唐朝就国无宁日了。

要遏制西突厥，裴行俭奏请说，近因波斯王已死，他的儿子泥涅师作为藩国人质还留在京师。那么，裴行俭可以吏部侍郎身份担任特命使节，护送泥涅师回国吊丧并继位，在途经西突厥境时，乘其不备，见机行事袭击其邦，不经激战就可以擒获西突厥可汗和大将，吓退进犯安西之敌。

天后当即允准了裴行俭所奏方略，草拟制令，依计行事。并命宫使发布敕令，要留守西京处理东幸未竟之事的上官婉儿，尽快赶到东都，辅助处理文诰等事务。

在西京含元便殿处置留守事务的上官婉儿，这天处置公务，不似往常那样聚精会神，而是暗自分心。因为午后不久，母亲有口信入宫，病得不轻，和母亲相依为命的上官婉儿，只盼早点出宫，她才能去探望母亲。

终于，敕令用玺发出。上官婉儿由侍婢和宫奴驾车走出右掖门时，长安城内，早已万家灯火了。

当上官婉儿忐忑不安地下车，几乎是小跑着走进母亲的卧堂时，却愕然发现，母亲正在灯下神情严肃地看着一叠诗稿。

"娘！"上官婉儿急忙长跪到母亲身边，含着担忧地呼喊发问，"你怎么了？"

"你怎么会把这样的人，荐入太学？"郑氏语气严厉，目光也充溢着愤怒，定在案上的诗稿上。

第十章

上官秘籍

位于金光门内西南角的群贤坊，从太宗贞观末年，到高宗麟德元年，即六六四年之前，坊中有一座规模宏丽的府邸，这便是西台侍郎上官仪府宅。但自六六四年上官仪因"废后"大逆罪获灭门之祸后，十五年过去了，"三十年河东，三十年河西"，尘封十五年的上官"凶宅"，又回到了上官氏手中。郑氏所倚长案，正是当年夫君，也是遗腹女上官婉儿从未谋面的父亲上官庭芝的书案。当年，经过密商，上官仪草拟的"废后"诏书稿本，就是在这厅堂内，在这张书案上，上官仪、上官庭芝父子二人对诏书文稿进行了最后的审定，才秘密送到高宗御案。最后的结果，不是皇后被废，而是上官仪一家惨遭灭门！

郑氏没有忘记，也无法忘记，在那秘谋"废后"的几天中，夫君是处在相当焦灼之中。包括那晚夫君和公公在这厅堂中审定文稿时，她听到极为罕见的上官庭芝和公公数度激烈的争吵。不是争论，而是争吵。

上官和郑氏两家的家教，都是严格遵循儒家"齐家"水准施教的，而"孝"是众德之首。不要说争论，不要说争吵，在长辈近前稍有不恭之态，也视为大逆不道。低眉垂腰，和颜悦色，轻声软语是下对上、卑对尊应持的常态。

但却发生了争吵。

当凌晨时分，上官庭芝回到卧房时，郑氏看到了夫君满面难释的愁云。她已临产，但仍想扶着床柱下床迎接夫君。仍旧沉湎于重重心事中的上官庭芝看见她凸挺孕腹出现时，才回过神来，小心地搂着向自己不安打量的妻子，关切地问："有动静吗？"

郑氏这才暂时忘怀了夫君和公公发生的罕见状况，把他的手引向自己高挺腹部的上端："嗨！"

上官庭芝也突然像个孩童般笑起来："嗨！他的脚蹬我呢！"

郑氏笑得像怒放的牡丹："这么一点点算什么？这些天来，他的折腾可没有停过。"

在夫妻俩潜意识里，腹中这小家伙，是个"他"。但妻子的话似乎使上官庭芝产生了联想，乌云重新漫回脸面，并且突然对妻子长叹一声："群贤坊！上官宅呵！"

这句感叹特别没头没脑。连心机敏捷、和夫君保持着高度默契的郑氏，当晚没有，后来的十四年也没有品出味来，直到近日上官府宅重又拨回原主，郑氏在楼阁推窗四望，才那么清楚地悟彻夫君话中的含义，也才更觉得自己肩上的责任重大！

群贤坊和西市毗邻。越过西市，顺着长安东、西大街缓缓向前，就是进入皇家宫城的三大门：含光、朱雀、安上。

西京京城修掘的漕渠，流经大唐西京金光门下暗道后，本应笔直地顺着东西大街南畔流去。但偏偏，漕渠在流经金光门后，却南向进入群贤坊。这是太宗命将作监特意为之，并对困惑的将作监官员点明"引入漕渠清流，为上官体助兴"。

群贤坊，是和宫城毗邻的街坊。非皇室近戚，岂可占一席之地？钦授弘文馆直学士的上官仪，却因时常要参与军国大事密议，并且凡宫廷宴集，都会被皇帝召侍御前，所以，得以领赐建宅于群贤坊。自是上有所好，下必效之。上官仪诗体当然就成了士子们欲求腾达的天梯。群贤坊、上官宅，也成了官绅士人心目中的"圣地"。

但是麟德元年，公元六六四年的岁月之光，突然焚毁了上官宅，也黯淡了群贤坊。十五年后的今天，因为女儿的光耀，又再次点亮了群贤坊，渐渐使上官宅又闪耀着令人炫目的光环。曾被许敬宗等得势大臣蒙尘的上官体，又开始了曾经的辉煌。

但是，这若非天意，也是鬼斧神工！还是这位皇帝，还是这位皇后。还是这位几乎灭尽上官满门的武媚娘，却又亲手把上官婉儿拔升到日边。群贤坊、上官宅，建不易，守成更不易。这，才应该是死去十五年的夫君，那个夜晚，在这群贤坊上官宅中所发感叹的含义。

眼下这种生活状况，郑氏没有想过，也不敢作如是想。如果想象成这样，大致四字可以蔽之：痴人说梦。

麟德元年（664）上官家门的覆没，迎来的是天子对皇后所做决定"拱手而已"。天子从那以后，对皇后是"臣服"。所谓中外尊崇天朝皇帝皇后为"比肩二圣"，实则，是这外表下的皇后独大。囚在宫墙内的郑氏，只有一个想法，希望得势的皇后永远忘记群贤坊，忘记上官宅，忘记苟延残喘的上官儿媳和遗腹女儿上官婉儿。真的，至少到上官婉儿十岁时，郑氏悄悄吁出一口长气：因为郑氏母女和其他宫奴已浑然一体，被蔑视、鄙视，被奴役，但却没有更坏的状况发生。是母爱，也是为了遗忘，郑氏把郑氏门楣内的和上官宅内的道德文章向牙牙学语的女儿言传身教；同时，也是对皇后，和其臣佐许敬宗等人毁灭上官体的潜在意识的抗争，对爱女悄悄地进行着上官体的诠释和启发。或许自襁褓起即具有宫奴身份所产生的刺激？或许遗传中也有才华因子的传承？女儿的接受和升华是显著的。曾经，郑氏不以此为喜反而以此为忧。曾经，她中断了对女儿诗赋、历史掌故、世态人情的认知培育，并暗自向公公、夫君在天之灵祈祷，希望他们对孙女、女儿浇注"忘知神水"，只让她蠢笨如牛且体魄健壮，能承担宫奴生活中一切分量的劳役，吃得消，少疾病，到天命应该终止时，像寻常人一般离开这个世界，而不像上官仪、上官庭芝那样斩决于西市，坠下恐怖地狱。

谁知，会遇上正在寻诗问句的太平公主！谁知，会出现在天皇天后近前，公然联句得宠！谁知，还有重返群贤坊、重启上官宅门这一天！

似搁浅沙滩的蛟龙重归了大海。曾经对女儿的聪慧和天赋进行诅咒式祈祷的郑氏，从那刻起不仅让仆婢扫涤着蒙尘的楼台亭阁，同时亲启多被蛀虫侵蚀的上官体诗卷，让女儿更加真切地领悟上官真髓；同时，在女儿随侍上阳宫和含元殿之后，有着太常少卿家庭背景的郑氏，向女儿进行着吏事、典仪、刑律的补课；同时，天后在肯定上官婉儿佐政上的基础之后，敕令上官婉儿了解和学习吏事与刑律，又促进了这个近侍宫女辅政的才能。文采和政治才华的崭露，已让熟知上官家族史的人们私下称呼上官婉儿为"女仪"。

而为化解武三思敌意的出招，是郑氏违反娘家和夫家儒学传统而发生的人生观嬗变。潜意识是不足为外人道的，只是她家难溯源的反思。诗礼传家，门庭肃然。在唐朝开创后的天朝，不仅西风东渐，而且胡风东渐。汉朝独尊儒术带给天朝的礼教，而五胡十六国的四百年间带给华夏本土的是礼崩乐坏。但上官坚守，郑族坚守，巍巍在上的天后要坚守的却是用自身资源开创自己的天下。

她亲耳听到夫君说过，对于公公奏请废后之议，当今皇上是肯定了的。虽然比公公冷静的夫君持着戒心，对她说："武氏一路走来，如果不是天意，就是难以窥测的妖术！凭什么，皇上会如此痴迷于她？皇上，可是拥有四海的天之骄子呵！隔着淡紫帐望去，她和身边的宫娥彩女相比，除因褙衣造成的高贵而外，她并无不同呵！但她却能成为今天的一国之母！我认为，父亲的'废后'举动，还应再作思量……"

这就是父子俩争吵的结症。结局证明，夫君是对的。

在东都尚善坊新宅中的郑氏比夫君更为有幸，就近看到了已经四十九岁的天后，那时给她最初感触，是那种不怒自威的国母之仪，但绝对没有看出倾国倾城的容颜。于是，夫君的遗言又响起在耳畔："如果不是天意，就是难以窥测的妖术！"

是什么妖孽呢？又能施展什么妖术呢？

当从太平公主处无意得悉武三思为祸举动后，惊骇万状的郑氏首先想到的就是武氏的妖术。但揣测中不得要领的郑氏首先想到的出招，就是让女儿用朦胧之美去蛊惑武三思，虽然初战告捷，但这却是违反家风的出招。

返回西京，在日渐被天后倚重之后，群贤坊上官宅重新物归，不，被天后赏赐原主。而上官婉儿业已十五岁了。

在似乎还残存着夫君气息的房中、枕畔，对命运巨变，引申出永保持其势的念头，促使郑氏和原有家风彻底决裂。

与其任人宰割，不如屠刀在握。武皇后应该也经历过这样的嬗变。所以，她选择了一个特殊的日子，和女儿进入修饰一新的老家。这就是当月乙卯日。二十三年前——距仪凤三年（678）——的正月乙卯日，武氏被册封为大唐皇后。

低调到外界几无所闻的迁归之喜，凌晨，陪王伴驾以至能有这一日的闲暇，睡意袭来的上官婉儿被母亲重重推醒。

"母亲？"上官婉儿含着睡意发问，"夜深了，我服侍母亲睡去？"

郑氏两目灼灼，神情严肃地递给女儿一个锦盒。

上官婉儿双手接过，好奇地问："母亲，这是什么？"

郑氏神情更为凝重："十六年前为娘出嫁到你们郑家时，你外婆亲手给娘备办的'垫箱底'。"说着，她上下打量着女儿后，"十五岁了！若生在寻常人家，也该出嫁，也该由娘给你亲手安排'垫箱底'了。"

上官婉儿羞涩地，同时发乎内心地道："女儿只愿一心侍奉母亲。"

郑氏听出了女儿的诚挚，双眼红了，但叮咛却更加殷切："婉儿，或许女儿身，就潜存着征服世界的妖术！"

这莫名其妙的话音未绝，郑氏离开了华堂。上官婉儿睡意全无，她用案上烛簪剔去蜡泪，华堂顿时明亮起来。她打开锦盒，映入眼帘的，是一卷画册，封面的隶书竟显出罕见的柔弱，题着《饮食男女》四个字。她见画册隆起，于是伸手取起画册，往册下望去，不禁一愣，接着，如一股滚汤，从头注下，整个身子都烧烫不已。她忙合上锦盒盖子。但有种好奇，有种渴望，使她再次打开锦盒，再次看向那一件"垫箱底"的物品。

是两个赤裸男女，侧身叠卧的陶铸物品。工艺精湛的陶铸男女，造型逼真。二人侧面而叠卧，女子在前，张口皱眉，若有不堪忍受折磨的呻吟传出，而男子叠身在其后，用右臂穿过女子玉项朝女子胸前曲回，手掌做搓揉女子浑圆乳房状。左臂从女子左腋下伸出曲回，亦做搓揉其乳房状。而女子左腿从腿根处张开，男子的下体与女子的下体紧紧衔接。看着这稀罕的"垫箱底"，上官婉儿突然觉得自己下体战栗着一股难以形容的感触，不知觉间已夹紧了下肢，头脑中却似乎一片空白。

有顷，战栗方逝。她惊讶于此时此地，母亲让自己了解她出嫁的"垫箱底"。难道母亲想到了自己已经十五，已到出嫁年龄，要把自己嫁出去？但并没有听说有男方来下聘问名呵！也没有听母亲说过遣媒说合！

猜测着，她翻开了画册。册页全是工笔彩墨的人物。正如陶铸物件，一律的男女二人，一律地赤裸着身子，但却是姿态各异的交媾之图。

这一夜，上官婉儿春梦频频。

晨起，母亲对来卧房晨省的女儿关切地问："明白了吗？"

"饮食男女呵。"

"对，仅此而已。何关名节？"

母亲的话并未让婉儿吃惊，十五年来，上官少夫人是以宫奴身份监护着也是宫奴身份的上官女孙。在那里，连做人的权利也没有，遑论名节。但上官少夫人用直白否定了名节。

"女儿想问母亲……"

"不用问了，婉儿！"母亲语气凝重，"先用饮食男女降服了武三思吧！"

"还是用笛音、舞姿……？"

"照娘的'垫箱底'！"

上官婉儿不十分懂母亲的要求，但理解的应执行，不理解的更要执行。

不久，在太平公主府邸还未完全竣工的苑中，太平公主主持拔河嬉戏里，上官婉儿和武三思被分在一朋，和太平公主及其八哥李旦组成的一朋，在尚未返绿的苑中激烈争斗，武三思逞能，第一局差点把李显拖个狗啃屎。当第二局开始时，武三思因身后的意中人近在咫尺，要大显威风，使出蛮力，把太平公主挣得桃花般的面庞变成了一枚"赤桃"，眼看双方争夺的彩带中节的绣球又被武三思的一朋拉过了中线，上官婉儿却陡地马失前蹄般，一个趔趄失手倒地，武三思大惊失色，连忙上前扶起，太平公主却在这时不费吹灰之力，把彩带上绣球拉到了自己一边。

"八哥！我们胜了！"李显是皇后亲生的第三子，李旦是李治所生皇子中的第八子，所以被太平公主呼为八哥。

李旦体格偏胖，稍一动弹就气喘吁吁，此刻喘着气高兴地回应妹妹："小王和公主胜了！"

太平公主所属一朋内侍、宫娥也大鼓其掌。

张县君却看出了武三思的焦急，对太平公主说："婉儿的脚怎么了？"

"叫太医来呀！"太平公主仍沉浸在己方的胜利中，顺口回答道。

"闪得厉害！"武三思全然是护花使者的焦灼，"我送到太医署去吧！"

太平公主仍想着下局："叫太医来！三思哥哥！你快下场……"

武三思用恳求的目光望向张县君，张氏冰雪聪明，立即援之以手："我来抵一局，让武将军送婉儿去太医署吧！"

说着，朝太平公主眨眼。

太平公主这才省悟过来，于是对乳母："用本宫雕车送去吧！"

武三思是骑马而来的，听表妹派她的豪车相送，喜出望外道："谢殿下了！"

上官婉儿一副疼痛难忍之状，当被武三思扶入车座，放下车帘，驾手一声鞭响，开动雕车时，她小鸟依人般偎进了武三思的怀中。武三思心旌摇颤地低头关切："经得起颠簸吗？"

上官婉儿回以妩媚一笑。

武三思丧魂失魄地一怔，接着忍耐不住地低下头对已闭上双眸的上官婉儿狂吻起来，随着热吻而来的冲动，武三思本能使然地把手伸向上官婉儿的衬裙中。

这一时刻，上官婉儿不由自主地发出呻吟之声。正如"垫箱底"的陶铸上女性的神情。

驾座上的驾手以为受伤者伤势加重，再向空一鞭，发出清脆的鞭声。辕杠上的四匹骏马，发狂地奔驰起来。

"怎么了怎么了？"武三思停住手口的交流，焦急地道，"是我莽撞，唉！"

"你是莽撞！只知道争强好胜！"上官婉儿娇嗔他。

武三思省悟过来："那你是怕公主和八王不高兴，才？"

上官婉儿娇媚地撩起罗裙，指向下体："好好的！"

武三思却吞咽着口水，眼花缭乱地道："太好了！好呵！"

车震发生。

女儿当晚去了群贤坊，母亲发觉女儿行动不便："腿怎么了？"

"饮食男女。"上官婉儿含着眼泪，报告母亲。

"和他？"

"和他！"

那以后……

由武三思出面，组织上官门徒撰写的格律专著，以精美雕版印刷的版本举国流布。

郑氏此刻的目光定在陈子昂的诗卷上，并指着字里行间，严厉地责问女儿："重振上官文体终有一点起色了，你却向太学荐这种未入流文体的士子入太学，你还是上官家后代吗？"

母亲如此严厉地责问，在上官婉儿记忆里，还是首次。上官婉儿略一回忆后："是乔知之所荐，我记得……呵，'城临巴子国，台没汉王宫'……应是祖父的体律……"

"那是虚晃一枪！你看这！你看这！"

上官婉儿看去，哑口无言了。

　　吾爱鬼谷子，青溪无垢氛……

　　……

　　山图之白云兮，若巫山之高丘。

纷群翠之鸿溶，又似蓬瀛海水之周流。

信夫人之好道，爱云山以幽求。

……

"你也嗅出这是什么玩意儿了吧？"郑氏看出了女儿的愧疚和懊恼，但仍对响鼓下着重槌，"这和'神龟虽寿，犹有竟时。腾蛇乘雾，终为土灰'这些大白话的魏晋歌谣，有何分别？你眼下一举一动都关系着朝廷，或者缩小一些吧，都关系着对士人们的影响。推荐一个边远小地的人入太学也就罢了，而这一个人不能吟咏也还罢了，但他偏还要吟咏，而又和我上官体背道而驰地咏吟，岂可任其谬种流传！"

"乔知之前来请托时，是传言太平公主口谕的。"

"公主哪会去看一个山野村夫的所谓诗章！"

"母亲说得是！"上官婉儿连忙说，"公主确没有看过他的诗文，孩儿又忙着督促琼林库官，加紧增送羽林护驾将士的锦袍，未细阅读。"

当年正月己酉，即二十八日，天皇天后已在百官簇拥中，前往东都洛阳，上官婉儿奉天后敕令暂留守西京，处理未尽之事。

"孩儿知错了！"

"要牢记！"郑氏少见的严厉。

"是。"

郑氏再度叮咛："告诉国子监，对这种士子，要使之'迷途知返'！"

"母亲叮咛得是！"上官婉儿恭顺地道，"孩儿明白，一早就传话到国子监。"稍稍停顿后，上官婉儿询问道："母亲，我们也启程去东都吧？"

郑氏反问："留守办理的事都办稳妥了吗？"

上官婉儿："全办稳妥了。"

"听说两位陛下要驾幸潘道长观所？"

上官婉儿："敕令潘道长高徒司马承祯来到西京，就是安排此事。"

郑氏叹息一声："去时，暗里安排为你祖父和父亲在天之灵祈福。"

上官婉儿哽咽着："记下了。"

郑氏两眼也红了。

司马承祯和陈子昂、王无竞、王适上得终南山，来到卢藏用隐居的草堂时，卢藏用正安排仆从收拾行装。

陈子昂从司马承祯处听说过这位比他自己小五岁的少年才俊，字子潜，是幽州范阳（今河北涿州）人。很小即有文名，当年一举得中进士，只为吏部选调这个关节未走过，于是和哥哥卢征明在终南山隐居下来。

司马承祯还来不及把陈子昂介绍给卢藏用，却先动问："子潜，为何行色匆匆？要回范阳探望双亲吗？"

卢藏用一见司马承祯，显得格外恭敬，早肃立揖手："道长别来无恙！"

王无竞上前拉住他："怎么要走也不告诉一声，我们若不前来，你岂不是要不辞而别？"

卢藏用急忙解释："听道长说要带一位剑南的新朋友来寒舍相见，我正要请道长来时就对各位朋友转告一下，来终南一聚呢。谁知不期而聚也！"

王适忙问："子潜是要回范阳？"

卢藏用笑着摇摇头，再次揖向司马承祯："是要跟随道长，云游中岳，拜仙学道呵。"

王无竞大吃一惊，既惋惜又认真地说："子潜，拜仙学道未尝不可，只是你年纪轻轻就考取进士，只待吏部选调即可为君国效力，怎么会陡然间便生出这出世念头呵？"

众人也都诧异地望向卢藏用。

第十一章

终南捷径

王无竞的惋惜和认真，自有其深沉原因。原来唐代科举中，虽然考试科目极多，有秀才、明经、进士、明法、明字、明算、一史、三史、开元礼、道举、童才等，但最受重视的是明经、进士两科。为什么？因为这两科受到吏部的选调最为快速。但明字、明法得中入仕后最多可做到六品官，而且进士入仕后如颇具干才，同时也能受到天子宠幸的话，登台入阁做宰臣的也大有人在。史载，有唐一代总计三百六十九位宰相，其中有一百四十二人出身进士，所以时人把进士及第称为"登龙门"，有心入仕者从此可以平步青云。但要考得进士及第，谈何容易！谚曰："三十老明经，五十少进士。"能在知命进士及第已属不易，而卢藏用十五进士及第，不说是空前绝后，也是万里得一的罕见机率。于他而言，此前已有进士及第后不久便隐于终南山。而且他隐居不久，好友就惊奇地发现这位神童"善蓍龟九宫之术"。这也是陈子昂急于要认识这位隐居新朋友的重要原因，但想不到此刻初次见面，卢藏用却行色匆匆，准备遁入道门。

要说起来，终南山是隐居者们理想之地，也是求仙访道理想之地，但卢藏用却要追随司马承祯，千里迢迢去往中岳嵩山拜仙学道，让人有些不可思议。当然，因为他要追随司马承祯去中岳，那么也可以想到是道门大师潘师正的魅力。试想，连当今天子、天后都要两次三番屈尊拜访的道门领袖人物，真想要出世的有志者，拜其门下，十分正常。但热心仕途的人们，对这位进士神童这个决定，还是大为惋惜。

"所谓人各有志，不能勉强。"王适点着头说，"依子潜天赋，不久听到你白日飞升消息，也不让人吃惊了。"

"王适兄取笑了。"卢藏用谦逊地摇着头，这时看见了面生的陈子昂，忙揖手动问，"怠慢了，这位兄台是？"

不是引荐人司马承祯，也不待陈子昂回答出声，性急的王无竞已朗声回答："诗友！文朋！剑南道梓州射洪……"

"陈子昂！"卢藏用脱口而出，然后带着童子的纯真迎向陈子昂，伸双手握着陈子昂双腕，发乎内心地吟诵道，"吾爱鬼谷子，青溪无垢氛。囊括经世道，遗身在白云……"

触动王适的附和之感，也大声吟咏起来，融入卢藏用的朗诵声中："……浮荣不足贵，遵养晦时文。舒可弥宇宙，卷之不盈分……"

陈子昂却谦逊地笑着摇头，吟诵起卢藏用的诗来："……蕙兰春已晚，桐柏路犹长……"

终南山麓，回荡着一片吟哦之声。

"伯玉兄，"卢藏用突然插问道，"陈氏隐居剑南梓州，潜心研道，想必道乐也造诣不浅？"

陈子昂笑了："子潜兄弟，不瞒你说，子昂虽少不知书，但却是听叔祖和家父演奏道乐长大的，在斗鸡骑射之余，也曾学过道乐。"他又一笑，望着司马承祯："但在司马道兄前说道乐，真所谓'班门弄斧'了。"

"那是自然。"卢藏用向司马承祯投去一以贯之的恭敬目光，接着话锋一转，"但道门有师宗，道乐或许也有南北地域上的差异呵？"又斟酌有顷，向陈子昂道："比如鼓吹道乐方面，蜀地应有它的特色？"

司马承祯提示着陈子昂："子潜所指，应该是当代五部乐曲中的'铙吹'一部吧？"

卢藏用忙点头肯定："正是！"

陈子昂想到什么，默然一笑。

"伯玉兄？"卢藏用询问着。

陈子昂回过神来："呵！初到咸京，拜望知之兄时，饭间窈娘姐姐也领着乐妓们奏了一曲《翘仙》，我诧异怎么燕席上奏演道乐……"

司马承祯笑了："伯玉师弟，自前朝文帝起，就把道乐化为了宫廷燕乐了。"

卢藏用却忙问陈子昂："那么伯玉兄自是练家子？"

司马承祯代答："道乐原本就是助学道人通灵的音韵之乐，这是题中之义了。"

卢藏用想了想，转面问司马承祯："道长法驾，多久启程？"

司马承祯："师尊已法谕催促尽快返回中岳。"

卢藏用："二圣访道的吉日定了吗？"

司马承祯："初定明春。"

卢藏用悄悄吁出一口气后，朝厅角侍立的仆从问道："燕齐了吗？"

仆从躬身回应："燕齐！"

卢藏用朝众人揖请："薄酒一杯，诸兄请去膳堂。"

说着，亲自引着众人走出正厢房门，沿着青石小径，转向膳堂。

子夜时分，卢藏用的草堂北厢丹房内，灯光明亮。司马承祯们早已别过主人下了终南山，陈子昂原本是来拜访卢藏用的，加之卢藏用也极力挽留，所以丹房中的蒲团上，只剩下宾主二人对面而坐。陈子昂口横长笛，神情激昂地吹奏着《秦王破阵乐》。

沐手焚香入座后，卢藏用的婢女已在丹房陈放了琴、鼓、箫、笛等道乐乐器，卢藏用请陈子昂赐示几曲。没想到，陈子昂横笛就吹奏起《秦王破阵乐》来。

这支在宫廷燕会中重新恢复起来的主旋律雄壮乐曲，士林人士当然熟悉不过了，但是卢藏用刻意留下陈子昂来，一是对其传奇性变化深为好奇：十八岁前不知书，但不过两年多潜心坟典，不仅诸子百家莫不涉猎，而且诗文大有魏晋风骨，更有格律新式的潜力，实在令卢藏用刮目相看。二来通过询问知他道学渊源不浅，极想共探道义；同时还意外发现陈子昂在道乐上也学养有素，留下也要潜心请教。但没有想到面对丹房、器乐，他却吹奏着这支雄壮豪迈的宫廷军乐。从陈子昂的这一举动，卢藏用更引其为知心、知音。

卢藏用的父亲卢璥，是河北道的治所魏州的长史，是个从五品上的上州官吏。他和乃兄卢征明，自幼由父亲亲加抚教，立下报国安邦志向。很小即能属文，工草隶、大小篆、八分。幼小时学孙过庭草书，颇具其神。随着长成，果不负父亲期望，也不负自己立下的志向，仅十五岁，便得中进士，进入了报国之门。

但是，唐代考试取官制度不是中举就可做官，必须经吏部再加考试，方许授官入仕。因为礼部考试重文艺，吏部考试重在身言书判。朝廷认为文理优者，不一定能任事，故须再加考核。而原本中试者多，官职又少，卢藏用虽少年中举，但在过吏部考核时，提名也轮不着，何以也？你十五岁童子，能当官任事、牧民断狱吗？而在中举后五次三番不能过吏部考核关的士子甚多，十多年进士仍穿着布衣、"不能释褐"者触目皆是。怎么办？当然要加强身言书判、担当事务的才干的选拔。但常言道"朝内无人难做官"，这更重要的是，也最有效的办法是弄出动静来，大动静的更好，引起当权者，或许是帝王本人的注意，那就有便捷之路可行了。于是弟兄俩在苦闷中，突然听到朝廷下诏准备封禅中岳嵩山时，同时就想到了弟兄俩的好友司马承祯，正在嵩山天台观道长潘师正座下为弟子，于是特请司马承祯先授以研学道门的入门之法，同时就在这终南山址，建起了这座隐居的草堂，并对外宣称兄弟在此钻研辟谷、练气、饵药、炼丹之术。

十五岁少年得中进士已是大新闻，继之又遁入终南山隐居学道再爆大新闻，震动朝廷与否还无凭据，但是在一些达官显宦、士林中已颇有影响，却是不争的事实。

因西边战事影响，朝廷停止封禅中岳举措，但正因为西边战事带来的关中饥馑，依隋朝以来的惯例，皇帝又得带着文武百官前往东都洛阳度荒解饥。同时虽不封禅中岳，却宣布要去天台山拜访潘师正的诏令又下达了，这就是卢藏用突然要迁往嵩山"隐居"的原因。

　　说到底，前往嵩山，是随驾伺机扬名，早日被天子闻知，以获征调任用。

　　时时留心天子在东都举动的卢藏用，听说皇帝把潘师正所献道乐《祈仙》等融入宫廷燕乐，所以趁陈子昂来访，也要抓紧补好这门课，于是饭膳完毕送客走后，便有意请陈子昂在丹房演练道乐。但心系西征战败，心系上千剑南梓州壮士及其家属惨状的陈子昂，却吹奏起《秦王破阵乐》来。其实，一心忠君报国的卢藏用，血气方刚的少年郎，心中不可暂忘的，是入仕、报国！他想的、渴望的，也是"主圣开昌历，臣忠奉大猷；君看偃革后，便是太平秋"。

　　卢藏用激动地伸出手指，在面前几上击节相助。

　　陈子昂被他击节之拍引得回过神来，放开了长笛，抱歉地一笑："走调了！"

　　接着，就试着横笛在口，重新调韵。

　　卢藏用却正色地揖手相告："伯玉兄，这也是小弟最为推崇的乐曲。"

　　"子潜，好！"陈子昂用他洪亮而急促的蜀音赞出，"这长安是西京，但离西边还是太远！"陈子昂直抒胸臆："而真正洮河道这个西呵，离我们剑南道真近呵！敌军战鼓似乎也顺风可闻！保疆护国勇士们的鲜血，冒着缕缕热气，就在眼前。"

　　他把郭震私铸假钱招募勇士西征，到勇士寡母跳入涪江追随夫、子而逝的事含泪又讲给新友听，卢藏用不安于座，站了起来，慷慨地又吟起了陈子昂的《感遇》诗："浮荣不足贵，遵养晦时文。舒可弥宇宙，卷之不盈分。岂图山木寿，空与麋鹿群！"吟诵到此，卢藏用以拳击掌："是呵！人生一世，怎能做长寿而无知的山木，空和麋鹿为群！"口吻显得急促了："应该售予帝王家，治国安邦呵！"

　　陈子昂放开了长笛："可是子潜，你十五岁已是进士之身了。虽未得到吏部选调任用，但也是早晚间事呵。你应该大做身言判事功课，怎么想到来终南归隐？"

　　卢藏用虽有心机，但到底还是童心直率，再加上和陈子昂一见如故，所以见问，坦诚地告诉："司马道长也问过了，我告诉他，这终南山中，大有捷径。"

陈子昂一怔："终南捷径？"

卢藏用长叹一声："小弟不才，因自小生长在父亲的魏州长史衙门，对史事往来，身言判事，不敢说谙熟精通，也还并不陌生。但吏部选调以我而言，早已有个'童稚无知'的先入之见，我不暂隐林泉，又能如何？"他苦笑一声："再说，才考上进士的十五岁童子，又入终南山做隐士，也算是王公大贵们酒肆茶座中一个谈资吧。——这还是在做'公卷'功课。"

陈子昂这才明白眼前这位神童隐居终南山拜仙学道的苦衷，同时也明白了："你要迁往中岳隐居，也是为了这条捷径呵？"

卢藏用两手一摊，是个无可奈何的姿态。

陈子昂由此生了感触："子潜和上官女孙，恰好同年呢。"

卢藏用不无神往地道："我年头，她年尾，算来大她十一个月。但她现在却是大明宫里，上阳宫中，天后身边执掌文诰的女官！"

陈子昂痛心疾首道："就凭她是上官女孙，承继了上官体衣钵，但沿袭齐梁诗风的上官体，怎可在贞观之治后的大唐朝廷再度泛滥成风呢？"

卢藏用笑了："伯玉兄，'势如连璧友，心似臭兰人'确实是罕见佳构呵。"

陈子昂拍案而起："怎能和'烈士暮年，壮心不已'相匹！"

一语及此，陈子昂大为激动："子潜，你想想，一面是西侵之敌日见猖獗，一面是关中大饥，朝廷还要随时搬家寻食，才能保证文武百官立班上朝，处置朝政。而在选举才干上，却又在今后将担负国家重责的进士人才上，倡导颓波泛滥的上官体，为士子的必修之课。被绮丽婉柔的文体造就的官吏们，如何才有报国救民的雄心壮志？"

"不错，伯玉兄说得太对了。"这样入世的话，才是卢藏用最爱听到的话。正因为说话投机，两人从魏晋文风到齐梁文风，又到眼下的上官体，以及号为初唐四杰的"王杨卢骆"诗体上说开去。旁人听来，在这隐居的草堂中对话的二人，分明是热心仕途的两个士子，在畅说着报国忠君恤民的远大报负。

到底年轻，虽然谈兴仍浓，但临近四更天时，二人还是在丹房内先后伏案睡去，直到仆婢来请主客早膳时，二人才揉眼睁眼对视一笑。

"公子好睡。"陈子昂这才发现陈汀竟然垂袖立在丹房里，向他揖着安说。

"你怎么上山来了？"陈子昂诧异地问，"老爷和老夫人有信来了？"

陈汀摇头，却递上一个请柬来，陈子昂接过，一看是"左监门率府长史、武阳县长史于"抬头，回忆不起是谁。

卢藏用："谁人相邀？"

陈子昂递过柬去："于长史。但不认识。"

卢藏用却不无羡慕道："伯玉兄，你来盛京，虽还未历抵群公，但已靡然瞩目了。这位于长史克构，是大家近前的股肱重臣……"

陈子昂性急地接过话来："那么是太子少师于志宁大人的……"

"重孙！"卢藏用补充说。陈子昂原本对于志宁在贞观之治中所作谏议十分钦佩，看如魏征一色人物，忽然接到其曾孙的邀请，激动之情不可遏制。

"有意思！"卢藏用看完请柬，双手恭还给陈子昂，"长史大人是请你过府参加后日的'曲水禊祠之宴'呢。"

"后日？"

"三月初三啊，公子。"陈汀提醒。

"呵！呵！"陈子昂明白过来，心里更为感动。

每年三月三日，官民都要举行"曲水禊祠"的仪式，或本自一家，或邀集亲友，在东流水上祭酒消灾。据《周礼》说："女巫掌岁时祓除衅浴。"而《韩诗》则说："郑国之俗，三月上巳，之溱、洧两水之上，招魂续魄，乘兰草，拂不祥。"到隋唐时，官民大都定在三月三日分流行觞，遂成曲水之宴；而文林友好，也多在这天举行曲水宴，吟诗联句，祈祷上天，祓除不祥。

"贵人相邀曲水宴会。伯玉兄，晦气不敢侵身，预兆明年春闱，一举夺魁呵。"

陈子昂感激道："多谢子潜这句吉言！子昂更望子潜明春也能通过吏部选调。"

卢藏用却因一年的冷遇，深感不易："也只伯玉兄把子潜当作成人。吏部官员么，我在他们眼中还只是个蒙童！"

一夜促膝畅谈，仕途、文道、报负、志向，件件投味，陈子昂想了想："子潜，过了三月三日再东去吧？"

卢藏用明白了他用意，但却迟疑："于府家风甚严。长史肯定是从兄诗文中窥为同道，才送束相邀……"

陈子昂上前握住卢藏用的手，坦诚地说："我更希望于长史能向吏部举荐子潜这样志大年少的才器呵。"

卢藏用原本也希望有于克构这样的重臣后代援手，于是不再推辞。

三月三日这天，长安城各城门门禁一开，不似寻常的人进人出，车来轿往。当天这门禁一开，只见官民人等纷纷出门；而郊村邻里也都举家出户，向凤明池、灞河、渭水、丰水、浐水等涌去，祭酒被除灾殃，而这天家中是不宜人居的。

于克构确实是从国子监的教授处得着陈子昂《感偶》诗之一和来京途中诗文后，对陈子昂诗歌取向大加赞赏，而且视为同道的。他的曾祖父于志宁和虞世南等太宗老臣们，确实十分在意初唐诗风方向，不仅以抗旨形式，讽谏唐太宗不经意间对齐梁绮丽文体的留恋，更从守成天下的重要性上，直言极谏，直到太宗收敛才肯罢手。突然间，从遥远剑南梓州射洪的陈子昂西入盛京求学，而且十八岁前还不知书，二十一岁便能写出这样器宇昂扬的诗章来，用于克构欢迎陈子昂的话来说："今日与君曲水畅饮，不仅要被除家门的灾殃，更要借君之文思，再被除骚坛的靡靡淫声！"

对上官和上官体，于氏门中的对待是矛盾的。其实，高宗李治在要另立武氏为皇后、向诸大臣来征求意见时，于克构的曾祖父于志宁在列，他和诸遂良、上官仪一样，是持坚决反对态度的，结局是显庆四年，即六五九年，于氏家族被贬九人，于志宁本人从国公贬为荣州刺史。史载，从那年起，大唐朝的军政大权尽归了"中宫"，即武皇后。

于克构从国子监太学生履历档案上，看到了陈子昂也正好是显庆四年（659）生人，读着他的《感遇》诗大有乃祖谏疏本的意味，迫切一见的欲望由此而生。

但上官仪执着反对武氏的铮铮傲骨，换来的是比于氏家庭更为悲惨的命运：几乎一门斩绝！而贬为荣州刺史的于志宁，是在亲身经历了上官灭门惨祸的第二年，即公元六六五年去世的。对同僚的遭遇，于志宁自是扼腕浩叹，但是两人在并肩立朝时，对诗风却南辕北辙，永远说不到一块去。作为晚辈的于克构曾经腹诽过他原本十分尊敬的长者：难道绮丽柔婉的美妇之躯，蒙罩帝王天子之目时，江山可以易帜；而当绮丽柔婉的诗风，成为一国选举标准时，江山不更容易易帜吗？

陈子昂和其引荐的卢藏用都由于克构派来的马车，送出金光门，往西南来到昆明池水湾旁的一片平地上。地上已铺开早前采摘的兰草，织成的兰垫，仆婢正把宴席往兰垫上安顿着，于克构亲自牵着陈子昂和卢藏用落座在也是用兰草织成的坐垫上。与此同时，捧赵瑟、秦筝的女乐们已在主宾左侧兰垫上纷纷就座。当一盏盏盛满酒液的铜杯放在精制的、做成小舟形状的载体上，并平平地放下水面时，于克构和陈子昂、卢藏用各自端起几上的酒杯来，敬天敬地，最后倾入江波之中。

随着倾酒入江，袚宴正式开始，女乐们奏起了《九歌》。与此同时，四十里方圆大小的昆明池畔，各家各户的袚宴纷纷开始，歌声乐声、犬吠马嘶声纷至沓来，使平日安静的园池，还原了滚滚红尘。

当仆婢把曲水流觞的铜杯从载体小舟上取出，递向宾主的同时，陈汀已把磨好的砚台墨汁、羊毫、纸，摆放在了陈子昂前面的几上，陈子昂朝于克构和卢藏用揖手："请长史大人和子潜弟启笔。"

于克构不似乃曾祖蕴藉，一摆手："祈神莫落后。伯玉君，请！"

卢藏用笑起来："长史大人真是快人快语呵。伯玉兄，请吧！"

文人三月袚宴，自要联句赋诗助兴的，陈子昂不再推辞，沉吟有顷，提笔写下诗题：《于长史山池三日曲水宴》。

然后一气呵成：

摘兰藉芳月，袚宴坐回汀。

泛滟清流满，葳蕤白芷生。

金弦挥赵瑟，玉指弄秦筝。

岩榭风光媚，郊园春树平。

烟花飞御道，罗绮照昆明。

日落红尘合，车马乱纵横。

陈子昂尚在收笔，于克构已拍案称赞了："好个'日落红尘合，车马乱纵横'。"

"提赵瑟、描秦筝，可知伯玉胸臆间为何物呵！"

陈子昂不为这应景诗作自得，更不会被身旁知音的赞许所陶醉。从感时感事感人产生的创作冲动，让他重魏晋而薄齐梁，但初登骚坛的陈子昂还不能判定自己对重和薄是否得当。自出蜀东游以来，又尤其是近来和乔知之、王无竞、王适、卢藏用、司马承祯交往与唱和中，再进一步和这位大唐元勋级门楣的后代交谈中，说心里话，他更不看重吟诗作赋这种文人的笔墨游戏，而更望自己在到明年应试这短短一年中，明白儒家治国齐家更深刻的宗旨。当于克构用车把二人送回终南山途中，他和卢藏用不约而同地转向了形势日见严峻的西征，转向了太学生魏元忠的平西疏本，转向了栋梁材器的拔识与任用。这时，卢藏用以认真的口吻问陈子昂："伯玉兄，你既与高家是姻亲，怎么执意不肯上门相见呢？"

陈子昂坦率地道："子潜，我想在明年春闱之后。"

十六岁的卢藏用说出了三十岁人的开导话："'公卷'是朝廷选举正路，你有正路不走，既不利国，更不利己呵。"

第十二章 上元主体

卢藏用开导的话，陈子昂也觉在理。但在天赋自尊中，陈子昂又固执地不肯现在就去和高家攀亲。虽然姻亲是早已存在的关系，并无攀的嫌疑。但无论卢藏用如何劝说，他仍坚持春闱之后，才去拜会高氏姻亲。

卢藏用十分看重陈子昂和高氏联姻这层关系，并认为这是陈子昂获取"公卷"过关最有力的保障，陈子昂自己又何尝会意识不到呢！高家和大唐朝的开创，非长子李世民的继任，彪炳史卷的贞观之治，都有十分密切的关系。

这门高姓姻亲，就是直属大唐开国元勋高士廉的"渤海"高氏。他的妹妹嫁隋朝右骁卫将军长孙晟为妻，生子长孙无忌，生女长孙氏嫁李世民，即史载的"长孙皇后"。虽然长孙无忌因得罪当今皇后武氏而被处死，高家也被牵连，但是到底是渤海大族，又是开国元勋，同时又居皇亲国戚崇高地位，对陈子昂仕途援手之力，不问可知。眼下，高家因随驾去了东都洛阳，卢藏用劝说陈子昂也和他一道动身，先行前往洛阳拜访高府，但谈到三更天气，陈子昂却仍不改初衷：一定要在京师太学苦读深研诸子百家，待到明春才去洛阳应试春闱。之后，才去拜见姻亲。

卢藏用唯有惋惜。

当夜之后，陈子昂别过卢藏用下了终南山。卢藏用则在仆婢服侍下，前往东都。乔知之从卢藏用处，已知陈子昂执意不肯在春闱前去拜访高府，心中在遗憾之余，对陈子昂加重了赞许。在当值之余，或去太学拜望，或和窈娘把陈子昂接往府宅谈诗论词，王适、王无竞也多与他谈诗论事。入夏之后，乔知之也被召去东都侍从，陈子昂几乎闭门谢客，潜心坟典，一心准备春闱决战。而陈子昂因系上官婉儿交待的生员，太学教授、助教们对其学业考核也格外留意。当年十月，太学依例把陈子昂等生员名单报送尚书省，陈子昂由此取得了第二年春正月参加礼部应试的资格。

但是在取得礼部应试资格之后，本应更加一心钻研诸子百家的陈子昂，却因单于大都督府发生的二十四州酋长部落大叛乱的战事，而大为分心。朝廷闻报后，即命大都督府长史萧嗣业等将兵讨之。战事开初屡战屡捷，但因追敌深入西北时，后备不及，遭遇暴风雪，叛众偷袭朝廷军营，军营大乱，终至全军覆没。

作为单于大都督府长史，鸿胪卿萧嗣业在战术上的失误是决不能宽恕的。一场胜券在握的决战，最终以全军覆没结束，引来的是吐蕃及近邻各邦各部的觊觎，让陈子昂的心境久难安宁。与此同时他更敬佩太学学长魏元忠的治学目的，也更能体味魏元忠潜心向战略家学习的良苦用心。因此，在准备应试中，他已不经意而又自觉地把用功方向侧重在"再策"应试上。这更多愿望不是为了中第，而是为了平叛报国。

唐高宗李治永隆元年，即公元六八〇年，春正月，尚书省把审核合格的生员送到东都，一年一度由礼部主持的"春闱"考试，择吉开始三场选士之举。根据朝廷诏令，"春闱"三场考试的内容为先杂文，次帖经，次再策。

所谓试杂文，是本朝才开创的程序，即担心应试者学识肤浅，特地安排的命题诗赋。之后是第二场"帖经"，而"帖经"的始行，也在高宗的"调露二年"，亦即改号后的永隆元年，考试方法是以生员"所习之经，掩其两端，中间开唯一行，裁纸为帖，凡帖三字，随时增损，可否不一"。这一场取士标准，帖经文中五者，就可参加最后一场"再策"的考试。每场考试下来，都行淘汰，保留者继续参加考试。三场考中，自算及第。

陈子昂等应试生员来到东都时，原野还是冰封雪冻的光景。礼部吏佐领着众生员在正平坊内的孔子庙祭了孔，便统一安顿了待考居处。陈汀奉命为陈子昂备办了干粮、蜡烛。

"相公，怎么还要夜考么？"陈汀购回备考场品时，好奇地问。

陈子昂点头告诉他："每场考试是以一天为限，如到晚仍未交卷，那么就要秉烛夜考了，但是也以三支蜡烛为延长的考时，三支蜡烛一旦燃尽，考官就要强行收卷了。"

陈汀想了想，笑了。

"你笑什么？"

陈汀说："我家相公是出了名的急性子，只怕不到一时三刻，早已对答完毕，根本用不上蜡烛夜考。"

陈子昂淡淡一笑，不置一辞。但他却在心中告诫自己，决不可草率匆忙，应对各场，哪怕已经答好，仍要反复推敲，力争应对出最佳答案，为朱衣者点头，也才符合自己立志报效君国的一片热忱。

头场杂文开考入场时间，是卯时。

其实几乎是和衣而卧的生员们，临考前夜根本就没有睡意。陈子昂就一夜未曾合眼，在诵读着魏武、嵇康、左思诗赋，酝酿着诗韵赋义。当卯时梆声响起，待考院中灯火齐明，导考的礼部属吏在东都左、右卫官兵簇拥下，导引众生员来到设在正平场国子监旁的考场大门前。考场外三步一兵，五步一尉，在灯光照耀下，官兵们形如铜塑，气势威严。

在左右卫官兵的夹道队形中，礼部吏员打开生员名册，高声唱名。被唱名者，出列走向考场大门立定，由官兵对应试者检查搜身，以防作弊、夹带。

陈子昂接受检查，提着考篮进入考场时发现，考场中也是三步一兵，五步一尉，而更为令人嘱目的是，考桌四周，还竖着荆棘篱笆！陈子昂对此，毫无压抑之感，反而意识到朝廷在人才选拔上的慎重和严厉。在那一刻，陈子昂深深地感悟到圣人开科选士那良苦用心和绝不容儿戏的初衷，于国于民，是何等庄严！

依制，首场考试是杂文。

永隆元年（680）春闱杂文是一诗一赋。让陈子昂喜出望外的是容考生自行拟题应试，太学学友王适也在场中，但陈子昂偶然抬头寻去，却被荆棘篱笆所蔽，根本看不见人坐在何处。当考生全部就座后，监考礼部侍郎命关了场门，场中不得喧哗发声。至此考场中除透过窗棂拂入的风声之外，别无声息。

时过正午，全场考生似乎无一人感到饥饿，不仅听不见咀嚼干粮之声，连饮水解渴之声也很少发出。陈子昂更是一心扑在考卷上，不仅审韵练意，而且力求用诗赋抒怀，把自己的一片报国热忱，通过笔端，尽行表达。

当自己考案上第三支蜡烛尽成蜡泪时，巡视在考场中的礼部吏员近前取走了陈子昂还欲推敲的杂文，紧接着是左卫兵尉，面无表情地导引着陈子昂，走出考场。一出大门，才发现启明星已在东方上空闪耀着，王适和王无竞及其书童一齐迎了上来，王适朝陈子昂迫不及待地提出请求："伯玉兄，请把场中佳构见示！"

陈子昂流露出真诚谦逊："适兄，到三烛燃尽，赋虽已竣但意犹未尽，而诗则很不满意，正要急于向诸位学友请教呢。"

"早就听说天津桥畔为东都最为风光优美之处，我们何不前往天津桥畔品析本场应试的得失？"

众人异口同声赞成，相伴来到了天津桥畔，就在北斗亭上落座，先对陈子昂所考的诗赋，十分认真地评判起来。其结论，又是王适激动地预判："伯玉此场，定然夺魁矣！"

果不出王适意料，三天后礼部放榜，第一场杂文考试，陈子昂名列前茅。但陈子昂备考重心却并未放在第二场的"帖经"上，因为这种填空式经学状况测试，是对考生是否熟读五经经文的检验，而不是对考生个人才干的衡定。所以陈子昂把备考重心放在了再策的应考方面。就在他紧张地思考之际，原本他应主动在抵达东都洛阳时就该具柬拜望的高府，却先向他发出请柬，邀他在两天后上月夜，在临近千金堡的小平津宴聚联吟。陈子昂虽然仍觉春闱未毕，但高府已主动发出邀请，辞谢绝无理由，于是只好复函奉命了。

高府发柬的主人是高瑾，高士廉的孙子，十年前咸亨元年即公元六七〇年进士及第，而其母正是东阳公主，父亲则是驸马都尉高履行。

从高瑾所择的聚会日期看，也颇有讲究，因为所谓上元，是道家们确定的一个节日，为正月十五日，这分明是对陈子昂道家家学的一种关照。乔知之来他待考居院看望时知道了这事，十分高兴，说高氏兄弟在洛阳时已从他处看见了陈子昂的感遇诗和记游诗，十分赞赏，既是姻亲，又有报国大志，自当前往，共叙衷肠。

正月十五黄昏时分，高府的车马，已经来待考居院恭迎陈子昂启程，陈汀背上装有文房四宝的竹篚，一路随行。

陈子昂身在信奉道教的环境中，对上元节等道门节期有着浓郁兴趣。但此刻远离故土，来到国家东都夜度上元，其格局阵容，令他叹为观止！比如途经白马寺前时，明月当空，但本应是月华普照的天景，却被竖在寺前大坝上的七层灯轮上四十九盏天灯掩尽了光芒。在车座上远远望去，正如七层巍然凌空的灯树，把周遭景物照耀得如同白昼。更令陈子昂惊奇的是，在灯轮之下，约半千妙龄女子踏歌起舞，而来自万邦百国的人众，或碧眼金发，或彪悍敏捷，也激情洋溢地在灯轮外围助歌助乐。这对于远在剑南一隅的陈子昂而言，既惊奇，同时也深感国家被外邦奉为天朝，自有其由。一念及此，心里又急迫地想返回再策的应试上去。在萧嗣业出师大败之后，当年年底，朝廷授裴行俭礼部尚书兼检校右卫大将军之职，并敕令为定襄道行军大总管，将兵八十万，和丰州、幽州两都督及其兵马三十万，以讨突厥。在陈子昂心中，裴行俭确实文武双全，智勇兼备。看他审时度势，在吐蕃发生国丧时，并不盲目乘其丧袭击，避免了一场根本不利唐朝的血战；再看他建议智取阿史那都支，几乎在毫无伤亡情形下，平定了西域叛乱，都使陈子昂十分心仪。他渴望能三考及第，更能得到吏部的选调，立即就可在裴行俭军中去为国效力。

"苟于国家有利，何拘小节？"郭震曾来信提示他，责备他不肯主动和高府联络。他此刻内心很认同郭震的责备。如果能通过高府门第过好公卷关，尽快得到吏部选调，自己确也不该担心外界怀疑自己攀附姻亲裙带这类问题，同时更可达到早日报效君国的志向。

车到小平津，高府仆婢早已把宾主的宴座四周，摆放好了炭火红亮、热气暖人的矮鼎火炉。身材魁伟的高瑾，引着四位宾客向陈子昂迎上，揖手呼唤："娇客远到，有失远迎，请陈郎恕罪呵！"

唐时女方称婿家为"郎"。陈子昂从对方的称呼中，判断出就是今晚宴聚的主人高瑾，忙躬身回揖："子昂拜谒来迟，请恕罪！"

高瑾早上前扶起陈子昂，定睛打量着，赞出声来："不愧为鬼谷一流人物！头榜夺魁，辛苦了！"

其余四人也纷纷上前揖礼相见，高瑾对陈子昂一一介绍着："这是正隐长孙公，今晚是请来作序开韵的大家，知贤崔君，仲宣韩君，嘉言陈君，和子昂郎君应是本家了。"

陈嘉言谦逊地揖手："这是高攀了。"

高瑾笑了："今日以文会友，只问文采，不问门阀。此刻月轮如镜，我等机缘巧合，同游洛浦，正该金樽注酒，挥毫步韵。乐班，启奏上元之乐！"

宣告着，高瑾牵着陈子昂的手，引向自己主座右首第一客座上——彼时，以右为尊，表明陈子昂是当晚夜宴上最为尊贵的客人。长孙等客人，由司仪吏导入座中，而乐班班头已击磬调音，指挥乐伎们演奏起来。

依仪，上月夜所奏乐曲，应是道教乐曲，但史载李治接位后，景云见，河水清，宫廷乐师张文收据此谱成《景云乐》，所以乐伎们依仪奏起了《景云乐》。

在祥和的乐声中，高瑾启身，亲执鹤形银壶，为陈子昂等几位的樽中斟满佳酿，然后宾主一齐站起身来，举樽过头，向天敬过，然后倾入地面，这才回归座中。高瑾待侍婢给客人斟满樽中酒液后，双手捧樽，恭敬地发声相邀："请！"

众宾也恭敬地举樽回敬："谢！"

在应答中，宾主酒过三巡。

"长孙公！"高瑾放下金樽，朝长孙正隐微笑揖手，"请公开韵！"

"韵"谐"运"音。陈子昂感到高瑾今晚的安排已暗含着为自己祈祷文运顺吉的美意，一种亲情，在原本陌生的心境上油然而生，陈子昂向高瑾投去感激的目光。

长孙正隐早已成竹在胸，随口之间，已呈文采："主人殷勤，在下岂敢矫情推诿？夫执烛夜游，古人之意。且星度如环，曷才周而已袭；月华犹镜，魄哉生而遽圆；宾主何不陈良夜之欢，共发乘春之藻？仍为庾体，四韵成章，同以春为韵，诸君意下如何？"

高瑾率先鼓掌："好！效小庾体同用春字！切景合时！"

韩仲宣等也齐声道好。

但陈子昂却沉吟不语。

"子昂郎君？"高瑾观察到了陈子昂的迟疑，关切道，"有什么不妥吗？"

陈子昂回过神来，直率地道："子昂斗胆，敬请主人并长孙公，当此良宵，可否改用四言古风？"

席间众人互相对视后，望向高瑾，高瑾似有所感，询问道："陈郎是因庾信体词多轻艳而不屑效仿吗？"

陈子昂坦然点头，并直抒胸臆："庾信体确不应效仿，更不能容其滥觞骚坛！"

看惯官场故事的高府属吏、仆婢、歌姬乐工，似对天外来客般，重新打量着陈子昂，虽然对他的蜀音并不完全能够听懂，但他不随和的固执态度，已然让他们明显地表露出了惊讶。

当高府属吏、仆婢、歌姬乐工对陈子昂的反应大感惊讶时，上阳宫丽春殿中，正要准备前往洞元堂侍驾度节的上官婉儿，却被陡然奉旨入殿的武三思，留堵在了殿宇中。上官婉儿在丽春殿当值房中，刚刚重施了粉黛，新贴了花钿，仔细梳成了飞天髻，使这位宫中女官在妩媚的同时，更显出空灵俊俏。她那白玉般晶莹细腻肌肤，透着大红石榴裙，产生出夺人魂魄的魅力。但家世诡秘的上官女孙，却忌讳着天后的"开箱验取石榴裙"诗意，不敢造次，只穿用茜草、红花、苏木、朱砂精调而染成的紫色镂空印花长裙，谁知这紫色长裙却平添了宫中女官的高贵华丽。原本在姑母近前接了懿旨，有极重要的腹心之话要告诉心上人的武三思，在宫鹤灯光下望向上官婉儿时，居然如痴如呆，在殿门前僵立着，不知迈步入殿了。

上官婉儿对武三思的痴迷神情不觉为奇。随着天后对自己宠顾的日渐增长，上官婉儿早已不再是当年囚在宫中的少女，而是对自己有了高度自信的宫中女官，与此同时，她对自己的天生丽质更加自信。

武三思对自己的痴迷，是上官婉儿费尽心血达到的目标；而武三思对自己痴迷的加深，又是对上官家族重振门楣的有力保障。

若在平时，在这样两人相对境况里，上官婉儿会欲擒故纵地躲避着武三思的痴迷，实则让其更加发疯痴迷，然后诱惑他在这痴迷中销魂一刻，再断然避开，使武三思对自己产生一种永远不能获得满足的欲望。

但此刻，上官婉儿要唤醒他，因为洞元堂上元夜宴是李唐王朝最重要的燕集活动之一。所以她面色严肃地询问："武将军！宣敕吧！"

武三思这才回过神来。但却不同往常，不，比往常的离谱还加倍离谱地嬉笑着，步入殿中，竟然把严肃相向的女官猛地拥入怀抱中。

侍立殿中的宫娥，虽然见惯不惊，但到底也还是感到诧异地垂下了眼帘，低下了头。

上官婉儿也大感意外，悄声地对武三思："我要尽快赶往洞元堂侍驾……"

武三思怪笑一声："天后有旨，要你去当值房接旨。"

上官婉儿急了："别闹了！"

武三思猴急地道："我的美人儿！你别闹了。"不再容上官婉儿说话，武三思已把她抱在臂弯中，向当值房匆匆而去。一入当值房，武三思把上官婉儿横陈在锦榻上，就把两手迫不及待地伸向她的裙带。

"这是丽春殿当值房。"上官婉儿又窘迫又惊惶地阻止着武三思，

"不是行云播雨所在！你不怕二圣怪罪下来……"

武三思早用滚烫的厚唇压抑了上官婉儿的话语，上官婉儿自己也被武三思激发了不可稍待的欲求。武三思一阵大颤之后，似乎死去般，僵伏在上官婉儿香躯之上。

"武……"上官婉儿也感到极度的疲乏，只能喘息着呼唤。

武三思终于睁开了双眼，对上官婉儿意味深长地呼喊着："上官婉儿！太子太师！"

上官婉儿却听出了武三思的弦外之音，急忙追问："你说东宫之主……"

"老六聪明反被聪明误呵！"武三思回应了这一句，上官婉儿坐起身来，急忙道，"太子他怎么了？"

武三思却放松地仰卧在锦榻上，居然吟唱起来："种瓜呵黄台下呀……瓜熟子离离哟！一摘使呵……瓜好呀，再摘使瓜呵稀！三摘犹呵……自可呵，摘绝！摘绝呵……抱……蔓……归！"

上官婉儿一听，心里不约而同地嘀咕着武三思的话：太子李贤，真是聪明反被聪明误呵……

小平津高府上元夜席前，陈子昂慷慨陈辞："据子昂陋闻寡见，当此之际，不扫骚坛齐梁颓风，任小庾体之流招摇过市，甚至成为宫中和士林竞相效仿的体裁，实在是祸害国体的诗体！"一语及此，陈子昂痛心疾首道："子昂十八以前懵懂无知，自入乡学求知书，方才知道导致隋朝二世而亡的炀帝，对'庾信体'就情有独钟，以至上行下效，举国上下，以轻艳婉媚的文体诗风为精魄，终致社稷不存，宗庙毁败。故小子请在座方家，另以魏晋古风立体，联句共度上元！"

"壮哉梓州陈子昂！"陈嘉言为慷慨陈辞的陈子昂鼓起掌来，"不愧是高府东床快婿！能以文艺小事，烛照朝纲大局。庙廊大材，非君何谁？高瑾兄，嘉言附议，请长孙公另定文体，另设韵律。"

听着陈嘉言附议，陈子昂向这位同宗投去致谢目光，但却谦逊地说："嘉言兄不揣子昂浅薄，同声附议，但子昂久处边远小地，所见形同井底之蛙，若出言不当，祈望各位方家指教。"

原本互相交换着目光的长孙正隐、高瑾二人，这时又交换了一下目光，长孙正隐正色地对陈子昂说："伯玉兄，你可知道，太宗皇帝在贞观之治中，大力倡导'庚信体'，开创了贞观之治的骚坛新声？"

对庚信体颇有研讨，对其沿革与后续也并不陌生的陈子昂，对长孙正隐发出的询问，不觉一怔，半晌不能回应出声。

第十三章

寸有所长

"伯玉兄,你所吟感遇诗大得魏晋风骨!"长孙正隐真诚地评判着,"但太宗在贞观之初宴聚群臣时确实明确倡导仿效'小庾体'。据前朝老臣所录,太宗即位伊始,就在殿左设置弘文馆,召集内学士,听朝之余,则和学士们讨论典籍,群臣唱和。在唱和中,正如举世所知,太宗对齐梁靡颓之音严加鞭挞,崇尚儒家正音。但太宗以其天纵之资,审度出宫廷唱和之际,攸关典仪,顾忌颇多,以致雕刻繁缛,味如嚼蜡,而毫无意境。"

"不错,"陈子昂深有体会,"宫廷唱和,真有失之雕刻繁缛。"他急切道:"如果由此便效仿品质轻艳的'庾信体',于贞观诗坛又有何助益?"

"伯玉兄!"韩仲宣微笑呼唤,并启言反诘,"难道'庾信体'除轻艳以外,便无自身特点么?"

陈子昂不假思索便回应出:"其声律、对偶较之众诗家,已更为娴熟流畅呵。"

长孙正隐频频点头:"伯玉兄一语中的。请听!"他稍一沉吟,朗声吟道:"岭衔宵月桂,珠穿晓露丛。"

陈嘉言早已接过口去："蝉啼觉树冷，萤火不温风。"

长孙正隐却重起诗头，慷慨吟诵："塞外悲风切，交河冰已结。瀚海百重波，阴山千里雪！迥戍危烽火，层峦引高节。"

陈子昂似被天籁之音激发心弦，竟有一种迫不我待的急切，要展开纸笔，挥洒方遒。

"这都是太宗仿'庾信体'吟咏的五言。"长孙正隐看出了陈子昂的觉悟，这才停止了吟诵，转为评说，"其实太宗在效仿'庾信体'时，摈弃轻艳，承袭其清新平和，借鉴其体物、写景吟咏技巧，使我朝诗文兼备魏晋风骨的同时，在声律方面，大胜前人了。"

陈嘉言感叹："天之骄子，见地大异凡俗呵。"

长孙正隐笑了，再次吟诵出声："日落沧江晚，停桡问土风。城临巴子国，台没汉王宫。"吟诵到此，长孙正隐神情恭谨地评说："此诗可称本朝律诗之祖！"

陈子昂愕然，陈嘉言早已高声附和着长孙正隐的评说："天伦玉音！非太宗何能吟此！"

陈子昂惊骇摆手："非！非！……"

陈嘉言更为惊骇地望向陈子昂："你你你……"他本来要训斥陈子昂，但陡然想起他是高府东床，于是把训斥话咽下去，可心里却在腹诽："西南蛮夷，未经王化呵……"

"嘉言老兄，"韩仲宣这才笑着对陈嘉言说，"刚才长孙公所诵，不是太宗爷的御制宏篇。"

陈嘉言一愣："那是？"

韩仲宣向陈子昂一点颏："乃伯玉出蜀赴京途中佳构。"

陈嘉言弄了个大红脸，支吾着，一时间不知云何。

陈子昂却已回过神来，感叹道："其实，若拙作稍有可诵者，也因效仿'庾信体'呵。"

高瑾大笑起来："正所谓'尺有所短，寸有所长'，但取其长，为我所用，何乐而不为。"

陈嘉言终于有了下台的台阶："广采而厚蓄，高瑾兄不愧为方今大家呵。"

邻近一座席棚外，飞出一溜烛光，伴随着宫廷乐师白明达谱写的道教音乐《神仙留客》的演奏，开始了上元子夜迎神踏歌之舞。

"长孙公，我们也开始吧。"

长孙正隐回揖一下，婢女已把他几前的诗笺展开，长孙正隐提起笔来，流水行云般提头："上元夜效小庾体同用春字，并序……"

上阳宫丽春殿当值房中，锦榻上，上官婉儿由武三思拥在怀抱中，看着手中的《黄台瓜辞》，心中感叹万千。

这是当今太子李贤所作的一首歌辞。

李贤，字明允，系武皇后亲生，在父亲膝下的诸皇子中，属于老六。

史载，李贤才几岁时，读书一览，便能过目不忘。当朝东宫之主原本是同母所生的兄长李弘，但李弘在高宗上元二年，即公元六七五年四月神秘地死在合璧宫。于是当年六月戊寅，立当时的雍王李贤为东宫之主。执掌文诰的宫中女官参与过李贤校注《汉书》的宫廷会议，对这位英俊而文采飞扬的东宫之主私下十分倾慕。在她隐秘的少女情愫里，有过色影绮丽的梦幻。

但作为天后身边的近侍女官，很快地，她采取了和东宫之主保持相当距离的态度。

李弘是武皇后亲生之子。李贤是武皇后亲生之子。

在上官婉儿依稀懂事起，她的心境上就有一抹沉重阴影。这阴影很多时候是很厚很厚的一团，令她惊怖的充溢着煞气的影状物。它比分明的鬼魅更令她战栗。这就是她眼下时时秒秒要侍从左右的大唐天后。但她更多时候看到的，是天后作为皇帝配偶女性的温柔和妩媚；是母后，作为太子、皇子、公主们慈母的仁爱和温情。

上阳宫的虹桥呵！在春的朝晖里，夏的艳阳中，秋的月华下，冬的雾罩内，武皇后一路行来。步履轻盈，成熟而性感的身姿依旧仍娇娜。

但，不。是沉重的。

皇帝小了她整整四岁，这一年才五十二岁。但五十二岁的皇帝却须发苍然，头风重症导致的视物不清，浑身不适，在与日加重。所以，在上元二年（675），皇帝准备把帝位禅让给当时的太子李弘，偏偏，李弘却神秘死去。于是立李贤为太子。李贤名望早就胜过乃兄，应该是皇室后继有人了。当去春皇室因饥馑而率百官来到洛阳时，皇帝让李贤在西京监国——这是皇帝让太子直接处置军国政要的安排。如果因为病情加重难以听朝时，监国太子将会受禅继位。

五十六岁的皇后轻盈地伴随皇帝，穿过虹桥。在丽春殿，皇后秉烛处置朝政之夜，面对如山的急待敕批的奏章，天后的神情颇为奇特。似笑，非笑；似怒，非怒；似怨，非怨……

皇后向上官婉儿递去一封奏疏，上官婉儿接过一看，是周国公武承嗣所奏。奏说，外间传言，李弘是被毒杀在合璧宫，下毒的是皇后。上官婉儿原本不敢再看下去，但却不得不看下去。奏说，当今太子李贤疑其生母不是皇后，而是皇后的姐姐——深得皇帝宠爱的韩国夫人。而韩国夫人，也死于传说中皇后的妒忌之手。

"明天敕令北门学士们撰写《孝子传》，"皇后望着丽春殿外的夜空，吩咐女官，"撰成后颁赐东宫。"

上官婉儿奉敕行事。不出半月，《孝子传》颁赐到东宫。

皇后可能未想到，接受《孝子传》的李贤，在西京监国之余，却排演了《黄台瓜辞》宫廷舞乐，并向东都反复传播这部舞乐信息。

武皇后得悉了信息。并让武三思在这上元之夜，来向她传旨，要上官婉儿宣及北门学士，撰写《少阳正范》，十日内颁赐东宫。

看着李贤《黄台瓜辞》，思索着皇后新传旨意，上官婉儿明白今后和李贤不仅是保持距离，而是彻底不通往来。

破家灭族者，似乎以公平心在行使着破家灭族的特权。她的感慨由此而发。突然间，娇媚的宫中女官胸臆间萌生了一个较为明朗的念头。

眼下的朝廷，外界共识是李姓大唐。但是实质上都牢牢掌握在这个武姓皇后手中。母亲是对的。是上官合族的生命和鲜血熔炼出她洞烛底蕴的目力。李贤，如玉树临风。武三思，毫无魅力。但她调试着视角，居然把李贤铭印到了武三思的躯体上。她娇慵瘫软地松开武三思的双臂，把自己再次横陈在武三思的目光下。武三思双眸喷火，再次把上官婉儿投入自己烈焰腾腾的欲火中。

小平津高府宴席前，高瑾和五位客人在仆婢高擎的灯笼下，传观着效庾信体的上元诗作。

陈子昂捧着长孙正隐的诗稿，朗声诵道：

> 薄晚啸游人，车马乱驱尘。
> 月光三五夜，灯焰一重春。
> 烟云迷北阙，箫管识南邻。
> 洛城终不闭，更出小平津。

陈嘉言以恭敬的口吻诵读着高瑾诗句：

> 初年三五夜，相知一两人。
> 连镳出巷口，飞毂下池漘。
> 灯光恰似月，人面并如春。
> 遨游终未已，相欢待日轮。

高瑾摇头："拙作空劳嘉言金口相诵了，烦陈郎一示杰作。"

陈子昂却急忙对众人申明："子昂还未撰竣，请稍容落后。"

陈嘉言道："伯玉兄，连长孙公都夸你为本朝五律始祖，且请一示佳构呵。"

陈子昂真诚道："嘉言兄！效庾信体于我确实初学，容我深加斟酌后，再请众兄指教吧。"

长孙正隐也帮忙："陈、韩二兄，就容伯玉兄殿后吧。"

"丑媳妇终要见公婆！"韩仲宣展开诗稿，含笑自贬后，诵道，

> 他乡月夜人，相伴看灯轮。
> 光随九华出，影共百枝新。
> 歌钟盛北里，车马沸南邻。
> 今宵何处好，惟有洛城春。

陈嘉言忙展稿接诵：

> 今夜可怜春，河桥多丽人。
> 宝马金为络，香车玉作轮。
> 连手窥潘掾，分头看洛神。
> 重城自不掩，出向小平津。

陈子昂虽尚斟酌自己的诗文，但听着陈嘉言的诗句，不禁由衷赞出"好"来。

"伯玉聪慧，大有诗魂。"长孙正隐从陈子昂评价他人的诗句上，得出了结论。

"崔君！"高瑾向捻须少语的崔知贤催诗道。

崔知贤仍平和地一笑，展笺诵道：

> 今夜启城闉，结伴戏芳春。
> 鼓声撩乱动，风光触处新。
> 月下多游骑，灯前饶看人。
> 欢乐无穷已，歌舞达明晨。

"诗如其品！"高瑾提示着，"敦厚温文！"

众人目光聚在陈子昂近前，但陈子昂却又在几上展笺删正有顷，这才不无腼腆地立起身来，陈汀已在他眼前高擎起烛台。

"陈郎，慢吟。"高瑾提示着。

陈子昂明白高瑾怕他语气急促时，众人不能听懂他的蜀地音韵。陈子昂感谢地点点头，调匀气息，这才高声吟诵起来：

> 三五月华新，遨游逐上春。
> 相邀洛城曲，追宴小平津。
> 楼上看珠妓，车中见玉人。
> 芳宵殊未极，随意守灯轮。

"'楼上看珠妓，车中见玉人。'伯玉真可谓锦心绣口也。"陈嘉言拍案大赞。

而依例，当由本度掌文公长孙正隐主持衡文，陈子昂比座中众人更加注意长孙正隐的剖析。诗绪跳跃的他，却逐一在烛下看着包括自己在内的篇什，突然间，王勃的"城阙辅三秦，风烟望五津"，卢照邻的"寄言闺中妇，时看鸿雁天"，骆宾王的"石明如挂镜，苔分似列钱"，杨炯的"龟龙开宝命，云火照灵庆"，不可稍待地涌向心中，眼前，和六人所诵篇什交相浮显，使他产生出一种格外清新、流利、亲切的感触。也正是这感触，使游学的蜀地生徒，悟得了"尺有所短，寸有所长"，文学杂学，也有经纬天地的玄机。

此刻，经长孙正隐评判，陈嘉言之诗夺魁。在举杯同贺陈嘉言的同时，陈子昂却想到了再策。在应考再策时，如试官问策西征，他能像太学生魏元忠那样，独辟蹊径地回应强军御敌的良策吗？

上元后的两轮应考，帖经和再策，陈子昂都得以应试。再策时陈子昂盼望的西征试题并未出现，而是提出儒道二教治国安邦之策。陈子昂虽然深为失望，但题目却是他家学根本，在口试时，吏部试官对其道家学识的透彻程度，颇为赞叹。所以在出场后，乔知之、卢藏用等友人都说这是天助子昂，遂其报国之志。

正式放榜将在二月初。尽管对自己应考的评估颇具信心，但是从小养成的急迫秉性，仍让陈子昂食寝不安，卢藏用劝说他去嵩山他眼下的隐居处调息心神，等候放榜，他也准备这样来安顿自己这颗躁动的心。但高家又送来请柬，连同卢藏用、王无竞、王适等文友，在晦日齐聚东都铜街近旁的高氏园林，燕集唱和。

晦日，是每年正月的最后一天，也是唐代一年五十三个节庆日之一。而晦日和上巳，于唐代众多节庆之中，更具备娱乐性质。人们大多临水而乐，欢聚宴饮，其宗教习俗，则和三月三日曲水流觞、祓除灾殃相同。而文人学士，也是诗宴相欢的日子。这不，高瑾的请柬中特别告诉陈子昂：他奉其母东阳公主之命，要他作为晦日诗宴欢聚的掌文公，不仅要启笔作序，还要衡文评判。

公主殿下作出如此要求，显然是高瑾在近前夸赞其文采所致。当陈子昂和卢藏用、王无竞、王适等被高府的驷马豪车迎入铜街的高氏林亭时，在这东都临近宫城的园池中，早已冠盖云集，脂粉飞香了。

铜街即铜驼街，因汉代朝廷所铸的两尊铜驼，安放在宫南四会道口而得名，俗话说此地："金马门外集众贤，铜驼陌上集少年。"不错，高氏林亭远不可和东都苑的巍然壮观比拟，更不可具备皇家气象。王公大臣、外邦使节商贾在东西二京建有豪宅，造有池林者甚多，超过高氏园林规模和豪华者也为数不少，但是能在铜街拥有这样的林亭，也绝非易事，由此，也可窥出皇室贵胄的不同凡响。敏感的陈子昂一旦入园，脑海中启笔序言的文字已如开闸之波，滔滔而来：夫天下良辰美景，园林池观，古来游宴欢娱众矣！然而地或幽偏，未睹皇居之盛；时终交丧，多阻升平之道。岂如光华启旦，朝野资欢……

"陈郎！"正被仆婢扶下车座的陈子昂，却听高瑾呼唤，陈子昂忙立定揖手，高瑾向前挽过他的手来，对身着常服，身材和自己接近，年约三十出头、留着五绺青须的陌生人介绍道："必简君，这是我家陈郎！"

被呼着"必简"的陌生人，沉着脸望向陈子昂，陡然道："你爱鬼谷子？"

陈子昂一愣，还未回过神来，必简身边一个头戴儒巾的陌生人笑着对陈子昂一揖手："伯玉兄，襄阳魔汉，休和他一般见识。"

高瑾笑着指向正说话的人："陈郎，齐州全节崔安成。"

陈子昂立即记上心来，迎向崔安成："崔融兄，久仰了。"

杜必简却黑着脸，近乎呵斥道："久仰他什么？嗯？"

崔融笑着阻挡："老杜，初次见面……"

"往下站吧！"杜必简朝崔融一拂袖，"陈伯玉，当今之世，除我杜必简，名审言，可让士林久仰之外，崔融之流，你能久仰他什么？"

陈子昂自认为不善迂回言谈，但面对这个清瘦新友听似谐趣而神情又绝不有趣的言谈，一时间还真回不过神来。

"在小平津我预先告诉过你了，"高瑾提醒陈子昂，"崔李苏杜……"

陈子昂被提示记起，脱口而出："文章四友！崔融、李峤、苏味道、杜……"

"错！"杜审言双睛凸瞪，是真生气了，"杜，就是杜！怎么会和什么崔、李、苏……呸，并立文坛？我老杜行文，屈原、宋玉只能侍奉笔砚；我若走笔，王羲之只能在北面恭立！"陈子昂愕然原地，他已迈步走向设在池畔的坐垫上去了。

"老杜虽然恃才傲世，但也确非浪得虚名者。"高瑾笑着对陈子昂提醒着，"他的诗体，连王勃等四杰，也颇称许。"高瑾随口诵出："草绿长门掩，苔青永巷幽。宠移新爱夺，泪落故情留。啼鸟惊残梦，飞花搅独愁。自怜春色罢，团扇复迎秋。"

陈子昂原本迷惘的目光里，却沁着刻骨铭心的泪水。他望向已然入座的杜审言，神情已肃然起敬。这位出口不逊者，正是日后被人奉为"诗圣"杜甫的祖父：杜审言。

大唐永隆元年，即公元六八〇年的晦日欢宴，在"林阁散余霞"的二月一日凌晨，宾主才依依惜别。卢藏用和陈子昂乘坐着高府安排的马车，往嵩山卢藏用的隐居草堂出发。

途中，车内，卢藏用感到了陈子昂的躁动不宁。"伯玉兄！"

"子潜？"

卢藏用说："三场应试君绝无疏失。"卢藏用是以过来人的目光来评估，"看昨夕高氏林亭中，高府对你的安排，也是在为'公卷'出力呵。"

陈子昂却对卢藏用抱怨道："子潜，懵懂间，子昂已二十二岁了。即或'公卷'得助，但吏部选调却毫无定准。我听说，虽中进士之后，有十数年不得选调者。"

卢藏用长叹一声："还有终身不得选调者。"

陈子昂已然坐卧不宁："何时才能报效君国呵！"

卢藏用有话却不能向陈子昂坦言。看上去，有着高府姻亲背景的陈子昂，应该凭借东阳公主的势力，轻易得到选调，遂其报国之志。但是，正所谓成也萧何，败也萧何。于陈子昂而言，眼下过分依重高府，事与愿必违。因为高家出了长孙无忌这样的外甥！长孙无忌辅佐当今皇帝登上九五之尊，却在废立皇后一事上开罪了武皇后，以致灭门。与此同时，高家也大受株连，爵位被削，贬放外州。

高瑾审时度势，只能依照眼下条件，让陈子昂获得"公卷"认可，但并不能过分渲染陈高间的姻亲关系。不渲染，才是对他最好的保护呵。

对报国热情炽烈如火的陈子昂而言，卢藏用不能和盘托出。那样，只能让他更处于煎熬徬徨之中。

在陈子昂的焦灼中，在卢藏用无言的劝慰中，马车送着二人，向嵩山双泉岭逍遥谷而去。

大唐高宗永隆元年，即公元六八〇年，二月初八日，天皇天后的车驾，临幸汝州温汤。

其实，在进入永隆春正月以来，皇帝头风症状加剧。如果不是朝廷制度、仪典攸关，上元节天皇天后要在则天门楼接受文武百官、中外使节的上元朝拜，被病魔折磨的皇帝早就起驾前往汝州，沐浴温汤。在皇帝意识中，汝州温汤对其头风疏散，似乎有一定功效。皇帝甚至忆及乾封元年（666）东封泰山途中，皇后的姨侄女，被他封为魏国夫人的贺兰敏月，就是在汝州温汤侍驾沐浴，使他骤感通体舒畅，以至能登临东岳，宣告大成功。在封坛上他告诉魏国夫人，返銮途中还将再幸汝州温汤鸳梦重温，但就在返銮的头天晚上，为皇上亲展舞姿的魏国夫人，却在进食后中毒身亡！正因为这，皇后曾经试图阻止皇帝停銮汝州，但皇帝却执意要在汝州温汤驻驿。而且，就在半途中，皇帝又传敕，令在西京监国的太子李贤接敕后即赶到嵩山，和天皇天后一道，拜访高道潘师正。

传令太子侍驾拜道的文诰，在上官婉儿的手中停留了不该停留的那么长时间，她才依典用玺，用八百里急驿下达。

核心宫中女官，充耳听闻到的，是两支强敌即将大战的鼓角声。

第十四章

儒道之间

上官婉儿奉敕使玺的当晚，陈子昂随卢藏用上了嵩山双泉岭。潘师正修道的逍遥谷就在这双泉岭上，而卢藏用在嵩山隐居的草堂，却建在谷口。仆婢把宾主迎下马车，送入草堂时，启明星已在天际放出耀眼的光芒。卢藏用不去触动陈子昂焦灼待榜的敏感神情，故作闲暇地询问："伯玉兄，嵩阳比之终南如何？"

陈子昂朝繁星闪耀的夜空仰望有顷，又环顾草堂大门外的连绵峰岭，点着头回应卢藏用："确实是修道的绝佳境界。"同时朝谷内望去："听说潘道长所选的丹房，北瞻太室，峻极于天，西望少室，莲花覆地。在那样的环境里不用说刻意修为，就是无为而过，年复一年，也能性炼返朴，命归自然呵。"

卢藏用虽然宣称隐居，但其真实意图仍在期望由此引起帝王的关注，达到吏部选调目的。而邻近潘师正修为地建庐，本意更在于此，所以嵩阳双泉岭也罢，逍遥谷也罢，从隐居的观念出发也罢，从修炼道宗的目的出发也罢，他真还没有夤夜登临的陈子昂的这种感觉。此刻被陈子昂提起，他才朝夜色中凸现的峰岭认真环顾去，同时对陈子昂锐敏的洞察能力，产生了由衷敬佩："伯玉兄不愧是道门练家子！经你提起，我才明白潘道长为何选择这嵩阳来作为修为之地。"同时不由感叹道："以兄悟性，也应是潘道长一类神仙人物。"

陈子昂被卢藏用的话引发感慨："子潜贤弟，你以十五冲龄，高中及第，休怪伯玉冲撞。你眼下论说也才是个二八少年，子昂在你这年龄时，还在家乡射洪斗鸡赛马，任侠使气，怎可和潘道长相比！又怎可和红尘才俊的子潜相比，本度春闱，还未知后果如何呢……"

一言及此，站在草堂大门的陈子昂分明一个激灵，打了个寒颤，卢藏用这才记起陈子昂身体瘦弱，急忙伸手拉他从大门内廊右侧转入客房，房中榻前的铜火盆内炭火正红。陈子昂却又打了个喷嚏，卢藏用忙对仆婢说："陈公子受了风寒，快熬祛寒汤来！"

"卢公子！不用祛寒汤。"陈汀笑着说，"我家公子一旦受寒，必伤脾胃，我家老爷拿稳了公子的症根，所以只用藿香、老姜、葱头、蔗糖熬沸，趁热服下，卧床一觉，明天起来，又可和卢公子谈诗论文了！"

卢藏用忙吩咐仆婢依法炮制。

陈子昂服下汤剂后，反而全无睡意，在近旁榻上陈汀细微的鼾声中，他半倚在枕上，心事重重。

当再策试毕，返回待考居院以后，他立即沐浴薰香，然后从书籍中取出蓍草，在同茎分割的五十根蓍草中，取出一根，放一案旁。接着，他伸出两手，把放在案中的蓍草任意一分为二。依文王占筮，左手一分象征"天"，右手一分象征"地"。接着，陈子昂从自己右手任取一分蓍草，放向左手小指间，象征为"人"。至此，蓍草已形成"天""地""人"三才的命理格局。

陈子昂调息闭目，默祈有顷，然后先用右手分数左手中的蓍草，再用左手分数右手中的蓍草，都是以四根为一组，一组一组，分数完毕。陈子昂几乎屏住呼吸，完成了占筮的第一变。

一变之后，陈子昂去除左手指缝间的余数，又将两手所持的四十四根蓍草接前序续竹占筮，如法，到约一炷香的时辰后，三变完成。

原本，得出一爻的商数为九。陈子昂依爻演算二十七次。接着，他依据从上到下的顺序排列，卦象在他加速的心跳中形成了。

那是一个"巽"卦。卦形是：巽上巽下。卦文是：小亨，利有攸往，利见大人。

原本在占筮过程中已感到颈酸腕麻的陈子昂，面对这个巽卦卦象，全然不觉颈、腕的不适，而且更加丧失了睡意。

此卦本意为"顺从"。拓展开去的卦意为柔小者亨通顺利，宜于有所举动；进之，利于大德大才人出世！

这巽卦呀……

其实，在他牙牙学语时，叔祖陈嗣教诵《道德经》经文，就教他采摘蓍草，并开始了蓍草卜筮的启蒙。到他稍知人事时，蓍草占卜，成了他日常游戏之一。比如极想知道今天斗鸡的负胜，那么也占筮一番，而形成的卦象，大多数的时候，就如眼下这个"巽"卦卦象一般，还得继续去"猜"。

这原本求问得中与否的占筮，却呈现"顺从"含义的"巽"卦。

顺从，谁顺从谁？

下一句，陈子昂皱起眉毛：利有攸往，柔小者亨通顺利！

体魄瘦弱，是形；但心雄万夫，是质！陈子昂也是从知事起，就定性自己为强大者，无论是个人，还是家世。

这是反语。不亨通顺利的预言？

可是，"利见大人"！

分明又是预言有大德大才者出世。

十八年不知书，不过两年的奋发，便"历抵群公，都邑靡然瞩目矣"！不敢自恃大德，但大才尚可自许。

可出世。

预言高中及第？但亨通顺利的又应该是柔小者。这是三场考试之后，盼榜的陈子昂最为纠结的原因。

有那么一刻，面对连天皇天后，近日都要屈尊拜道的双泉岭逍遥谷，陈子昂又要呼唤陈汀秉烛取蓍，再行占筮。但是，一事不可重占的规矩阻止了他的动意。于旁人而言……

公子好追随，爱客不知疲。

象筵开玉馔，翠羽饰金卮，

此时高宴所，讵减习家池？

循涯倦短翮，何处俪长离！

当天高氏林亭宴聚联句的一波高潮后，高府主人意犹未尽，发起晦日联句第二波高潮，共探"池"字为韵。这是陈子昂的诗作。字里行间，反映出除自己之外的主客们那种秉烛欢娱、及时行乐的境况；但是自己却在一分一秒地挨着时光的推移……

已深知当朝科选程序的陈子昂，分明知道即使进士及第，吏部选调仍有较长的过程，但于他内心深处，还是希望能尽快在裴行俭麾下效力。

生于武德二年，即公元六一九年的裴行俭，当年六十有二，比陈子昂大了整整四十岁。虽然眼下领军在外，但仍领礼部尚书之职，掌握着朝廷选调大权，原因就是他在初掌选事时，就和李敬玄、马载精心研究了让人才脱颖而出的选举措施。一批当代名臣程务挺、王方翼、郭待封、黑齿常之等出自他的慧眼识拔，被中外称为"裴李""裴马"。他亲自撰写的《选谱》，已成为朝廷选士的重要典籍。千里马，世间常有，伯乐却十分罕见。就在晦日"池"韵诗歌中，陈子昂于诗末尾二句，谦卑地比喻自己的"短翼"不配和高府的"鸾凤长丽"之鸟比翼齐飞，但私心里，他实以鲲鹏自诩，渴望着裴行俭这样的伯乐发现，推荐给朝廷，报效君国。

"公子，不舒服吗？"陈汀被陈子昂的辗转反侧所惊醒，坐起身来关切地发问，"我再去熬些姜汤来？"

陈子昂阻止他："睡吧！我们明天一早返回洛阳。"

"可公子你……"

"没事，睡吧！"他安慰着家童，其实他那心境更加焦灼不宁。

大唐储君李贤，奉旨后昼夜兼程奔赴东都，高宗李治在二月十四日起驾嵩山双泉岭逍遥谷时，太子已在东宫属官和羽林官兵的护卫下，先行赶到逍遥谷口接驾了。

按照典仪，李贤身着远游冠的具服，朝见父皇、母后。将近一年没见过太子的皇帝穿着祀祭天神地祇时的大裘冕，从肩舆上低下头来，关注着太子，而武皇后则穿着助祭的袆衣，乘坐着肩舆紧随皇帝的肩舆之后。

"平身吧！"李治经过六天汝州温泉沐浴，目力要稍微好些，他朝太子敕道，太子却稍稍起身后，又后退一步，朝母后肩舆跪伏下去："儿臣叩祝母后安乐！"

皇后内服素纱，黼领，施着朱罗縠、褾、襈，蔽膝随裳色，以缒为领缘，以翟为章，共三等的陈色；然后深青色的外衣，画着翠锦纹、赤质，五色共十二等陈色的袆衣，头饰着十二宝钿，两鬓上加饰着珠簪，衬出着华贵和尊严。

皇后目力清澈灵动，她并未立即让跪伏舆下的太子平身，而是打量着太子面容。戴着三梁远游冠的李贤，国字脸被黑漆的介帻衬得过分苍白，应该是惨白，长一丈八尺的金钩镍大带，更把太子身架的单薄凸现无遗。仔细看，双眸里闪现着血丝。

"太子！"

"儿臣在！"

"寝食不谐吧？"

"……"

"看你面色惨白，两目布满血丝……"

"呵！"太子诚惶诚恐地回答，"儿臣晨诵《孝子传》，夜习《少阳正范》。"

近侍皇后身边的上官婉儿一听，两手间竟沁出冷汗。

皇后似赞许："那就好。"这才下敕："平身吧！"

"谢母后！"太子依仪叩谢后，起身站立在山道旁。

内侍王伏灵奏报："启奏二圣！已到逍遥谷口！"

皇帝还未回答，皇后关切地："九郎！到嵩阳观还有一段路程，臣妾和太子叩拜入谷，大家还是乘舆吧？"

"面对活神仙，朕当奉虔诚！"皇帝笑着摇头，已下敕，"住舆！"

太子急忙上前指挥抬舆内侍们平稳放舆，事实上保持"九五"十四抬位的肩舆在这崎岖的山道上根本无法行进。唯一可以进入逍遥谷的代步工具是马，但皇帝体力已无法驾驭御马了。所以在肩舆放平之后，早已下舆的皇后急步走向皇帝肩舆旁，和太子一左一右，把身体虚弱的皇帝缓缓挪出抬杠，皇帝已是气喘吁吁。

"不急，九郎！"皇后掩饰着揪心，温语劝慰着，"调匀气息！"

太子眼中，是强抑的泪光。

銮驾出现在双泉岭蜿蜒山道时，把陈子昂送到岭下的卢藏用刚好回到谷口草堂，但岭道、谷口已三步一兵，五步一哨，防卫森严，山居的房门都不得洞开，卢藏用是站在草堂的窗眼处，从窗帘隙缝中看着由羽林三军和文武百官组成的护驾朝圣之队。在初到嵩山时，他曾向司马承祯提请拜见潘师正，但司马承祯告诉他道长还在闭关之中，要到二月己未，也就是这一天，才可开关。皇上朝圣日定在这天，也是基于此因。眼下，道教第一人还不是潘师正，而是他的导引师王远知，是王远知度潘师正为道士，授他三清教法，三洞真诀，兼授正一法与灵宝道法。四年前的上元三年（676），高宗临幸东都，另一高道刘道合把潘师正推荐给高宗，高宗传敕召见潘师正。当时被头风所苦的高宗对潘师正的神情大为倾倒，于是要他阐述符箓的奥义，但潘师正不能奉诏。皇帝不以为忤，反而更加敬重他的操守，准备在东都建观供其修炼，他却坚请返回逍遥谷，皇帝挽留不得，询问有何需要，由朝廷给予备办。潘师正回奏说："茂松清泉，臣之所需，即不乏矣！"高宗还不明白具体所指，但已敬其高洁，亲自将他送至端门，恭立在门前的黄道桥上，目送潘师正离开洛阳。

而这一次，在距上次召见四年后，皇帝是以朝圣者的谦恭，携皇后、太子及文武百官亲临逍遥谷拜道潘师正！

以万乘之尊恭拜茅山派的道士，卢藏用感慨万端。他尚无缘拜会潘师正，却和司马承祯有了深层次交往，也对司马承祯有着较深的认识。一年前，在送司马承祯返回嵩山前一天下午，宫内侍长官王伏灵突然来到终南山，为司马承祯送来了皇帝赐给的御马车，也在终南山为司马承祯送行的王无竞羡慕地说："司马仙人比吏部选调得职还更为荣耀呵！"

"凭仙人才识，及第、选调如探囊取物。"王适怂恿着，"应试做官也为报国恤民，仙人何不脱去道冠换儒衫？"

司马承祯微笑不答。

卢藏用看看王无竞、王适、陈子昂，然后对司马承祯意味深长地指着终南山说："此中大有佳处！"

其实，卢藏用要说的是四个字："终南捷径。"

而窗外此刻由簪缨、冠冕构建的另一座巍巍的嵩阳山，正为卢藏用的话作着注脚。

其实，当御前仪仗刚入逍遥谷口时，潘师正已头戴道冠，身着葛布道袍，领着司马承祯等徒弟，在谷口恭身迎驾了。

当导驾使周国公武承嗣，命前队仪仗举着旗伞分列左右，把潘师正导向由皇后、太子挽扶着的皇帝近前时，鹤发童颜、九十四岁高龄的潘师正给皇帝的第一印象，就是比九十岁进宫见驾的潘师正显得更加气清神朗。当潘师正要依仪稽首礼拜时，皇帝连忙伸手阻止了他的礼拜，并告诉自己心目中这位仙人："朕将询大道于仙长，朕与卿无君臣间的拘束！"说着，携着潘师长的手，缓缓向谷门而去。

谷门是两株参天古柏，虬枝相错，形成的自然之门。高宗朝身边的皇后提示说："媚娘，天趣自然呵！"

"这就是逍遥谷门吧？"皇后笑问潘师正。

潘师正朗声回应："正是！"

司马承祯补充奏报："我师取这谷门名为'仙游'。"

"好个'仙游'！"皇帝夸赞着，当即下敕，"摆开笔砚！"

上官婉儿应声后，领着簪笔女官和四名侍书宫娥走向皇帝面前，拼搭锦几，铺开纸来，上官婉儿把皇帝最为喜爱的长锋狼毫笔跪呈到皇帝手中，皇帝饱蘸砚中墨汁，两个篆书大字"仙游"跃然纸上。

太子激动地长跪高呼："万岁！万万岁！"

应和着太子的高呼，文武百官、羽林三军及各国使臣，一齐躬身朝向皇帝山呼起来："万岁！万岁！万万岁！"

山呼声中，皇帝再携潘师正之手，向谷中嵩阳观走去。

皇帝进入嵩阳观之后，终于明白四年前潘师正回奏话中是何含义了。

"茂松清泉"而已！巍然嵩阳观，堪比东都皇宫。但直接把皇帝、皇后、太子导入丹房的潘师正，让皇帝首先看到的，是依北壁安放的丹床。那是用薜荔皮搓揉而成的绳索构造的"丹床"。

当皇后、太子把皇帝搀扶在蒲团上落座后，上官婉儿和王伏灵又把皇后、太子也扶在蒲团上坐下来。这时，司马承祯和一个体魄健捷的同门捧着木盘，端来四盏饮料，分献在皇帝、皇后、太子、潘师正近前的竹几上。皇帝原本因罕见的步行而渴，但伸手举着陶盏，不禁一颤：陶盏竟如冰凌。

"大家您？"皇后关切地询问。

皇帝却向潘师正询问："仙人，这盏中是何玉液琼浆？"

"回大家！"潘师正摇着头，"就是谷中清泉！"

皇后也已用手触及了陶盏，忙对潘师正说："仙人，大家原本肠胃虚弱，不宜饮用冰泉吧？"

皇帝却忙说："神仙所赐，自当无害呵！"说着，就要重新端起陶盏饮用。

"大家！"站在司马承祯身边的同门却躬身回应，"我等随师修为，饮用冰泉，由来已久，确实无害，但大家若圣躬违和，还是要热饮方可。"

"是吗？"皇帝一怔。

潘师正点头笑应："这是小徒吴筠，他所奏是实。"然后对吴筠道："吴筠，速去煮沸呈上！"

"领法谕！"吴筠稽首，从皇帝近前竹几上端起陶盏，放入手中木盘中，走出了丹房。

皇室拜道访仙的活动，直至傍晚才结束。皇帝不仅题写了谷门的"仙游"，而且还题写了后苑门"寻真"。同时钦改嵩阳观为"奉阳宫"，并下诏命将作监设计，修建直达唐观的花园曲径。当肩舆抬着皇帝、皇后，太子驾着御马走下嵩山时，山下离宫早已灯火辉煌，鼓乐喧天了。

皇室在文武百官和羽林三军的护卫下，于六天后的二月乙丑，回到了东都洛阳。那时奉旨征讨突厥的裴行俭已抵达了临阵前沿的朔川。

比皇室更早两天返回洛阳的陈子昂，并未先回待考院居，而是直接去了国子监大门前的放榜壁。陈汀是小跑着冲到已经没有多少人关心的放榜壁前的。原本咚咚乱跳的心房随着望壁搜寻，跳得更急，凡有陈字的地方他都格外仔细地停睛细看。但，最终却没有看见主人的名字。

家童的心比自己遭遇了大不幸事，还要难受十倍！怎么办？第一想法是安慰，但自己能安慰得了公子吗？第二想法……不用了。他看见主人已转过了身子。

那一刹那间，他想哭。他的小主人！他的公子！他瘦弱多病。

但在这之前，陈汀的印象里，从来也没有因为陈子昂瘦弱和多病而对他产生过怜悯的意思。记得在解除马禁的开初，陈汀和家中仆人们一齐挥锄扬镐，修造了陈家宅院前的跑马地，老主人陈元敬请来的驯马师还未把驯马要素讲完，陈子昂就从驯马师手中夺过马缰，一翻身就上了马鞍，而且对着胯下的红鬃烈马就是一鞭。受惊的烈马长嘶一声，前蹄腾起，泄愤般要把鞍上的少年抛下鞍去。众人的惊叫声把对养子格外关爱的夫人引到了跑马地前，她一见此状况就晕在了随后赶到的老爷臂弯间。

但陈汀不惊、不急，更不流泪！因为在他眼中，降伏烈马的陈子昂，神情充溢着毫无恐惧的勇敢。那大无畏的精神，使家童骄傲。

可眼前……二十二岁主人那转过的身躯竟显得与年龄那么不相匹配！瘦削的双肩平时或许原本是耸过颈脖的？但，这时那双肩的耸起竟让家童觉得主人如七十老翁，弱不经风，那般的……无助。

回到待考院居的陈子昂似乎被近半月来的焦灼折磨得连一点力气也没有了，他一下扑倒在床榻上，仍然耸动的双肩表明他在呼吸。陈汀眼睁睁地看着主人的无助，悄悄地流着泪。有那么一瞬间，他恨郭震，好端端的小主人不知书就不知书！和他时常斗鸡的对手，人家照样不知书，但他敢肯定，他这时又和新的对手在过招，而且照样大呼小叫，快乐无穷。

"回复：谢了！"第二天一早，陈汀拿着乔知之的请柬走进陈子昂的卧室，陈子昂仍闭着眼，有气无力地告诉家童。

"可是，公子！"陈汀急忙说，"乔老爷说，你看了请柬，不会不去的。"

陈子昂仍不吭声。

陈汀说："乔老爷说，你只听我读一句话。"

陈子昂仍不吭声。

陈汀说："我读了呵！'用兵之道，抚士贵诚，制敌贵诈！'"

陈子昂眼帘在跳动。

"是裴行俭大人的话！"

陈子昂翻身而起。

第十五章

去国怀国

看着陈子昂翻身而起，陈汀心里偷偷吁出一口大气来。

其实乔知之并不知道陈子昂已经返回洛阳，是陈汀一早想到请乔知之出面劝慰陈子昂，然后悄悄前往乔府相求。乔知之苦思良久，才想出了这个声东击西的劝慰之法，想不到居然还起了一点效果。至少，陈子昂终于翻身而起，并且很认真地看着乔知之转来的有关裴行俭在朔川用兵行"诈"的讯息。

这也是乔知之对陈子昂怀抱深刻了解所用的一招，但为了更多地转移他的沮丧和懊恼，乔知之在柬中又藏头露尾，语焉不详。陈子昂果然令陈汀立即备马，他要尽快赶到乔府，得知下文。

陈汀心中直赞乔知之："能让我家公子重新打起精神来呀。乔大人，活神仙！"

嵩阳山上，双泉岭内，逍遥谷中，被高宗钦封的活神仙潘师正，一早，命司马承祯召集众弟子们，到新改名为奉阳宫的上清大殿中。待弟子们都入大殿后，老道长发问："众人知道吴筠对当今皇上的对答了吗？"

"知道了。"

"众人以为如何？"

"体现师谕。"

潘师正对这异口同声的回应很感欣慰，这时他捻着银白长须，迸溅精神的双眸望向吴筠："今上圣躬违和，故多在名山访道，以期长生，若今上当面垂询，正节将作何答？"

正节，是吴筠的字。

"禀师尊，"吴筠以浓郁的山东口音回应说，"《龟甲经》早已定论：'我命在我不在天。'"

"说下去！"潘师正鼓励说。

吴筠侃侃而谈："不知天者，谓知元年也。人与天地各分一气，但天地长存，人却不能长生。"

潘师正淡淡一笑："设若，当今皇上，垂询长生之术呢？"

徒众们从微笑老道的口吻中，听到了绝非儿戏的沉重，不禁都屏住气息，望向吴筠，听他回答。

"天地之所以长生，是因为淡泊自然，绝不肯'役气'。"

潘师正对身边的司马承祯吩咐："解！"

司马承祯向众师兄弟们朗声道："'役'，劳役、使用的意思。"

潘师正对吴筠颔首示意，吴筠接过司马承祯的话来："而人却大'役'其气，体现在声、色、香、味上，归根结底是'情欲'上，如果让这些东西'役其气'，那么就'惑其志''乱其心'，后果是气消形亡，走向死亡，何能长生？"

"设若，今上垂询？"潘师正再次假设。

吴筠口吻果断："只此一答。"

潘师正再次笑了："道门也无长生之术？"

吴筠："道门自有。"

"怎么讲？"

"道门修为根本就在守静去欲，自然就如天地，不会'役气'。不'役气'，也就是守静去欲，正可和天地一样长生。"

"正节道兄！"一个须发苍然的道士呼唤吴筠，"你刚才的用意，也可奏呈当今皇上呵！"

"身为帝王而不欲'役'气，置国家兴亡、百姓苦乐于何地？"

道众们纷纷点头。

潘师正却待众人稍静后，又朗声问道："据你所说，帝王将相、文武百官，都和我道无缘了？"

吴筠否定道："凡物都有道根，蠢如竹木，也可修为，既为人类，自有近道办法。"

"细细讲来。"

吴筠当即讲述远于仙道和近于仙道的七种表现，使奉阳宫中道众耳目为之一新。

潘师正待其讲述完毕，对殿中徒众感慨良深地说："其实我是一个身居山野的无用之人，今竟屡受帝王接见，惊扰灵岳。汝等学道，都能像司马承祯和吴正节这样不厌深眇，则无累矣！"

而当天在乔府见到乔知之时，乔知之才一面让窈娘亲自为陈子昂在春闺阁里煮茗相待，一面告诉陈子昂裴行俭对敌使诈的具体计策是：利用上次敌军劫粮获胜心理，领军到了朔川的裴行俭，秘令部下伪装起三百辆运粮车，然后每车中藏匿勇士五人，各执陌刀、劲弩，车队后安排了装备精良的援军，而在行进的险要道口，还埋伏了精兵强将。一切安排妥当后，粮队出发，行至黑山，突厥酋长奉职果然率兵劫粮，运粮士兵故意一哄惊散，奉职率人马冲上忙着赶车运粮，粮草中的勇士乘其不备杀出，奉职大惊，溃散，埋伏的精兵强将和后援里应外合，奉职被生擒活捉。而可汗泥熟匐为近卫所杀，割下人头献到裴行俭帐下。

"子昂借窈娘香茶当酒，祝我军黑山大捷！"陈子昂一时间把落第的事抛在脑后，站起身来，端着茶盏，激动地提议。

"好！祝我军黑山大捷！"乔知之也立起身来，端着茶盏，和陈子昂两盏相触后，二人一饮而尽。

"呀！烫呀！"窈娘望着二人把滚沸的茶汤朝咽喉倒去，惊叫起来。

但二人都已下喉，乔知之当即感到一股烧灼感从咽喉抵达食道，两眼沁出泪来，窈娘心疼地为他捶背抹胸："哎呀，你呀，乔郎！"

陈汀也忙去为陈子昂捶背抹胸，但陈子昂仍沉浸在黑山大捷的喜悦里，一种复仇的快感中。虽然是突厥而不是吐蕃，但他的心声还是在向千名梓州壮士和魂丧涪江的乡邻寡母祈祷。

"我军黑山大捷后，正向单于府北进发。"二人重新归座同时，乔知之告诉了陈子昂。

原本指望进士及第后，能得到吏部破格选调，并也能去裴行俭麾下效力的陈子昂，被乔知之告诉的消息，重新导回令他沮丧的现实。一看陈子昂两眼发直，陈汀焦急地朝乔知之眨眼。

"裴大人用兵如神呵！"乔知之赶紧又用裴行俭用兵事例，驱散陈子昂心中阴云，"当我军初抵达单于府北时，天已经到了傍晚时分，先头人马已挖好战壕，并依战壕安营扎寨，这时裴大人领大军来到，却急忙下令三军立即转移到高冈！众将接令都回禀裴大人说，各营人马已经安顿驻扎，大敌当前，不宜变动。但裴行俭仍急令转移。当全军在高冈上驻扎下来时，暴风雨从空骤降，原来驻军区域，水深丈余！众将向下望去，一个个无不瞪眼咋舌，后怕不已！"

"裴大人真神了！"陈汀赞出声来。

陈子昂虽然佩服，却对陈汀开导说："哪有领兵主帅不知天文地理异变的！"

陈汀也自有理："但裴大人手下那些将校，分明就没看出异变呀。"

陈汀的话引起陈子昂的回忆，那就是高宗夸赞裴行俭是"文武全才"。立即，落榜沮丧之情在"怀才不遇"的感触中变得分外沉重，陈汀虽一直向乔知之递着担心的眼色，但乔知之已然束手无策。

　　暮春嘉月，上巳芳辰。

　　群公祓饮，于洛之滨。

　　奕奕车骑，粲粲都人。

　　连帷竟野，祛服缛津。

　　青郊树密，翠渚萍新。

今我不乐，含意未申。

剑南道梓州射洪县近郊武东山下，陈氏府宅客堂中，陈元敬从郭震手中接过陈子昂三月三日——又一度上巳日——的联赋诗稿，才知道儿子落第的消息，而后文八字"今我不乐，含意未申"，让父亲的心，紧紧揪了起来。

一月前，陈元敬也是从郭震亲自送来的儿子晦日宴高家林亭的诗句中，感到了儿子那兴高采烈的情绪，还特地对挂牵独生子应试结果的夫人说："看来游学咸京，就读了国子监太学，使子昂大有长进。看子昂心境，大有志在必得的把握，你就不要为他过分操心了。"

原本不赞成养子应考入仕的继母，却没有丈夫那么放得开。养子虚弱的身体，从她嫁入这宅内起，烙印太深，能像叔祖那样从武东山步斗，再进入禅房闭关，才该是养子最为妥当的人生。对养子执着、急躁秉性深刻理解的养母，预感到应考的养子如果一旦落榜，不仅是病一场那么简单。再说，他也经不起一场大病呵！所以她未雨绸缪地劝说丈夫先行赶到东都，防患然。但陈元敬却只一笑置之。

此刻，"今我不乐，含意未申"居然在文朋诗友们上巳联句中，把自己心底的大不欢乐直接诉诸笔端！可见陈子昂自己已不堪单独承受落第带来的沮丧，忍无可忍地抒泄出来，想的是换取稍许一点安宁。

由此可知，从礼部二月放榜以来，陈子昂是怎么艰难地在挨过每一天。同样是上巳联句，去年春天儿子在于克构林亭中的曲水宴诗文，何等心情开朗！"金弦挥赵瑟，玉柱弄秦筝！""岩树风光媚，郊园春树平！"一年后的同一天，心情却变得如此痛苦和失落。

"他的堂弟也准备近日出蜀游学，"陈元敬告诉郭震，"老夫不如同舟出川，去东都安抚子昂。"

"但他已返还西京了。"郭震告诉陈元敬，"准备还乡。"

"回家好！"陈元敬急迫道，"已定了行程吗？"

"定了。"郭震告诉陈元敬，"伯玉原本不想在长安停留，但国子监祭酒刘瑗刘大人，和他游学咸京新认识的朋友高明府，一再去信要他在长安一见，所以他只得去长安小作逗留后，再从水路返回故乡。"

"难道子昂……"陈元敬到底未说完话，在他心中，确实很赞同夫人主张，陈子昂从此之后，不必再有入仕应考的打算，但听说国子监祭酒刘瑗，一位三品大员，还专门去信要和儿子在长安一见，可见主管大唐学政的长官，对陈子昂落榜也颇感遗憾，见面原因自然是勉励陈子昂，继续应试入仕。

"伯父！"郭震激动起来，"我敢断定：礼部考官，抱残守缺，不识英才！"

"这个……"

"准是杂文文体，让他们作了最后的取舍！"郭震愤愤道，"他们怎么识得子昂文章中那振聋发聩的铿锵风骨！"

"元振，"陈元敬苦笑了一下，"你一心报效君国的壮志可嘉。"他斟酌着："但陈门家教确有隐居不仕遗训。何况，子昂体魄远不如你，加之秉性偏激，也不堪在宦海沉浮。"

郭震却很激动："小侄今日冒闯府宅，一来禀报伯玉兄弟近况，但更想请伯父，当此伯玉在仕途初受挫折当口，能以国家、百姓为念，再予勉励、鞭策。"

陈元敬本要向郭震耐心解释，但视角间发现对方原本青黑的五绺美髯，竟在夕阳中显出枯黄的质地。这通泉县尉，至今还不到而立之年！对儿子这位好友的了解，几乎达到了近戚程度的陈元敬，心中放弃了带有婉拒的解释，升起了一股敬佩情愫。二十进士及第，之后就一直担任着这边远通泉县尉，却极少怨天尤人，反而不怕灭门惨祸，铸私钱招募保国勇士；慧眼独具，把自己十八岁尚不知书的儿子推向积极入仕之路，原因仅在：中华有今天大一统的唐朝，不容易！自汉迄今数百年的分裂战乱，让大好河山变成怵目惊心的墓冢，终于由武德到贞观之治，中华渐渐萌显了光明未来。但深明兴亡更替之理的陈元敬，完全懂得通泉县尉的担忧，朝政处于诡谲动荡之中，而外邦也虎视眈眈，如无志同道合的人同心协力，奋斗不已，又回到数百年的分崩离析，战火弥漫，只在转瞬间！

"老夫自当尽力！"终于，陈元敬明确地回应郭震。深知陈元敬慨然于诺的个性，郭震紧皱的眉宇终于展驰开来。

陈子昂返回故乡的客船，在射洪金华码头结缆泊舟时，还时未近午。迫不及待的养母一早就催促着陈元敬带上仆婢，特意在车上载着刚酿成的菊花酒。当看到船家搭好跳板时，不待陈子昂迈出，养母已碎步走上跳板。陈元敬忙不迭地下了马，上前携着夫人，陈子昂也已迎向了船头，一刹那间，连陈元敬在内，父子、母子三人，竟都有些哽咽起来。

"菊花酒！菊花酒！"还是陈元敬抑制住自己情绪，笑着吩咐。侍婢急忙端起漆托盘走向陈子昂。陈汀早已伸出手，从盘中端过盛着菊花酒的陶樽，呈递给陈子昂。陈子昂捧着陶樽，在船头向父母跪伏下去。养母早已俯身去搀着养子，哽咽着："回来了就好！这是你喜欢的菊花酒，是武东山上今秋第一轮金菊酿成的。快喝！"

陈子昂因久违了的亲情的激发，心中的委屈、愤懑，竟似船下滚滚而来的江水，一齐涌上胸臆间。在仰头一饮而尽的同时，他却伏在母亲臂弯中，婴儿般啼哭起来。

"是在合州津口和你弟弟的船舟不期相遇的？"陈子昂回到家中，在仆婢服侍下梳洗完毕之后，急忙向华堂中等待的父母禀报和堂弟在途中相遇的事。

"真巧呵！"夫人极为稀罕，"你们谁先看到谁的？"

"确实巧！"陈元敬看着陈子昂呈送过来的诗稿，笑着说，"弟出夔门，兄入夔门！"

"是陈汀恍眼看见他家二公子的。"陈子昂说，"我和弟弟同在各自船头陡然相见那一刻，都惊叫了起来！"

"远香近臭！"养母仍目不转睛地看着养子，笑起来，"记得那次也是秋天，应该是重阳节吧，老二腿健，登武东山时把你远远抛在了后面，你那个气呀……恨不得追上去把老二打个鼻青脸肿。"

"夫人，那是下了赌注的呀！"陈汀帮着小主人，"你晓得的，大相公在赌博上很认真。"

"现在不同啰！又是'芳庭树'，又是'白眉人'。"陈元敬看着诗稿，对夫人说。

"什么什么树？"

"念给你母亲听听！"

陈子昂接过父亲递来的诗稿，清了清咽喉，对母亲念道："'合州津口别舍弟至东阳峡，步趁不及，眷然有怀，作以示之。'"

"啥，啥？"养母听不明白。

"你儿子在合州津口和他兄弟辞别后，船行未远，心里又想念他的弟弟，又把船开回去追他弟弟，结果追到东阳，到底追不上了，你儿子懊恼不已，这才写下这首诗，告诉他弟弟他彼时彼地的心情。"

养母夸讲："我子昂孩儿，是个有情有义好儿男呵！"

"念下去呵！我来讲给你母亲听！"

"是！"陈子昂展稿朗声诵道：

> 江潭共为客，洲浦独迷津。
> 思积芳庭树，心断白眉人。
> 同衾成楚越，别岛类胡秦。
> 林岸随天转，云峰逐望新。
> 遥遥终不见，默默坐含嚬。
> 念别疑三月，经游未一旬。
> 孤舟多逸兴，谁共尔为邻？

当陈元敬解到"遥遥终不见，默默坐含嚬"一句时，养母双眼又浮现出了泪光。

"儿子就在你身边了，应该高高兴兴。"陈元敬安慰着妻子。

"我是高兴呵！"夫人忙拭去泪水，催促丈夫，"快带儿子去拜见叔祖呵。"

陈元敬笑着上前携着儿子的手："你叔祖听乖乖长孙游学归来，今天要打破道规，提前出关，要喝你亲自呈敬的菊花酒呢。"

夫人急忙吩咐仆婢们："摆开家宴！"

仆婢们应承着，忙碌起来。

陈子昂回到家中第二天，就准备去通泉看望念兹思兹的郭震，但父亲告诉他，早已派人告诉了郭震，应该已在来射途中了。但等到深夜郭震并未来到武东，第三天一早，陈子昂正要出发，郭震却满头大汗地赶到了陈宅，而且要陈子昂暂不惊动父母，先去书房，有要事相告。

一进书房，郭震关上房门，匆匆地问："今上拜道嵩阳时，专门召太子从西京赶到了东都？"

"是呵！"

"没听乔知之谈及什么？"

陈子昂摇头。

"在高府宴聚时，可听说什么？"

陈子昂摇头："就是晦日这一天呵。"

"返乡前夕呢？也没去过高府？"

"没有。"陈子昂反问，"东宫怎么了？"

"东宫易主了！"郭震说，"昨天县衙才接到朝廷文诰，所以无法离开通泉为你接风。"

陈子昂也大感突然："是何原因？"

"文诰对此说得特别详细，"郭震回答说，"经人告发，东宫有谋逆之举。"

"证据？"

"在东宫搜出皂甲数百领。"郭震说，"另外，太子的户奴赵道生招供，太子派他暗杀了正谏大夫明崇俨！"

"明崇俨……"陈子昂不熟悉。

"被杀时是正谏大夫，但他其实是个术士，深受天皇天后的宠信。此人以符咒道术为二圣所重……"

"太子派人杀他？"

"因为明崇俨曾受圣命预测太子的命术，他得出结果是'太子不堪承继，英王貌似太宗'。"

"这，若被太子闻知，自然饶不过他了。"

"朝廷这次举措很大！"郭震说，"把搜出的皂甲，在天津桥展示后，当众宣告太子罪行并焚毁皂甲等，赵道生等党羽也在天津桥处决，废太子为庶人，囚禁在别所，立英王李哲为太子，改元永隆。"郭震补充道："因东宫有谋逆之举，所以朝廷诏告各道各州、府、县，当此非常之时，要对辖区内官民严加审视。我身为县尉，责任攸关，所以在按文诰布署妥当，才能赶到武东。"

陈子昂却想起一件事来，从书柜上取出一套由国子监雕版印制的书来，放在长案上，郭震俯身一看："废太子校注的《后汉书》？"

陈子昂点头："这是出京时，国子监祭酒刘大人所赠，在旅途中我也曾读过一至六卷。"

"怎么样？"

"废太子学识渊博，文采飞扬。"陈子昂夸赞道，"以其胸襟抱负，已是储君地位，又何必图谋忤逆？"

郭震皱眉沉吟有顷："或许如你所言，废太子学识器度不凡。但，朝廷文诰却说废太子颇好声色，还有断袖之癖，那个户奴赵道生，便是他男宠之一。"郭震稍作停顿后道："司仪郎韦承庆屡次上书劝谏，废太子都不采纳，这韦承庆才上书天皇天后，请二圣规劝，由此，才引发谋逆大罪的首告！"

"是这样呵！"

"而且，还牵连到你的姻亲！"

"高府？"陈子昂深为关切。

"高真行，是高士廉的儿子，"郭震神情严峻起来，"他的儿子高岐职任东宫典膳丞。他并未参予谋逆，但因系太子属官，所以皇帝就把高岐交给其父予以训责规教。"

陈子昂放下心来："呵，训责而已。"

"可是当高岐奉诏进入他父亲高真行家门时，高真行竟以佩刀刺穿他的咽喉！"

陈子昂神色惨变："怎会这样！"

"高真行的哥哥，高岐的伯父高审行接着上前又接过高真行的佩刀朝高岐心腹狠狠刺去！"

"这！这！"陈子昂呼喊出声。

"而他的堂兄高璇干脆上前一刀砍断高岐头颅，并抛向门外街道上！"

陈子昂瞠目结舌，惊愕在书房中。

第十六章

二赴咸京

惊愕中的陈子昂脑海里突然浮现两句诗文："主第簪缨满，皇州景望华。"

古代官吏的冠上都会以簪或缨为饰，所以称"簪缨之家"，就是指官吏豪门大族。但就是他既引以为荣，又私心敬仰的这"簪缨"之家，居然发生如此残忍而血腥的家门自残之事！陈子昂此刻一念忆及高氏林亭，竟然会有一种身临地狱的恐怖！

"簪缨之家"！

"当今皇上闻奏，大为不悦！"郭震告诉仍在发愣的陈子昂，"贬去高真行右卫将军之职，降为睦州刺史，把户部侍郎高审行贬为渝州刺史。"

"可是，今上敕令明白，是'使自训责'呵！"陈子昂回过神来，愤然道，"他们竟将高岐这么凶残地处死！他们这些皇亲国戚，心中哪有王法纲纪！"

郭震口吻也是不屑，但却透着体谅："伴君如伴虎呵！试想当初若不是长孙无忌在太宗近前一力保举，当今皇上绝无承继大统的可能。"

关门面对挚友，郭震把心里话尽情说出："据我所知，休说和魏王李泰，就是和越王李贞才干器识相比，今上也远远不可望其项背。但就为在皇后一位上的废立，长孙一家族亡门灭！高氏当时竭力和长孙家厘清关系，又仰仗东阳公主是太宗爱女的余威，才战战兢兢苟延到今天，谁知家族中又有人和谋逆太子爷沾上了边，为保全家族门荫计，只有痛下毒手，断肢求生了！"

"唉，唉！何至于此！那可是至亲骨肉呵！怎么能下得了手呵！"陈子昂仍惨然色变。

郭震苦笑："书生！其实，清查太子逆党的事还远未结束，先是中书门下三品、左庶子张大安被指阿附太子，贬为普州刺史。听说曹王李明和蒋王李炜也在受到追究之中呢！高真行一家如不这样对待可怜的高岐，我看后来必有极大麻烦。"

"单于府辖区内的叛乱，裴大人用智用勇，终于奏凯班师；今突然宫闱变异，只怕才被降伏的敌酋又生侵犯之心，西征方面，更令人担心了！"陈子昂忧心忡忡。

"老弟说得是。"郭震深有同感，"善于治理国家的当政者，应当先安内以敌外，不贪外以害内，然后才可达到夷夏晏安，升平可保。只愿朝廷能尽快结束东宫的废立，稳固国体，才能杜绝外敌窥探。更何况……"

"怎么？"

"听知之来信说，当今皇上之所以频频拜道访仙，和圣躬违和大有关联。"

虽然乔知之已成挚友，但陈子昂还从未听乔知之说过这样的话题，急忙关切问道："很不好吗？"

郭震点头："很不好。头风症已使今上完全不能处置朝政了。"

"这么严重呵！"陈子昂有种切肤刻骨的痛楚。那痛根，犹如侍候在病重父母榻旁。而这痛楚被郭震深切感触到了，原本准备很多鼓励、劝解、开导的话，他都不准备说了："伯玉心系君父、国家安危、百姓民生，自不会因此挫折，而全然消沉！"

郭震估计得有一定的道理，但这大半年来，落第未中之阴影对陈子昂心态甚至志趣的影响，确实也不是常人可以理解的。

从上巳，三月三日赋王明府山亭文中"今我不乐，含意未申"见诸文赋以来，这段时期的吟咏，屈指可数为八篇，其中除和兄弟转瞬失之而惆怅之外，其余的，无论别刘祭酒，还是别魏四憬，或是宿襄河驿，等等，无不充溢着落第的忧伤、沮丧和愤懑，"委别高堂爱，窥觎明主恩。今成转蓬去，叹息复何言"！既哀且怨，充满篇什，而其中尤其是以《送梁、李二明府》诗对自己的落魄和对得意故交的欣羡更令人扼腕一叹：

> 负书犹在汉，怀策未闻秦。
> 复此穷秋日，芳樽别故人。
> 黄金装屡尽，白首契逾新。
> 空羡双凫舄，俱飞向玉轮！

当然，在苦水唯自吞的特殊时期，他也在劝说自己，虽然"转蓬方不定，落羽自惊弦"，但面对"征路入云烟"，自己应平和心境，"还因北山径，归守东陂田"。这后一句，是借后汉时隐士周燮的志向来劝慰自己。那时朝廷多次征召周燮，周都不肯奉召，连家族众人都说他："修德立行的目的是报国为民，现在朝廷一再征召，你仍守着东陂不应，是何道理？"周燮回答说："修道的人，应该审时度势，顺应时局而动，如果不在该动的时候离开东陂，不仅报国志向不能达到，自己的命运还不得保全。"落第，看去是不能展翅青云，得遂报负，但陈子昂却用周燮的事迹安慰自己，正好趁着落第，返回武东山修为，待时而动。

但都是东山陂，此陈绝不是彼周。周燮是很早就举孝廉、贤良方正，继之便接得朝廷征召。到后汉延光二年（123），汉安帝派出钦差，执玄缥羔币这最高也是最隆重的召聘之礼征召周燮被周拒绝，认为还不是自己出东山陂的时机。但眼下的陈子昂，是应试不中，落第而归，朝廷不仅无意征召，而且连他积极争取入仕，朝廷都用科举门槛挡在门外！他不是待机而动，而是无法动弹！或说，是无机而动。但不这么自说自劝，难道一头撞死在国子监放榜壁上吗？虽说还不会达到那样极端，但是放榜后一直处于自闭状态却是事实。终于有一天，乔知之把吴筠的"远道、近道七事"亲自抄誊送到他手中后，告诉他："吴筠得中进士，才发现吏部选调比之省试，更是遥遥无期，于是这才上了嵩山，度在潘师正门下为道士。你以为他从此就清静无为了吗？不。"乔知之指着"近道七事"的第五条"保国取胜，静以安身"开导他说："吴筠认为，修道之人，先要有报国之志，在这种大前提下才能达到去欲存静、安身立命的'近道'境界。而对去欲存静，吴筠又有专论。"

陈子昂从乔知之留赠吴筠修为中的"去欲存静"论述中，领会着吴筠"去欲存静"核心在"恬淡无为""不悲不乐"。唯此，才能元气畅和。元气畅和，就有了通往仙界的基础。而守静去欲在于持之以恒，这样才能将起动的躁欲，制止在萌芽状态，继而达到泰然忘情、超然物外的境界。

读到这些论述时，陈子昂最为迫切的是希望让自己这颗躁动的心，能在高人论述中获得安宁元素，还根本没有想到走近仙界。两年多的知书过程，不仅让陈子昂走进了诸子百家这个大千世界，也由此接触到了脱去褐衣人们那另一个花团锦簇的世界。而这个世界还不是让人钦羡的终极和顶峰，但进入这个世界就有了抵达人类终极、顶峰境界的云梯。但是，十八岁之前任侠使气的陈子昂，没有这个概念；十八岁之后有了这个概念，这个概念居然就此根深蒂固地扎在了他心田中，让他对原本不介意的科考如此看重！对其得失如此忧患！近来，他在漫漫长夜中，确实怀念起十八岁以前的光景来。可惜，十八岁以后打进脑海的观念竟不能拔去。当初，确因梓州千名阵亡勇士的为国殉身，确实为乡邻寡母的投江殉亲而发奋知书。但在四年后，在落第痛苦中，他已分不清自己现在是否仍为千名家乡勇士阵亡而搏击，还是为了一己功名得失在奋争了。

在家乡书房中，陈子昂已然明白，家教渊源的道宗，对自己而言，仅只是疗治心伤的辅剂；而真要治好心伤，正应了俗话所说，"心病还要心药治"。只有抱着今科不中中来科这种信念，才能使心伤康复。

　　因为朝廷东宫大变，郭震在当天午后就向陈子昂告辞，返回通泉处置公务。陈子昂一再挽留，但是郭震依然离去。

　　陈子昂的养母，并不厌恶儿子的好友，却也不热情挽留。在她心底，对郭震把儿子引向"知书"，是极不愿意的。在儿子回来前，她借晨昏叩安，恳请再三，要叔父劝说养子回到经书、丹房来。叔父微笑回应，但却无明确承诺。她敦促丈夫谨奉家训，让儿子不再应试，陈元敬倒是应承了。但郭震走后，夫妻发现儿子把自己关在书房中，直到晚饭时分，才进入华堂，和父母一道进餐。

　　养母悄悄拉拉衣袖，示意陈元敬趁机劝说养子。陈元敬却为儿子夹起一箸他特别喜爱的回锅肉，看着儿子混夹着把猪腚二刀作料的回锅肉送进口里，开心笑了。养母看见养子好胃口，也笑了。

　　"让子昂开开心心吃饭呵！"陈元敬对夫人也眨着眼，示意着。

　　夫人只好停止催促，也给儿子夹起一块凉拌鸡。

　　看着父母开心的笑容，吃着二老不停夹到碗中的自己平时最为偏好的家菜，"委别高堂爱"这句自己的诗句却浮上心来，陈子昂鼻孔不禁有些发酸，但他不肯让特别关注自己的养母察觉，故意低着头，做出十分馋的赶食模样，吃起饭菜来。

　　后来，叔祖没有规劝过陈子昂，陈元敬也没有规劝过陈子昂，只有养母苦口婆心地劝说陈子昂："孩儿，不要再去京师应考了吧。"

　　陈子昂感到了那深沉慈爱之情。但对症的心药才能医治心境的重重创伤。曾经，他对养母的劝说，陡然泪下如雨。养母那一刻，真想像养子在褓褓中突然啼哭那样，把牵心连肠的他紧紧搂抱在怀中！但惊愕催她尽快离开了书房。

　　陈子昂，是永隆元年（680）秋天返回故乡，剑南道梓州射洪武东山下的。于两年后的开耀二年，即六八二年春，再次出蜀上京应试。

　　在这整整一年半的时间内，陈子昂谢绝一切交往、应酬，在自己的书房中，攻读诗书，预备再战。

养母深知养子那不撞南墙不回头的性格，只能眼睁睁地、无可奈何地再次含泪揪心送别养子再赴咸京。

当陈元敬和夫人把陈子昂送上客船时，养母再也忍不住，伏在养子肩头痛哭起来。

"夫人，夫人！"陈元敬尽力笑着，"你应该高高兴兴地祝福我们孩儿呵！"

夫人这才强忍心酸，放开陈子昂，让他上了赴京应考的客船。

陈子昂抵达大唐咸京时，已是开耀二年（682）正月三日了。

西京选院在城的北半部。陈子昂依从礼部安排，在东市毗邻常乐坊的一家"京东客栈"住了下来。按陈子昂本意，更愿在西市居住，因为西市就在永安渠附近，又与漕河相连，同时也是中西交通要道"丝绸之路"入口，从西而来的中外客商从开远门，或金光门进城，西市成为其下榻的首选之地。当时，与大唐有着政治经济往来的三百多个国家和地区中，有多半是经过丝绸之路进入大唐西京的。所以，西市更是像个世界村落。现在称"外国人"，当时称"胡人"。而在西市则是全盘"胡化"，举凡胡服、胡帽、胡乐、胡舞、胡饼等，都是风靡西市的物事，连西域灯彩和波罗"胡球"都是充斥西市的娱乐项目，而碧眼金发的魁伟胡汉和魅力诱人的胡姬也成了西市的一道风景线。

在"京东客栈"入住后，原本应该遵照母亲吩咐，带着家乡的"剑南春""射洪春"和"蜀锦"去高府探亲，但陈子昂对高家发生的事心理上阴影很重，虽然事情发生并不是高瑾一支，但他还是不肯去探望，反而对陈汀吩咐说："备马，去颁政坊！"

颁政坊在京城开远门和宫城顺义门之间，和春明门之内的东市恰好一东一西。陈汀记着主母临行再三嘱咐，要一心照顾好公子的饮食起居，于是对陈子昂建议："公子，从灞桥上岸，早就过了午饭时间，公子先在客栈用过午饭，再去颁政坊公干吧？"

"什么公干？"陈子昂习惯地瞪家童一眼，"到颁政坊就是去吃午饭！"

"呵!"陈汀一伸舌头,记起来了,是在进城时听人说颁政坊居然出现了一个馄饨曲。当时公子听人说得天花乱坠,万不料他立即就要去品尝。

京城设置是全部街道都作东西向、南北向,东西十四条大街,南北十一条大街,纵横交错,而中轴线是宽达四十五丈的朱雀大街。京城就以此为界,一分为二,由长安、万年二县分管,两县各领五十坊,坊中又分划为"曲"——临近皇城顺义门的颁政坊中,居然有一"曲"之地成为"馄饨"的专营"曲",此物若非天上有,人间也肯定十分罕见。

于是主仆沿着朱雀大街,由东向西,急急赶去,一过宫城含光门,主仆二人向行人打听路径后,就沿着由南向北的永安溪畔,只经过一个布政坊,便来到了颁政坊中。

"请问老伯……"陈汀正拦着一个拄拐老人,要打听"馄饨曲"方位,坐在马鞍上的陈子昂已远远看见颁政坊东北角上,锦帘高飘,三个右军体的"馄饨曲",赫然在目。陈子昂对陈汀:"别打听了!那里!"

马鞭一指,陈汀早向东北角街道走去,很快便来到了"馄饨曲"店铺面前,只见曲中近十家店铺,铺铺人满为患,陈汀先去扶陈子昂下马,一面发愁:"公子,够得等呢!一个座位也没得!"

"且先看是甚稀罕玩意儿。"陈子昂把马缰和马鞭塞到家童手里,径直朝对面一家店铺走去。店铺煮锅是支在临街方向,灶中柴火正旺,主厨师傅是个北方彪形大汉。虽然西京昨晚还下了一晚春雪,但他却赤着膀臂,一手拿着长柄铁汤匙,一手拿着竹编笊篱,在白烟升腾的沸汤中搅动。在他右手长案上,叠罗汉般堆放着装了作料的三彩陶碗,不仅店中,顺灶搭的食桌旁都坐立着待食客人,而其中不少还是戴着帏帽,穿着或深或浅石榴印花长裙的仕女。

"嗨!就是抄手么。"终于,当主厨师傅向锅中倒去半盆凉水,锅中骤然风平浪静,又用笊篱盛起汤中食物,盛向三彩陶碗时,陈子昂终于看清庐山真面:所谓馄饨,就是蜀中家乡的面食——抄手!

为什么叫"抄手"?因为蜀人把面揉和、擀成薄皮之后,再用刀切成寸五见方的包皮,皮中放入用作料调好的肉馅,然后对角捏拢,再把两角抄拢，粘实，其状颇像人两臂相交抄放的模样，故蜀人称为"抄手"。

"馄饨曲"，就是卖"抄手"的曲坊！那么……

"大师傅，敢问贵乡何处？"陈子昂恭敬地问。

"不敢！公子爷。"主厨是江湖老人，只消一眼，就看出陈子昂是富家子弟，客气地回应，"幽州范阳郡人氏。"

记住了，幽州把"抄手"叫"馄饨"，陈子昂自嘲地暗中叮咛着自己。

"公子！"陈汀忙问，"还等吗？"

要论"抄手"，武东家中厨娘手艺可是一流的，而且陈汀已经注意到，在店铺调味台上，并不见公子特爱的"熟油"，用家乡的姜末等辣味放入锅中炼沸后，做成的既香且辣的调味品。可知幽州这款在西京走红的"抄手"，绝没有"熟油抄手"这个种类，所以家童询问他。

陈子昂想得不同，既能在京师皇城旁占据一曲，如此走俏，总有和家乡抄手不同之处，所以他回答："等！"

但是，一个突然出现的情况，却使他放弃了等待品评，并且立即离开了馄饨曲。

"窈娘姐，下一锅就可以了，再等一会儿吧？"陈子昂没有想到，乔知之的宠姬窈娘和她的侍婢竟从他身边匆匆走过，向停在曲口的香车走去，并也为等不等"抄手"在对答。

"今天没吃到，明天一定会吃到。"窈娘笑着回答侍婢，"但是若错过千年古琴，那就遗憾终身了！"

"千年古琴……"

"百万缗的天价，怎么会那样容易出手呢！"侍婢也笑着安慰她。

窈娘笑着说："妹妹你忘了？到了京城，才知官小；进了西市，方觉钱少？"

"哎，也是呵！想当初，乔郎为了姐姐，一掷千金……"

二人已上了香车，侍婢驾马缓缓离去。

"价值百万缗的古琴呵！"陈子昂也大为惊诧，立即从陈汀手中，取过了马缰。

窈娘所乘的香车，进入西市后，在波斯邸店店门外停了下来，而店门内，已拥着不少中外客商。十余个胡姬金发飘飘，碧眼含笑，招待着客人。

当窈娘由侍婢扶下香车时，店中几个戴着帏帽的华裳女子回过头来，不约而同地呼唤起来："窈娘姐！"

"窈娘妹！"

"快看快看！"

波斯胡姬急忙上前合十迎接，人群中有认识窈娘的，悄声说："这就是名贯东西二京的窈娘。"

"呵！歌坛领袖。"

"仕女班头！"

"文章魁首乔知之为之不谈婚嫁呢！"

"这百万缗的古琴，也只有她配得上弄弦而歌呵！"

陈子昂随后赶到，被看琴人众隔在店前街上，他试着踮足前瞻，但是人来人往，使他站立不稳。

"陈汀，来！"陈子昂急躁劲儿又大发作，回头望向陈汀，要家童帮忙让他能挤进店去。

"嗨！"

家童只有叹息！他牵着高头大马呢！连靠近人都提心吊胆，哪敢来帮忙。

就在这时，只听窈娘说道："不出乔郎预料，波斯国宝，真的现身大唐京师了。"

这句话，不仅让店内外的客人拥挤得更厉害，而且也使胡女们大为惊奇，带班的胡女以娴熟的汉语问窈娘："夫人既出此言，想必能详说此琴来历？"

众人一时安静下来，都齐齐望向窈娘，窈娘再度查看着琴体，之后点点头说："此琴是上了贵国'贝希斯敦铭文'的。"

胡姬们并未回应，却不约而同地鼓起掌来。

"看来，乔知之的红颜知己，确非等闲之辈！"

"她的'胡旋'舞连胡姬们也不敢与之比肩而舞。既通胡乐，对胡乐乐器也一定有所研习呵。"

人群中又是一阵议论。

"依据琴体和所置九弦来判断，此琴应属于波斯大流士一世皇帝所御用的大流士琴。"

"是吗？"

"她说得对吗？"

人们急迫地向胡姬们发问。

胡姬半晌无应，有顷才一齐热烈鼓起掌来，人们这才发觉刚才胡姬们的无声是被窈娘回答所镇，半晌回不过神来，一旦回过神来，唯有报以热烈掌声。

这一下，连陈子昂在内的众人，也大声喝彩、鼓掌。波斯邸店前喧闹和热烈，哪怕在原本热闹的西市也产生了极大的震动，一时间，不要说西市市区内，就是附近的群贤、醴泉、延寿、光德、怀远等坊的官民都闻声涌来，把波斯邸店周遭，挤得个水泄不通。以至西市局、西市平准局等衙门的官吏和人役，还有巡街金吾将官们，也纷纷赶来，观察究竟。这一切，陈子昂不无诧异地看在眼内，思索在心中。

"各位官人！各位夫人！各位小姐！"胡姬带班很有磁性的女声也很洪亮："本店奉敝国皇室之命，为庆祝天朝册立皇太孙，特地以敝国皇室国宝为赠品，恭赠天朝知音！"

"他们国家先皇御用之宝，来赠我大唐知音！"

"好个慷慨的波斯国！"

"那么！"人群中有人大声发问，"乔家窈娘当算你这国宝的知音了？"

"当然！她只辨体察弦，就知是你国先皇御用之宝，还直叫为'大流士古琴'，这就是你们国家的知音呵！"

"那就该把贵国国宝相赠呵！"

　　"不错，至今为止，凡来鉴宝者，都不及这位夫人！但，知音知音，最为重要的一环，即是抚琴奏音。只要这位夫人能当众抚出此琴在我大流士一世皇帝陛下手中所抚的《大流士圣安曲》，我国绝不食言。这价值百万缗的波斯国宝，就归属她这个知音！"

　　一听这话，尤其是"价值百万缗"之句，让在场众人，惊叹出声。

第十七章

人诗风骨

西市波斯邸店门外，欲近不能的陈子昂对古琴价值百万缗倒也并不怎么惊讶，而是急于知道窃娘是否在识琴之后，是否知音。偏在这时，却听街心处牵着马的陈汀焦急呼唤他："公子！公子！"

陈子昂闻声回头望向陈汀，陈汀却用一只手担心地指向他，示意着要防范什么。

陈子昂俯首一看，却见一个枯瘦如柴的老妪，伸出皮包骨的手来，摊向陈子昂，再一看，他的衣衫，已被三个身裹烂麻布浑身泥污的小孩拉扯在手中。

见他俯首看顾，老妪声音嘶哑地求告起来："公……子爷……救命！"

"冷！"

"饿！"

三个小孩哀哀地诉说。

陈子昂双眼潮湿了，对陈汀："取钱来！"

他此话刚喊出声，只听"轰"的一声，仿佛陡然从地下冒出来似的，老小男女一大群，挤着向陈汀拥去，有高举着破碗的，有高伸着双手的，还有抱着小小婴儿的，陈汀一下傻了眼。

"糟了！"陈汀身边，也是一个牵着马的中年人同情地望着陈汀说，"你和你家公子走不出西市了。"

陈汀诧异道："难道这些人？"

中年人摇头，叹气道："倒真是关中灾民！"

"关中灾民？关中怎么了？"

中年人打量着陈汀："才到京师吗？"

"是呵！"

"从哪里？"

"剑南道！"

"远哪！"

"水路一个多月呢。"

"这就难怪了。"中年人告诉他，"关中旱灾涝灾前后发生，秋来是颗粒无收。你们从水路来，没看见，到处是饿死的人呵！"他直摇头，叹息道："关中的米，卖到三百钱一斗了！休说贫民百姓，就是富绅商贾，也快买不起了。"

结果，在颁政坊馄饨曲，陈子昂向各店店主接洽，尽其所有，把哀哀灾民们的饥饿先予解救，他自己和陈汀也是在金吾巡街、禁锣四起时，才吃了抄手。陈汀趁灾民都在各店争先恐后地"抢食"之际，强推陈子昂上了马鞍，逃跑般回到长安东城的"京东客栈"。

"明天他们又怎么办？怎么办？"回到客房，在陈汀端来的铜盆里洗着手足的陈子昂还在挂牵着灾民，"不少人已是奄奄一息。"

"我慈心善肠的公子爷呵！"陈汀提醒小主人，"你也听清了，是关中饥馑，不是武东饥馑，也不是射洪饥馑，更不是梓州饥馑，是一大片的关中！关系到关内、京畿……好大一片地方千百万人的大灾！把武东仓库全打开，也救不过来。"陈汀一拍大腿："你也听见了，公子！朝廷都准备带着文武百官去东都躲灾。"

"那灾民怎么办？"陈子昂搓着双手，"他们怎么办？"

陈汀也只有搓着双手。

"且慢！容我想一想。"他实质上是对自己在说。

他陡然想起了魏元忠。听恩师、国子监祭酒刘瓛说，魏元忠已被朝廷委为监察御史了。

而当年，他并未积极应试，却把一门心思都用在向战略家江融学习设险用兵本领，五年前的仪凤三年，也即公元六七八年，向为吐蕃侵扰烦忧不堪的当今皇上上书，以太学生身份上书，剖析唐军屡为吐蕃所败的深层次原因。后来子昂从国子监取得上书抄件看，其实核心是谈文武得材的重要。朝廷若有智勇双全的文武，强敌可降，吐蕃也就可平。

就这样一封疏奏，太学生魏元忠没有应试，便被皇帝直接授秘书省正字，虽是从九品末流职级，但却令在中书省当值、皇帝御帐内供奉。眼下，已擢升为监察御史，正八品。品职仍在流外，但相对于已中进士而选调无望的卢藏用、吴筠等人而言，在终于得展抱负，报国济民上，何异天壤之别！

眼下，自己也是太学生。

当今皇上对关中饥馑，虽不说有对吐蕃西侵那么敏感和头痛，但是仅率文武百官东幸避灾绝不是稳定民心、从而稳固国体的国策，而应重视农耕，大兴水利，才是上策！

"剔烛，展纸，研墨！"陈子昂六字急催。

"公子！一路劳顿……"

"少啰嗦！"

陈子昂打断家童劝告，从衣箱里取出蓬松蚕丝夹袄，披在肩上，坐向案前，思虑起来。

陈子昂一夜未眠。当耀眼旭日泻入客舍时，他不仅毫无睡意，反而精神更加抖擞地抄誊着谏书。

草莽臣，其实就是大唐草根平民的陈子昂，在承天门楼响起朝鼓声时，头戴幞头，身穿圆领夹袍长衫，足蹬乌皮六合靴，来到了承天门前。承天门两侧，是象征皇家崇高权势的子母阙。

太学生陈子昂，依制，献书阙下。

离开承天门的陈子昂，在延喜门外坐上马鞍，由陈汀导着马缰，沿着龙首渠行至胜业坊，转入东市，在"京东客栈"客舍院外下了马，立即回到了自己客房中。

"谢绝一切访客。"陈子昂一边在房中摘下幞头帽，脱去圆领夹袍长衫，吩咐陈汀。

陈汀急忙回答："晓得。"

正月五日就是本度春闱的第一场，依例是杂文。按说，这是分秒必争的温习、思考的关键时刻，自然要谢绝一切访客。

陈汀把马在客栈马厩拴好、加上料后，急忙转身回到陈子昂的客房，给书案下的铜火盆上添了南山——终南山——所产杠炭，又取出主母专门为陈子昂预备的茶具，泡好茶汤，这才轻手轻足关上房门，在旁边客房中伺候。

坐在书案前的陈子昂，面前摊开的，不是诸子百家，不是四书五经，也不是为应试而吟咏的诗赋。展开在他面前的，仍是他才献于阙下的、谏议从根本上救灾抗饥的疏本。

签收谏书的阙下文吏，问明身份和谏书内容之后，显得十分慎重严肃。而且在签收之后，当即离开阙下，转身向承天门走去。

陈子昂很激动，认为这是重视谏书的表现。

"本科应试吗？"身在案前，耳中却回响起文吏关切的询问话。

"是。"

"快回客舍温习去吧！"文吏催促他，"不要挂牵你的谏书，今天是崔令公当值中书，某当即呈！"

当时朝政，裴炎为侍中，崔知温、薛元超并守中书令。

崔令公！草莽臣陈子昂的谏书，很快就会由文吏呈放在这位大唐的宰相眼下！

关中大饥，更多消息里，已有以人相食的传言。作为中书令，绝不会把呈献给朝廷的谏书不当一回事的！

如果……崔令公看后，深以为可，那么由宰相呈递给当今皇上……如果那样就已经被今上在御览了！

陈子昂不安于座了。他在紧急地思考，如果今上宣召，御前垂询的话，自己应该如何应对。

......

"臣闻才生于代，代实须才！"

说得太好了。但这不是自己的，而是前太学生魏元忠所上谏书中的精彩语言。

不错，魏元忠是为平定吐蕃的宗旨献谏于今上。但洋洋洒洒上万言，其中主要是人君应唯才是举，唯才是用，才于国家至关重要。两年前的策问，陈子昂认为内容和魏元忠这篇谏书至少在伯仲间，但为俗吏所弃。他突发异想，在面君时，他要把前年的再策答卷在今上面前重叙，然后对今上奏报，这是自己的再策答卷，但是被考官所不屑。

想到这里，他忍不住哑然失笑。一面是一张古琴，价值百万缗；一面是满腹经纶士子，却被当权者视若无睹。其结果是，关中千万饥民，挣扎在死亡线上！他的笑容僵在了脸上。

门环响动。陈子昂几乎是一跃而起，他兴奋地打开房门，对立在门前的陈汀道："来人了吗？"

陈汀摇头，并说："公子，你吩咐过……"

陈子昂掩饰不住失望，但勉强地点头："对，谢绝一切访客。"

"今午，公子想吃点什么？"陈汀请示，"我好去安顿。"

"今午？"

"日色当空了！"陈汀说，并示意院中上空太阳。

那么，回到客栈已经三个多时辰了。而崔令公却……

"公子？"

"呵，呵。"陈子昂仍回不过神来，有顷，才说，"你饿了，先吃吧！"

陈汀担心道："公子，不舒服吗？"

"呵。"

"怎么了？"

"没有，没有。"陈子昂似答又非所答。

"我去请厨子来……"

"回来！"陈子昂终于回过神来，"我还不饿。"他关上了门。

大半天过去了！但，或许，崔令公为一国宰辅，当值，俗话说是日理万机。在文吏送自己谏书去前，应该就在处置其他重要军国大事。或许，现在才开始看到自己的谏书……

不可性急！他劝告自己，但反而更加焦急。为了让自己能平静下来，他走向书箱，取出了蓍草，重新回到书案前，调气息，开始分草占筮。

长安万家灯火时，陈子昂那躁动的心房，终于渐渐安宁下来。但安宁源于疲惫。因为一天的焦灼等待，到黄昏时分，终于不能也无力再躁动不安了，于是他仰身躺在床榻上。

门环响起。他已不抱任何希望。

门原本从内闩上。陈汀见无动静，有些担心地推开了房门，见书案上没有烛光，再定睛一看，看见了床榻上的主人，这才几步走到床前，急问："公子！怎么就睡了？"

"只是歇一歇。"陈子昂透着虚弱口吻。

"今晚就不温习功课了吧！"家童牢记主母私下叮嘱，"及不及第事小，公子交到你手上，要平安而去，健健朗朗回来。"所以一力劝说。

"唔。"主人含糊回应。

"还想吃颁政坊馄饨吗？"陈汀忙问，"我骑马去买回来。"

说实话，他半点胃口也没有，但陈子昂也不想说话了，就点点头。

陈汀一边转身出门一边说："那我也不点烛，让公子的眼睛歇歇气吧。"说完，他掩上了房门，向后院马厩跑去。

稍稍喘匀气，陈子昂又从床榻上翻身而起，到书案前，取出火石火绒，打出火星，点燃火绒，点着了桌上蜡烛。然后又把谏书展开来，盯着一字字一行行。越看，就越觉得自己不简单。同时他私心感谢着自己的故乡武东。那里，沈水、射江、涪江三水相交，绝不怕旱灾，但洪水却几乎年年都会在夏秋之交泛滥成灾。正因为这样，农夫与耕者，多辈人的探索，日积月累应对，有了很多避灾、救灾行之有效的办法。所以此刻读来，就如读着上清灵咒，大有斗败灾魔的威力。可是，怎么会谏书阙下，却全无消息？从蓍草卜筮看，虽不是大吉之卦，也不会丝毫触动也没有呵！陈子昂此刻突然极想知道当年魏元忠前往东都献书阙下时，是哪位令公在当值？肯定不是有眼无珠的崔令公！他断然不懂"才生于代"，但，"代实须才"！

一念及此，陈子昂却产生了宿命的想法。魏元忠见识确实不凡，但宿命中他可以不同常人地进入当今皇上的视野；自己见识不比魏元忠差，可是却生不逢时！

应试，落榜。上书阙下，应该是不知觉中效仿魏元忠，却未遇到慧眼当值者。

今年应试……他已没有了两年前那种志在必得的自信。而两年多日日处在落第的沮丧、愤懑痛苦之中，使他有一种不可言喻的恐惧。

回到过去的陈子昂，势不可能。成就崭新的陈子昂，形势严峻。还有什么路可走呢？陈子昂？他只能自问。烦恼重重、痛苦地自问。

上官婉儿把皇后送回掖庭宫后，奏请皇后，自己要回群贤坊上官府宅去探望母亲。皇后允准，上官婉儿却自己在宫中小院妆台前，对着铜镜精画蛾眉，重施粉黛，差不多一个时辰，才由随侍宫娥驾着驷马香车，回到群贤坊上官府。

上官婉儿下了香车，却吩咐宫娥在前厅等候，自己独自进了后堂。但入堂之后，并没有从回廊走向母亲起居院，而是朝南进了祖父的书斋。

书斋里铜鹤立地灯的鹤顶上，燃点着五支蜡烛，但因依壁书橱是楠木所造，刷着深红漆，所以偌大的书斋显得并不明亮。当上官婉儿原本苗条修长的身影投向橱壁时，身着常服的武三思突然闪身而出，把心有准备、并未被惊吓的女官紧紧抱在怀中。

"好累！"女官趁势瘫在武三思的怀抱里，吁出一口气来，如兰气息，在朦胧里抱在怀中的娇慵情影，使武三思如痴如狂，他吻着回应也相当热烈的朱唇，同时掀开了石榴裙。女官呻吟声中，武三思已然泰山倾颓般，仆倒在女官的玉体上。

"我那时好担心！"武三思在铜鹤立地灯下，为上官婉儿举着铜镜，看着她对镜重新补妆，突然说。

"担心什么？大将军？"

"我心中宝贝，会被李贤夺走！"

上官婉儿娇啐一口。

"哈哈！天保佑。他喜欢的是男风！"

上官婉儿却瞅着他："你也相信？"

武三思一愣："赵道生招认的。"

"还有宫墙里藏的皂甲？"上官婉儿让武三思把铜镜举得稍俯，又冒出一句。

武三思不屑道："李家原本没有成器的儿子！"

上官婉儿提醒武三思："今上有所察觉了，所以不光立了太子，还立了皇太孙！"

武三思放开镜柄，握着婉儿双腕："我就是为这事约你商量。王方庆这个贼子！"

"怎么了？"

"小小吏部郎中，看不来风向！今上今天上朝时间及给皇太孙开府设官事，他居然引经据史找依据，还说什么'三王不相袭礼'，'今上为一国之君，想怎么行事，就怎么行事！'"

"这话也没有错呵。"上官婉儿想了想，对武三思说，"既然立了皇太孙，就应该为皇太孙开府立官呀。"

"周国公要我尽快把这事告诉你，"武三思说，"一定要让什么皇太孙有名无实！"

"我，小小宫中女官？"上官婉儿认真地说，"周国公太看重我了！"

"婉儿，别打哈哈！"武三思也很认真，"你也知道，皇上头风症一天比一天重。宗室亲王和郡王，不安分的多了。李贤明明是姑母亲生儿子，他居然就听信宗室中奸人谣言，说他是韩国夫人的儿子！不是姑母，他一个老六，怎么能主掌东宫成为储君。可宗室奸人就要借他的手和姑母抗衡。姑父也是被头风坏了脑袋，立皇太孙！这不是在向官民、外邦表示，真有人在动他李家宗室根本，他在设法亡羊补牢吗？"

从李弘突然死在合璧宫，到李贤又被废，朝野传言都指向皇后。而死者、废者，都是皇后的亲生骨肉。亲生骨肉都不放过，那些和皇后决无血缘的宗室成员，自然人人自危。或独谋保全之计，但更多的是暗相串通，共谋保全宗室与江山的长远大计。皇后戚属当然旗鼓相当。看来，或早或迟，定要决一雌雄。

"周国公要我怎么做？"上官婉儿身世特殊，在宗室和后党恶斗中，她必须旗帜鲜明地站在皇后一边。

"姑父是个犹豫迟疑的人。"武三思说，"周国公说，只消在正式拟诏时，你作为掌诰女官，让他自己怀疑自己的做法违法就可以了。"

上官婉儿心中暗自承认，周国公比他这个堂弟，心机要高深得多。她神情也透着恭顺："遵命！"

谈完正事，上官婉儿这才走出书斋，向母亲起居院匆匆走去。守候在书斋外的将军近卫，迎着走出书斋的武三思，打道回府。

正月初五的第一场考试，陈子昂不再像第一次考试那样，一直到考场发的三支蜡烛点完才交卷出场，而是午时方过，就交了卷，但三天后发榜，他却榜上有名。

对公子那么早交卷，心里嘀咕，嘴里不说的陈汀，很为主人捏了一把汗。所以看榜这天，他几乎不敢去看榜，直到听见王无竞、王适这批人在祝贺陈子昂，他才偷偷吁出一口气来，高高兴兴地送公子应考经帖。经帖陈子昂更快，午前就交了卷，温习三天，考再策。

再策的试题，居然是问抗救国家灾难策略！陈子昂先还不能相信眼中的题目，但他闭目有顷再看时，不错，是真的！

依当时制度，除前两场考试外，再策时，士子们是可以带相关典籍入场的，包括自己的诗文，当然，是要由监考吏辨识笔迹的。

所以他把谏言书文稿，也带入了考场。这时，他把文稿铺展考桌上，仔细地披阅、修改。接近黄昏时，他朝身边围着的荆棘意味深长地一笑之后，向考官近前，交了试卷，然后步履轻盈地走出了考场。

"子昂贤契！"刚走到国子监后堂石径上，突然祭酒刘瓛迎上来，呼唤着他。

陈子昂赶紧站住，揖礼："学生叩拜祭酒大人！"

刘瑗抬手："免礼。交卷了？"

陈子昂得意道："是。祭酒大人，礼部再策题，不意被子昂撞中了。"

他迫不及待地把手中文稿双手呈上，但刘瑗却摆摆手："公卷事有着落了吗？"

陈子昂："子昂想请祭酒大人就把这文稿呈送裴大人！"

刘瑗一怔："裴大人是礼部尚书，你是礼部应考生员，他论说要回避的。"

陈子昂："知学生者，祭酒大人也。那就请大人点评。"

刘瑗却沉吟不应。刘瑗是有意来和陈子昂一见的。作为国子监长官，对陈子昂东都应考不第，他十分惋惜。其实，他对陈子昂的学识和应考能力，全然不抱怀疑。但陈子昂最终不第，他是最知内情，那就是对"上官体"的背离。公平而言，上官婉儿虽然对陈子昂入太学后，有所暗示。但在那次应考中，陈子昂是因为杂文的诗赋，全然不合试官凭借上官体衡文的标准，所以落榜不中，上官婉儿倒并未有所干预。

而本次应考，力倡恢复魏晋风骨的陈子昂自然在杂文应试时，仍坚持他的立场；但衡文官们却依旧是上官体的继承者，若无强有力的公卷支持，落第的命运照样会出现在陈子昂身上。有些事，只可意会，却无法言传。

"你也知道，眼下宫廷燕乐，二圣都倚重上官婉儿衡文。"刘瑗似乎轻描淡写地提起，"你何不和她坦诚与析？"

陈子昂语气急促起来："学生深谢恩师对我拳拳爱惜之心。但学生和'上官体'却无可与析处，请恩师恕学生冲撞之罪！"

可以想到，作为陈子昂的为人秉性，决不会和上官婉儿去谈论文体，但他如此断然拒绝，还是深出刘瑗意外。

第十八章

胡庙碎琴

"子昂贤契！"刘瑗只好换个角度开导陈子昂，"你十八岁闭门谢客，攻读坟典，又为了什么？"

自然是应朝廷科选，为国效力呵！陈子昂明白恩师在这国子监后廊道苦等自己的一片用心，那样的话回答不出口，他只好隐忍着，说："请容学生思量。"

没有明确拒绝，但刘瑗也不好再行叮咛。刘瑗真是从爱惜人才出发，对陈子昂作这提示，但陈子昂如此回答，他其实已经知道真实答案。他长叹一声："子昂贤契，为国为民，小不忍会乱大谋，好自为之吧！"说完，徐徐转身返回国子监后廊门。

陈子昂躬身对恩师注目相送。但从刘瑗背影，他感到了一种充满父母般慈爱的关切，他突然问自己：如果当年受胯下之辱的是我，会从那地痞的胯下爬过吗？

陈汀在国子监大门外接到陈子昂，只见主人两眼发直，神未在舍，"烤糊"了？家童心里担心，但又不敢发问，只是牵过马来："公子，请上马。"

陈子昂机械地坐上马鞍，陈汀顺道就往东牵马而去。

"出安上门。"陈子昂却突然说，"往西！"

陈汀急忙应声："哎！"

心想："公子还想吃馄饨呵？"

陈子昂是要去群贤坊。那里有上官府宅，是"上官体"的肇始之地。源流于齐梁体的上官体，实质上是一种"宫"体，即发韧于宫廷酬唱的诗体。而齐梁体的产生，是指此前南朝齐梁时代，在宫廷中形成的一种颓靡诗风。而始作俑者，是梁朝简文帝萧纲。这个简文帝，被驾下侯景所废，继而杀之，终年四十九岁，在位只有两年，距陈子昂此时，业已一百三十一年了。据史载，简文帝雅好诗赋。其自序说："七岁有诗癖，长而不倦。"但风格伤于轻靡颓废浮艳，当时人称他的这种诗风，为"宫体"诗。

齐梁时代，虽然整个社会处于动荡不宁，但偏安江左的南朝，比北朝社会环境相对安宁，加上农业和手工业发展，带动了人口稠密的商业都市繁荣。所以，物质生活相对富足，使南朝帝王不思进取。无度地奢侈荒淫的生活，为简文帝这种诗体的产生提供了土壤。

在家乡书房接触过大量齐梁体诗文的陈子昂，和郭震的抵足夜谈，和乔知之的把酒论诗，和卢藏用的畅抒心臆，都曾探索过齐梁诗风文体渊源，和对社会进退的潜移默化影响。他和他一类文朋诗友把诗论史，或以史评诗，都可看出：自从汉末社会大变故频发以来，作为社会魂魄的"士"，其心灵受到剧烈冲击。而继之三国两晋南北朝，休说平民百姓，就是帝王贵族也大有朝不保夕的危机感，由此普遍对儒家伦理道德产生了怀疑，玄学、佛学取代了儒学地位，世风日下，整个社会人生都变成了无终结的大悲剧。于是，及时行乐论调主导着社会志向。反映在文学上，断不会行进在"道"所载的正道之上，出现了所谓"新变体"，其实就是"缘情而绮靡"，同时公然提倡"文章且须放荡"。而发展到陈后主的《玉树后庭花》，已成亡国之音预兆了。且看：

丽宇芳林对高阁，新装艳质本倾城。

映户凝娇乍不进，出帷含态笑相迎。

妖姬脸似花含露，玉树流光照后庭。

花开花落不长久，落红满地归寂中。

毫无心肝的后主陈叔宝，面对强大的隋文帝南下大军，却和宠妃张氏、贵人孔氏饮酒嬉戏，吟诗唱和。和前人同类辞赋相比，陈叔宝艺术造诣更高，但带给宗庙社稷的，是灭亡；带给百姓的，是战乱。

若论陈氏家族，在射洪是富门大绅。陈子昂斗鸡走狗，赌博豪饮，看似纨绔子弟，但家学济民度人的道家思想，当大饥来袭时候，父亲取尽库藏救民的善举，更让陈子昂从小就关切着国计民生。在知书之后，先贤大德的治国齐家远大抱负，"独慎"的崇高操守，激励他奋进，而奋进中所选的科考之途，又意外地必须从文赋为"公卷"基础，让他得近风骚。

但，他是活在现实中的人呵！首度应试的文卷，郭震品评过，父亲作为过来者也衡量过，近在咫尺的真谛寺晖上人大和尚端详过，都只一个结论：固守其志，未合流行风骚时宜！流行时宜，就是"上官体"。

所以，他因落第的痛苦对身心折磨太深，于是闭门攻读时，确也细研了"上官体"：婉错绮丽，是情调；韵律格式，是技巧。对于出道不久便能写出被人称为"唐人律诗鼻祖"《白帝城怀古》的陈子昂而言，太容易了！因为只须模仿，而绝非开创。所以，他在经历饥民求助之前，也曾劝说过自己，先"依时而进"，准备在杂文上迎合时下的流行体。但在献书阙下遭受冷遇之后，他心里充溢着对饥民倒悬的无助，他决定反动，所以他的一诗一赋的杂文，又回到当初。

不料，再策是救灾问策！他感到朝廷还是有人在恪守本职。所以，恩师苦心，他懂；但求上官婉儿予以"公卷"助力，他不屑。

他有些极端地预测，他承受落第的限度已然加大。他甚至想，他不会再沮丧、痛苦、愤懑、埋怨。充其量，回到武东山步斗炼丹！已经中过进士的卢藏用、吴筠，眼前不是一个做了隐士，一个干脆度入了道门？与此同时，两年前的秋天在故乡独坐山亭赠给晖上人的诗句，猛地蹿上心头：

> 钟焚经行罢，香床坐入禅。
>
> 岩庭交杂树，石濑泻鸣泉。
>
> 水月心方寂，云霞思独玄。
>
> 宁知人世里，疾病苦攀缘。

如果真能像晖上人，还有自己叔祖那样，安禅入定，斩断被佛陀认为的"攀缘"痛苦之根，又有何不好？

"公子，金吾封道！"原本牵马沿着永安渠往颁政坊而去的陈汀停下步来，报告马上心思激愤的主人。

陈子昂抬头望天："还不到街禁时辰呵！"

长安城到了酉时，在两市之外，要实行街禁。

陈汀摇头："听路上行人说，有达官显宦在西市看什么货品！"

"是净道！"一位老者告诉马上的陈子昂，"是西市局官员，陪着几位王爷和令公在看波斯古琴。"

开初，陈子昂礼貌地俯首，"呵！"了一声，但突然他听清了是"古琴"，于是翻身下马，向老者揖手："请问老伯，是什么古琴？"

"波斯邸店的千年国宝呵！"

"呵呵！"陈子昂又问，"几天前，不是有位夫人已然在店前辨认出了那琴吗？"

"你也在吗？公子？"

"小子恰好也在！"

"可惜！"老者婉惜，"那是乔府上的窈娘。她不仅对我中华舞乐，无不精通；胡舞胡乐，也能歌善舞，但却不能演奏这波斯国宝成名曲——《大流士圣安曲》！唉！"

"嗨！"陈汀顿起足来。

"失之交臂呵！"老者叹息。

"那此刻……"

"是几位王爷和中书令公们，下朝后来品宝鉴奇。当值金吾，自然要来净道侍卫。"

"品宝鉴奇?"陈子昂一愣,"只品宝鉴奇?"

"是呵!"老者笑着说,"休看他们是当朝王爷、宰相,真能对波斯国宝说出个一二三四来的,几乎没有。更不要说能像窈娘那样说得头头是道了。除了见识一下,还能怎样?"

"他们买得起呵!百万缗于他们……"

"小哥!不是百万缗的问题,"老者对插嘴的陈汀说,"人家是国宝只赠知音人!第一要说得出宝琴来历,第二要奏得出《大流士圣安曲》。胡姬领班说得清楚,波斯是为朝廷立皇太孙祝贺,安排的赠宝事项,不是知音,休说百万缗,就是千万缗、万万缗,也休想从邸店中搬走!"

宝琴赠知音!区区一个属国古琴,竟在大唐西京最为繁华的西市内,以万人瞩目姿态,寻求知音,而巍巍天朝王侯达官,净街争睹,空有亿万家产,也只可品,只可鉴,而不可求!

大唐剑南道梓州射洪陈子昂也不顾风尘,千里迢迢,来到西京长安,满腹经纶,如用于治国安邦,堪比国宝多多,却流落街头,无人问津!为异国古琴,天朝王侯达官争当知音,而难当知音。有谁,为本国的千里马,而争当伯乐?

"又叹息离去了!"老者笑着,指向被金吾将官们扶卫着走向自己七香宝车的王侯们。

被净道排挤在远处的人们,又像潮水般涌向波斯邸店。突然,陈汀惊奇地发现,瘦弱的主人突然精神百倍地在潮水般人流中左掀右推,挤向了店门前陈放古琴的楠木打造的琴台边。但牵着马的他,却被人流挤向了外层。

"公子万福!"陈子昂认出那是店里的带班胡姬,她正笑盈盈地向他施礼,并殷勤动问,"请问公子,是品鉴波斯国宝而来吗?"

"非也!"

"呵!那么公子是找寻知音来了?"

"然也!"

人群喧哗起来:"这位书生自称是古琴知音呢!"

"天朝果然是藏龙卧虎之地!"

"他果真能弹奏出波斯千年古曲吗?"

"连乔府窈娘也演奏不出呵!"

陈汀听清了,一愣:公子会弹那曲子?怎么会呢?这可是京师呵!公子不要当成是射洪县城金华镇,他想怎么说,就怎么说。但他手中牵着马,要去阻拦陈子昂,也挤不过去呵。

"只要公子能奏出《大流士圣安曲》,这琴,就是公子的了!"

人众再次热烈议论起来:

"他真会弹奏波斯古曲?"

"好呵!我天朝有的是人才!"

"那位公子,快演奏起来!"

"演奏起来!"

波斯胡姬们已在琴台前锦墩上铺好坐毡,人人怀着期待、惊奇的心情,目邀着陈子昂走向锦墩,扬指抚琴。

"大姐!学生有一不情之请!"陈子昂朝带班胡姬揖请。

"公子有何吩咐,尽管说来。"胡姬敛衽,学着中华礼仪回应着陈子昂。

"琴为贵国国宝,曲为波斯名曲。"陈子昂却面对店外人潮,朗声说道,"且贵国是为天朝册立皇太孙的圣典奉献国宝,自当择一神圣之地,演奏此琴此曲,以示隆重之意。"

"最好的地方应该是朱雀门楼!"有人大声提议。

"皇城正南门,岂是常人可以登临奏琴的地方?"

"是呵!"

陈汀却被主人的举动弄得搔耳抓腮,焦急不已。"公子爷呵……"他拼命大声呼喊,但人声鼎沸的波斯邸店前,他那声音很快被声浪所淹没。

"大云光明寺前如何?"陈子昂提出。

"好!那是长安最大的波斯摩尼教寺庙。"人们高声拥护。

"那宽阔的寺前街,可容纳成千上万人呢。"

"列位!"陈子昂向四周揖着手,四周人潮渐寂。"学生是剑南道梓州射洪人氏，姓陈名子昂字伯玉！"

"呵！剑南道人。"

"蜀人也。"

"梓州射洪。"

"陈子昂。"

"字伯玉！"

人们传递着讯息。

"明天上午辰时，子昂在大云光明寺前演奏波斯古琴，敬请列位光临赐教。"

"好哇！"人潮再起。

陈汀几乎是靠在马的身上，才没有瘫倒在地。

礼部考官们依例在国子监的夫子堂内，设阅卷场所。堂外也是三步一兵，五步一卒，不容与阅卷无关人员靠近夫子堂。鉴于再策是每科的重点，考官们阅卷要格外仔细，所以三天后放榜的时限相对而言十分紧张，一早张灯燃烛，开始了阅卷。

刘瑗近晚也未散衙。他从衙厅窗户向夫子堂望去，灯烛透明，掩尽星光。他看过陈子昂的再策底稿，不仅欣慰，而且赞赏。他提出天子应依典章，亲耕籍田，并且带有直言极谏意味，指出天子已有多年未行亲耕籍田仪式，使各道州府县官员，对农事也疏于督促，关中涝、旱致灾，与此相关。刘瑗虽心中替天子向陈子昂解释，是因头风重症，天子举步艰难；但是，刘瑗同时也暗中认为：天子耕籍田，是象征性的，主要在于向官民表示农耕对于国计民生的重要。比如，让近侍大臣扶犁，三推即可。对于有病的皇帝，这也是可以办到的。

但是，刘瑗不担心他的再策，仍然担心他的公卷。从诗赋卷看，陈子昂应考的命运可以确定，仍会被最后榜示所排斥。但对他开导他却全然不听。刘瑗只有望着夫子堂中的灯光，再度叹息。

陈汀已不知道是怎么回到"京东客栈"的。从波斯邸店出来，主人就被人群所拥，他根本挤不到陈子昂身边。他原本要带路向颁政坊馄饨店去，但公子却被一群歌姬引进了西市北面"天籁阁"。因为陈子昂太学生、应考士子身份被她们知道了，而且又知道他是波斯国宝的知音，于是就一定要陈子昂到"天籁阁"去，"赐诗"！

而陈汀急着要对陈子昂提醒的是：明天辰时，怎么办呵？

但梳着蛾髻、倭堕髻、飞天髻等各式发髻，画着黛眉，敷着铅粉，抹着胭脂，涂着唇膏，贴着花钿，穿着云头高屐，慢束罗裙半露胸的歌舞姬们，争先恐后为席地而坐的陈子昂端来糖点，摆放干果，同时排开纸砚，纷纷求诗。

郭震曾告诉过陈子昂，公卷内容，也包含着歌楼舞榭中歌姬舞伎对士子们诗文的传诵。东西二京，歌楼舞榭的歌姬舞伎们，以获得王勃、骆宾王、乔知之等人诗作为荣。而诗作在坊间传唱的程度和范围，也给文人骚客们扩大了知名度。"城阙辅三秦，烽烟望五津，与君离别意，同是宦游人"，"鹅鹅鹅，曲项向天歌。白毛浮绿水，红掌拨青波"。一时间都是两京甚至全国各地驿站传唱的流行曲。她们的鉴赏能力，不比考官们差。当陈汀从陈子昂手中接过写成的诗稿时，众姬七手八脚，很快便夺取在手中，不约而同地，由诵读，便转化成了低吟浅唱：

> 遥遥呵去巫峡呀……
> 望望下呵章台！
> 巴国山川尽呵，
> 荆门烟雾开呀！……
> 城分呵苍野外呀，
> 树断白云隈！
> 今日呵狂歌客，
> 谁知呀入呵楚来！

"高才呀，公子！"

看得出来，她们不是吹捧，而是发自内心的赞赏。她们后来干脆

"抢夺"陈子昂旧作，也点评不止："这首公子去追他弟弟客船的诗，充满了兄弟亲情！"那是个身材高挑的歌姬，她含情脉脉地看着陈子昂，"这一句'孤舟多逸兴，谁共尔为邻'，读来让人揪心！"而紧傍在评者身边的舞姬早已舒展双臂，且歌且舞起来。

陈汀原本心急如火，要提醒主人赶快回客栈去商量个办法，来应对明天的大事。家童心里很纠结：一直不事张扬的主人，今天怎么会连根带底地把家住哪里，姓甚名谁都那么大声宣告出来，如果，如果，至少，至少明天不露面，也就过去了。可现在休说全长安，至少小半个京师都知道了你陈子昂，明天要去大云光明寺弹波斯古琴，还是个太学生！去，绝对弹不出那首什么大什么流曲子；不去，也躲不掉了呵……这个丑，丢得太大了！

但热情的天籁歌姬们，端上了金羽樽，盛上的，恰是陈子昂最爱的葡萄酒。酒入饥肠，他很快就从烦恼中解脱了……

店家说，是不下十乘宝马香车，把他们主仆送回来的。公子比他还醉得厉害，一放在床榻上，就沉沉入睡。家童是睡不着了。

"听说，你家公子爷明天辰时，要去大云光明寺弹波斯古琴？"

"我们也听去！"

"那琴是波斯国宝。"

"价值百万缗呢！"

"你家公子太有才学了呵！"

先是店伙计来问，接着栈中客人也纷纷挤到客房门前热烈议论着。陈汀恨不得地下有个缝，他好一头钻下去！

熬不住睡意袭来，陈汀在三更过后，靠在主人床榻柱上，睡去了。一阵开箱倒柜的响动把他惊醒，房里的烛光剔得极其明亮，以致家童半晌睁不开眼睛来。有顷，陈汀终于睁开了双眼，只见陈子昂蹲在书箱前认真地看着展开在手的文稿，陈汀急忙提醒他："公子！你清醒了吧？"一问出口，家童顿感出言不逊，但绝无冒犯之意，而是发自内心的询问。

"啧！"陈子昂不屑回答。

"西市往东，含光门前光禄坊中波斯摩尼教的大云光明寺外，大街前！”

“还有一个时辰才辰时。”

主人真的明白，清醒。

“怎么办呵！公子？”

“你没有看见吗？”

“看……”难道是在看曲谱？

“醒了？”

“唔！”

“那就快来帮忙！”

陈汀忙过去也蹲在书箱前。

“弄得清每篇开头、结尾吗？”陈子昂指着箱内那一堆文稿。

“这些文稿原本就是我清好后放进书箱的。”

“一会儿再细心清理一遍，放回书箱去。”陈子昂吩咐说，“先让店家给我们预备早膳，要蒸馍！”

平日他是只吃粥的。

“公子是要走长路？”

“去光禄坊！”

“可公子！你多久学会弹波斯曲子了呵？”

陈子昂诡谲地一笑：“到了大云光明寺，你就知道了。”

如果陈汀能不去，他会选择坚决不去。可他不能。

到吃完早膳出门，已是卯时。

天啊！昨晚送他主仆回店的天籁阁姑娘们，一个个重施粉黛，打扮得千姿百态，比昨晚还多了整整十辆车，已等候在客栈门外了。

“伯玉公子哥！”高挑美人儿娇滴滴地呼唤着陈子昂，“我们姐妹都商量过了，只等你拨弦开奏，我们就在街心为你助舞。”

“公子！你看出来了吗？”

“快看呵！”

陈子昂一看，这才发现她们穿着半臂舞衣，露脐的腰下是瀑布般飘逸的各色长裙，戴在手腕和足腕的金镯，炫人双目！

陈子昂再次诡谲地一笑："好呵！"

当人们尾随着香车车队来到光禄坊时，波斯邸店的胡姬们早在大云光明寺大门石阶上，摆好了琴台，放好了古琴。

当陈汀和天籁阁姑娘们簇拥着陈子昂下了香车，走向石阶时，人们狂呼：

"陈子昂！陈子昂！"

"陈伯玉！"

陈汀一点儿也走不动了。陈子昂却迈开大步，走向琴台。

"请！陈公子。"带班胡姬恭敬地指向古琴。

陈子昂又露出诡谲一笑。在众目睽睽中，陈子昂把手伸向古琴，并不拨弦弄琴，而是双手举琴过顶，然后狠狠向地面砸去！

第十九章

明志万众

　　光禄坊大云光明寺前石阶上，传出巨大的波斯古琴的破碎声。紧接着，寺前街道上的人海，爆发出翻江倒海般震惊呼吼："哦——！"唯一呼吼不出的，是波斯邸店的胡姬们，一个个花容失色，呆如木鸡！而站在石梯下的陈汀，早已两足一软，瘫坐在地上，面色惨白。

　　"列位！学生是剑南道梓州射洪人氏，姓陈名子昂，字伯玉！"

　　这时，陈子昂先是朝光禄坊大街的人们环揖，震惊呼吼的人们顿时寂静下来，如铁闸陡合，使震天的瀑布声戛然而止；接着，他向人们自报家门。

　　"我们昨天就听你说过了！"

　　"剑南道！"

　　"梓州！"

　　"射洪人！"

　　"陈子昂！"

　　"字伯玉！"

　　"今科应考太学生！"

　　但回应的民众最终不约而同地发出惊问：

"你在干什么？"

这如雷吼声，使瘫在石阶下的陈汀，浑身发起抖来。

带班胡姬这才回过神来，一双碧眼里满是惊骇和迷惘。她说话时，性感而迷人的朱唇在颤抖："伯玉公子！"

她根本不知道怎么说，到底要说什么，才能表达她的话意。而她的姊妹们也都慢慢向陈子昂涌去，用一种打量妖魔鬼怪般极其诧异的目光，怯怯地看向陈子昂。

梳着各式俏丽发髻，穿着半臂舞裳，系着七彩长裙的歌姬舞伎们，倒没有身边胡姬那般失措，也没有街上人众们那样震惊。常与达官显宦和中外阔少们或在歌楼舞榭，或在豪宅林亭宴乐的她们，从昨晚在天籁阁的接触，已知他是蜀中富少，她们相信他能奏出大流士圣乐曲，但偏不奏！还把那什么波斯古琴干脆当众砸个稀巴烂！为什么？牛呗！君不见，当年七月，太平公主招驸马那一天，别的不说，从兴安门南，到宣阳坊西，由宫廷乐队组成的送亲乐队、舞队，光这支队伍，就达五千人。鼓乐声震天动地，从早到晚换着演奏、舞蹈，没有停歇；而到了夜间这长达十里的南北大街上，护轿羽林三军，公主府宦者、宫娥、杂役，点燃的火炬首尾相接，夜望长安云空，一片火红。到了第二天，一早，万年县令带领属吏和人役、工匠，赶着牛车，从郊外苗圃搬迁来大量宫槐，沿着大明宫南的兴安门直到宣阳里，重新种植——因为昨夜火的长龙把原有的宫槐全部烤炙枯死了！陈子昂自不能和二圣掌上明珠的富有相比，但是，百万缗么，也是小意思！由此，她们更加喜欢眼前这个并不英俊但豪气干云的太学生。弹得出千年异国琴曲自然很可爱，但，"砰！"敢在众目睽睽下砸毁这千年古琴，更加可爱！

"伯玉哥哥！壮哉！"

"太学生哥哥！我们姐妹，为你助威！"

她们的反应，显得另类。陈子昂感动了。他不理论姑娘们的呐喊出于什么用意，但当此之际，她们燕语莺声传出的，却是对他毫无保留的欣赏。人世不乏知音！虽然，让人遗憾的不是紫衣者的欣赏。但能在万众惊惶、继而颇有微辞之际，表达出发自内心的支持，陈子昂也很感激了。

"列位!"陈子昂再次环揖,并朗声道,"列位!请容陈子昂一剖胸臆。"

"大家安静下来呀!"身材高挑、秀色娇媚的天籁舞姬,帮陈子昂向人众们传话。这一来,她的姊妹们也纷纷向人众们喊话:

"各位父老!"

"各位姊妹兄弟!"

"请听伯玉哥哥说说他心里话!"

人众们在姑娘们竭力喊话中,渐渐安静下来。陈子昂先朝姑娘们一揖。姑娘们更加急迫地敛衽还礼,并催促他:

"伯玉哥哥!快对大众诉说吧!"

"大胆讲!有我们姐妹呢!"

陈子昂感激地点着头。

今天的陈子昂,戴着临行前,娘特地采购的绫罗,精心缝制的一顶幞头,由于熨帖得精细,戴在头上,感到格外轻软而衬显精神;在他更见瘦弱的身体上,穿着圆领、窄袖、长及膝下的葛布夹袄长衫,腰间勒着佩有算囊、针筒、砺石、火镰、帉、帨等件的蹀躞革带,而革带上的石銙排方,排得疏稀不紧,使陈子昂显得更瘦弱,反衬体态轻盈。两足所着六合乌皮靴,被陈汀擦得锃亮,让大云光明寺石阶上的陈子昂,显得稳重而庄严。

他迈开六合乌皮靴,朝石阶更上两步,这才转过身来,面对大众,辞气更加急迫而激动了:"列位!想我陈子昂,因家境殷实,老大不求上进,一味斗鸡走狗,赌博争斗……"

"原来是个纨绔子弟!"

"看他举动,就是个纨绔子弟!"

人众中有人上声议评,当即被姑娘们娇声阻止:"不要喧哗!"

"听伯玉哥哥讲来!"

陈汀慢慢回过神来,但却更加诧异:"公子这是要说什么呵?"随即阶下支离破碎的古琴又窜入他的视线:"我的妈呀!百万缗钱呵。"他猛地闭上双眼，但心中的破琴，和如山堆积的钱币，却拂之不去呵。

"列位！"陈子昂更加大声地吸引人众的注意，"直到因西征失利，我梓州千名勇士尽数为国阵亡，又为友人所诫，我才立志报国报君报民！"

"好！"有人为他喝起彩来。

"从那以后，子昂闭门攻读，诸子百家，无子不涉，无家不学；经史典籍，无所不览，无所不究。"

"公子，公子！"带班胡姬却以更加迷惑的神情，呼唤陈子昂，"这些和我国古琴，有何干系呵？"

人众也轰然发议：

"是呵！和波斯古琴何干？"

"牛头不对马嘴呀！"

天籁高挑舞姬也上了石阶，对波斯带班胡姬说："波斯姐姐！伯玉哥哥自有他的说法，请不要打岔！"

"可！好妹妹！我们众家姐妹，为这古琴，身担着血海样干系呵！"

紧跟着高挑舞姬上了石阶的姑娘们，却让她们，同时也让高踞石阶的陈子昂也大感意外地，对波斯胡姬们回应道："波斯姐姐放心！不就百万缗钱吗？"

"不仅仅是钱……"

"但你们明标其价，是百万缗呵。"

"小事一桩！我们东西二市歌楼舞榭的姐姐妹妹们，拿出自己的缠头来，除了这张古琴，还可买你波斯邸店全部国宝！"

陈汀傻了眼。他是从小陪着陈子昂长大的，在他心目中，公子为人任侠仗义，待人和善，远远近近，尊敬陈家老少的乡邻百姓很多，但他从来没有感到过公子有女人缘。至少，他在武东山，还不曾有乡邻少女向他投桃送李，他们公子，绝没有这种"艳遇"。但从昨天晚上以来，这批姑娘显然已把自家公子，当成了她们意想中的情人，愿为他拿出缠头，归还琴价！这可不是小数呀！百万缗！

"列位！"陈子昂已然声嘶力竭了，"三年多来，子昂为应对治国安邦，呕心沥血，前后写就百篇策论！"说着，他下了石阶，在仍瘫坐阶下的陈汀身旁，去提书箱。不待陈汀反应过来，姑娘们已援之以手，把书箱运上了石阶之上，街心众人纷纷你推我攘，伸颈踮足，朝石阶上的书箱望去，陈子昂已打开了书箱箱盖，从箱中取出一卷文稿，对众展示着："这是我在前年应考，再策时的试卷抄件，我并未照题回答，而是谏议即行委以干才，挂帅西征，并不揣愚陋，奉献平敌十策！"

"呵？"

"不依题应试呵？"

"列位中肯定有不少人责备子昂不依题应试，但子昂在试卷里，对儒道二教安邦治国的对策，对'道'的治国根本，自认还是切题的。但儒的一项，子昂却把应试之策完全转向了西征的主张！"

"这，也还不全离题吧！"

"试宏观而实答，也偏了……"

人众中的士子热议起来。

"列位也知道，"陈子昂提醒大家，"就在工部尚书刘审礼西征被俘，病死吐蕃牢中的当年，今上曾召近侍众文武急商平西策。其间，有人建议养息休兵，以和亲而安抚吐蕃；有人说眼下国力尚不强大，应该静待强大后再议西征；也有人请马上出兵再度西征，从早朝开始到日落西山，到底也没有个定论。最终，皇上钦赐参予商讨者一餐宫宴后结束！"

"肉食者鄙！"

人众中又有士子愤然引典斥责。

"而应试再策，为什么不分担君父和国家之忧，踊跃献策呢？"陈子昂沉痛反诘，接着长叹一声，"子昂终以落榜为结局！"

"呵！"

人众又发出应和声。

"那是考官有眼无珠！"姑娘们愤然。

"列位！"陈子昂辞气显出愤怒了，"当本次进京，得知关中大饥灾情后，子昂又慨然上谏，献书阙下！"

"有消息吗？"

"八成，泥牛入海！"

"正是泥牛入海！"陈子昂接过话头，"子昂痛心疾首呵！我有安邦定国之策，不下百篇，可是应试再策被黜榜外！献书阙下而泥牛入海！但就在近日，在波斯邸店所在西市，不时有金吾净道，为王公大臣，一睹异国古琴而护卫安危。列位试想：本有百篇策问，上可辅尧舜之君，下可益亿兆之民，却被当朝者熟视无睹；异国区区古琴，只供人乐耳！却身价百万，引来万众争睹，更让无数当朝者视为瑰宝，纷纷相邀，一睹为快！似这样本末倒置的世界，子昂除毁琴示愤，又能如何？列位！"

陈子昂一语发问，光禄坊前，却鸦雀无声。

"子昂毁琴寺阶，确因心怀愤懑！"他自己更为激动地说下去，"今子昂把半生心血，百余问策之书，奉呈列位近前！请列位评判，子昂系佯狂放诞，还是如鲠在喉，不得不言！"说着，他对陈汀一招手："快来帮我散发文稿！"

陈汀这才明白主人不是"丢丑"，而是"亮才"！陡然变得精神百倍地一跃而起，但已经晚了！人众早潮水般涌上寺阶，转瞬之间，满书箱文稿，已被人们分取一空！

众人取尽文稿之后，陈子昂写了购琴账单给波斯邸店，但从取了文稿当阶边读边评的人众口中，波斯胡姬们已知陈子昂确是满腹经纶的后起之秀，正在认真阅读陈子昂文稿者中，已有人当阶赞道：

"这样的平西攻略，和裴大人制敌之策，已在伯仲间！"

"如果各州府县如此防范未然，关中之饥，不至于此！"

于是带班胡姬含着敬意退回账单："公子这般行事，也算古琴知音！请收回账单！"

"波斯姐姐！我姊妹早已说过，我等愿以缠头，为伯玉哥哥抵账！"

说着，姑娘们有的取髻上金簪，有的褪下腕上玉镯，有的从斜佩花囊中拿出昨天客人所赠的"飞纸"，纷纷向波斯胡姬递去，胡姬哪里肯收。双方推送之际，却听一个娇美声音呼喊道："各位姐妹！伯玉相公自有现金百万缗，为其支付，何必你争我让不已呢？"

阶上中外姑娘循声望去，天籁阁的美姬们先呼喊着飞奔下阶迎上："窈娘姐姐！"

原来正是身着常服的乔知之，伴着蛾眉淡扫的窈娘，来到阶下。

"乔大人！"陈汀也赶紧垂袖致意。

"知之仁兄也在人众中呵？"陈子昂心中涌动着暖流，揖手说，"蜀人子昂放肆了！"

"伯玉，你看！"乔知之朝正分拨人流向寺前阶上迎来的卢藏用、王适、王无竞望去，竟然还有杜审言！一时间，陈子昂咽喉哽咽起来。

"好小子！"杜审言走近陈子昂，拉下脸来，"你敢在长安闹市如此胆大妄为，本丞立即把你关入囚牢！"

陈汀真蒙了："杜大人！我家公子真心报效国家，写了那么多大块文章，可没有被朝廷理睬呵。"

"你是什么东西？"杜审言板着脸训斥，"你家公子那算什么大块文章？全是胡乱涂鸦！告诉你，当今写治国安邦大块文章的第一大策略家，是老杜！"

他指着自己鼻尖，瞪着陈汀："本朝魏征、马周之流，如生在当世，看了老杜文章，只有回去卖烧红薯了！他们，不堪一提。就是苏秦、张仪在世，也只有站我身边，捧砚、打扇！你这小子明白吗？"

他那襄州口音和蜀地口音极相近似，所以他一气说来，陈汀都能听懂，连连点头："小人听明白了。"

"必简老哥哥！怎么回到京师，也不来给我们一示新作呵？"歌姬们对杜审言一拥而上，娇声质问。

杜审言鼻子一哼："我有那么老吗？"

扎着双环髻的歌姬并不怕他："儿是在敬重您啦。"

"不要看他们这些人年轻！"他从陈子昂起，向乔知之、卢藏用、王适、王无竞等人指去，"只消捧着老夫的《妾薄命》，他们就知天下最风流的骚坛才俊，是襄州襄阳杜审言。"

"儿等也是这般看待您老呢！"

"算你聪明！"

天籁阁高挑舞姬急忙上前拉着窈娘："窈娘姐姐！你说陈公子该如何赔偿人家国宝呵？"

窈娘笑指陈子昂的腹部："他的腹中，何止千万缗钱财？"

人们一时还是未回过神来。

"伯玉公子散发雄文，大名已经在京城传遍，两京姐妹不必说了，天下各州府县歌楼舞榭的姐妹谁不争诵他的诗歌呵？"

"好哇！波斯胡姬姐姐！"姑娘们都明白了，对带班胡姬说，"只消把太学生哥哥诗文雕版精印，只怕一时间洛阳纸贵呢！"

带班胡姬鼓起掌来："这可是我波斯邸店的荣幸呢！只不过，不知伯玉公子可以大作相赐？"

"杀人偿命，欠债还钱！"杜审言大声责怪带班胡姬，"既欠人百万缗巨款，自当归还，问他何来？"

"杜大人！你多久高升为长安令了？"歌姬舞伎们打趣他。

"儿敬贺大人高升！"

"杜大人万福！"

"于老杜而言，若要封侯，也不过探囊取物一般。"杜审言再次白眼回应。

"伯玉！你说话呵！"乔知之笑着催促。

"诚如老杜仁兄所说，子昂敢不奉命！"陈子昂朝带班胡姬一揖，"只怕拙文，空耗雕版了。"

"好啦！"姑娘们鼓掌喝彩。然后提议邀集众人前往天籁阁欢聚。

主人早被姑娘们接上了香车，陈汀背着空书箱走在众人车后，还是感到两足如浮云上，一点儿也不踏实：这是在做梦吗？

正不出窈娘预判：波斯邸店雕版印刷的《陈伯玉策论百篇》，一经上市，即告售罄；连番再版，供不应求。正是使得"洛阳纸贵"矣！

三天后，是放榜日。

住在陈子昂邻壁房中的陈汀，几乎一夜无眠。三天来，"京东客栈"客舍院中，人来人往，其中不少还是颇有品流的官员。他们都是亲手分到他文稿的读者，更多是转手所传文稿的读者，很多是崇拜他治国安邦的理念，稀罕他的诗体，也有慕名好奇者。陈汀跑出跑进，十分劳累，心里却很舒坦。他有种和公子回到了家乡，在县城和四乡八镇行进时，被人拥戴、敬仰的感觉。可这不是剑南道梓州射洪，而是大唐京师，天朝首都。在他心中，公子已经在丹房修为成了神仙，已然白日飞升！

但这一夜，他突然又坠落回到现实。想想前年，和公子从嵩山返回长安，在国子监放榜壁前，众里寻他——陈子昂大名——千百度，到头来是全然不见。明天，又是这样的日子了。坊间，诚如姑娘们所说，陈子昂诗文雕版一卷难求。就在这客栈中，也可以听到文人雅士、歌姬少女，吟诵或度曲着陈子昂诗歌。但礼部考官们却不见得会认同呵，就如当年。

公子……看上去，他已不像当年那么焦急期盼。但深知主人秉性的家童，仍从蛛丝马迹，观测到公子在临近放榜日前夕，还是并不如表面那么平静。昨夜，他清楚地听到邻壁的客房内，床榻响动大异平昔。

"记住！"主母临行的叮嘱浮上耳畔，"我陈家祖训是隐居山林，养性修真。公子不中，没有什么难堪的。好玩、想玩，就陪他尽兴玩，玩尽兴！然后，记着陪公子去拜访亲家，早些平安回来！"

可是，公子真也能那么坦然地，面对再一次落榜吗？卯时了！这正是放榜时辰！

西京放榜地，在承天门之东，第五横街之北，从西第一左邻威卫，次东毗邻选院，次东礼部南院。这南院，就是放榜处，距所住的"京东客栈"，极近！可是，陈汀犯愁：主人是闻鸡起舞的，他肯定从滴漏声知道了时辰。但为什么不叫自己备马呢？

这并不表明他视若其无，不！反而表明，主人心中块垒重重。去请他上马？他不忍。他曾想，自己独自赶去看榜。如果榜上有名，谢天谢地谢祖宗。立即飞马回报。如果……那也不让主人直面惨烈的现实呵。但如果执拗的主人执意要去看榜，自己却擅自做主，岂不让他大气特气？当此之际，决不能让主人有哪怕细小的不悦呵！

近旁士子，已然出栈看榜去了。但陈子昂房中仍无动静。

"且先安排早膳去。"家童终于决定,先用这开门第一件事,来打发今天这最难挨的时光。

用枣皮熬制的粥汤,是叔祖为爱孙亲自配的处方,那是健脾开胃养阴药饵之一。家童守着客栈厨工依方熬好,盛入钵中,又往托盘中放上主母亲制的红油腐乳、厨工新烹的时令菜蒜苗和家乡带来的萝卜香干,这才向客舍院走去。"公子应该起床了吧?"如果还未开房,喊不喊呢?家童心里在艰难盘算着。

穿过夹巷,进入客舍院时,陈汀先放眼朝陈子昂的客舍望去,心里一怔:"还是未开门呵!"他只有借着送饭,去叫门了。

走到门前,陈汀又调息一番,这才左手托着食盘,右手伸向门环,就要摇动。突然,身后传来一阵鼓乐声,那么热烈,那么欢快!怎么回事呢?他转身看去,只见天籁阁的姑娘们,还有波斯邸店的胡姬们,人人满面春风,在乐班的演奏中,向陈子昂的客舍走来。

陈汀明白了!他迫不及待地拉动门环,高声欢叫:"公子!快,姑娘们报喜来了!"

舍门从内猛地打开,陈汀和姑娘们看到,陈子昂衣冠齐楚地,站立在门前。

"原来,公子早就穿戴齐整了。"陈汀心里说,"想来,公子也是一夜未眠呵!"

姑娘们涌向舍门,敛衽施礼,天籁阁高挑舞姬对陈子昂祝贺说:"公子!快给家里寄泥金帖子报喜吧!"

"姐!伯玉哥哥是进士老爷了!"她身边的小妹提醒他。中外姐妹听了,异口同声祝贺:"进士公子万福!"

栈主和店伙计、客人,闻声涌入院中,向陈子昂揖手祝贺:"进士大人!从此禄位高升!"

"进士公前程无量!"

陈子昂激动地回揖着,那种大喜悦所带来的感触,把距离"释褐"的艰难坎坷暂时抛在了脑后。

接下来的日子,是同年们在状元的带领下,参与榜后谢恩、和同年们曲江宴庆。在中第喜悦慢慢淡化的时日里，陈子昂终于在考虑乔知之、卢藏用建议的"公议"之事了。

李唐时代的科举，为国抢才，发动"公议"，以期人才不被埋没，这原本是出自公正、公道之心。谁知好事也会变成坏事，慢慢地，把"公议"变为买通权要、打通关节的弊病。在吏部选调时，此风格外炽烈。对此，如像对待"上官体"一样，陈子昂是鄙薄的。但，现实中的"公议"却横亘在入仕的道上，迈它不过呵！

第二十章

探察西疆

　　恰巧卢藏用为祝贺陈子昂进士及第，亲自来到"京东客栈"，把陈子昂接上终南山设宴相贺，王适、王无竞，还有位在制举上崭露头角的齐州全节人崔融，也在座中。

　　"举进士王某，叩拜前进士伯玉先生！"王生本度也参加了科考，落第不中，这时向陈子昂躬身揖手，自嘲地说。

　　依照时俗，未及第者，称进士、举进士，中举者，称进士第、前进士。陈子昂是过来人。和王生相比，他不如王生那么豁达大度，但凡应举者，落第滋味都是痛苦的，无一例外，只有轻重之分、延续时间长短之别罢了。所以陈子昂赶紧上前对王生说："正如仁兄前年对子昂所说的话，君绝非池中物，只待风云际会，自有飞升之日。"

　　"承教了！"王生的口吻、精神，似乎真还有些轻松状。

　　"这位是制科及第的崔融兄！"卢藏用向陈子昂介绍说。

　　"久仰了！伯玉仁兄！"崔融其实比陈子昂大六岁，身材高大，长着络腮胡须，声音也十分洪亮。

　　"崔兄是天子门生！子昂有礼了。"陈子昂躬身揖礼。

　　"哪里哪里！"崔融连连摆手，"制题出自天子，仍是礼部教官督考。"

进士是常科，而制举却是天子根据国家、时局需要亲自出的考题。所以题无定题，称为"制举"。这种考试办法并不是唐代所创，而是从两汉起就有。到了本朝，始于前年的永隆元年（680）。依制天子会对应制举的考生亲加垂询、测试，所以陈子昂称应考制举的崔融为"天子门生"。但李治因为圣躬违和，虽然出了题却没有精力面对考生测试。所以崔融加以解释。

"但你所应为天子制诏之题，仍然是天子门生。"卢藏用笑着说，同时请大家入座。

王适座位正对壁窗，遥遥望去，宗圣宫巍然在目，而连绵的崇山峻岭，在阳光下积雪反射着银光。王适朝主座上的卢藏用感叹说："子潜这隐居地，可称小宗圣地了！"

"那是高祖爷敕建的上清宝观，藏用这茅屋草舍，怎敢和宗圣媲美呵！"

"子潜终南隐居地，和宗圣宫毗邻；嵩山隐居地，和奉阳宫为伍。"王适也赞叹起来，"子潜如此年复一年、日复一日沐浴仙山灵气，只怕真有一日，白日飞升呢！"

卢藏用两颊陡地红起来，转了话题："伯玉，公卷上有何打算？"

陈子昂沉吟有顷，说："以子潜少负盛名，及第后尚潜心修为；子昂家教，更是以隐居不仕为宗旨。或者，即返射洪，炼丹饵药罢了！"

众人不约而同摇头，王无竞明白应该劝说他积极寻求公卷："伯玉兄！你忘了子潜传递给我们的吴筠七近道七不近道了？连潘师正门下这位高徒也说，真正近道者，要先遂报国壮志，才可算真正近道，你就此返回武东，岂不是离道更远了吗？"

"只是当初献书阙下，唉！"陈子昂不堪回首，话说半截。

"有一人，绝不会对你无动于衷！"

"谁？"

"子潜说来听听！"

众人关切地催促着卢藏用。卢藏用反问大家："大家还记得田游岩吗？"

"眼下东宫的太子洗马官呵！"太学生都知道他。

"对，当年他补名进了太学，但并不受业，却遍游山水，后来来到箕山，在许由庙东边，建造茅屋隐居……"

"还自称许由东邻，闹出很大动静来。"王适接着卢藏用的话说，"当今皇上前年去嵩山拜道访仙时，就先去看了这位许由东邻。"

陈子昂一怔："有这事？"

"王适兄说的是，"卢藏用对陈子昂说，"就在你下嵩山返回东都头一天，当今皇上亲临相探，问道：'先生养道山中，比得佳妙处否？'"

"田先生如何回答？"陈子昂忙问。

"田游岩回答说：'臣泉石膏肓，烟霞痼疾，既逢圣代，幸得逍遥！'今上大为高兴，当即授文学馆学士，当新太子册立后，就改任洗马之职了。"

"伯玉，有这样的人为你主持会议，吏部选调一定大有把握了！"

陈子昂应众友建议，决定向田游岩呈书，请示发扬公议。但在他回到京师后，把终南山的决定告诉了乔知之，乔知之却久久不吭声。

"知之仁兄？"

"伯玉！"乔知之说，"只怕他不是为你公议的合适人选。"

"呵？"

乔知之这才告诉他，最近，同在东宫任职，担任右卫副率的蒋俨专门致书，责备田游岩说："你身负隐士巢父、许由那样高的节操，声誉四方传播，以至使帝王屈尊相顾，像汉高祖对待商山四皓那样尊崇敬重你，不以君臣之礼相待，其用心是希望你辅佐太子，培养出人君的美德。而今皇太子正当盛年，智慧道德尚未成熟，我本人才智低下，但还敢在东宫朝堂直言谏奏，你受今上重托，正应大力规劝，可你却一味恭顺，悠闲打发光阴。如果你像伯夷、叔齐那样不食周粟，我也就不说什么了。可你领着朝廷俸饷，家眷都享受着荣华富贵，我就只能问先生这样是否称职了！"

"田洗马怎么回答？"

"无言以对。"

"这样呵……"

"所以，我认为他未必适合为人主持公议。"乔知之这才直言，"还是应请求当朝重权者！"

"这个么，只有侍中裴炎了！"

乔知之摇头。他心中潜隐着对这个当朝首辅的鄙视。在废李贤太子之位一事上，他是出手最重者。但他无法言明，只说："总宰执政，日理万机，只怕会耽误大事。"

"那依知之仁兄之意？"

乔知之稍作思索后："薛元超吧！"

薛元超是裴炎之下，两位守中书令的"令公"之一。乔知之告诉陈子昂，和田游岩相比，薛令高居相位，执掌钓轴，对吏部更有话语权，而且在作风上，是在其政谋其事。也说对待东宫现在的主人吧，因为年少，要心比读书心重，薛元超听说后，曾很不客气地予以规劝，可知他是有主见的、敢说敢为的当朝者。

陈子昂于是决定上书中书令薛元超。

"上薛令文章启"这标题，是有一大批文章要呈上给某人的主题，启书全文是：

> 某启。一昨恭承显命，垂索拙文，只奉恩荣，心魂若厉，幸甚幸甚！某闻鸿钟在听，不足论击缶之音；太牢斯烹，安可荐羹藜之味？然则文章薄伎，固弃于高贤；刀笔小能，不容于先达。岂非大人君子以为道德之薄哉！某实鄙能，未窥作者。斐然狂简，虽有劳人之歌；怅尔咏怀，曾无阮籍之思。徒恨迹荒淫丽，名陷俳优，长为童子之群，无望壮夫之列。岂图曲蒙荣奖，躬奉德音！以小人之浅才，承令君之嘉惠，岂不幸甚！岂不幸甚！伏惟君侯星云诞秀，金玉间成，衣冠礼乐，范仪朝野。致明君于尧舜，皇极允谐；当重寄于阿衡，中阶协泰。非夫聪明博达，体变知机，如其仁，如其仁！方当拔俊赏奇，使

拾遗补阙，坐开黄阁，高视赤松，然后与稷、契、夔、龙，比功并德，岂图萧、曹、魏、丙，屑屑区区而已哉！某实细人，过蒙知遇，顾循微薄，何敢祗承？谨当毕力竭诚，策驽磨钝，期效忠以报德，奉知己以周旋。文章小能，何足观者？不任感荷之至。

在反复揣摩定稿之后，陈子昂把历年再策精粹篇什约三十余篇，附在启书之后，送到乔知之手中，请乔知之代为转呈。

但是，时间一天天过去，陈子昂在赞其"如其仁，如其仁"的薛令公，到底没有"拔俊赏奇，"真的是"文章小能，何足观者"！又到三月三日，仍无回音。而西京因关中大饥，朝廷又难以为继，于是决定四月初三，搬往东都洛阳去上朝办公。留太子监国，敕刘仁轨、裴炎、薛元超辅之。

乔知之也要随驾去东都，卢藏用已经提前回到嵩山双泉谷口逍遥峡中的茅草庐隐居去了。乔知之和窈娘临行前把陈子昂请到宅中话别。

"伯玉公子可以也去东都呵！"窈娘劝说他，"像子潜那样！"

陈子昂只为乔知之的苦心而苦笑，他摇摇头："看来，只怕是呈上去的问策之论，都不合时人的法眼呵！"

"怎么说呢？伯玉！"乔知之为之叹息，"魏元忠当年上平吐蕃策，当朝者倒并不是达到共识而转呈今上，只是因为今上当时刻骨铭心的，就是《平西策》。谁知君臣见面，就那么融洽。你看！开放马禁也是平西策！寻常读去，只怕还觉得荒诞无据呢！"

"但，知之兄！"陈子昂正色道，"魏元忠的开马禁，确实对国家加强防御之力，大有功用。"

所谓"马禁"，是有唐以来，只有官宦可以乘马，其余百姓，包括家产丰厚的商贾，也不准养马、乘马，但《平西策》建议应开放马禁，以使国人能盘马弯弓，保家卫国。李治和武皇后允准了奏请，从此开放了马禁。陈子昂的父亲率先在领地修筑跑马场，在吐纳食丹之时，也教陈子昂骑射。

"你和魏元忠有共同语言。"乔知之笑起来,"知道吗,伯玉?魏元忠这次陪驾东幸洛阳,又有让今上刮目相看的举措。"

"呵!请说来听听。"

"这次朝廷东幸洛阳的决定,是在灾情有增无减情形下作出的,所以,扈从之士,羽林官兵竟有饿死在半路的!"

"骇人听闻呵!"陈子昂叹息。

"今上对一路的治安十分担心,结果想到了监察御史魏元忠,命他检校车驾前后。"

仅是一个太学生出身,也未应考,就只献书阙下,结果就成了天子心中重臣——虽然眼下只有八品。陈子昂难掩羡慕之情。

"魏元忠接旨后,竟去长安县大牢中巡视,结果发现一个强盗,神采举止与众犯大不相同,于是就叫狱卒给他开了枷铐,并脱去囚服,戴上巾子,穿上常服,分派马匹,让他和自己一道上路,并托他一路之上,协助防止盗窃。"

"结果呢?"窈娘也是第一次听到,急忙好奇地问乔知之。

"结果秋毫未损。"乔知之笑着回答宠姬。

陈子昂仔细揣想着,叹服:"这魏元忠的见识,也确有其过人之处!"

"怎么样,伯玉,另外再找一位试试?"乔知之真诚地希望蜀中好友能尽快被吏部选调,加以任用,把话题再次引向这个主题。

"知之兄已经尽心了!"陈子昂断然地说,"我有个打算!"

"呵?说来听听!"

"我想早些返蜀,到西疆洮河一带实地考察一番!"

乔知之竭力鼓励:"吐蕃虽然眼下因国丧暂时停止侵扰,但虏性贪婪,最终还是会继续为祸天朝,你能实际考察,自会拟出比魏元忠更加中肯的策略,可能只需此一策,胜过你眼下百篇问策!"

陈子昂被乔知之这一肯定,坚定了西疆考察的选择。原本送走乔知之一行离开西京后,陈子昂就要动身,但刘瑗建议他应见一次太子洗马田游岩,再为公议作一次努力。陈子昂觉得刘瑗盛情难却,于是答应了。

田游岩在刘瑗代陈子昂请见时,应承了。于是在一个风和日丽的上午，陈子昂骑马前往汉长安城址北端一座府邸前，在等待田游岩东宫下朝归来的时辰里，陈子昂由陈汀陪同，在府邸近旁不远的汉高祖长陵、惠帝安陵、景帝阳陵、武帝茂陵、昭帝平陵一带聊作凭吊。这五陵因在汉长安的北端，史称其为"北陵"，作为太子洗马的田游岩，卜居北陵，可见其胸臆间有着多么厚重的块垒。陈子昂近午方返回田府，但主人还未下朝归来，司阍者告诉子昂，洗马大人吩咐来客先在后院亭台饮茶稍待，于是子昂由司阍者亲自引往后院，亭台以粗石为础，原木为亭，让人又想起嵩山岩边的野亭。而一个童儿正在距亭台不远的一口井上，用桔槔吸水，陈子昂正看着童儿吸水时，一个疲惫声音从身后传来："既处北陵，不见机心可乎！"陈子昂一怔，转过身来，只见一个年近五旬的长者，已摘去幞头，只在头顶挽着一个发髻，但发髻和稀疏的五绺长须，都已苍然，陈子昂已知眼前人就是田游岩，急忙撩起衣袍下摆，要行大礼，但已被田游岩伸手扶住，淡淡地笑着，口里却说："在嵩山时，眼下正是收割小麦季节，原本以为可以随驾返回东都时，上嵩山去收割小麦，谁知太子被今上敕诏监国！唉，或许，只有等待明春了？"

看去，他那眼神有着清晰的遗憾。陈子昂突然觉得，他应该先去拜访这位长者，但，不是为了公议。

当初听到蒋俨向田游岩致书责备他不肯规劝太子一事时，陈子昂有同感，所谓"食君之禄，忠君之事"，但面对田游岩本人，尤其是一见面所说的这句话，让陈子昂对眼前这位长者，萌生了一种十分同情的心理。

桔槔这种吸水工具，早在春秋战国时，便被人发明，主要用于农田灌溉。《庄子·天地》篇中说，孔子弟子子贡，南游于楚，返于晋，路经汉阴这个地方时，见一个老农，手抱着陶瓮，从凿开的隧道去到水井边，吸水入瓮，然后抱瓮出井，去灌溉禾苗。

子贡急忙上前对老农说："现在有种吸水工具，是一种很精良的机械，用它来汲水，一天可以灌溉一百畦禾苗，用力很少而功效极大，老丈愿意使用它吗？"

老农抬头看着子贡问道："这是一种什么样的工具呢？"

子贡比画着说："这机械用木料打造而成，后重前轻。开动机器时它汲水像抽、提，能把很多水汲起而不必像你这么吃力，名字叫'槔'。"

老农听着竟怒极而笑："我听我老师告诉过我：有机械者必有机事，有机事者必有机心。机心存于胸中，则纯白不备，纯白不备，则神生不定，神生不定者，道之不载也。我不是不知道'槔'这种机械，而是怕坏了道行而不愿用也。"

在嵩山种植并汲水的田游岩，应当也是如汉阴老农那样，不会用槔去取水吧？但你看，作为太子洗马的田游岩，府宅亭台旁却无可奈何地使用已经枯朽的槔在汲水。

他那声叹息，是从心底发出的。

陈子昂突然改了造访北陵居客的目的，他已恭正誊写好如呈薛令公那样的书信，包括带来的几十篇问策，已不再准备从马鞍挂钩承担的书箱中拿出来了。

果然，只和主人对座品茗，陈子昂感到了久违的山居修为时的轻松和惬意，而五品东宫官员待客宴席也是别开生面的：是松针磨碎和面做饼，炒得很香的当季半老蚕豆，绝没有放油，还有熬得很稠的粥。

到告辞时，田游岩也没有客套询问客人有何嘱托，但陈子昂却自请道："洗马大人，贵宅木槔，可由子昂献一题咏？"

"呵？悉听前进士尊便。"

于是家童排开纸笔，陈子昂握笔在手，向田游岩又是一揖："得罪了！"

他写下题目：题田洗马游岩桔槔。接着一挥而就：

> 望远长为客，商山遂不归。
> 谁怜北陵客，未息汉阴机？

家童发现，素来疏于人际往来的主人，今天一反常态地把这个古怪的为汲水工具题咏的年轻前进士，送到府前路口，才策杖而回。

陈子昂返回故乡时，已是七月。而京中泥金报喜帖子送到武东山下陈府宅院也有近半年。看见养子平安归来，养母要陈元敬劝说陈子昂，进士及第，心愿已了，应该仍和父亲、叔祖一样闭关修为。陈子昂为不让慈母担心，报说想去汶山采集药饵。养母十分高兴，让陈汀带上几个仆人，背着竹编背篓，拿着药锄，和陈子昂由郪县上船，从中江溯流而上内江，过白马关，转入鹿头关，在绵竹再次上船，沿绵水溯上，经石碑谷，来到了汶山。依照陈子昂的计划，翻过汶山之后，进入翼、静二州，和吐蕃只隔着大雪山的柘州，只有很近的距离了。

陈子昂心切地要赶往西疆，和郭震告诉他的一个大不幸消息有关：裴行俭逝世了！

原本裴行俭已奉敕出任金牙道行军大总管，准备讨伐入侵的西突厥，但是大军尚未誓师，裴行俭却已经病故了。

从李敬玄、刘审礼兵败，追溯之前薛仁贵等大非川之败，吐蕃可以说和唐的交手是每战必胜。唐军大出战、吐蕃大胜；小出击，吐蕃小胜，而薛仁贵、刘审礼两役，唐朝损失近四十万人马。唯有裴行俭，在征讨单于府多部叛乱时，或智取，或强攻，从未失手丧师，而且最近一次向朝廷献定襄之俘，斩敌酋五十四人于都市，大振了国威。但天嫉英豪，却让国家栋梁折毁！

与此同时，朝廷原本率文武去东都渡灾的五月时，东都陡然霖雨不止，致洛水洪水暴发，淹毁官民宅院达千余家。而关中在大饥后，旱、蝗、疫灾相继发生，西京到东都之间的道路上，到处都是灾民尸体。更有甚者，多处发生以人相食惨剧。

益州都督府已向朝廷告急：吐蕃有动向，又将东侵！

"但朝廷呢？"郭震忿忿然，"还在做封禅五岳的准备！"

"真的？"陈子昂觉得不可思议。离开长安前夕，他已知道长安米价飙到四百钱一斗！按他在长安的身经目睹，以人相吃的境地也应该是会发生的了！而这样的时刻，朝廷，其实就是皇上，还要准备遍封五岳？所谓封禅山岳，其实就是告成功于天神地祇，眼下这光景，有何成功相告呵？"言官呢？"他质问。

"你不知道，自从褚遂良、韩瑗之死后，中外以言为讳，谁也不敢逆上意、作直谏了。这一次，却有了点起色！"

郭震告诉陈子昂，和魏元忠同为监察御史的李善感就向今上直谏说，朝廷在乾封元年（666）封东岳以来，本应是吉祥频现，国泰民安，可是恰恰相反，是四夷交侵，兵车岁驾，劳役不休，天下莫稔。如果不尽快躬身自省，恭默思道以禳灾谴，只怕更大的危及社稷的祸殃就会到来。文武称这是"凤鸣朝阳"！

"还封禅吗？"陈子昂焦急地追问。

"自然只好罢停！"郭震叹息，"你虽未释褐，但已进士及第，确应去西疆多作考察，以备他日报效君国之用。"

"公子，汶山驿丞老爷和郭县尉是老朋友，他已接到通泉驿拜帖要好好安顿公子。"陈汀跑得气喘吁吁地来到陈子昂和仆从歇息的山垭口，向陈子昂禀告，"驿丞老爷请公子尽快去驿馆相见。"

在半路上，汶山驿丞已和两个人役迎了上来，陈子昂忙施礼感谢："多谢大人屈尊相待。"

"前进士不必多礼！"驿丞脸色如古铜，应该在五十开外，但体魄健朗，精神饱满。"只是我这汶山驿地处西南边陲，比不得你那热闹繁华的射洪水陆码头呵。"

虽是七月大暑天气，但一入茂州地界，陈子昂和随行仆从都穿上了夹袄，当驿丞把他们引入驿站时，众人发现前厅地上挖着火塘，塘中柴火正旺。

"这一年四季，都如寒冬。"驿丞抱歉地说，"外面溪中的水，人畜都不可直接饮用。"

"有瘴气吗？"陈子昂问。

"那倒没有。"驿丞笑起来，"只怕瘟神也受不了那透彻骨髓的寒冷呢！因为溪水是常年高山积雪所化，所以人畜千万不要直接饮用，虽不会致病，但会冻伤肠胃！"

"呀！"陈汀和仆人们叫出声来。

"说来，你们金华码头的涪江，就是这里流去的！"

陈子昂也感叹起来："原来这是涪江之源呵！"

"正是涪江源头！"驿丞说，"前进士，待下官去看看厨下，可否开膳了。"

"有劳大人了！"陈子昂立身揖手谢着。

驿丞忙说："四海之内，皆兄弟也！何须如此客气呵。"

驿丞正要转向后院，突然一群人拿着弓箭，挥着响鞭，骑着牦牛向驿站大门冲来，陈汀等向他们看去，惊骇大呼："妖怪呀！"

第二十一章 拿吉拉鲁

陈汀等人向那些跳下牦牛、头长犄角、浑身黄毛、面目狰狞的怪物望去，吓得魂飞魄散，惊叫起来。

"拿吉拉鲁！"

"拿吉拉鲁！"

黄毛怪吼叫着，早已冲进驿站，朝转身回头的驿丞扑去，吼得更凶了：

"拿吉拉鲁！"

"拿吉拉鲁！"

他们七手八足，已把驿丞举起，就朝驿站外跑去。

陈子昂大惊失色，拔剑在手，大声喝道："放下驿丞大人来！"

陈汀这才反应过来，朝仆从们一声吼，纷纷拔出刀来，一边护卫着陈子昂，一边和陈子昂冲向黄毛怪。

"前进士老爷！快归剑入鞘吧！"驿役却大笑起来阻止。

陈子昂这才看出，黄毛怪虽把驿丞抬举在手，在大喊"拿吉拉鲁"的声中把他抛向半空，但并无恶意。

"好好好！拿吉拉鲁！"驿丞分明笑着也说出黄毛怪那句话来。

"拿吉拉鲁！"

黄毛怪们很高兴，把驿丞放下地来，朝陈子昂主仆热情地吼起来。

驿丞整理着被扯歪的幞头和革带，走向陈子昂笑着说："他们在向你祝福，问好！"

"呵呵呵！拿吉拉鲁！"他们附和着驿丞的解释，更加热情地对陈子昂主仆吼着。

"嗨！敢情是戴着羊头帽呵！"陈汀这才定睛看出，他们头上的犄角是装饰。"身上穿的……"陈家仆从辨认着。

"牦牛皮！"人役告诉他们，"脸上是用胭脂花、茜草、石灰浆、雄黄画的。"

"真不是妖怪呢！"陈汀他们不好意思地收了刀剑。

"当然不是妖怪！"驿役们笑起来，"洗去脸上颜料，都是些英俊汉子和俏丽姑娘。"

"还有姑娘呵？"陈汀很稀罕。

"姑娘们！"驿丞朝他们大声地说，"围着篝火唱起来，跳起来！"

"西什可！"

一伙脆声呼吼着的姑娘，每人手捧着一截青绿的竹筒，朝陈子昂主仆围着，笑着，吼着：

"拿吉拉鲁！"

"西什可！"

"前进士！"驿丞对陈子昂说，"'拿吉拉鲁'是祝福你们的意思，客人也应回祝呵！"

"拿……"陈子昂笑着学语。

"拿吉拉鲁！"围着他的姑娘们似乎在教他。

"拿吉拉鲁！"陈子昂终于学会，回吼着。

"拿吉拉鲁！"陈汀他们也忙学着回应。

对方很开心地鼓掌吆喝："吥啰啰啰啰！"

接着向他们双手递去竹筒，吼着："西什可西什可！"

陈汀急得搔腮挖耳，向陈子昂求助："公子！这该接还是不该接呀！"

陈子昂也只得望向驿丞，驿丞首先伸手从围着他的姑娘手中接过竹筒："快接呵！"

驿役中一人对陈汀正色说："想好呵！接过了，就连人呵！就当上门郎啦！"

正要伸出手的陈子昂也忙缩回了手，姑娘们急了："尔玛！尔玛！"

驿丞笑着喝斥手下人役："瞎扯！想得美呵！前进士，快接过竹筒，说'尔玛'！"

"可……"陈子昂不无迟疑。

"前进士老爷！"那人役笑起来，"接吧！'尔玛'是本地人，自己人的意思！你一承认'尔玛'，她们会乐翻天的！"

"尔玛尔玛！"

"尔玛尔玛！"陈汀也忙和仆从们接过竹筒，欢乐地吼着！

姑娘们纷纷伸手拔去筒口木塞，向客人跳着，催促着："西什可！"

"这是要你们拔塞干杯！"

"呵！这里头是酒呵！"陈子昂忙拔去木塞，山风拂来，把一股清纯微甜酒香送入鼻中，"好香！"

姑娘们唱起来："康丁唔喱也，红努红，红努红呵！"

"香甜的咂酒呵，喝起来！喝起来！"

伴着姑娘们高亢脆甜的歌声，驿丞解释翻译着，而小伙子们已拿出手鼓、竹笛，伴奏起来。

"喝吧！愿和他们同饮一筒咂酒，他们才觉得是自己人！"驿丞从姑娘手中接过咂管——一根细竹枝掏空的吸管——对陈子昂说，并示范地把咂管插入竹筒中，吸起酒来。

陈子昂学着样吸起来："真的很香甜呢！"

"这是夏荞酿的。"驿丞对陈子昂说，"不知他们怎么知道驿站今天有远方来客，所以来邀你们参加露天锅庄篝火聚会。"

"锅庄？"陈子昂好奇地问。

"就是唱歌跳舞呵！"

"戴羊头帽……"陈子昂一边看着已在架起的几堆柴火前载歌载舞

的少年男女，追忆着什么，陡然"哦"了一声，"驿丞大人！子昂记得《晋语·国语》中说，'黄帝为姬，炎帝为姜！'这姜氏，就是崇羊为神，所以头戴羊角帽呵！"

"不愧是前进士，果然满腹才学！"驿丞夸赞着，"姜氏，这里口语是'羌'！"

"对！西南有生羌呵！"陈子昂兴致勃勃，"甲骨文上的'姜'就是'羌'呵！"

"刚才把你们吓坏了吧？"驿丞从姑娘们端来的烤鱼盘内取出一条，递给陈子昂，笑着问。

陈子昂点头："乍然看见时，真如陈汀的惊呼：'妖怪来了！'"

驿丞连连摆头："其实，这是西疆最善良的山民。远的不说，就说大唐朝时期吧，同是在西疆，吐蕃就侵扰不止，而这羌部，却一次也没有骚乱过！"

"这，真难得呵！"陈子昂感叹。

"真是难得呵！你既是郭县尉的好友，肯定知道大唐西疆真是多灾多难。小侵扰是时时有，大侵扰每隔一两年就有。吐蕃论钦陵在几年前就曾联络过羌部，要他们联兵东侵，但他们头人告诉论钦陵："尔玛！""

"是说羌汉是一家呵！"

"对呵！一听说远方客人到了这汶山，他们就会争先恐后地向客人送去他们的竹筒咂酒、山獐野兔，载歌载舞地跳着锅庄，为客人'拿吉拉鲁'！你想，如果他们也存着吐蕃那份不肯安定的心，这大雪山，这汶水，还有你我落足之地吗？"

"这也是天佑大唐吧！"

"依下官说，到底是炎黄之后！治水的大禹王，可就是羌部的祖老先人！"

"是呵！大人！"

"大人！端公来了！"一个人役向驿丞报告，并把一个头上不戴羊角帽，却带天王帽的中年羌族人引向陈子昂。

"拿吉拉鲁！"端公向陈子昂合十祝福。

陈子昂急忙从篝火边的毛皮坐垫上站起身来还揖，并说："拿吉拉鲁！"

"尔玛！"端公很高兴，"尔玛！"

"尔玛、尔玛！"陈子昂也应称。

端公对驿丞热情地叙说着，驿丞听了，对陈子昂说："这是羌部'释比'，我们汉话叫'端公'，是羌部能通神灵智慧很高的头人。"他听说陈子昂等人有去大雪山的安排，特来为他们举行驱凶纳吉的祭祀仪式，保佑他们平安吉祥。

陈子昂很感动："但是若要祭礼，我们是否要沐浴斋戒？可今天吃了很多野味呵！"

"那倒不用！"驿丞说，"羌部习俗，只要'释比'德高望重，就可以为人消灾驱邪！"驿丞强调，"端公说，你们要去的大雪山磨难重重，他要为你们'踩刀'祈祷，天神诸佛保佑！"

"踩刀？"陈子昂吃惊，"怎么踩？"

驿丞很认真地说："他会用一双赤足，踩向插满的尖刀，背上还要背一个童男！"

"那会伤着人的！"陈子昂担心起来，"端公好意，子昂心领了！请大人……"

"前进士！劝不住的！羌部人为'尔玛'，两肋插刀！"

端公用最隆重的"踩刀"祭祀仪式为陈子昂主仆祝福时，篝火锅庄狂欢达到了高潮，但陈子昂和陈汀主仆好久好久，心房还在咚咚乱跳！在熊熊篝火照耀下，端公背上背着一个羌族小孩，手拿着羊头神杖，在小伙姑娘的锣鼓声和祈祷歌唱声中，脱去牦牛皮靴，朝搁放在篝火前嵌在长案上的一排排刀刃朝上的祭刀，迈开赤足踩去。而此前，端公从身穿牦牛皮夹袄上拔出一撮牛毛，和刀刃并排而放，然后陡地朝刀刃前牛毛吹去，只见牛毛齐齐被刀刃斩断！而接着，在众人合唱的"拿吉拉鲁"声中，端公迈步踩刀……

陈汀最先捂住双眼，不敢看下去。陈子昂也借着合十默祈，闭上了双眼。

"不会怎样的！前进士！"驿丞推着双眼紧闭的陈子昂，"他是天神使者，天神护着他'拿吉拉鲁'呢！"

陈子昂壮着胆睁开双眼，但仍不敢正视还在踩刀的端公，驿丞却笑着突然说："前进士，日后你在吏部选调高升后，千万记着这些羌部老乡亲有多善良，不要拿他们当箭靶，就功德无量了！"

陈子昂忙问："大人是说，有人拿他们做过箭靶？"

驿丞愤而叹息："当然有，官还不小！益州长史！"

"谁？"

"往昔益州长史李崇真！"

"他为何要拿羌部做箭靶？"

"唉，谋图奸利！"

"请大人详细相告。"

"唉！这是个丧尽天良的奸贼！他居然向朝廷奏报，吐蕃和生羌联兵，欲侵扰松州。朝廷闻奏后使国家陈兵以待战，又命益州所属府县备粮饷供给，大约两三年吧，巴蜀二十余州，被李崇真借此大大敛财，弄得大弊层出，民生凋敝。而李崇真所敛的赃款，已达钜万！到头来什么吐蕃、西羌联兵入侵之事，终未发生呵！"

陈子昂骇然："这样大的事，朝廷都不辨真伪下诏吗？"

"朝廷呢，原本有吐蕃西侵这块心病，而封边疆吏们，或贪边功滥杀无辜，谎报战功以图封赏，或如李崇真般奸类，以平敌之名敛财，朝廷自然不辨真假，中其奸计。"

"后来呢？"陈子昂愤怒而急迫地追问，"朝廷到底明白真相了吗？"

"大约三年后朝廷才知道了，今上龙颜大怒，下敕处决了这个奸贼。"

"这样奸人，竟可得逞数年呵！"陈子昂联系到自己献书阙下的遭遇，心中长叹，"只怕有人察觉，到底无路可达天听呵！"

这时，端公亲捧竹筒，在羌族小伙姑娘的簇拥下来到陈子昂面前，神情真切地道："尔玛！西什可！拿吉拉鲁！"

"尔玛！"

"拿吉拉鲁！"

"西什可！"

陈子昂懂得这是请自家人干杯，并祝幸福吉祥，急忙也躬身揖手，感激而激动道："尔玛！拿吉拉鲁，西什可！"

他接过酒筒，插入咂管，大口地咂吸起来。羌族小伙姑娘突然一拥而上，把陈子昂抬起，抛向头顶！

"尔玛！尔玛！别！别！"陈汀等因为主人是本支单传，生怕有个闪失，急忙上前阻止。

驿丞却对他们宽慰着："不用担心，他们有分寸！你们也看见的，羌人宁肯自己踩刀满足流血，也要保护朋友一路平安！"

更加旺烈的篝火旁，响起热烈的呼声：

"尔玛！"

"西什可！"

"拿吉拉鲁！"

当朝晖照临篝火溪畔时，端公知道陈子昂还将遍访邻近诸州时，请驿丞问陈子昂："会去雅州吗？"

陈子昂说："雅州正在金川之岸，朝廷和吐蕃发生的金川之战，正在雅州境内，拟议中要多盘桓些日子呢！"

"呀呀！"端公告诉驿丞，"汶山羌部，原是雅州羌部支叶，希望陈公子向族公致意！"

族公就是酋长。

"有书信我可带去！"

"那可没有！"驿丞告诉陈子昂，"他们和吐蕃族人不同，吐蕃是有语言，有文字，而羌人只有语言，没有文字，所以只有带口信了。"

陈子昂向端公羌汉语混杂地说："尔玛定把端公你老人家的口信带到雅州！"

"尔玛尔玛！"羌人高兴地欢呼起来。

陈子昂在浮图水和邛崃水交汇的雅州羌部碉楼见到老族公时，已是唐永淳元年即公元六八二年的腊月了。两水交汇的河道上可以行马。在碉楼内爆发热烈的"尔玛！西什可！拿吉拉鲁"声中，陈子昂再次感受到了异族兄弟间的骨肉亲情。近四个月来，他长途跋涉，经历了大唐西陲的当州、柘州、恭州、维州、蓬鲁州、姜州、占州等。

对西陲不仅吐蕃的军政民俗，由于汶山驿丞随意间提到的李崇真逞奸窃利往事，使陈子昂产生了梳理国政的念头，所以对沿州军政及民生，他更用心体察。当他调转马头，进入蜀州地界，和仆从拜道青城，这座道教第五洞天。在上清宫投宿时，他心中已有了要上"政理书"的念头了。青城山是蜀中神仙洞府，炼丹修道、饵石调息的徒众很多，陈子昂带着陈汀等走出山门，放目四望，映入眼中的简直就是一幅幅天然图画。而身后上清宫是晋代建筑。

面对上清宫，陈子昂突然那么热切地怀念起故乡金华观来了！金华观虽然晚建于上清宫，但也是梁武帝萧衍天监年间所建，已有一百八十多年了！而金华山更是他知书之地，像上清宫开启人悟道一样，金华山让他终于立下了报国济民的大志。

"陈汀，明天一早下山！"他激动地吩咐。

"是！公子！"刚回答出声，家童却又一愣，"不忙呵！公子！"

"什么不忙？"

"明天一早下山？"

"是呵！"

"去哪里？"

"出门快半年了，就不想家吗？"陈子昂故意横眉瞪眼。

"公子说得对！都快祭灶了。"一个年岁稍大的仆人说，"老爷和夫人也盼着公子回家了。"

"你更想回去见你的婆娘。"陈汀白他一眼，仆人们都笑起来。

"你到底想说什么呵？"陈子昂催问家童。

"你不是对夫人说，你是带我们出来拜道采药的吗？明天一早，打空手回去？"

陈子昂明白过来："你是想在这青城山上……"

"我挂记着哩！我怕夫人会问起这事呵。"陈汀说，"明天一早还是要下山，但要找药农们买些山精草怪回去。"

"公子，陈汀说得对！我看见第五洞天大门外，药农们就地为摊，摆着好些药草呢。"

"我看见那首乌有我胳膊这么大，长成人形了咧。"

"灵芝也多的是。"

"还有黄精。"

"好吧，就这么定了！"陈子昂说，"我们武东山挖不着那些宝贝，正好孝敬叔祖爷爷和老爷、夫人。"

　　　　白玉仙台古，丹丘别望遥。
　　　　山川乱云日，楼榭入烟霄。
　　　　鹤舞千年树，虹飞百尺桥。
　　　　还疑赤松子，天路坐相邀。

早春二月的蜀地，山水间就已进绿溅翠。在武东山下，陈府宅院不远处的山亭里，沐浴着春之夕阳的陈子昂和真谛寺住持和尚圆晖，正品评着陈子昂《春日登金华观》的诗作。

"子昂拙作，有污上人法眼了！"陈子昂真诚地说。

上人，是唐人对和尚的尊称，根源来自《摩诃般若经》云："何名上人？佛言菩萨一心行阿耨，菩提心不散乱，是为上人。"而《十诵诵律》则云："人有四种，一粗人，二浊人，三中间人，四上人。"

圆晖笑着对陈子昂说："伯玉是盼赤松子天路相邀，还是想献书阙下？"

建造在武东山顶的真谛寺有一条羊肠山道，和这山亭相接；而陈府宅门外小径，也和这山亭相联。从陈子昂开始发奋攻读起，和圆晖有了文友间的热络交往。这，不仅圆晖从幼出家便对"俱舍"宗门最为锐意求解，由此而抵达诸宗。而且他对诗赋乐律，也多有专长，所以陈子昂视其为良师益友。圆晖评点一出，陈子昂就大点其头。

从诗文表面看，陈子昂以描摹春之金华观为旨意，体现着追求得道成仙的渴求，但正看着陈子昂《谏政理疏》的晖上人，却从诗表面，读出了陈子昂更为炽烈的期盼——能助君治国安邦！这里的赤松子，在和尚的法眼里，化为当今皇上，正如当年期盼魏元忠献平西策那样，正迫切邀请陈子昂慷慨陈辞。

在构想政理疏的过程中，他也曾去丹房静思默想，他也曾上真谛寺达摩殿面壁，而心潮涌动的却是"致君尧舜上，恭献政理疏"。多少个不眠之夜，都是在呕心沥血推敲中度过的。

"我知前进士凡尘心动矣！"大和尚同情地递回诗稿说。

"上人也觉子昂可以灵山还愿去了？"

"然！"

大和尚肯定的原因是，就在月初，突厥突然进犯定州，虽然刺史、霍王李元轨陈兵严待，但突厥却又改而进攻妫州，终于得手，紧接着单于府又急告朝廷面对众敌联兵列阵。知道国事危急的陈子昂，自不甘在故乡悠然养息呵！

"愿听上人直言相告，子昂准备的上疏文本，尚应作何删削！"

大和尚却用《真舍》宗门大论，和陈子昂相商。二人越谈越是投机，以至月上东山，陈子昂才送大和尚上山返寺。

第二天一早，大和尚正在禅房诵经。小沙弥捧着一叠诗稿在房门禀报："上人！陈施主派人送来诗稿！"

"这是来辞行了。"大和尚不无感叹地说，从小沙弥手中接过文稿，就着窗口朝晖看去，却是一首酬和去岁夏天出游的诗：

> 闻道白云居，窈窕青莲宇。
> 岩泉流杂树，树石千年古。
> 林卧对轩窗，山阴满庭户。
> 方释尘劳事，从君袭兰杜。

题记正是《酬晖上人夏日林泉见赠》。

而翻去此页，只见下面的诗笺上诗题是：春夜别友人。这是指昨夜的畅谈和相别了！诗文写道：

> 紫塞白云断，青春明月初。
>
> 对此芳樽夜，离忧怅有余。
>
> 清冷花露满，滴沥檐宇虚。
>
> 怀君欲何赠，愿上大臣书！

大和尚抚卷良久，合十祈祷："阿弥陀佛！"

陈子昂抵达洛阳时，当今皇上的车驾也刚抵东都不久，在天津桥畔客栈住下来时，不想洛阳丞杜审言正带着人役，在坊间巡防，两人不期而遇，热烈地并马去到杜审言洛阳丞衙侧的宅中。

"唉！蜀人陈伯玉！你真不巧呵！"杜审言吩咐侍婢捧茶相敬时，听陈子昂讲说是来东都献书阙下，而且要力争像当年魏元忠那样见到皇帝本人时，连连摇头，"你还不知道，从正月过后，宰相都见不着今上了！"

"难道外间传说今上病得不轻，是真的？"陈子昂揪心地问。

"千真万确！"杜审言证实，"原本定在今年十月封禅嵩山，也改到明年正月了。你说，这么不巧呵。"说到这里，杜审言的旧习发作："不过，伯玉！要说政理，我老杜在，也轮不到你呵！你写的什么政理疏，最多，只能供我拭手抹足罢了。"

"也请洛阳丞评点一番吧？"陈子昂知道他是这德行，也不生气，反而真诚地递上疏本。

杜审言却大不客气道："我老杜怎能看你这等稚嫩的文章？"

第二十二章　乾坤异变

虽然知道老杜那自视甚高的常态，但听他说自己的《政理疏》是浅薄稚嫩的文章，陈子昂固执的常态也发作了："洛阳主人！"因为杜审言任职洛阳丞，所以陈子昂这样称呼他，但老杜立即打断他："非也！"

陈子昂心想：我能称你为大唐主人吗？

"伯玉听着！襄州襄阳杜必简，乃大唐盐梅，文坛宗师！"杜审言朗声对陈子昂说。

盐梅重臣，是指像人们离不开盐和酸梅那样，人君须臾也不可离弃的栋梁大臣。洛阳丞而自诩为大唐朝的盐梅重臣，陈子昂终于忍不住笑了一声。

"你不承认？"这声笑没躲过杜审言的耳朵，他立即瞪眼质问。

陈子昂要切入正题，不愿和他作无谓纠缠，于是应道："岂敢！"

"谅你也不敢！"杜审言很霸气地说。

"伯玉的疏本，诚如主人所说，是稚嫩文章，但我登门求你指点，也望主人厚爱呵！"陈子昂还是虚心求教。

"陈伯玉呀陈伯玉！"杜审言为陈子昂几上的茶樽续着水，"要我怎么来说你呢？我且先问你！"

"请问！"陈子昂急忙揖手恭候。

"你此世此生，到底要做什么？"陈子昂正要回答，杜审言却伸手作阻止状，"我还未说完。你颍川陈门是何门第？我襄州杜氏，是西晋征南将军杜预，征南将军杜预！听说过吗？"

"令远祖的赫赫威名，见诸《晋书》。"

"你虽是边鄙之地的小子，但还不算孤陋寡闻。"杜审言又损陈子昂一句，"但杜大将军的直系后裔，本人杜审言，杜必简，也不过区区洛阳丞。你能在二十四岁登进士第，已是陈门的侥幸了。"

"洛阳主人……"

"你等着！"他再次阻止了陈子昂的话头，然后对侍立一旁的婢女，"去书房取我的文集来。"

侍婢退出客堂，有顷抱着四卷文集入堂，杜审言从侍婢手中接过，正要说话，仆人匆匆入堂垂手禀告："启禀大人！明府大人要大人即去衙中有要事相商。"

"知道了，备马！"

仆人应声退出。杜审言这才抱着他罕有的歉意对陈子昂说："伯玉贤契！你风尘仆仆来到东都，但这洗尘宴，只有等我从公衙归家时开宴了。"

"公务为大，主人请便。"陈子昂也不介意他以师傅自居，把自己当贤契——学生——早立起身来，揖手相送。

"不过，你一旦翻开我这四卷雄文，自会舍不得放开，也不会饥饿了。"他也起身，正色地说，并匆匆而去。

陈子昂是以恭敬心情，在几上翻开杜审言文集。杜审言的话还真不是自吹，诗赋不必说了，他和李峤、崔融、苏味道并称"文章四友"，不仅文采飞扬，而且深情融于诗文中，令人临几览诗，感慨不已。其中《赠崔融二十韵》，尤其令陈子昂感慨良深：

> 十年俱薄宦，万里各他方。
>
> 云天断书札，风土异炎凉。

太息幽兰紫，劳歌奇树黄。

日疑怀叔度，夜似忆真长。

北使从江表，东归在洛阳。

相逢慰畴昔，相对叙存亡。

草深穷巷毁，竹尽故园荒。

雅节君弥固，衰颜余自伤。

人事盈虚改，交游宠辱妨。

雀罗争去翟，鹤氅竞寻王。

思极欢娱至，朋情讵可忘。

琴樽横宴席，岩谷卧词场。

连骑追佳赏，城中及路旁。

三川宿雨霁，四月晚花芳。

复此开悬榻，宁唯入后堂。

兴酣鸲鹆舞，言洽凤凰翔。

高选俄迁职，严程已饬装。

抚躬衔道义，携手恋辉光。

玉振先推美，金铭旧所防。

勿嗟离别易，行役共时康。

字里行间，自然流露着杜审言真实的人生和心态。当读到"衰颜余自伤"，"雀罗争去翟，鹤氅竞寻王"等句时，陈子昂陡然感觉一股酸楚，充溢口鼻。

从"北使从江表，东归在洛阳"和"三川宿雨霁，四月晚花芳"句看，崔融也来到洛阳。两年前京师一别，被杜审言诗句相邀，陈子昂从崔融想到了郭震，想到了乔知之，想到王适、王无竞、卢藏用，还有司马承祯，"思极欢娱至，朋情讵可忘"，陈子昂这时也从杜审言的文集中，看透了杜审言对自己的提问，来自融渗了无限悲苦吁嗟的"十年俱薄宦"！他不安于座了："陈汀！摆开纸墨来！"

陈汀立即移开他几上的茶樽，排开了文房四宝，陈子昂略一沉吟，便提起笔来，一挥而就。

"这个陈伯玉！怎么就等之不及？"杜审言从衙里返回宅院，仆人禀告陈子昂已借文集离去，并有诗作一道呈留时，杜审言埋怨说，同时又夸他，"知道借我文集回去拜读，算他聪明！"他问仆人："他呈留的诗稿呢？"

"已放在书房案上了。"

"点烛！"

侍婢急忙先去书房点燃了案上烛台，杜审言在烛光下朝陈子昂诗稿看去，诗题是：答洛阳主人。是十四句五言古诗：

平生白云志，早爱赤松游。
事亲恨未立，从宦此中州。
主人何发问，旅客非悠悠。
方谒明天子，清宴奉良筹。
再取连城璧，三陟平津侯。
不然拂衣去，归从海上鸥。
宁随当代子，倾侧且沉浮。

"他倒想得美，能在今上钦赏的清宴中，献上他的《政理疏》！所以，也就不叨扰我老杜啦。可是，会有这一天吗？"杜审言并非腹诽，确实含着不可期待的茫然和真诚关切。继之，他在心中笑了："好小子！三陟平津侯！大有老杜气概。孺子可教也！"

急于和崔融见面的陈子昂，却和崔融失之交臂：崔融是来朝廷述职的，他虽是太子侍读，但东宫很多的重要疏、诰、诏都要他捉刀代笔，所以述职一毕，便匆匆返回京师长安。

但卢藏用却从乔知之带来的口信中，知道陈子昂要向今上亲献《政理疏》，于是亲驾马车，把他主仆接上了嵩山逍遥谷草庐中。一进草庐前厅，一个身材清瘦、留着短髭须的人迎向前来，卢藏用笑着对陈子昂介绍说:"这是我这茅屋新客人,姓赵字贞固,名元亮,汲人。和你当初东游咸京一样,准备明年应进士科的常科考试。"

陈子昂揖手致礼:"贞固兄,小弟……"

"剑南道梓州射洪陈子昂,字伯玉,久仰了!"赵元亮却一气说出,陈子昂这才想到定是卢藏用先前介绍过了。赵元亮却笑起来:"我这久仰绝非客套。早在前年,就听坊间沸沸扬扬,争说伯玉仁兄在西京毁琴传文佳话。"

"原来如此!纯是子昂孟浪之举,不足为训。"陈子昂含着惭愧说。

"能吟咏出律诗开山之作的诗人,绝不会孟浪行事的。"赵元亮一揖,"进士赵元亮,拜见前进士陈子昂了!"

陈子昂忙扶着赵元亮,大有一见如故之感:"子潜能待如上宾之人,一定是人中龙凤!还望今后能多予指教!"

"伯玉兄!"赵元亮很关切,"有云梯可达天听了吗?"

这是在问向皇帝上书门路可通了?

"今上圣躬违和,"陈子昂说,"且待时日吧!"

"时色过午了,"卢藏用携着二人的手说,"先去膳堂一聚吧!"

三人转向膳堂。

乔知之带来的第一封信消息尚好:为封禅嵩山,今上敕召太子来到东都,由此可证,今上身体在康复。

可是当乔知之、窈娘陪着崔融来到嵩山,卢藏用茅屋时所说讯息,却让陈子昂、卢藏用、赵元亮紧皱双眉。

"大约在下月吧,就会向中外宣告,朝廷停止封禅嵩山!"

皇上病体加重了。

双泉岭上,已下了第一场雪。这是大唐永淳二年,即公元六八三年。

住在上阳宫洞元堂的当今皇上李治,在入冬不久,突然感到头重,以至双目不能看视,少监衙门所辖的尚药局、太常寺所辖太医署和太卜署官员、太医、太卜们齐聚洞元堂,对皇上进行会诊。皇后和太子李显,上阳宫近侍女官上官婉儿,亲自在洞元堂听取意见。经过差不多三天会诊，皇帝感到头重得更加厉害，双目也更加模糊不清、呻吟不断。皇后急了，并相当生气："养兵千日，用兵一朝！你们一监一寺三署的衮衮诸公，在君父呻吟不止、病情加重之际，都束手无策，对得起你们享用的俸禄吗？"

一监一寺三署的官员、博士，都低头不敢吱声，太子李显点太常寺卿的名了："太常寺卿！你也全无主张吗？"

寺卿只好硬着头皮、捧笏回奏："启奏天后陛下！太子殿下！这个……"

"休要推诿！"皇后日理万机，处置着军国大事，尤其是突厥近来又频频向岚州侵扰，使皇后处于高度紧张之中，恰在此时皇帝病情加重，而药石不灵，会诊又迟迟不能拿出处方，皇后决不允许再行拖延了。

"是！"寺卿却望向太仆署官员，"天象如何？"

"天象……"

"唉！太卜署进的'五石散'，朕初服时觉得精神陡长，才宣太子来到东都，准备封禅嵩山，但近来反而……唉！"皇帝的气息很弱，说着，接不上气来。

"你听见了！"皇后冷冷地对寺卿说，"不要管天象地态了！难道我巍巍天朝太医署中，不仅着绯太医医官扎堆成坨，就是着紫者也不乏其人，就不能效忠君父？"

这一下，人们把目光齐聚在着紫的医官身上。在大唐做官，能穿上绯色袍服，已是刺史一类，而着紫则在三品以上了。太医署中着紫最早的，是众目，包括紫者的目光在内齐聚的医官，姓秦，名鸣鹤。他曾在骊宫侍医过太宗皇帝，而且深得太宗赞许。所以，太宗亲赐其三品品级，身着紫袍。

"秦卿！你是今上贴身侍医。今上眼下症况，卿有何良剂佳方献上？"皇后平抑着心中恼怒，点名垂询。

秦鸣鹤走出班来，恭捧着牙笏，躬身对皇后奏道："今上仍是头风加重，致头重目花，仅用汤剂，疏理迟缓，见效极慢！"

"唔！奏下去！"

"若要尽快疏导风疾，当在百会、脑户二穴进针！"

知道二穴在何处的尚药局和太医署、太卜署官员，却为秦鸣鹤捏出一把冷汗来。

秦鸣鹤用指指向头顶中正处："这是百会穴。"然后，他请过身边一位同僚，让他背身面对坐在淡紫帐后的皇后，伸出手来，指着同僚后发际正中向上约一寸五厘地方："这是脑户穴！"

在皇上头上进针，这是太岁头上动土！寺卿口颤唇栗地问："各进针多少？"

"所谓头风，实是头中血流不畅所淤积，致患者头晕头重，亦致耳鸣不止，视力模糊。所以进针以见血为度……"

"该死的秦鸣鹤！"淡紫帐中的武氏勃然大怒，以至从帐后拍着胡床扶手而起，怒斥秦鸣鹤，"你敢在天子头上刺血！"

果然是天威震怒，万物伏慑，堂中众人，连太子在内，也失措惊怖，不知进退，秦鸣鹤早已瘫在地上，叩头不止。

"唉！媚娘！"病榻上的李治是太宗病榻前的服侍者之一，曾目睹秦鸣鹤为太宗针灸疗伤，而且，在一监一寺三署众人都对自己的病束手无策之际，秦鸣鹤所说症状，自己有感，如耳鸣，他都能说出，那么施行针灸，或许还有万一的希望呢？所以他劝阻皇后："就让秦卿一刺，未必不佳。"

"可九郎……"皇后虽然盛怒稍减，但是对在头上进针出血，她还是有着很深顾忌。

"试试何妨？"皇帝十分艰难地劝说。

皇后这才和缓了口吻："秦卿！"

"臣，臣在！"

"尽心尽力，不得半点疏忽！"

"臣，臣不敢！"

"施治吧！"皇后下敕，上官婉儿忙把皇后扶在胡床坐下。

秦鸣鹤忙跪在皇帝病榻下，打开随身背入洞元堂的药箱，但激抖双手，却打不开箱盖。太常寺卿急忙蹲身其旁，悄声安慰："这是你我臣子效忠君父之时。秦大人不必惊乱！"

"秦卿，你，你司治吧！"皇帝喘息不止地，带着恳求意味吩咐着。

秦鸣鹤这才伏在地上大口向外吐气，乱跳的心室，才缓缓跳得慢了些。他从药箱里取出两根银针，各有八寸长短，在窗隙透入的七月骄阳映照下，发出闪闪寒光。洞元堂中众人，包括淡紫帐后的皇后，又有些惊颤起来。

虽然堂中高朗阴凉，但紫衣医官却早已从头到足心，被汗水湿透。他用左手拈针在手，伸出右手先去后发际向上一寸五厘处探脑户穴，探索久久，他又大口出气，然后屏住呼吸，点针入穴，用右手大指和食指拈旋入针，并颤抖奏问："大家！疼吗？"

皇帝似在感觉，有顷，摇头。

"大家！哪怕稍有痛觉，也是探穴不准！所以请大家再感觉！"

寺卿向皇后悄声解释："穴位空隙，进针断不会痛；所以患者如果感觉疼痛，那么进针处就不是正确穴位。"

皇后皱眉颔首，凝神关注皇帝的反应。皇帝仍摇头以对。

秦鸣鹤停止了对脑户穴进针，而躬身伸手向原本不能缩发的皇帝头顶正中处，更加小心地探究着百会穴。然后，睁大了双眼，右手食指大指拈针点向百会，直插进针三分许，这才开始拈旋进针。

"大家！有痛感吗？"秦鸣鹤如是奏问，并提示，"静心感触。"

他担心皇帝因头风加重，昏重头部不能感触。

皇帝吐出一个字："麻！"

紫衣医官听到这个字，如得到无尚封赏，高兴得差点流出泪来。进针拈旋得麻、痒的感触，是之谓"得气"，表明针疗在产生疗效。秦鸣鹤受此鼓励，放手拈旋进针，他看见穴口渗出血丝，还是骇了一跳！

"呼！"皇帝传出极微的呼噜声。

近来侍驾在侧的秦鸣鹤暗中向皇天后土祷敬："多谢了！"

须知！皇帝近来极难入睡呵！

秦鸣鹤从箱中取出艾条，取下腰间打火石、绒取火，点燃艾条。左手执艾，在百会穴、脑户穴处烤炙，右手转换于两穴处拈旋，两穴都有血沁出，秦鸣鹤向跟随的药童点头，药童捧盘上前，在盘中取出罗帕，朝两穴处轻轻擦拭。

一个时辰过去了。秦鸣鹤手中艾条烧烬，他轻盈而迅捷地从两穴抽出针来。在同一瞬间，皇帝睁开双眼，四顾着。

皇后惊异地看着忙问："九郎！感觉如何？"

"我双眼似乎看得清楚明显了。"皇帝的口吻，也不像未行针灸前那么虚弱了。

堂中群臣和太子一齐伏地欢呼："大家万岁万岁万万岁！"

淡紫帐后的皇后以手加额，望天告谢："是天神所赐也！"接着先向秦鸣鹤抬起右掌："爱卿请起！"

秦鸣鹤却一时站立不起，皇后命太子："搀扶秦爱卿平身！"

太子急忙上前搀起秦鸣鹤，皇后这才下敕："众卿平身！"

在众人叩谢二圣纷纷立起身的时候，皇后吩咐内侍省内侍王伏灵："吩咐琼林库官，即送百匹锦彩料来洞元堂！"

王伏灵领敕而去。有顷，琼林库官，亲督库力士，用马车送来锦彩百匹。

皇后对皇帝嫣然一笑后，离开胡床，命上官婉儿："取彩入帐！"

上官婉儿碎步走向马车，从车中取出彩料，进入淡紫帐。

大家正在困惑中，皇后却已把一叠彩料，背负在身，对帐外的秦鸣鹤笑语相呼："奉天皇圣命，秦爱卿受赏吧！"

秦鸣鹤真是受宠若惊，半晌不能回应，而堂中众人再次山呼："二圣万岁！万岁！万万岁！"

但是，针灸的疗效似乎对皇帝只是临时有效，到了十二月初四，朝廷宣告改年号为弘道元年（683）。皇帝依照仪典，同时应在则天门楼宣告改元和大赦天下，但皇帝却因气喘，根本不能乘马，便召集百官到殿前宣布敕令。当天深夜，高宗召裴炎入宫，接受遗命，辅佐朝政。交待遗命时，皇帝已进入弥留之际，待史官记录好遗诏，高宗在贞观殿驾崩。

顾命大臣在贞观殿向文武百官宣告：今上已然驾崩，遗命太子李显在灵枢前继位，军国大事有不能决断者，同时听取皇太后武氏主张处置。

听到皇帝驾崩的消息后，在逍遥谷口卢藏用的茅庐中研讨《政理疏》的陈子昂、卢藏用、赵贞固，悲恸至极！君父去世，作为儒门门徒陈子昂等人，其情如丧考妣。但陈子昂更为心酸的是，能亲自听取一个太学生的平西策，进而拔识人才，加以重用的李治，对他经历千辛万苦，跋涉千里，悉心考查前代政治得失，增补、删改多次的《政理疏》，尚未御览，便驾鹤西去。虽还未释褐，连官场也尚未入流的陈子昂，却已从乔知之和田游岩等文友处获知即将继位的太子李显，在东宫是颇以游乐著称的。这样一封上书，休说还无路可通，就是能够送到李显手中，又会有魏元忠的命运，降临到自己头上吗？

在全国举哀悼念中，迎来了嗣圣元年。新年号在当年，公元六八四年的正月一日，由新皇帝李显在则天门楼宣布，同时宣布大赦。同时，立太子妃韦氏为皇后，擢升韦后父亲韦玄贞为豫州刺史。这位国丈原为普州参军。出于对国丈的尊敬吧，皇帝要任命韦玄贞为侍中，还准备授乳母儿子五品官职。

裴炎作为顾命大臣，认为皇帝这些授职不是为国选才，而把品流当作恩赏，是十分不妥，于是不肯奉诏，最后，新皇帝雷霆震怒，对裴炎说："我以天下交付韦玄贞又有何不可！怎么会在乎一个侍中职位！"

裴炎产生了极大恐惧，于是去上阳宫密告太后，秘密商议废立。

二月初六日，太后突然召见百官于乾元殿，由裴炎当众宣布废李显为庐陵王的敕令，羽林军将军程务挺等奉命把李显"扶"下皇帝宝座。

李显在惊骇之余，硬着头皮发问："我犯了何罪？"

太后冷冷地回答他："你要把天下交与韦玄贞，还没有犯罪吗？"

李显无话可说，被程务挺等押往囚禁的地方安置下来。

第二天，宣布立雍州牧、豫王李旦为皇帝。

"把皇帝在侧殿安置，对军国朝政不得有任何干预，政事取决于太后。"乔知之告诉赶回东都的陈子昂。

陈子昂面对这纷乱的政局，有种异常茫然的感慨，当他想起初到东都时，杜审言对他的发问和他的回答，心想：是不是该"不然拂衣去，归从海上鸥"了？但是这心思，却被太后对刘仁轨的一番书信往来而改变了。

在宫闱大变之后，太后向西京副留守刘仁轨去信，表明当初先皇任他为西京留守的用意，就是如刘邦把关中委托给萧何一样，望他为新朝一如既往地效力。但刘仁轨回奏却说自己年迈体衰，已不堪其任，同时话锋一转，举吕后及其戚属吕禄、吕产祸害汉朝的历史，规谏太后。在刘仁轨如此直白的警告面前，太后反而向其表白眼下自己不得不暂主朝政，以安天下的苦衷，同时还感激刘仁轨的警示，希望协力一心，共度艰危。

陈子昂被太后的豁达心胸所震动。这样的心胸，就是当代的太宗皇帝呵！他要留下来，呈献《政理疏》！

但是，朝廷为龙驭殡天的李治灵柩的安顿，生发了极大纷争，陈子昂在明白缘由之后，决定暂时放下《政理疏》，而要向当今太后，上《谏灵驾入京书》。

第二十三章 冒死上谏

当乔知之告诉众人，涉及李治灵柩安葬一事，朝廷上层产生激烈争论一事时，嵩山双泉岭逍遥谷口的茅庐内，气氛一下子变得十分沉重起来。

若按常情而论，这不是个问题。因为帝王陵寝，比如应该归葬李治的乾陵，早在他继位登极起，就已由朝廷在京畿道京兆府所辖的奉天县梁山，即今陕西省咸阳市乾县境内开始勘测、设计了。只因为太宗李世民提倡依山为陵、提倡薄葬，才没有像前朝帝王那样，从登极起就开始修建，但勘测设计早已完成，依山为陵的修建和薄葬的祖训注定了帝王死后入土会迅速完成，而李治弥留之际也向裴炎传下遗诏：死后灵柩西还，归葬乾陵。

按照常规，把灵柩运回奉天梁山，归葬即可。但李治虽然任命了顾命大臣裴炎，但大唐朝朝政，李治又同时有遗诏："军国大事有不决者，兼取天后进取。"虽然遗诏用词含糊，"军国大事有不决者"，怎么"有不决者"？谁不决？都说得不明不白。但可以肯定的，不是天后、即眼下已是太后的武则天。因为"有不决者"，才兼取天后意见施行或是停止。这一来，会产生"有不决者"的人事，第一应是新皇帝，继而应是顾命大臣。

乔知之说，裴炎受命中书令后，把办公点政事堂迁入中书省开始办公，这也是有唐一代政事堂设入中书省的开始。第一件要办的重中之重的大事就是奏请皇帝下诏，奉灵驾西还，让先帝灵柩入土为安。皇帝原本不敢有什么主见，依奏照准。

但皇帝诏书刚下达，太后就下诏叫停。难道太后不愿把灵驾送还奉天梁山？新皇帝原本就不像乃兄李显那样自我感觉良好，以为自己身着大裘冕，就真是大唐天子了。裴炎扳倒李显后，这大裘冕突然穿在了李旦身上，但他却一开始就请太后主持朝政，自己唯这位亲生母亲眼色行事，这次敢于允裴炎之请，一则是原本父皇李治遗诏就是要西还归葬；二则裴炎也是奉遗诏奏请，自己不过依着葫芦画个瓢而已！谁知太后急诏令停，李旦吓得魂不守舍，急忙去太后居处上阳宫，惶恐跪伏请罪。

"请罪？"赵元亮困惑至极，"皇上是奉先皇遗诏行事呵！"

陈子昂却锐敏地觉察出太后叫停的出发点，分明露出赞许神情。乔知之点头告诉赵元亮，太后未说李旦有罪，但却也忧心地斥责李旦，身为天子，不知国势艰危，不能审时度势，处理如此重大的军国大事！

天后天后，顺应天时的后土！这就是陈子昂听完灵柩归葬纷争后隐衷的评价。

不错，表面看去，确实是一桩军国大事，灵驾归寝呵！但是，也确实是一桩顺理成章的平凡事；乾陵就是为李治建造的，自当依其遗诏，西归入土为安。

但是！不知国势危艰！

这岂止是身为天子的李旦只一味照章办事，不顾国势危艰；就是满朝文武，包括顾命大臣裴炎等在内，也都"智者失图"，"庙堂未闻有骨鲠之谟，朝廷多见有顺从之议"！这现象为何让太后忧心如焚？因为都只一味强调奉遗诏行事，以彰显其臣忠子孝；但都不认真想想，灵驾西归，可不是寻常百姓之家，运一副棺木到哪里哪里，这可是大唐天子灵驾呵！虽不说灵驾西归，要举国官民护送；但是文武百官，包括外邦送葬的君主、使臣、护卫，那可也是数十万人的、上千里的大移动呵！

并且，从洛阳到长安上千里路途中，沿途州县还要大排香案接送，还要安顿这庞大送葬之队的起居、人畜补给……若在平时，也应不是什么难事，可是！须知本次朝廷来到东都，是因为关中大饥而采取的自救措施，国势艰危到何种程度？"顷遭荒馑，人被荐饥！自河而西，无非赤地；循陇以北，罕逢青草。莫不父兄转徙，妻子流离。委家丧业，……白骨纵横！阡陌无主！"更可忧者，灾区正动员灾民返归故乡，春耕救灾，这样一来，"征发近畿，鞭扑羸老"。"且恐春作无时，秋成绝望！"那么，眼下原本已经"国无兼岁之储，家鲜匝时之蓄"的局势，怎不让边境亡我之心不死的敌邦，起大举进犯之心？

上述所引文字，虽是来自陈子昂撰写的《谏灵驾入京书》，但陈子昂上书文字，却来自对太后别具一格洞察军国大势目光的赞同。

听陈子昂慷慨激昂表示，要尽快上书谏阻灵驾返西入京归葬，卢藏用茅屋中的众人深感事态严重，神情变得格外凝重起来。

为拉拢文学之士装点门面，乔知之成为武三思府堂中的常客，所以对朝廷发生的这类重大事件，他得以深知内幕和其中利害。

"伯玉！"乔知之慎重告诫，"此事已成为李唐皇室和武氏外戚间潜在斗争的引火线，你可不能以书生的义愤，自取杀身灭族大祸！"

卢藏用也提醒陈子昂："这可不是魏元忠上的《平西策》呵！"

赵元亮新入都畿，对朝阁大事知之甚少，但听乔知之、卢藏用告诫陈子昂话义，也对子昂的举动深感担忧和关切。

窈娘以其特有温柔开导着陈子昂："前进士，乔郎的提醒可不是耸人听闻呵。你也看见，不提张王李赵，姓氏名谁，只看东宫之主一个个离奇结局，你真不应该去参与这样的纷争。"

是呵！东宫之主李弘，莫名其妙死在合璧宫；东宫之主李贤，突然因私藏盔甲、武器谋反而被废；原本的东宫之主李显继位当上皇帝，可仅仅从上年十二月十一日继位，到这年二月初六，就被太后当殿废为庐陵王，吓得半死地被驱出京师……

皇室姓李，死皇帝也姓李，名治。太后姓武，太宗赐名媚娘，若干年后自取名叫武曌，史称武则天。李武间发生的事，仅东宫之主的兴衰沉浮，就知无小事呵！

眼下武氏气焰煌煌，李氏如灵柩中的李治，虽地位崇高，但却任人摆布。

可李唐皇室既能定鼎天下，出现一代明君和神武之君李世民，那么后代子孙中怎会就都是扶不起的阿斗，如显、旦之流？还不用提，文武百官中，绝大数人，以李唐皇室忠臣自诩，绝不会对武氏集团向皇权顶峰的进犯，抱听之任之态度。

"表面看去，是灵驾就地下葬，还是西返归葬之争，但实质上，是维护李唐皇权权威，和俯顺武氏削弱李唐皇权权威的生死激战！"乔知之为了挚友，冒险点题。

为防这个蜀人倔强任性，乔知之暗示众人把陈子昂留在逍遥谷口茅屋中，大谈风月，恣意开怀畅饮。不让他有撰写谏书的时间。

但是乔知之失算了。

众位文友都知道陈子昂倔强固执，但却忘了他是熟读老庄、孙武以及魏元忠《平西策》的陈子昂，更忘了他是那么崇敬用智用勇、智勇双全的裴行俭的陈子昂。谈风月，他大谈西京红楼歌馆舞姬、歌伎们的古道热肠，要用缠头、玉钏、飞纸帮他偿还毁波斯国宝古琴的百万巨债；恣意畅饮，他把原本送给卢藏用的"剑南春"和"射洪春"酒瓮，亲自抱放食榻，亲自为众人斟酒把盏。只贪酒香而不识酒度的众人，月未上东山，都已经醉成烂泥。他把陈汀带着，急急离开逍遥谷口，连夜兼程赶回东都洛阳客栈，在陈汀极度惊恐的目光中，秉烛走笔，撰写《谏灵驾入京书》。

中书令裴炎上朝，直接进了新迁入中书省的政事堂，在长案后的锦垫上坐下来后，一眼就看到了放在案头新码的书、表最上面的《谏灵驾入京书》。

一看题目，便已顿生怒意的裴炎，便在心中预测上谏书的人，首先是武承嗣、武三思，继而是现任左仆射的刘仁轨，这些被他心中目为李唐皇室死敌或叛臣的人，才会如此公开、如此大胆地谏阻执行先皇遗诏，奉灵驾返葬西京。但他伸手把谏本放到自己的面前案上时，一行署名如此陌生地映入他的视线：

　　梓州射洪县草莽臣陈子昂

　　裴炎一愣：陈子昂！没听说过。剑南道梓州射洪县人，草莽臣，不就一介布衣吗？世道果真变了！一介布衣，也敢上书谏阻灵驾西归入京！

　　他愤然提过笔架上的羊毫朱笔，就要在这谏书上严厉斥训。可是，斥训得要应对书意。裴炎强按怒火，仍未放下羊毫，就瞪眼看向谏书文字。但当他视线所触，竟是毫无虚饰文辞、直入正题的谏言时，虽有成见的裴炎，但作为大唐宰相、中书令公，却对陈子昂文字内容，深加赞许了……

　　……臣闻明主不恶切直之言以纳忠，烈士不惮死亡之诛以极谏。故有非常之策者，必待非常之时；有非常之时者，必待非常之主。然后危言正色，抗议直辞。赴汤镬而不回，至诛夷而无悔！……

　　从文字看来，这绝不是武承嗣、武三思之类仗着太后威权，肆意妄为、诋毁先帝的宵小奸徒，而是个深知上这样谏书，须承担杀头夷族巨大风险，却仍要为国家计，为万民计，强行上谏的一介布衣！在刹那间，裴炎大有视陈子昂为应惺惺相惜的同类。

　　自视为李唐皇室忠臣的裴炎，就在前一月，由他向太后奏告皇帝李显要坏大唐纲纪，强把大唐宰臣极品封赏岳父韦玄贞一事，直接导致李显被废，李旦继位。但继位的李旦，已被太后置于偏殿受朝，完全不可处置军国大事，使中外明显感到皇室已被外戚异姓所篡夺。裴炎对李显的被废，是乐观其成；但对太后不再"兼取进止"，而是"独裁进止"，却绝非他的初心。他的初心，和此刻的陈子昂用心是一致的：危言正色，抗议直辞。赴汤镬而不回，至诛夷而无悔！但结局却是他断送了李唐皇室继承皇权，皇权全归太后手中！他明白，因为他的这个举动，要想灭他裴家九族的，绝不仅仅是囚禁在庐陵的李显一脉，而是成千上万的皇室李氏族人，还有忠于李唐皇室的中外万万千千官民！在奏告太后的彼时，他就预知了这结果，可他却义无反顾奏告，因为这是"非常之时"！他背负着或明或暗射向他和家人的怨毒目光。他想象得出，陈子昂也是明白这直言上谏凶险后果的。但却和他一样，义无反顾地坚持了上书谏阻。

他真心欣赏着这一介布衣。二人不谋而合，但他目前背负的恶名，是有洗净的那一天的；陈子昂因此招致的恶名，却永无洗净之日！

因为，他派出外甥薛仲璋，和暗中要在扬州插旗反抗武太后的英国公李敬业接上了头，紧锣密鼓地进行着反叛大计。到时，叛军定会在李唐皇室贵族和忠于李唐皇室的中外臣民的支持下，潮水般淹没东西二京，夺回李唐皇室的权力。

到了那一天，人们终会收回对他误解、怨毒的目光，把他和从吕雉手中夺回汉家皇权的陈平、周勃一样，视为永世垂范的大功臣。

而这个草莽臣陈子昂呢？看他的谏书，正合武氏一派的心意，八九会得到采纳。真是这样，作为顾命大臣，他其实也很赞同陈子昂的见识；为一个死人的归葬，让国库因受到大灾而严重匮乏的朝廷，雪上加霜，并会引发内外大乱的后果，他也认为就地安葬，是不"忘神器之大宝"的上上之策。

然而，他决不能和陈子昂唱一个调调，那样做对国家和百姓有百益而无一害，但对自身而言，却更会成为李唐皇室和忠于者的众矢之的。因为遵不遵先皇遗诏，已成为李武两大政治集团分野的试金石。裴炎不能在这重大节点上，有半点失误。

他把羊毫朱笔放回笔架。但却似乎依依不舍地把目光仍凝注在谏书文字间。

"令公！这谏书是上官才人奉旨传送到政事堂您的文案上的。"裴炎并未发言，当值属吏便轻声向他提示。

他心头一沉。上官婉儿是奉旨把这谏书传送到政事堂中、自己的文案上来的。一介布衣的谏书，能直接送达上阳宫，而且显然太后已经御览过了。那么，这陈子昂……慢！他心中暗自提醒着自己。他再度注目谏书开头：梓州射洪县草莽臣陈子昂！射洪县，梓州，剑南道！利州，剑南道！武太后祖籍山西文水，生于其父武士彟广州都督任上，后又随父亲在利州生活成长到十四岁，被太宗李世民选入后宫，封为五品才人。

"只怕不那么纯粹为国为民了！"裴炎疑心大起。他心中紧急盘算，要通过外甥薛仲璋，迅速封告李敬业，务要派人严密监视这个陈子昂，必要时，应先按武氏党羽，予以除灭！

其实，裴炎多疑了。陈子昂是按正常渠道，把谏书投向上阳宫东面提象门旁当值室的。

这上阳宫是高宗上元年间，即公元六七四年至六七六年前后，在东都苑东部修建的。宫城西南隅，其南临洛水，西拒谷水。宫正门是提象门，正殿为观风殿，和皇城紧密地连在一起，是大唐洛阳宫城系列中最为壮丽的建筑群。西隅谷水的宫群称西上阳宫，其间虹桥跨谷，不仅来往便捷，而且跨谷虹桥正如一道五彩长虹，使大唐东都上阳宫阙，彰显出玉宇琼楼风姿。

上官婉儿一早由侍婢护卫，进入提象门，当值官员便立即迎上，双手呈上陈子昂的谏书，激动道："禀才人！终于来了！"他说的终于来了，不是指上官，而是指呈上的谏书。

自从武太后训斥皇帝、撤回灵驾入京归葬以来，太后下令任由官民上书，言灵驾归葬事。其间，如裴炎，如皇族成员等，大多敢怒而不敢言。仰承太后鼻息，希旨上书的人也还是踊跃，但休说据理力谏，就是稍稍能说中要害的，也尚不得发现。太后倚重的女官也亲自上书了，如一贯欣赏上官文采的武太后，这回也不见有什么意外之喜。上官婉儿心里焦急，私下叮咛当值官员，留意这类谏书的出现。所以，他说"终于来了"！

他话刚说出口，就知道失言了！眼前女官，虽只是五品才人，却是被皇帝皇后钦定的衡文女宗师。举凡宫廷燕乐，包括君臣联句赋诗，除皇帝、皇后御笔不可点评外，其余公子皇子、文武勋臣、文学侍从……

的诗赋文章，都是由她评点优劣。这谏书算不算得"终于来了"的上乘之作，他有什么资格评点？

上官婉儿倒没有责怪意思，因为面前的当值官员，是她亲手识拔的"北门学士"之一，那可是颇具衡文法眼的。她赏赐般点点头，就由侍婢护卫，送到观风殿内的右侧，属于她作为"内宰"办公的厅堂内。鎏金烘炉内溢出的炭火暖意，使偌大厅堂，春意盎然。

但当她坐上锦垫，展开案上陈放的谏书时，梓州射洪县草莽臣陈子昂的具名，使她大出意外地一怔！陈子昂！

经过母亲十分严厉的告诫，日理万机的上官婉儿，却一直提醒自己要留意此人动向。甚至对他举进士的杂文诗赋考卷，也还真用心审看过，其风格和上官体果然是南辕北辙，泾渭分明！这样的诗文也能通过考试，可见考官中也已有不遵上官体衡文的人了，母亲的担心可不是空穴来风呵！

她原本要示意考官不得让陈子昂举进士。但陈子昂西京胡庙毁琴散稿的举动，不仅惊动中外，流入朝廷的政论文字，也引起了有识者的认同。在这种情形下，她隐忍了。陈子昂得以举进士。但她万万没有想到，这个她最为戒备的名字，居然出现在这样的谏书上！

有一刻，她已要把这谏书付之一炬。但"终于来了"的禀告，让她同时浮上眼帘的是太后十分期待的眼神。这眼神含义，只有她，上官婉儿，才能解读出非同寻常的含义。是借这纷争，锐敏的太后要看出臣民之心，在李，在武？而且拥武者，可有才俊出现？如果让她继续期待，只怕自己就难以交代了。

为此，她展开了陈子昂的谏书。她阅读速度，可谓快速。陈子昂文笔行云流水，而她阅读也是流水行云！能写出如此文字的陈子昂，确有资格挑战上官体！真正高手面对过招，绝不希望对手是没有实力之辈！看：

> ……陛下何不览谏臣之谏，采行路之谣，咨谋太后，平章宰辅，使苍生之望，知有所安，天下岂不幸甚！

这里的"陛下",自然还是晾在偏殿的李旦,虽然如此,制度还在那里,书不能直上太后而是"皇帝"。用这样的文字,名义上是谏奏,实质上更像帝师训徒!这气度,绝不是草莽臣呵!而是久居庙廊的大器。深知太后心思的五品才人敢断定,这,真是"终于来了"!

她十分矛盾地把谏书呈到太后近前,太后却让她诵读。但当读至"岂徒欲诡世夸俗,厌生乐死者哉"时,太后情不自禁地从上官婉儿手中取过陈子昂的谏书,几乎是屏息细读起来。

上官婉儿强抑的是,心中悔意。因为太后的举动,已表明这篇谏文,和其作者陈子昂,已然深深打动了她的心扉。这掌握着天朝巨大权柄的太后的心扉被其打开,上官体,危矣!她强抑悔意的同时,却更加紧张地暗自谋划,首先应借助武三思,把这个上官体的死敌,扼杀在通往巍巍天梯起步之阶。但……

"小婉!"太后用这种昵称呼唤自己,上官更忍不住颤怖:太后是何等开心呵!这是自李治死后,她第一次见她以如此开心的语音,呼唤自己。

"西上阳宫金华殿。"

"是有座……"刚答出,上官就知道自己严重走神了,欲纠正,却更显慌张。

"梓州射洪县,也有座金华山。"太后并未察觉近侍女官的失措,却仍旧开心地说下去,"那么好吧!宣召他,去金华殿朝觐!"

上官婉儿再度一颤:"他!金华殿见驾!"

太后罕见地没听见女官惯常的迅疾回应,把眼睛抬起,望向上官婉儿。

上官婉儿被这不怒自威的眼光所震慑,这才急忙回应:"奴婢领旨!"

"京东客栈"里,后厢房内,并不算狭窄的客房中,除了陈子昂、陈汀主仆,乔知之、窃娘、卢藏用、赵元亮、司马承祯、王无竞、王适都闻风而来,使客房变得拥挤不堪。

　　"亏了'剑南春''射洪春'把我等醉倒，不然伯玉哪能脱身我那茅屋，回这栈中飞龙走蛇，写出《谏灵驾入京书》。"卢藏用的口吻里，透着几许艳羡，几许失落，但也透着由衷的祝贺。

　　望着陈汀为陈子昂穿衣束带，卢藏用再发浩叹："伯玉这一去，御前释褐授官，也是情理中事了。"

第二十四章　地灵人杰

释褐，是指脱去平民百姓穿的布衣，换上官服。科举时代把新进士及第后被任命官职，称为释褐。

科举制开始于隋朝大业年间。唐因隋制，但唐代进士及第后并不能立即授官，还须再由吏部考核，其间并无等待年限，所以唐代进士有很多终身也未能"释褐"的。正因为这样，唐代进士们就必须绞尽脑汁，彰显自己的才学、人品，使吏部能够引起重视，得以释褐当官。在卢藏用眼中，司马承祯中举后，拜潘师正为师，在终南山修道，借助潘师正和终南山的名声，使之传入吏部甚至皇帝耳中，就是一种释褐的"捷径"，所以，他的"终南捷径"名言四方流传。

所谓"御前释褐"，卢藏用认为陈子昂因上谏灵驾西还入京归葬的疏本，居然惊动了太后，并且宣召陈子昂去上阳宫金华殿见驾。陈子昂的这次上书举动，既然惊动了大唐朝实际掌控者，那么，今日金华殿内，由实际最高统治者——御前——授予陈子昂的官职，脱去布衣，正是绝不意外的事情了。

但是，在目光炯炯、毫不掩饰艳羡之情的卢藏用近前，在满心是祝贺和为陈子昂激动兴奋的乔知之、窈娘、赵元亮、王无竞、王适近前，由陈汀穿衣束带的陈子昂的神情，却显得如一贯的急躁和焦虑，并不见有些许欣喜与激动。他的反常神情，到底被细心的窈娘体察到了："新进士，你在担心什么？"

被窈娘这一问，众人也才平静心潮，朝陈子昂仔细打量去，而陈子昂也才回过神来，却显得更加急躁，不，几乎显得狂躁地，对乔知之发问："十二郎，御前召对，时间有限制吗？"乔知之排行十二，依当时风俗，陈子昂这样称呼他。

比陈子昂年长近十岁的乔知之，因系挚友，一下就明白了他的用意："伯玉，你准备要向大圣奏报很多事吗？"

陈子昂果然点头，但又说："至少，眼前的一桩大事，重要程度不逊于灵驾归葬何处，或者，还重要得多！"

不等乔知之回答，担任监察御史的王无竞回答他："伯玉，以无竞愚见，大圣是因为你所上灵驾书而下旨召见，最好认真思考周全这一件事情的回奏，对答为是。"

"可，这事也更要向大圣奏报，非阻止不可！"

众人正要询问，宣旨宫使却已发话催行，陈子昂只好骑上宫使为他预备的三花御马，在众人无比艳羡的目光中离开了"京东客栈"。

陈子昂念兹在兹，急于要向武太后奏告的，是一桩涉及告密的事。

事情发生在二月初七。当天，朝廷立雍州牧、豫王李旦为皇帝，但一切军国大事由太后裁夺，新皇帝在偏殿安置，不得参与军国大事处置。朝会完毕，有十来个飞骑，羽林、矿骑等——近卫官兵——相约在坊曲饮酒。酒劲上头时，其中一位拍着食榻抱怨说："早知道新皇帝登基，什么勋赏都没有，还不若继续奉庐陵王当皇帝！"醉意中的众人，有点头的，也有各自发昏的，原本一句酒话，没有人拿这句话当真。

可偏偏在座中，就有个飞骑兵士别具肺肠，偷偷地离开了座位，上了马，一溜烟去到宫城北门——就是太后智囊北门学士办公地——向当值学士告了密。

接下来，仍由这位飞骑兵士引路，把一队羽林将士带到这坊曲，一个不少地全部逮捕，关进羽林监狱。

　　结果是，说酒话的，处斩。其余在座听了酒话不告密的，绞杀。告密者，立即升为五品官职！

　　陈子昂闻知这事后，大为震惊。如果真是知道有人造反不向朝廷举告，当然应予追究、法办。如果真有反叛朝廷者，那自当绳之以法，依律惩处。但是这只不过是一句抱怨话，而且还是一句酒话呵！且凡新君登基，历朝历代，那可是都要封赏文武、大赦天下呵！

　　朝廷换了新皇帝，确未勋赏，也未大赦天下，有人酒喝高了，抱怨一句，同桌众人也都醉意蒙眬，或许很多人根本就不知道谁谁在说什么，只顾自己举手划拳……哥俩好呀……三桃园啦……

　　结果！说酒话的人，成了谋反的人，杀头！在座的，绞死！而告密的，官升五品！

　　如果这样的告密风气一旦开启、形成……可以断定，大唐朝境内的官民，不用十年寒窗，不用奋勇杀敌，不用寻找“终南捷径”，只消，告发酒疯子、真疯子，或者，干脆胡编乱造，就去告密，被告的，也不用查其真伪，或斩或绞；告密的，“起价”五品！那么……

　　陈子昂恨不得插翅飞进西上阳宫金华殿，力谏太后为飞骑一案，平反纠错伸冤！

　　当三花御马引着陈子昂登上虹桥，向谷西而去时，满心急躁的陈子昂，终于一再告诫自己，戒急，戒躁！因为身畔已呈现一派肃穆气氛。

　　巍巍虹桥，桥廊内外，三步一岗，五步一哨，立着头戴兜鍪、颈系盆领雍颈、外系肩巾、内穿战袄、外套两裆甲、腰勒铜铃革带、脚穿吊腿束裤、足蹬黑牛皮战靴的羽林官兵。佩在腰间的长剑和所佩弓箭，使这些貌若金刚的近卫官兵，显出别样的威武雄伟。

　　遥望西上阳宫，巍巍宫阙，点缀着簪缨的猩红。当三花马载着陈子昂下了虹桥，宣旨宫使示意陈子昂下马，让随身宫廷小儿牵走马匹，并亲自察看着陈子昂，伸手为他端正新熨妥帖的纱制幞头，这才领他踏上通往金华殿的御街石径，向金华殿门而去。直到临近宫门，宣旨宫使还悄声询问：“陈子昂！觐见礼仪可牢记在心？”

"在心！"

"万万不可稍有违仪！"宣旨宫使的语气变得格外严厉。

偏偏从望见阙门时起，他的心再次狂跳起来，似乎完全无法控制。但与此同时，一句心声如雷贯耳："陈子昂！陈伯玉！唯道法自然，才可与自然和谐共处，而知何为自然之福，何为自然之祸！"

这当头心声大喝，竟让这剑南道、梓州射洪、金华武东的青年新进士，骤减了心跳，神情步履，显得自然起来。

金华殿和观风殿的格局迥异：提象门内东都皇宫正殿观风殿，是大朝会所在地，是朝廷大燕乐会集所在地，与西京大明宫内含元大殿相似。其规模宏阔壮丽，不仅可容纳文武百官，而且还有万邦百国君王、使臣、命妇的侍驾、燕集区域。

而金华殿是东都西上阳宫殿宇建筑群中一座相对小型的殿宇。尽管小型，却是朝廷最高统治者召见重要文武大臣、垂询军国重大要务的殿堂。其小型的张力，却是关乎国家百姓重大利害的决策之地。而这，也是上官婉儿最初听到太后决定宣召陈子昂，在这殿堂觐见时，产生极度震惊和后悔的原因。

不错，一个未释褐新进士，离释褐得官，按常规还差着好多的年头！即或震动了太后，得到千载难逢的"御前释褐"授官的机会，但所授的职务，也永远达不到那告密者的品级——五品。大家熟知的魏元忠，那也是一封奏疏惊动了先皇李治和武皇后，也是召见御前释褐授官，而官职也就是区区秘书省正字：秘书省校正字体字义，九品下的级别。金华殿堂，这种未入流"官"也可以登堂入室，但主要是准备皇帝查询字体字义而已，真能获得在此召见的，就眼前而论，最多是刘仁轨、裴炎这类台阁大臣。而太后居然在金华殿召见陈子昂！太后爱才，从不杀自己，只为让上官体有继承者一事上，让上官婉儿深有体会。但如爱才一样把自己从罪囚提升为"内宰"的例子，会不会也发生在陈子昂身上？果真那样，凭她对陈子昂已然不浅的了解，陈子昂一定会高擎魏晋风骨、诗言志的大旗，把他视为靡靡之音的上官体置之死地！

上官婉儿强抑满腹的猜疑、后悔和恐惧，望向早已坐在御案后御座上的武太后。而武太后却仍浏览着近前的《谏灵驾入京书》，似乎人我两忘。

唯一让上官婉儿稍感放心的，是太后的穿着装饰。坐在御座上的太后，今天的着装，是细纱禕衣，而不是祎衣，不是鞠衣。

根据大唐立国后，在高祖李渊武德年间颁布的《武德令》规定：皇后服饰分为祎衣、鞠衣和钿钗礼衣三种。祎衣系皇后受册、助祭、朝会大典时所用服饰；鞠衣则是皇后主持亲蚕礼、祭祀礼时所用服饰；而钿钗礼衣，则是皇后宴见宾客的服饰。

由此可见，皇太后还把陈子昂列为非正式场合召见人来对待。但是……

陈子昂被宫使引入金华殿，他谨遵宫仪，肢体依仪，三呼叩拜，双眸却只低垂，不敢仰视。

而御座上的武太后和近侍座旁的上官婉儿，却都仔细地打量这个身穿白布衣、头戴新罗制成幞头帽的陈子昂。

"猥琐小样。"上官婉儿几乎嗤之以鼻。

太后却意味深长地无声评价："蜀马！"

武太后暗中评价陈子昂为"蜀马"，和上官婉儿带有成见的"猥琐小样"有一点含义相同，那就是指陈子昂身材中等，不是伟丈夫一型；但太后评价的意义是褒，因为"蜀马"也是个头矮小，但和契丹、突厥等邦贡来的北地高头大马相比，却更见剽悍，格外敏捷、坚韧、耐劳。

陈子昂激动地三呼音韵，立即勾起了太后对少女时期环境的无限回味。其实，从十四岁离开利州，至今，自己已然一个花甲！若李治还健在，抑或裴炎没有告发李显，李显仍在位，想象得到，举国上下正在大张旗鼓地为自己筹备六十华诞庆典……而六十年过去了，太后的基本语系，仍是蜀音。太后那原本慑人的利刃般双眸，却陡然变得如一个打量着归来游子的、慈母的双眸。她朝陈子昂透着亲切地呼唤："陈子昂！"

被人们呼唤了二十四年姓名的新进士，被太后这亲切语调，更重要的是用自己最为熟悉的蜀音唤起，陈子昂胸臆间被无形而力道巨大的情绪波涛拍击着，止不住浑身战栗，两行热泪夺眶而出，声音哽咽地回应："草莽臣，臣，在！"

"你知罪吗？"

万不想，原本慈祥、亲切的太后，却冷冷地问出这句话来，连座旁正焦急思考如何遏制太后对陈子昂那绝不寻常好感的上官婉儿，也惊得差点张开了描画精致的樱唇。

但在太后十分留意观察中，跪伏在地、原本战栗哽咽的陈子昂，却在这声喝问之后，停止了战栗，声音里也没有了哽咽，反而仰起面来，就要回应太后。

是宣旨宫使发现了他的反常举动，焦急喝斥："陈子昂大胆！速速俯首伏地！"

陈子昂这才记起了刚才情急之下，居然在太后未下口谕时，擅自仰面挺身了！他急忙再次俯首伏于丹墀下、殿堂中。

"谁叫你俯首伏地了？"太后再次喝问。

不待陈子昂回应，宣旨宫使急忙提示："仰面回奏！"

陈子昂急忙跪直上身，仰面望向御座上的太后。呵！太后！

陈子昂在十八岁以前，听说过太后，可是那时还是"比肩二圣"之一的皇后"大圣"。十八岁开始知书，尤其是从第一次东赴咸京游历太学时，这位大圣就成了他耳内、心中绕不开的人物。若他启蒙于儒学，凭儒学所制定的天理人伦，这位大圣绝不可称"圣"，而应该称"孽"，妖孽！但何其怪哉，陈子昂是从道学启蒙的，无论道学典籍，还是叔祖、父亲，所讲的是"大道无私""大道公平""大道自然"，正因为这样，第一次送他赴京前夜，父亲就格外提醒他，什么"牝鸡司晨"，什么"乾坤倒置"，断不可人云亦云，苟利于国家、百姓之人事，就是"大道自然"。

随着再度赴京、赴都，随着交际更广更深，随着报国为民志向更坚定确立，他已然用自己的尺度去衡量这位众说纷纭，至少在权贵阶层是贬多褒少的太后。而衡量结果就是对太后整体的肯定。比肩二圣之一的皇帝李治，从驾崩反推十余年前，甚至在幼儿时便身体羸弱，心性见识更非乃父太宗李世民的英明神武，若非太宗敬重的长孙皇后的亲生之子，若非皇子李泰和太子承乾恶斗不已，若非他的舅父不是和李渊、李世民父子并肩打天下并得天下的长孙无忌，在李世民众多儿子里，李世民闭紧双眼也不会把李治挑选出来，入主东宫。当李世民因征伐高丽中箭重伤不治，崩于骊宫之时，李治在灵柩前哀悼，搂着舅父长孙无忌的颈脖大哭不止，经舅父强力阻止，才止哭继位的。

正因为他的体魄智力远不如乃父，所以自继位后，东北西南强邻吐蕃、突厥、契丹、靺鞨等，或单挑，或联军，侵扰不止；高丽更是肆无忌惮，还联合原本对唐朝恭谨俯顺的倭国，从营州方向大举进攻。更不用说皇室内部，对李治不屑一顾的叔伯王爷或兄弟皇子，也都蠢蠢欲动。此前，就在武则天从感业寺返回后宫以前，全仗太宗驾下一批文武老臣，为他遮挡了来自内外的狂风暴雨；此后，就是武则天被他接回后宫，先婕好，后皇后，是她辅助李治，审时度势，特别是注重人才识拔，一批治国强军新秀，如刘仁轨、裴行俭、薛仁贵等，成了国之栋梁；太宗未能讨平的辽东，是刘仁轨、薛仁贵一举讨平；而刘仁轨、薛仁贵在皇后直接主持下进行的以少胜多的白江村海战，不仅彻底摧毁了辽东半岛——今朝鲜半岛——上的仇唐政权，还让蠢蠢欲动的倭国丢魂失魄，重新对唐俯首称臣，更是卑谦不已地请比肩二圣的皇后大圣，为倭国重新赐一个国名！

狡猾异常的倭国君王，不请李治赐国名，而请武则天赐国名，可见其心知肚明：二圣中的真"圣"，是此而非彼。武皇后依据岛国处于日升处的原因，赐名为——"日本"。倭国上下欢欣鼓舞地接受了这一国名，之后遣唐使连连来唐朝贡、学习，不敢再对大唐有非分之想。这就是她，陈子昂充满敬意仰面观望的大圣！

而这一切，使陈子昂对武则天充满了无穷敬意，而不是以儒学启蒙的上官仪、褚遂良等人那样，不论事实，只按儒学经典，视武则天为干政乱政罪魁祸首！

正是基于这种想法，当他得知武则天下令收回送灵驾入京的天子成命，让文武王公展开充分讨论之际，他义无反顾地，谢绝亲友阻拦，连夜赶书《谏灵驾入京书》的原因。皇太后辅佐李治继承发展了唐太宗李世民的贞观之治，却反落个干政乱政的罪名；而在这先皇驾崩、新朝危机四伏之际，在深知国事艰危的裴炎等人，都绝不敢违背先皇那大不宜于国民的遗诏中，默不作声的微妙时刻，又是她，毅然决然要挑明送灵柩西还的利弊论争。

三年不改父之道，为之孝。皇帝才死几十天，儿子不敢，或者根本就不知道该不该奉诏行事之际，在百口缄默之际，这御座上的女人，是冒着天下之大不韪，发起了这场论争！

如果，她只是个皇太后，而不是手握权柄的皇太后，凭这一事，休说中外之敌，就是深深被中国特殊国情熏陶的普通万千百姓，也会用唾沫把她淹杀！但为了不使关中灾上加灾，不使百姓雪上加霜，她也是毅然决然，义无反顾地挑起了这场论战。

正因为此，陈子昂才拍案击节，长啸而起，飞龙走蛇，写下了洋洋洒洒长达一千二百九十三字的《谏灵驾入京书》。

"臣自知罪该万死！"陈子昂朗声回应。

"那你还敢上这谏书？"太后辞气更加严厉。

"只因微臣……"

"'臣闻明主不恶切直之言以纳忠，烈士不惮死亡之诛以极谏！'是吗？"

陈子昂愕然。谏书出自自己之手，用词造句布局也还可道得明白，但看太后，分明直视着自己，口中所诵，那是背诵呵！陈子昂再次热泪直泻。

太后收回了直视陈子昂的目光，挪回谏书上，那神情，有中意，有赞许，还有些许佩服。"……'实以为杀身之害小，存国之利大。……然而流人未返，田野尚芜，白骨纵横，阡陌无主，至于蓄积，犹可哀伤！陛下不料其难，贵从先意，遂欲长驱大驾，按节秦京。千乘万骑，何方取给？况山陵初制，穿复未央。土木工匠，必资徒役。今欲率疲弊之众，兴数万之兵，征发近畿，鞭扑羸老，凿山采石，驱以就功！……

况国无兼岁之储，家鲜匝时之蓄！……陛下不深察始终，独违群议，臣恐三辅之弊，不止如前日矣！’……唉！”

朗读至此的太后，忽发浩叹，上官婉儿急忙端过盛在九钉玉盘中的汤汁，向太后呈上，太后却轻轻摇头，目光回到谏书上，以显得更为充沛的语气，再次朗诵起来：“‘况我巍巍大圣，轹帝登皇，日月所照，莫不率俾！何独秦丰之地，可置山陵；河洛之都，不堪园寝！……且景山崇丽，秀冠群峰；北对嵩邙，西望汝海，居祝融之故地，连太昊之遗墟。帝王图迹，纵横左右；园陵之美，复何加焉！陛下曾未察之，谓其不可；愚臣鄙见，良足尚矣！’哈哈哈哈哈……”

这发自内心的开怀大笑，却让陈子昂惶愧起来。写时直抒胸臆，自己不觉有任何唐突处，但此刻听太后朗声诵出，才觉得自己竟然胆大包天，在多处直接指责当今皇帝唯知奉遗旨行事，不顾国家艰难、百姓痛苦。而刚才这一段话，更直指皇帝失察，一味劳民伤财，送灵驾入京归葬，不如自己的“鄙见”，就在洛阳归葬灵驾，才是最佳选择……陈子昂终于回到现实，更回到君君臣臣规范：凭这些文字，真可灭族了！

但太后分明毫无怒意。虽然文辞是对当今皇帝李旦，但中外皆知，大唐主掌者正是这位太后大圣。这些文辞，可都是冲着她而写的呵！

她不怒反笑。

陈子昂这才敢稍稍暗中观看大笑中的武太后。六十岁？绝不像。在陈子昂眼中，这位身高应该高过自己的太后，方额广颐，体态丰满而婀娜。加饰在两鬓的博鬓，却衬得青丝如漆黑所染，双蛾下杏状眼睛，清澈明亮，透着精明妩媚。媚娘！太宗赐名，应和这双眸子有关。而毫无彩饰的杂色衣裙，只配饰着双小绶，在十二钿头饰之下，使太后显得雍容华贵……

停止的笑声使陈子昂摄起心神。只听太后那亲和力很强的语音，再次回响于金华殿宇中：“蜀地陈子昂，地籍英灵，文称晔晔！”

第二十五章 御前释褐

地籍英灵，文称昈晔！

武太后对陈子昂的八字评价，使原本忧心忡忡的上官婉儿更生惕戒：御前释褐，看来绝无悬念了，但评为"昈晔"，可不是流外九品等级，可以赐予的了！

八字评语进入陈子昂双耳，原本已经被金华殿召见所铸成的天高地厚知遇隆恩，更加重了无限重量。在那一刻，这梓州射洪县新进士，顿生即以肝脑涂地来回报，也绝难报答太后如此知遇之恩之万一的情愫。他再次不能自己地叩伏下去，泪如雨下，竟至呜咽出声。

"敕！"武太后辞气清朗地下敕。

上官婉儿差点失态，弓身俯向手中所执记录笏板，手中的羊毫笔，笔毫分明在微颤。

"授陈子昂，秘书省正字！"

上官婉儿一愣，差点忘了记下太后的敕令。但没有错，她听得十分明白，太后授给陈子昂的职务，确实是"秘书省正字"。

秘书省，就是在太后废李显为庐陵王，改立李旦后，改为麟台的中央办公机构之一。这个官职，最早起于北齐，隋唐宋都沿置，和校书郎同掌校定典籍、订正讹误。在唐代，正字属秘书省著作局，设正字官员二人，属正九品下。服饰是绣有练雁的浅青袍服。俸禄是每月一点五贯钱。而五品才人婉儿，账面俸禄是每月三点六贯钱。

陈子昂仍叩伏涕零，不能自已。但上官婉儿已经恢复了常态，提示陈子昂："陈子昂！望阙谢恩！"

"臣，陈子昂，叩谢吾……大圣隆恩，万岁！万岁！万万岁！"

他差点叩呼成"吾皇"，但思绪敏捷的他，终于把"吾"后的"皇"字收回，呼太后为"大圣"。

虽然身着浅青色、绣着练雁袍服，虽然只有一点五贯钱月俸，但此刻陈子昂到底完成了释褐授官的蜕变。他能想象到，今晚是不能在"京东客栈"举行对亲友们的答谢关爱、祝贺宴了。估计窈娘早已在乔府张罗着宴席和歌舞，通宵笙歌、狂欢，是极自然之事了。

但是，正所谓智者千虑必有一失。宫使刚把他送下虹桥，在桥头等待的陈汀已经看到自己公子换了服饰，虽然从乔知之、卢藏用等人言谈已经知道了这极其可能的结局，但还是惊喜万分迎向前去，忘了递上马鞭，忘了上前扶持，只一味瞪大双眼，看着陈子昂头上换戴的乌纱幞头，身上的浅青练雁官服，腰间的鍮石革袋。带上那显示唐武官威仪的七种事物：佩刀、砺石、契苾真、哕厥、针筒、刀子、火石袋，都令陈汀目不暇接，而陈子昂足上穿的短勒黑皮六合靴，给体态瘦弱的陈子昂，平添了几分英武之气。

陈子昂对陈汀表现出的忘情举动，并无责怪，反而非常有同感。他自己其实也忘情地没有擦去两颊泪痕。他向陈汀主动伸出手去，要取过马鞭。

"呵呵！"陈汀这才知道自己忘形、失态，急忙傻笑着向陈子昂双手递上马鞭，忍不住地连声说，"好好好好好了！"

"好！"陈汀想不到陈子昂也呼应着自己，冲口吼出这个好字来。

"乔大人已通过驿站，把今天的事写成书信，送回武东了！"

武东，是陈子昂射洪家所在的地名，全称应是武东山。

"老爷和夫人知道，还有叔爷知道了，不知有好……"

"国家和百姓，终于不会雪上加霜了！"陈子昂却自顾自地，在"好"字后说出这句话来。

他用"好"字庆幸的是，比肩二圣这位还健在的"圣"，果不令他失望，听她大段朗诵自己的谏书，尤其是那些他十分用心锤炼的文意，从她口中念出，表明君臣两心，是如此相通。说明她下旨收回李旦成命时，和自己的担心、见解是高度吻合的！

"地籍英灵，文称昞晔！"

说自谦是美德，但因这谏书而夸赞自己是"文称昞晔"，那么正说明是英雄所见略同。面对这样的大圣，自己那在西京波斯胡寺散发的上百篇政论文字，将不会只形传于文字，可望被采纳、被执行！太多了！太多了！吏治上该如何任用州官、府官、县令，还有巡察使；在端正风俗上，如何尽快恢复明堂，公正执法；在军事上，应如何征抚兼备，尤其坚持太宗贞观之制，视四夷为一家，创建和睦幸福的大同世界；在农耕蚕桑上，应如何大兴水利，开蛮山野荒地为良田，安置难民……太多了！太多了！从此，都能有望依恃大圣的圣明，一一成为现实……

"快，去……"

他要说的是直去乔府，把金华殿召对和对未来的希望、憧憬，和亲友们分享。可是陈汀却诧异地问他："公子你都知道了？"

"唔……什么？"

"那公子刚才说去哪里？"

"你为什么这么反问？"

陈汀再次笑了："我以为公子知道了呢！"

"知道什么？"

"有人早下了请帖，请公子出宫后，前往会文宴饮！"

陈子昂也诧异了："你的意思，不是乔大人么？"

陈汀大摇其头："不是！"

"那是谁？"

"宗大人！"

　　陈汀这才急忙取出一封邀请帖子，双手递向陈子昂。陈子昂接过帖子，展开一看，一愣："宗秦客！太子司直？"

　　在御前释褐授了官的陈子昂，到底还是初入官场，并且连秘书省衙门都还没有进去过。这身为七品太子司直、主掌东宫弹劾官僚、纠举职事的宗秦客，到底是何许样人？帖上写明会文宴乐，但除了他以外，他熟悉的文友如乔知之等，都不在受邀之列。所以，陈子昂还是决定要从乔知之处稍作了解，再去赴会。

　　"从今以后，只怕你我燕集的时候，不，应该说请你与会的燕集，就难了！"

　　"十二郎！你这是何意？"陈子昂真未悟出乔知之话意，睁大双眼问乔十二。

　　乔知之长长地叹息了一声："伯玉！'地籍英灵，文称昈昈'的评语，会很快在朝堂内外传开。今后，邀你燕集的人不仅仅是七品、八品、九品之类官宦，就是皇子龙孙，金枝玉叶的公主郡主，也会频频招邀……"

　　"十二郎……"

　　乔知之摆手阻止他："这可不是空穴来风，你从今日起，已成大唐朝堂中一股飚风！"

　　果然，在宗秦客金谷亭偌大的厅堂中，七品太子司直所邀集到会众人，可用"大集宾客"来状其盛况。而且，正如乔知之所说，这些宾客中，不仅有极品文臣武将，更有武攸宜这样的当今太后的爱侄，当然也有当代诗文名士，如陈子昂已经有所交往但还没有深交的宋之问、崔湜等人。这不像是一般的会文宴会，更像冠盖云集的达官显贵欢聚。但是，从乔十二口中已知道宗秦客背景的陈子昂已不诧异、吃惊了。因为这天春意阁宴客的主人，正是当今"大圣"太后的外甥宗秦客的母亲、武太后的堂姐。

　　虽然来客众多，且多华贵佳宾，但宗秦客却用格外热情的态度向座中众人介绍陈子昂。果不其然，座中不少人站起身来，向他微笑颔首，或稍作礼揖，华堂中也响起热烈话语声：

蜀地陈子昂！

地籍英灵，文称玮晔！

旷世知遇呵！

御前释褐！

……

是宋之问，走向宗秦客，向宗秦客露出谄笑，并恭揖着双手请示宗秦客：“司直大人，就由之问把伯玉引导入座吧！”

宗秦客虽未揖手还礼，但辞气神情还算客气地点着头，让宋之问把陈子昂引入食榻右排靠末坐垫上落座。

这也可见陈子昂是当天这会文宴会上不同寻常的嘉宾。虽然座位接近末位，但宋之问，在高宗朝时就已是左骁卫郎将，同时升任为东台详正学士。论官阶，大大高出陈子昂；论文采，不仅和初唐诗人沈佺期齐名，并称“沈宋”，而且富文辞，工书，又膂力过人，世称“三绝”。其先天赋予的体貌，是丰伟高昂，仪表堂堂。陈子昂走在他身边，矮了小半个头呢。——但是，他今天的座位却被安排在金谷亭的左边！须知，唐朝是崇尚右方的，比如同是宰相，有右相左相之分，而右相地位，就在左相之上。

“伯玉且请落座。”宋之问这位上元二年，即公元六七五年就已进士及第的前进士，对新进士、才释褐的陈子昂，显然比第一次在乔府燕集时客气了许多，他殷勤周到地安顿着陈子昂。陈子昂入座后，原本揖手告辞要返回自己座位的宋之问，却又折身回到陈子昂身边，俯身对陈子昂指点着食榻上陈放得琳琅满目的、金盅玉盏中的食物，热心提醒：“伯玉，以你的家学渊源和家资的富有，应该对这些食品毫不陌生！趁还未开笔，你就先仔细看看这些食品吧。”

陈子昂有些失礼地回望着宋之问，眼神透着困惑：不错，虽然来自大唐剑南道边远的梓州射洪武东山下，但什么是珍馐美味，却从小就被心疼自己的继母调教得耳熟能详；这些年来到西京、东都，无论是朋友处，还是西京东西南北各市坊曲，更见识了不少中外的山珍海味，不是会文宴会么？重点是会文，宴会只是平台。宋之问却叫自己先认真辨识食榻上的菜品，是什么意思呢？

宋之问却已返回自己的座位去了。很快，陈子昂心中暗自责备自己未理解宋之问的一片热心。今日菜品，恰是行文会聚的主题！

大抵文友高会，有唐一代，有专门针对节日风俗的，如上元、中秋之类；有气息相投，自由呼朋唤友、联句吟哦之类；有奉旨或上官所命，聚会后命题作文的……今天，就是宗秦客把众人请到其府中的金谷亭，命题作文。文体是"赋"，主题，便是食榻上供客的菜品！每样菜品，指定一位与会者赋之！

陈子昂被指定作赋的主题，是：麈尾。

麈，就是麋鹿，也称之为驼鹿。古书记载说它"其头类鹿，脚类牛，尾类驴，颈背类骆驼"。观其全体，皆不完全相似，所以又被人称为"四不像"。

麈体态肥大，因生活在山野林间，奔跃腾跳，所以它是自古以来，人类喜欢猎食的物种。但其尾部因被人，具体说是魏晋时期清谈之士过度夸大，而成了最大的牺牲品。

首先清谈之士说麈尾可以避开尘土，利于人的健康，并且驱除蚊蝇也不失为利器，于是就专门有了猎杀麈、割尾安柄，制成握在手中扫动除尘、驱蚊蝇的"拂尘"行业。

再则清谈之士说这麈尾还有破惑解疑，使人信乎清谈者奇谈怪论的神力！原因是麈，是鹿群中最为硕大的物种。凡鹿群的进退，都以麈尾的摆动方向为准。所以如果清谈的人手中握有麈尾这个神器，听客们就会拥戴自己的主张，跟随自己的主张进退。这一来，也加剧了人类对麈的捕杀。

不知宗秦客对陈子昂是优待呢，还是不太知道他家世背景以为会难住他？选这一道菜品请他作赋，对于道学渊源之家出身的陈子昂，真果是太小儿科了。须知，道家几乎是人人手中除了经书、法器、符箓，就必然握着这个尾巴——拂尘。

而且射洪武东山下陈家那几进几出的大院，甚至陈氏墓园中，都有大把大把这种尾巴：正修道的大人先生，包括陈子昂这种陈家后生，自然人人拥有，不只一柄；而往生的先祖们，也离不开这麈尾供墓除尘驱蚊。

在不知书、只修道时，陈子昂对这件物事确也见惯不惊，但自知书，尤其是应对杂文、开始吟咏诗文时起，他还真对这麈尾发生过伤感怜惜。

"……始居幽山之薮，食乎丰草之乡。不害物以利己，每营道而同方。"

是呵，人家在山野自寻草叶充饥，从来也不伤害其他动物而利于自己，在经营好道路方向后，指引同类朝一个适于生存的方向前进，惹着谁了，伤着谁了？居然"卒罥网以见逼，受庖割而罹伤"！被遍布山林的网罗、陷阱所逼，更被送入厨房宰割伤亡！因之，他早就有感而叹："命不可思，神亦难测。吉凶悔吝，未始有极"！这正如被传为"两大益处"后，便遭遇了如神龙一样的悲惨命运："借如天道之用，莫神于龙，受戮为醢，不知其凶。"更似"王者之瑞，莫圣于麟，遇害于野，不知其仁"！不具备什么天道之用的用处，也不担负帝王认为是祥瑞的名声，得以"全身而远害"！

所以，他展笺挥毫，几乎是一笔写就了这篇《麈尾赋》。

序言是："甲子岁，天子在洛阳，时余始解褐，与秘书省正字。太子司直宗秦客置酒于金谷亭，大集宾客。酒酣，共赋座上食物，命余为《麈尾赋》焉。"

虽然文名远震，宦海生涯也算得一帆风顺，但是汾州西河（今山西汾阳）人宋之问，其进取心非同寻常，他在专心一意完成自己的赋后，早早来到陈子昂身边，认真默读着陈子昂《麈尾赋》。因为这个年轻正字以一封谏书，便得到当今朝廷最高统治者召见，不仅御前释褐，而且还得到八个字御批，其文采自当学习，而且应下苦功夫学习，或许陈子昂的文风，也正是另一种"终南捷径"？

不错！行云流水的文字，深含寓意的文思，果真是字字珠玑佳构呵！一种妒嫉感，油然而生。

但是，"予欲全身而远害，曾是浩然而顺斯！"赋的收尾一句，太不像一个刚刚获得千古难逢的知遇大恩的文人所发的浩叹了！这浩叹，全无获得千古难遇天恩知遇的狂欢。也全然没有效法神龙，以死回报上天、君王的慷慨激昂。他这末句让人读来，是他那胸臆中，此刻含着战栗和恐惧架构而成的全身远害的诉求！

其实，休道彼时彼刻宋之问面对陈子昂《麈尾赋》的文思产生这样的困惑，就是一千三百年后的今天，我辈读来，也不知为何背脊透着股股凉意。或许，这是赋者本人对紧随自身宿命的预感所致吧！

十八年后，射洪县城县衙牢狱中，他有着麈尾之主体者一样的结局。

当宗秦客送走众人后，却挽留陈子昂稍滞片刻。金谷亭内灯烛齐明，把华堂显得如同白昼。宗府管家命仆从撤去了食榻，在亭堂中设了茶几，安放锦垫，宗秦客请陈子昂对几而坐。

宗秦客含着歉意对陈子昂说："伯玉，知你今天十分疲惫，但此事，非新授正字的你，不可与谋。"

陈子昂以为是研讨文字，兴致盎然地对宗秦客揖手："不敢！请司直大人赐教。"

宗秦客摆手道："伯玉，连大圣姨母也赞你是人杰，并钦秘书省正字。秦客近年对于文字，颇欲所为，故特留下你给秦客费神斟酌斟酌！"

"对于文字，颇欲所为？"陈子昂思忖，"他这是所欲何为？"

不待陈子昂猜测，宗秦客已经示意书童捧着一卷白绢走向茶几，展开白绢，陈子昂乍一看去，见绢上写着胡桃大的十来个字，但定睛一看，陈子昂发起怔来。

这是用狼毫写的字，应该是汉字，但是，这十来个字，陈子昂一个也不认识！须知，这十来个字，都用接近碑体的楷书写成，绝不是远古盘庚、武丁时期文字，而就是当下格局的文字。可分明格局为当下的文字，却怎么看去，也认它不着！比如："惡""卍"……

道家用于画符的字？陈子昂想到了这一层，但立即否定，因为在家学渊薮里，也找不出这些字来。

"对于文字，颇欲所为！"陈子昂突然明白过来，对宗秦客，"司直大人这是新造的字吗？"

宗秦客不无得意地点着头："正是！"接着他又谦逊道："伯玉，这只是秦客近年独自揣摸后新造文字。大圣姨母对伯玉文采风华，夸赞至极，所以不揣冒昧，恭留伯玉于寒舍赐教。"

陈子昂却为难道："可子昂……"

宗秦客何等冰雪聪明，已经明白自己的失误了，再次歉意地朝陈子昂拱手："是秦客唐突伯玉了！我应首先说明。"他指向"恶"，陈子昂晃眼看去，很像个"恶"字的那个字，说："这一字下加个忠字，伯玉觉得该是何字义？"

"这个，"陈子昂认真想后，揣测着，"这一……忠，应是一心一意……"

"对！对！"宗秦客鼓励陈子昂说下去。

"哎，一心一意忠心耿耿！"

"对！对！那么这字义应该是，或者读音应该是？"

陈子昂努力思索："应该是往臣仆对君上……"

宗秦客真想拥抱下陈子昂："说下去！"

"臣仆，对君主或家主……"

宗秦客有些急了："伯玉，已经接近了，不要去想君王之外的物事。"

陈子昂终于明白了，只考虑一生忠于君王的人，当是"臣子"！但"臣子"是双音，那么，应该是……"臣？"

宗秦客为陈子昂鼓掌："伯玉！人杰！"但接着他却忙问："正字大人！这个'臣'字，你以为大圣姨母，呵，大圣，会中意吗？"

原来他为文字欲有所为，是为逢迎太后，他的堂姨母。但原造字者，对臣字研造时，只构架了他臣子身份，却并未赋予其褒贬。同样是臣，有忠奸之分，不是一个臣字，或"恶"就可以限定的！

他斟酌着回应："君王，自然都希望臣子一心忠诚……"

"对呀！对呀！"宗秦客兴奋地附和着，实则对自己的创造大为赞赏。陈子昂发现一个由日、月、空三字组成的"曌"字，询问道："那么，这包含着日、月、空三字的这个字呢？应该表述什么字义？"

宗秦客得意地回应："照！"

虽然听清了读音，但陈子昂却不能确定字义。

"哎！日月凌空，岂不是永远普照大地吗？"

"'照'！"陈子昂明白了。

宗秦客却突然有些忸怩起来："伯玉，这个字，尤其是这个天空的空，非同小可！"

"怎么讲？"

"去年去终南访道，"宗秦客陷入深情的回忆，"居然遇见了远古一位神女……"

"远古神女？"陈子昂大为惊愕。

"她的双眸，明若日月，而她名字里，就有一个'空'字！自那以后……"回忆者陷入一种恋情中。

陈子昂并未和他一同发昏，却看向另一个字，陈子昂叫着宗秦客，指着这字："这？"

宗秦客回过神来，看了一眼："国！"

陈子昂受到极大震动：武字居中！国！

第二十六章 大圣与囻

囻！武据四方，谓之国！

原本因为开初极度兴奋，继之会文宴会煞费苦心作赋，身心已然疲惫的陈子昂，是强打着精神应对宗秦客的挽留。而当他看到秦客挽留目的，是研讨其新造之字以后，心里已被一种乏味、无聊情绪所充斥，几乎连强打精神都难以为继了。他甚至担心自己会失控地合上眼皮，梦见周公。可是，这一刻，他睡意全消。不仅睡意全消，而且，精神处于极度紧张状态。

武氏太后于当时的大唐朝而言，甚至以天朝太后之尊的权威，对万邦百国而言，可以说都令人仰视到战栗恐惧的地步了。在这种时候，有无聊而热心仕途之人，造些新字，歌功颂德，来博取太后关注和重用，造出"囻"字这样的奇葩来，大可一笑置之。

可是，造这"囻"字者，尽管只是东宫太子司直，但是他的亲堂姨母，却正是这位武姓的皇太后。这，不得不令因西疆战事重重刺激而立志"知书"报国安民的陈子昂大为震动。

拥立武氏居中统治四方，所涉及的严重后果，就是要革李唐命，开创武氏一统天下。对此，自他十八岁一改旧态，树立新志以来，尤其是走出射洪梓州剑南道、进入西京东都之后，无论从上层，还是民间，都听说了武太后正一步又一步地摧毁李唐皇权，树立武氏皇权。而李治死后发生的废李显，改立李旦，立李旦而置于别殿，军国大事直接由武氏自己决断等巨变使中外上下的流言都印证了并非流言。

也正因为这样，深知国事艰危的刘仁轨等元老重臣，明知执行李治遗诏、送其灵驾西归会给国家和百姓带来灾难，但也隐忍不发，不肯辅助朝廷作出利国利民的决定。裴炎则更是借先皇遗诏，试探武太后敢否冒天下之大不韪，反对李治的遗诏。如果武太后真敢置李治遗诏于不顾而把灵驾就地归葬，那么，蓄势待发的李敬业和自己的外甥薛仲璋，还有文名远播的义乌人骆宾王们，大可以维护先皇遗诏堂堂正正的名义，树起反武灭武大旗！

而睿智精明的武太后却公然命李显收回送灵驾西归成命，亲自发动了这场于她而言，暗藏杀机的论争。自己——陈子昂——正是在明知这种背景情况下，仍要直言上谏，其内心的出发点，既有心系国家、百姓的安危，亦有对武太后置个人安危于不顾，每临大事以国家、百姓利害为己任意志的崇敬。此刻想来，或许陈子昂在撰写谏书时确实未考虑自己在这种政局下的荣辱利害，所以措辞犀利、深刻，句句中的，因此得到武太后的特殊礼遇和识拔；但从太后角度去思索，她未必没有借助对陈子昂的优渥拔擢，来倡导文武以国家百姓为重，思虑、行政的深远用意。

往更深层次思考，李氏朝堂，或武氏朝堂，抑或男性帝王、女性君主，于陈子昂而言，还真和至少绝大多数文武官员不同。陈子昂的父亲，那位现居射洪武东陈家庄院中，和乃叔共研道家经典的文林郎，他曾是大唐文林郎，但对于谁谁家王朝，谁谁是男或女登基为君，并不像纯粹儒学之士那样有既定正统观念。一言以蔽之："道法自然。"苟有利于国家百姓，张王李赵，或男或女，都可以主朝为君。比如，西王母便是女人，但一样居于瑶池天宫，统领天上人间。而从乔知之、司马承祯等高层文友的讲说中，李治和武太后的才识魄力，孰优孰劣，已有判断；用李显、李旦来判断和乃母的高低，则仅凭自己的所知，也只认可武太后才能继承太宗贞观之治。

可是，堪一统天下，由他人评判是一回事，由自己授意或由自己亲信拥戴，又是一回事。

> 山不厌高，
> 海不厌深。
> 周公吐哺，
> 天下归心。

一念及此，陈子昂念兹习兹践行兹的魏晋风骨的旗帜——曹操，所吟哦的《短歌行》，立即回旋于两耳中。彼时，魏蜀吴三国虽然鼎立于神州，但曹魏独大。正是在曹操气焰盖天之际，不少谋士劝其废汉帝而自立。这个昼思夜想天下归心、天下一统，救黎民于水火的魏晋风骨领袖，却断然拒绝了由自己废汉立魏，自己称帝的"劝进"。众人不解，他告诉劝进者：眼前天下分裂，都是以维护汉室朝廷为名，才使鼎立的三足得以置足，虽然三分天下，但总比自己彻底丢弃"汉"旗，招致更多的豪强借讨伐为名，使天下六分、九分，甚至几十分而言，国家到底还相对要分裂得少，而民众总还有一定喘息之机。魏武！绝非汉贼，而是彼时的吐哺周公呵！

而当今天下，若以主掌乾坤，强国安民，武太后是不二人选。但若要采取革命方式推翻李唐王朝，重新建立一个武姓王朝，那对国家和百姓而言，就将出现曹操担心的那种后果：各种心怀鬼胎，也有神胎的、人胎的豪强必然会以维护李唐王朝为名，啸聚一方，争斗不已！天下就不是眼下的李唐独有，而变成张王李赵……九分、十二分……二十分甚至更多分！方框中，绝不是宗秦客设想的一个武姓了！

大圣呵！宗秦客可是你亲亲外甥。而且，你对这个外甥的宠幸，看来，非同寻常！

宗秦客自述造这些字已经有年了，焉有不向你奏告的可能？对这"圀"字你焉有不知之理？既知，以你的胸襟目光，焉有不如魏武的判断，而任之听之？

如果……陈子昂不寒而栗。因为他想到，如果造这些字，本身就是武太后的旨意！！！

> 看朱成碧思纷纷，憔悴支离为忆君。
> 不信比来长下泪，开箱验取石榴裙。

从这首秘送给青年皇帝李治的情诗，进而使武氏离开"活殉"李世民的感业寺，不仅重新回到后宫，还从太宗五品才人，感业寺"活殉"女尼，升至六宫之主，最终成为大唐与皇帝比肩的大圣来看，文字的威力，不可小觑。用造新字而推进革命，未必不是太后本意！

精神反常抖擞的陈子昂，陡然间无比悲哀绝望。但他在窥探了武太后的奥秘、悲哀绝望的同时，却再次想到了诗文的威力。

大圣，圣人。道家尊崇的圣人，是毫不利己的，时刻为天下万众忧思、救济之人。他要用自己的《感遇诗》系列，向武太后再度阐明真正的大圣风骨。

回到"京东客栈"的陈子昂，并没有构思圣人风骨的感遇诗，而是为到访的赵元亮，写出一首赠诗。

而他在书写赠诗时，赵元亮已在自己的卧榻上和衣而眠。他望见仍旧穿着布衣的赵元亮，心里陡生一股苦涩的同情。他不让陈汀唤醒赵元亮，反而悄悄、轻轻地为他掖好被子，掩了客房房门，进到陈汀的狭小客房中，剔亮烛光。陈汀欲劝，知他急躁的个性，忍了，急忙铺纸、研墨。陈子昂在灯光下，一面思索，一面写下诗句来：

> 赤螭媚其彩，婉娈苍梧泉。
> 昔者琅琊子，躬耕亦慨然。
> 美人岂遐旷，之子乃前贤。
> 良辰在何许？白日屡颓迁。

道心固微密，神用无留连。

舒可弥宇宙，揽之不盈拳。

蓬蒿久芜没，金石徒精坚。

良宝委短褐，闲琴独婵娟。

虽然相知不久，但陈子昂早在家乡射洪，就从流传诗文中认识了赵元亮。这位出生在李治高宗显庆三年（658）的前进士，比自己大一岁的汲人，名元亮，字贞固。虽然文名天下传播，而且进士及第也比自己早了五年，但至今尚未释褐。结交后看到了他的很多政论文章，深感他的见识可以和前朝名士张仲蔚，甚至诸葛亮在伯仲之间。而当下的大唐，正是国家极需这样的人才之际，他却偏偏还是布衣在身，满腹治国安邦的才能，无用武之地！正如《老子》中所言："知我者希，则我者贵，是以圣人被褐而怀玉。"文采见识非凡的赵元亮，平日却显得寡言少语。陈子昂多次前往他借住的寺院探望，都见他或独自抚琴；或者不遇，和尚说他荷锄上山采药去了。而这一切举动，其内心的苦楚陈子昂感同身受。这是什么样的苦楚？是立下报国济民大志，呕心沥血研讨安邦定国坟典，虽然艰难中举，却不能释褐、报效国家和百姓！而赵元亮的体格却正如他的才干，雄伟而浑厚，具有如此才识体格的赵贞固，在这样落魄的景况下，悲剧是他在承受，而国家未尝不可悲呵！

魏晋之后数百年南北朝的战乱，隋唐之际的天下大乱，可真是殷鉴不远呵！大圣！陈子昂多么盼望你，不负"大圣"的尊号，为国家，为天下黎民，有魏武般风骨，让那大大的"口"中，不是武，而是天下百姓，和赵元亮这样的文武英才！

陈汀见写完诗文的陈子昂还不入睡，只好上前提醒："公子……"

一时间，陈汀还对陈子昂改不过称呼，按此时的陈子昂身份，应改称"大人"了。陈子昂却阻止他说下去，并且自己已然有几分躁动地站起身，在小小的客房中踱起步来。

他突然有些后悔上这劝阻灵驾入京归葬的谏书了。他觉得，太后收回年轻皇帝成命，不仅仅是为国为民着想了。如果，她是在以此试探官员，自己的权威是否已达到不可稍有蔑视的地步呢？如果答案是肯定的，那么，"圌"岂不是就会加速创立?！那么，天下……

一念及此，陈子昂睡意全无。

陈子昂供职的秘书省，在东都洛阳皇城内。

碧波荡漾的洛水由西向东流经皇城南面的左、右掖门。左为太庙，右为上阳宫，从右至左排列着太仆寺、尚舍局、秘书省（即后来的麟台）、御史台、鸿胪寺、卫尉寺、太府寺。左右掖门之中，便是巍巍端门。

陈子昂由右掖门进入皇城，踏上扫除洁净的长条石板街道前，把黑皮六合朝靴底和面的尘土提足抖去。大唐贵为天朝，但是除皇城和宫城外，百坊千曲却依旧是泥土街道。"京东客栈"靠近上东方的教业坊，并且距繁华的东都北市，仅隔立行、德懋两坊。当他听到街头梆声四响，立即由陈汀服侍洗漱、穿戴、上马出栈前往皇城当值，却差点儿勒马彷徨：栈门前堆积的废弃杂物、残汤剩饭，甚至还有人畜遗矢，都还未清除！国都城市的这种令人皱眉恶心的现状，从首次东赴长安时他就领教过了。不错，两京，尤其是西京长安，那真是天朝国都呵！规模之大，建筑之壮丽，市面之繁华，而且是中外融汇，果然是车如流水马如龙。但宽大的街面，依旧如射洪县城一样，是泥土夯成，一旦暴雨如注，则遍城泥泞，干旱日久，则尘土飞扬。县城街道上，也会废弃之物堆积，但是或磨盘，或十字的寥寥几条街坊构成的县城，由官民处置起来，也较东西二京来得便捷。前几天，对栈门前迟迟未清除运走的废弃之物，连同尘土飞灰，陈汀和栈中住客也曾催促过店主快行清理，但店主却对众人苦皱着双眉，指向教业坊和临近的各坊：不仅各坊各曲中都堆积着废弃之物和污秽之物，有的地方还堆积得如同小山！不是不行清除，而是清除者纷纷说，朝廷来东都办公后，畿都的摊派和徭赋加重，原来给的酬劳，根本不足维持生计。但市民和店主们何尝不也增加了负担？所以清除之事，从每日清除延到两日，两日延到三日。休说一般州、县城市的街道招架不住两三日的废物存积，就是乡间村院，三天不作清除，也有碍起居。更遑论这天朝国都，近百万人的大都会两三天才清除一次，那是何种景况！

陈汀只好拿起木橇，悄悄移动太碍马蹄的废弃物件，小心翼翼带马出栈往西而去。马上的陈子昂却暗中长叹：畿都区域近两年来，托上天之佑，水、蝗尚未成灾，但因朝廷由西京来此办公，连天子足下的百姓，都疲于奔命，还要把灵驾往灾情未减，大部分逃难百姓尚未回归的关中，由此带来的沉重负担，又会引来什么样的后果呢？

对上谏已有悔意的陈子昂，在被秘书省人役引入当值房时，他已全无悔意了。并且，当他朝文案后的坐垫上落座时，已经有些迫不及待地伸手去取看摆放在案头的文诰书表，希望看见以皇帝名义下发的灵驾就地归葬东都的诏书。

但是令陈子昂十分失望：没有。不仅当天没有，第二天也没有……两个多月过去了，也没有！

对于没有看见这样的诏书，陈子昂内心相当矛盾。没有或许说明武太后已然明白违背李姓皇帝遗诏行事的严重后果，准备隐忍了，仍然遵照遗诏，送灵驾西归入京埋葬。这，也说明她对把"武"强行占据"口"的中央控制地位，不计后果，尤其是国家分裂和民众倒悬的后果，创立这个"圀"的初心，收敛，至少是暂时收敛起来了。

该暗自庆贺？庆贺什么？奉灵驾西归，把累累白骨，以人相食的关中，变得更加哀鸿遍地，使原本连连入侵、连连得手的西南强敌，趁势长驱直入，使万千牺牲重铸的一统大唐，再次分崩离析，再次出现南北分裂、战乱不休的悲惨局面？

不庆贺……

尽管纠结、焦虑，但一个虽在情理之中，到底还是大出陈子昂意料之外的皇帝诏书，正是关于灵驾归葬何地的诏书，终于下达中外了。

诏书宣布：灵驾将于五月丙申，即大唐文明元年（684），五月十五日，西返归葬。

随着这道诏书的下达，同时宣布皇帝灵驾将由皇室宗亲、元老重臣奉送西归。不是举朝奉送，只是小规模高级别队伍，奉送灵驾西归。

大圣，至圣哉！

这诏书虽然仍以李旦名义下达，但是中外都明白，最后决定依然是武太后所作。陈子昂更明白近两月来，他已产生质疑的大圣做出了何等英明的抉择！

这道诏书，既向中外显示先皇之命是绝不可违背的，必须恭敬地执行，同时，朝廷也不兴师动众，文武百官、中外君主、使臣、命妇仍在东都。如此灵驾所经千里途中，以僧道、官衙迎送、安顿即可，绝不会再使关中灾区雪上加霜，也不会给京畿地区加大负担。觊觎之徒无机可乘，而朝堂稳定于东都，更可震慑四方不逞之心！

虽说，从表面看，陈子昂谏书的主张未被采纳。可是太后对奉送灵驾规模的设置，却无一不考虑陈子昂谏书中列举对国家百姓造成的弊端，而予以巧妙规避。是的，她真有魏武"周公吐哺，天下归心"的风骨！

大圣。至圣。

当年八月庚寅，即十一日，葬李治于梁山乾陵，庙号高宗。

对陈子昂的谏书，武太后确实进行了取舍性采纳。而不举朝奉送灵驾西归，主因，还是在加速那个"圉"字的打造。

首先是二月甲子，即二月十二日，皇帝李旦率王公大臣以下向太后上尊号，曰"圣母神皇"。"圣母神皇"尊号，不在"圣母"，而在"神皇"。因为历朝历代尊号，用"皇"字收尾，非皇帝不可，而这次由皇帝率王公大臣所上的称号，虽也有"母"字，但已进入"神皇"高度，其对中外，尤其是大唐本土，更尤其是本土朝堂文武，是有非同凡响意义的信号。

接着，三天后，丁卯，即二月十五日，太后临朝，遣礼部尚书武承嗣，册封嗣皇帝。这道仪式完毕，圣母神皇便开始在紫宸殿听朝，亲裁军国大事，唯一还给儒家留点面子的做法，就是在御案前张设一面淡紫色的屏帐，以示"男女有别"。

接下来不久，三月初，奉旨去往巴州，接收废太子李贤的住处，其实就是监视居住的左金吾将军丘神勣。外界风传丘神勣是奉太后密诏杀害了李贤。

太后表面上却显得十分震怒，下敕贬丘神勣为叠州刺史，亲率文武在显福门举哀，追悼李贤。同时追封为雍王。

不久，丘神勣又从叠州刺史任上，召还朝阁，官复原职：左金吾将军。

史称章怀太子的李贤，在李治膝下的诸皇子中，颇以贤孝、才识著称，也是中外相当看好的大唐储君，但终因明崇俨一案所累，废囚巴州，又以横死结局。不仅陈子昂已嗅到那愈见成形的字的气味，而李唐王室无论老年或青年皇子，更是人人自危了。

而在八月庚寅，李治归葬乾陵后，九月甲寅，大赦天下，改文明为光宅元年。又立了一个皇帝，更改年号很自然。圣母神皇却下诏进行重大改革：

对所有旗帜，一律用金色材质制作。八品以下，原穿青或淡青袍服的官员，一律改服碧色。国家两京之一的东都洛阳，改为神都。皇宫更名为太初宫。

百官及衙署也全部更名：尚书省为文昌台，其左、右仆射为左、右相；六曹，即原来的尚书六部，改称天、地、四时六官。改门下省为鸾台，中书省为凤阁，秘书省为麟台，侍中为纳言，中书令为内史。御史台增加一台，更名左、右肃政台。其余省、寺、监、率之名，悉以义类改之。

这些改革，说重大也可，说历朝历代都有先例，是依例行事也可。但是，后来的一件事，却终于使裴炎忍无可忍，强项抗命了。

这就是：以武承嗣出面，奏请追封武氏祖先为王！

这可是李唐江山，怎可封异姓为王！裴炎面对圣母神皇，辞气尖锐而刚强："太后母临天下，当示至公，不可私于所亲！"这已经把太后要借武氏先祖封王、篡夺李唐天下的用心，直接揭出，但更重的话还在下面："独不见吕氏之败乎！"——你这不是想像吕后当年不遵汉律，把吕氏祖先封王，妄想篡汉的用意一样么？可是结果是吕氏九族诛灭！你！独独看不见这结局吗？

这话，刘仁轨已告诫过了，可是太后却更加敬重刘仁轨，并且到感激涕零的地步。而对于同样说出刘仁轨告诫话的裴炎，圣母神皇却以更加强硬的决定回应：封！五祖全封王，祖妣全封妃！而且，还在老家的山西文水，建武氏五代祠堂！

第二十七章 风暴扬州

当陈子昂亲自把乔知之、窈娘迎接到自己在教义坊新购宅院时，细心的窈娘在往宅院周遭打量一番后，点着头说：“正字大人选的好地方！过去常住的‘京东客栈’在城东教业坊，而新居购置在这城西教义坊，这里不仅和麟台所在右掖门只隔着洛滨坊和洛水上的黄道、天津、星津桥，方便上朝当值，而且坊名也好！正合正字大人的胸襟、抱负！”

乔知之这才暂停沉思，也抬起头来四顾，频频点头：“不错不错！”

“当然不错！”陈子昂笑着，“十二郎的窈娘自然是人世间极为不错的！”

乔知之听了，含着不可掩饰的得意神情，望向窈娘：只见她梳着“半翻髻”，穿着袖小襦短、束胸及地长裙，足蹬高头云履，画着黛眉，贴着额黄，眉间点着花钿，显得典雅而娇媚。窈娘却含着羞涩地对陈子昂道：“正字大人取笑窈娘了！”

陈子昂连连揖手：“子昂岂敢！”说着，把二人引入书斋。陈汀领着婢女，已然在斋中临窗粉壁的茶榻旁边。右边并排陈放着两个坐席垫子，左边陈放着一个坐垫。茶榻上放置着已注入青绿茶汤的玉盏。

进入书斋的乔知之并不急着在茶榻旁就座，而是一眼望见右方书案上放着的一页诗笺，便走向书案。

陈子昂也跟向前去，静静观察乔知之的神情。窈娘见了，也急步跟着乔知之走到书案前，望向陈子昂自制的诗笺。

诗笺上只有一个字：囻。

乔知之取笺在手，略一沉吟："太子司直给你讲过了？"

"对。金谷亭宴集时，对伯玉讲的。"

乔知之紧皱着双眉，正要说话，窈娘却示意尚在斋中侍候的仆婢，陈子昂会意，示意陈汀和婢女退出书斋。

陈子昂关上书斋房门，再次导引乔知之和窈娘在右边并排陈放的坐垫席上落座："十二郎是早就知道了。"

乔知之苦笑起来："不仅造了这个字！"

"十二郎是说……"

乔知之忧心忡忡："只怕这次追封大圣先祖为王，在山西文水建武氏祠堂，表面是礼部尚书武承嗣奏请，实质上，还是这位太子司直在鼓动！"

陈子昂完全能够理解乔知之焦虑心境。这个同州冯翊人，其父亲乔师望，辅助太宗李世民开创贞观之世，驱驰沙漠，仗节勠力，稳定北疆，是功勋卓著的勇将能臣！正因其勠力王师，功勋展布，太宗特把庐陵公主下嫁给他，成为大唐朝的驸马都尉。

正因为这样，这位文采出众、骑射精良的乔知之，深受武太后倚重，和武三思、太平公主等也交谊不浅。但他的志向，仍和乃父一样，以维护李唐江山社稷为己任，对武氏集团日见明显的革命举动，深感忧虑。

"鼓动？"陈子昂也有预感地点着头，"或许。"

乔知之用手轻拍茶榻榻沿："不仅鼓动，其实从太后废皇帝为庐陵王后不久，这位太子司直，就在劝进！"

陈子昂一听"劝进"二字，神情陡地凝重严肃起来："真的？"

"不止一次！"

窈娘却屏息听听斋外，急忙阻止二人议论下去："十二郎！你可不要忘了今天拜访正字大人的使命。"

"唉！不吐不快呵。"已过不惑的乔知之，颇以风度翩翩见称，但近来却突然间两鬓多了几茎白发，眉间额头，也多了几许皱纹。听了窈娘的阻止和提醒，再次诉苦般对陈子昂说。

陈子昂两道剑眉，也皱成一坨："那么追封武氏先祖为王，在山西文水建祠，都正是在完成这个字！"

他指向"圀"字。

不容乔知之回答，窈娘再次阻止二人："人家新造人家的字，正字大人可不能只重'大登科'，忘了'小登科'！"

许久以来，举人士子以得中进士，喻为"大登科"，把洞房花烛，喻为"小登科"。陈子昂这才明白，乔知之和宠妾今日来访，是为自己姻亲大事而来。

陈子昂这桩姻亲是大唐皇亲高瑾所荐，而这位高氏一脉的岳父，眼下正担任宛丘县令。陈子昂这年已经二十六岁，但未婚妻高小姐尚不满十五岁，不到唐代法定结婚年龄，所以原本应在中举进士后就可以"小登科"的陈子昂，却不能完婚。

不过，知道内情的乔知之、窈娘今天却专程上门提说此事，岂不是显得有些唐突么？

"伯玉！"乔知之也转过话头，"虽说高家小姐后年初才年满十五，但你也知道，高小姐母亲宇文氏老夫人，身体一直欠佳；而其父所治宛丘县，近日接朝廷急令，征发府兵……"

"难道北疆又不安宁？"陈子昂注意力又转到军国大事来了。

窈娘再次阻断："正字大人！正因为你未来的岳父大人眼下政务、军务都十分繁忙，所以高府特请十二郎向你转告，希望能早日完婚。"

乔知之："伯玉之意呢？"

陈子昂沉吟有顷，回答二人："十二郎！窈娘姐！既然高家有这意思，容子昂告家父家母后，即行奉答。"

乔知之颔首称是："正当如此！"

"嘻！"原本神情凝重的窈娘，却陡地嬉笑出声。

陈子昂困惑地："窈娘姐！子昂失言了吗？"

窈娘急忙摆手："哪里呢？是因为想到了两个未来女婿，和两个未来岳父！"

窈娘这一说，乔知之也"哈"地笑起来。

陈子昂怔怔道："两个未来女婿，两个未来岳父？"

"两个未来女婿：陈伯玉、王适！"窈娘指点着陈子昂，再次笑得花枝乱颤。

王适，就是陈子昂第一次赶往西京长安，准备攻读太学时，那个要太学依太宗规定办事，不能滥收学员，必须把陈子昂除名的幽州生员。但是，当王适在学官的案上读到陈子昂的感遇诗后，态度大变。以往很难夸赞人物的他，当即预言："此子今后必是大唐文宗！"

从那天起，他也和乔知之、卢藏用、王无竞、司马承祯、赵元亮等人一样，成为和陈子昂相交稠密、时常诗酒高会的朋友。大家从他对陈子昂自否定至无比推崇的言行获知，他是个纵容意气用事的人，虽读于太学，却宣称绝不跟在只知读死书、无真知灼见的人的身后，去参加科举。所以他要不循正道，以真知灼见展露于当权者，迈入仕途，报国济民。

他万万没有想到，接见他的当权者，大多是喜欢逢迎谄媚的人，对他那些忧国忧民、强国势、振军威的讲述不感兴趣，甚至厌恶。于是！尴尬一幕，不，多幕，频频上演。那就是，无论见过他或未见过他的当权者，一听报他来见，立即命"戒门以绝"！

这年朝廷宣布除正式科举外，又以新颁四科招募天下士。所谓四科招募，就是一曰德行高妙，节志清白；二曰学通行修，经中博士；三曰明达法令，足以决疑；四曰刚毅多略，遭事不惑，明足以决。王适认为，休说其中一科，就是应募四科，他的品德才智魄力都绰绰有余！

去应募四科的路上，他可是提着装有多卷政论文稿的书箱，一路慷慨高歌，来到考场。据史称："对语惊人！"

结果，史称："不中第，益困。"

"在很久时间困顿后"，乔知之叹息着，告知陈子昂，"他听说金吾李将军有识人之能，有一天，他踏进将军府，要仆人转告李将军：'天下奇男子王适，愿意来见将军，诉说军国大计！'"

"李将军见了？"陈子昂急迫发问。

"见了。而且这李将军果然慧眼识才，二人言谈十分合意，李将军常请王适来府畅谈。"

陈子昂十分欣喜道："李将军是太后十分重用的大员，王适君不会再陷困顿了！"

乔知之点点头："那是后话，但此前，仍是李将军的布衣朋友。"

而这时王适却遇上了心仪的岳丈。不是先心仪未来妻子，而是可能的未来岳丈！

这位岳丈，和陈子昂未来岳丈同姓，也姓"高"。高先生是上谷侯氏处士。这位高先生自比为殷朝时名相伊尹！但他去应考却不能考中，原因是责怪考官听不懂他的高论！再次应考又不中，大怒至发狂投水！

好在被人救起。他对众人说，自己高德大才不被世人理解，所以穷困一生，可怜膝下女儿，也因之困顿穷苦。他现在万念俱灰，唯一希望，就是把他女儿嫁一个官员，让她过上好生活。

这话被王适听去，在了解高先生生平后，立即聘了个媒人，对媒人说："我一定要娶这位高小姐为妇！原因是乃翁最适合我的心意，而且高小姐本人也很贤惠，不可以失去！"并且还骗这位媒婆说："我已是前进士！只要吏部选中，即可当官，若能说动乃翁把女嫁我，我会用百两金子答谢你。"

媒婆大喜前往高家说媒，高先生却质疑："真是官人了吗？拿吏部授职文书来！"

媒婆忙回复王适，王适一听傻眼，实在舍不得失去这么可爱的未来岳父，只好把自己还是待选身份老实告诉媒婆，一脸无奈。

但为百两谢金，媒婆却安慰王适说，高先生是个大人长者，不会想到人会欺骗他。媒婆据此，要王适找一卷很像吏部授职文书的卷宗，由她半遮半露地放在袖筒里，去见高先生。

陈子昂焦急催问："高翁识别出真假了吗？"

窈娘笑着回答："那媒婆果然算得很准！高翁看见媒婆再次登门，而且做出要从袖子里取出文书的举动，反而过意不去地阻止她取出验看，当即决定，把女儿嫁给王适！"

"哈哈哈哈！"陈子昂大为欣慰，"难得他既得贤妇，更得意气相投的岳丈。只是……"

乔知之明白他要问什么："你知他秉性，直接以马迎娶了新妇，连花轿也没雇用，就算完成了'小登科'。而'大登科'……"

陈子昂更为关切："有眉目了？"

乔知之意味深长道："全仗昭义军节度使的卢从史！"

"卢从史？"陈子昂不熟。

乔知之鄙夷地："他是昭义军的节度使，为人十分狂妄，轻视尊重法度的人士，喜欢说话狂妄的人。他听说王适语言举止后，以为他是个狂生，派人去请他来相见，谁知王适回复说，'狂子不足以共事'！谢客不见！"

"好！"陈子昂击榻赞许，"岂可和不尊重法度的人共事！"

窈娘微微点头："李将军听说后，决定要为王适出这口恶气，于是上奏朝廷，希望任命王适为自己部中的胄曹参军，担任引驾判官一职！"

"好，好，好……唉，贞固、子潜……"陈子昂挂记起这两位还未得选调使用的挚友来。

乔知之也长叹一声："几天前，贞固去了逍遥谷看望子潜，正遇卢藏用闭关辟谷……"

窈娘补充："听说子潜已经可以七八天水米不进了！"

陈子昂再次叹息："子潜这可真是性命双修了呵！想我家叔祖，静修近一个花甲，辟谷时还要饮水，偶尔吃些蔬果。他居然水米不进！"

"贞固也学他辟谷……"

陈子昂焦急道："他身子原本瘦弱，万不可练辟谷！正如叔祖也不让我辟谷一样道理！"

乔知之再次长叹一声后，神情陡然有些欣慰地显示："听说太后拟下诏，命九品以上及百姓，如有意报效国家者，可向朝廷自荐。"

陈子昂也大为欣慰:"果真能下这样的敕令,就真是子潜和贞固之福。他们的心目中,最大的愿望,绝不是闭关辟谷,而是入仕报国呵!只是不知……"

只是不知这道敕令,多久能够下达?

但是这道敕令并未等来。而在这月甲申,却下达一道震动中外的敕令:任命左玉钤卫大将军李孝逸,为扬州道大总管,领军三十万,同时任命将军李知十、马敬臣为副总管,讨伐李敬业。

李敬业在扬州以匡复庐陵王李显为号召,宣布讨伐武太后。

风暴,骤起扬州!

李敬业,已故英国公李世勣之长孙,袭英国公爵位,时任眉州刺史。乃祖李世勣,又称李勣,本姓徐,字懋公,因辅佐高祖李渊、太宗李世民开创大唐,功勋卓著,和房玄龄等开国元勋,被赐在凌烟阁画像留影,以资纪念。同时还被皇室赐姓李,封英国公。

此后,在稳定大唐新朝,平定吐蕃、突厥等东北与西南入侵强敌方面,身先士卒,战功赫赫,尤其是在太宗李世民亲征高句丽的辽东血战中,威名远播,震慑众敌。

而李世勣和武氏家族,更有不解之缘。武太后之父武士彟,和李勣同为大唐开国元勋。武氏在凶险万分的宫斗之后,被册封为大唐皇后。临朝的册封大典,他是皇帝钦定向中外和武皇后本人颁布册封诏令的大臣。在维护武氏权益上,他和宰相许敬宗,可称得上文武大护法。

李世勣颇有先见和识人之明。史载,在其弥留之际,曾召集族人齐聚英国公府华堂中,神情严峻地警告长孙李敬业,不可对朝廷萌生异心;同时叫过李敬业的叔父、自己的次子李思文,把家法交到李思文手中,命令他对不肖子孙,以家法施刑,直至处死!

李世勣预见到了李敬业的不肖,并安排了对其实施监督和处置的李思文。但却没有预见到,李敬业以匡复大唐的名义,自任匡复府上将,领扬州大都督,不到十天,就聚集起十万"匡复大军"。

而李思文此时任润州刺史。正是李思文最先闻知李敬业以匡复为名大举反叛,并把消息送回东都洛阳。圣母神皇闻报,才任命李孝逸率领三十万平叛大军征讨李敬业。而赦令下达时润州已失陷，李思文已被李敬业囚于狱中。

因为扬州叛乱，深夜才从紫宸殿正殿返回当值房的上官婉儿，却被武三思猛虎扑羊般，先是正面抱入怀中，然后扔向正壁前锦榻上，然后迫不及待地解带宽衣，把原本疲惫不堪的女"内宰"，搓揉折腾得娇喘吁吁，香汗淋淋。有顷反客为主，武三思终于败下阵来。

"或者，那位所谓'匡复上将'，到头来也不过如你这样，开头其势汹汹，不过三五回合，就败阵求饶了！"仰身锦榻的上官婉儿，任云髻披散缭乱，已经气定神闲地判断起扬州局势来。

紧偎在上官婉儿玉体之旁，却喘气不止的武三思，以鄙夷神情一撇嘴："乌合之众，活得不耐烦了！"

上官婉儿却不肯苟同，直视着武三思："李敬业和他手下这些心腹之人，比如魏思温、唐之奇、杜求仁和骆宾王这些人，连太后也夸他们是不可多得的人才！"

武三思摇头不信："姑母会夸他们？"

上官婉儿回忆着，半坐起身来："当然，比如对骆宾王夸赞的同时，还责备了裴炎！"

武三思想坐但又欠起身的力气，只得仍旧躺着，诧异道："夸奖骆宾王，责备裴炎？"

上官婉儿依旧回忆着："'伪临朝武氏者，性非温顺，地实寒微。昔充太宗下陈，曾以更衣入侍。洎乎晚节，秽乱春宫……'"

武三思怔怔道："你才作的诗吗？"

"当然不是，是被李敬业封为匡复府记室官的骆宾王写的《讨武檄文》：'犹复包藏祸心，窥窃神器。君之爱子，幽之于别宫；贼之宗盟，委之以重任……一抔之土未干，六尺之孤安在？……请看今日之域中，竟是谁家之天下！……'"

武三思终于听懂了大半，愤怒至极地一下坐起身来："胆大逆贼，竟敢如此辱骂姑母……

上官婉儿却用一种不屑的神情回视武三思："你虽是你姑母亲亲侄儿，但是若论胸襟，你姑母海阔天空，你却狭隘如针孔！"

武三思怎敢反驳？反而谄笑着："这还用说？"

"不管你是否口服心不服！你姑母胸襟，只怕太宗爷那'圣度汪洋'，才可稍作比拟！这《讨武檄文》，是婉儿奉敕展读的，可是好多段落，我都不敢往下念，还是太后再三催促，我才得以诵读完全篇。而太后在一旁听时，不仅毫不生气，有几处，如：'人神之所同嫉，天地之所不容！'又如：'一抔之土未干，六尺之孤安在？'还有收尾句：'请看今日之域中，竟是谁家之天下！'太后听着，竟然大有赞许之态！全篇听完后，太后责备送这檄文入宫的宰相裴炎说：'宰相之过也。人有如此才，而使之流落不偶乎！'"

武三思急忙追问："那裴炎怎么回答？"

"对此裴炎默默无应。"上官婉儿神情严峻起来，"但他回答了太后怎么平定扬州叛乱的问话。"

"他就不是个好东西！自接到李思文举报后，就没有见他的政事堂商议平叛讨逆的军机大事！"

上官婉儿点头："他回奏的话，更暴露了他的狼子野心！"

"他怎么回答？"

"他居然回奏太后说：'皇帝年长，不亲政事，故竖子得以为辞。若太后返政，则不讨自平矣！'"

武三思愕然更恼怒："他这和叛军是同声共气！"

"因为同在紫宸殿听扬州前线军情的，还有政事堂、兵部、御史台的官员。当时监察御史崔詧就对太后弹劾裴炎......"

"弹劾得及时！"

上官婉儿点头："崔詧弹劾说：'裴炎受先皇顾命委托，大权在己，若无异图，何故请太后归政！'"

武三思鼓起掌来："好个'若无异图'！"

上官婉儿目光阴冷道："太后即下敕令，命左肃政大夫骞味道、侍御史鱼承晔将裴炎下狱审问！"

武三思一听，浑身充满兴奋激动之情，一下跳下锦榻，面对坐在锦榻上的上官婉儿：“那么，这当朝宰相的职位……”

上官婉儿只有在心中再次叹息“侄远逊于姑”，但神情却格外凝重地对武三思：“兵部尚书！”

武三思一愣，朝身后望去。

上官婉儿却把他拉过身来，面对自己：“你明天就将被委为这个职务。”

“可是宰相……”

上官婉儿却打断他的话头：“尚书大人！既掌兵部，扬州平叛大计，你可得多多用心啦。”

武三思浓眉上扬：“岂止扬州这几个跳梁小丑，我早就奏告过姑母，应该拿韩王李元嘉和鲁王李灵夔等皇室诸王开刀！”

“会的，但你还得留意你身边的一些人……”

“我身边，谁？”

“乔知之！”

“可他……”

上官婉儿神情更加严肃：“他父亲乔师望，不仅是李唐皇室驸马，而且和与骆宾王齐名的‘四杰’之一卢照邻还是挚友。而乔知之，眼下和那陈子昂也是声气相投。什么‘韦晔’？什么‘大唐文宗’？绝不可容他们利用这些名头，和太后作对！”

第二十八章

圣乎魔乎

乔知之本来打算次日把陈子昂的回答，转告高家，但却接到文告，文武齐集紫宸殿商议重大军国大事。待乔知之在朝房候朝时，看见陈子昂也在麟台序列班中候朝，二人遥遥点头致意。

当太后在淡紫帐后就座后，陈子昂首先发现应站在朝班右边第一个位置——宰相之位——的裴炎，却不见人影，正在猜疑间，只见凤阁舍人李景谌出班奏告太后："微臣证实，裴炎必反！"

李景谌一言奏出，合朝哗然。但紧接着，同中书门下平章事刘景先、凤阁侍郎胡元范却几乎同时出班，向太后奏告："裴炎绝不会反叛朝廷！"

不待太后回应，王公朝班右首第一位的武承嗣出班，用笏直指李、胡二人，厉声质问："你们凭什么证明裴炎不反？"

"裴炎是社稷元臣，有功于国，悉心奉上，天下所知！"刘景先也高声回答。

胡元范继答："所以，臣敢证明裴炎不反！"

武三思怒不可遏地也要走出朝班，和武承嗣一起回击敢为裴炎张目的刘、胡二人，可是淡紫帐后，武太后已缓缓地开腔说话了："刘、胡二卿！裴炎叛逆是有事实依据的，只是你们还不知道罢了。"

刘景先捧笏躬身，声韵激动地回奏说："如果说裴炎有证据谋反，那么微臣也是谋反者了！"

胡元范含着悲怆的神情也说："那么微臣也是谋反者了！"

武承嗣、武三思等人正要怒斥二人，太后却辞气清朗地对二人说："朕深知裴炎谋反，也深知卿等不反！"

但太后话音刚落，朝堂上不少文武都纷纷出班，排列在刘景先和胡元范的身后，以身家九族，担保裴炎不反。

目睹朝堂此时景况，陈子昂屏息望向乔知之所在班列，只见乔知之神情肃然地立在班中，并未出班担保裴炎。而作为从九品麟台正字，陈子昂对扬州叛乱详情了解不多，但有两点他还是清楚的：其一是李敬业的反叛头目中，裴炎的外甥薛仲璋，是匡复府的左右司马之一；当然也可以说薛参加反叛，其舅父裴炎不一定知情。但是，作为大唐宰相，对扬州叛乱发生后，并不急商平叛大计，反而"欲示闲暇"，这绝不正常。其二，监察御史崔詧弹劾裴炎的疏表，陈子昂在候朝时匆匆读过，更明白就在前天，武太后召见裴炎，垂询平叛大计时，裴炎回答说，只要太后把军国大权交还给李姓皇帝，扬州之叛不讨自平。就是针对裴炎的这番回答，崔詧当即弹劾裴炎不肯商议平叛大计，和李敬业一样，是有"异图"的。太后这才下诏把裴炎下狱，由左肃政大夫骞味道、侍御史鱼承晔主持对裴炎鞫审。

而今天这个临时紧急朝会，太后是要通过凤阁舍人李景谌出班弹劾，向中外通告裴炎之事。情理中，还应新宣告宰相的继任者，但万万没有想到，李景谌刚刚上完弹劾奏疏，刘景先、胡元范就出班力证裴炎不反，在太后耐心解释后，反而出现大多数证明裴炎不反的文武官员。

陈子昂不出班附和刘景先、胡元范，不是有什么顾虑，而是因为官卑职小，对内情确实知之不多，所以无法证明裴炎不反。反之，以他个人对当下政局的判断，却对裴炎的用心怀有质疑。

或许，裴炎的话有道理。即出于所谓正统观念而言，如果大唐王朝在高宗驾崩后，李显依遗诏继位，太后自守坤道，不干预朝政，李敬业就无法以"匡复庐陵王"的名义发动叛乱。如果太后现在把政局恢复到归还李显，重新主掌军国大政，扬州叛乱，就不讨自平。

可，这只是或许。同样根据正统观念，高宗李治遗诏，并不允许太后静守坤道，"清静无为"，而是"军国大事有不决者，兼取天后进止"！偏偏，正是裴炎奏告太后，说李显要把大唐江山交给皇后韦氏一家。对此，太后若仍谨守坤道、清静无为，那就是不遵高宗遗诏，是大大不忠举动！所以才有了废李显为庐陵王，虽立新君李旦，但李旦又一再不肯亲政的局面。太后，至少是因这些表面理由，不得已自己设淡紫帐于紫宸殿，处理军国大事的。

李治驾崩，短短数十天内，新皇帝贬废庐陵；继位皇帝一再上表不肯亲政。而西南方的吐蕃等多部联军，又在往大西川集结。东北方的同罗、仆固等部联军，在金徽州誓师反叛。关内灾情，有增无减，亟待抗救灾难……

如此种种，休说李显、李旦，就是李治健在，面对这么重大的外焦内困，没有太后辅佐——其实是主宰——也绝难化险为夷。

陈子昂能预判出这样的结果，作为大唐朝元老重臣、当今宰相、顾命大臣的裴炎，怎么会不知道太后在此时此刻设帐听政、主政的必要性呢？怎么可以说只要太后返政给李显或李旦，扬州叛乱就不讨自平了呢？

即或他身为大唐元老重臣，又处一人之下、万人之上的崇高地位，所见者，有陈子昂不可见者；所虑者，有陈子昂思虑不及者。但是，在扬州短短几天已啸聚十万叛众的严峻形势下，在润州等州县已连连失陷的形势下，怎么可以"不汲汲议诛讨"呢？

宰相正确的举措，肯定应该是一面积极制定平叛方略，并向扬州进发；同时奉劝太后，考虑归政李家皇帝。而现在只说归政，不议征伐，其用心，崔詧说得也非无理：你裴炎受先皇顾命委托，军国大权在手，如果没有篡夺的异图，怎么会强力请求太后归政？

而在朝堂的众多文武，只因裴炎以儒家正统观念维护李唐皇室权益，便认为裴炎句句在理，不是反叛，所以犯颜，甚至冒死证明裴炎不反。而陈子昂，十八岁之后始知书，此前以道家经典指导自己洞悉天地玄机、世态奥秘，身处西南僻乡，深知民间疾苦，所以他面对这样的大事，更多的是考虑应如何行，如何言，才于国有利，于民有益，并无单纯的所谓"正统""非正统"的先入之见。

从上谏灵驾入京获得太后在金华殿召见起，虽时日不多，但陈子昂心目中，太后渴望人才、爱惜人才的举止令他感激涕零，崇敬倍增。就以眼前发生的事，也可证明太后在辨别人才、保护人才方面的一片苦心。

然而陈子昂却有隐忧。不要说太后如此耐心、温和地开导刘景先、胡元范，终致众多文武为裴炎作证；就是太后以雷霆手段对待裴炎，也仍会有这众多的人，为他呼冤叫屈！

从陈子昂道家仁爱的心底，却生发出希望太后以铁掌定乾坤的强烈愿望。

与此同时，引发陈子昂深思的是：朝堂文武的固有观念如此，而由朝廷任命、选拔的刺史、县令们，也大多是相同的观念。要改变这些观念是万不可能的，但如果能从出使、牧宰、人机三事上，从考核选拔，到具体实施，有一些，或更多些不以固有观念脱离国家百姓兴衰苦乐实际，而全心全意报效国家百姓的出使者和牧宰者，那么，何尝不是国家和百姓的大幸呢？

此刻，他的心思，已在出使、牧宰、人机等三方面，全力运转了。

而朝堂上，太后依然温和的语调，却下令：把刘景先、胡元范下狱鞫审。接着，宣布任命骞味道为检校内史凤阁鸾台三品。李景谌同凤阁鸾台平章事。

丙申，敕令斩裴炎于都亭，并籍没其家。刘景先贬为晋州刺史。胡元范流放琼州，不久死去。

朝堂暂时没有了为裴炎呼冤叫屈的声音，李孝逸的平叛大军，在侍御史魏元忠的督促下，和新授为江南道大总管、左鹰扬大将军黑齿常之讨叛援军的配合下，攻克李敬业之弟李敬猷盘踞的都梁山，李敬猷单骑逃脱，李敬业闻报，率众救援，却被李孝逸、黑齿常之联军击溃。

十一月十八日，已不准再姓李的徐敬业的叛军首领，包括李敬猷、唐之奇、魏思温、薛仲璋、骆宾王，在逃往辽东欲入海投奔高丽时，被平叛联军尽数捉拿，斩首。一说骆宾王逃亡后落发为僧。被叛军占领、骚扰的扬、润、楚三州，终于获得平定。

但在裴炎被斩于都亭之后，徐敬业全军覆灭之前，朝堂中出现的一桩大事，更促使陈子昂要加速从出使、牧宰、人机三个方面，向朝廷上书。

当天是正规朝会之月，太仆寺丞、十七岁的裴伷先，上封事请求太后允准奏言。裴伷先，裴炎之弟的儿子、裴炎的侄子。

当时太后允准他出班奏言。一开始，太后严肃地诘问裴伷先："汝伯父谋反，汝尚何言？"

十七岁的太仆寺丞神色自若，并以规劝的口吻奏言道："臣是为陛下的安危来上言的。哪里敢来申诉冤屈呢！"接着，他话锋一转："陛下是李家之妇，先帝驾崩，陛下揽据朝政，变易先帝继承者，疏远贬斥李氏皇族，封崇武氏合族满门。微臣伯父忠于社稷，反诬以谋反大罪，戮及子孙。陛下所作所为，微臣大为惋惜。为陛下及九族计，应尽快让李唐皇帝复辟，陛下从此高枕深居。如是，陛下宗族自可保全。不然，天下一变，不可复救矣。"

太后听奏大怒："胡说！小子敢发此言！"

太后声严色厉，但也只命殿中卫士，把裴伷先驱出朝堂。

但十七岁的裴伷先，在被卫士带出朝堂时，还一再回头对淡紫帐中的武太后高声提醒："今用臣言，为时犹未晚也！"

并且一声提醒之后，又接二连三高声重复这句提醒。

武太后到此，才敕令拖回朝堂"杖一百，长流瀼州"。

对于裴伷先这样的处置："杖一百，长流瀼州"，于他本人，扩大之于国家、百姓，有什么用处呢？

太后已经言明，裴炎是和徐敬业同时密谋叛乱才被斩于都亭的。有什么可分辩的？且不论这是真是假，或半真半假，但若仅以罪行论，

"叛国"之罪，是头等大罪，裴仙先作为犯下头等大罪之人的亲侄子，反而在朝堂上为伯父评功摆好，并严重警告武太后，她才是犯下灭族大罪的人，若不悔改，必定悔之晚矣！

裴仙先的底气何来如此之牛？就来源于那个固有观念"正统"，"不准牝鸡司晨"！

如果御座上的人不是武太后，而是高宗李治，即或裴炎根本无谋反之证，只要他一声敕令处斩，也断不会还有人，甚至这么个十七岁毛孩，敢于教训李治，为裴炎张目。

休说"杖一百，流瀼州"对裴仙先毫无惩戒作用，反而会令正统史家为之大书特书，为这维护"正统"的少年才俊树碑立传，使之流芳百世。

就眼前，陈子昂也分明看见，朝班中众多文武，向裴仙先投去明明白白的夸赞目光！是应即时上书，奏言谏阻了！

武太后今日驾临金华殿，是着的袆衣。依据大唐《武德令》规定，袆衣是皇后特服三种之一，且是最为隆重的服饰，供皇后在受册、助祭、朝会大典时服。太后那丰满而高挑的身躯，内穿素纱薄衫，外罩黼领，朱罗毂、襟、襈。蔽膝用所服金黄的裳衣，以缂为织缘，以翟为章。深青的外衣，画有五色的翚，衬得这位年过花甲的太后粉面桃腮，风姿绰约。那佩绶大带，更显出她的华贵雍容。饰金的青袜青鞋，也使她在稳重的步履间，透出仪态的从容。

在当年十一月，朝廷平定徐敬业叛乱后，陈子昂揣度，以武后的精明，必然会大施仁政，以收揽人心。但自那以后，一些事件的发生，却让他大失所望！

先是扬州叛乱后，陈子昂估计到朝廷会对文武百官包括王室宗亲，进行清查，但他绝没有想到首先清查到单于道安抚大使、左武卫大将军程务挺身上。

须知单于道安抚大使，主要是针对西北边境的突厥而设。突厥和西南边的吐蕃一样，都是从隋朝之前，就从两个方向构成对中华威胁的强敌。直到唐初，高祖李渊为了基业稳固，还曾上表尊突厥可汗为父；太宗朝时，还要向突厥纳贡进献。之后朝廷也征讨过，但收效甚微，直至程务挺出任单于道安抚使，才彻底挫败了突厥的进犯，使西北边境实现了少有的宁静、平安。

这个洛州平县人，从小就跟随英勇善战的父亲程名振作战，以勇力闻名。他不仅有勇，而且有谋。四年前的调露元年，即六八〇年，随裴行俭击破最为剽悍强大的西突厥，升为右将军。四年后，接任单于道安抚使，防备突厥，在此期间，突厥各部远避他的锋芒，不敢进犯。

谁知这样一位堪称大唐西北边境长城的智勇双全的名将，却被人诬陷，屈死刀下。

程务挺一死，突厥各部欣喜若狂！不仅杀牛宰羊，大碗饮酒、大跳劲舞祝贺，更为吊诡的是，各部还在营帐内修建程务挺的祠堂。最近各部又抓紧集结人马，准备再举对大唐的进犯，而誓师前的重要仪式是祭告程务挺！祭告告辞是："程大将军你忠心耿耿为大唐保境安民，可却被大唐朝冤枉、斩杀、抄家！我突厥联军此番誓师伐唐，就是为你报仇雪恨！祈求你保佑我军旗开得胜，马到功成！"

陈子昂得知后，十分关切边境安危，准备痛切上表，谏阻武后不可因扬州叛乱，而疑天下人都有叛逆之心，更不可因之而滥杀无辜，尤其是滥杀程务挺这样的栋梁之才，自毁长城！

但是，接着发生的事，印证了陈子昂绝不是杞人之忧。设铜匦广开告密之风，任酷吏滥杀万千无辜……日益加剧，愈演愈烈！他多次上封事奏请言事，都没有得到允准。虽未获允准，他却更加担忧军国大事在此风日渐中，遭受无可挽回的毁败！

但，就在这期间，原本忧心忡忡的乔知之，却意外地获得了太后召见。

扬州风暴，使乔知之这个和李唐皇室有着不浅关系的家庭，和李唐皇族成员一样，担受着度日如年的恐怖。而且乔知之与窃娘已经分明感受到，和自己一家走得很近的武三思，从那以后却似乎在疏远乔家。

谁知垂拱元年（685），开年不久，武太后就传召乔知之在武成殿，询问阿史那·骨笃禄请降事。

阿史那·骨笃禄是西北强敌突厥中，最为强悍的三个部落之一的统帅。"骨笃禄"，在突厥语中，是"快乐"的意思。这个长期以来进犯大唐、烧杀抢掠成性的"快乐统帅"，为什么会在程务挺死后，突厥各部落纷纷联盟，誓师进犯大唐之时，却独独提出"请降"的请求？可以回答太后垂询的文臣武将不少，可是武太后却在武成殿单独召见乔知之，垂询此事，可见熟知文武才干、见识的太后，不仅看重乔知之从其父乔师望处继承的良好战争韬略，而且也看重他有从军塞外、熟悉边事的长处。

但于乔知之而言，无疑更看重太后单独召见，垂询如此重大的军机要务，表明自己尚不在太后猜忌、怀疑的范围内。

乔知之受召回府，把此事首先告诉专请来家相聚的陈子昂，并请陈子昂代表自己，撰写《庆武成殿表》。陈子昂既为挚友的际遇而高兴，同时，又借代笔此表，委婉地告诫太后，既已应天受命，就应保持精神和畅，通体——当然是全国——就会处处利捷的道理。

因为乔知之在武成殿接受垂询时，太后曾经有个困惑，来源就是这正在召对的武成殿。

太后说，大唐创立一统后，这洛阳的宫殿虽有些毁于战火，但也有不少仍供新朝使用，这武成殿就是其中之一。但据太后亲身感受认为，在这些前朝殿宇中，其余殿堂，多有堕颓，凋落者众，而且更糟糕的是，维修一处，便会坏损百处。

可这武成殿，至今确然端立，其土木丹彩，光色如新。这是怎么回事呢？

乔知之当时也作了回答。但回到家里一想，还有很多因素，他因回答匆忙，并未说中要害，所以希望再以"表"的格式，呈奏武太后，为什么叫"庆"武成殿表？就是要抓住武成殿百年不坏的"金身"的原因，大庆特庆。

所以陈子昂代乔知之撰写的《庆武成殿表》，十分强调一个国家兴废，在于认识到自己是受命于天的神明之体，遭遇恶劣外因时，万不可就事论事，只注意处置外因，而不从内因去打好基础。比如洪灾涝灾地震，波及无垠，但坚信自己有良好的抵御能力的国度，"多难兴邦"，在大灾之后，反而更加稳固繁荣。

反之，即遍地鸟语花香，龙飞凤舞，五谷丰登……但若不加强内力的凝聚，也可能泱泱大国，转瞬灭亡！隋王朝的灭亡，就是如此。而所建武成殿，却光色如新地、无言地证明着这个真理。

扬州风暴降临过了！可是陛下，这事也证明了您才是受命于天的大圣！所以，应相信天下绝大多数官民是您忠实的臣民，不应该开告密、诬陷之门，更不该任用酷吏、不尊重法治条文，荼毒众生！

乔知之把《庆武成殿表》呈递到太后驾前。

陈子昂密切关注太后览表的结果。却让他大为失望！

首先是垂拱元年（685）二月初七，太后亲自在朝堂上下敕：朝堂所置登闻鼓及肺石，不须防守，有击鼓立石者，令御史受状以闻。

这，不仅是各州府县衙门要效法中央朝堂的这项新规，而且中央朝堂接到击鼓和站立在肺石上的举报者的举报，不仅受理，还要主动奏告太后本人！效果可想而知！……

更令陈子昂担心的是，识见心胸远不如太后的武承嗣，被任命为凤阁鸾台三品，宰相！

陈子昂感到：一场血流成河的大清理，浓厚的血腥之味，扑面而来！谁知！太后在此时此刻，却下诏在金华殿再次召见陈子昂。

这时节，是武太后垂拱元年，春三月。

第二十九章 奉旨北征

金华殿中，面对身着袆衣、器宇雍容而威严慑人的武太后，头戴乌纱幞头，身着碧色九品官服，足蹬六合黑皮朝靴，瘦弱体形的陈子昂，神情恭谨。但剑眉下的目光却炯炯有神，透出崇敬而不怯的精神。武太后从淡紫帐后微微打量着陈子昂，暗自颔首称许。

就在陈子昂屏息静气，准备面对太后谏言时，宫使向武太后的奏告话语传入陈子昂的耳中："启奏太后！左补阙摄侍御史乔知之，奉诏进殿见驾！"

乔知之也奉诏来金华殿见驾，而且在七品补阙的职务上，还增加了"摄侍御史"的职务。虽然侍御史的品流，和补阙同级，但侍御史的职责，却不是补阙的"察考得失，上书谏言"的"言官"职责，而是负有监察纠谬的实权职务了。

很快，从太后的训告中，陈子昂已得知已是摄侍御史的乔知之，是受太后的诏令，监护北征大军。而陈子昂也在金华殿上，由太后宣告授予右卫胄曹参军之职，和乔知之一道，出征北疆。

金华殿上，武太后对乔知之说，希望他效法父亲乔师望，精忠报国，从严监军的同时，还要求他和陈子昂、王无竞一道，在战争之余，留心西北边境敌我之情，为日后巩固西北边疆的安宁，潜心探究，以备朝廷顾问。

召见时辰短暂，陈子昂领诏后，来不及请求上言谏告，御座旁的上官婉儿，已宣布让二人领诏退出殿去。尽管没有上谏机会，但陈子昂却满怀激情和兴奋。

在郭震的劝导下，怀着报国安民的意愿，以十八岁的"高龄"初入乡学起，陈子昂无时无刻不牵挂着大唐边境的安危，现在终于实现夙愿，出征北疆，杀敌保国安民！

而且，还是在乔知之帐下效力！而且，还有文友王无竞！

辞出金华殿后，乔知之告诉陈子昂，正是出于对陈子昂报国志向的了解，所以在接受太后监护北征大军授命后，他推荐了陈子昂和王无竞。

其实，他还想推荐王适和赵元亮。但王适已随李将军去了凤朔，而赵元亮却因效仿卢藏用"辟谷"，致昏厥病倒，现在还在逍遥谷卢藏用的茅屋中治疗恢复。

现在二人才明白，武太后在武成殿召见乔知之时，虽然是垂询骨笃禄请降是真是假，但其实已从边报了解到骨笃禄是假降真反，只不过是用假降来障眼朝廷，以利其调集人马粮草进犯。而乔知之所答，正是据其多年的观察，以及从父亲遗留下的行军日记中对异邦强敌的记录，对太后作了骨笃禄请降断不可信、应加强征召河西将士府兵以备强敌的建议。

果然，在乔知之武成殿召对不久，三月，首先是金徽州都督仆固始，啸聚北方各部落盟誓叛唐，因有乔知之的建议，朝廷早已密令左豹韬卫将军刘敬同，率领河西以骑兵为主的平叛大军，北征仆固、同罗反唐联军。而乔知之也被武太后授命监护刘敬同之军。

乔知之、陈子昂、王无竞，在四月赶到居延海，和刘敬同北征大军会合，向北进发。

居延海，汉朝时名为居延泽，发源于祁连山深处的黑河，流经青海、甘州等一千六百余里后，汇入巴丹吉林沙漠西北缘两片戈壁洼地。

之所以称为"居延"，这是西北部落语言，意指"移动的沙漠"。所谓"海"，实质上是湖面，其位置忽东忽西，其面积忽大忽小。但长年水量充足，土地肥沃，草原宽阔。更为重要的，是通往塞北金徽州的必经之路，自古以来，就是兵家必争之地。北征大军依照乔知之建议，将在居延海对马匹、粮草作大的补充和储备，还要对新征召的河西骑兵，作大战前的演练。乔知之亲自辅助刘敬同指挥演练。陈子昂过去对乔知之的"知兵"已有所了解，通过这次他在演练中所体现出的果敢、周密、迅疾，更感到乔师望不愧名将，有此虎子。

"伯玉！有乔十二监护此军，北征定能奏凯南旋！"随军操演完毕，已是子夜时分，和陈子昂一样兴奋的王无竞，不回自己的帐篷休息，却兴冲冲地来到陈子昂的帐篷中，大声说。

陈子昂深有同感，随口吟出声来："回中烽火入，塞上追兵起。此时边朔寒，登陇思君子。东顾望汉京，南山云雾里。"

声气相投的王无竞立即明白陈子昂这是为好友卢藏用、赵元亮而作的诗："听说子潜偕贞固返回终南山养息去了。应该大好了吧？"

陈子昂沉吟有顷："这是赠给贞固的。已让居延驿的驿使派差人把诗文送回长安了。他原本体弱，一时之间，只怕还不能康复呵！"

王无竞长叹一声："他和你我一样，报效国家和百姓的心切，可是以他多病之身，来到这苦寒之地，也难撑持呵！"

陈子昂却摇摇头："未必！"

王无竞瞪大双眼："伯玉！你深知道家养生之术，凭他先天弱躯，面对这西北早春的苦寒，他怎么能扛得住呵！"

"养生，养生，首在养心。"陈子昂再次叹息一声，"心志既遂，只怕这区区苦寒，也不会让贞固久卧病榻了！"

王无竞连连点头，连连回应："有理有理！"

"犹如居延的塞上翁！"陈子昂突然提及。

无竞一怔："你说的是塞上翁城？"

"塞上翁呵。"

王无竞回过神来，一吐舌头，笑了："是呵，没有塞上翁，哪来的塞上翁城！"王无竞又竖起大拇指道："了不起！地方父老说，这塞上翁城，在这居延海已经几千年了。"

当天演练的典兵台，就设在这塞上翁城遗址上，而使用之前，乔知之还请陈子昂特地撰写了《吊塞上翁文》，并焚香顶礼后，才和刘敬同一道，登台典兵操演。

事后，听当地的老人们说，听他们的父辈的父辈的父辈……代代相传，这塞上翁的遗址，早在哪一代又一代父辈之前，就已是这居延海的古迹！那，推算下来，至少是几千年了。

陈子昂的近侍小卒原本在为陈子昂准备沐浴梳洗，见参军好友王无竞来了，知道一时半会儿参军是不会歇息了，就笑着，为陈子昂换下盔甲，松散了发簪，换上武东陈家大院送来的、由老夫人亲自缝制的丝绵和蜀锦搭配的厚袄，足上换上的也是丝绵和蜀锦搭配的便靴，并请示说："陈大人！听父老们说这海子里的鱼儿肥硕鲜美，我们去捕捞了些鲤鱼、鲫鱼回帐，你和王大人谈兴正高，何不烹煮些来，佐酒助谈？"

乔知之心细，为陈子昂和王无竞所派的近侍小卒，都是选的粗通文墨的人，所以应答之间，还颇为不俗。

"那当然好！"王无竞鼓起掌来，也不等主人安排，就躬身提起一个羊皮坐垫来，放到帐中火塘旁就要落座。

陈子昂却笑着阻挡他："哪有浑身甲胄，对炉夜话的道理！"

王无竞不以为意地一摆手："你和俺两帐虽相隔不远，但是此刻帐外塞风凌厉，还是在你这火塘边坐下舒适！"

陈子昂仍阻挡他："先不就座！去！"他对近侍小卒道："把王大人的那一件也取来！"

小卒应声去帐篷左侧的大革袋里取出一个包袱来，在陈子昂的卧榻上打开包袱，取出一套和陈子昂的材质一样，但却宽长许多的棉袍来，就请王无竞换上。

王无竞极为感激地由小卒为自己换着衣服，又迫不及待地揖着双手："伯玉！多谢！多谢！"可他又困惑道："你也是第一次奉命出征，对这苦寒的北疆也是初次感受，怎么就请伯母预备下这么温暖轻盈的丝绵衣物呵？"他又怀着诧异的神情补充一句："连同俺的也预备下了？"

"还有十二郎的。"陈子昂笑着回应王无竞。但他并没有告诉王无竞从十八岁那年立志攻读起，他首先读的是《孙子兵法》等兵书。接着，出于对西南、西北强敌的戒备，在延续至今的岁月里，无论是释褐前或释褐后，对边疆天时、地理、物候、民风的了解，就没有停止过，而是日日加深。

正因为这样，在奉诏出征后，他首先建议作为监军的乔知之，在和刘敬同商议出征事务中，不仅要从战略战术上加深研讨、制订，而且在后勤储备上，在兵马粮草甲胄上，都要有周密的预见和安排。与此同时，他带信家中，为自己和乔知之、王无竞也赶制了这身御寒的衣物。

"真好真好！"穿好棉衣的王无竞和陈子昂对坐在帐中火塘两端，王无竞连声叫好，"这丝棉内胎虽然看似臃肿，但却因蜀锦的紧至而十分贴身暖和！并且简直感觉不到重量负担，只觉得轻盈舒适。"

陈子昂露出得意、自豪的神情："记住！司马迁《史记》所谓的，黄帝元妃，西陵嫘祖，西陵就是今蜀中西北！"

王无竞急切补充："知道知道，正是这位嫘祖，华夏之母，发明栽桑养蚕，才有了取丝织绸，使我华夏先民，不再以兽皮草叶为衣，御寒、遮盖蔽体！"

"哎！"

"怎么了伯玉？"

陈子昂眼神忧郁："元妃养蚕栽桑织绸制衣，数千年过去了。可是你看这塞北百姓，有几人以棉布丝绸为衣？"

王无竞："所以是蛮夷之地……"

陈子昂正色道："王无竞！你不会忘记太宗'视天下夷狄为一家'的遗训吧？"

王无竞顿时闹了大大红脸，有些口吃道："俺，俺的意思，意思是……"

是小卒端上鱼和酒来，化解了王无竞的尴尬。他伸箸夹起一块鱼脯入口，又大叫起来："呵！"因吞咽急促，滚烫的鱼块烫得他大叫起来，忙放箸用手朝张开的大口内扇风，却依然烫得泪水都流出来了。

陈子昂关切地吩咐小卒："快取盏凉水给王大人。"

小卒急忙取过凉水递给王无竞，王无竞急忙接过仰面饮下，陈子昂提示他："不要一下咽进肚里，要让凉水在烫伤的口里和咽嗓处停留一会儿呵！"

王无竞又忙照办，稍微好受之后，他苦着脸对陈子昂说："伯玉！给俺卜占卜占，为什么我今天，这么倒霉呵！"

陈子昂却忙阻止他："先别说话，等水在口浸润浸润吧。"

王无竞虽然照办，可是鲜鱼和"剑南烧春"的双香扑鼻，仍使他忍不住再次伸箸夹鱼端盏饮酒。

酒过三巡，陈子昂仍在为塞北水草丰肥而百姓食不果腹、衣难蔽体、长年烽火难绝感叹不已，而王无竞却终于放慢了进食饮酒的速度，没头没脑地说："你只该雪中送炭，不应锦上添花。"

陈子昂怔怔地望向王无竞。

"十二郎人家有窈娘打点行装，哪用你备办军旅之物。"

陈子昂这才明白他在说什么，只啐了一口，不予回答。

"金阁惜分香，铅华不重妆。空余歌舞地，犹是为君王。哀弦调已绝，艳曲不须长。共看西陵暮，秋烟生白杨。"王无竞咏起乔知之的《铜雀妓》，感慨、夸赞道，"你知道吗，伯玉，听说从乔十二辞驾之后，别家出征那天起，窈娘就闭门下帘，谢绝会客了。"不待陈子昂回应，王无竞以手击着食榻："虽然窈娘出身舞姬，但十二郎为她至今，十多年过去了，也不谈婚嫁，若非碍于父母的阻挡，他真会非窈娘不娶——窈娘是该得到十二郎这般珍重的！"

说完，他那被酒染红的双眸，直愣愣地望着陈子昂。但陈子昂却有些责怪地回视着他。

王无竞居然激动起来："你这是什么意思？咏出《铜雀妓》乐府古题来的乔十二，正该拥有窈娘这样的红粉知己！未见十二郎的《铜雀妓》之前，不才也以这首乐府古题，咏过'妾怨在朝露，君恩岂中薄。高台奏曲终，曲终泪横落……'！后来听了十二郎的《铜雀妓》，俺就把自己的这首，付之一炬！"

陈子昂却神情严肃道："不该呵不该！"

"你可是大唐文宗！"王无竞这话不是调侃，而是认真，"你不会面谀俺吧？"

当然，陈子昂是不会的。尤其在衡文评诗时，更是会抱紧主张，苛严至极。

《铜雀妓》是魏晋时期流传下来的乐府古题，也是陈子昂和声气相投、倡导魏晋风骨的文朋诗友们狠下功夫研习、实践的诗歌体裁之一。

在陈子昂看来，无论是乔知之，还是王无竞所咏的《铜雀妓》，在内容和风格上，两者都借这个乐府古题，反思着对前代王朝的兴衰，寄予着对现实的关注。而其中王无竞的这首古题，其比兴及风格，更和陈子昂自身的创作实践和追求是高低一致，如果把陈子昂倡导诗文的魏晋风骨，和抨击齐梁的靡靡之音，比喻为两军交战，王无竞无疑是陈子昂最为亲密的战友。

所以，当他听说挚友把自己这首《铜雀妓》，同时是陈子昂也倍加推崇的古乐府焚之一炬，他既惋惜，更震惊。当然，早已谙熟于心的这首诗，是陈子昂心中永远焚烧不去的，但他却怕战友由此淡忘了"出征"——是文坛征战——的初衷，所以陈子昂连连提醒对方："不该呵不该！"

自从一年前上书谏阻高宗灵驾西归入葬，引起武太后重视，召见于金华殿，授官秘书省正字以来，他的心思，更多地集中到关注天下大势、民生疾苦上来。其实，若不是本朝有士子要想踏上仕途，实现志愿，却必要经历杂文——包含诗歌——的科考规定的话，以他的志向，也会认为诗词歌赋，不过是无关于国家百姓大计的雕虫小技。但是，要进入仕途报效国家百姓，在本朝却绕不开这"雕虫小技"，于是不得不研习诗文。不是为科考而科考，而是为报效国家和百姓才投身科考的陈子昂，却在借鉴前人前朝的诗文的时候，以其政治怀抱和目光，敏锐地察觉到这"雕虫小技"，却有着重大分野和应对世界兴衰的，绝然不同的作用。由此，他自然地选择了有益于世的魏晋风骨。选择的同时，他有一种痛彻心脾的发见:自魏晋之后，倡导"周公吐哺，天下归心"，"大风起兮云飞扬，安得猛士兮守四方"，《孤儿行》《白头吟》《梁甫吟》……那样振聋发聩的篇章，竟然被齐梁的颓靡宫体诗风所淹没，而大雅正声的这一灭绝，居然达数百年之久了! 而颇具统一天下之才的隋朝杨氏父子，却仅二世而亡，这不远的殷鉴，是如此近切!

从这觉悟的那一刻起，他不再认为"杂文"是雕虫小技，而也是在这一刻起，他给自己立下了两大人生目标:一是竭诚忠于王事，密切关注民心、国事、天下事;二是要竭力横扫齐梁宫体的颓靡之音，涤荡邪波，重树魏晋大雅正声!

一念及此，陈子昂就激动起来。也击节食榻，吟哦出声:

> 汉军屡北丧，胡马遂南驱。
> 羽书夜惊急，边柝乱侍呼。
> 斗军却不进，关城势已孤。
> 黄云塞沙落，白刃断交衢。
> 朔雾围未解，凿山泉尚枯。
> 伏波塞后援，都尉失前途。
> 亭障多堕毁，金镞无全躯。
> 独有山东客，上书图灭胡!

听着陈子昂朗朗吟出，王无竞的热血沸腾，居然离榻取剑，舞蹈长吟:

> 青青河边草，绵绵思远道。
> 远道不可思，宿昔梦见之。
> 梦见在我傍，忽觉在他乡。
> 他乡各异县，展转不相见。
> 枯桑知天风，海水知天寒。

入门各自媚，谁肯相为言！

客从远方来，遗我双鲤鱼。

呼儿烹鲤鱼，中有尺素书！

　　帐中伺候的小卒，从末两句听去，以为是王无竞的应景之作。陈子昂频频点头，大为赞许。但陈子昂却明白，传说这是汉时著名政治家、辞赋家蔡邕的古辞《饮马长城窟行》。

　　史载：古长城边有水窟，可以饮马。所以也成为汉代乐府的一个古题。

　　东汉末年群雄割据，战乱频仍。因此引发"游宦"之风。男子"游宦"别家远去，使世间充溢着"思夫之妇"。这首乐府古题，深刻描绘了"思妇"独守的悲苦和对行人的思念，全诗从开始的梦魂牵萦，忧思缠绵，到收信后知道团聚的希望落空，倍感绝望；而诗人通过全诗的意境，表现了对动荡社会带给大众的沉重伤害，抒发了对和平宁静社会的向往和企盼。

　　被王适、王无竞等文友诚挚尊为"大唐文宗"的陈子昂，从读到王无竞《灭胡》乐府时起，就已品味出王无竞之诗正是承继此诗的翘楚之作。此时自己吟哦《灭胡》，王无竞就离案而起，舞剑长吟《饮马长城窟》，使陈子昂赞许不已，大释怀抱：王无竞，不仅和自己一样，以卑微品级傲视合朝冠盖，敢为军国、百姓直言极谏；在国家用武之际，辞别君王、父母、亲人，义无反顾地勇驰沙场，而且，不忘初心，誓以大雅正声，延续贞观之治，振兴大唐，匡济黎民！

　　二人互吟乐府，精神焕发，促膝长谈，毫无睡意。

　　次月，大军向张掖进发。四月初，大军抵达张掖，下令就地扎营。

　　张掖的含义，比喻其地势好像国家的臂掖，高张此处，以通西域，故名为张掖。唐时张掖属陇右道甘州，以其地名冠为河名的张掖河，由东西和南向交叉所汇之处，建立此城。由此翻过甘峻山脉，就将沿黑河而北上，沿弱水、纳林河、水木河，就将抵达辖有居延海的同城。

大军抵达居延海后，就将誓师出战。

陈子昂的营帐依例在乔知之监军辕帐左边搭建，而王无竞也在陈子昂营帐近旁搭建。营帐搭建完毕，乔知之辕帐的军机会议也刚好结束，乔知之提出要去探看陈、王二人的营帐所在地，于是三人结伴而行，出了监军辕帐。

二人搭建的营帐，正好在乔知之辕帐的东侧。营帐后就是由西向东流去的张掖河。四月的张掖河畔，草木茂盛，晚风拂来，夹带着浓浓的花香和青草翠叶的气息。突然，陈子昂惊喜地在路旁停下步来，呼喊出声：“仙人杖！”

首先是王无竞闻声趋向陈子昂，朝他指向的一丛叶片很像苦苣的野草，好奇地查看着：“仙人杖？什么仙人杖？”

乔知之也走向前去察看着。陈子昂已拔出佩剑，割下这近似苦苣叶的野草，握在手中，取出一段喂入口内，津津有味地咀嚼起来。一边咀嚼，一边点头：“只以为这种仙草只有我蜀中才有，万万没有想到这幽朔严寒之地，也有这种仙药呵！”

王无竞听得两耳直竖，早伸出手来，向陈子昂要了一小段，放进嘴里，咀嚼起来。

乔知之见他和陈子昂一样，咀嚼得津津有味，忙问：“仲烈！啥滋味？”

王无竞笑着又去陈子昂手中取过几段“仙草”来，大嚼特嚼，口齿不清地回答乔知之：“甜！”

陈子昂向乔知之递去几小节“仙草”：“十二郎！此物是载于《上清经》的仙人杖，是我家丹房中，十分重要的炼丹神草之一。休说入炉炼制，就是久服这生仙人杖，也能使人坚筋骨，明目强身，长生不老！”

听陈子昂大谈这仙人杖草的功效，可以达到筋骨坚强、提神健旺，乃至长生不老的程度，王无竞大声命令近侍小卒：“快给我采割呵！”

　　随之又对乔知之的小卒们："你们也快呀！"

　　一边命令着，王无竞还不忘在自己小卒采割下来的仙人杖堆里，取出一大把喂入口中。

　　陈子昂借着夕阳余光四眺后，对王无竞："王二郎！不急！这张掖河畔，仙人杖可不少！还是先让他们把宿营帐篷搭建好吧！"

　　乔知之也已津津有味地咀嚼起仙人杖来，点头道："此言极是！"

第三十章 观荆玉篇

　　鉴于从张掖出发之后，前往居延海，有数千里长途行军。而且这数千里路途上，只有建在张掖河畔的蓼泉守捉和建在黑河岸畔的威池烽两处，可以有驻扎的边防衙舍，勉强可供支遣，其余都是荆棘丛生，流沙滚滚，山峦起伏，全无人烟的荒漠险塞。经乔知之建议，全军在张掖驻扎十五天，检查后勤、马匹、战车等现状，补充各方面不足，以备数千里长征之后，抵达居延海，就能稍作休整，迅猛出击。

　　同时，突厥等各部长年以来，几乎都是由居延海进犯，沿甘州弱水、黑河、张掖河一线掠掳杀戮，如何加强这一线的边防，是陈子昂要潜心考究的重任。所以，从第二天起，他在近侍小卒们的护卫下，佩戴弓箭、长剑，驱马出帐，开始对张掖附近民情、军务以及往昔突厥等部进犯状况考察了解。

　　第十五天，陈子昂一早起身，要抓紧在张掖这最后驻扎的时间，对突厥等部进犯以及突厥军部状况，作更为深入的了解。

　　为何？从当年西南边境大非川之战，通泉所募千人全部战死疆场，无一幸还；到本度金徽州仆固、同罗联军叛唐，直通甘州，在陈子昂的臆间，总认为是蕃戎之性，人面兽心，是易动难安，自古以来无法制约。但今次来到张掖进行考察后，却对他过去的认定，颇有动摇。

比如，张掖有位司马对陈子昂提到：陈正字对蕃戎本性的认识大抵不错，但据他的心得，还应加上：亲之则顺，疑之则乱，否则，易动难安。那么，如果按这位司马的心得去作追根溯源思考，西南、西北各部常常进犯，还有朝廷对其亲少而疑多的原因？

由此，陈子昂才深刻理解到太宗李世民，在贞观治国中十分重要的一条就是"视狄夷为一家"——这就是强调对各部各族要"亲如一家"呵！唯此，才会有少动易安的边疆。

又比如，长期以来，入侵之敌给陈子昂的又一个印象是，剽悍凶残，不愿接受天朝天恩，而以杀戮掠夺为能事。但，在和驻军官兵的接谈中，却有不少官兵告诉陈子昂：他们见到的进犯者，尤其是突厥部落，大多是伤残羸饿，面无人色。部落中的民众，真正有牛羊的人，一百个里不过一二个，甚至还达不到这个比例。

如此，渡居延海，犯玉门关，或者是因冻馁所致？……不是愈考察愈清楚，而是愈考察疑问愈多呵。

虽然，离开此地后，数千里渺无人烟，但在蓼泉守捉和威池烽还是会收集到更为前沿的军情、民情。不过，在张掖最后一天的驻扎，取得更多可资朝廷治国安边利民的资料，意义不小呵！

收拾齐备，准备上马出帐的陈子昂，突然发现今晨还有一件事，或者说是近五天来的一个程序怎么缺失了？那就是，空腹服用仙人杖。道家炼丹、服丹，都极有规矩，"饵食"，也即服丹或药，有时辰上的严格讲究。比如服这仙人杖，那就是"早晚空腹"服用。但早飧的马奶、青稞饼都已用过了。近侍小卒忘了在自己刚睁眼时，就送上仙人杖咀嚼服用。

"仙人杖呢？"陈子昂正要翻身上马，记起这个"程序"，侧面向小卒。

小卒脸涨得通红，知道犯错了。

"好不容易在这塞北遇上它，以后不可忘了！"陈子昂有道家的严谨，也更有驭下的平和，微笑着提醒吩咐小卒。

小卒却是满脸更加涨红，欲言又忍。

陈子昂看出来了，这不是失误，而是另有蹊跷了，转过身来直视着小卒："怎么了？"

"陈大人！那个，那个……"

"那个什么？"

"嘿，嘿……"

"打什么哈哈？说吧，到底怎么了？"

"王大人的小卒悄悄告诉小人……"

"告诉你什么？"

"那不是仙人杖！"小卒回答着，同时怯怯地察看陈子昂神情。

陈子昂"哦"了一声后，神情却显得更平和了："他呀，不是我道家人，怎么能辨识什么是仙草，什么是凡草？"

小卒忙说："王大人的小卒说，这五天来你们吃的仙人杖，也不是什么凡草……"

"自然不是凡草！它是仙……"

"白棘！"

"谁？"陈子昂这才愕然地急问出声，出声后顿觉语意不明，急忙补问，"谁说这是白棘？绝不会是王大人呵！"

小卒回答，这确实不是王大人所说。

原来前一天下午，王无竞还急迫地吩咐小卒，去多采割些仙人杖，他要长期服用。谁知这小卒带人采割时，乔知之近侍小卒却来阻止他们，并说，这根本不是什么仙人杖，而是白棘！

小卒一时没听清："你说这个是什么……"

乔知之的小卒告诉他："这是白棘呵！"

"白棘？"小卒怔怔道，"不是仙人杖吗？"

乔知之的小卒："哈哈哈！一个新派来专门伺候乔大人饮食、用药的小卒，很知药物，告诉乔大人，这不是仙人杖，而是白棘。所以，乔大人命近侍小卒尽快通知王大人停服！"

"王大人这就信了？"陈子昂问。

"王大人听了……"小卒又吞吞吐吐起来。

"说吧,我会向王大人和乔大人说明白的!"陈子昂却笑起来,很有自信地道。

小卒这才直言相告:"王大人一听,急忙把正嚼着的那个……仙人……白棘什么的,吐了出来,吐得发呕呢!"

"哈哈哈哈!"陈子昂一听,想到十五天前王无竞听他介绍仙人杖的效力时,迫不及待、狼吞虎咽的模样,又听小卒说他此刻大吐特吐、唯恐吐之不尽的神态,再也忍不住大笑起来。

"大人!"小卒神情迟疑地对陈子昂告诫着,"或者大人故乡的那个仙草,只不过和这个白什么棘长得相近罢了!"

陈子昂频频摇头:"绝对不会!"他指向帐内榻上待用的仙人杖:"这仙人杖,宽叶嫩茎、汁甜;而白棘又称酸枣,也和仙人杖一般丛生,但有二三尺高,有籽,味苦。且一为草本,一为木本,怎么会长得相近,以至难以区分呢?不用说了,只消我去告诉他们二人……"

陈子昂的话还没有说完,只见乔知之的近侍小卒小跑而来,双手递给陈子昂一封书札:"陈大人!这是我家乔大人命小人尽快送达的!"

陈子昂一边接过,一边问道:"有重要军情吗?……呵!"

不待小卒回答,陈子昂已拆开乔知之的信札,抽出笺来,却是乔知之专用的浅蓝竹格的花笺,展开花笺,映入他双眼的,是《采玉篇》。就在陈子昂阅读这《采玉篇》过程中,他眉头却越皱越紧,神情越来越严肃,有顷,他已丢弃手中马鞭,返身回到帐中。

帐外两个小卒,互相吐着舌头,面面相觑。

当陈子昂在帐中火塘边短榻旁,看完乔知之的《采玉篇》,先是简直不敢相信这是多年挚友写给自己的,因为通篇是讥讽、嘲笑!这,更不是有着"忠厚长者"称誉的乔知之的文风呵!

乔文中认为陈子昂夸赞、推广的分明是白棘的"仙人杖"一事,颇似古典坟籍《艺文类聚·地部·阙子》。

《阙子》文章表述的是,宋国一个愚蠢的人,得到一块普通得再普通不过的"燕石",以为得到了绝世珍宝之玉,深以保藏。一个周国很有见识的人闻说，专程去到宋国，登门请求鉴宝。这位主人允诺了，自己斋戒七天，然后"端冕玄服"，从保藏处取出那装着"宝玉"的厚革柜子，那"宝玉"还被缇巾包裹，竟有十层之多。好不容易，不远千里来到宋国，又等待七天之后，主人才层层开柜启巾，看到了陈放在底层缇巾中的东西。不看则已，一看，周人掩口而笑，差点笑死在堂中！原来："此特燕石也！其与瓦甓不殊！"周人说，"这是一块特别普通的燕国石头，和陶瓦、陶甓的价值一点儿也没有差别"！

这也罢了，就算把白棘认作了仙人杖，好比宋人把燕石认作稀世宝玉……可是乔知之把自己比作一般石、玉不分的人也罢了，可偏偏用这《阙子》文章中的宋人来比唐人陈子昂，却令陈子昂情何以堪！

因为《阙子》原文收尾写道，主人大怒曰："商贾之言，竖匠之心！"藏之愈固，守之弥谨。

误辨不算一回事。但却坐定自己和这愚蠢的宋人一样，在经明白内行的人指正后，仍然不肯认错，反而大怒，反而藏之愈固！自己可是和乔知之不仅相交有年，而且意气相投，甚至可称为肝胆相照的挚友呵！他不仅了解自己的文学主张、政治抱负，更熟知他个人为人处世的慎重、博学，也知他家学渊源。就这或仙人杖，或白棘的争辩而言，难道就凭一个新派到身边的"行人"——唐时称召征出战的军人——说他熟知药性、品类，就可不听陈子昂的辩解，并认定陈子昂为那愚蠢到了家的宋人吗！

悲哀从心底陡然而生。个人情绪必然和世事关联的陈子昂，由此却感到更大的惊悚！

小则，白棘和仙人杖。但凭一个近侍行人的话，多年至交立即相信，一个大吐特吐，一个写出这样的篇章，极尽讥刺之能事。如果，放在世事、国家间去……

曾经有人聚众反叛，如徐敬业。朝廷，"大圣"太后即征召三十万大军予以剿灭。正如宋人以假为真，以石为玉，被周人识别、指出。这曾经的存在，使人形成世有如宋人般冥顽不化的至愚之人。

那么，如果那位行人，对乔知之，不，挝响朝闻鼓，站立在肺石上，向大圣太后告发陈子昂，不是以白棘为仙人杖，而是造反！对自己如此了解的乔知之、王无竞都一听这片面之词就吐，就发文讥刺……那么大圣太后岂不会像剿灭叛军，斩首徐敬业、骆宾王那样，对陈子昂追杀剿灭一尽！

他不安于座了。他立即吩咐排开笔砚。他要回复……

名义上是回复乔知之。但他似乎更迫切地希望这篇回复，能像当年《谏灵驾入京书》一样，引起那位加速铸造"圀"字的"圣人"高度关注！

> 丙戌岁①，余从左补阙乔公北征。夏四月，军幕次于张掖河。河洲草木无他异者，惟有仙人杖，往往丛生。幽朔地寒，与中国稍异。予家世好服食，昔尝饵之。及此役也，而息意兹味。戍人有荐嘉蔬者，此物存焉。余怅尔而笑曰："始者与此君别，不图至是而见之，岂非神明嘉惠，欲将扶吾寿也！"因为乔公昌言其能。时东莱王仲烈亦同旅，闻之大喜，甘心食之，已旬有五日矣。适有行人自谓能知药者，谓乔公曰："此白棘也，公何谬哉！"仲烈愕然而疑，亦曰："吾怪其味甜，今果如此。"乔公信是言，乃讥余，作《采玉篇》，谓宋人不识玉而宝珉石也。余心知必是，犹以独见之故，被夺于众人，乃喟然叹曰：嗟乎！人之大明者目也，心之至信者口也。夫目照五色，口分五味，玄黄甘苦，亦可断而不惑也。而路傍一议，二子增疑，况君臣之际，朋友之间乎？自是而观，则万物之情可见也。感《采玉咏》，作《观玉篇》以答之，并示仲烈，讥其失真也。

> 鸱夷双白玉，此玉有缁磷。
> 悬之千金价，举世莫知真。

---

① 据陈子昂全集此篇自序开头即"丙戌岁"，那么丙戌应是垂拱二年（686）。但刘敬同奉旨北征，却在垂拱元年（685）。对此历来史家争论不已。但作为传记者，我对此所依据的，是《资治通鉴》。

丹青非异色，轻重有殊伦。

勿信工言子，徒悲荆国人。

（《观荆玉篇并序》）

这段仙人杖和白棘的公案，至后世《本草纲目》问世，还有学者引《图经本草》，证明陈子昂所指的仙人杖，无论外形、类别、滋味，正是道家经典中所载的"仙人杖"。

乔知之、王无竞见到《观荆玉篇》后，乔知之捋须沉吟，而王无竞再次大红了脸，带着嘀咕的语气辩解说："俺怎么不守贞节了？不，不，就是弄不明白，不，不敢吃了吗……"

陈子昂的侍卫小卒回答乔知之的小卒的询问时悄声说："我家大人把自己关在营帐里整整一天！"

"那么，"乔知之小卒好奇地问，"那个仙什么杖……白棘，还吃吗？"

陈子昂的小卒摇头。

"那不就结了！"

"不是你那意思！"

"那是啥意思？"

陈子昂的小卒说："陈大人说现在看见仙人杖，心里难受，叫不要送到他眼前！"

乔知之的小卒似懂非懂，也不再问下去了。

第二天，大军从张掖开拔，向居延海进发。

数千里大军长征，还未到达威池烽，北塞之地已进入严冬，虽然以骑兵为主，但辎重、粮草供给艰难，到后来朔风蔽目，大雪如拳，使尚不习惯塞北生活的官兵，只能在威池烽驻扎下来，待来年春后，才能往居延海出击。

从张掖出发不久，陈子昂渐渐从仙人杖事件中的纠结、抑郁里舒缓过来，而行军到合黎山的度峡口山道时，陈子昂更加深刻体会到历朝历代以来，为国家和黎民的安危，身先士卒，置身敌人枪林箭雨而万死不辞的英雄们，是多么伟大，令人尊敬。正是在这条北征路上，名垂青史的卫青、霍去病建立了不朽的功勋。因此，陈子昂在驻北度峡山口时，以十分豪迈的情感，致诗乔知之、王无竞：

峡口大漠南，横绝界中国。
丛石何纷纠，小山复菴蔼。
远望多众容，逼之无异色。
崔崒乍孤断，逶迤屡回直。
信关胡马冲，亦距汉边塞。
岂伊河山险，将顺休明德。
物壮诚有衰，势雄良易极。
逦迤忽而尽，泱漭平不息。
之子黄金躯，如何此荒域？
云台盛多士，待君丹墀侧。

乔知之、王无竞读到这首《度峡口山赠乔补阙知之王二无竞》的诗，身未卸甲，就先后来到陈子昂的营帐，要重兴诗文之谈。而快人快语的王无竞扬着浓眉，对揖手迎上来的陈子昂朗声说道："伯玉！你和十二郎才称得上黄金躯，才是有望丹墀赐封的豪杰！"

陈子昂却并不谦让，反而露出几许自信的神情，对王无竞回应道："仲烈！我们共勉吧！"

陈子昂亲自打开随行所带的"剑南春""射洪春"陶罐的泥封，把罐中酒注入温酒器皿里，小卒忙接去在火塘旁温起酒来。

见乔、王甲胄在身不便坐垫落座，陈子昂便令近侍小卒们取过两副马鞍，放在火塘旁，请二人入座。陈子昂正要向乔知之致问窈娘，乔知之却展开手中陈子昂的诗稿，竖起大拇指："伯玉！好个'岂伊河山险，将顺休明德'！"

"十二郎在来的路上，就对全诗赞许不止，对这两句，更是夸你善于演化前人掌故，表述自己的治理愿望。"王无竞深有所感地说，"是呵！要让四海拱服，只依恃河山险峻，而不以美好清明的德治，最终是不成的。"

"这样高明的见解，伯玉应当多向朝廷谏奏才是呵！"乔知之捋着颈下已有些许苍然的胡须，十分期待地望着陈子昂说。

陈子昂慷慨点头，王无竞却对乔知之大着嗓门说："不是俺小觑伯玉的品流，十二郎，乔公！拾遗、补阙，才更是当之无愧的言官呢！"

乔知之不知想到了什么，突然之间，却有些走神了，王无竞急迫地呼唤："乔十二！"

乔知之却要王无竞听帐外的风声："仲烈！你听！"

帐外朔风呼号，正似万马千军在激烈厮杀。

来年，垂拱二年，即公元六八六年，春三月末，大军抵达居延海。但万马千军厮杀却并未出现。

刘敬同的大军一出居延海，并未遭遇进犯之敌，一直到接近金徽州的治地独乐河畔时，仆固始的叛军才开始现身，但一见大唐军旗招展，铁骑如龙而来，仆固叛军居然不战而逃，作鸟兽散！

此次北征，以这样的结果奏凯而回。返还途中，接朝廷诏令，在居延海旁的同城，设安北都护府，乔知之委以助佐都府官长，靖边安抚；陈子昂和王无竞等，将随刘敬同及众军一道，奏凯回朝。

豪迈辞朝北征，虽然奏凯班师，但本要干一番功业，以遂壮志的陈子昂，却无尺寸之功。对于这位二十八岁的年轻才俊来说，心底充满了失望。

在失望的徘徊中，却发现同城之西隅，有一座古老祠庙，其中供奉的是弥勒佛像。从小研道，也偶涉释教的陈子昂，突然由庙中的弥勒，联想到西方释教，十分推崇弥勒以无限大慈悲，对世间善恶施以果报。那么，是否这次北征，原本就是大雄显灵，故而能兵不血刃，得此结局？

西方大雄有此大慈悲，中土大圣，难道不也有大慈悲？此次颁诏北征，乃是迫不得已！陈子昂把这感悟告诉乔知之，乔知之深觉有理。而朝廷中传来的一些令人惊悚的信息，也更触动乔知之对当朝者能以大慈悲施于天下的情愫，于是请刘敬同允准，对弥勒佛像更新描绘，以祈灵威万代，福佑塞北。

刘敬同允准。

五月，画像成。刘敬同率各营将官，入庙焚香礼佛。初始，由陈子昂立于神龛旁，朗声诵读其撰写的《燕然军人画像铭》。铭曰：

> 耀天兵兮征荒服，绝云漠兮出玄极。白羽旆兮青云旗，箫鼓鸣兮士马悲。愿左右兮浮屠道，备丹青兮妙天宝。功既毕兮业既成，神之来兮福冥冥。

然而，陈子昂和乔知之的期冀，回应的，却是朝廷从这年三月设立的一个铜制之匦，掀起了长达多年的告密、滥刑、血腥杀戮的飓风。

第三十一章 惜别塞北

北征大军班师途中，朝廷下诏同城权置安北都护府，目的是招纳亡叛，扼北境各部之咽喉。

待大军抵达同城，乔知之因奉诏仍监护燕然驻军，同时安置北疆以突厥为主的难民和降卒，不能和陈子昂、王无竞随同北征大军返回中原。而二人随大军返回日期迫近，乔知之在监军辕帐安排酒宴，为二人饯行。

这时，已是太后垂拱二年，即六八六年夏六月。

虽春尽夏来，但建在居延海附近的同城，早晚间仍寒风刺骨；居延海子的水，也冰冷渗肤。但到底已是夏季，一望无垠的塞北，因这东、西毗邻的居延海子的绿波浸润，水草无比肥沃；烽火不举的安宁，任百鸟欢歌，鱼儿腾跃，牛羊漫游。尤其这日晴空万里，乔知之命近侍小卒们在辕门外撑起遮阳凉篷，摆放食榻，和陈子昂、王无竞共话别情。

陈子昂在小卒们张罗酒肴时，却从袖口处取出一卷墨迹尚新的诗文来，在食榻上展开，乔知之和王无竞都忙俯下身去，看向诗文。

因为是挚友饯行，所以三人都不着官服、甲胄。都以白绫头帕，束发为髻；都穿着日常的便衫，即称为谦服的较为随意的轻礼服。只是陈、王二人以制度所定，这圆领谎服，罗质衣料选用淡碧色。而三人的足上，都穿着乌皮六合靴。

"是感遇体呵！"眼尖的王无竞已看见了诗文格局，一边说着，一边把手伸出宽大的淡碧色的谎服袖口，从食榻上取过诗笺，朗声念起来：

> 苍苍丁零塞，今古缅荒途。
> 亭堠何摧兀，暴骨无全躯。
> 黄沙幕南起，白日隐西隅。
> 汉甲三十万，曾以事匈奴。
> 但见沙场死，谁怜塞上孤！

王无竞吟诵到此，又击节食榻，以悲天悯人的口吻感叹出声："是！是！'但见沙场死，谁怜塞上孤'！"感叹着，他已把衣袖一拂，指向视线可见的近旁："谁怜！谁怜？"

王无竞的举止言行，正如陈子昂这类诗体的含义一样。

感遇诗，是古来墨客骚人，对所遇事物抒发感慨的诗。而历时秋、夏，接近两年的三个文友，随着时间的推移，对塞北的荒凉悲惨的景况，其内因渊源，比寻常之人，有着更多的明白。而这明白，更催发他们自身的悲悯浩叹。

王无竞指向的，正是一大群衣不蔽体，不！大多根本就是赤身露体、瘦骨嶙峋的无父无母无子无女的老人！原本被饥饿导致麻木的他们，大约是被辕帐外窜出的酒肴香味所吸引，从麻木陡变为敏捷，蜂拥而来，但又本能地怯于官兵的威严，只能大张着饥渴难耐的双眼，望向他们。

乔知之被王无竞这一说，一个念头萌生，但他随之即灭了这个念头！陈子昂从挚友的眼神中，读到了他的念头的萌生和废弃。是呵，他近日也萌生过、放弃过这念头！

救济！？

就在朝廷下令把同城作为安北都护府府治地不久，朝廷同时下诏从附近各道州调集帐篷、粮草，预备招纳难民和降卒。作为乔知之的直接部下，他为乔知之做先锋，来到同城，接到调集物资。可是两个月过去了，送达的帐篷不过五千余顶，粮食不过六万余石，而不计降卒，仅流亡难民，就达数十万之巨！可知安北都护府五字好写，真要使塞北安宁，民众安居，何其难也！

乔知之也感叹出声："伯玉！不愧是道家门徒，大慈悲呵！'亭堠何摧兀，暴骨无全躯！'这十字，字字悲愤，字字是血呵！"

王无竞向近旁左右看去，乔知之明白了，对近侍小卒们轻拂罗袖，小卒们立即离开帐篷。王无竞这才伸手指向诗笺，点戳着"亭堠"二字："你们都该记得，这两字，出现在《后汉书》中，太子贤注释：'亭堠，伺候望敌之所。'"

太子贤，就是两年前被太后派往巴州的丘神勣杀死的废太子李贤，曾经注释重要的历史典籍《后汉书》。而原建在塞北的众多瞭望敌情的亭堠，呈现在他们面前时，却大都毁弃残破。

听乔知之说，他的父亲乔师望，曾经很多年在这塞北，奉太宗之命，修筑亭堠，以御突厥。在太宗一朝，虽然突厥也曾进犯，但因亭堠遍布，侦察及时，递送情报也格外迅速，自然调集征讨大军也十分迅猛，所以入侵之敌虽然剽悍，但往往在居延海外，就被阻击溃败，绝不会像这次仆固始、同罗叛军一样，杀入居延海畔，大肆烧杀掠夺！而且终太宗贞观之世，西北强敌——汉时其族为匈奴，本朝为突厥——轻易不敢来犯。

到了本朝，从太后辅政的"比肩二圣"掌管军国大事以来，因为不修边备，同时又不遵照太宗贞观时期"视狄夷与汉为一家"的和睦各民族、各部落的遗训，使塞北和西南的边患频仍，给百姓带来了深重的苦难。

"既知其因，更知其害，十二郎何不在受命留守塞北之际，上书深论突厥之事？"

乔知之却半晌无应。

"乔公！"性急的王无竞催促着乔知之。

乔知之苦笑了一下，对陈子昂："伯玉！你去年临行前，太后在金华殿再次召见，并亲赐笔札，要你切陈攸关军国兴亡的利害，并且还派宫使导入中书省台书写……"

"你提这事？"王无竞有些困惑，"不就是伯玉奉诏在中书省所写的'出使''牧宰''人机'三事么？臣本下愚，未知大体。今月十六日，特奉恩旨，赐臣纸笔，遣中书言天下利害……"

果不愧在文思、文风上和陈子昂亦步亦趋的王无竞！顺乔知之之言起，就把陈子昂的上书倒背如流！但正要一背到底的王无竞，却被乔知之阻断了。他向王无竞摆摆手，面对陈子昂似乎突兀道："后来呢？"

王无竞一头雾水："什么后来呢？"

陈子昂却苦笑起来。

"所以呵！"乔知之再次叹息摇头。

武太后在十六日那天不仅又在金华殿召见陈子昂，而且还要他直接上言攸关国家的大事。当时扬州叛乱之众已节节败逃，天下官民都兴高采烈地看到了安居乐业的曙光。武太后的心情也十分欢悦，把陈子昂召到金华殿，鼓励有加，并亲赐笔札，还命宫使带到中书省台，上书言事。

当时，不仅对于他们在朝的三人，就是远在各方的挚友们，如还在通泉做县尉的郭震，又如带着骗来的新娘——当然很快真的当上了李将军帐下的判官——的王适，还有卢藏用、赵元亮、司马承祯……震动不小。单独召见，亲赐笔札，尤其还专门导向中书省去书写！须知，一个小小的九品末流的麟台正字官，安排到宰相当值的中书省去上书言事！难道，这君臣的际会，终会成为"金华拜相"的历史，流芳百世？

其中，盼走入仕捷径的卢藏用，那份羡慕之情就无须赘述了，而才和陈子昂交结不久的宋之问，就不仅仅是羡慕、艳羡而已了！他虽早已得官，且品流不低，但心中涌起的，更多是妒嫉！有那么一瞬间，恨不得像把亲外甥刘希夷的名句"年年岁岁花相似，岁岁年年人不同"不择手段、占为己有一样，把陈子昂的上书之文，也占为己有……

陈子昂自然感激涕零，无比激动，但他更多感觉到的却是：平定扬州叛乱的太后，在思虑大乱后的大治。这可是天下万民的福音呵！于是，他夙夜匪懈，呕心沥血，终于写成了《上军国利害事三条》，呈进到太后的御案前。

可是……正如乔知之的反语："后来呢？"石沉大海，泥牛入海。

不仅如此。据《资治通鉴》当年所载：陈子昂上书之后的次月，太后突然命有司花巨资维修白马寺。

这白马寺距皇城约二十四里，初建于东汉永平十一年，即公元六八年，距垂拱元年大约六百余年，是中华第一古刹。也是佛教传入中华后，第一座官建寺庙。有中华佛教"祖庭"和"释源"之称。因由白马驮经送到此寺保藏及翻译，故称为"白马寺"。

武太后在闺中时，受母亲杨氏的影响，笃信佛教。这几年来，由武承嗣、武三思精心掀起的"造神运动"，称世现宝册，"圣母临朝"，说她是西方卢舍那佛转世。而转世的使命是"君临天下"。和白马寺相距很近的龙门奉先寺，主要供奉这位大佛，而且太后赞助脂粉费两万贯，铸刻此像。寺成像竣，官民顶香朝拜时，只见卢舍那佛面形丰腴，两耳下垂，形态慈悲和蔼，正似武大圣。

所以，花巨资维修白马寺，重塑众佛、众萨全身，于太后而言，并不该令官民感到意外。可是！在维修白马寺时，太后却宣布任命一位寺主！宣告文中说，这寺主世家姓薛，出家后名怀义。

据《唐书》记载，言之凿凿：这位身形魁伟，眉目清秀，顾盼之间，释放浓情的新任寺主薛怀义，并不姓薛，而姓冯，名小宝。原本是在洛市南北二市由一个胡人、后来的酷吏鼻主索元礼罩着，卖草药的人。因被千金公主发现，收为男宠，在试用后深感满意，于是这个虽是李家皇族的公主，却极会随风转舵，在发现武太后已经主掌了军国大权之后，一直想方设法逢迎的她，把这个冯小宝荐给了太后。冯小宝喜出望外，受宠若惊，使出浑身解数，使太后对他极度宠幸。

这样看来，维修白马寺是为他任寺主而维修。依据朝廷制度：在不能擅自进入后宫的官民中，唯一的例外是佛道中的高僧大德，可以出入后宫为帝、后讲经说法，禳解祸福。

但极讲门望的当朝，这个冯小宝先天身份太贱，于是太后下令，让太平公主的驸马薛绍拜他为堂叔，既是堂叔，那就是名门望族薛姓出身了。

薛姓、驸马爷的"季父"、白马寺主。这太后亲自赐给怀义的层层光环，使他一时间尊荣无比。坐下骑的，是五花御马，而且由一群宦官服侍；不仅百姓见之要尽快回避，连"士民"在内，若稍稍回避不及，服侍的宦官和羽林卫士会鞭挞、杖击，被打者头破血流，昏厥仆地，不顾其死活；不仅如此，道门中人千万不能遇上他，一旦仓促间遭遇到他，他手下的人会下毒手殴打，还要剃光他们的头发，才肯放过。

这还不算什么。最为显要的是，朝廷王公贵族见了他，都要跪伏在地叩头拜见行礼，就算是太后本族的至尊亲贵们，如武承嗣、武三思，也用奴婢的礼节来侍奉他。他出行时，这两兄弟早早候在白马寺门或上阳宫门外，当他现身门前时，两人或上前相搀，或急忙牵过御马来，扶他上马，然后为他牵马护行。

但白马寺主对这些人，这一切，根本就不看在眼里！光有宦官和羽林将士"护法"，他还意犹未尽，他把原来和他在南北二市卖药、偷盗，甚至抢掠的无赖恶少，一一召集到白马寺，由他主持剃度，把这些人也变为白马寺僧。这些"僧人"，不敲钟，不念经，不吃斋，不礼佛，专门违法乱纪，官民是敢怒不敢言。

其中也有不信邪的，要对这些恶僧绳之以法，比如右御史台的御史，和冯小宝同姓，冯思勖，就多次依法惩处这些恶僧。

恶僧们受惩后向薛怀义告状，薛怀义大怒，找上冯思勖，让众恶徒把冯思勖往死里打，若不是冯思勖挣扎逃走，他早就死在当天了。

这时，是卢藏用让人向司马承祯送去一封急信，要他千万小心，不能撞着薛怀义及其恶徒们，以防不测。而司马承祯接信后，在复王无竞的赠诗信中，告诉了王无竞。

王无竞见信大怒，并让乔知之和陈子昂也看了信，同时愤愤不平地要提笔弹劾主管寺观僧道的太常寺卿失职。陈子昂却说王无竞"烧香找错了庙门"，薛怀义的狂悖无状，来自大圣的违制恩宠，哪是太常寺卿的"失职"！

"那，俺上书……"

乔知之长叹一声："唉！"阻止王无竞义愤下去。

接近知天命的乔知之，却用一个提议凸显了自己对这两个挚友不省世事的担忧："或者，由下官奏请，伯玉、二郎，和下官都留守同城吧？"

"俺正迁任监察御史呢！"王无竞根本没听懂乔知之的用意，就是不让他这直率粗犷的山东大汉返回洛阳，招引无妄之灾。他仍义愤不已："冯思勖怎不带上人役回殴那班恶僧！若遇上下官，哼哼！"

陈子昂也盼着尽快返回朝阁。虽然上书言出使、牧宰、人机三事毫无结果，但太后的睿智英明，他仍不怀疑。道学渊源的陈子昂，不像官民把薛怀义一事，看得那么严重，严重到影响对太后才智的判断。男性君主拥有三宫六院，粉黛三千，世俗认为是权力，而道家认为是"性命双修"采补之术。据此，太后作为当朝实际上的君主，宠幸个把白马寺主，无可厚非。她也或是"性命双修""采补"所需呢！他还以为：日理万机的太后根本就不知道小男宠在外间的胡作非为。只要对太后直言提醒，太后会约束薛怀义的。因此，他觉得返回洛阳，是他作为朝臣的重要职责。

但乔知之却从更高层的渠道，知道眼下"庙堂之高"，可真是寒风凛冽，雷霆万钧呵！

垂拱二年（686），三月初八日，太后下诏在朝堂的东、南、西、北四个方向设置用铜铸造的、内含机巧的"匦"。东边的，命名为"延恩"，献赋颂，求仕途升迁者可把其文书投入其中；南边的命名为"招谏"，上书言朝政得失者投入其文奏疏表；西名"伸冤"，供伸冤者投放文书；北名"通玄"，供上言天象灾害变异、军机秘计者投放表疏。

同时，任命正谏、补阙、拾遗一人掌管铜匦投递的事。对投递者的文书表奏，掌管者先责成文武中能识别的官员审看，然后分类，再由投放者依类投入铜匦中。

若依字面文字，设这铜匦对朝廷处置军国大事无疑是大有裨益的。当视为"广开言路"的具体措施。但是随之而来的后果，却不仅令人瞠目结舌，且更让人人自危，可以说萌生朝不保夕的恐怖之念！

因为随着这设有机巧，可投不可擅取，必须专人用专用钥匙才可启瓯、取出投放文书的铜瓯的设立，太后同时下诏：凡有文书投铜瓯者，或有"机密"上奏者，文武百官及各州府县官员不得过问，远者供群马、五品食府标准，送往朝堂，近者由羽林送入朝堂，投放文书。奏请面见太后的，也一律允准。如果投放的文书表奏和召见时对应，很符合太后心意的，立即授以官职，哪怕是樵夫耕者，也一视同仁；而最为要命的，是查无实据的投放者，或者上告者，也一律不予追究。

这种配制，把"广开言路"，变为了"广开告密之路"！史载，从这年三月初八以后，"四方告密者蜂起，人皆重足屏息"。

太后此举的原因正是陈子昂此前曾经担心的，在徐敬业扬州叛乱之后，太后不仅对李唐皇族中人，深加防备；而且对文武百官，甚至天下百姓，是否在忠诚于自己，都大为怀疑，于是大开告密之门，欲大诛杀以立威！

所以，乔知之的"所以呵"，应该是：此刻此时，太后专门召见你陈伯玉，要你奏言事关军国利害的大事，而且还把你安排在中书省去做这件事，可你的答卷却是和太后最为关切的"天下人心，如何防微杜渐"，毫不沾边，反而洋洋千言，大谈"出使、牧宰、人机"！所以呵，自然是石沉大海，泥牛入海。

虽然对陈子昂建议上书论突厥事，乔知之反诘"所以呢"？但是乔知之到底不忍拂挚友这一片报国热忱，允诺上书，却拜托陈子昂代劳撰写。

陈子昂义不容辞，在离开同城前，代乔知之写成《论突厥表》。数日后，三人依依惜别。

南旋大军返回途中，在行经张掖的祀山烽时驻扎宿营。

当近侍小卒们为陈子昂搭建营帐时，陈子昂未卸甲胄，仗剑来到祀山烽火树前，无语北眺，在途中，已听见朝廷表彰刘敬同，并大加升赏的诏书，主帐麾下的副将们，也普遍加官晋级。虽然这次出征，并未经过恶战，但是两年来的长途跋涉，经历寒暑，也艰辛异常，所以朝廷有所升赏，也是情理中事。

可是……自己、王无竞，甚至乔知之，却被忽视了。当然，无尺寸之功，无功不受禄。可是相对于刘敬同等人，无功劳和有苦劳的奖赏而言，自己等也是有苦劳之人呵！但，一股被冷落和由此产生的沦落感，竟化为满腔愤懑，不诉诸笔端，似乎不行呵。

他拟就题目是《题祀山烽树赠乔十二侍御》，不用乔知之"补阙"官称，而用"侍御"，是因为年近五旬、须发花白的挚友，以"侍御史"的身份监军。而侍御史比"补阙"，勉强高了一品。之所以勉强，因为比起七品补阙，侍御史是六品下的品级。

虽然脱去淡碧袍服，却还未进深绯的序列呵！

> 汉庭荣巧宦，云阁薄边功。
> 可怜骢马使，白首为谁雄？

白首为谁雄？字面问乔知之，而实质上，却是陈子昂的夫子自叹也。

回到洛阳教义坊的宅院时，看守宅中的陈汀居然泪水难抑！难怪呵，这个家生奴仆，从蹒跚举步时，就给自己端茶送水，出门不离身前身后，相互了解之深切，有时胜过自己的父母兄弟姊妹。在北征前，主仆二人可从来也没有离开过三天以上。这次，接近两年呵！

曾经，陈子昂一再提醒自己，回朝时，要给这个亲如家人的童子带点塞北的稀罕玩意儿，谁知在回程的一路上，被朝阁所发生的林林总总的军国之事，完全占据了心腹，而把眼前的"心腹"，忽略了！

陈子昂为他拭泪，正要安慰，并且说声抱歉，但是陈汀告知的话却让他一喜一惊："老爷健朗得很！可是老夫人病了大半年了！"

母子情深，深过亲生母子。陈子昂大惊失色："怎么了？起得床吗？"与此同时，他已在打算，应该向朝廷告假，回乡侍奉病母。

陈汀却更加急迫地告诉陈子昂："老夫人要小人告诉陈大人，她老人家抱孙心切！"

陈子昂一怔后，急迫道："我娘的病！起得床吗？"如果连床都起不来了，他必须告假奉母不可。

陈汀这才依问回答："老爷来信说，老夫人大半年来身子骨欠安。还说，老夫人催大人在回到洛阳后，择吉日和高家小姐完婚。这也是老爷的意思！"

未婚妻高小姐和自己一样，幼年丧母；岳父身为明府——也就是县令——公务繁忙；自己也二十八岁了，高小姐已经十七岁了……

第三十二章 堂下三伉

"伯玉回来了！"突然门外传来欣喜欢呼声。

"王适！"陈子昂也惊喜万分地迎出门外。

陈子昂迎出门外，才见并不只王适一人，还有一婢，正从马车上扶着一个约二十岁的妇人下车，陈子昂忙对王适揖手："足下这是携眷而来了？"

王适这才回过头去，对也是风尘仆仆的妇人说："娘子！快来拜过大唐文宗。"

果然是王适连求带骗娶来的、上谷侯氏高处士的女儿高氏。

陈子昂忙叫陈汀："快准备热汤！"

当时把沐浴的热水称为"汤"，称温泉也称"温汤"。比如骊山温泉，就称为"骊山温汤"。此刻看王适主仆连同车马，都显得风尘仆仆，故命陈汀赶快预备热水，真正的要为这群不速之客"洗尘"。

高氏遵王适的吩咐，给陈子昂敛衽行礼，子昂赶紧还礼。王适却对陈子昂说："伯玉！请先安排内子洗漱，在下要去你书房，急着……话话阔别！"

听语气，话阔别，是取代了真实要私叙的主题。陈子昂也正有满腹的话，要对这个分别多年的挚友，一吐为快。于是命陈汀带着仆婢，把王夫人高氏和侍婢引入后院洗漱，自己领着王适进了书斋。

二人进了书斋，陈子昂就掩上了斋门，给王适和自己安好坐垫，安顿王适在茶榻右端的客座，自己用火镰、火绒取火，点着茶炉，烹起茶来。王适却催促陈子昂说："不渴！不渴！伯玉！你先坐过来说话吧。"

陈子昂更想说话，但见王适一家如此急急赶到自己宅院，车马、鞍鞯上都是厚厚泥尘。高氏和侍婢脸色青黑，似带饥色。他深知王适是离不开茶汤的人，所以想先献茶，随即吩咐安排酒肴。不想王适催着说话，他赶忙把柴送入炉门，在放好茶叶的陶壶盛上水，放在炉上，这才走向王适对面的坐垫上。

见陈子昂落座，王适取下白纱幞头，顺手放在座旁，解下青绸圆领长衫腰带，对陈子昂问道："伯玉！你都亲眼看到了吧？"

陈子昂一愣，王适明白过来，瞪大双眼说："难怪难怪，你才从塞北回洛！"可他又摇头否定："虽然如此，一路之上，你也应看见那不少的告密者呵！"

这，陈子昂听明白了，同时也点头回应："自然……"

"对！太多太多！所以，自然都亲眼看见了，而且跟我从凤翔返回这一路上所看见的，应该不相上下。"

陈子昂在奉旨随军北征前夕，王适和新婚的高氏，作为金吾李将军的引驾仗判官，去了凤翔。后来，王适有信告诉陈子昂，说在当年四月，他已被朝廷改任大理寺评事，摄监察御史观察判官。这个品级已高出陈子昂一级，为正八品。休看区区八品，立班朝堂时，对文武百官失仪、失言，哪怕是王侯公卿，台阁宰臣，也可当殿纠正；凡处决囚犯，和中书舍人等一行监督执行。《唐六典》明其职责为：分察百僚，巡按郡县，纠视刑狱，肃整朝仪。以王适遇事十分较真的个性，无疑是授职得人，卢藏用的来信中也证明了这一点。藏用说，据他从官民的反映所知，自从王适担任此职后，凡经他手的人、事，"栉垢爬痒、民获苏醒"，也就是说，他能依法遵纪，洗涤污垢，除去民间疾苦。

但陈子昂估计，在太后三月设铜匦，随之广开告密之风后，再要达到"栉垢爬痒、民获苏醒"就大难特难了，这里还要加一个"官"字："官民获苏醒"，难极矣！

既已升监察御史的观察判官，怎么又从李将军的辖区——凤翔，如此风尘仆仆地返回京都洛阳？

王适看出陈子昂的困惑，回答的话却让陈子昂大为震惊了："在下是去为李将军收尸的！"

"李将军！"陈子昂还是惊呼出声，"何罪？"

王适悲痛、愤怒："索元礼说他有罪，有死罪，就在凤翔军营中，处斩！"王适泪水夺眶而出："不仅李将军，他的全家满门，还有，他的部属将官、近卫，总之有点交往的，都一律下狱，很多人已被处死，没死的，也在牢中候死而已！"

不待陈子昂问出声，他指指自己的胸口："在下若非改授监察御史，离开了凤翔，今天也没有这一张嘴唇，向你述说李将军冤情！"

"但李将军也是太后十分宠幸的人呵！"

"太后却更加宠幸这个杂胡！"

血统不是纯汉人血统，称为杂胡。

"竟然是个胡人？"陈子昂怔怔地说。

"对，是个胡人！"王适差点拍案而起，"还是个不游牧，不耕作，专事诈骗盗窃的家伙。那个白马寺主怀义恶僧，也是他过去手下的小混混！"

"对这样一个人，太后怎会如此重用？"陈子昂提过茶炉上的陶壶，给王适近前的陶杯中注入茶汤。

王适长叹一声却推开茶杯："唉！伯玉，都怪你呵！"

王适说话经常如此。比如，当初听说无太学生家族必备资格的陈子昂要读太学，也不管陈子昂有无什么背景，就去学官处愤然质问，并要求必须驱除陈子昂；可是当他看到陈子昂的感遇诗后，觉得和他读过的、充斥齐梁朝野和眼下风行的上官体，那种无病呻吟、一味咏花吟柳的靡靡之音迥异，深感情真动人，就立即对学官和众学子竖起大拇指预言：

"此子必是大唐文宗！"

"都怪你不幸而言中！"

他，原来指的是这个。

就在平定徐敬业扬州叛乱后不久，在挚友相聚时——当时已有一种名号，叫作由陈子昂、王适、卢藏用、司马承祯、赵元亮、王无竞、崔融、东方虬、郭震、乔知之组合的群体，为"岁寒十友"，另一种说法，是除去其中数人，增加杜审言、宋之问、陆余庆等，又称为"方外十友"。——陈子昂曾忧心忡忡地对众友说：太后虽然圣明，但经历徐敬业纠集李唐皇族发动的扬州大叛乱，并且宰相裴炎也居于朝堂核心紧密呼应的事件后，以常情揣度，太后为了斩草除根，也会以举朝之力进行大清洗。当时，他就准备向太后上书慎刑，防微杜渐。

但北征终止了他上书切谏。而今，一切发生的事，都印证了他的预言。从已发生的事情看，并预判未来，陈子昂不仅预先言中，而且实际恶果比之预言恶果，皆有过之而无不及。

王适的回应，不是责怪陈子昂，而是感叹陈子昂的预判，成为如此残酷现实！

设铜匦、支持天下无论官民都可直接向她——太后本人——告密，其原因正是扬州叛乱使太后极无安全感。既然如此，她就要用极端手段清查、杀戮，建筑起自己得以安全的铜墙铁壁。

以奸狡欺诈谋生的索元礼，史载连斗大汉字也不识一个，却从太后的举动中找出了讹诈太后的有效伎俩。这个碧眼高鼻，长着金色头发和胡须，身高八尺，肌腱壮实的胡人，曾在洛阳南北二市伺机诈骗、盗窃，正遇卖草药的冯小宝被人追打，他上前救下。这冯小宝感激他，拜他为"干爹"。而时过境迁，眼下的干儿子成了太后的新宠。于是他求怀义把自己引见给太后。他称有重大事变奏告，危言耸听地对太后说：天下官民大多留恋李氏皇族，憎恶并欲对太后及其一族除之而后快。他自告奋勇，要担当诛除这些叛逆的刀斧，为太后建筑绝对安全的铜墙铁壁。这就是索元礼极其狡猾之处。

他同陈子昂相比，二人不仅南辕北辙，更是魔心与佛心的两极对立。那时，太后亲召陈子昂于金华殿，急切需要他指出国家当时最大的"利害"，命宫使把他领入中书省台，并亲赐笔札，尽言"利害"。但陈子昂所呈的利害，是"出使、牧宰、人机"！显然，他感受、觉悟到的是，国家、万民的利害，而非太后的安全。后果是石沉大海，泥牛入海。

看人家索元礼上言天下"事变"，立即被授职为"游击将军"！这个"游击将军"，可不是后来的游击队里的将军。这个职务，汉朝开始设置，为禁军将领，掌握保卫皇帝宿卫的重任，四品！隶中将军！还要专门为之设游击将军府，专辖游击府官吏、人役、将士。这个职务在唐朝时沿袭下来，品级略有降低：五品。但编制和设置依旧。

索元礼被授此职后，太后命有司衙门，为他在洛阳建立游击将军府，主要掌握清查、审理、处置"谋反叛逆之徒"。

索元礼首先办理的一批"谋反叛逆"案中，就有识拔、荐用王适的金吾李将军。在处决李将军时，依例通知王适监斩。王适才大吃一惊，决不相信李将军会谋反。

"李将军是太宗、高宗两朝元老！怎会谋反！"陈子昂也毫无怀疑地说。

王适告诉他的话，却使他再次大惊！

"我看了索元礼上呈的文书，李将军在供词上明确承认谋反！"

陈子昂瞠目结舌。

"在下对李将军笔迹可以说十分熟悉，那供词确实出自将军之手。"王适双目圆瞪，圆领的青衫衣袖在发抖，"当我去到游击将军府的监牢中，欲向李将军一探究竟时，没有看见李将军本人，却看到了李将军一封奏疏！"

"伸冤？"

"唉！"王适摇头，再次泪如雨下，"李将军奏请对他尽快行刑处决！"

"真……"

"真个狗臭屁！"王适一拳击向茶榻，近前的茶杯，被击得茶汤四溢，"很快我就知道，但凡落入索元礼手中，那可真是生不如死呵！"

王适还告诉陈子昂：当他进入游击将军府，走到后院的审理大厅时，顿时被厅中正使用的、备用的各种刑具，惊怖得魂飞魄散！

首先看到的，是索元礼在亲自施刑审问的一个囚犯，说来也是十分怪异，这个囚犯，竟是为太后设计了"铜匦"的鱼保家。正是这个鱼保家，以机巧伶俐著称于世。史载他制造的"木美人"，和真人一般大小，五官妩媚，身肢婀娜。只须开动机关，木美人就会翩翩起舞，令观者真假难分。而他最过硬的本事，却是制造战车弓弩，设计滚木礌石，所以高宗李治在世时，就征召到朝中的兵部，设计制造兵器。

近来，他见太后对朝堂上摆放的登闻鼓和肺石，为告密者所用，于是就设计出专供告密文书投放的"铜匦"，果然大受太后的褒奖，升为兵部侍郎，赏赐是不计其数。谁知好景不常，有司人员从审判扬州叛首时，审出一个天大秘密：鱼保家竟然以为扬州叛乱以匡复大唐为名，定会成功，于是居然向徐敬业送去图纸和工匠，造出杀伤力极厉害的弓弩飞刀！消息传出，阵亡将士的亲属向太后奏告。太后大怒，将其逮捕，交给索元礼审讯。

王适入游击将军府，进审讯大厅，正好遇上这令他惊心动魄、永难忘记的一幕！

当鱼保家死活不肯招供时，只听这金发碧眼的游击将军大喝一声："取笼来！"

应着索元礼的昐咐，只见四个施刑者抬过一个铁笼，放到鱼保家面前，也是机械高手的鱼保家朝那铁笼一看，就顿时吓得昏死在铁笼前，任由施刑人役把他的手指蘸上印泥，在供状上按下手印。

原来那铁笼把犯人蜷缩着四肢囚入后，头顶只有一个小口，而小口四周都是尖锐的铁刺，紧逼在人犯的头部顶部和周围，人犯的四肢，又被四个活动的铁圈所勒。只须施刑者扭动机关，铁刺从人犯头部四周和顶部快速上下穿刺，致脑浆迸溅，四肢则被有齿而灵活收放的铁圈进出勒死，铁齿狠咬，血肉绽破……

听到此处，正要饮茶压惊的陈子昂，却干呕起来。

"其实，我当时也要呕出来，好不容易才忍住了！"王适急忙起身，说道。并伸出手来，为陈子昂轻轻拍着颤动的后背，又为他送去茶杯：

"喝点茶，压一压肠胃的不适吧！"

王适明白李将军上奏求死的原因了。他第一个萌生的念头，就是完成陈子昂未付诸行动的心愿：上疏谏阻滥刑。可是当他把这个想法告诉杜审言后，这个自视甚高，文名不小，却只是洛阳丞的挚友神情大变，强烈阻止他去实现这个心愿。

"你不要犯傻！你那样做，不中！"虽是襄州襄阳人，但是很早移居河南道巩县，所以说话有着浓重河南口音的杜审言，却更仔细地告诉王适，"不仅不中，简直就是找死！"

作为洛阳丞，他对新开设在洛阳城中心地段的这座游击将军府，尤其是府中的审理大堂和监狱那惨绝人寰的设施，是太了解了！其实，王适看见的"铁笼锁脑"只是很普通的刑具了！还有"定百脉""突地吼""死猪愁""求破家""反是实""凤凰晒翅""驴驹拔橛""仙人献果""玉女登梯"……更令人见之丧胆！自从索元礼开府执事以来，不到两个月，在他手上，王公贵胄、文武百官，还有无辜良民百姓，已灭族灭家达数百户上万人之多！

索元礼如此施为，太后哪有不知的道理？不仅全都明白，而且还多次召进宫中、朝堂，在文武百官面前夸奖、赏赐，如果说是酷吏滥施刑法，不如说是太后假人之手，或者其本意，就是要官民效法索元礼，为她一人或其族的安全，都做酷吏，都竞相使用、发明毒刑，让天下官民都不敢生危害其安全的这份心思！

你要按陈子昂的心愿上书谏刑？那岂不就是想毁灭太后苦心经营建造的、保卫自身安全的铜墙铁壁？那么，李将军的命运，就将降临在你王适的头上！

"你若不信！你且看看太后眼下到底是需要索元礼这样的人，听这样的人所上之言，还是需要你和伯玉这样的人，愿意采纳你们的上书！"

杜审言小心谨慎地四顾之后，告诉王适，就在最近，又有很多人效法索元礼，上书奏言"急变"，堪称比肩索元礼，在诬陷、滥刑上比起索元礼是有过之而无不及！在这众多效法者中，出现了两个"酷出于索，更胜于索"的人。这两人，一个是任尚书都事的、长安籍人周兴，另一个是出生万年县的来俊臣。短短十来天，周兴升任秋官侍郎，就是原来的刑部副官长；来俊臣升任为御史中丞！

这两人，觉得广开告密之风还是欠主动了，于是收买、豢养了数百人，专门主动出击告密，要诬陷、除灭一人一族或九族，就让这些人分成许多批次，上言投书"铜匦"，而被诬者绝对无法从不同区域、不同人群的揭发中脱身；来俊臣还把告密上升到理论的高度，和人编写《罗织经》，达到数千言，派人向其喽啰们传经，让喽啰们学会凭空捏造，无中生有，有根有据，有据法办，办则人亡家毁族灭的伎俩！

揣度太后心路特别用心的来俊臣，还有一举，更讨太后欢心。

原本，每临重要节期，或朝廷有重大庆典，依例都要大赦天下。不依例吧，说不过去，不能彰显太后的仁慈；依例大赦吧，费尽心思罗织罪名、囚入牢笼的人犯，岂不又会放虎归山，留下危及安全隐患？

两难！不难！

事情到了来俊臣手里，一点儿也不难。但凡宣布赦令之际，来俊臣就命行刑的刽子手，把他认为"谋反""叛逆"者先处决掉，再把一些已经残疾，已被吓得神志不清，已经气息奄奄的人犯，宣告赦罪，释放。

对此，太后大为赞赏。

于是，继索元礼之后，他们随时被召见，随时被重赏，随时升其官职。

"吟诗作文，可以张狂，可以效仿你心中的大唐文宗陈伯玉。但上这样的书，你可千万不能存他那样的念头！而且，你还应去劝阻陈伯玉，忘掉自己这个念头！"

杜审言神情严峻地告诫王适，并叮嘱王适尽快去找陈子昂转告他的劝告。所以，王适冒死在凤翔为李将军收尸后，就马不停蹄地来到教义坊。

杜审言和陈子昂是"方外十友"。而他的嫡孙杜甫，依排行称为"二甫"，却是和李白一道，传承陈子昂所开的有唐一代诗风的佼佼者。并称"李杜"，史称大唐"诗仙"与"诗圣"。

对于杜审言的告诫，陈子昂心境却更为纠结。诗文可张狂，上书要谨慎。这不合陈子昂志向。其实，识字知书，他的出发点是辅佐君王，治理天下，周济百姓。只因为唐代入仕讲求"杂文""公卷"，他为此而吟诗作文。但在研习诗文中，自然而然地，凡不符合他奋发意志初衷的，他就会排斥，比如齐梁宫廷体，以及沿袭此体的本朝上官体。而反之，魏晋风骨，这是他要继承，"复古"的内因。

"如果都噤若寒蝉，我大唐忠臣良将，必将尽毁于这些酷吏和毒刑之中！"陈子昂慷慨陈辞，"作为大唐臣子，子昂绝不能袖手旁观！"他反而因对君国兴亡的大担心，上书谏刑的意志更加坚决。

"没用的。"王适显出罕见的悲观，一失平常以侠义自任的气概，"你知道吗？你最担心的那个'字'，已经快收笔了！"

陈子昂顿时明白了。那个字，自然是宗秦客新造的"圀"字。

"为了这字的完美收笔，她必然会更加重任酷吏，施用毒刑，大肆杀戮！"

而这个事关重大的话题，对陈子昂而言，却也和这位文字知己，有着本质的差异。

陈子昂以道家为渊源，乾坤为一体，自然为正道。从他进入朝堂之后观察和体会，更加印证了他和道家说对于乾坤一体、自然正道的认识的不虚：君国大权的掌握者，无论是男是女，都是宇宙的主体，无分卑尊；有德者掌之，则国强民安。从"比肩二圣"执政到此前，大唐能沿贞观之治治国安民，更证明以大圣天后为主的治理，是乾坤一体，是自然正道。

如能尽其所知所判所能，上书谏告大圣太后，让她的睿智聪明，重放光彩，让酷吏肖小，不得毁我栋梁，坏我法度，那么，那个"圀"字的收笔，未必不是国家之福，万民之幸。但展开这样的话题，面对王适，不，应该是举国上下，万千官民，都是无法公平展开争辩的。

要公平展开，至少应是儒释道三教在公平的层面上来展开。眼下不行。此前到汉之际不行。今后，谁知道呢？

他回避了这个话题，却借为陶壶续水烹煮而回避。

"或者，走吧？"看出了挚友有意回避这个话题，王适突然开口发问。不等陈子昂回答，王适说下去："我是万念俱灰了！所以载着妻子，明天一早，就去阌乡南山隐居。"

"辞官隐居？"陈子昂极不赞成他的这个决定，急忙回座发问。

王适摇头："走就走，辞什么辞！"

这句回答，还让陈子昂感觉到了知己文友的豪气，但却仍要劝阻："足下……"

"别说了，伯玉！"王适眼神透出坚定，"你别劝我，我也别劝足下你。但是，我还是要叮咛你仍用必简的话：吟诗作文，大可张狂；但上书谏刑，万万不可！"

陈子昂还未回答，陈汀已来书斋，请二人去前厅用膳。

第三十三章

卦意朕意

陈子昂亲自安排好王适就寝后，已是子夜时分。寻常健谈且谈锋甚利的王适，这天晚上却显得疲惫异常。所以原本有很多话要和王适相谈的陈子昂，见状才忍住了满腹之言，把王适送入卧房。

但陈子昂却毫无睡意，不入卧房，仍进书斋。秉烛跟入斋中的陈汀，见他一副心事重重的模样，小心地询问："大人还要读书，还是书写？"

陈子昂皱着剑眉，仍陷在自己的思虑中。

"大人！"

陈子昂这才回过神来："嗯？"

"小人要研墨吗？"

"不用。"陈子昂回答，并吩咐，"把书架上蓍筒取到斋中茶榻前。"

"呵！"

陈汀应着。子时卜占，正是时候。陈汀借从博古架上取出装有蓍草的竹筒时，提醒陈子昂："老爷也说，迎娶高家小姐，也可以给老夫人的病，冲冲喜！大人！你也一并择个黄道吉日，迎娶高小姐吧！"

陈子昂不置可否。

本居颍川的陈子昂这一脉，其十二代祖陈祗，三国志《蜀志》记载，系汝南世家，汉末三国之时，以侍中守尚书令，加镇军将军。卒于景耀元年，即公元二五八年，谥为忠侯。三国归晋后，这一脉子孙仍心存汉室，不肯为晋效力，这才选择射洪涪江南岸的武东山隐居。

到了陈子昂父亲这一代，是弟兄二人。父亲陈元敬，叔父陈元爽。但元敬、元爽兄弟二人膝下，却皆单传：元敬单生子昂，元爽单生陈孜。子昂生母仙去后，父亲续弦，但继母却再没有生育。为此，继母一直以来深深愧疚不已。虽然以"道法自然"安身立命的陈元敬，时时劝慰、开导夫人，但夫人仍耿耿于怀，抑郁不乐。在陈子昂成人之后，比之于陈元敬，她更关切儿子的婚姻大事，日常对老君神像焚香顶礼之时，重要的祈祷，必有求老君保佑儿子早结连理，多生贵子这个心愿。

谁知陈子昂未来的妻子，高氏小姐却比陈子昂小了整整十一岁！高小姐这年已十七岁。

身子骨原本羸弱多病，加上这个大心病，夫人这两年来，是日见衰老了！她因此更加急迫地希望陈子昂能早日成婚；陈元敬也希望儿子能体会继母对陈家和他本人这份深入骨髓的关切，能尽快成婚，以回报继母的深情。

但是，明白这一切的陈子昂，却并未想过取蓍草来卜占佳期良辰，而要想卜占眼前君国之势的吉凶祸福。

似乎，太后从扬州叛乱后，怀疑天下人，并因此大开告密之风，重用酷吏，滥施毒刑，已使官民惶恐，家国不宁。于此，不卜已知。但是作为深谙易学、精通数术的陈子昂，却不敢以凡尘世俗的目光和尺度，来判断眼前的林林总总。当此之际，他要效法先贤，"问天"！

陈汀见他并不回应，不敢再在主人面前唠叨，只是俯下身来，取下鬓上铜簪，剔去烛台上蜡烛的蜡泪，使烛光变得明亮些。然后悄无声息地离开了书斋。

陈子昂在铜盆中净了手，用绢巾拭干，朝茶榻南边坐垫上坐下，向北稽首闭目默祷后，睁开双眼，打开竹筒，取出了蓍草。

蓍草本是菊科蓍属植物。因其有解毒消肿、祛风止痛、活血化淤的功效，医者以蓍草配上牛膝草，为病人治病。

但是，被世人认为治病疗疾的蓍草，在周文王姬昌那里，却变成了神灵之草。史载姬昌被纣王划地为牢，囚在羑里时，看见这种千年灵草，于是取来演绎世态命运吉凶。其演绎成果，集成为《易》，后世称《周易》，亦称《易经》，成为道家重要经典。

陈子昂把蓍草从竹筒中取出后，数出五十根蓍草，开始依《易》所授方法，进行占卜。开始，取出一根蓍草，置于榻侧不用，以示"大衍之数五十，其用四十有九"。

继之，一变四营；继之，三变成一爻；再则，十八变成一卦。

陈子昂强压急迫、浮躁的心情，借着烛光，定睛望向四营一爻后，蓍草所构成的卦象。

初望，陈子昂犹不相信，怎么会是这个卦象呢？陈子昂以右手提起左手衫袖，拭擦双眼后，再次定睛看向卦象。

卦象为"晋"！是的，断然无错！是"晋"的卦象！其中第二、五爻为变爻，得变卦"讼"。

陈子昂依据卦象，以"晋·六五"的"六五"解卦。卦象的意义居然是：

悔亡，失得勿恤，往吉，无不利。

往吉！无不利！

眼下的大唐，陷于酷吏的淫威之中。文武万民无不处于朝不保夕的惊惧境地。而卦象却说：悔亡，失得勿恤，往吉！无不利！

那么，眼前一切，都是天意使然？天意告诉陈子昂："悔亡，失得勿恤，往吉！无不利！"

天意不可违呵！那么就表明，太后做的，还有索元礼、周兴、来俊臣之流所做这一切，都是天命使然！

其目的呢？太后本人意愿是那个武字居中，武字控制四方的新字的最终构成！而上天却明确表示：往吉，无不利！

陈子昂紧紧闭上双目。他占卜本意，是要上谏刑书，探求天意可否。那么，谏之，阻之，和"往吉，无不利"，是背道而驰呀！

但……陈子昂猛地睁开双眼，立起身来，在斋中快速踱步。烛光里，映向墙壁的、他的身影，虽被宽大的圆领阔袖青衫所罩，却反而显得瘦骨嶙峋，似乎弱不禁风。

即或天意指示女主临朝，国势将发生翻天覆地巨变，但也不该纵容索元礼、周兴、来俊臣、冯小宝……之流为所欲为，毁我国家栋梁，把泱泱大唐，变成修罗地狱呵！

一声鸡啼，把毫无睡意、急速踱步的陈子昂唤回现实。只怕也是一夜无眠，王适也已来书斋向他辞行来了。他吩咐陈汀备马，要把这位知己文友，送出厚载门。

在厚载门前永济渠畔长亭，依依送别王适后，陈子昂在勒马回程途中，心中仍为昨夜卜占卦象万分纠结。但是，当他穿戴好朝服，匆匆别了掖门，刚要进入朝堂时，却骇然发现了十分令他震动的大事！

朝堂上，宰相苏良嗣的随从们，正拽住一个人，对他左右开弓，大扇耳光！被扇者，竟然是——白马寺主，怀义和尚！

原来通往朝堂的通道，有南衙、北衙之分。唯宰相可以从南衙往来。这怀义和尚根本不把这些规定放在眼里，居然大摇大摆通过南衙。按朝纲，宰相以下文武百官，见了宰相要恭敬礼让行礼，薛怀义眼中只有太后，其他王侯公卿都不在他的话下，见了苏良嗣傲然昂首挺胸欲过，这下苏良嗣大怒难抑，命令随身侍从，拽过薛怀义就大扇耳光。

朝堂上除诸武及其同类以外，目睹此景，无不暗暗称快。看得陈子昂也血脉偾张，恨不得也上前奋以老拳，教训恶僧。

朝鼓大作，苏良嗣才不解恨地捧着牙笏，前往朝堂，侍从也忙送宰相上朝。僧袍坏损、面颊红肿、嘴角流血的薛怀义，才怒气冲冲地奔往上阳宫去了。

直到在朝班站定，陈子昂心里仍为苏良嗣担心不已。再悄看各班文武，大都也交换着惊恐、担忧的眼神。而随着众人眼光扫视的武承嗣、武三思、武攸宜等武氏族人，和索元礼、周兴、来俊臣这一干酷吏，他们无不朝苏良嗣投去用意歹毒的目光。陈子昂对苏良嗣的担忧，已达到无以复加的程度。

太后出现在淡紫帐后的御座上，朝堂顿时鸦雀无声。但是，终早朝结束，陈子昂和众多文武所担心的事并未发生。太后开始朝议时，确是呼唤苏良嗣出班，但并无震怒之色，更无训斥，只命苏宰相对武承嗣、武三思所上的、发大军征讨雅州生羌的奏疏，召集重臣和兵部长官详议。而吏部则奏请任命西突厥的斛瑟罗，为右玉钤卫将军，承袭其父继往绝可汗，主管五部弩失毕部落。太后准奏。然后，散朝。

虽然回到麟台，但陈子昂却仍不安于座。或者因朝会时辰已到，薛怀义及其党属，还来不及向太后奏告南衙挨揍之状。只怕，稍后，天庭震怒，霹雳暴雨就会向苏良嗣当顶击来……

上午过去了。下午过去了。 直到散朝之时，苏宰相仍由侍从牵马引导，出了端门，平安归家。

只怕不止陈子昂一人，而是和他同样心性的文武百官，都和陈子昂一样，既为苏良嗣的现状啧啧称奇，但同时也总觉得，苏家九族灭绝，是迟早事。

正基于这种心态，原本引起陈子昂十分关切、挂牵的一件君国大事：武承嗣、武三思上奏，请朝廷派大军讨伐雅州生羌之事，也不能专注思考。

一直把自己关在书斋里，徘徊踱步不宁的陈子昂，到宵禁开始、洛阳城中万家灯火之际，居然得到两个消息，使他忧郁的神情一扫而光。而且，他忍不住连连额手称庆！

第一个消息，正是苏良嗣的。果然，薛怀义怒气冲冲奔向上阳长生殿，向太后告状时，太后确已摆驾上朝去了。但是，当太后下朝，回到长生殿，薛怀义含着愤怒并撒着娇向太后告苏良嗣的状后，太后却平静但语气凝重地回答薛怀义："阿师！你应当从北门出入，南衙门是宰相出入的门道，不要去触犯禁区！"

而《唐书》记载太后原话是："阿师当于北门出入，南牙宰相所往来，勿犯也！"

第二个消息，无关苏良嗣，但仍牵涉怀义和尚。太后借口薛怀义有非常巧妙的构思，所以特别准许他出入后宫禁地，设计营造。一个姓王名求礼的补阙官，对此上表太后道："太宗朝时，有个叫罗黑黑的人善于弹奏琵琶，太宗把他阉割后，召入后宫，教宫人弹奏。陛下若因薛怀义有巧思，欲驱使于后宫禁地，那么请陛下效法太宗，先把薛怀义阉割后，安置在后宫驱使，以免秽乱后宫。"

阉割薛怀义！王求礼！只怕是先要割下你的脑袋！

但是，太后只是把这道奏表"留中不发"，对王求礼却无丝毫惩处！

苏良嗣！王求礼！

薛怀义！

大圣太后！

"南牙宰相所往来，勿犯也！"

留中不发。

往吉，无不利！

书斋中的陈子昂把这三句话无端画上了等号。

因为这前两句，一句是太后不愧于大圣！对私所爱者，却严格以国家纲纪制度约束，对维护国家纲纪法度的栋梁之臣，颇尽尊重、保护之责。而这"留中不发"，虽不照办，但对于言臣，却秉承太宗圣度汪洋，准其知无不言，言无不尽！

这两句，休说昏聩君主办不到，就陈子昂所知，距此不远的，虽称从善如流的太宗李世民，对放胆直言极谏的魏征，还生过杀心呢！

可是这位君主！不以私爱违国制，不怒直言仅留中。不容易呵！不容易呵！所以天意表示：对她及其意志，是往吉，无不利！

如此看来，上书谏刑，势在必行！但当他激动地坐向书斋书案后胡床上时，他脑海中却显出四个字来：雅州生羌！

下朝时，他从麟台取回了武承嗣、武三思所上奏疏的抄本。但由于担心苏良嗣的命运，他在回到宅院书斋时阅览抄本时却心神难定，所以并未仔细了解表文。此刻，他再次从案头取过抄本，放在近前，逐字细读。

陈子昂曾以采药之名，去过邻近射洪的青城、雅州、芦山一带西南边陲探访保疆安民之情，而且和雅州羌族部落有过令他难忘的交往，所以他一看到"羌"字，耳畔就会回响起粗犷、真诚、纯朴的"拿吉拉鲁"祝福声。

随着这祝福声，戴着木雕的形象狰狞的面具，用羊角和牦牛皮把自己装饰得分外凶恶的羌族汉子，和天生能歌善舞双颊赤红艳丽的羌家女儿，在陈子昂心目中，其实是世间最善良和对客人最热情的民族。西南边境常年不宁，但自唐以前历朝历代，都明明记载着多数是吐蕃，偶尔也有苗族部落的入侵，却从来也没有羌族进犯的记录。这一次，为什么武氏后人，会奏请朝廷，征集大军，赴雅州征讨生羌呢？难道，今日的羌部，已经不再是他当年交往、见识过的羌族父老、兄弟姊妹了？

可是读不及数行，陈子昂已长叹难抑！出雅州，讨生羌！其原因，不是羌部自身应讨，而是羌部生存栖息的区域，紧邻西南边境的强敌——吐蕃！

据武氏兄弟所奏称：吐蕃对中华进犯不已，而屡犯屡胜，使朝廷不得安宁；而因吐蕃所处之地，道路艰险异常，征讨不易，更使其气焰嚣张狂悖。但经他们呕心沥血地探究，如果派大军从剑南道雅州出兵，那么可以便捷取胜。为讨吐蕃，先讨雅州生羌，生羌既灭，就可大力开凿雅州连接吐蕃的道路，那样一来，神兵天降，吐蕃灭亡有日矣！

陈子昂一气览毕后，却仍不相信真有这么一封奇葩至极的奏疏，并且就放在自己眼前！表末还具体奏请朝廷："发凉凤巴蜓兵以徇之！"

以苏良嗣对君国大事的深透了解，断不会跟着诸武瞎起哄。但是，大圣太后虽然对栋梁之臣有所敬重，也会认真听取忠耿大臣进言，但是，苏良嗣面对的，是"疏不间亲"的武氏兄弟，太后当作心腹的亲侄儿！而且他们除了上这样表章，如用心推进，还可说动太后爱女太平公主，还有"阿师"怀义，还有和武三思说不清、道不明关系的上官婉儿……众口铄金，这些嘴，不仅可以铄金，而且完全可以毁灭掉一个种族的！

岂止呵！因为曾经身临其境地探察过，陈子昂可以预感到的后果，危险的后果，至少有以下几项：

首先，羌部从无进犯之心，至少从唐初至今，一次也没有叛乱、进犯，现在以其无罪而发凉凤巴蜒大军前去讨伐杀戮，那么无罪被征伐杀戮，必然引发其极大的怨恨，并通良为盗，一旦西南生变，蜀地巴州府县，不得不连兵备守，盗不灭绝，兵备难解。兵久不解，蜀地的祸乱就越来越重，国家因此不宁。

再则，陈子昂和知兵者郭震多次议及，吐蕃除了剽悍善战，而且君臣互有信义，同时凭借天时地利，足智多谋，不畏朝廷诛讨。郭震统计过，自高宗继位以来，进犯约二十余次，大犯大胜，小犯小胜，从未有过一队将士的败亡！反观朝廷，以大非川一战为例，大圣太后亲自识拔"三箭定天山"堪称神武的薛仁贵，却在此战役中，丧师十万，片甲不归！眼下朝廷之将，论神勇可比肩薛仁贵者，尚未出现，纵有凉凤巴蜒之军，无可以将军之帅，却要灭生羌，破吐蕃，只怕徒然引来敌军的嘲笑。

更堪虑者，历史上多有欲取其利，反受其害的事例，不可不防。上表人以为凿通雅州，是可以急功近利的好事，但早在秦惠王当政时，他已有统一六合、称帝天下的志向，但却深刻意识到秦若不能取蜀，难得天下，但蜀有天险，难攻易守。丞相张仪献计，说蜀王性贪，用利诱惑，令其智昏，可轻易取蜀。于是秦惠王听从张仪之计，打铸金牛，精选美女，广搜珍宝，派使者假说秦王为秦蜀睦和，有重礼贡献，但路途艰险，送之不进。蜀王果然贪其金牛美女珍宝，命大力士五丁开道。此道一通，虎狼之师的秦兵潮水般涌入，蜀国被秦灭亡。前车之鉴，岂可不察！

如不相信，请看：进犯不已的吐蕃，所造成的骚扰，至今还是局限于大非川沿线，原因是其距大唐西南边境的其他地段，不如雅州一段那么狭隘艰险。若一旦开凿雅州险隘，朝廷征讨自然便捷，而吐蕃的进犯，也更加容易！那么到时这开通的雅州之道，到底有益朝廷，还是便利吐蕃，尚难分晓；如以双方过去交手结局来衡量，应是不问可知。

陈子昂还心情沉重地意识到：远的不说，距今不算太远的五胡十六国的南北朝大乱，蜀地是相对离战火较远的一隅，究其原因，就是山川屏障的蜀地，似有天然长城守护；由此，百姓的役赋也较轻。役赋较轻，人心也就较为安定。如果朝廷决定讨伐无辜的生羌，进而平定吐蕃，那么这一和平安定局面，决难再继。

由武氏兄弟奏表，使陈子昂想起了一个臭名昭著的人来。此人，就是高宗朝的益州长史李崇真。此人传檄报告，吐蕃要进犯松州。朝野震动，征召大军、转运粮饷到益州，以备恶战。这一来，长达近三年之久，巴蜀二十余州，因备战而骚动不堪，但吐蕃这只"狼"，却并未现身松州。终于有人上告，朝廷派人来益州勘察，发现李崇真借此贪赃数百千万金银！

而蜀地百姓，却似真的经历了一场旷日持久的恶战一样，几不堪命！

到此，陈子昂断然决定，眼下急需向太后谏告的，还有《谏雅州讨生羌书》！

奋笔疾书的陈子昂，如饥似渴地企盼太后的明察，满怀着对国家故土和百姓安危无比关切。

明知是二武所上疏表，他却佯作不知，或因义愤所致，居然多处指斥上表人是"奸臣欲图此利"，"小人徒知议夷狄之利，非帝王之至德也"！并且愤怒指斥这个奏疏要达到的目的，是"乃借寇兵而为贼除道！"……

东都洛阳教义坊麟台陈正字书斋中，又是彻夜烛光熠熠。

第三十四章

痛切谏刑

密叶因裁吐，新花逐剪舒。

攀条虽不谬，摘蕊讵知虚。

春至由来发，秋还未肯疏。

借问桃将李，相乱欲何如。

上官婉儿望着自己手中诗辑，在祖父和父亲灵位前的鎏金香炉中慢慢地化为灰烬。但和以往不同，长期以来，她养成了以焚烧自己诗稿作为香烛，默祭祖父上官仪和父亲上官庭芝的习惯。每当此时，她都心如刀绞，泪水长泻，势不能遏。回忆起来，应该是被太后封为五品才人留在御前主掌文诰时起，那年，是十六岁。到垂拱三年（687），近八年了！那深藏于心底的丧亲之痛，灭族之惧，依然借这习惯，或者祭祀仪式，还得抒泻出来。虽然，这个原本应陪王伴驾的五品内职，因为政局诡异嬗变，让她不仅不能陪王伴驾，而且绝不能和眼下名义上的皇帝李旦，有丝毫公开场合外的往来。但对于淡紫帐后临朝的大圣太后而言，她却是名副其实的台阁总宰。更让她，并让其祖、其父在天之灵慰藉的是：她再次主掌举国的衡文，使上官体在太后一朝，愈见辉煌！虽然如此，每以自己得意的篇什焚烧祭祖，禀告诗文近况时，长安西市上的灭族惨状，仍活生生地浮现在眼前，催其泪下。

此刻，垂拱三年（687）春晨，她正准备前往上阳宫，向太后奏呈由她遵旨筛选的重大要务奏章，却从书斋取过这篇自己十分得意、太后也颔首不已的应制诗稿，来到玄灵堂前，向祖父和父亲依例焚稿祭奠。

但今天，婉儿不哭。婉儿不哭，还十分开心地笑着。这反常的开心，缘于她今天要呈送给太后的第一件奏章：《谏雅州讨生羌书》！

上书人，陈子昂。是的，就是这个陈子昂，他依旧是个正字官儿，仅因曾参与北征，在正字之前，多了个"将仕郎"的头衔。

母亲眼光，锐利呵！

当年，正是从母亲厉色严辞的教训和提醒中，使她开始以敌党目光，关注这个来自剑南道梓州射洪县的学子。很快，从搜集到的陈子昂诗文中，立即辨明此人"非我同类"，当然，首先是他的诗体，和祖父呕心沥血创立的诗体，那可真是南辕北辙。不，应该是针锋相对；不，应该是有你无我的激烈搏斗！

就看陈子昂近日所作的一首感遇体诗，他写道：

乐羊为魏将，食子殉军功。
骨肉且相薄，他人安得忠。
吾闻中山相，乃属放麑翁。
孤兽犹不忍，况以奉君终！

这首诗，上官婉儿也要在奏呈陈子昂的《谏雅州讨生羌书》之后，以衡文论诗的闲暇姿态，呈太后的。但其目的，也是和呈进这谏表一样，暗设杀机！

此刻，先说这诗体，再明白不过地，透着魏晋所谓风骨！尤其是魏武曹操那种悲天悯人、关切天下的气概！这样文字和用意入诗，和其祖继承齐梁宫体讲求对仗、词藻华丽、声情并茂相比，简直就是天壤之别！看！

> 芳晨丽日桃花浦，珠帘翠帐凤凰楼。
>
> 蔡女菱歌移锦缆，燕姬春望上琼钩。
>
> 新妆漏影浮轻扇，冶袖飘香入浅流。
>
> 未减行雨荆台下，自比凌波洛浦游。

这才可以称为"诗"！这才是可供天下士子仿习、用于"杂文"，用于"公卷"而入仕的光辉"诗格"！

伊始，考官们不须上官婉儿明示或暗示，不取陈子昂"杂文"，更不顾及其"公卷"，让他名落孙山之后，凡不符合上官体诗风的士人，皆不得金榜题名。

当然，如陈子昂般持自己认可诗体的士子，当真不多。可以说他是当代文坛的凤毛麟角……否！是绝对少数的另类。

又是母亲，近年近月近日，给她交来一叠叠诗稿，只读诗篇，就可断定是离经叛道的陈子昂作品。

但看署名，不是了。王无竞、王适、乔知之、司马承祯、东方虬、赵元亮、卢藏用、郭震，居然，还有诗坛早已成名的杜审言、苏味道、崔融……

上官婉儿愤怒了！王无竞等人，无名小卒，不用管他！可是，杜审言、苏味道、崔融，可是当今文名天下的"文章四友"——只差一个李峤——中的三个呵！

这个杜审言，狂妄自大，根本不屑居于"文章四友"之中不说，还说辞赋大家屈原，也只够给他端茶递水！提到上官体，他更是嗤之以鼻。居然，他却引陈子昂为文友，号称"方外十友"！那王适，当视上官体为无，胡言乱语预言陈子昂："此子当是大唐文宗！"一个剑南道僻乡小县的黄牙孺子，"大唐文宗"？

她要下重手除灭。"地籍英灵，文称昈晔。"谁知就在那时，陈子昂却弄出个"谏灵驾西归"的大动作来，还竟然声动九重，连太后也听说了，于是召见金华殿，给予了这八个字评价！同时，还当即赐官正字。自那以后，陈子昂的文名、诗体渐为天下士子研习。当上官婉儿要予以反击、遏制时，太后却常常召见他于便殿，垂询君国大计，甚至赐笔札、导入中书省，"奉旨回奏"，圣眷日隆呵！

上官婉儿暂且隐忍，但对陈子昂同类，却和武承嗣、武三思联手，深加抑遏。

已在官的，包括乔知之在内，举凡杜审言、王无竞、王适、郭震等，自然包含陈子昂，精心防范，使滞留其品级，若有机会，削职、驱除，甚至人身除灭。

比如乔知之、陈子昂、王无竞和刘敬同一道北征，但"南旋"后，刘敬同及其部属，或和陈子昂无关联者，皆受到升赏，唯他三人碧袍而去，碧袍而还——乔知之不能还，更得苦守北疆。

而远在剑南道通泉任县尉的郭震，至今仍是通泉县尉，近二十年的"老资格县尉"了！

嗟乎！陈子昂及其知心知己的文友们！

陈子昂再次"感遇"而浩叹：

　　　白发为谁雄！

这首感遇，也早由人送到了上官婉儿的手中，原本也要呈报太后，自然是为那心底早设的杀机。但谁知近日却又得着他这首新《感遇》。这是更可置他于死地的铁证。正要施于"两军对决"之际，这篇《谏雅州讨生羌书》又送入她手中。她昨晚读毕，当即命人抄写两份，送给了武承嗣和武三思。

所以，今天祭祀焚稿，她笑了。

她笑：她只须把这上书依常例送达武太后御案前……她笑：只须二武，去太后近前奏请，以"辱骂大圣"——文字出处，她已为二武勾勒明白——的大不敬罪名，就可以把他送入索元礼、周兴、来俊臣的"求死之牢"！

她笑：她这才会笑着，把这两首"感遇"反诗呈给武太后。

她笑：这次太后不会再说"地籍英灵，文称�晔"了，而是"大大不敬，诛灭九族"！

上官婉儿从祖父、父亲灵位前的蒲团上，由侍婢搀起身来。

因时常伴驾大圣太后近前，曾令豆蔻年华的上官大为惊叹的、大圣太后那似乎永远终止在二十年华青春之际的娇艳容颜，其秘密，终于被她渐渐破解和掌握。

这年，宫中"女宰"，二十三岁。依五品命妇的规定，她那高挑的身材，穿着五翟五钿树的翟衣，延袭北朝的长裙，提直腋下，这就使得这及地长裙，更衬得那细腰十分婀娜，而紧束的胸部，却似两座巫山峰峦，溢出无限韵致。

相较浑若银盆的太后脸庞，上官婉儿的脸庞稍微尖削。但在这傲人双峰和修长玉颈之上依然丰润的脸庞，那一双黛眉，显出别样的雍容娇媚。

这，是上官婉儿得之于太后美容驻颜之术。用青黑矿料制成的点眉之色，是唐代妇女普遍使用的化妆品。但是大多数人却直接点画于眉毛上，使应该秀美的双眉，显得浓黑不秀，还会从浓黑中耸出本身眉毛的毫颠！经过侍驾，上官婉儿终于明白，太后的眉毛是要剃去前后，才点青。点青后，还要用丹紫色的颜料，在眉下和目上，精心勾描，使秀眉明目之上，呈现如新桃绽红的神韵。这桃红，还将衬得点染黄粉的额头，更加醒目且妖娆。

当然，点唇，太后也独出心裁，与众不同。寻常点唇，化妆者以朱砂和油脂制成的"唇脂"，点画其唇。但太后使用的"唇脂"，却是用胭脂花粉制成的胭脂的质地，比之于朱砂，点画在唇上，显得更加滋润殷红，也更为性感。

侍婢扶着上官婉儿，迈开穿着绣花履的双足，离开当值宅院，向虹桥走去。

大约两个时辰之后，武承嗣、武三思也气急败坏地出现在通往上阳宫长生殿的虹桥上。

原本，上官婉儿叮咛武三思，不可匆忙见驾，要让太后读到陈子昂的上书文字后，由上官婉儿把其中那些大不敬文字，什么"执事者不审图其利害"呀，"蜀侯果贪其利"至"蜀侯诛"呀等等，向太后巧妙启发，激怒太后、她派出的人向武氏兄弟发出信号后，再赶到上阳宫中，配合自己，再度激怒太后。那么，可以预料，太后连下狱的程序都可不用，就让陈子昂及其合族，魂飞魄丧了。

但偏偏，武承嗣是个特别急躁之人，他还未看完上官婉儿送来的陈子昂的上书文字，就已气得七窍生烟！

眼看平定扬州叛乱后，姑母武太后加速了革李唐之命的步伐。而原来他虽袭祖父武士彟的周国公爵位，但是到底未在台阁，不能涉手军国大事。好在姑母十分明白，在两年前，垂拱元年（685），授他以凤阁鸾台，和苏良嗣等主掌钧轴，处置军国大事。

但在武三思、武攸宜、索元礼、来俊臣、周兴、宗秦客、宗楚客等齐聚周国公府，恭贺武承嗣出任宰相之后，还不到一个月，姑母却罢了他的相位。

在此关键时刻，姑母突然罢黜其相，并未有何说辞。于是武承嗣和武三思、武攸宜等紧急密议，还去上官婉儿处打听原因。

上官婉儿告诉武三思，罢武承嗣相位之因，太后无半丝口风。据上官揣度，应该是对三十八岁侄儿的才干，有所质疑。从辅助姑母革李唐之命，推进姑母取而代之方面，武承嗣颇称姑母之意。举凡追赠武氏祖先为王，并在文水设祠，按帝王仪典祭祀，为姑母登基张目；又比如重用酷吏，不仅广开告密之门，震慑官民，同时还借此诬陷李族，从而灭绝李氏皇族，等等，武承嗣可算功不可没。

但重视国家治理的姑母，也同时十分注意国家重要岗位的任人大计。在这方面，无论是武承嗣，还是武三思，确实是乏善可陈。

武氏族人及其心腹们，为武承嗣重返台阁，体现军国治理才干而绞尽脑汁。终于，他们从如山的奏疏表章中，发现了一封提议讨生羌进而开凿雅州通道，进击吐蕃，使西南边境安宁的奏书，于是帐下谋士代为操刀，对该奏书改头去尾，变成武承嗣的上奏表文。此表一上，姑母认可，就立即发向凤阁鸾台议处施行。武承嗣大喜过望，认为重返台阁，指日可待。

万万想不到！上官婉儿送来陈子昂这封直斥其非的上书！书中直指上奏者虑识肤浅、愚蠢种种名目之后，直指上奏者为蛊惑君王不仁不义的奸臣佞贼！

如果姑母把陈子昂的话都听进去的话，不要说返回凤阁鸾台希望全部破灭，弄不好，连他的周国公爵位，也会被姑母夺走……

比武三思年长但先天不良的武承嗣，比武三思矮了半个脑袋。他单薄的身子，似乎不可承载九旒国公冠。身上穿的绣有龙、山、华虫、火、宗彝等九样花纹的紫衣绯裳，更衬得他缺少血色的面容枯黄。

无论尚能沉住气的堂弟如何劝说，他还是执意要先觐见姑母，不能让她信了陈子昂胡说。武三思无奈，只好和他赶向长生殿。

就在两人登上虹桥石阶之时，武三思却发现上官婉儿在近侍宫婢的陪同下，匆匆从对面走来。

"你们怎么擅自入宫？"上官婉儿同时看见了气喘吁吁、迈步上桥的武承嗣和紧跟其后的武三思，急忙后顾了一下，随即沉着脸质问二人，全无稍许的客套、寒暄。

不待二人回答，上官婉儿已把二人领往原路下桥。

武三思已感到事态不妙，武承嗣却仍不识好歹地催问上官婉儿："小婉！你说动姑母了吗？"

小婉，是堂弟对上官的昵称。久而久之，他也随堂弟昵称上官。

上官婉儿说："此地不是说话之处，你们且先各自回府去！"

"可……"武承嗣还要追问。

武三思急忙扶住喘得更厉害的堂兄："兄长，我们且先出宫回府吧。"

他本来还要问上官婉儿何处去，但平日在这巍巍深宫内闲庭信步、神态安详的女官，此刻却显得反常的仓促和失措，竟然早已向宫门快步去了。

"难道……"

武三思随着上官婉儿的匆匆步履，心里也一沉。

莫非上官婉儿以送陈子昂的上书为名，实则是要把他送上死亡之途的设计，事与愿违？

陈汀端着烛台轻足走向主人的书斋时，发现斋门依旧紧闭。但从窗棂处，可以看到斋中烛光格外明亮。那么，主人已把单支烛台换成了三支。

主人又会一夜无眠，伏案，肯定是撰写疏表，而且是非常重要的疏表了。这疏表要呈上的，应该是当今的太后，主人平常口中恭称的"大圣"。

贴身书童、家生儿的陈汀，猜测得一点儿也不错。自从主人受到太后金华殿召见后，他除了奉诏上书或自定上书上表上奏之外，也还有很多王侯公卿、公主郡主县君、达官贵人找上门来，求主人代写奏、书、表文，还有不少人求他写墓志，撰祭文，自然还有恭贺、祝福之类的文字，其中不乏主人知心知己的文友，如乔知之，在北征前后，也请主人以他的名义，向朝廷直至太后，撰写过奏疏表文。除此之外，主人也还有很多脍炙人口，而非政论性的文章，如《与韦五虚己书》这样的书信，和写景抒情的序文《忠州江亭喜重遇吴参军牛司仓序》《金门饯东平序》《赠别冀侍御崔司议》等，耗费了主人不少心血。

一般情况下，陈子昂会认真对待自己确定的或他人委托的文体的构思和撰写。但不太会通宵达旦地，甚至几天不眠地去撰写。而诸如他上《谏灵驾入京表》，最近的《谏雅州讨生羌书》时，那可就大大不同了。有时光把自己关在书斋中构思，就会两三天不肯就寝。这是陈汀最为头疼的，因为老爷、夫人交代他的责任，重中之重的，就是"公子身子骨不健，务要伺候好食服、三餐、睡觉！尤其是睡觉，决不可任他昼夜不眠"！

可他是主，自己是仆！像现在这样，如果敢走近烛光透亮的书斋斋门，被他察觉，那，他真会大发其火，"家法伺候"的！可是，陈汀来书斋，还有一桩天大的事必须提醒陈子昂呵！

那就是，在陈子昂闭斋卜占、写出《谏雅州讨生羌书》后，看去心情很好，也就命陈汀安排人向高家岳父送去自己卜占的黄道吉日，请未来的岳父作最后的决定。而自己父母这一边，陈子昂也修书禀告。老爷和老夫人的回信也到了，喜出望外，希望子昂向朝廷告假，回射洪武东完婚。

这事，在陈子昂被宫使紧急宣召去往宫中，返回家中时，陈汀就向神情激动的主人禀告了。但原本满脸充溢着欣慰之情的主人却神情凝重地沉吟有顷，竟回答了一句："暂不议婚期！"

丢下这一句话，主人已经进了书斋，并关了斋门。不用主人再吩咐，陈汀也不敢造次拍门禀事了。可是，婚姻大事！双方父母已知允，并且都在紧锣密鼓地筹备了！岂能凭你一句"暂不议婚期"就可以暂不议了吗！

陈汀当然不敢如此这般质问。在搔着后脑勺思考该怎么解决此事之后，书童一个激灵，想到了耿直豪爽的王无竞，想到了双方都十分敬重的卢藏用。他不傻傻地来书斋观察动静了。他要尽快把二位爷请来教义坊陈宅，劝说主人。

书斋内，三支烛台的三朵灯光下，头上只扎着发簪，身穿白罗圆领长衫，足蹬继母亲自缝制的轻便步靴的陈子昂，却显得比刚回到家时还要激动、兴奋。灯影下，似可看到他的眼角，有莹莹泪光。

虽是道学家教，但他更是知书达理的士子！知遇之恩！而且是堪比天子天恩的知遇之恩，使得原本易动感情的陈子昂，被今天便殿召对事，再次感动于中，难抑热泪狂泻。

他虽然冒死上书，谏阻讨生羌，但他并没有丝毫侥幸心理，觉得这书一定会送达大圣，即或送达，最可能出现的后果是：泥牛入海，石沉大海！

因为这是他很多次上书的结局，包括大圣亲自赐他笔札，要他不需引经据古，不要虚文，直抒胸臆，即使是有关国家百姓利害的奏疏在内，都是这个结局！甚至，当胆量颇大的王无竞听他说了这次上书的立意，并看到原文后，也大惊失色地指责他用辞不当，辞不达意，大有歧义，会招致杀身灭门大祸，催他尽快收回！

谁知，居然这么快有了结局！而且是大圣亲自召见，赞其见识深刻，大有益于国家黎民；并告诉他已敕令苏良嗣和其他宰相们不再议此事，不仅如此，还要把他的上书抄送台阁众宰和武承嗣、武三思认真研读。接着，又赐笔札，要他对当今军国大事，就如这封书奏一样，直言无忌。

他拜辞大圣时，终于伏地痛哭流涕！他在奉旨的那一刻，唯一想到的，要用大圣赐的笔札，直言极谏：谏刑。《谏刑书》！

而此刻。游击将军府，御史台天牢，大理监狱中，酷吏们正带着一群群虎狼般的下属，毒刑着成千上万的被拘捕者，破毁着成百上千的家族……

第三十五章

明堂万象

在展纸欲直言谏刑之际，置于案头的一张诗笺让陈子昂原本激动的心情，更为激动。那是在慨然书写《谏雅州讨生羌书》之后，意犹未尽，再以感遇体，所写的一首诗：

丁亥岁云暮，西山事甲兵。

嬴粮匝邛道，荷戟争羌城。

严冬阴风劲，穷岫泄云生。

昏曀无昼夜，羽檄复相惊。

拳跼竞万仞，崩危走九冥。

籍籍峰壑里，哀哀冰雪行。

圣人御宇宙，闻道泰阶平。

肉食谋何失，藜藿缅纵横。

当时的陈子昂，是要连同这首感遇诗，一并呈奏入宫的，但却担忧诗中尖锐辞句，只会徒然增加太后反感，而影响对正式谏文的采纳，所以才留在案头，并未随谏呈奏。

但此刻，当他再次读到自己这首感遇诗时，却后悔没有连这首诗一并呈给太后。

因为，以这天太后便殿召见的情形看来，当年那位在金华殿召见自己，让自己十分感戴涕零的，颇具太宗皇帝从谏如流的太后，仍旧那么英明睿智，圣度汪洋！如果在读到较为干涩的谏文的同时，能读到"昏瞳无昼夜，羽檄复相惊""崩危走九冥""哀哀冰雪行"和"肉食谋何失，藜藿缅纵横"这样声情并茂的诗句时，太后必将更为深切地知讨羌之谬，改弦更张的！

有遗憾，但却更有信心。他有把握，在自己的谏刑书呈上之后，太后也会像读了他的谏讨生羌书一样，立即下诏，命索元礼、周兴、来俊臣等酷吏，撤去铜匦，撤去游击将军府，什么大理特置的黑牢，不准再对犯人施加凶残毒刑。

虽然距上次书写谏讨生羌书并不太久，但眼下的陈子昂，提笔在开头处书写的身份：

　　承务郎守右卫曹参军事臣

身份后再具陈子昂名后，随即久蓄心中的谏言，如大江之水，滔滔长泻：

　　谨顿首昧死上言：臣闻昔者圣人理天下者，美在太平；

到此，笔锋一转，直点主题：

　　太平之美者，在于刑措。

接着，虽是溢美甚至颇有献媚取悦之嫌的歌功颂德，表面上，在夸赞大圣太后对这一道理的明白，胜过三皇五帝：

今陛下创三皇之业，务三皇之理，大统已集。神化光明，虽伏羲神农昔有天下，诚未足比。

正因为这样，作为臣子的陈子昂——

臣敢不竭节以效愚忠！

效"愚忠"最要说的话，就直接了：

臣伏见陛下务太平之理，而未美太平之功。贱臣顽微，窃惑下列。

再歌颂一番：

臣前蒙天恩召见，恩制赐臣曰："既遇非常之主，何不进非常之策！"臣草木微品，天恩降休，伏刻肌骨，不敢忘舍！

直话直说了：

臣闻自古圣王谓之大圣者，皆云尚德崇礼，贵仁贱刑。

请大圣太后看明白：

刑措不用，谓之圣德！

太后！你是当今中外皆知的"大圣"，那么，大圣所必备之德，是"刑措不用"，是"贵仁贱刑"！而且这圣德是坚持：

不称严刑猛制、用狱为理者也！故周有天下八百余岁，而惟颂成、康；汉有天下四百余岁，而独称文景：皆由几致刑措者也！何则？刑者，政之末节，非太平之资。

接着他精心考证，得出的心得是：

臣窃考之于天，天贵生成；验之于人，人爱生育；旁稽于圣，圣务胜残。

至此处，陡然来一句当头棒喝：

皆不云以刑为德者！

到此，要触及谏刑之前，再表其用心是：

臣伏惟陛下圣德至矣大矣：应天受命，有三皇之功。……明堂神构，万象宣威。风雨顺时，百谷昌熟，可谓足为万代之规也！

同时奏告天下官民的愿望是：

今天下百姓，抱孙弄子，鼓腹以望太平之政矣！陛下为天地父母，固将务德以顺养之。

但是，现实却是——

乱臣贼子日犯天诛，比者大狱增多，逆徒兹广。

装疯——

愚臣顽昧，初谓皆实。

结果：

去月十五日，陛下特察诏囚。

查出：

李珍等无罪，明魏真宰有功。

还有：

召见高正臣，又重推元万顷。

这样做，大圣才是大圣了！所以：

百僚庆悦，皆贺圣明。

然后再次点题：

臣乃知亦有无罪之人挂于疏网者。

虽然称"密网"为"疏网"，稍有遮掩，但其下一句，却直指：

陛下务在宽典，狱官务在急刑，以伤陛下之仁，以诬太平之政。

所以，陈子昂我——

臣窃私恨之！

虽然愤慨，但更喜陛下圣明，天道显灵以励之了：

何以知之？臣伏见去八月以来，天苦霖雨，自陛下赦李珍
等罪，天朗气晴。又九月十八日，明堂享会，庆云抱日，五彩
纷郁，龙章竟天，万品咸观，宇宙同庆。

事例多多，不胜枚举，陈子昂用这些天地显灵的事例，奏告大圣太
后，广施仁德而严减毒刑，是何等重要。那样，才能得到人天共同拥戴
呵！同时提醒太后：

况陛下明堂之理，本以崇德，配天之业，不以务刑。今垂
拱法官，且犹议杀，布政衢室，而未措刑。贱臣顽愚，尚疑未
可，况巍巍大圣，光宅天下哉！

陈子昂上书中多次提及的明堂，还曾提到的"万象"，前者，即明
堂，和陈子昂十分有关。

就在陈子昂北征出发前夕，武太后召见陈子昂时，曾问及古时朝
廷筑明堂的意义和建筑规格、形式。陈子昂回奏太后，所谓明堂，原
指天帝在紫微宫内布施仁政的宫殿，即二十八星宿中"心宿"星位。在
凡间，《周礼》把明堂建于都城之南。因系天帝施政正殿，所以又称为
"天宫"。

但大唐建立后，建筑宫殿时，对明堂设置位置存在争议。一些大
臣、学士认为既是"心宿"所在位置修建明堂，那么就该和上天相应中
心之位建筑明堂；但大多数大臣、学士又说《周礼》不可违，应把明堂
建筑在都城之南，而不是中心。因此，议而不决，至本朝尚无明堂。

陈子昂被询后，又遍查坟典，提供了明堂的建筑规模。想不到，武
则天决定依其所奏，立即建筑明堂，而且建筑原因，正是陈子昂所奏用

以效法天帝、光圣，布施仁政于天下！太后所取方位，依"心宿"之位，建于都城中心紫微宫内，同时宣布为神都外朝正衙。同时还在明堂之侧，建筑万象神宫。

历朝议而不决的一件大事，却在太后和陈子昂"君臣际遇"中结束，巍巍大唐，又将有天宫——明堂。其时，群臣不仅纷纷上表，称颂太后圣明，也有不少人，自然是王无竞、王适、卢藏用、司马承祯等，更私下夸赞陈子昂为天下立极，其功甚伟。

所以，在这谏刑书上，一再提及明堂，陈子昂是期望太后不忘广施仁政的初衷。

谏议到此，陈子昂以天下对目前措刑之况，议论纷纷为由，痛切谏言：

> 道路之议，或是或非，陛下何不悉召见之，自诘其罪？罪真实者，显示明刑；罪有滥者，严诛狱吏。

对毒刑滥罪的狱吏，必须从严诛灭。为什么？请看：

> 夫狱吏不可信，多弄国权，自古败亡，圣王所诫！

陈子昂痛心疾首地：

> 陛下万代之业，千载之名，故不可使竹帛书之，有亏于此也！……贱臣不胜愚恳忠愤之至，辄投谏匦，昧死上闻。

书毕，还不到五鼓天明。听宅外，还没有传来金吾开禁的梆声。陈子昂却仍无睡意，反复看着自己一气呵成的《谏刑书》，然后，另取素笺，认真地、一笔不苟地，抄向作为上呈的素笺。五鼓天明上朝时，陈子昂就要把这封谏书，呈给武太后御前。

"执事者疾徐敬业首乱倡祸，将息奸源，穷其党羽，遂使陛下大开诏狱，重设严刑。有迹涉嫌疑，辞相逮引，莫不穷捕考讯。至有奸人荧惑，乘险相诬……"

"……伏见诸方告密，囚累百千辈，及其穷究，百无一实！……"

"……陛下仁恕，又屈法容之，遂使奸恶之党，快意相仇，睚眦之嫌，即称有密。一人被讼，百人满狱！……"

"臣闻隋之末代，天下犹平。杨玄感作乱，不逾月而败。天下之弊，未至土崩，蒸人之心，犹望乐业。炀帝不悟，遂使兵部尚书樊子盖专行屠戮，大穷党与，海内豪士，无不罹殃，遂至杀人如麻，血流成泽，天下靡然，始思为乱矣。于是雄杰并起而隋族亡矣！"

上阳宫内殿中，武太后听完上官婉儿朗读陈子昂《谏刑书》之后，似乎陷入了深思。上官婉儿见状，又把陈子昂此前已上《谏用刑书》取出，送到深思的太后面前御案上。

时近冬月，内殿中已四设火盆。但近来太后却比往常起床要早得多。这天，就是三更刚由宫中鸡人敲过，太后已然起床，让户婢团儿为自己修剃着眉毛，格外丰满的户婢，一边小心地给太后用专用的玉刀剃着几茎稍显参差的眉毛，一面立即用太后不可察觉的快速，把这几茎白里泛黄的毫毛藏在自己的手心里。

光阴，荏冉。光阴，公正。

年过花甲、奔七的太后，其实毛发也如常人一样，在苍然变白。但她的精神，却十分健旺！又尤其是这一年以来。

当上官婉儿得到团儿的暗中通知后，也急忙梳洗装扮穿戴，并且在内殿丹墀上等候了半炷香的时刻，太后才在团儿和内侍王伏灵所率的宫娥、宦官簇拥下，驾临内殿。上官婉儿把陈子昂的《谏刑书》取出，太后心情很好，还透着几许期盼地，问上官婉儿："他谏什么利害之事？"

"谏刑！"

太后那稍纵即逝的失望，没有瞒过侍驾女官锐敏的双眸。她强抑不住地，尽量悄悄吁出一口快意长气。

她暗自夸赞自己非同凡响：同时预备了陈子昂这一份此前所上的谏

用刑书，这时派上了用场：火上浇油。

上官婉儿这时明白，她揣测太后让陈子昂上言直呈有关军国大事中的最为"利害"事，绝不是再次谏刑。而应该是从这些年以来，以太后为绝对核心，包括武氏家族、宗秦客和宗楚客兄弟在内这些核心人物所力促的"革唐命"！

聪明如陈子昂者，离这类核心人群何止十万八千里之遥。但是，也断不会还不如崔湜兄弟、宋之问这些文人学士呵！怎么就不知道该用他们手中的笔，用被太后欣赏的文体，上书劝进！

这，才是当今天下最为利害的军国大事。他自然不知道，在核心人物和人群的核心推敲中，革唐命之后的朝代名称，都已敲定：周，大周！它所沿袭的，正是太后父亲武士彟所受"周国公"爵位的"周"字。

但太后更看重的，却是成汤所建有着八百年基业的周朝。当然，太后更有信心要把自己的"大周"基业，持续万代千载，永无尽期。

而眼下，在任用酷吏、毒刑、峻法清除李唐皇室成员，和敢于仍旧忠于这个皇室的臣民方面，基本上可称"称意"的前提下，历史上已屡见史载的"劝进""拥立"的前戏，应该由一些名角粉墨登场了！陈子昂，这个敢于置李唐先皇遗诏于不顾，竭力强调国家稳定、万民安宁而布衣上书，谏灵驾入京的"名角"，是这场前戏最应第一个亮相出场的人物。其实，询问明堂朝度，太后已向陈子昂王顾左右而言他地，表示了取李唐王朝而代之的目的。熟知经史的武太后，何须陈子昂这一介书生来教她什么是明堂，如何建筑！

而不开窍的陈子昂只沉湎在太后接受上书，大建明堂，将以之示仁德于天下的喜悦中，为万民获得仁政而额手庆贺，全不理会太后对自己更为重大的希望。正如见谏灵驾书而召见他，并大赞他系"地籍英灵"的"文称晔晔"，骨子里的文章，是太后发现了一个敢于藐视李唐皇帝的人。这和太后最终要取代李唐皇朝，精明关注官民动态，是紧相关联的。正因为他这深合太后心意的谏书，太后当殿授官、夸赞，使碎琴散文的他再次名扬四海。

这，也应当是后来他不停上书却全无结果，而太后仍频频召见、嘱其不需援引古今，直接上言的伏笔所在。

明堂是为武周取代李唐王朝，所作的朝代更替准备，自然也是舆论准备。

上官婉儿、武承嗣、武三思等人还看出一点：太后借修明堂、为武周正式出场准备豪华舞台的同时，也让最为宠爱的面首冯小宝，即薛怀义，大大露了一把脸。

怀义是明堂建设的总监修。这个假和尚果真了得！他把皇家建筑的壮丽辉煌和佛殿的庄严巍峨相结合，不惜耗尽琼林御库的多年所藏，役使数十万民众、工匠，不仅建成了明堂，还别出心裁地邻近明堂建起了万象神宫。

明堂中，高坐御案的，是大周女皇陛下。万象神宫中，供奉着卢舍那大佛。自然佛像的五官全按女皇五官精雕细琢，厚饰金身。宫外，还矗立着高达百丈、用精织白绫扎塑的站佛。

近来，明堂和万象神宫之间，又在进行重大施工，看工匠所搭建的足手施工架，堪与百丈大佛比肩呢！这，是武三思的杰作。太后闻奏，对这个侄儿更宠爱有加。

这是一座"天枢"。在大周宣告定鼎之时，供安放万邦百国歌颂大周丰功伟业的辞章。这百丈天枢，可不是用白绫扎制，而是用铁铸成。

此际，除采矿冶炼天枢需用的铁外，武三思、薛怀义亲自率着人役、徒众，还有众多官吏，把农耕的宝贝：犁铧、钉耙、锄铲……百姓日常生活中的刀、斧，大肆搜集、夺走。

明堂成。万象神宫成。天枢也成了。万事齐备，只欠"劝进""拥立"。急迫发起劝进的人，不少。但武氏族人们，包括不少人知道和武氏族人沾亲带故的宗秦氏兄弟，还有由他们急切组织发动的一般民众，多啦。

但武三思、宗秦氏兄弟出面，自劝自进的形象过于明显了。芸芸众生呢，又太缺乏影响，也缺乏轰动效应了。所以，太后自然会想到了陈子昂。可他奉旨所上的，仍是《谏刑书》！

如果陈子昂不开窍到太后厌之恶之，也将弃之甚至灭之的地步，上官婉儿所预备的这后续文书，那就派上用场了。但是，太后在透出稍纵即逝的失望神情后，对上官婉儿呈上的又一本陈子昂措辞更加激烈的谏刑书，却并无厌恶之情。

身着杂色钿钗礼衣的太后，只皱着描画精巧的双蛾，十分体谅地说了一句："一介书生尔。"

这次，是上官婉儿重重失望了。

"去麟台，召来见朕。"

还要召来！失望引发了侍驾女官内心深处的妒嫉和仇恨，但她满脸依旧保持着无限恭敬，领着太后口敕，离开了内殿。

第三十六章

知遇不知

对这次召见陈子昂，上官婉儿认为太后最大的用意，在于点化这"一介书生"，能够明白该上什么样的言奏，才是"军国最为利害"之事。在她看来，太后对这位小老乡，是期望甚殷，自然天恩愈浓。所以她在枕边警告武三思，眼下千万不可对陈子昂有何造次举动。

武三思心领神会，把上官婉儿的警告立即转告了武承嗣，武承嗣十分窝火，但细想洛阳坊市一个卖草药的小混混，一夜之间会成为姑母的心上人，万一这陈子昂的什么劳什子文采被姑母看重，用来使在革唐命的倡导上，也会一夜之间，威压百僚，当是尚未可知之事！

于是，武承嗣只好隐忍。但原本他身子衰弱，加上这口闷气，竟一病卧床。

陈子昂在接受太后召见之后，并未如上官婉儿所料，太后会点化他，施大天恩于他。他的官职，据唐史载，只是"秩满，随常牒补右卫胄曹参军"而已。

这右卫是朝廷十六卫之一。最高长官是右卫大将军和右卫将军；其次是右卫长史；其下就是右卫的各曹参军了。举凡有录事、仓曹等参军，比之正字，上升了一品：八品。而俸银近五万一月，另有"廪禄"二百石一年。比起正字月俸一万六千缗，收入增加了三倍多。这，对于陈子昂的家资而言，算不了什么，他更迫切地希望朝廷能把他用到可以强国安民的岗位上，哪怕分文不予，他也会效法诸葛孔明"鞠躬尽瘁，死而后已"。而在上官婉儿的心里，却大大地吁了一口长气。她并没有尽快告诉武三思这一点，但她自己却有了新的压制、阻遏陈子昂的主张，那就是，用人尽快迎合太后之意，把太后对陈子昂的记忆，尽快抹去！

人选已有了，这，就是崔湜，及其四兄弟。

崔湜，祖籍定州人。其祖父崔仁师，是大名鼎鼎的"崔状元"。而他这四个孙子：崔湜、崔液、崔涤、崔莅。个个都有其祖文采，而个个又大胜其祖的俊美。

这长孙崔湜，这一年正好十八岁，而其《折杨柳》《婕妤怨》等诗，无论文辞、格律，都继承了婉儿祖父上官仪诗绮错婉媚的特色。去秋，上官婉儿看见了被人推荐来的崔湜"公卷"，喜悦之情难以言表。更令她喜出望外的是，当她在外宅华堂中见到崔湜时，已被这少年郎来自天性的眉目传情所倾倒。彼时才十七岁，但身材高挑、面如冠玉的崔湜，穿着白绫圆领长袍，头戴白罗幞头，直如临风玉树！这还罢了！那种对伊人的关切、崇拜，即使双耳已被中外谄词谀语轰出老茧的宫中女宰，也被那磁性浑厚的声音，迷得魂难守舍。后来进展的迅速，连上官每每忆及，都回味无穷。

"小婉姐……"

虽然是"姐"，却敢冠上自己的昵称！

"嗯？"一双美眸已然游离难定的上官，并不以为忤，反而含着呻吟回应。

"崔湜恳请为小婉姐，去温汤中按摩解乏吧！"

上官婉儿本已急不可待地回应，但那俊美的后生却显得更急不可待地，已伸出一双真可比于玉雕的臂来，把身子已然瘫软的上官婉儿抱向华堂右侧、修筑得别致豪华的汤池中，为婉儿和自己，脱去裙襦、袍衫；为婉儿和自己，抒散了发簪。

措手不及的是上官的近身宫婢们。好在常来的武三思也常会有这让人措手不及的举动，宫婢们急忙给堪称宽阔的汤池注入了温汤，然后伺候在池旁，像煞泥塑木雕。只有从她们那越来越涨红的脸庞，越来越低垂下去的头和渐渐剧烈起伏着的胸部，可以看出她们越来越难于正视汤池中的这对姐弟，那翻云覆雨之况。

崔湜成了"前进士"，是题中之义。而上官婉儿这建在距上阳宫北侧不远、临着洛水水面的天津桥岸畔的外宅，在崔湜高中后几天，却发生了一点小变化。

变化的是汤池。原本够宽大的汤池，却又扩大了三倍！

武三思这段时间正忙着和堂兄武承嗣，表兄弟宗秦客、宗楚客，以及太平公主李令月等一干武氏核心族人，紧张地组织成千上万官、民的"劝进"大事，虽也难忘婉儿，但"劝进"兹事更须他刻意用心。当然，男人的喜新厌旧，也在渐露苗头：当婉儿十四岁时，他就开始品味她了；匆匆地，婉儿已经二十有三了！快十年的品味，他早已感到疲劳了。何况，随着政局朝着武氏既定目标顺利推进，被天下、中外有求者献上的礼物中，最不缺少的就是美人。他虽不是堂兄武承嗣那般衰弱，在男女间事上，心有余而力不足。但是，只有累死的牛，没有耕坏的地。相反，上官婉儿却正是如狼似虎的年龄，她不仅接受了崔湜的诱惑，而且在扩大的汤池中，她还接受了他三个弟弟的"解乏"之举。

侍立在池畔的宫婢们的处境更加尴尬。她们也是女孩儿。而且，是情窦大开，却得不到抚慰的女孩儿……

此刻，上官外宅汤池中。

裸浴在池中的上官婉儿，正双眸迷离地，由崔湜和崔液一左一右，扶着她那白里透红的双臂。崔涤也伸出如乃兄般玉雕似的臂膀，一手在汤中揽着婉儿的婀娜细腰，一手却助推着才十四岁的崔莅，在婉儿溢出水面的双峰处"解乏"。

"你们记住……了……哼……嗯……哼……是用心呵……呵，上《大周贺……贺……》……"

"婉儿姐！你太为国操劳了！放心休憩吧！我们弟兄的表文，不会让你失望的！"

崔湜对呻吟连连，却不忘嘱咐众弟弟们的上官婉儿媚笑着，伸出手来轻轻地揉着上官婉儿的眼帘。

上官婉儿十分感动这小情人的关切。她伸手触摸着崔湜的身体。那一处，挺然昂然。

她自然地对比着老情人，无可比性。崔湜是第一个下池为她解乏的，但只不过一点点时辰，他的身体又这样充沛了。而那位他，其实也才三十八岁，可无论卧榻、池内、胡床、后院绿茵上……一旦之后，不到一炷香久，他不可能恢复充沛。

而在文采、见识、才干上，上官婉儿自有评价，武三思，还有他的堂兄、表兄弟们，是更无法和崔湜相比的。

机灵，善揣上意，那和陈子昂简直是天差地别。如果，武太后只眨眨眼，这崔湜，就会明白他那惯会生花之笔，如何向太后呈上绝对深合"朕意"的锦绣华章！这"人""笔"铸成的"璧"，岂是陈子昂可以比拟的。

她曾经动过尽快向大圣举荐小情人的念头，而这小情人所渴望的，也正是此。可，她不舍。她知道，这样一个绝对上品，推荐给太后，她不仅会倚重为安邦定国之材；而且，还将成为日后专为女皇设置的"后宫"——控鹤府宠幸异常的"俊猛之材"！

一旦如此，那么，她这外宅，这精心耗巨资扩建的汤池中，将会缺乏她最赏心悦目的感知春江水暖的鸭们了。

虽然她早已看到，那和母亲面容神情绝肖的太平公主，正是通过推荐面首，为自己加固太后的宠爱。最近推荐给太后养生治病的太医沈南璆，就是太平公主固宠的新贡献。

上官婉儿也需要加固宠幸。可是，比起太平公主来，她似乎多了几分情感上的迷恋。她真心不舍把崔湜和他的兄弟们，作为固宠的牺牲，献给太后。与此同时，她已察觉到，怀义对被太后敕令侍寝疗疾的沈南璆，不仅已存戒备，而且大有争风吃醋的意味。这，也使她颇为忌惮。

但怀义仍是太后最宠爱的面首。对沈南璆的出现，怀义明知系太平公主所荐，还露爪张牙；如果自己推荐崔湜兄弟入宫，怀义不仅会对崔湜兄弟毫无顾忌地打压，对自己这作俑者，断不会像忌讳太平公主般，有所收敛。

须知，连武承嗣、武三思这类太后嫡亲爱侄，也对这个"高僧大德"畏之如虎狼呢！所以，她本次只让崔湜兄弟上书"劝进"，以遏制陈子昂，而并不会把崔湜及其兄弟们，荐于太后的床榻。

十四岁的崔莅大不如其兄，只在双峰之上猛攀有瞬，便瘫在了玉体之上。崔湜急忙示意崔液、崔涤移开崔莅，自己再行攀登。

上官婉儿的呻吟，近似索元礼游击将军府行刑大堂内，在毒刑下挣扎的囚徒，那般凄厉。

主人官职升了品级，陈汀私下设想，应把王无竞、卢藏用、赵元亮、崔融、司马承祯、杜审言们请到家中，或龙门前的何处园林，诗酒雅聚一番。但是双眼又残留着泪痕的陈子昂下朝回宅后，陈汀看到主人仍是穿的淡碧色袍服，头上仍戴一梁进贤冠，中单仍是白纱织品，足上也仍旧是一双平常革靴。

"杂酱面。"陈汀正要向主人请示诗酒雅聚，暗贺主人升品级的事，陈子昂却匆匆吩咐了一句，又说，"取白纱幞头来。"他吩咐着，又往书斋匆匆走去。

这分明又是扒几口杂酱面，就要把自己关在书斋，加紧撰写疏奏的光景了。陈汀不敢劝阻。而且残留的泪痕，表明主人感戴天恩之深切。此时此刻即使有八条牯牛，也无法把他拖出书房。

"伯玉！

"臣……"

"卿务要向朕奏告当下为政之要！适时不便者，毋援上古，勿尚空言！"

太后这次却并未坐在淡紫帐后的御座上，而是踱步下了丹墀，对跪伏在丹墀上的陈子昂口敕着。

这番话，太后对他讲了不下三次，陈子昂自己都能随口背诵出来。他每次一听，都感到太后对自己期待在无限地加深。每听一次，都恨不能撕肝裂胆般，奏告他对太后睿智英明的无比崇拜。为太后，能像三皇五帝，不，超过三皇五帝，成为使国家富强太平、万民安乐的空前绝后的英明之君！

但那时，那时，那时，当上官婉儿听到太后这几句口敕，却有一种暗暗嗤笑的快感。陈伯玉呵，陈子昂！你是听不懂天纶玉音呢，还是孺子不堪教也？你上奏的文采不错，议题还真是颇有台阁大臣见地。可是你奏疏中，无论太后怎么敕令你改，你都改不掉那显示博古通今、大肆旁征博引、空话连篇的恶习！什么"臣本蜀之匹夫，官不望达，陛下过意，擢臣草莽之下，升在麟台之阁"，什么"圣人之教，在于可大可久者"，什么"昔尧""昔舜"，什么《周礼》曰……"听不懂吗？当下为政之要！适时不便者，毋援上古！勿尚空言！

但陈子昂牢记于心的，只有一句：当下为政之要！在回宅途中，在马背上，陈子昂已在紧张地打着腹稿。到进入书斋时，他已准备要上七科"当下为政之要"！那就是：一措刑，二官人，三知贤，四去疑，五招谏，六劝赏，七息兵。这，都是当下为政重中之重，要中之要。可是当他下笔时，却从脑海里崩出第八科：安宗子。这一条崩出脑海，和王无竞告诉他的一个数据有关。这个又字促烈的挚友，性格也颇如其字：促烈！

王无竞和陈子昂、乔知之同去北征仆固始时，正是陈子昂才封任的官职右武卫仓曹。本次回朝，也是未受升赏，只是依常例升为侍御史。头戴獬豸法冠，身着和陈子昂一般深青袍服，腰勒鍮石带的王无竞，有着分察百僚、巡按郡县、纠视刑狱、肃怒朝仪的职责。据他"纠视刑狱"时发现，现在游击将军府、大理寺、御史台的牢狱中，除了许多文武大臣外，更不少的是李唐皇室的子女后代，自然也有不少的老亲王、郡王、公主、郡主。更让他吃惊的是，很受太后倚重的大同乡，并州太原人狄仁杰，在年初被太后破格委为冬官侍郎的他，被派往大乱余波中的豫州任刺史。而狄仁杰之所以被派往豫州，不仅是豫州刚刚发生了越王李贞的叛乱，而且是在很快平息李贞叛乱后，在狄仁杰所上的奏疏中，严斥受诏平叛的宰相张光辅，放任酷吏和平叛将士滥杀无辜，疯狂地在全境烧杀掠劫，于是狄仁杰被改任豫州刺史前往豫州，和张相一起处理平叛后遗之事。

身任豫州刺史的狄仁杰，到任即严令依法推审，更不得滥捕、毒刑、勒索、掠劫、擅杀，并当面指责身为宰相的张光辅的举动，"比之叛首李贞，其罪更甚"！

张光辅大怒，在太后近前诬告狄仁杰为叛首李贞等张目，索元礼、周兴、来俊臣更是磨刀霍霍，要斩绝狄仁杰九族。当正直朝士和天下凡被狄仁杰施救过的百姓为狄仁杰及其九族命运大为担心之际，太后只把狄仁杰贬为一个下州——复州的刺史，调离了豫州。

但是被贬的狄仁杰却在赴任复州途中，慷慨陈词太后说：如果照张光辅、索元礼、周兴、来俊臣这样疯狂诛除李唐宗室，不出三年，李唐皇族将荡然无存。李渊、李世民开创大唐，给天下带来的统一、强大、安宁，官民，尤其是民，心中是不会忘记，反而会因铭记其大恩大德，而对当今朝廷大起怨恨愤懑之心！

狄仁杰的奏告，被太后留中不发，但王无竞却意外地读到了抄本，并"促烈"地要上本，和狄仁杰谏阻！

狄公说得何等好呵！

狄公之心，和陈子昂的心，高度一致呵！

所以，第八：安宗子！

意外的是，原本在同城留守监军的乔知之，却和窈娘像天外来客，由陈汀喜滋滋地推开了门，把这对璧人导进了书斋。当三人落座在茶榻旁，陈汀避出后，乔知之看了陈子昂八科上书，对其中各条，几乎都皱眉难以苟同，而对"去疑""安宗子"二条，更是声色俱厉地阻止："伯玉！万万不可！"

接下来，乔知之却先去关了斋门，又屏息侧耳细听一番后，才坐回窈娘身旁的坐垫上，对陈子昂悄声发问："你可知十二郎突然出现在你这书斋中的原因吗？"

陈子昂尚未回答，窈娘却双蛾紧皱地阻拦他："十二郎！"

乔知之却朝窈娘温柔地笑着，认真看上去，那须发苍然的脸上，却透着无尽凄凉和忧郁："这可是伯玉呵！这可是梓州陈子昂呵！"

窈娘并不否认自己本意："十二郎，可今天，不是你三年前出征北疆的天下了！"

"窈娘姐！你放心！"陈子昂向窈娘恭敬地长跪揖礼，安慰道。

窈娘的身份，名义上仍是乔知之侍婢、舞姬；但事实上，二十余年乔知之为她不娶，陈子昂为之对窈娘执弟礼。

"十二郎！请道其详！"陈子昂依然长跪着，向乔知之揖请。

乔知之长叹一声："自从明堂成，太后拜洛受图之后，朝中有人上奏，要把李唐皇族，及有涉之人，一并约束回京。"

听着乔知之的述说，陈子昂的心中，"去疑""安宗子"二科条的文字，更恨不得即书笔端，不能稍有滞延！

曾经被陈子昂很引以为荣的"奏建明堂"，现在是越来越清楚地凸现出采纳者的本意：巍巍明堂大殿之顶，居然配饰了一凤压九龙的金雕玉刻。那，绝不是陈子昂提供的明堂建制。但陈子昂百口莫辩呵！

至于乔知之才提到的"拜洛受图"，就格外显得神秘而诡异。但这出大戏自编自演自导的痕迹，不言自明，其主题立意，更是直奔那个字：国！

为什么要拜洛？又受的什么图？

这是一条神奇河流，在不足千里流域内，诞生了闻名世界的"河洛文化"。经洛水滋养，孕育出中华十三个王朝，留下了一百零五位帝王安邦兴国的历史轨迹。而图呢？据《易经·系辞上》说："河出图，洛出书，圣人则之。"传说华夏文明的"洛书"就出自此水。而"河出图"的"图"，却不知何时降临凡间。按《易经》辞所说，待书、图皆出，那么也就是极为伟大的圣人君临天下的崭新世纪的开始！

多少年的岁月和洛水一同流逝。突然，垂拱四年，即公元六八八年，一个惊天动地的大事件发生在洛水之中！一个渔翁，在划动小小渔舟泛洛水捕鱼时，竟网起一块白玉！白玉上凿刻八个字：圣母临人，永昌帝业！

这样的奇宝，当即贡献于朝廷。

太后大喜，而武承嗣、武三思、宗秦客、宗楚客、太平公主，包括有着皇帝名号而赋闲别殿的李旦，带领王侯公卿、文武百官在一凤压九龙的明堂大殿内，恭贺太后得获"宝图"！

太后欣喜至极，当即确定这就是"河出图"之"图"。三皇五帝因"水出书"的"洛水"而开创了华夏王朝。而今"河出图"，且明铭"圣母临人，永昌帝业"，自然是天降圣母，将如三皇五帝般创立万代不朽之帝业。这么重要的天降珍宝，自不可如此收受。

于是太后下诏：垂拱四年（688）十二月黄道吉日，吉辰，召集全国所有知州都督、刺史以及宗室、外戚，万邦百国也要派出庆贺使臣，一起聚于网得"宝图"的河段岸上，耗巨资建造的"拜洛坛"前，由太后亲登坛上，向洛水三拜九叩，同时还要由万人组成的歌舞乐队，演奏太后亲自撰写的《大享拜洛乐章》十四个乐章，并载歌载舞。在隆重而热烈的"拜洛"仪式之后，由武承嗣和皇帝李旦领头，率领中外臣民，向高坛上的武太后跪献"宝图"。

据《资治通鉴》载，所谓宝图，是武承嗣依据《易经》辞所说，命人在白玉上凿刻出这八个字，再让安排好的渔翁从洛水里网出。

年过知命的乔知之，对依旧血气方刚的陈子昂点明："明堂成，河图出，是太后革唐命的终极举措。伊不疑人，人必疑伊；安宗子的措施，不是你想象的'仁慈'那一套，而是斩尽而后安之！"

"十二郎！……"

"你我！"他不顾窈娘阻止，两眼悲哀地说，特别强调了这两字语气，"眼下应该思考的，是如何为新朝歌功颂德。"

陈子昂语气也急促起来："乔公！因由家学之故，子昂视乾坤自然为正道；但既是自然，岂可以杀戮为手段，大伤天地和气！"

"伯玉！陈大人！"窈娘又焦急阻止陈子昂，并且以心腹之语开导他，"这书斋中，本无窈娘说话的余地……"

陈子昂愧疚地再次长跪揖礼："窈娘姐！是子昂失礼了，辜负了乔公一片拳拳护怜之心。"

窈娘双眼含泪地长跪敛衽回礼，语气却显得强硬了："陈大人！你万不可辜负十二郎这一片拳拳护怜之心。"

乔知之一怔，大为诧异地望向自己数十年以来心仪、爱怜的红粉知己：她可从来，也不会用这样的言辞，来回应自己的挚友。不！岂止，就是乔府中的仆从侍婢，谁不道窈娘"娘子"，待人接物，总让对方感到"如沐春风"呢！

"窈娘请求陈大人恩允，让窈娘为新人盘髻。"

诗人的红粉知己的思维，一如诗人的跳跃思维，突然间，她把话题转到了陈子昂的婚事上。乔知之暗暗称奇，更暗暗称快。于是硬是把话题转向了陈子昂的婚事上去。

陈子昂连道不敢不敢之后，内心深处更渴望新娘的秀发，由闻名西京的盘髻高手窈娘为之妆扮。于是，终于开宴，二人在耳烧面红之际，又提到了张掖，提到了居延海，提到了威池烽……自然，也提到了那仙人杖，或者，白棘……

乔知之和窈娘没有想到，陈子昂虽然不再在他二人面前提说八科上书的事，那只是他不愿意让原本陷在身家性命忧愁中的二人，再为自己的命运担心。

从知书起，他立志要做安邦定国的英雄人物。但阳错阴差，却必须通过"杂学"和"公卷"，让他要吟哦，要进入诗文。而今，虽为大唐最底层的文官，他不悔。因为他已深深明白，诗也罢文也好，都可致君省悟，促使君王成为尧舜禹汤那样的英明之主。但是，和征战的殊死激烈比，并不逊色，未成为尧舜禹汤前的很多帝王，可是狼，是虎。甚至称为"英明仁爱之君"的李世民，还要准备杀掉那个喋喋不休的老家伙——魏征。

但陈子昂反而因之更加豪迈而勇敢。因为诗、文，文化，也能建功立业，成为英雄！所以，他还是连夜赶写了八科上书。言措刑，言官人，言知贤，言去疑，言招谏，言劝赏，言息兵，言——安——宗——子！

首先看到陈子昂这八科上书的，自然是上官婉儿。读着，她居然有些亢奋了，有种被崔湜四兄弟温汤解乏时所产生的那种战栗的亢奋！

"陈子昂，你的死期到了！"

第三十七章 赤精迷汉

　　上官婉儿亢奋，还不止是新收到陈子昂八科上言，更令她喜之不尽又颇出意外的是，她命崔湜等人搜集到陈子昂近期所写诗文中，尤其是感遇体诗中，居然和他上书奏事在文头、文中、文尾表示对太后的崇敬、忠心、歌颂完全是两码事。且看：

　　　　圣人秘元命，惧世乱其真。

　　　　如何嵩公辈，诙诮误时人。

　　　　先天诚为美，阶乱祸谁因？

　　　　长城备胡寇，嬴祸发其亲。

　　　　赤精既迷汉，子年何救秦？

　　　　去去桃李花，多言死如麻。

　　这，不是胆大包天地讽刺，更是谴责太后命人假造"河图"，以假乱真，因而造成祸国殃民的乱象吗！再看：

　　　　圣人去已久，公道缅良难。

> 蚩蚩夸毗子，尧禹以为谩。
>
> 骄荣贵工巧，势利迭相干。
>
> 燕王尊乐毅，分国愿同欢。
>
> 鲁连让齐爵，遗组去邯郸。
>
> 伊人信往矣，感激为谁叹！

这首句"圣人去已久"的诗句，悲叹圣人早已一去不返，世无圣人，和他奏书行文句句不离"大圣"对照，可知他对所谓太后即当今大圣的行文，仅仅是行文而已，心中真正的话是当世不仅没有圣人，连礼贤下士的明君也不存在。再观今天送来文书中的"去疑"，更是直接指斥太后"外有信贤之名，而内实有疑贤之心"！

作死呵！哈哈哈哈……

这一首，更让宫中女宰、衡文女大学士，看了头两句，就已怀着刻毒的意淫，笑声大放：

> 圣人不利己，忧济在元元。
>
> 黄屋非尧意，瑶台安可论？
>
> 吾闻西方化，清净道弥敦。
>
> 奈何穷金玉，雕刻以为尊？
>
> 云构山林尽，瑶图珠翠烦。
>
> 鬼功尚未可，人力安能存？
>
> 夸愚适增累，矜智道逾昏。

这开篇二句，给圣人定性，是圣人最大的济世大愿，在于万民百姓。而当今太后却是"忧济在佛神"，尽国之所有，大修佛寺，大造佛像，刚落成的万象神宫，宏伟精丽；各州府县吏闻风响应，大建大造寺庙诸佛！诗中更直指太后用穷奢极欲的造神手段使百姓更加愚昧和困苦，结果是和大圣的愿望相反，只会给国家造成极大的忧患。

"你，真是'灵地'的'杰人'！"上官婉儿闪射着怨毒目光，夸奖着陈子昂。

其实，被上官婉儿视为可以轻易诛灭上官体的最可怕的感遇诗，其作者的"灵感"，却是来自狄仁杰的上疏内容。

狄仁杰在上疏叩谢贬往复州的疏文中，仍不忘提醒太后，在边防、任使、农耕等诸方面应留意的要害，同时对太后倡导崇佛、大修寺庙、大塑金身痛切直谏："今之伽蓝，制过宫阙。穷奢极壮，画绘尽工。宝珠殚于缀饰，瑰材竭于轮奂。工不使鬼，必在役人；物不天来，终从地出；不损百姓，将何以求？"更愤然质疑："如来设教，以慈悲为主，下济群品，应是本心，岂欲劳人，以存虚饰？"

而后段的"如来设教"的话，正是陈子昂大为"感遇"，奋笔疾书"圣人不利己，忧济在元元"的初衷。

上官婉儿悲天悯人地暗自说道："陈子昂呵，休怪婉儿必欲置你于死地而后快！你应该明白，上官家和上官体，与你往日无冤，近日无仇，但你却对上官体，连同齐梁宫廷体，视为祸国殃民的靡靡之音，必欲灭绝而后快！没有齐梁宫廷体开创者的呕心沥血，哪有今日柔丽婉转、扣人心弦的诗句？没有上官体在格律、韵味的苦心推敲，又怎会有功比始皇帝同文同轨的严整格律和美妙无比的韵味呢？"

但，上官婉儿却把陈子昂八科上书和这些致命感遇诗，小心收藏到自己身后的密件铜柜中。她要先从乔知之下手。上官体遭遇的头号敌人，母亲看得很准，是这个梓州射洪人，陈子昂，陈伯玉。但，在上官婉儿精心地搜索之后，发现把这个草莽匹夫引入"公卷"上层的，是这个乔知之。但最为可恨的，不是因"文味"相投，而使乔知之对毫无门阀背景的陈子昂援之以手。相反！他和那王无竞一样，都是被陈子昂那复古魏晋文风深深吸引，主动迎合上去的。此前，他也是上官体最为忠诚且颇有树建的文士。

叛逆！上官体的叛逆！

自被太后选在身边、掌诏诰、掌军机以来，举国衡文大权，也在她掌握之中，举国文风，依然是上官体为主流。但，绳锯木断，水滴石穿。陈子昂就是会锯断木——上官体——的绳，是会穿毁石——上官体——的水！而乔知之、王无竞、王适、东方虬……会为这绳加固，为这水加源！

虽然凭这八科上书和这些感遇诗，就可置陈子昂及其九族于死命，但由自己直接向太后上告，会让太后产生因文章门派而发生的争斗，会减弱太后对陈子昂诗文恶毒性质的评判。如拿乔知之开刀，并由此让索元礼、周兴、来俊臣依他们的《罗织经》所指导的株连法，牵出陈子昂、王无竞、王适、东方虬……这些人，易如反掌。

乔知之被从北疆同城召还，本身就是太后对李唐皇族宗亲收紧监控的措施。这些被收紧监控的人，随时又会以谋反的罪名，处死、灭族。紧接着，株连陈子昂。那时，现在封入铜柜的这一叠诗、文，就都成了陈子昂的追命符。

当上官婉儿向母亲禀告此事后，郑氏长长地吁出一口气来，并和女儿一道，去到翁父和夫君的灵前，顶礼焚香祭祀。母女二人祭告上官仪、上官庭芝的在天之灵：上官体和上官家族荣耀，将在他们的保佑下，发扬光大，万世长存。

燕尔新婚的陈子昂，并未感受到多少新婚期中的温情和喜悦，却把心思更多地，用在对他所上八科书后续结果的等待中。

而新娘子却很快有了身孕。陈子昂被陈汀催促着，把这一喜讯修书回家。父母知道后，尤其是继母，不仅喜出望外，并且虑及儿子身边的人照料不好孕妇，要他派仆从侍婢，把儿媳尽快送回武东陈家庄院待产。陈子昂遵命照办。

十七岁的新妇，却在上车归还故乡的那一刻，对着心事重重的陈子昂，掉下泪来。陈子昂未看见，陈汀却看见了，忙轻推主人，示意少夫人的眼泪。

陈子昂这才收摄心神，望向高氏夫人，愧疚而关切道："娘子！怎么了？怎么了？"

这真诚深厚的关切，使高氏吸收到满满的温暖。她垂下眼帘，昵声道："郎君不要忘了食饵！"

陈子昂也顿时感到了那久违的亲情，看着她因妊娠反应强烈、一下子消瘦下去的脸庞，他的脑海中，浮现出新婚第二天，新娘就在丹房为自己伺火炼丹的情景。

陈子昂从高瑾处知道，他们高家是不食饵的，可见比自己小十一岁的妻子，在娘家时，就已经认真研习过炼丹、服食的事项了。

陈子昂点头回应，并悄声说："如果太难受，那迟些天……"

高氏苍白的脸庞泛出了羞涩的红晕。她的眼帘垂闭，头埋得更低。那发髻，是窈姐亲自设计盘结的样式。

窈娘为新娘设计的发式，是参考到了高氏的身高和体态、脸型。高氏略高于陈子昂，和当时时尚的丰满相比，显得较苗条。因此，窈娘对高氏的发髻，不采取很流行的、加有义髻而使发髻高耸的形式，而是采用了全是自身秀发盘到面部右侧的云髻。这发髻样式，衬出高氏的青春气息，也让她那白玉般的瓜子脸显出别样的妖媚。在这侧髻之上，用新鲜的翠薇装饰，不用金、玉、骨、木所制的簪、钗、步摇，更令人感到新妇的朴质、清纯。

她那低垂的发髻，给陈子昂送去淡淡的花香和体香，声音更显呢喃："儿自当听从公婆的吩咐……"

儿，是当时妇女的自称，还有"奴家"等。

曾记得，在落第从水道返还故乡途中，和堂弟陈孜在江水失之交臂，令他大为伤神；而此刻，他体会到的，却是一种从未有过的、依依难舍的离别之情。

望着伊人的香车离开宅院大门，他的眼泪浸润在眶中，忍而又忍，才没有夺眶而出。

"出大事了！"陈子昂骑着马刚将夫人送到皇城右掖门外时，王无竞气急败坏地迎向陈子昂，对他说，"十二郎和阿史那惠将军，被来俊臣奉旨捉拿了！"

乔知之被来俊臣奉旨捉拿！

"为……"原本要问出"为什么"，可是陈子昂已觉多余！改问道："那窈娘、乔府眷属？"

王无竞更不答话，只回了个字："走！"早已翻身上马，离开右掖门。陈子昂也忙勒过马头，紧跟王无竞而去。

当两人飞骑到伊水环城流经的正俗坊、乔知之府宅时，陈子昂远远看见乔宅四周都被穿有大理寺号衣的狱卒、官兵所围，王无竞如入无人之境般，翻身下马，就要往熟悉的宅门闯入，狱卒和官兵大惊，拔刀架戈，挡住王无竞，并厉声呵斥他，陈子昂急忙上前对狱卒和官兵说："不得无礼！这是监察御史王无竞王大人！……"

话还未完，一个戴着一梁冠、身穿青袍的中等身材的官员手按腰前佩剑，沉着脸走来，陈子昂初一看，以为是造"圀"字的宗秦客，再一看，却是络腮胡须，认出是宗秦客之弟，宗楚客。

陈子昂更为乔知之及其一家担心了！这宗楚客，现在虽只是兵部员外郎，但和其兄一样，是太后的亲外甥！他出现在这里，比索元礼、周兴、来俊臣这班酷吏，更让陈子昂预感到，朝廷给乔知之强加的罪名，肯定是九族不保的弥天大罪了。

宗楚客也认识二人，但此刻那沉下去的脸色却如浓浓乌云，他居然拔出佩剑，以剑尖指向王无竞："王无竞，不要摆你那监察御史的臭架子。阿史那惠和乔知之案情重大，为防同党串通作乱，朝廷特下敕令，非钦点官员，其他任何人不得干预！"

"你胡说！"王无竞怒火万丈，不仅不回避宗楚客的剑尖，反而昂首挺胸更上一步，戟指着宗楚客训斥、质问，"朝廷设御史，就是要纠察刑狱！本官头戴獬豸冠，就有责有权，查处你这敢藐视朝纲、国法之徒！"

"哈！哈！"宗楚客怒极而笑，命手下狱卒、官兵，"来呀！把这两个擅闯查抄禁地的犯官拿下！"

狱卒、官兵应声向陈子昂、王无竞冲去。

宗楚客敢直指二人为"犯官"，那自有他的底气。因为上官婉儿已向他透露，在查抄乔宅时，也要伺察教义坊陈宅的动静。

而且，陈子昂、王无竞并不知道太后因何罪名把乔知之逮捕入狱，宗楚客却知道，抓乔知之的主使者，是周国公武承嗣。其原因，竟然和窈娘为陈子昂的新娘盘髻有关。

上官婉儿要拿乔知之开刀，引出陈子昂，但却不自己出面主使，而是借去给武承嗣探病，故意说侍婢们的发式太难看，怎可常常侍伴在国公爷左右，并趁势说右司郎中乔知之的宠婢窈娘，盘髻的目光和手法，如何出神入化，以至乔知之为她终身不娶云云。

体弱但眼馋的武承嗣果然命人去乔府"借"窈娘为本府妾婢们教习盘髻，乔知之不敢不借。而这一借，有借无还！

乔知之思之若狂。而窈娘被武承嗣强逼，原本至死不从，但武承嗣冷笑着告诉她，不从，灭乔氏九族！窈娘惊骇昏厥，武承嗣从而得手。

乔知之闻讯，泣血而作《绿珠篇》：

> 石家金谷重新声，明珠十斛买娉婷。
>
> 此日可怜君自许，此时可喜得人情。
>
> 君家闺阁不曾难，常将歌舞借人看。
>
> 意气雄豪非分理，骄矜势力横相干。
>
> 辞君去君终不忍，徒劳掩袂伤铅粉。
>
> 百年离别在高楼，一旦红颜为君尽。

乔知之费尽心神，把诗送到窈娘手中。日日以泪洗面的窈娘，见诗五内若焚，投井而亡。武承嗣从井里捞出的窈娘尸身怀中，发现了这紧贴心间的诗稿，勃然大怒，趁太后下敕捉拿阿史那惠之际，加乔知之名一齐捉拿下狱。

此刻，万不料陈子昂自投罗网而来，于是指挥部署，上前捉拿二人。可是正当狱卒、官兵冲向陈、王二人时，杜审言却怒气冲冲地出现在众人面前，并上前指着陈子昂、王无竞二人训斥道："奉命叫你们速去北门议重大至极的事，你们让我好找！却在这里耽延。误了大事，谁人担待？"

边说，就把二人催赶上马，狱卒、官兵望向宗楚客，宗楚客却沉着脸不吭声。

狱卒不知，官兵不晓，可是他却明白：近来太常寺和礼部奉太后敕令，在北门衙台召集朝中文人学士，为即将举行开国大典的大周王朝书写颂章。这等事，正如杜审言所说，一旦耽延，谁人也担待不起。只有眼睁睁看着陈子昂、王无竞二人，如鱼脱网，上马随杜审言而去。

但杜审言并未带二人去北门，而是也在北边的、靠陈子昂教义坊很近的宣风坊。坊中，是凤阁舍人苏味道的宅院。

苏味道闻仆人禀告，急忙迎至宅门。杜审言指着苏味道，并顺带指向陈子昂和王无竞，极像教子的口吻："你们这些乳臭未干的黄毛小儿，怎么让老夫如此操心！"

他比陈、王自然年龄较大，但只长苏味道三岁，而且还同属闻名朝野的"李沈苏杜"四大名士末位。他虽承认有四大名士，但自以为老大，并常常批评其余三人，见了自己的大作，必然死，何以？羞死！

眼下，他和苏味道，又是以陈子昂为首的"方外十友"中人。但他仍自尊老大，对王适评价陈子昂"必为大唐文宗"的赞，不以为然；但心底，却又对陈子昂复古魏晋之风的成就、主张、践行，大为倾倒。

大家习惯了他的口吻，也不为怪。苏味道把大家领进亭廊。廊外北风萧瑟，金菊怒放。侍婢急忙为主客烹茶，安放坐垫。

"这两个孺子，居然去虎口撩须！不错！你们有义气，项上骨硬。可是刚刚才杀了郑王等六王的全家，还有长乐王等十多位亲王、家眷等着施刑。你们比这些亲王还厉害吗？白白送死，救得回乔十二郎么？"

口无遮拦的杜审言要苏味道参与进来开导二人："苏兄，你比他们痴长几岁，也吱吱声呀！"

苏味道却赔笑："嘿嘿！"

"嘿嘿！你个苏模棱！"杜审言训斥着，话如平常一样狂放不羁。冷静下来的陈子昂也点点头："是应设法为十二郎辩冤，不可莽撞。"

"唉！辩冤！辩什么冤！谁叫他老爹，是李家驸马爷呵。"

陈子昂心下一沉：乔知之从奉诏还京起，心中就忐忑不宁，最担心的事，还是发生了。但更为悲情的渊源，座中人却全无所知。

杜审言说话时，烹茶侍婢正好来亭廊中续水，苏味道脸色大变，急加阻止："审言！审……慎……！"

似乎天不怕、地不怕的杜审言，却也以袖掩口。

苏味道，后官至宰相，但在面对军国大事的讨论时，却常常模棱两可，故人称"苏模棱"。不久因事受牵连，贬于眉州。眉州于北宋时所出闻名天下的"三苏"：苏洵、苏轼、苏辙，便是他的后裔。

后来，烹茗，叹息；叹息，品茗。至晚，众人都不饥、不食，默默散去。

回到书斋的陈子昂，关上斋门，点燃烛台，默默地从书橱中，取出一叠文稿，正是和乔知之的唱和诗稿。乔知之最近的一首《拟古赠陈子昂》诗，映入他的眼中：

> 悼悼孤形影，悄悄独游心。
> 以此从王事，常与子同衾。
> 别离三河间，征战二庭深。
> 胡天夜雨霜，胡雁晨南翔。
> 节物感离居，同衾违故乡。
> 南归日将远，北方尚蓬飘。
> 孟秋七月时，相送出外郊。
> 海风吹凉木，边声响梢梢。
> 勤役千万里，将临五十年。
> 心事为谁道，抽琴歌坐筵。
> 一弹再三叹，宾御泪潺湲。
> 送君竟此曲，从兹长绝弦。

未及终行，陈子昂伏案恸哭。

陈汀闻声急急来到书斋门外，却不敢贸然而入。最后，哭声已达撕肝裂肺的境地，陈汀顾不得那么多了，终于推门而入："大人！大人！"

陈子昂抬起头来，任泪长泻，却显得急迫至极地吩咐陈汀："展纸，研墨！"

"大人……"陈汀却替主人担忧。

"快！"

陈汀不敢再说什么，立即在书案上铺开纸张，研好砚中之墨。

陈子昂提笔，重重写下：上大周受命颂表。腹中，还拟着《大周受命颂四章》。

他要以乾坤一体，造法自然，来歌颂大周革唐命的必然，重要的是"大人升阶，神物绍至，必有非人力所能存者"！但更为重要的是，河图出，天命归。归于何者？"至哉天子，恤我元元！"如果，自己的颂章能受到大圣如当年看重《谏灵驾入京书》那样，看重这一颂、四章……或许，还可为乔十二和更多的，更多的陷于牢狱的"元元"，求得一线生机？

而这一颂、四章，救了陈子昂一命，应是全家之命。

"翙翙赤鸟，朱火之光。含神之务，秘帝之祥。"太后对正要向她奏报来俊臣推审乔知之一案、搜查出陈子昂众多附逆诗文一事的上官婉儿，兴致不错地，吟诵出陈子昂所上的《大周受命颂四章》中的第一章《神凤章》和第二章《赤雀章》。

在即将改为大周天授元年（690）的十一月初一，要在雄伟华丽的明堂大殿中庆祝改唐为周，恭迎自取名为"曌"（此字由宗秦客所造）的大周皇帝陛下登基时，届时奏演这两个乐章。明堂大殿顶高二百九十四尺，方三百尺，凡三层，下层法四时，中层次十二辰，上为圆盖，雕刻铸造着由九龙捧之的金凤，光彩熠熠。

于是上官婉儿咬牙藏起了来俊臣的奏告。

但，陈子昂的颂章，并未救下乔知之及其九族。大周天授二年（691）八月，乔家满门和阿史那惠满门，由来俊臣监斩，处决于都亭。

陈子昂还未从极度悲恸中复苏，又一个噩耗传来：继母，慈母，病逝。

第三十八章 明堂佛影

"想逃？"进入上阳宫当值别院的上官婉儿，由近侍宫婢伺候着，重新给被春风微微拂乱的髻发抿了桃籽油，给髻上换了五绢所制，可以假乱真的牡丹花，缓缓走向临窗书案前，一眼就看到了右卫胄曹参军陈子昂所上辞官表，原因是"忧母丧"。她那顾盼传情的双眸，却闪出一丝冷酷，油润赤红的双唇微启，吐出这两个字来。然后，无声冷笑，含意分明是"休想"！

天授元年（690）十一月初一日，太后登上了皇帝之位。淡紫帐从那一天起撤去，以其本尊示人。上官婉儿正要以乔知之"谋逆"案株连陈子昂，鉴于女皇对陈子昂大周颂章的重视，敕令用于登基大典，她才不敢对陈子昂下手。

但四个月过去了，眼下已是大周天授二年，即公元六九一年，仲春时节，上官婉儿认为时机到了，不能让陈子昂再出现在朝堂，不，人间！

她转身走向密柜，从腰袋里取出钥匙，打开柜门，取出陈子昂那一叠足以证明他大不敬死罪的诗文，再次冷笑着，锁好密柜，吩咐宫婢："备马，上长生殿！"

　　教义坊陈氏宅院中，聚着一大批陈子昂的亲友。不同往常的是，来到陈宅的亲友们，都一身缟素衣着打扮，由陈汀和侍婢们领着，去中堂陈老夫人灵位前祭拜。然后，去到陈子昂卧房，看望因丧母后极度悲恸，病倒在床的陈子昂。

　　这天，司马承祯代替了平素几乎昼夜不离陈子昂病榻的卢藏用，为陈子昂煎着药汤。王无竞告诉陈子昂：赵元亮因感冒春寒，也病得不轻，卢藏用要照料住在他逍遥谷茅庐的赵元亮，不能分身。陈子昂一听，几番挣扎，要去看望赵元亮，都被众人劝阻住。陈汀更是哭着对他说："老夫人临终前说，抱到了长孙光儿，死可瞑目了！但最放不下心的，是大人你身子衰弱呵！"

　　被陈汀这一说，陈子昂原本悲恸至极的心，更似刀绞，以至昏厥过去。幸亏司马承祯即时赶到，给他喂服道门还魂丹，才稍可喘息。

　　这些亲朋中，平时对谁都以老大自居，而且口无遮拦的杜审言，近来却是到陈宅探望最密的人。说话依旧是那么居高临下："你才多大的娃娃！这点病算什么？不就是孝心极至，悲啼太甚所致吗！上苍念你这一片孝心，不让你活一百岁，也会让你活过彭祖八百！"私下里，他会悄悄向卢藏用、司马承祯这些通道知医的人紧张打听："中不中呵？俺老杜怎么总觉得他脸色既苍白还泛着黑晕呀？"那心里对陈子昂的担忧，凸显于话语之中。

　　但这天杜审言来得偏迟，并且一进灵堂，来不及焚香祭拜，就瞪大双眼，摊开双手，惊咋咋地说："完了完了！"

　　由于他惯常的风格，大伙儿对他的惊咋，不以为奇，也就毫不在意。但是，他接下来的一句话，却连和灵堂隔着一堵粉壁的、病榻上的陈子昂一听，也陡然坐起身来！

　　"明堂完了！"

　　司马承祯扶着陈子昂下了病榻，出了卧房进入灵堂，王无竞、东方虬、崔融、宋之问等已围在杜审言身边，催他说明堂怎么完了？

　　他却反问众人："难道昨晚皇宫中央火光冲天，你们都没有看见？"

还真是没有人看见!

"你们可真够愚钝的!"他捋着稀疏的略略花白的胡须,布满血丝的双眼瞪着众人。

"明堂怎么会……"

"它就会!"杜审言打断陈子昂焦急的催问,指手画脚地对众人说,"火光是从明堂和万象神宫之间二百尺夹纻大佛燃起,而这大佛画像上,还被怀义和尚以刀刺膝血装饰,称为'血佛'!太后……这个,当今皇上,大夸和尚'虔诚'……"

"佞佛!"王无竞愤然斥责。

"后来呢?"众人催问。

"'血佛'被烈火、狂风毁损为数百段!明堂和神宫虽有大批金吾、羽林,百骑赶到救火,但火势乘风剧烈,人力全然不敌。"杜审言叹气摇头,"本官是一夜无眠呵!"

他作为洛阳县地方官,自然干系不小。

"天!天!"陈子昂衰弱身子,虽被司马承祯、陈汀左右搀扶着,仍瑟瑟发抖,口里感叹出这一个"天"字来。

"禀大人!"司阍仆人这时却气喘吁吁地入跪灵堂,躬身对陈子昂禀告,"请大人快去接旨!"

就在司阍仆人身后,几个人役拥着一位捧旨官员,神情严肃地来到堂外。陈子昂急忙从司马承祯和陈汀搀扶中脱身,正冠整衣,迎向那位官员。

长生殿侧殿中,皇帝并没有在御案前处置军国大事。内侍宦官迎向上官婉儿,悄声说:"才人可要小心了!"然后示意皇帝在卧堂中。上官婉儿会意。发生昨晚那样的火灾,皇帝心情一定很不好。但趁皇帝有这样心情,正是投井下石的天赐良机。

上官婉儿俯首躬身,进入卧堂,沈南璆正高挽着锦袍袍袖,一手拈着银光闪闪、细如毛发的灸针,一手轻柔地旋动着灸针,往仰身御榻的皇帝的两乳间进针。常侍皇帝近十三年的宫中女宰,从十四岁就为皇帝沐浴、化妆、穿衣、整裙，对皇帝肢体的熟悉，比对自己的身体更熟悉。在近年筹措革唐命的岁月里，这类的伺候大大减少了。更多时间用在了诏诰起草、军机大事奏议、庆典华章撰写的琢磨，及官情民意的搜集把握上。但此刻一见裸露在沈南璆双手银针两侧的皇帝之乳，还是暗中诧异：皇帝今年可是六十七岁高龄了呵！记得前些日子伴驾神都苑谷水温汤时，也曾为皇帝更衣，那乳峰的衰颓是十分明显的。今天看去，却居然显得饱满而富有弹性。难道这沈南璆真有再造神功？

皇帝曾经对这宠爱女宰示意过，可请这位神医治疗一些缺陷性疾病，但上官婉儿并没有动过这类念头。她相信采补之术。认为自己的魅力除天生丽质而外，更得益于后天采补，尤其得益于崔氏兄弟的采补……

"呵……"皇帝长长地吁出一口气来，沈南璆这才挑出旋动银针的手，拭去额头汗珠。

"南璆，辛苦卿了！"皇帝伸出手来，为沈南璆拭去额上的汗珠，"胸，不闷了。"

原来沈南璆不是为皇帝治……乳，而是调理胸中郁闷。见状，上官婉儿准备把腰袋中那一叠陈子昂的诗文取出，奏上。

"'赤精既迷汉，子年何救秦！'写得好！"

就在这时，皇帝却令上官婉儿大为震惊地，诵出陈子昂这句感遇诗和这句评语。

上官婉儿把手从腰袋赶忙抽出，听皇帝愤愤地说："和尚！该死的赤精。"

上官婉儿似有所悟，但却被这突然变故，弄得晕头转向，失了方寸。

原来昨晚火烧明堂、万象神宫、二百尺"血佛"，都是怀义干的！为什么？就为皇帝身边，多了这侍寝的沈南璆！明里，刺膝血画二百尺"血佛"，是为皇帝祈福；暗中，却烧毁象征皇帝大吉长寿的明堂、万象神宫、"血佛"！

皇帝想到怀义刺血画成的佛像，却又陡地联想到：北门学士们此前送呈她御前的陈子昂感遇诗，诗中写了迷惑汉室的"赤精"。那时，皇帝已见句不悦，但因知这个小老乡的诗和他的上谏文稿一样，"口无遮拦"，就由他去吧。

此刻忆及，皇帝深感陈子昂居然早就预见到怀义是"赤精"之流！所以，背诵之，夸赞之。皇帝恨不能把这"赤精"劈尸万段！但顾及刚刚登基，暂时隐忍。

上官婉儿心里再次诅咒"似有神助的射洪草莽"，只好把陈子昂请求解官返乡忧母丧的奏本呈上。至少，眼不见，心不烦。忧父母丧辞官，虽是大周朝，也仍尊重儒家的礼教。更何况，正是当今皇帝下诏，把原来为父丧守孝三年、母丧两年的制度，改为一律三年呢！

来到陈宅的官员，就是向陈子昂宣布允准解官，回乡忧母丧。

天授二年（691）仲春，一干亲朋好友，把仍在病中的陈子昂，送出神都厚载门。

原本因失母丧友病入膏肓的陈子昂，在陈汀和仆从们精心服侍下，虽经历长途跋山涉水，病情却并未加重。当他抵达射洪武东山下陈氏庄园大院时，院前池中已是夏荷吐香、蛙声合唱的夏六月了。

听说长孙解官回乡守丧，八十四岁叔祖也破例暂停闭关，接受了陈子昂的参拜。叔祖透着明白的担心对陈元敬吩咐着："子昂的病体不轻呵，就不必守庐野外吧！"

浑身服素的陈元敬正要回应，陈子昂却悲切地说："慈母对孩儿的养育之恩，地厚天高，孩儿还是要守庐三年。"

依制，孝子要在已丧的父或母茔前，搭建茅屋为庐，朝夕相伴，祭祀、上供，斯为尽孝。

叔祖和父亲能理解他至诚尽孝之心，只吩咐陈汀带领仆从，把茅庐建得尽量舒适，可供他养息病体。

唯一使颓然失神的陈子昂稍有喜色的，是两岁多的儿子陈光已能在近前呀呀呼"爹"。虽然在母亲腹中就随母返回了故乡，但似乎孩子的天性中，具有对父亲的认知。高氏告诉陈子昂，他吐出的第一个可以辨识的音，就是"爹"！

只穿绣着虎头肚兜的肥嘟嘟的陈光，隔代遗传，特像叔祖，这也使八十四岁的老神仙的修道生涯，多了几分逗弄重孙的乐趣。小陈光头上不扎髻，却分别在额前、脑两角处，留着三团青缎般的头发；像叔祖明亮双眸的眼睛，似乎会放出两道精光。自从陈子昂返乡守庐以后，遵叔祖的吩咐，让高氏把陈光尽可长时间地送到陈子昂的身边。"他病不轻，担心病更重。"叔祖对孙媳妇说，"就让光娃给他调理心疾吧！"

但是，陈子昂却不让高氏和婢女把陈光送到茅庐去。不是厌嫌，而是心痛！继母墓地前林木森森，草棘丛生，一不小心，会被草茎树刺扎着。其中一种"藿蔴"，看上去碧绿大叶，但一触及后，皮肤如火所燎，立即红肿、瘙痒不止！故又称为"火蔴"，田野、涪江畔，多矣。还有长着铁针嘴、长足杆、细小而黑色的两种蚊虫。陈光会被它们穷追不舍。

但不久，陈子昂还是被郭震强行搬入了南山下、自家宅院的园林中，此园距母亲茔坟很近。主要的是，茅庐散热和避雷电功能极差。原本病得不轻的陈子昂，入住茅屋不久，就曾经被燥热所致，昏厥数日，才被叔祖、父亲、晖上人抢救过来。

正巧，仍在通泉做县尉的郭震赶来看望陈子昂，听叔祖等人述说后，不管三七二十一，伸出双臂，把瘦弱不堪的陈子昂抬起，送进了陈家宅院园林。

提前返回夫家的高氏，已从死去的婆婆处，听说过这位通泉县尉。他的仗侠好义，他的狂放不羁，都有耳闻。而他对自己怀才不遇，滞留通泉二十九年，"陪同"过不知几任县令的愤懑，也从婆婆处获知。此刻，她很感谢郭震把病体沉重的丈夫，搬回宅院园林，但又怕他大发牢骚，引起陈子昂诸多心事，加重病情。谁知，不等她暗示，郭震以其一贯的旷达做派，对高氏一揖手："我弟兄久别，有话要说，请弟妹自行方便！"

少不更事的高氏不知如何回答，只有尴尬地离开园子。

武东山下陈家宅院园林，有小亭回廊，更有小桥流水。面对武东山"望阳斋"，十分敞亮。由陈汀和仆从搬进来的竹榻，横陈在西面粉壁下。林间雀声啁啾，斋外蝉鸣声声，颇让人有身居旷野感觉。陈汀为二人烹好茶汤，又用陶炉里的余火，点燃了从武东山采割的马桑藤、叶，然后扑灭明火，利用其烟，驱赶蚊蝇。

郭震并不回避陈汀，从腰袋里取出一页诗笺来，对已侧躺在竹榻上的陈子昂说："听好了！"就向陈子昂对笺念道：

> 江水春沉沉，上有双竹林。
> 竹叶坏水色，郎亦坏人心。

听着郭震念出这首《春江曲》诗，虽不知诗但长期伴随陈子昂起居的陈汀，忍俊不禁地笑出声来，不待陈子昂呵斥，他已掩口跑出斋去。

郭震依然得意洋洋地看着陈子昂，等待他的评价。陈子昂不知是病魔捣乱，还是对此诗颇涉齐梁、上官脉续的固执反感，竟皱眉呻吟出声。

郭震哈哈大笑，那魁伟身躯，以至颤动，他左手取下乌纱幞头，右手指插入发髻中去搔着痒，对陈子昂摇着头："你呀！除了'周公吐哺，天下归心'，还有'男儿宁当格斗死，何能怫郁筑长城？'等之外，也就'采菊东篱下，悠然见南山'，或者'向风长叹息，断绝我中肠'了！"

这些诗，是曹操、陈琳、陶渊明、曹丕的诗句，典型的魏晋风骨。

陈子昂依旧紧锁双眉："坏水味的，不是竹叶；坏人心的，不是郎！"说到此处，陈子昂拍着竹榻的边沿，愤愤地："是赤精们，和被赤精们迷惑的圣人！……十二郎……！"

他哽咽了。郭震听他提到乔知之，圆瞪的豹眼也闪着泪光，陡地豪情激荡地吟出《古剑篇》：

> 君不见昆吾铁冶飞炎烟，红光紫气俱赫然。良工锻炼凡几年，铸得宝剑名龙泉。龙泉颜色如霜雪，良工咨嗟叹奇绝。琉璃玉匣吐莲花，错镂金环映明月。正逢天下无风尘，幸得周防君子身。精光黯黯青蛇色，文章片片绿龟鳞。非直结交游侠子，亦曾亲近英雄人……

听郭震念到此处，陈子昂似被灵丹妙药所治，居然一下坐直身子，双眼露出毫光。

　　……何言中路遭弃捐，零落漂沦古狱边。虽复沉埋无所用，犹能夜夜气冲天！

"犹能夜夜气冲天！"陈子昂慨然读下去，郭震毫不诧异地鼓掌："正是三字收句：气冲天！"

诗魂相通，岂止故友而已乎。陈子昂频频点头。好诗！同出自郭震笔下，可以听出魏晋风骨的昂扬挺拔，也可鉴出乔知之、郭震、王适、王无竞、赵元亮、崔融、卢藏用，以及自己，陈子昂在内的身影！

一见陈子昂的抖擞神情，郭震那七尺之躯，也张扬起来，美髯被吹入斋中的夏风，欣然扇动。

"陈汀！温酒来……"

"别别别！"郭震却连声阻止，仿佛平日不是"馆陶酒徒"，"陪你品茗，论诗，岂不快哉"！

陈子昂知他是为自己的病体阻挡，想了想，一拂袖："你饮酒论诗，子昂以茗代酒相陪！"

"倒使得。"郭震又爽快起来。

但一坛"射洪春"下肚，郭震却似乎欲言又忍，不吐不快。

陈子昂看出来了，催促他："你藏着掖着，我难受。"

郭震长叹一声："伯父特地叮咛，要我不要告诉你。"

陈子昂差点不敢听了。难道，又是哪位亲朋文友，或私心敬重的朝中正直之士，遭了毒手？

"狄仁杰！"

果然！正是陈子昂敬慕已久的狄仁杰，似乎最近才从复州任上调回朝阁任同平章事。

自己的"圣人不利己，忧济在元元"的感遇诗，就是因读到他谏阻大造寺庙的文奏而写的。

"还有魏元忠、李嗣真等十人，被来俊臣罗织罪名入狱。"

这样的人一旦下狱，那么斩首于都亭，是不问可知的结局了。可这样的人，都是和乔知之一样，而在政见才干上，狄仁杰、魏元忠更高出一等，是国家盐梅重臣呵！赤精们的迷惑之力，委实太大了。难道分明强于乃夫乃子，可与太宗比肩，持续着贞观治理之道的女皇陛下，也无力抗拒赤精们迷惑吗？他似乎无力续气，软软地瘫倒在竹榻上。

夕阳下，郭震的双眼因喝多了"射洪春"酒而充血。他既自嘲又坦然地告诉陈子昂，那"郎亦坏人心"诗篇，是回报一异国红粉知己的。一个异国的臣子，随其国王朝贡来到大唐，留其子承冲过继给名门望族的薛氏。国王返回东明。这个女子叫薛姬，是承冲的掌上明珠。而这女孩玉雕般体肤，如牡丹般秾华，若彩云般飘逸。年十五，因珍爱她的大将军逝世，她剪发出家，奉宝手菩萨，习金仙之道。忽忽六年。突遇郭震，喜其豪迈，赠诗"化云心兮思淑贞，洞寂灭兮不见人。瑶草芳兮思氛氲，将奈何兮青春"。郭震遂以上诗酬答。

现在，薛姬已归郭震。在通泉县衙官舍中，和郭震琴瑟友之。陈子昂虽瘫卧竹榻，但心神是清明的。这时听郭震含情脉脉的讲述，面对这位大该用武的"宝剑"，却被埋没在通泉的泥土中，长达二十余年，不得长啸出鞘，深感悲凉。

子夜后，郭震醒来，不听陈子昂阻拦，强行上马而去。临别时，他大笑着，却借用魏武的话稍加改造对陈子昂说："宁可朝廷之人负我，我不可负我之薛美人！"

笑声中，绝尘而去。

郭震别去后，陈子昂辗转反侧良久，终于睡去。醒来时，武东山顶的太阳，已高挂碧空。高氏和陈光早就守候在榻边。陈光懂事地在榻旁的竹席上，兴致浓浓地玩着爹爹为他用木块做的傀儡子。

"呵！"陈子昂眯着眼，回避着射入斋房的阳光，逗着榻下的儿子。

"去，爹爹身边去。"高氏抱起儿子，递向陈子昂的手臂中，并告诉他，"上人回寺里去了。"

　　高氏说的是晖上人。这位大云寺的高僧，对佛学"具舍"一宗造诣甚深。和陈子昂的叔祖、父亲以道释之学互究，而成为好友。近来，常下山来到陈氏宅院，和叔祖一道，为陈子昂把脉处方治疗。

　　听妻子提到晖上人，他突然有种要向这位高僧吐述的渴望。但对这吐述的内容，他的内心似乎又在抵制。他幽幽地叹息一声，无语。

　　当晖上人在禅房中读到陈子昂的这首诗时，已是秋风萧瑟之季了，题目是《酬晖上人秋夜独坐山亭有赠》：

　　　　钟梵经行罢，香床坐入禅。
　　　　岩庭交杂树，石濑泻鸣泉。
　　　　水月心方寂，云霞思独玄。
　　　　宁知人世里，疲病苦攀缘。

　　读着诗句，晖上人理解地叹息着，摇着头："伯玉厌世，何至如此之深！"

　　大和尚原本为陈子昂慢慢康复的身体感到欣慰，在读着、品味着这首诗时，心里却再次加重了对子昂抑郁之疾的担心。

第三十九章 愤吟修竹

晖上人警觉地发现陈子昂悲观厌世的情绪愈趋浓烈，就经常提醒他叔祖、父亲，应从心理上多予调理；自己也尽量抽出时间，去武东山下陈家庄园陪伴他，或伴他出射洪，登峨眉，去遂州。

好在次年陈子昂的第二子出生，晖上人建议长子既名光，这个更肖其母的宝贝取名斐。"如施主一般，文采斐然！"大和尚慈眉善目，用取名激发陈子昂重新恢复生活的激情。

时间到了大周长寿二年，即公元六九三年。依守丧制度，陈子昂已经守孝三年。以母丧解官的陈子昂，在服终后，就将复官。在除服的那一天，郭震携着清纯秀媚的薛娘子来到庄园，慰劳他守制三年的辛苦，更和薛娘子频频举杯，祝他又将返回神都洛阳，为君国效力。

可是，席间陈子昂却仍是满脸冷漠和发怔，高氏忙推推大儿子："光儿！快去罚你爹爹的酒。"

"为啥？"陈光已不是剔着"三绺头"，而是也如父亲和郭伯伯一样，在头顶扎着一个髻了。

"你爹爹失礼了。"高氏笑着回答儿子，其实，是提醒丈夫的茫然失神。

"喂！"郭震端着酒杯，在陈子昂的双眼前晃动，"你在想什么？"

"纵横策已弃，寂寞道为家。卧疾谁能问？闲居空物华。"陈子昂长叹一声，以诗回应。

郭震却为之焦急地几乎是吼出声来："不对！是'地籍英灵，文称昕晔！'"

薛娘子紧随其后补充："蜀地物华天宝，伯玉地灵人杰！"

"震与伯玉，都是有志男儿！"郭震捻着飘然的美髯，傲然地说，"决不会放弃纵横之策，同志者甚伙，绝不会把大好青春，付之东流。"

但是陈子昂却仍怔怔失语。

郭震以手掌撼其肩："你忧济元元的风骨，到哪里去了？"

郭震真的生气了，携起薛娘，上马不辞而别。薛姬不忍，郭震却恼怒地说："馆陶郭震，岂和废人交友！"

这是宣示和陈子昂绝交。

但是，二月十七日，蜀西北天气，并未乍暖，依旧寒冷。郭震来了，浑身缟素。陈子昂大惊，急忙动问。郭震未回言，泪如雨下。

"怎么？谁？哎！"陈子昂语无伦次。

"这墓志铭！你必须给她写！"郭震捶胸顿足。

"她"，这称呼，不是其长辈可知。但陈子昂仍向郭震递去绢帕，连连点头："我写！我写！"

陈子昂却说："逝者今在……？"

"通泉县衙官舍，我的院中。"

陈子昂："那，容子昂先吊后写吧。"

郭震更不多说，带头出了院门，陈子昂一面吩咐陈汀备写，一面快步跟上郭震。

途中，郭震哽咽着告诉陈子昂，逝者，是"薛娘"。薛姬！二十来天前才与郭震携手而去，怎么会？

"昨天得病，昏厥倒地，子夜刚过，气绝。"

到了通泉县衙官舍大院，已见知县、书吏、人役，还有不少百姓，在灵前致哀、张罗。大家见郭震和陈子昂入院，连忙让开道来，县令迎向陈子昂，恭敬致礼。虽然他品流略高于陈子昂，但是唐时京官地位高，地方外官，都极羡慕京官，而陈子昂更是被当今女皇陛下誉为"地籍英灵，文称昞晔"的京官。这官，还是女皇当面亲授的，所以县令对他恭敬有加；众多百姓对他也很熟悉，纷纷上前致礼问候。

陈子昂听郭震在路上说，临终前的薛姬，十分思念故土，可是故国遥远，只有先把棺椁寄放惠普寺中南园，做法事的和尚说下棺之吉时为今日亥时，那么墓志铭还要加快撰写，石工还要多人勒石刻下，才赶得到亥时吉辰。好在陈子昂对薛姬了解甚深，进到郭震书斋，果然是下笔如龙飞蛇行，仅半炷香之久，就写成了四百余字的《馆陶郭公姬薛氏墓志铭》。文稿递到郭震手中时，看到二人相见情景，郭震已泪眼模糊；到"铭曰"："高丘之白云兮，愿一见之何期？哀淑人之永逝，感绀园之春时。愿作青鸟长比翼，魂魄归来游故国。"郭震捧文稿于胸，泣不成声。

亥时，按时立碑置棺。

原本安排丧宴，答谢人众。离开惠普寺下山的途中，郭震对陈子昂说："她前一天还在劝我不要和你斗气，应去武东山好言耐心劝你，应诏返回神都。"

"人，最大的死，莫过于心死。"陈子昂显出无尽的疲乏，回答。

郭震略一停步，沉下脸来，对随身人役："送客！"

不容人役焦急阻拦，郭震再次拂袖而去。陈汀心里想：这次哥俩，真玩完了。

两个多月之后，五月十三日。八十五岁叔祖，在陈子昂叫关送果时，不应。陈子昂并未诧异，老人闭关时的反应，大多迟钝。但这天不同！连连叫关，仍无回应。一股不祥的预感渗和着浑身热血冲向脑顶，他放开果碟，推关而入，往禅床上一看，当即伏地大哭。

叔祖仙逝了！

郭震闻讯，策马赶到武东吊孝，一进灵堂，就抱起跪在灵案左侧头一名的陈子昂，放声长哭。

这次，两人在灵堂中，谈了个通宵达旦。郭震一直在庄园待到头七祭毕，才和陈子昂依依惜别。陈子昂不久向父亲、妻儿告别，决定奉诏还都受职。

晖上人终于放下心来，一直送陈子昂抵达忠州。陈子昂仍从忠州上船，由江陵水道返还东都。郭震因和县令前往遂州拜会左补阙、洛阳人张说，只把陈子昂送到遂州码头。

为叔祖守灵的七天，陈子昂从郭震处知道了很多朝廷发生的大事。这些大事，让陈子昂再次恢复了对女皇的崇敬，因此也一扫心中的阴霾，重新振作起来。

原来，他返回射洪忧母丧不久，女皇下诏处决了薛怀义。让陈子昂感动而振奋的是，诏书把怀义指为危害、迷惑女皇的"赤精"，在建造明堂时擅改先制，大肆搜刮民财，穷极华丽，纵容恶徒，横行不法。

接着，郭震告诉他，为女皇革唐命竭力尽心的宗秦客、宗楚客，虽在女皇登基后，重加封赏，宗秦客还授宰相之职，但是，不久因受贿贪赃案发，皇帝依法夺了二人官职，并处以流放。

更让陈子昂认为皇帝圣聪复明的是：被酷吏们诬陷下狱的狄仁杰、魏元忠等得平冤狱，重新委以重任。而且，酷吏的开山鼻祖索元礼，和怀义一同处斩。

所以，他一登返还神都的路途，心情是少有的开朗了。先是在遂宁南江，饯别郭震等一干乡曲故人时留下诗篇：

> 楚江复为客，征棹方悠悠。
> 故人悯追送，置酒此南洲。
> 平生亦何恨，凤昔在林丘。
> 违此乡山别，长谣去国愁。

而船经万州时，陈子昂在寄蜀中亲友的长诗中，更写出了被清朝名家王夫之在《唐诗评选》中评为"造语入工，取景自细，非齐梁以下人所逮"的状物写景名句：

前瞻未能晌，坐望已相依。

曲直还今古，经过失是非。

但是，因身体尚不能经受走船劳顿的陈子昂，在大周长寿三年，即六九四年春三月，才抵达神都洛阳。回到教义坊陈宅的陈子昂，却因好友、现任左史的东方虬探望，既感到不无失落，更感到愤慨。

东方虬告诉陈子昂，处决薛怀义和索元礼，真相并不是皇帝诏书中所说那样，已察觉他们是惑主害民的"赤精"，而是明堂大火，系怀义和沈南璆争风吃醋所放。毁掉皇帝倚为福佑的明堂和万象神宫，和蓄意"断龙脉"的大罪等同，只是皇帝不便明说，只好以那类罪名处之。

索元礼虽死，但皇帝对来俊臣、周兴的宠爱倚重，比对索元礼有过之而无不及！而来俊臣、周兴的肆行罗织、构陷滥杀今尤胜昔。在他们高举屠刀残酷杀戮无辜的同时，聚敛财物，荒淫无耻也达到了无以复加的地步。

"比如，"东方虬愤慨地对陈子昂说，"这伙恶魔的魔爪，无所不及！来俊臣荒淫无耻，如同禽兽！他手下一个文吏，姓段名简，有一妻一婢，被来俊臣先夺其婢，段简不仅不敢不从，而且立即把其妻主动荐于来俊臣席榻。"

"无耻之尤！"陈子昂拍案怒斥。

"可是吐蕃和营州契丹已大集人马，蠢蠢欲动！"

"边境又不宁了？"

"朝中更不宁！"东方虬压低声音告诉陈子昂，"武承嗣正和武三思、武攸宜等合力要奏请皇上，废李姓嗣君！"

武曌登基后，改立原皇帝李旦为太子。陈子昂皱眉无言。虽崇尚道法自然，乾坤一统，但在书写大周受命颂章时，他已经感到了皇帝在立嗣上的两难处境。革唐命，建大周朝，那么依照常规，天下是武姓家族的了。但皇帝是女身，本该立亲生儿子为嗣君，但儿子姓李不姓武。立姓武的为嗣君，势必不是皇帝亲生！自古追祀、祭奠先人，只能是自己的亲生子嗣，谁见过异姓后人，追祀、祭奠异姓先人？那时的隐忧，已成了残酷的现实。

"奏废异姓太子，当然是为眼下的周国公入东宫，扫平道路上的阻碍！"

陈子昂默默点头。

东方虬却抹了一下唇处浓密的青黑短须，不大但格外有神的双眼满是担忧："可是，当今太子不敢吱声，但太子的妹妹……"

"太平公主！"

东方虬点着头："这位面目心性绝似当今皇上的公主，却也在一批拥戴者的出谋划策中，要皇上立她为皇太女！"

新鲜！陈子昂苦涩的笑容，僵在了脸上。

"这位公主原本就深得皇上的宠爱，常常召入禁中，商议军国大事。自周革唐命以来，她也有入主东宫的强烈愿望，除尽心辅佐皇上处理大计外，她还投皇上所好，在世间为皇上搜寻男宠！"东方虬伸出两根手指，"不久，得获一个人称'面若桃花'的后生，定州人，排行老六，张姓，名昌宗。不想他在得幸后，又向皇上推荐五哥张易之。这个张五郎，面如冠玉，眸如点漆，体态轻盈，更兼精通音律，善歌舞演奏。兄弟二人，成了皇上处置朝政之外须臾不能离开的爱宠！"

东方虬啐了一口之后："原本在怀义近前争相谄媚的武氏族人和其臭味相投者，现在，又争着等候在张府门前、长生殿外，为他们牵马执鞭，肉麻至极地恭称他们'五郎''六郎'！"

"这宫中的逐鹿中原……"陈子昂似发问，又似自问。

"眼下，还是武承嗣稍高一筹。"东方虬伸出手指，点数着，"正月初一，皇上在维修后的万象神宫祭享诸神，她为主献，武承嗣为亚献！"

那么，本该皇太子李旦亚献，已改为武承嗣为亚献，用意很明白了。

"到腊月初七（大周以十一月为正月。所以正月之后，是腊月；腊月之后，春一月），原本被先皇高宗封为皇太孙的李成器，降为寿春郡王。皇太子膝下的诸亲王，都改为郡王，如李成义为衡阳王，李隆基为临淄王，等等。至少，眼下皇上是要在武氏族中选立储君。"东方虬再次担忧道："可是吐蕃、契丹却在磨刀霍霍，势必大举进犯呵！能臣勇将，渐被杀戮一尽，皇上身边的族人和爱宠们，谁是可以保国安邦之人！"

东方虬见陈子昂和自己一样忧心忡忡的眼里，泛出无比疲惫的神情，于是不再说下去，已从茶榻对面的坐垫上站起身来，并向揖手挽留的陈子昂回揖着："车舟劳累，下官不该如此烦扰足下！待卢、司马等友下山进城后，一齐再来欢聚吧！"

东方虬一席话，和从第二天起，得悉更多庙廊之事，使陈子昂无法静心阅览东方虬的诗文。万没想几天后发生在东方虬和宋之问二人身上的事，使陈子昂再次热血沸腾。

原来当天，皇帝在龙门游乐，命随从众官赋诗咏此宴游。诗评中冠者，赏锦袍。诗成，皇帝不由原本掌管衡文的上官婉儿评判，御览钦判。在谈到东方虬诗时，皇帝频频颔首称赞，当即把锦袍赏赐东方虬。

但当众官向东方虬恭贺之际，皇帝读到了宋之问的诗篇，当即高声向群臣说："若论词意，婉约妩媚，还是宋诗第一！"

穿上锦袍不到一刻，东方虬又被夺取锦袍，穿到了宋之问的身上。

"若论词意，婉约妩媚，还是宋诗第一！"这句话，让对流行文体和自己主张的文体十分敏感的陈子昂，大为警觉。

他立即从东方虬处索来他的诗篇和宋之问的诗文，东方魏晋而宋生齐梁，如鸿沟两岸的楚军汉队，各自所擎的旗帜，十分鲜明！

大周革命，如说有何特异，那么就是女主掌国。其余故事，与前朝无异。但开创大唐贞观强国安民之治的李世民，也知道决不能倡导齐梁颓靡之音，作为国之正音。可是备受诟病的当今皇上，在陈子昂看来，她才是可以持续李世民贞观之治的不二人主！所以，他在大周受命颂时，其用心，和武承嗣、武三思、宗秦客之类谄谀之辞的用心决然不同。

一件锦袍，算得了什么！虽然是皇帝御赏。但出自天子之口的御批，却会把齐梁文风，以及继承此风的本朝上官体，形成祸世殃民的邪风，使有志仕途的人们，为公卷杂学便捷而跟风仿习，忘记边疆不宁，不顾万民生死！

上言？拾遗？

太多泥牛入海、石沉大海的结局让他愤懑，更让他担忧。恰在此时，另一位文友解三郎，也赞同陈子昂为东方虬被夺锦袍之事抱不平，并向陈子昂递去东方虬此前的一篇诗稿，说：这才是既雅且有兴寄的好诗！陈子昂展开一看，诗题是《吟孤桐篇》。当他览毕《吟孤桐篇》后，却感到了几许欣慰，吾道不孤呵！

孤桐，骨气端翔。由此，引动他联想到了高耸入云，风骨尤为端翔、挺拔的修竹！他急回教义坊书斋亲展诗笺，细研墨锭，提笔饱蘸砚中之墨，运力以至毫颠：

东方公足下：文章道弊五百年矣。汉魏风骨，晋宋莫传，然而文献有可征者。仆尝暇时观齐梁间诗，彩丽竞繁，而兴寄都绝，每以永叹。思古人，常恐逶迤颓靡，风雅不作，以耿耿也。一昨于解三处见明公《咏孤桐篇》，骨气端翔，音情顿挫，光英朗练，有金石声。遂用洗心饰视，发挥幽郁，不图正始之音，复睹于兹，可使建安作者相视而笑。解君云："张茂先、何敬祖，东方生与其比肩。"仆亦以为知言也。故感叹雅制，作《修竹诗》一篇，当有知音，以传示之。

龙种生南岳，孤翠郁亭亭。峰岭上崇崒，烟雨下微冥。夜间鼯鼠叫，昼聒泉壑声。春风正淡荡，白露已清泠。哀响激金奏，密色滋玉英。岁寒霜雪苦，含彩独青青。岂不厌凝冽？羞比春木荣。春木有荣歇，此节无凋零。始愿与金石，终古保坚贞。不意伶伦子，吹之学凤鸣。遂偶云和瑟，张乐奏天庭。妙曲方千变，箫《韶》亦九成。信蒙雕斫美，常愿事仙灵。驱驰翠虬驾，伊郁紫鸾笙。结交嬴台女，吟弄《升天行》。携手登白日，远游戏赤城。低昂玄鹤舞，断续彩云生。永随众仙去，三山游玉京。

（《修竹篇并序》）

在这篇《修竹篇》序中，陈子昂以"兴寄"和"风雅"为准绳，深刻批判辞藻艳丽却思想内容浅薄贫乏的齐梁诗风，指明了继承与发扬"建安风骨"是唐诗健康发展的康庄大道。而且，对建安风骨作了具体而精彩的论述，即"骨气端翔，音情顿挫，光英朗练，有金石声"。陈子昂用这篇序文，吹响了唐诗在复古中革新的号角！

序与诗写成后，陈子昂命陈汀备马，要尽快送到东方虬手中。并有满腹之言，和东方虬作竟夜之谈。

次日，来俊臣带领人役，直扑教义坊，闯入陈宅，陈汀和仆婢人人吓得脸色惨白，战栗不止。陈子昂是从东方虬的住所，被来俊臣带走，关入大理寺天牢中。

陈子昂还不知道，眼下这个万年县人，已从御史中丞，升到司仆少卿高位了，而就在数日前，由他把其同僚，合撰《罗织经》的周兴"奉旨拿办"了。他深知周兴既能合撰《罗织经》，那么他就有破"经"逃脱的本领。于是他先不事声张，只说请来家饮酒。酒过三巡，来俊臣苦着脸对周兴说，奉旨捉拿一个犯官，可这犯官狡猾异常，不肯认罪，他已无办法，所以设酒宴请周大人赐教。

周兴得意洋洋地对来俊臣说："这有何难？准备大瓮一个，置于火上，把人犯放入瓮中，看他不肯招供！"

来俊臣一听，沉下脸来，命人役照周兴之言生火、架瓮，对周兴一抬手："请君入瓮！"

周兴晕死在瓮前。

这位少卿，到眼下，已破人千家，杀人数十万。由他亲自出面捉拿陈子昂。陈子昂已知：自己，断无生理了。

难道，是上官婉儿，趁其解忧复官之际，派酷吏诬陷，下此毒手？

虽和上官婉儿有关，但这次出手的，却是武三思。武三思在和上官密议拥武承嗣入主东宫之事时，提到可由才回神都的陈子昂领头向皇帝上书。武三思觉得，这个射洪山野小子的文章，似乎很得皇帝的欢心。

但上官婉儿乌云满脸地把原拟奏告皇帝的陈子昂诗文，递到武三思手中，武三思读时不太看出什么道道来，于是上官婉儿就向他讲说、分析。这一来，武三思勃然大怒，认为陈子昂的诗文，比叛首之一的骆宾王，对皇帝的辱骂还要歹毒，于是当即下令，命来俊臣捉拿陈子昂。

望着怒气冲冲从当值别院离去的武三思，上官婉儿笑了。那亭亭玉立的身子，因开心的笑，而微微发颤，以至高髻上的金步摇头饰，也不步而摇。

这时，却有一双手臂，陡地从两腋穿出，直达前胸，从后把她热烈地搂入怀中。自然是武三思吧。但是她却对身后人缺乏了原来的炽烈，她的心中，是崔，崔，崔，崔……她任由他搂着，并褪去她的束腰长裙……

不对！她感到了异样，回头一看：天哪！六郎！面如莲花的张昌宗！她不能自持了，呻吟着，要回身相拥……可是她陡地清醒过来，惊惶地推他：别……

晚了！皇帝，突然驾临！

第四十章

登幽州台

一切都晚了！皇帝大为震怒，命尚宫团儿率随侍健婢把花容惨变的上官婉儿押入宫人斜候旨处决。而莲花六郎，却只是像个闯了祸的孩子，一溜烟地逃出了宫中女宰的当值别院。皇帝怒火却愈见愈猛，返回长生殿，就要下令斩决上官婉儿。

但还未到长生殿，中书省却送来左补阙张说奉旨巡防剑南道南、北两部和岭南东都的奏疏。张说的奏疏，把女皇从盛怒中抒解开来，她返回长生殿后，首先在御案上展开张说奏疏阅览。很快，她被张说的奏疏所吸引。

张说，字道济，又字说之，是神都洛阳人，比陈子昂小八岁，这年二十八岁。但他却在十七岁时参加制科考试，策论为天下第一！这还不算最令人敬重的原因。他的家世，也是看重门阀的人们敬重的原因。他祖先原是范阳张氏。而范阳张姓，系轩辕姬姓一脉。辅佐刘邦开创汉朝、后封留侯的张良，是张说嫡系祖先。

这，使这个策论天下第一的十七岁少年，在女皇眼中不同凡响。在入殿召见之后，对其文采、见识深为倾倒，原本要定为甲等，但因为制科未设甲等，女皇钦定乙等。即授太子校书，去冬改授左补阙，并下敕令其前往剑南、岭南二道巡访官民之情。

一年前陈子昂返还神都、途经遂州时，张说也正在遂州下榻，并召近州、府、县官吏巡访，郭震和通泉县令，也在召见巡访之列。

就是在张说的奏疏内，武曌发现了郭震。张说以十分敬佩的笔触，奏报郭震的落拓不羁、任侠好义，但心系社稷、黎民，举例当年面对西南强敌进犯，征召勤王之士十分艰难，郭震竟铸私钱召集了上千人效力出征之事。武曌先不以为然，并拟严办。但是，当她看到张说附疏呈上郭震《古剑篇》后，却两目放光，对如此俊杰，二十年滞误通泉、未能任用之况感慨良深。当即，皇帝下令，召郭震入京见驾。

郭震自召见之后，深得女皇赏识，即授右武卫铠曹参军，不久进升奉宸监丞，即命出使吐蕃，居然使吐蕃进犯之兵，和大周言和。不久授凉州都督、安西大都护、金山道仆军大总管。

之后睿宗李旦，召为太仆卿，进同中书门下三品，迁吏部尚书，在玄宗唐明皇李隆基开创开元盛世之时，尽忠辅佐，封代国公。于开元二年，即七一四年逝世。张说为之撰长篇行状以志哀。

郭震意外获得女皇召见，不仅使自己滞延二十余年、壮志未酬状况一举结束，而且救出了陈子昂，还救了上官婉儿。

当郭震御前晋升、泣感天恩之时，他向皇帝提及被来俊臣奉旨提拿、已入大理寺天牢的陈子昂。

女皇大为惊诧。因为，女皇全无下过这类旨意的记忆。

在狄仁杰机智获释后，女皇召见狄仁杰，询及为何被逮，而且还居然认罪！狄仁杰说当时若不自诬招供，今天哪里有命再见女皇！经皇帝查实，供招认罪之书，都是酷吏酷刑所逼。

用刑讯逼囚徒招供之词，还则罢了，可是居然伪造自己的敕令，引起了女皇对酷吏狂悖肆行、为所欲为的警觉。这，也是自除灭索元礼之后，又杀周兴的诱因吧。

但是，眼下还不能把这类鹰犬扫除一尽！别的不说，对已在大杀戮下苟延残喘的李唐皇族而言，这些宗室男女仍是死不甘心的！正要倚重来俊臣之流的胆大妄为，才可使她安寝于长生殿。

但郭震的奏告，却救下了陈子昂性命。

至于上官婉儿，是因女皇激赏郭震的《古剑篇》，却突然想到了宫人斜里待罪处死的上官婉儿，和她那世人罕及的文采。而她十四岁时在虹桥岸畔初见女皇应声答诗的情景，又呈现在皇帝眼前。

弹指间，十六年过去了。上官婉儿，今年也整整三十年华了。但三十年华的上官婉儿，及其辞藻结构，都显出更为成熟的别样风流。她所拟诏诰的称旨，在皇帝判来，已胜过乃祖上官仪。从北门聚贤以来，文人学士多矣！但他们无不打心里佩服这位女文人、女学士。这，绝非浪得虚名者可以达到的。

敢啖朕禁脔……

皇帝再平心静气回忆看见的那一幕：分明是张六猴急，而上官更为分明的是惊骇、抗拒……

原本回宫要下处死敕令的。皇帝沉吟着，口敕团儿："处黥刑！"

团儿却一愣："嗯？"

"小婉！"

团儿急忙奉敕欲出殿门。

"施刑后，带来见朕！"

宫人斜，是世俗所称的、设于后宫的"冷宫"，形同外间的大理狱、御史狱、刑部狱。

黥刑，又名墨刑、黵刑、刺字，上古五刑之一，到大周时，已延用数千年之久了。行刑的刑具有刀、钻、凿、针等。先用刑具，依据罪行轻重，在犯人双耳、颈后、眉上下、两颊刻、钻、凿所犯罪行的字，然后用炭或墨填入，永难消失。

眼下的黥刑，是用针刺。依其所犯是"欺君"重罪，应用针在两颊执刑。

皇帝对上官处以黥刑，有着"毁容辱之"的意思。但团儿刚一离开长生殿门，皇帝却后悔了。因为刑后余生的上官，皇帝仍将置于左右驱使，这么一个毁容的人在自己身边，会有损自己赫赫皇威呵！

她命内侍王伏灵尽快赶去宫人斜，宣诏只在其耳廓后施刑。但迟了。行刑宦官，仍在上官婉儿脸面上施刑。

皇帝皱眉惴惴，但跪伏谢不杀天恩的女官，抬起头，仰起面时，皇帝却叹为观止！

团儿奏说，上官婉儿哀求行刑宦官，在两眉间行刑，刑后，不用黑铭，而用朱砂汁铭入。

所以，当上官婉儿仰面时，那原本如银盘、略瘦削的脸庞上，蛾毛间，居然竖出一朵小小红莲，给那原本妖媚脸庞，更衬出无尽妖娆！

"罪妾惧污大圣凤眸，所以自求如此施刑！罪妾，罪该万死！"

皇帝却欣赏地大笑起来。庆幸自己没有凭一时之怒，而毁灭了这个尤物。从此，宫中佳丽尽皆效仿这"红莲妆"。很快，传出宫外，万户千家……

对陈子昂的赦令，是司刑郭少卿去大理寺狱中宣告的。陈子昂受令时，半晌不能回应，郭少卿明白是怎么一回事，上前俯下身来，搀着已不能立起双足来的陈子昂，悄声说："没事了！拾遗公！"

还，"拾遗公"！那么，不仅是赦免死罪，而且还官复原职了。陈子昂这才回过神来。虽惊魂未定，但连忙对赦令三拜九叩，涕零谢恩。

他换上袍服后，并不急于出牢，却请在供着狱神的堂中，书写《谢免罪表》。郭少卿忙命狱官为他排开纸笔墨砚，陈子昂展纸挥笔而书。

谢免罪！罪，什么罪？迄今为止，他只听来俊臣指他"交结凶人，坐缘逆党"。但凶人是谁，逆党又是谁，他自己却是反复回忆，毫无头绪。

后来，和卢藏用谈到"罪因"，卢藏用曾怀疑，是否指乔知之为"凶人"，为"逆党"？因为处斩乔知之和阿史那惠的罪名，就是"逆党"。但王无竞却摇头说，乔知之已含冤屈死数年了，连坐陈子昂，哪用等到今日！"而且"，他指着自己，"谁不知道我们是方外十友！岂有放过我等的道理！"

但君父……君母为大。君要臣死，臣不得不死，君说臣有罪，臣不得不无罪！所以：

>……臣宜肃恭名节，上答圣恩。不图误识凶人，坐缘逆
>党，论臣罪累，死有余辜，……特恕万死，赐以再生。身首获
>全，已是非分。官服具在，臣何敢安！……

"臣何敢安！"难道蒙此冤狱，其心已死，要用这话，是在辞官？
否！

>……臣伏见西有未宾之虏，北有逆命之戎，尚稽天诛，未
>息边戍。臣请束身塞上，奋命贼庭，效一卒之力，答再生之施。

对陈子昂文采、志向，亦大敬重的少卿郭大人，负手立于陈子昂身后，见他捉笔至此，肃然起敬。

劫后余生的陈子昂，没有灰心，没有丧志。当一息尚存之际，居然在《谢免罪表》中，于这天牢之地，请缨出征。

而更令郭少卿感动的是，在这众多"一入此门，则万念俱灰，顿憬惊怖度日"的囚徒中，这个可以说绝无生理的小小右拾遗犯官，居然还是刻刻不忘北之逆命之戎，西之未宾之虏，这，不是为君国百姓而置生死于度外，又是什么？

郭少卿接过陈子昂一挥而就的《谢免罪表》，并不再说什么，快速离去。他要尽快把这份实际上的请缨之表，送到皇帝御前。

"他！没有处死？"在侄儿、封为建安王的武攸宜的王府华堂中，武三思看见北征官将调集文告上，出现陈子昂的名字，是以右拾遗的本职，随北征大军出征，做主帅辕帐中的参谋。他不觉诧异地发声。

建安王府建在神都洛阳宝鼎门内衙东第三街，武攸宜是太平公主的驸马武攸暨的隔房兄弟。眼下他的爵位是建安郡王，职务是遥领同州刺史、新任命的右武威卫大将军，充任清边道行军大总管，是这次北征营州契丹松漠都督李尽忠等叛军最高统领。

"这家伙，死里逃生！还成了我的部下。"年轻而身形肥胖的郡王，

由侍姬用浸过玫瑰汁的团扇扇着，送去缕缕浓郁花香的凉风。他忙看那调集文告，口中嚼着从地下窖冰室里取出的、冻得起了冰碴子的西瓜，口齿不清地嘟哝着。

"你姑婆婆，胡……"面对亲侄儿，梁王殿下还是把"涂"字咽了回去。这个世道，别说亲侄儿，就是亲儿子，胡乱咬出父母、爷婆……也在所不少！

"你忘了？魏王殿下和本王告诉过你们，陈子昂写的那些诗呀，文呀，不仅狗胆包天，辱骂本王等，还对当今皇上，你姑婆婆，也借上表和写诗的机会，大不恭敬！所以，命来俊臣把他关入大理寺天牢。怎么？居然在你帐下，做参谋来了！"

建安郡王回忆着："叔王！皇上还对侄儿提到过这家伙！"

"怎么讲？"

建安王又努力回忆着，在侍姬的手心上擦了擦满是西瓜赤汁的厚嘴唇："她老人家说，这厮不仅可以写行军文诰、军情上奏的表文，还颇有骑射功夫，对敌战……"

"战略！"梁王殿下急忙为建安郡王殿下补充。

"对，皇上说他对敌战略也厉害，命侄儿要多听他的参谋！"

武三思嗤之以鼻："他懂什么战略？一介书生而已。"

"叔王这么说，侄儿就明白该怎么对待他了。"武攸宜拍着胸部，对梁王说。

"煮熟的鸭子，硬是叫他飞了！"武三思狠狠地说，决定要追问来俊臣，陈子昂怎么会从他这死神手中逃脱。

武攸宜虽然奉命出征，但在征召府兵方面，却极不理想，到七月时还未誓师出发，但李尽忠叛军已进犯到滦河河畔。军情飞报，皇帝也下敕催问。武攸宜才知这统兵大元帅不是闹着玩的。帐下虽称英才会聚，但到了八月，仍无可行之策，而前线却传来叛军已达黄獐谷，皇帝再任武三思为榆关道安抚大使，纳言姚璹为副使，右金吾卫大将军张玄遇、司农少卿麻仁节等率兵仓促迎战于黄獐谷，结果大败，张玄遇、麻仁节还被叛军生擒活捉！武三思惊惶奏请北征大军救援。武攸宜却仍因征召勇士困难，问计于帐下将官、参谋。大多缄口无应，唯有参谋陈子昂提出：可奏请朝廷，在在狱囚犯中征召敢死之士，同时倡导庶士家奴中骁勇者，由朝廷赏赐甲胄、马匹、粮草、武器等，随军出征，可解兵源之困。武攸宜一听，放囚犯出牢打仗，简直是匪夷所思，不肯听从，却被皇帝召去武德殿询问征募之计，他自己全无定夺，由于皇帝神情严峻的追问，慌乱之中，只好以陈子昂办法，向皇帝吞吞吐吐地回奏。

万不想皇帝说这不失为一条好计！当即命武攸宜把征募、出战想法付于笔端，尽快上奏。临了，还赞叹："朕武氏有后矣！"

武攸宜大出意料，于是命陈子昂代笔上奏，陈子昂便以近四个月来的思索，尽情归纳，为武攸宜代写《上军国机要事》。

皇帝见奏，十分壮其奏中"臣欲募死士三万人，长驱贼庭，一战扫定！"之语，当即下敕："制天下系囚及庶士家奴骁勇者，官偿其值，发以击契丹。"

不出十日，三万北征勇士全部齐聚武攸宜帐下，为励士气，陈子昂建议建安王筑坛誓师，并自荐为建安王书写誓众词。武攸宜虽记着叔父的告诫，不可重用这个胆大妄为的"一介书生"。但因这一介书生，自己才得有兵出征，故而他不仅对陈子昂示以较好颜色，而且似乎言听计从。

陈子昂连夜赶写交呈建安王。武攸宜由陈子昂指点断句及生僻文字后，登上誓师坛，朗声宣读《誓众词》："诸总管、部将、旗长、队正各听命：夫圣人用兵，以讨有罪。……我皇周子育万国，宠绥百蛮，逷荒戎狄，莫不率职……今日之伐，须如雷霆之震，虎豹之击，搴旗斩馘，扫孽除凶，上以摅至尊之愤，下以息边人之患。……若能奋不顾命，陷坚摧锋，金紫玉帛，国有重赏！若进退留顾，向背失机，斧钺严诛，军有大戮！各宜勉励，无犯典刑。"北征官兵在铿锵的宣告声中，擎旗挺戈，向营州进发。

在武攸宜北征军行进途中，朝廷另派王孝杰为清边道总管，和苏宏晖等将军十七万，与叛军之一的孙万荣大战于东硖石谷，官兵再次大败。主帅王孝杰战死，副大总管苏宏晖临阵逃走。

此时，是大周万岁通天二年，即公元六九七年，春三月。

而武攸宜之军抵达渔阳。论理，自当马不卸鞍，人不去甲，驰往救援。可是，念着陈子昂代写的"若进退留顾，向背时机，斧钺严诛，军有大戮……无犯典刑"誓词，鼓励士卒前进的大总管武攸宜，却下令全军退驻幽州。

当武攸宜下令退兵幽州时，陈子昂正带着一伙——彼时军队最基层编制：十率为一伙。伙长为其首——的部属兵卒，冒死往前沿探听军情，万不想却遇上了仓惶逃遁的、清边道副大总管苏宏晖。苏宏晖自己还不知道，但陈子昂等后军已得皇帝诏令，要官民缉拿逃将苏宏晖，一旦捉获，就地处斩！

陈子昂对临阵脱逃的苏宏晖，无比愤恨，正喝令士卒拿下苏宏晖，立斩马下。苏宏晖却请容其申说后，任其处置。苏宏晖说东硖石谷之败，败在武三思催军急进，不听王孝杰和他的禀告，东硖谷有孙万荣伏兵，而仍督军进攻，结果全军落入虎口！苏宏晖不是临阵逃脱，而是为自己的残兵寻找突围之路，现在，通过他和手下将官拼死搜寻，已带领近五万人马，突出重围，正拟反攻。陈子昂质疑间，苏宏晖告诉他："军中管记张说已由我派遣回朝，向皇帝奏告，请皇帝扼制武三思，不可再由其督军轻敌冒进！"

这下，陈子昂深信不疑，请苏副总管迅速整顿人马，和武攸宜联兵反击。二人匆匆分手，但陈子昂返回渔阳，已不见本部人马。这才知道本部人马，已退驻幽州！

陈子昂浑身风尘来到武攸宜辕帐时，近卫武士上前拦住他，他说有要事禀告郡王殿下。

"李尽忠、孙万荣的贼兵杀来了吗？"近卫副将脸露惊惧，急问陈子昂。

陈子昂纵横驰骋数百余里，坐骑抵达辕帐时，竟四蹄瘫软，扑倒在地，陈子昂也脸色惨白泛青，两眼尽是血丝。铁盔、两鬓、五绺胡须、战袍、战靴……上，全是黄沙黑泥，他的声音已然沙哑至极，几乎不可辨识其语。

"下官要见殿下！快去通禀！"一路行来，知道武攸宜不仅不率兵救援，反而畏敌后退，陈子昂就已愤怒至极；而在来到幽州营地后，只见各伙各队各旗的官兵，或掩帐横七竖八卧于毡上，或窜入民宅偷鸡盗狗，或游荡于坊肆间，滥饮狂吃……陈子昂恨不能猛挥马鞭，打，打，打……

"参军大人莫急！"副将悄声对陈子昂说，"殿下大乏，正在休憩，有令若非紧急军情，不得惊扰，所以……"

陈子昂推开副将，怒气冲冲闯入后帐。最先惊觉陈子昂到来的，是郡王的侍妾们，正要上前喝止，陈子昂已怒声呼喊、指责："殿下！殿下！怎可临敌冲谦退让，法令不申！"

武攸宜被他惊醒，大惊失色，在知道他来意后，转为恼怒："你果然肆无忌惮，对本王如此不恭！"

陈子昂这才觉得自己言语过激，军情紧急，他只好强忍怒火，把遇见苏宏晖事禀告郡王。

"那是钦点要犯，他的话如何可听！"

"他已派管记张说回朝奉告。眼下，正整顿人马，准备反击叛军。我军正应两相呼应、联手，可望一鼓平叛。"

原来不是叛军杀来！武攸宜对陈子昂的惊扰，更为生气，瞪眼训斥："你一介书生，懂得什么行军布阵！王孝杰久经沙场，还丧师在东硖谷口！不用多说，出帐去吧！"

"郡王殿下！战机决不可失！如郡王不肯率师出战，子昂请分兵一万，率其杀敌……"

"陈子昂！你惊扰王驾，本王不怪你也就罢了，竟敢喋喋不休，欲把我军将士送入虎口。来呀！"

外间近卫闻声冲入后帐，把陈子昂围在核心。武攸宜指着陈子昂的鼻尖："贬为军曹，不得参领军机大事，赶出帐去！"

幽州城池，已被暮色沉沉笼罩。

头痛欲裂的陈子昂，从头上取下铁盔，拿在手中，任散发顺着晚风飘飞；而浑身甲胄，使酸痛困乏的身躯，无比难受。一时间，他头脑变得那么苍白，苍白得似乎空无一物。

眼前闪出石阶。一步，一步，一步，他被石阶指引，登阶，上台。台！竟然是——黄金台！陈子昂孤立台上，放眼前眺，有顷，以失望目光朝后搜寻而去……

> 前不见古人，
> 后不见来者！
> 念天地之悠悠，
> 独怆然而涕下！

在这首短歌中，交织着诗人缅怀前贤、吊古伤今的激情，天地无穷、人生短暂的慨叹，生不逢时、报国无门的悲哀，以及壮志难酬、理想破灭的孤愤。千百年来，一直引起无数怀才不遇的志士仁人的心弦共鸣，成为脍炙人口的杰作。清代黄周星说："此二十二字，真可以泣鬼神。"（《唐诗快》）现代学者林庚生说："这首千古绝唱使得陈子昂在中国诗歌史上的地位永远不能被人遗忘。它的光芒遥遥地照亮了盛唐的诗坛。"（《陈子昂与建安风骨》）霍松林先生说："全诗直吐胸臆，气势磅礴，意境阔大，格调雄浑，具有震撼人心的艺术魅力。"（《唐诗精选》）

陈子昂吟咏着，泪水夺眶而出，长泻难抑。

第四十一章　请命者命

　　幽州，古十二州之一。陈子昂所登之幽州台，又名黄金台，为战国之际燕国昭王姬职所建。

　　姬职为燕国第三十九任国君。于公元前三一二年至前二七九年在位。为振兴燕国，姬职即位后便采取积极的措施招贤纳士，修建此台，置黄金千两于台上招贤就是最有名的举措之一。郭隗和乐毅等文武栋梁贤俊，都是登台拜相封帅的著名人物。乐毅因之报效燕国，率军连破强大的齐国七十余城，使燕国成为各国称赞的强盛之国。

　　今天，自己，陈子昂，也登上了这座举世闻名的黄金台，可是却并不见建台招贤的姬职。自己虽有郭隗、乐毅一般报效君国和万民的抱负，也有强军御敌、守境安民的韬略，却得不到主政者的赏识和倚重，反而被呵斥、羞辱！眼下，不是思贤若渴的太宗李世民开创的大唐帝国吗？可和郭隗才识比肩的魏征，原本是李世民最为凶悍政敌李建成的核心谋士。但在玄武门之变后，深知魏征远大志向的李世民，却不计前嫌，倾心相待，使魏征感激涕零，终致呕心沥血，为辅佐李世民开创名垂青史的贞观之治，建立了不朽的功勋！而自己，正是这大唐帝国中文武百官的一员，却怎么没有赶上那令人神往的贞观之世，空有一腔热血，满腹经纶，却不得为君国万民施展、报效，在这北疆黄昏，独登此台，栏杆拍遍，无人知音！

或许，后来者中，仍会出现燕昭王姬职、唐太宗李世民那样思贤若渴、爱才如命的君王吧！但……后来者！后来者！后！来者！……

陈子昂任泪水涕肆，在更加深沉的暮色里，沿着石阶，下台。

嵩山双泉岭逍遥谷，卢藏用茅庐所在地，已是遍地金黄，野菊怒放。

头戴白绢幞头，身着白绫长衫的卢藏用，在柴门外放下药锄，脸上呈现出十分犹豫、纠结的神情。有顷，他还是从宽阔的衣袖中取出一封信札来，向柴门内走去，侍童笑着迎上。他把挎在左肘弯上的竹编药篮取下，一边递过侍童，一边悄声地指着右首的厢房，问侍童："赵先生神志清醒些了吗？"

侍童摇摇头："还是那样，清醒的时候不多。"

卢藏用叹息一声："快给先生熬药去吧！"

侍童提着药篮去了。

卢藏用拿着信札思忖着，走向右首厢房，一边上阶，一边低声呼唤着："赵六！"

"唔！"有回应声，但夹着厚重的鼻息不畅的浑浊音。

卢藏用再定定神，一面轻轻推开厢房门，一面走近赵元亮的病榻前，笑着摆摆手中信札："伯玉寄来了书信，还有新作的七首诗！"

"北疆战事……"

一语未定，赵元亮却喘息不止，卢藏用急忙上前为他捶背、抹胸，并告诉他："他最关切你病体如何，没有提到北疆战况。"

赵元亮却以其格外的敏感，张望着卢藏用，神情显得更加黯淡："不提，就可见不便提，有苦衷！"

卢藏用也是这么判断的，但他不想让病重的赵元亮，再为北疆战况和挚友安危操心，所以隐忍未言。赵元亮却伸手向卢藏用讨信札，卢藏用握住他那瘦骨嶙峋的手，笑着："静卧！我诵给你听吧！"

赵元亮要揖手答谢，却被卢藏用以目光制止，然后从信封中取出诗笺来朗诵《赠赵六贞固二首》。

其一

回中烽火入，塞上追兵起。

此时边朔寒，登陇思君子。

东顾望汉京，南山云雾里。

其二

赤螭媚其彩，婉娈苍梧泉。

昔者琅琊子，躬耕亦慨然。

美人岂遐旷，之子乃前贤。

良辰在何许？白日屡颓迁。

道心固微密，神用无留连。

舒可弥宇宙，揽之不盈拳。

蓬蒿久芜没，金石徒精坚。

良宝委短褐，闲琴独婵娟。

听完卢藏用的朗诵，二人同时默默无言。久久，赵元亮呻吟出声："唉！"

卢藏用回过神来，对赵贞固："六郎？"

赵元亮苦笑着摇摇头，向卢藏用再次伸过手去，卢藏用不再阻劝，把另一叠诗稿递到他的手中。赵元亮就着窗口，展开诗稿，只见稿前写道：《蓟丘览古赠卢居士藏用，七首并序》。

"还是由我……"

赵元亮仍旧苦笑着摇摇头，就着窗口透入房中的明亮阳光，看向诗稿。

那序言写道：

丁酉岁，吾北征。出自蓟门，历观燕之旧都，其城池霸迹，已芜没矣。乃慨然仰叹，忆昔乐生、邹子群贤之游盛矣。因登蓟丘，作七诗以志之。寄终南卢居士。亦有轩辕之遗迹也！

序后，依次为《轩辕台》《燕昭王》《乐生》《燕太子》《田光先生》《郭子》《郭隗》等七首诗篇。

赵贞固读到《燕昭王》一篇中的"丘陵尽乔木，昭王安在哉？霸图怅已矣，驱马复归来"时，已然哽咽出声了。当他读毕七篇诗文，卢藏用即含泪吟诵着陈子昂随信附寄的《登幽州台歌》：

> 前不见古人，
> 后不见来者。
> 念天地之悠悠，
> 独怆然而涕下！

赵元亮掩卷无言。泪水却在卢藏用的吟诵之后，如决堤之洪涛，长泻不止。

当陈子昂远在北疆为自己的境遇，同时也为怀才不遇的卢藏用、赵元亮扼腕叹息之际，赵元亮却因挚友魏元忠大难不死，而得以释褐。

太学生魏元忠的传奇经历，曾使初上咸京求学的陈子昂大加赞叹。不久，他为讨平扬州叛乱献上不俗谋略，受到当时身居太后之位的武曌重用。

但是，朝廷大倡告密之风、任用酷吏们凭《罗织经》清洗李唐皇族成员，发展到后来为所欲为，滥杀无辜，魏元忠也未能幸免，被周兴诬陷下狱即将处死。

天不该绝魏元忠。大周女皇偶然批阅处决名单，看到这位平定扬州叛乱的功臣也大名在册，于是下令改死刑为发配贵州。

传令官怕不能及时传达敕令，就派一骑先行飞驰赶到刑场阻刑。监刑官便命等待施刑的魏元忠立即起身谢恩，但魏元忠依然席地而坐。

监刑官错愕发问："魏大人你竟不起身叩谢皇恩？"

魏元忠淡然回应："不见正式敕令，只听人传言，是否真有其令，尚未可知，岂可起身叩谢皇恩！"

监刑官和刑场官民听他如此说来，无不为其思虑缜密和在生死关头的镇定而深深敬佩。待传令官亲临刑场，对魏元忠宣读敕令之后，魏元忠才肃然而起，对着女皇诏书山呼万岁，九叩谢恩。

魏元忠特异常人的举止，再次引起女皇关注，召入殿中，钦授侍御史之职。在勉励之际，也希望他向朝廷举荐如他一般的堪用之材，魏元忠推荐的人中，便有赵元亮。

女皇听他详细介绍所荐诸人后，各有任用。赵元亮，被任为幽州宜禄县尉。

"六郎释褐，即可和身在幽州的伯玉相见啦！"卢藏用在逍遥谷口庐中，为赵元亮饯行，司马承祯向赵元亮举杯祝贺，笑盈盈地对赵元亮说。

赵元亮无语，却支撑起虚弱的身子，从厢房内取出琴来，陈放在地面上，略一调弦，为卢藏用和司马承祯弹奏。

是一曲《高山流水》。卢藏用被琴音所陶醉，以右手中指指尖轻点左手手心，为之相谐。司马承祯却从心底升起一缕悲悼之情。戴着道巾的头悄悄转向了侧面，掩饰着两眼噙泪。

司马承祯的预感是正确的。两位挚友，陈子昂、赵元亮，并未在幽州重逢。

首先是北疆战略发生了大逆转。

临阵而逃的副总管苏宏晖，偶遇陈子昂并听从他劝告，召集残部乘契丹骄安狂悖松懈之机，突出奇兵，大败契丹各部入侵之军。武攸宜闻讯才率军追击，向朝廷奏凯。

武曌闻奏大喜，敕令班师回朝。敕免苏宏晖死罪，并复其大将军之衔。死里逃生的苏宏晖，对陈子昂十分感激，并请求子昂代写谢罪表。随军离开幽州，返回神都洛阳的陈子昂，和前往幽州宜禄县上任的赵元亮，失之交臂。

但入冬之后，卢藏用冒着风雪，赶往宜禄。此去，他是为病逝的赵元亮处理后事。清贫的赵元亮诸多后事，其未亡人都无力操办。卢藏用亲自安排一切，并亲扶赵元亮灵柩，连同孤儿寡母，送回原籍——汲郡。

赵元亮的去世，使意志消沉返回神都的陈子昂，陷入了更加深沉痛苦之中。这样深沉的痛苦情绪，一直持续到大周神功元年，即公元六九七年初秋，读到诗友宋之问寄给他和卢藏用二人的《梦赵六赠卢陈二子》诗篇后，才把这难以排遣的深沉痛苦，诉诸笔端，写成了《同宋参军之问梦赵六赠卢陈二子之作》这首怀念挚友的诗篇：

晓霁望嵩丘，白云半岩足。
氛氲含翠微，宛如嬴台曲。
故人昔所尚，幽琴歌断续。
变化意无常，人琴遂两亡。
白云失处所，梦想暖容光。
畴昔疑缘业，儒道两相妨。
前期许幽报，迨此尚茫茫。
晤言既已失，感恨情何一。
始忆携手期，云台与峨眉。
达兼济天下，穷独善其时。
诸君推管乐，之子慕巢夷。
奈何苍生望，卒为黄绶欺。
铭鼎功未立，山林事亦微。
抚孤一流恸，怀旧日暌违。
卢子尚高节，终南卧松雪。
宋侯逢圣君，骖驭游青云。
而我独蹭蹬，语默道犹屯。
征戍在辽阳，蹉跎草再黄。
丹丘恨不及，白露已苍苍。
远闻山阳赋，感涕下沾裳。

　　在宋之问寄诗所附的来信中，告诉陈子昂，赵元亮在幽州宜禄县尉任上，因患病体弱，多数时间，按卢藏用和司马承祯所教，荷锄采药。往往在采药的山林间，停下步来，命侍童摆琴在石，焚香于地，弹奏他喜爱的《高山流水》《碣石调·幽兰》等乐曲。陈子昂完全能够听懂亡友在弹奏的琴曲中流露的高洁典雅情趣，并饱含着报国忠君爱民的心音。可是现实却是如此令人唏嘘：情操高洁、才识过人的赵元亮，虽青春年少便成了前进士，但直到年近不惑，才由一个躲过死神魔掌的人举荐，得以释褐入仕，而入仕的品流，只是区区县尉！或许，假以天年，能如乐毅般见到姬职那样的伯乐；可是，苍天却不肯顾其胸怀壮志，让他在英年早逝！

　　天意弄人呵！而他自己，尽管二十年前就立下报国报民远大抱负，而今已三十九岁，也如赵元亮般临近不惑之年，却立下战功而不得封赏，仍是通直郎行右拾遗，青袍依旧，只能再次悲怆于"前不见古人，后不见来者"的孤寂和失意中：念天地之悠悠，独怆然而涕下！

　　陈子昂回赠宋之问的诗篇，刚由陈汀命人送出陈宅大门，他原本要从书斋转向丹房闭门炼丹，却一眼看到书案上才写了题目《上蜀川安危事三条》的奏疏，就又停步坐归书案，望疏沉吟。浓烈而急迫的出世入道的念头，又被通直郎行右拾遗这一职责所取代。

　　陈汀从主人的神情，已看出他要像平素一样，呕心沥血于笔砚纸张间，向皇上进言了。于是急忙在那砚中注上水，尽量不干扰主人的思绪，悄声地研起墨来。

　　金黄的，碧绿的，墨亮的，淡红的，翠蓝的……各色菊花瓣儿，在混着花香的水雾中飘荡、起伏；池畔仍是云髻高挽、星眸流盼的半裸的侍女们，或拖着翠皮白瓤的鲜梨，或紫或绿的葡萄盘儿，或挥动拂尘驱赶蚊蝇，或向池中撒着各色菊花瓣。池中，不似崔家四位青年郎君伴浴时那么嬉笑热闹。上官婉儿仰躺在玉琢浴榻上，身边是披发侧倚着她的梁王武三思。

大周神功元年（697）的武三思，比起初见上官婉儿时，浓眉下的眼神更显得专横而放肆。原本丰硕的身躯，多了些许肥胖，少了些许结实。原本有着显示力量的两臂肌肉，已被光滑而浑圆的赘肉所替代。此刻，那专横而放肆的目光中，多了些许淫邪。他像观看春宫图一样，贪婪地观看着浴榻上似睡非睡的大周才人，不经意间，用手指拈起几片菊花瓣，从那似乎要破浪而出的峰巅，滑向分开于波浪中，两条玉琢长腿间的深壑；被花瓣撩扰的大周才人竟有些恼了，伸手打开了武三思的手，和手指间的菊花瓣。

梁王分明有些悻悻地直视着大周才人："你能忍心打向那四只小兔崽子吗？"

他当然指的是崔湜等四兄弟。

"当然。"上官婉儿毫不避讳，睁开杏眼，也直对了武三思悻悻的目光，"如是崔湜当值，绝不会把那蜀中蛮子的《三条》送到大家的御前！"

这里的"大家"，不是"大伙儿"之意。唐时臣仆们称呼皇帝，为"大家"。

武三思猛地一掌似要击向玉琢浴榻上的上官婉儿，但在接近她时，那手掌却重重地击在了浴榻的右侧扶手上，顿时水花四溅。

上官婉儿用鼻"哼"了一声："你瞎发什么火？"

武三思一怔，恨恨道："本王不瞎！"

上官婉儿再次冷笑一声："你不瞎？"

"本王不瞎！不瞎！"

上官婉儿一下从浴榻上坐起身来，质问他："那么，陈子昂所上《三条》，是哪三条？"

武三思再次一愣："这个……"

"哪个？"上官婉儿此刻绝无半点上官体的婉约妩媚，神情里满是锐利和强悍，"哪个？"

武三思终于回过神来，声音再次高亢起来："蜀川安危事三条！"

"了不起！"上官婉儿口吻里满是讥刺，"正是《上蜀川安危事三条》。你倒还记得这由头。"

"本王当值政事堂，依例把这些言官的折子，转呈大家……"

"哼哼，好个依例！"上官婉儿冷笑一声，"只记事由，那么开头一句是什么？"

武三思再次一愣后，不以为然道："本王辅佐大家，日理万机……"

"辛苦了！臣妾的梁王殿下。"上官婉儿向武三思敛衽行礼状，以至胸前的双峰，随着双手起伏而颤摇。

武三思血红双眼却变得迷离起来，他伸出双手，攀向那颤摇的双峰。

上官任由他攀动双峰，随口背诵出声："'臣伏见四月三十日敕废同昌军！'"

这句背诵出口的上书文字，终于引起了武三思的注意，他的两手仍停止在双峰处，但却喃喃地复诵道："'臣伏见四月三十日敕废同昌军令'！废同昌军……"

武三思终于收回手来，口吻也变得急迫起来："他又对此胡说什么？"

"记起来了？臣妾的梁王殿下？"上官婉儿却缓缓地躺在了玉琢浴榻上，提示着武三思，"如果臣妾记得不错，奏废同昌军的疏本，正是殿下所进！"

武三思更急切了："但这道奏疏，不是你这位大周真正的宰相，撰写好了，才用本王的名义上呈的吗？本王后来才知道，你在这奏疏中，为你心爱的崔湜，请大家授他为茂州都督！"武三思说到此处，双眼再次血红。

"可是殿下，当初也是在这池中，你听臣妾对你提说此事后，满口赞许呢。"

"当然！大周太平盛世，还设什么这样军、那样军，其他不说，每年光为同昌军征发运粮的壮丁，就多达五十万……"

"殿下还说，崔湜是青年才俊，自应外出多加历练。"

其实，梁王武三思和大周才人在崔湜的任用上各有用意：梁王是要把那个小白脸赶出神都，而大周才人是为心悦者的未来搭建进身之梯。

"他到底胡说了什么？"武三思回过神来，忙催问上官婉儿。

"开头一句，他倒也顾及了殿下的脸面，说你奏请废置同昌军，每年为蜀中百姓减少了服役之苦，百姓得到了'大苏息'。但是笔锋一转，就说这是只见其小惠，而不见大失！"

"怎么大失大失大失了？"被武曌多次训斥无治理之才的武三思，气急败坏了。

"他说据他所知，蜀中松潘、茂州等地的诸羌首领，每年凭借同昌军军需为名，大发同昌军需之横财，现在一旦废置同昌军，他们丧失大利，必然会相互联手，更勾结生羌，大肆在松茂翼等州掠劫骚扰，使西南边陲成为强敌吐蕃畅通无阻之地。到时，国家为稳定西南，只怕再置十个同昌军的建置，也不能消弭祸乱呵。"

"胡说，一派胡言！"

上官婉儿却隐去了陈子昂对所选都督非人的论说，继续说道："他还说废置同昌军后，因无重役，据他所知，眼下各州有三万余逃户，藏身于蓬、渠、果、合、遂等州的山林中，土豪大族，向朝廷隐瞒不报，用于各大族的驱使征敛。今不顾及朝廷所设的同昌军，这三万逃户和土豪大族定会联手逃避朝廷的赋徭，久之养痈成患，应迅速制定条例，括取归国。"

"作……条例括括……括法？"梁王武三思一头雾水，全然不懂。

"最后，"上官婉儿不愿对牛弹琴，继续说道，"蜀州百姓的逃亡，他认为是朝廷当政者，自然以殿下为主呵！——所任地方官员所逼，民是良民，官是恶徒，应清理官吏，让民养息……"

"一派胡言！"武三思池中顿足，水花乱溅，"难怪建安郡王在幽州就有杀之以树军威的念头！此贼，断不可留！"

第
四
十
二
章

独坐山峰

见梁王武三思对陈子昂起了杀心,这天从武三思进入才人别院温汤就冷若冰霜的大周内宰,神情大为和缓。她伸出玉白葱嫩的右手五指,为愤怒至极、双眼血红的武三思,轻柔地梳理着披向肩后的浓密发丝。并沿着鬓边,用食指和拇指极富弹性的指头,搓摩着武三思大而浑圆的耳垂。原本气愤难遏的武三思陡地火消气舒,在大周才人的浴榻旁,变成了温顺羊羔。

"当时,建安王就是把他斩在北征帅府门前,也是他罪有应得。"

武三思却笑着摇头:"攸宜怎不想宰了这个南蛮!但他罪不至死呢。"他又一转念道:"当然,如果有来俊臣随军,给他罗织个该斩的罪名,那也不在话下。"

"怎么罪不至死!"上官婉儿"哼"了一声,蛾眉倒竖,"'前不见古人,后不见来者。念天地之悠悠,独怆然而涕下!'他这首《登幽州台歌》,就是一首罪该灭族的反诗!"

武三思瞪大双眼:"《登幽州台歌》!幽州!不就是……"

上官婉儿微微抬起湿漉漉的上身,直视武三思的双眼:"殿下不用瞪大这对虎眸!陈子昂正是建安王殿下把他从参军贬为军曹,逐出大帅辕帐之后，暗中怀恨，独登幽州台，写下了这首反诗。"

武三思丈二和尚摸不着头脑："这个，前不见古人，后不见来者……大白话呀……反诗？"

上官婉儿伸出手指点戳着武三思的眉心："这幽州台又称黄金台，是燕昭王姬职用来招请治国贤才的。他那日登上这幽州台，自然见不着建台的前代贤君了。"

"燕国，大周……近千年了，自然见不着了。"武三思品味着，"这是大实话呀……"

"那么，臣妾的梁王殿下！请问后不见来者呢？"上官婉儿上身退后些许，直视着武三思反问。

"后不见来者么……嘿……"《全唐诗》中，也收录有梁王武三思的诗作，但和建安王武攸宜的什么《誓众词》《答王尚书送生口书》等一样，都是由陈子昂代撰，武攸宜署名的他人提刀代笔之作，真要对诗文说个子丑寅卯，难矣！

上官婉儿只好点化他："他说后不见来者的来者，也就是他生于战国后世的今天，也没看见像燕昭王姬职一样的贤明君王……"上官婉儿加重了语气："因此，他'念天地之悠悠，独怆然而涕下'！"

"该死！"武三思这方面的悟性很高，又把池水拍击得水花狂溅，"当今大周皇帝，其英明圣贤，小小燕昭王可以比吗？"他大怒难遏："孤即刻命攸宜上奏大家，斩了这个南蛮！"

上官婉儿却星眸迷离地伸手拉过武三思："不急，那个时机错过了，现在由建安王殿下出头奏告不妥，还是让来俊臣罗织去吧……嗯，嗯……"

池畔侍婢们听见上官婉儿的呻吟，纷纷下池，半扶半抬，把武三思送上玉琢浴榻。

但大出上官婉儿意料：善于罗织的来俊臣，这次却把事情办砸了，不仅没有把陈子昂再次送入大理寺天牢，武三思、武攸宜等王爷们，还被大周女皇帝陛下重重训斥了一番！

首先是来俊臣罗织陈子昂书写反诗的罪名，女王并不认可。武曌见奏后嘲笑来俊臣不知诗文"兴""寄"的玄妙，横加罗织，贻笑大方。

同时，召来武三思、武攸宜等人，训斥他们所奏废置同昌军一事，不熟悉西南边陲军势民情，远不如陈子昂深知利害、见解不凡。武三思把满腔怒火发泄到来俊臣身上，骂了一个狗血喷头。

在罗织罪名上从未失手的来俊臣，把满腔怒火，烧向原本的得力助手、大理丞段简头上。

大理丞段简数年来可谓春风得意，成了来俊臣在罗织方面的得力助手。这次为确保罗织精准，还专门向上官婉儿求教。满以为拿下区区一个右拾遗，不费吹灰之力。谁知却弄巧成拙，画虎类犬。深知来俊臣手段残忍无比的段简，回到宅中丧魂失魄，坐立不安。

他的夫人，年已三十出头，却被识者称为花中魁首，更有友人戏称为"赛红拂"——其韵致风骚，堪比本朝前代美姬"红拂"，甚至赛过红拂。赛红拂见段简显出罕见的惊惶，问明之后，提醒夫君："'寡人好色'！"

段简一下被提醒，可是却更加犯愁："他的宅中身边，美女如云。一时间，要寻出绝色美人，谈何容易！"

"身边人如何？"赛红拂长挥绫袖，旋动凹凸有致的身姿，问。

着呀！何用铁鞋踏寻？段简以登门认罪为名，携妻婢前往来府。

少时，段简独自返回府宅。没有挂念，没有留恋，更没有悲伤，只有避过大灾后的欢乐。

武三思盛怒难息地等着来俊臣将功补过，万想不到却听上官婉儿告诉他，来俊臣疯了！他竟紧锣密鼓极其机密地罗织武氏诸王，包括太平公主在内的"谋反"罪行！

据《资治通鉴》载："俊臣欲罗告武氏诸王及太平公主，又欲诬皇嗣（即李旦）及庐陵王（即李显）与南北牙同反，冀因此盗国权，河东人卫遂告之。诸武及太平公主恐惧，共发其罪，系狱，有司处以极刑。太后欲赦之，奏上三日，不出。"

结果，经女皇亲信吉顼趋陪驾游上苑时谏奏，女皇才允奏把来俊臣处以极刑。行刑当时，官民分食其肉以解恨，史载："斯须而尽，抉眼、剥面、披腹、出心、腾踏成泥。"

分食其肉众人中，有段简。他边吃其肉，边对监斩的武攸宜痛哭悲诉："来俊臣夺妻霸婢之仇，不共戴天！"

武攸宜闻知，把段简留在建安王府为书记。

时光在这纷纷扰扰的世态中，到了圣历元年，即公元六九八年。眼见女皇通过处斩来俊臣，公布酷吏祸国殃民罪状，国家治理出现一线曙光的陈子昂，终于从消沉出世，又渐渐回归到入仕的热忱。

但是，夫人高氏捎来急信，父亲陈元敬病势沉重，陈子昂闻讯大惊，连夜上书奏请解官回乡，侍奉父亲。女皇阅奏，十分赞赏其孝顺之忱。御批：待诏，以官供养。陈子昂望阙谢恩，回忆和女皇君臣间的际会，感从中发，痛哭涕零。

大周圣历二年，即公元六九九年，七月七日。依照习俗，乞巧之日，夫人高氏应安排家中仆婢，准备拜月乞巧诸事。但是，从三天前起，高氏和陈子昂就带着长子陈光、次子陈斐，不敢离开陈元敬的病榻。而今天，陈元敬一直处于昏迷状态，闻讯赶来的晖上人对病人仔细诊看后，对陈子昂轻声开导："施主，早登极乐，当是文林公的初心。"

陈子昂再也忍不住，放声号啕大哭。他在这两月昼夜不宁地侍候老父，已变得骨瘦如柴衰弱无力，很快就昏厥在地。

"爹爹曾经被你的号哭所惊动，双眼眼帘，微微开启过三次！"当他醒来时，只见妻儿、仆婢都已披麻戴孝。高氏抽泣着告诉他。

他连忙换上漂染得雪白的孝帽、孝衣，从陈汀手中接过哭丧杖，由陈汀和高氏挽扶着，转到灵堂。一见父亲灵柩，和供在柩前的神主牌，他再次撕肝裂肺般号啕大哭，再度昏厥在灵堂中，不省人事。

陈元敬是年七十有四。到这年十月，陈子昂率全家护送灵柩，归葬于金华武东山之石佛谷茔中。

高氏和陈汀都有一个不好预感，总觉得陈子昂已经处于命悬一线的境地。他们忧心如焚，询及几乎日日来到守孝茅庐陪伴陈子昂的晖上人，晖上人也是悲观叹息："伯玉施主性至孝，哀号柴毁，气息不逮呵！"

高氏苦苦劝说陈子昂不要住在墓侧庐中，但被他拒绝，就连老友、尊敬的晖上人劝说，他也发怒斥责。

他原本瘦弱的中等身骨，经历父丧后，因佝偻而变得矮小而枯瘦如柴了。但他仍艰难地扶着缠有麻布条的哭丧杖，步履蹒跚地出庐临茔，晨昏上香焚纸叩安。无论炎暑严寒，风雨雷电，决不肯有半点缺失。到守制三年的尾声，大周长安二年，即公元七〇二年时，只有四十四岁的陈子昂，却已须发皆白，老态龙钟，气息奄奄，令人既担心更揪心。

当武东山上山下，耕牛在农夫们驱使下耕犁田地之时，当涪江江水春波荡漾之际，陈子昂的精神变得振奋起来。

振奋起因，是两封来信。于陈子昂而言，真可谓是价值千金！

一封，是郭元振所寄；一封，是卢藏用所投。两位志同道合的挚友，都扳着指头计算着，这位奉旨待诏、守制在家的好友，今秋，将是守制三年期满之年，自会被朝廷宣召回返神都，尽臣子之道。

郭元振十分兴奋地在信中告诉陈子昂，因对吐蕃局势判断颇有预见性，自己深受女皇武曌的倚重。一年前，长安元年（701），他升任凉州都督、陇右诸军州大使。凉州幅员不过四百余里，突厥、吐蕃两大强敌侵扰频繁，凉州军民深以为苦。郭元振到任后，在边境修建和戎城，在沙漠中设置白亭军，终于控制了凉州交通要道，不仅将边境拓展到一千五百余里，而且凭借城池和驻军，使吐蕃和突厥再也无法逼近凉州州城掠劫侵扰；同时，郭元振依法治理，军令严正，军纪严明，民得安宁。一年以来，州境内牛羊遍野，百姓仓廪丰实，路不拾遗，夜不闭户。郭元振迫切希望满腔热忱的陈子昂，前往凉州，献智出力，保境安民。

卢藏用来信也使陈子昂兴奋不已。原来在司马承祯引荐下，武曌召见了这位"随驾隐士"，君臣交谈，十分投机，当即授卢藏用为右拾遗。卢藏用不负女皇期待。女皇正下诏在万安山大兴土木，修建"兴泰宫"，卢藏用当即上疏谏阻，认为女皇这样做，会让人觉得为一人的供养，不恤万民的膏脂。女皇虽然不从，却夸他有陈子昂直言极谏的忠心和肝胆。所以，卢藏用催促他尽快返回神都，一同辅佐君王，共襄盛举。

结束守庐，返回神都，共襄盛举，共创盛世！陈子昂原本佝偻的身躯，陡地挺直。他三年来，第一次不用扶杖，更不用夫人高氏和陈汀搀扶，步履轻盈地离开父母墓茔，向武东山下的陈家庄院而去。

都已盘髻在头顶的陈光和陈斐，惊奇地看着陡然变得精神抖擞的父亲，也不约而同地雀跃欢呼，跑着跳着，引导着父亲归家。

当他回到自家庄院，进入书斋后，不由转过面来，向着也过而立之年的贴身家生童子陈汀，两眼中递去真切的感谢之情。

"大人！"陈汀也欢喜不尽地对主人说，"夫人和两位公子，请你先去膳堂……"

"对对对！是该开荤了。"陈子昂说着，却望向书案上的一叠文稿。

这堆文稿，是四年前的冬天，他刚刚辞官归乡时定下的题目，初立的纲纪。题目是《后史记》。纲纪的构架，是继《史记》之后，续写汉武帝起，至唐、周……续写《史记》，肇始于对太宗李世民"以史为镜，可以知兴替"论断的领悟。

他从自己断断续续在朝供职的经历深深察觉到，包括大圣女皇在内，太多的台阁大臣，更不用说文武百官、道州府县官吏了，根本感悟不到一代明君李世民这句论断，是来自经历了多少残酷现实的教训后，所发出的预警之言！他也才更明白太史公司马迁在遭受宫刑的特大羞辱之后，仍能以百倍专注呕心沥血完成必将流传万古的《史记》的一片报国忠君爱民的热忱！

谁知，正要动笔之际，父亲病亡！三年来他因丧父之哀痛，病体之日沉，多次濒临死亡边缘，但到底撑持到今天，又可重入书斋，再动笔砚，正是以李世民的预警之辞、司马迁报国忠君爱民之赤忱鞭策自己，不敢轻生就死！

所以，他对陈汀感激的一瞥，就是因为这个知心的家生童仆，让他进入书斋的那一刻，并无半分的违和感：窗明几净，纸笔墨砚，书案上的残稿和半截蜡烛，依旧如三年前离开此斋时，那么安详整洁地恭候他的到来。

但，此刻，久违的饥饿感袭入腹中。他恋恋不舍地收回望向文稿的目光，随着让到门外的陈汀，前往膳堂。

膳堂和丹房，一墙之隔。从蜀汉时其十二代祖陈祗任尚书令起，其族属就择居这武东山建房造院。转瞬间，四百五十六年过去了，但膳堂和丹房的格局依旧。按过世叔祖陈嗣生前的理解，是祖先以为"膳，食也；丹，饵也"，丹房是道家的膳房，膳堂是世俗的丹房。故居家并列共处，其作用都是"供养"。

"光儿！"陈子昂在主位就座后，慈爱地呼唤着长子。

陈光却正望向食榻上菜肴中的最爱：窝子凉粉和回锅肉。

那凉粉用老干豌豆泡发后，在石磨中推为浆，然后滤去豆渣，把浆在锅中大火熬制成浆糊，用铁铲贴锅取糊——此刻贴锅处已有薄薄的一层微焦嫩黄的"锅巴"，连同浆糊盛入碗中，再放上用猪油炼制成的辣味油，还有豆豉酱、蒜泥、葱花、醋汁。用竹筷搅拌，这些调料香味和豌豆香味组合成使人食指大动、胃口大开的神奇气息。所以，人们又称这食物为"锅巴凉粉"。

回锅肉是用猪的"宝肋"部分入汤，煮至八分熟起锅，切片。然后放入铁锅，和姜粒、花椒、豆豉、豆瓣辣酱、井盐——武东乃远近闻名的井盐产地——一道，在锅中翻炒，到肉片"翘壳"时，如在初春季节，放入切成小段的蒜苗或蒜薹。眼下已是初秋，只有用火葱段下锅，稍炒几铲，即可盛盘上榻了。其特殊的油香和豆豉香，更令陈光垂涎欲滴。

高氏见陈光眼馋，不回应爹爹，笑着伸手轻刮他的鼻尖："大郎！爹爹唤你呢！"

陈光这才回过神来，正要回答，却被弟弟陈斐抢应了："爹爹！斐儿！斐儿！"

回应着，已扑进陈子昂的怀中了，陈光也忙着扑进爹爹的怀里。高氏怕久病体弱的陈子昂受累，急忙一边伸手要去拉两个儿子，一边示意陈汀和侍立榻侧的仆婢们帮忙。但孩子们哪肯离开爹爹的怀抱？反而把陈子昂抱得更紧了。

"听话！不能累着爹爹了。"高氏做出严厉的模样对陈光、陈斐道。

"爹爹累不着！累不着！"陈子昂却护着两个儿子，并低下头对窝在自己怀里的宝贝吟出，"'何以解忧'？"

陈斐响亮接上："'唯有杜康'！"

可是陈光却早已从爹爹的怀里脱身而去，很快地，左腋夹着一坛"射洪烧春"，右腋夹着一坛"剑南春"出现在食榻前。陈汀"呵呀！"一声，赶紧上前，从陈光腋下取出两小酒坛，放在榻上。陈子昂大笑不止。

但是，陈子昂的笑声，却突然戛然而止。八个身着县衙皂色衣袍的人役，突然出现在膳堂中。人役班头是典型的北方大汉。他以浓厚的北方口音向食榻前的众人厉声喝问："谁是犯官陈子昂？"

"犯官！"陈子昂大为愕然，一时之间，思绪打乱：这一切，很像延载元年（694），索元礼带领游击将军府人役，用这称呼，把他带走，关入天牢。

但眼下，索元礼、周兴、来俊臣等一干酷吏都已先后伏法，朝廷已不是大周初革唐命之际那样告密成风，滥杀株连；虽然，再次被人称为"犯官"，依旧像几年前那么感到困惑，但自归家以来的三年中，自己病卧在庐舍内，绝不会有什么可供罗织的言行举止呵。

"下官身犯何罪？"一念及此，他终于回过神来，直视那凶神恶煞般的班头质问。

"你登上幽州台，大吟反诗，罪，还小吗？"

听"反诗"二字，高氏浑身一抖，继而战栗不止，正要支撑着上前扶着陈子昂，却被其余人役横刀阻隔。陈汀见状，上前搀着高夫人，脸色煞白地对班头训斥："你们不得无礼！我家大人，可是奉旨待诏的……"

班头扬起蒲扇般的手掌，狠狠打向陈汀，陈汀口角沁出血来。

"尔等！"陈子昂也浑身打颤，气喘吁吁地戟指班头。班头却上前把护着大受惊吓的陈光和陈斐的陈子昂劈胸抓住衣领，粗暴地拖离食榻，并用足踢开陈光、陈斐，吩咐人役们："拖走！"

人役们一拥而上，用刀背驱赶开高氏母子、陈汀等仆婢，或拖手臂，或抓发髻，或猛推，或凶踢，把衰弱至极的陈子昂，拖拽出陈氏庄院，在近邻的惊骇目光中，在高氏母子、陈汀等哭啼声中，向射洪县衙，拖拽而去。

当陈子昂的文朋诗友惦记他丁忧已满，该回朝报效时，一直以来欲置他于死地的人，更没有忘记要在他丁忧期满，奉诏回朝之前，叫他没有可能再动笔写下斥责上官体的诗文；没有可能再开口上书君国利害的大事，以证明肉食者鄙；没有……只要让其魂消魄散，这一切才皆有可能！

已投靠在武攸宜府中的段简，已深谙此类人的心思。像当年把自己的妻婢献给来俊臣换取恩宠一样，他请求出任射洪县令。于是，他亲率一直跟他在来俊臣手下捕捉、行刑的役卒们，来到了射洪，指挥了以上那一幕。

晖上人闻讯赶来，又匆匆离去。他要去向卢藏用报告凶讯，急商救援之策。

晖上人昼夜兼程，在一个月半后来到神都，恰好郭震被女皇召还神都，询问凉州边防大计。郭震闻言大惊，和卢藏用、晖上人一起，向射洪昼夜奔驰。

段简亲自来到县狱，让人把陈子昂带往供奉着狱神的堂中，似笑非笑地对陈子昂问道："认罪服法了吗？"

浑身瘫软，头发散披肩后，身着红色囚衣的陈子昂，已无力回应。但对这一问，他拼命地支撑着身子，摇头，摇头，摇头。

面如冠玉，眉如柳叶，鼻如悬胆，长得美俊的段简依然微微一笑，打了个手势，凶悍的班头领着两个人役，抬着一个木箱入堂，段简又是一个手势，班头打开木箱，箱中现出一串又一串武德四年（621）铸造、欧阳询书写的"开元通宝"，背面有着挑元、星、月、斜纹、合背特征的银质钱币。

"这是二十万缗。"段简指着满箱钱币，"是你家才送到的。"

"不……"陈子昂艰难地摇头，班头却上前再次抓住他的发髻，逼他看向木箱内。

"哼。既无犯罪，何以贿我！"段简冷冷地说后，对班头，"要他招供！"说完，段简离去。

班头命人役向陈子昂丢去纸笔，放下砚台："招！"

陈子昂闭目无语。

"依例！"班头一声令下，人役如狼似虎扑向陈子昂，手足鞭棍齐下。

陈子昂对这一切都看不见，也似乎无所感。他的眼前只有那纸、笔、墨、砚。耳畔只有李世民的警示："以史为镜，可以知兴替！"以史为镜，为鉴！《后史记》……

郭震、卢藏用、晖上人的救援，晚了。但将军确曾牵马飞渡涪江，而今，仍有将军碑为证。

是郭震，民间说，吓死了段简，变成了一坨臭石头，千百年来，仍置于金华山上，供万千游人唾骂。唾骂他，唾骂他们。

是卢藏用，把高氏、陈光、陈斐接走，离开了这原本的故乡，后来的伤心地。那之后，陈光、陈斐在卢藏用的严格管教之下，以父亲诗文为范本，刻苦攻读。陈光进士及第后，官至膳部郎中、商州刺史；陈斐历任河东、蓝田、长安尉，"皆守绪业，有名于代"。

但在独坐山头，大唐剑南道梓州射洪陈子昂，陈伯玉，长眠在此。不！他，永远，念天地悠悠，独坐山峰。却引领着彼时诗文的千江万河，滔滔东去，汇成浩瀚唐诗的海洋。

二〇一三年十二月二十五日至

二〇一七年十一月七日，初稿。

二〇一七年十二月十九日至二〇一八年五月十三日，

奉张公陵、陶公文鹏辛苦指导，竣稿。

于古剑南道绵州恋梅山庄之吴门燕妙奇斋

附录一　陈子昂年谱

唐高宗显庆四年己未（659）　一岁

陈子昂生，是年父元敬三十五岁。

王勃十岁。

贺知章生。

龙朔三年癸亥（663）　五岁

是年宋璟生。

麟德元年甲子（664）　六岁

是年二月玄奘卒，年六十九。

乾封元年丙寅（666）　八岁

是年令狐德棻卒，年八十四。

乾封二年丁卯（667）　九岁

是年张说生。

咸亨元年庚午（670） 十二岁

是年苏颋生。

咸亨三年壬申（672） 十四岁

是年八月许敬宗卒，年八十一。

咸亨四年癸酉（673） 十五岁

是年张九龄生。（据《唐书本传》年六十八推算）

上元元年乙亥（675） 十七岁

是年王勃卒，年二十六。

仪凤元年丙子（676） 十八岁

始专精读书。

仪凤四年己卯（679） 二十一岁

始入咸京，游太学。

《陈氏别传》："年二十一，始东入咸京，游太学。历抵群公，都邑靡然属目矣；由是为远近所称，籍甚。"

编年诗：《酬田逸人见寻不遇题隐居里壁》《题田洗马游岩桔槔》

永隆元年庚辰（680） 二十二岁

居东都，应试不第，经长安归里。

编年诗：《落第西还别刘祭酒高明府》《落第西还别魏四懔》《入峭峡》《宿空舲峡青树村浦》

开耀元年辛巳（681） 二十三岁

居蜀学神仙之术，与晖上人游。

又案：子昂与晖上人交谊甚笃，集中投赠篇什，具如前录。

编年文：《晖上人房饯齐少府使入京府序》

永淳元年壬午（682）　二十四岁

游东都，学进士对策高第，擢麟台正字。

赵儋《右拾遗陈公旌德碑》："年二十四，文明元年进士，射策高第。其年高宗崩于洛阳宫。灵驾将西归乾陵，公乃献书阙下。天后觉其书而壮之，召见金华殿，拜麟台正字。由是海内词人，靡然向风。"

《陈氏别传》："时洛中传写其书，市肆闾巷，吟讽相属，乃至转相货鬻，飞驰远迩。"

编年文：《谏灵驾入京书》《谏政理书》

武后垂拱元年乙酉（685）　二十七岁

居东都，守麟台正字。十一月十六日，后召见，赐笔札中书省，令条上利害，对出使、牧宰、人机三事。

编年文：《上军国利害事三条》

编年诗：《答洛阳主人》（当是此一二年中作。）

垂拱二年丙戌（686）　二十八岁

居东都，守麟台正字。三月，上书谏用刑。旋从左补阙乔知之护左豹韬卫将军刘敬同军北征金徽州都督仆固始。自居延海人。夏四月，次张掖河。五月，次同城。七月，独南旋。八月，至张掖。既归，上书论西蕃边州安危事三条。

编年文：《吊塞上翁文》（文曰："丙戌岁兮，我征匈奴，恭闻北叟，托国此都。"当是四月间初至塞上作）、《燕然军人画像铭》《为人陈情表》《为乔补阙论突厥表》《上西蕃边州安危事三条》

编年诗：《题居延古城赠乔十二》《居延海树闻莺同作》《题赠祀山烽树》《题荆玉篇》《还至张掖古城闻东军告捷赠韦五虚己》《度

峡口山赠乔补阙知之王二无竞》《感遇三"苍苍丁零塞"一首》

垂拱三年丁亥（687） 二十九岁

居东都，守麟台正字。冬，上《谏雅州讨生羌书》。

编年诗：《感遇第二十九"丁亥云暮"一首》

垂拱四年戊子（688） 三十岁

居东都，守麟台正字。

编年文：《为程处弼庆拜洛表》

永昌元年己丑（689） 三十一岁

居东都，守麟台正字。三月十九日，后复召见，使论为政之要，适时不便者，毋援上古，角空言。子昂乃奏八科。秩满，随常牒补右卫胄曹参军。九月，上《谏刑书》。

编年文：《为百官谢追尊魏国大王表》

通鉴："永昌元年二月，尊魏忠孝王曰周忠孝太皇，妣曰忠孝太后。"《答制问事八条》《谏刑书》《唐故循州司马申国公高君墓志》

是年孟浩然生。

周天授元年庚寅（690） 三十二岁

居东都，守右卫胄曹参军。九月壬午，武氏改国号曰周，改元天授，上《大周受命颂四章》。

编年文：《上大周受命颂表》《大周受命颂四章》

天授二年辛卯（691） 三十三岁

春，以继母忧，解官返里。

编年文：《为赤县父老劝封禅表》《袁州参军李府君妻清河张氏墓志铭》《陈州宛丘县令高府君夫人河南宇文氏墓志铭》《祭宇文夫人文》《上殇高氏墓志铭》

编年诗:《西还至散关答乔补阙知之》

是年乔知之蒙冤被杀。

长寿元年壬辰（692） 三十四岁

居蜀守制。养疴南园，时时从晖上人游。五月十三日叔祖嗣卒。

长寿二年癸巳（693） 三十五岁

春夏家居。七月，堂弟（从旧题）孜卒。

自忠州下江陵返东都。擢右拾遗。

编年文:《梓州射洪县武东山故居士陈君碑》《馆陶郭公姬薛氏墓志铭》《忠州江亭喜遇吴参军牛司仓序》

编年诗:《遂州南江别乡曲故人》《万州晓发乘涨还寄蜀中亲友》

延载元年甲午（694） 三十六岁

居东都，守右拾遗。三月，上书谏曹仁师征默啜。旋坐逆党陷狱。

编年文:《堂弟孜墓志铭》《谏曹仁师出军书》

证圣元年乙未（695） 三十七岁

狱解。复官右拾遗。

编年文:《祭临海韦府君文》

万岁通天元年丙申（696） 三十八岁

居东都，守右拾遗。夏五月，营州契丹松漠都督李尽忠等举兵反，攻陷营州，遣左鹰扬卫将军曹仁师等讨之。秋九月，以同州刺史建安王武攸宜为右武威卫大将军，充清边道行军大总管，以讨契丹。子昂以本官参谋。

编年文:《昭夷子赵氏碑》《从梁王东征序》《上军国机要事》《为建安誓众词》《登蓟州城西北楼送崔著作入都序》

编年诗:《送别崔著作东征》《东征答朝达相送》《东征至淇门答宋参军之问》《送崔著作》

是年元德秀生。

神功元年丁酉（697） 三十九岁

在建安军幕。三月，次渔阳，清边道总管王孝杰等败没，举军震恐不敢进。攸宜轻易无将略，子昂谏以严立法制，以长攻短，不纳，徒署军曹。因登蓟北楼，浩歌涕下。六月，孙万荣死，契丹平。七月，凯旋。守右拾遗如故。

编年文:《奏白鼠表》《为建安王答王尚书书》《祃牙文》《荣海文》《为建安王答王尚书送生口书》《为建安王祭苗君文》《为建安王谢借马表》《为副大总管苏将军谢罪表》《为副大总管屯营大将军谢表》《谢衣表》《国殇文》《为建安王与诸将书》《为建安王与辽东书》《为建安王破贼表》《为建安王献食表》《为金吾将军陈令英请免官表》《为河内王等论军功表》《冥寞宵君古坟记铭》

编年诗:《登蓟丘楼送贾兵曹入都》《登幽州台歌》(从旧题，《陈氏别传》。)《蓟丘览古赠卢居士藏用六首》《同参军宋之问梦赵六赠卢陈二子作》

圣历元年戊戌（698） 四十岁

居东都，守右拾遗，五月十四日，上蜀川安危事三条。以父老，表解官归。待诏，以官供养。逐葺宇于射洪西山，种树采药。采汉武至于唐事，撰《后史记》，粗立纪纲。

编年文:《上蜀川安危事三条》

编年诗:《赠严仓曹乞推命录》

圣历二年己亥（699） 四十一岁

家居侍养。七月七日，父元敬卒。哀毁庐墓。

编年文:《府君有周文林郎陈公墓志文》《申州司马王府君墓志铭》

久视元年庚子（700） 四十二岁

家居守制。

长安元年辛丑（701） 四十三岁

家居守制。

是年李白生。

王维生。

长安二年壬寅（702） 四十四岁

羸疾家居。射洪县县令段简闻其富，欲害子昂，家人纳钱二十万缗，简薄其赂，数兴曳就吏，遂死狱中。葬射洪独坐山。

附录二　参考书目

1.《资治通鉴》，司马光编撰，中华书局。

2.《新唐书·陈子昂传》，欧阳修、宋祁编著，中华书局。

3.《新唐书·则天皇后本纪》，欧阳修、宋祁编著，中华书局。

4.《新唐书·上官昭容列传》，欧阳修、宋祁编著，中华书局。

5.《新唐书·乔知之传》，欧阳修、宋祁编著，中华书局。

6.《新唐书·卢藏用传》，欧阳修、宋祁编著，中华书局。

7.《新唐书·郭震传》，欧阳修、宋祁编著，中华书局。

8.《新唐书·杜审言传》，欧阳修、宋祁编著，中华书局。

9.《新唐书·王适传》，欧阳修、宋祁编著，中华书局。

10.《新唐书·王无竞传》，欧阳修、宋祁编著，中华书局。

11.《新唐书·司马承祯传》，欧阳修、宋祁编著，中华书局。

12.《新唐书·崔湜传》，欧阳修、宋祁编著，中华书局。

13.《新唐书·赵贞固传》，欧阳修、宋祁编著，中华书局。

14.《唐六典》，李林甫等编撰，陈仲夫点校，中华书局。

15.《史记》，司马迁编著，北京燕山出版社。

16.《唐人小说选注》，蔡守湘选注，台湾里仁书局。

17.《唐陈子昂先生伯玉年谱》，罗庸编著，王云五主编，台湾商务印书馆股份有限公司。

18.《唐代文学研究》，中国唐代文学学会、西北大学文学院、广西师范大学出版社主编，广西师范大学出版社。

19.《唐诗体派论》，许总著，台湾文津出版社。

20.《中外历史年表》，翦伯赞主编，齐思和、刘启戈、聂崇岐编著，中华书局。

21.《中国历史帝王年号手册》，陈光主编，北京燕山出版社。

22.《唐代文学与文献论集》，陶敏编著，中华书局。

23.《魏晋南北朝之酒色财气》，林铮颢著，台湾暖暖书屋。

24.《大明宫研究》，杜文玉著，中国社会科学出版社。

25.《中国历史地图集》，谭其骧主编，中国地图出版社。

26.《图说中国古代科举》，高彦、刘志敏编著，团结出版社。

27.《中国六大古都》，陈桥驿主编，中国青年出版社。

28.《武则天传》，林语堂编著，东方出版社、群言出版社。

29.《武则天全传》，金泽灿编著，现代出版社。

30.《全唐诗》，曹寅、彭定求编著，中华书局。

31.《中国风俗史》，张亮采著，中国人民大学出版社。

32.《蜀语校注》，李实编著，黄仁寿、刘家和校注，巴蜀书社。

33.《唐两京城坊考》，徐松编著，李健超增订，三泰出版社。

34.《中国民俗学通识》，赵杏银、陆湘怀著，东南大学出版社。

35.《历代职官沿革史》，陈茂同著，华东师范大学出版社。

36.《人一生要读的古典诗词大全集》，人一生要读的古典诗词大全集编委会编写，中国华侨出版社。

37.《中国道教音乐史略修订版》，刘红主编，文化艺术出版社。

38.《唐代的宦官》，王寿南著，台湾商务印书馆。

39.《唐宋时期地方政治制度变迁史》，贾玉英著，人民出版社。

40.《汉唐盛世的历史解读——汉唐盛世学术研讨会论文集》，孙家洲、刘后滨主编，中国人民大学出版社。

41.《唐帝国的精神文明——民俗与文学》，程蔷、董乃斌著，中国社会科学出版社。

42.《纸上乐坊》，安赫著，中国画报出版社。

43.《中国考试制度史》，邓嗣禹著，吉林出版集团有限责任公司。

44.《中国科举史话》，林白、朱梅苏著，江西出版集团、江西人民出版社。

45.《隋唐两京坊里谱》，杨鸿年著，上海古籍出版社。

46.《月轮山词论集》，夏承焘著，中华书局。

47.《中国服饰造型鉴赏图典》，孔德明主编，上海辞书出版社。

48.《历朝历代服饰》，孙运飞编著，化学工业出版社。

49.《中国历代服制服式》，黄辉著，江西美术出版社。

50.《两京新记辑校 大业杂记辑校》韦述、杜宝撰，三秦出版社。

51.《洛阳伽蓝记》，杨衒之著，卢阿蛮译著，中央编译出版社。

52.《隋唐五代史》，王小甫著，三民书局。

53.《隋唐洛阳》，郭绍林著，三秦出版社。

54.《宫闱惊变》，吴因易著，中国青年出版社。

55.《中国建筑史》，梁思成著，生活·读书·新知三联书店。

56.《唐诗鉴赏辞典》，周汝昌、周振甫、霍松林等编撰，上海辞书出版社。

57.《中国历代官称辞典》，赵德义、汪兴明主编，团结出版社。

58.《中国古代军戎服饰》，刘永华著，上海古籍出版社。

59.《唐代中层文官》，赖瑞和著，中华书局。

60.《中国历代职官辞典》，沈起炜、徐光烈编著，上海辞书出版社。

61.《舞蹈与传统文化》，袁禾著，北京大学出版社。

62.《中华古币春秋》，苏晔著，北京燕山出版社。

63.《舞论》，王克芬著，甘肃教育出版社。

64.《中国历代妇女妆饰》，周汛、高春明编著，上海学林出版社、三联书店香港有限公司。

65.《陈子昂诗全译》，中共遂宁市委宣传部、遂宁市老干部局编著，射洪包装彩印厂。

66.《陈子昂诗注》，彭庆生注释，四川人民出版社。

67.《陈子昂集》，徐鹏校点，中华书局。

68.《岑仲勉史学论文集》，岑仲勉著，中华书局。

69.《唐代文学侍从官研究》，阎晓雪，河北师范大学2004年论文。

70.《唐代殿试研究》，李竹青，陕西师范大学2009年论文。

71.《武周时期的礼乐改制与文学》，姚青青，河北师范大学2009年论文。

72.《唐代掖庭研究》，王伟歌，上海师范大学2011年论文。

73.《武则天与登封》，何莉莉，山西大学2008年论文。

74.《唐代节日民俗与文学研究》，朱红，复旦大学2002年论文。

75.《唐代文学史》（上编），中国社科院文学研究所总纂，乔象钟、陈铁民主编，人民文学出版社。

后记

　　在祖国引以自豪、闻名中外的文化瑰宝中，人们耳熟能详的当数"楚辞汉赋，唐诗宋词"。其中唐诗的经典佳构，更是风靡海内外。其中尤以诗仙李白、诗圣杜甫的名篇佳句，最为脍炙人口，也代表着唐诗的巅峰。

　　水有源，树有根。正是作为唐诗成就代表者的李白、杜甫，在言及自身创作时，都坦言系继承了初唐诗人陈子昂的文学主张和风格。而元代著名学者方回直接评说陈子昂为"唐之诗祖"。

　　从中国诗歌历史可知，唐诗是在齐梁时代诗歌"彩丽竞繁，而兴寄都绝"的状况下，由陈子昂提倡恢复魏晋风骨的主张中崛起，终至蔚然，成就唐代一代诗风。"陈子昂的诗今存仅一百二十多首，这些作品丰富深刻的现实内容，昂扬激越的思想感情，雄浑质朴的艺术风格，完全摆脱了齐梁以来绮艳诗风的影响，在端正当时诗歌的发展方向方面起了重大作用。"而其文，柳宗元说：唐兴以来，能兼著述，比兴二道"而不作者，梓潼陈拾遗"。陈子昂"以其具有革新风貌的文章，为唐代古文运动的开展作了准备"。据上所引《中国文学史》（人民文学1995年版）对陈子昂在引导唐代诗文发展方面的作用，作出了如是高度的肯定和评说。而作者在为本书传主立传时，他为铸就唐代诗文风骨付出的常人绝难体味的艰辛，以及置身家性命于不顾的大无畏精神，都使作者感慨良深！以至诗人登临幽州台吟出"前不见古人，后不见来者，念天地之悠悠，独怆然而涕下！"这一千古绝唱时，作者亦投笔文案，望天地一哭。

　　从拙著《唐明皇》《则天大帝》（计八部，前由中国青年出版社出版，后由河北花山文艺出版社出版），被央视改为四十集和六十二集电视剧之后，世人误以为我是影视编剧而非文学作者。其实至一九九七年之后，我即被各方任用为历史电视剧编剧而不得重操文学创作本行。其间虽有团结出版社二〇〇〇年出版的《谁主沉浮》（上下部），但亦是央视所播《逐鹿中原》电视剧本改写的长篇。万不想二〇一三年，中国作家出版社启动中国百位文化巨匠传记工程，由恩师何西来荐入丛书工程为故乡这位中华文学巨匠作传，我终于才得重操旧业。其间，西来恩师在身罹绝症、生命垂危之际，竟扶病仍来绵阳耳提面命，从严把关督促笔耕；而在文学专家张陵、陶文鹏二公在对拙著的审核中，一如恩师何西来，对史实校核之严，对行文布局要求之精，都使我感恩难已！尤其是陶文鹏先生，以其深厚的唐代历史文化素养，纠偏指正，细微到一句、一字，一个标点符号，可称为呕心沥血；更让我衷心感动的，是拙著进入后期校正阶段时，校对者袁艺方，人很年轻，但工作态度和张陵、陶文鹏先生一样，十分严谨！如果说拙著在版本谬误方面尚称极少的话，全因专家和编辑一致性的高学识、严要求状况紧相关联。所以，二公审校的朱批，编辑编校的手迹（连同微信、视频）我均珍藏于书斋中，提示自己"学海无涯，仍当以苦为舟"，不惮努力；同时留诸后人，知前辈学人，治学之严谨，如中华文化巨匠之一陈子昂也。

眼前的心愿，是在拙著出版后，即去射洪武东独坐山子昂茔，焚书以奠，并告慰伯玉先生：念今日之天地悠悠，伯玉先生可不再怆然涕下矣！

戊戌年丁巳月甲辰日
于唐时剑南道巴西古郡恋梅山庄之吴门燕妙奇斋

第七辑出版书目

图书在版编目（CIP）数据

唐之诗祖：陈子昂传 / 吴因易 著 . -- 北京：作家出版社，
2018.10 （2023.6 重印）
（中国历史文化名人传丛书）
ISBN 978-7-5212-0234-2

Ⅰ . ①唐… Ⅱ . ①吴… Ⅲ . ①陈子昂（659～702）- 传记
Ⅳ . ①K825.6

中国版本图书馆CIP数据核字（2018）第221660号

唐之诗祖：陈子昂传

作　　者：	吴因易
传主画像：	高　莽
责任编辑：	袁艺方
书籍设计：	刘晓翔+韩湛宁
责任印制：	李卫东　李大庆
出版发行：	作家出版社

社　　址：北京农展馆南里10号　　　　邮　　编：100125
电话传真：86-10-65930756（出版发行部）
　　　　　86-10-65004079（总编室）
　　　　　86-10-65015116（邮购部）
E-mail:zuojia@zuojia.net.cn
http://www.haozuojia.com（作家在线）
印　　刷：河北鹏润印刷有限公司
成品尺寸：152×230
字　　数：380千
印　　张：28.5
版　　次：2018年10月第1版
印　　次：2023年6月第2次印刷
ISBN 978-7-5212-0234-2
定　　价：78.00元（精）